Katharina Schöndorfer, geboren 1970, ist das Pseudonym einer österreichischen Autorin. Sie ist waschechte Wienerin und somit Expertin für ihre Heimatstadt. Als eine von vielen »Vienna Greeters« zeigt sie ihren Gästen die vielen Wiener Viertel, erzählt von historischen und gegenwärtigen Ereignissen und erklärt u. a., wieso ihre Landsleute eine Melange und keinen Kaffee bestellen.

Besuchen Sie uns auf www.penguin-verlag.de und Facebook.

Katharina Schöndorfer

BIS ZUM LETZTEN TANZ

Roman

PENGUIN VERLAG

MIX
Papier aus verantwortungsvollen Quellen
FSC® C014496

Klimaneutral*
Druckprodukt
ClimatePartner.com/14044-1912-1001

Penguin Random House Verlagsgruppe FSC® N001967

1. Auflage 2021

Umschlag: Bürosüd, München
Umschlagmotiv: Akg Images / IMAGNO/Sammlung Hubmann;
Arcangel Images / Ildiko Neer
Redaktion: Regina Jooß
Satz: Buch-Werkstatt GmbH, Bad Aibling
Druck und Bindung: GGP Media GmbH, Pößneck
Printed in Germany
ISBN 978-3-328-10570-1
www.penguin-verlag.de

Dieses Buch ist auch als E-Book erhältlich.

Prolog

November 2018

Die beschwingten Töne brachten Lottes Beine zum Wippen, ihr Oberkörper bewegte sich ein wenig mit. Mehr war nicht drin. Schon lange nicht mehr.

»Ein toller Musiker, dein Raffael!« Lotte beugte sich zu ihrer Sitznachbarin Hanna. »Ich hab schon lang niemanden mehr Swing spielen gehört, und auf dem Kornett schon gar nicht!«

Hanna nickte und stocherte mit ihrer Kuchengabel in den Resten ihres Tortenstücks herum.

»Was ist?«, raunte Lotte ihr zu und faltete die kaum benutzte Serviette zusammen, die konnte man später noch verwenden.

»Nichts.«

»Das kannst du mir nicht erzählen.« Lotte setzte sich ein wenig bequemer hin, soweit das möglich war – die Sessel an der festlichen Tafel sahen zwar gut aus, aber die Sprissel der Lehne piksten in ihr Rückgrat.

Während sich die Töne des Kornetts in die Höhe schraubten, mitten in Lottes Herz, sah sie sich um. Wie genau war sie hier gelandet? Wie war das gegangen, dass sie jetzt ein Jahrhundert gelebt hatte?

Auf einem Tisch vor ihnen stand die riesige Kirschtorte mit dem Schriftzug *100 Jahre Lotte*. Die Festtafel war gut besucht. Da war allen voran die Familie ihrer langjährigen Freundin Evi, die für Lotte fast wie eine eigene war. Evis Tochter Marianne lebte seit Jahren allein, neben ihr saßen Mariannes Söhne Andreas und Markus. Hanna war die Tochter von Andreas und seiner Frau Nicole. Ein Jammer, dass Evi selbst das Fest nicht mehr miterleben konnte. So vieles hatten sie miteinander geteilt und um so vieles gekämpft.

Auch Lottes Mann Erich war längst tot, nachdem er das Leben schon lange nicht mehr geliebt hatte. Ihre Gedanken liefen zu ihm, zu den Jahren, die vergangen waren, wie sie sich kennengelernt und zu lieben begonnen hatten. Und wie sehr fehlte ihre Kindheitsfreundin Gisi. Allzu kurz war ihr Leben gewesen …

»Liebe Lotte.« Raffael hatte das Musikstück beendet und klopfte an den Notenständer vor sich. Alle wurden still und wandten sich ihm zu. »Hundert Jahre, liebe Lotte, sind eine lange Zeit.«

»Jaja, der liebe Gott hat mich wohl vergessen«, murmelte Lotte.

»Ich kenne dich noch nicht lange«, fuhr Raffael fort, »aber ich habe gehört, was für eine starke Frau du bist. Ich gratuliere dir von Herzen zu deinem Fest. Du bist so alt wie unsere Republik Österreich!« Er verbeugte sich, alle klatschten.

Durch die Fenster drangen Stimmen aus Richtung des Parlaments herein. Wenn sich bloß nicht alles wiederholte …!

»Na, der Republik fehlen tatsächlich einige Jahre zum Hunderter!«, meinte Lotte und dachte an die Jahre der Diktatur, die heute einfach der Republik zugeschlagen wurden.

Hanna neben ihr seufzte, während Raffael wieder zu spielen begann.

»Was hast du denn?« Lotte sah ihre Sitznachbarin prüfend an. Sie trug ein schönes schwarzes Kleid und dezenten Goldschmuck.

»Er will nach Irland gehen«, erzählte Hanna leise. »Wegen der Musik. Er hat eine Einladung bekommen.«

»Ist doch schön, oder? Du ziehst ja auch gern in der Weltgeschichte herum.« Lotte lächelte Hanna, die wie eine eigene Urenkelin für sie war, zu.

Lotte selbst war kaum herumgekommen, nur einmal war sie kurz vor einer großen Reise gestanden. Heute war so viel mehr möglich als zu ihrer Zeit. Und Hanna kannte sie eigentlich nicht anders als unternehmungslustig.

Hanna schwieg.

»Was ist so schlecht an Irland?«

»Gar nichts.« Hannas grüne Augen begannen zu leuchten. »Die Landschaft ist wunderschön, diese tausend Grüntöne, man könnte sich hineinlegen und mit dem Himmel zudecken. Und diese Schafe, die sind süß.«

»Wo liegt dann das Problem?« Lotte suchte wieder vergeblich nach einer bequemeren Sitzposition. Jetzt nur nicht den Stock umwerfen, der neben ihr an der Tischkante lehnte.

Raffael spielte weiter, Lotte hörte nur nebenher hin. Ihre Füße blieben ruhig. Damit war es sowieso vorbei, mit dem Tanzen. Ihre Beine waren kaputt, schon lange.

»Das Problem?« Das Leuchten in Hannas Augen verschwand wie die Sonne an einem wechselhaften Wintertag. »Das Problem ist, dass ich mitten im Archäologie-Studium bin. Soll ich jetzt alles hinschmeißen, nur weil ein Mann ruft?«

»Hanna«, sagte Lotte ernst und griff nach der Hand der jungen Frau. Wie weich die Haut war und wie glatt – und wie sehr Lotte ihre eigenen Runzeln im Gegenzug spürte. »Ich kenne das Problem. Mehr als du denkst. Liebst du Raffael denn?«

»Lieben? Ich bin verrückt nach ihm.«

Gerade in diesem Augenblick trat der junge Mann vor ihren Tisch und spielte mit großer Geste vor ihnen auf. Lotte schmunzelte. Vermutlich sollte das Stück ihr als Jubilarin gelten, doch Raffael hatte nur Augen für Hanna. Und da sah Lotte in Hannas Gesicht das, was dort sein sollte. Sie hatte auch nur Augen für Raffael …

Nachdem sie eine Weile zugehört hatten, wandte der junge Musiker sich wieder ab.

»Hilf mir mal«, bat Lotte Hanna und stützte sich am Tisch ab, um aufzustehen. Sie griff nach ihrem Stock, der ihr glücklicherweise diesmal nicht aus der Hand fiel. Gemeinsam verließen sie den festlichen Raum.

»Was ist denn?«, fragte Hanna draußen, wo es nicht so laut war.

»Nichts – das hast du doch vorhin gesagt.«

»Was hast du? Geht es dir nicht gut?« Hannas Blick wurde besorgt.

Lotte winkte ab. »Aber geh! Ich bin hundert geworden, was soll mir noch passieren? Ich wollte mit dir reden. Unter vier Augen. Ohne weitere Ohren.«

»Sollen wir an die frische Luft gehen?«

Lotte musste lächeln bei dem Vorschlag. Richard war auch immer so gern im Freien gewesen. Seltsam, wie sehr sie heute an ihn dachte. Sie nickte. »Ich brauche aber meinen Mantel.«

»Hier.« Hanna ging die paar Schritte zur Garderobe und nahm einen schwarzen Mantel vom Kleiderbügel. »Das gute alte Stück ist doch deiner?«

Lotte schlüpfte in das Kleidungsstück mit dem Kunstpelzkragen, das immer noch gut aussah, und hakte sich bei Hanna unter.

Das Geräusch ihres Stockes auf dem Fliesenboden drang überlaut in ihre Ohren, als sie das Restaurant durch eine Seitentür verließen. Die Luft draußen war frisch und überraschend sauber.

»So, meine Liebe«, fing Lotte nach ein paar Schritten wieder an. »Und jetzt raus mit der Sprache. Was ist das Problem bei dir und Raffael?«

Angesichts von Hannas verliebtem Blick fühlte Lotte einmal mehr den Schmerz um ihren eigenen Verlust in der Brust. Ihren selbst verschuldeten Verlust. Es war, als wäre das alles gestern passiert, als wären nicht so viele Jahrzehnte seither ins Land gegangen. Das Bedauern darüber machte sie einen Moment sprachlos.

Sie räusperte sich. »Ich bin überzeugt, dass du einmal eine großartige Archäologin wirst.«

»Glaubst du?« Hanna schien bei Lottes Worten zu wachsen.

»Mit Sicherheit.«

»Weißt du, ich möchte Bunkeranlagen erforschen.«

»Auch das wird dir gut gelingen, so wie ich dich kenne.« Lotte kannte die Bunker, von früher, da war nichts zu erforschen. Aber wenn Hanna sich dafür interessierte, sollte sie es tun.

»Ihr jungen Leute habt heute die Chance, euch selbst zu entscheiden. Euch steht so vieles offen! Nutze das, Hanna, mein Schatz.«

»Schon, Urli.«

Urli … wie immer musste Lotte bei dieser Anrede schmunzeln.

»Aber Raffael … er will Kinder, und was ist, wenn … du weißt schon.«

»… wenn etwas passiert?«, vollendete Lotte Hannas Satz.

»Genau. Ich bin erst in der Mitte meines Studiums.«

»Herrschaftszeiten, was seid ihr denn für eine Generation? Wir wussten uns auch zu helfen, und das waren keine einfachen Zeiten! Ihr habt heute viel mehr Möglichkeiten.«

Hanna zuckte mit den Achseln und sank wieder in sich zusammen.

»Du denkst, du stehst vor einer Entscheidung, ja? Zwischen Studium und Mann, ja?«

»Was soll das für eine Frage sein? Als Frau in unserer heutigen Welt …«

»… ist ein Beruf wichtig, da hast du ganz recht. Ich habe selbst immer gearbeitet.«

»Ja, du warst immer auf Zack.« Ein Lächeln huschte über Hannas Gesicht. »Bis du achtzig warst sogar.«

»Genau. Deshalb sind meine Beine auch so kaputt.«

»Worauf willst du hinaus?« Hannas grüne Augen sahen unglücklich drein.

»Komm, Kind. Gehen wir spazieren. Ich werde dir etwas erzählen …«

Teil 1

I

Vor Wien, Jänner 1938

Nie wieder Hunger.
Dafür werde ich ab sofort selbst sorgen.
Alles wird gut.

Lotte blieb auf der verschneiten Straße stehen und sah den Reifenspuren nach. Der alte Lois, der sie mit seinem Fuhrwerk von ihrem Heimatdorf am Traunsee bis kurz vor Wien mitgenommen hatte, war längst außer Sichtweite. Vor ihr lag Wien. Ihre einzige Chance, seit die Eltern kurz hintereinander an einer schweren Grippe gestorben waren. Lotte allein konnte es daheim nicht schaffen, die kleine Nebenerwerbslandwirtschaft ernährte sie einfach nicht, die Eltern hatten immer zusätzlich woanders arbeiten müssen. Und nur aus dem Grund irgendwen heiraten wollte Lotte nicht.

Dazu der ständige Hunger. Am liebsten wäre sie einfach gestorben, versteckt hatte sie sich, aber dann hatte die Bestie in ihrem Magen sie hinausgetrieben, auf die Felder der anderen, nachts, ein paar Kartoffeln stehlen. Den letzten schrumpeligen Apfel hatte sie vor Stunden gegessen.

Nun musste sie den Rest der Strecke zu Fuß gehen, wenn sie nicht noch mal Glück hatte und jemand sie mitfahren ließ. Es war nicht mehr weit in die Stadt hinein, hatte der alte Lois behauptet, ehe er davongefahren war, um seinen Obstmost auszuliefern.

Der Wind frischte auf und wehte Lotte feinen Schnee ins Gesicht. Wie ein Schleier legte sich das Weiß über die Landschaft. Einen Moment lang war ihr, als verlöre sie den Halt, aber vielleicht lag das auch an ihrer Schwäche. Sie hätte nicht mehr sagen können, aus welcher Richtung sie gekommen war und in welcher die Stadt lag. Alles sah gleich aus. Gleich und weiß und kalt. Als wäre alles ausgelöscht, bis auf den Schnee und ihre kalten Füße und den völlig durchnässten, zerschlissenen Mantel. Aber da waren die Spuren ihrer Stiefel im Weiß, wo sie entlanggekommen war, gerade noch zu erkennen. Und dann hörte auch der Wind auf, und vor ihr lag wieder die Stadt.

Wien, dachte sie. Wien, du wirst mich retten.

2

Wien, Jänner 1938

»Und Sie können also kochen.« Im Tonfall der fülligen Frau mit dem großen Busen unter dem schwarzen, glänzenden Kleid lag keine Frage, wohl aber in ihrem Blick.

Lottes Magen gab allein beim Gedanken an Lebensmittel ein gieriges Knurren von sich. Der Geruch nach Gulasch waberte durch den Raum und mischte sich mit dem Zigarettenrauch der Kaffeehausgäste. Die Gespräche drangen wie ein Rauschen an Lottes Ohren. Sie saß vor Frau Schwarz, der Besitzerin des Lokals.

»Ich kann Gulasch kochen und Apfelstrudel und vieles andere«, sagte Lotte schnell, und während ihre Finger unruhig über ihr graues Kleid strichen, dachte sie krampfhaft nach, welche Speisen noch infrage kommen mochten für die feinen Stadtleute hier. Sie hatten ja daheim nur das gehabt, was auf dem Acker wuchs und auf den Bäumen im Garten – Äpfel, Kirschen, Kartoffeln, manchmal auch Mais. Sie dachte an Erdäpfelschmarrn, aber das war zu einfach. »Ich weiß vor allem, wie man gute Kuchen backt.« Lotte nickte zur Bekräftigung, weil man unter dem Blick dieser grauen Augen nur nicken konnte. Sie musste endlich Arbeit finden, sie hatte so oft um eine Stelle gefragt, in Geschäften, Lokalen oder Büros. Überall hatte man ihr abschlägige Antworten gegeben, mal mit mitleidigem Blick, mal ruppig. Man beschäftige nur Familienmitglieder. Arbeit gebe es nicht. Dabei hatte sich Lotte solche Hoffnung auf einen Neubeginn gemacht. Nun, die Zeiten waren wohl überall schlecht.

»Frau Schwarz, bitte, Tisch fünfzehn möchte zahlen«, rief ein Kellner mit buschigem, angegrautem Bart, während er Lotte einen abschätzigen Blick zuwarf.

»Moment, Fräulein.« Frau Schwarz stemmte schnaufend ihre vielen, in das zu enge Kleid gepferchten Kilos hoch. »Fräulein – wie war Ihr Name?«

»Lotte. Lotte Faber.«

»Gut, Fräulein Lotte. Warten Sie kurz, ich komme gleich wieder.« Frau Schwarz bugsierte sich um die Tischkante herum und wandte sich nach rechts, einem Herrn im grauen Anzug zu.

Lotte hatte den Tipp für diese Stelle von Gisi bekommen, ihrer Freundin von zu Hause. Sie war einige Monate vor Lotte nach Wien gezogen und hatte Arbeit in einer Miederwarenfabrik gefunden. Bei Gisi schlief Lotte derzeit. Seit drei Tagen war sie jetzt hier in Wien.

Plötzlich packte Lotte das Heimweh, schlug ihr seine Klauen ins Herz. Das Seeufer mit den Entenmüttern und ihren Kleinen im Frühling, die blühenden Apfelbäume, das Glitzern der Sonne auf dem Wasser. Wenn es nur endlich wieder warm werden würde! Sie hungerte nicht nur, sie fror auch entsetzlich. In Gisis kleiner Kammer gab es keinen Ofen, nur die Abwärme der Bäckerei darunter half ihnen ein kleines bisschen.

Lottes Magen knurrte wieder. Sie musste diese Stelle haben. Sie musste einfach!

»So, Fräulein.« Frau Schwarz hatte sich Lotte ohne Geräusch von hinten wieder genähert. »Jetzt erzählen Sie einmal.« Sie schob sich um die Tischkante herum und ließ sich auf ihren Platz plumpsen.

»J-ja«, stotterte Lotte. Sie hatte sich das alles leichter vorgestellt. »Ich habe Übung im Kochen und Putzen und … ich bin sehr ordentlich und reinlich.«

Die grauen Augen musterten sie. Lotte fürchtete ein weiteres Magenknurren, setzte sich sehr aufrecht hin und atmete flach. Sie fühlte sich hier wie ein Landei, und das war sie auch. Der Kellner passierte den Tisch und zog eine ebenso buschige Braue hoch. Sein schwarzer Anzug saß beinahe tadellos, er war nur etwas abgetragen.

»Bitte, Frau Schwarz«, fügte Lotte hinzu, »probieren Sie es mit mir. Ich werde mein Bestes geben. Das Rezept für Apfelstrudel von meiner Mutter ist ein ganz besonderes. Ihre Gäste werden diese Mehlspeis' lieben, das schwör ich Ihnen.«

»So.« Ein weiterer prüfender Blick. Frau Schwarz nahm einen Schluck aus ihrem Glas Wasser. »Also gut.« Das Glas klirrte auf der Marmortischfläche, als sie es abstellte. »Ich werde es mit Ihnen versuchen. Einen Monat zur Probe. Dann werde ich sehen, wie Sie sich anstellen.«

»Danke, Frau Schwarz.« Lotte spürte die Erleichterung in allen Fasern ihres Körpers. Sie seufzte auf.

»Sie bekommen 170 Schilling im Monat. Dazu Trinkgeld. Wenn Sie freundlich sind.« Ein gezwungenes Lächeln erschien auf dem Gesicht von Frau Schwarz.

»Danke.« Sie musste dankbar sein, sie musste einfach. Es war besser als nichts und allemal ein Anfang. Ihr Magen knurrte schon wieder. Endlich konnte sie Essen kaufen und war nicht mehr von Gisis Hilfe abhängig. Endlich diese Bestie zum Schweigen bringen …

»Und lassen Sie sich in der Küche etwas vom Gulasch von gestern geben«, brummte Frau Schwarz. »Kann ja keiner mit anhören.«

»Ich, ähm«, stotterte Lotte.

»Sie haben kein Geld, das hab ich schon begriffen. Aber hab ich gesagt, dass Sie zahlen sollen?«

Lotte schüttelte den Kopf, den Blick niedergeschlagen. »Nein.«

»Na, sehen Sie. Freie Kost ist Teil Ihres Lohns bei der Stelle.«

»Ich bin Ihnen sehr dankbar, Frau Schwarz.« Sie spürte, wie ihre Wangen heiß wurden, so peinlich war ihr diese Not.

»Na, gehen Sie schon in die Küche.«

Lotte nickte. »Ich werde Sie nicht enttäuschen«, versprach sie und bemühte sich um eine feste Stimme.

Hoffentlich. Als Landpomeranze in einem solchen Kaffeehaus würde das eine Herausforderung werden. Lotte straffte die Schultern. Aber sie würde ihr Bestes geben. Sie würde für sich sorgen. Keinen leeren Magen mehr haben zu müssen, war ein guter Ansatz!

3

März 1938

»Jawohl, Frau Schwarz.« Lotte nahm nickend die Anweisung ihrer Chefin entgegen, wieder einmal Apfelstrudel zu machen. So ging es den ganzen Tag. Aber sie hatte zu essen. Sie durfte über den Probemonat hinaus bleiben. Und das war es, was zählte.

»Machen Sie dies, erledigen Sie das«, so kam es in einer Tour. »Aber ein bisschen flotter, mein Fräulein! Wir haben unsere Zeit nicht gestohlen! Die Gäste warten!«

Martha, die ältere Köchin mit den dicken Beinen, zwinkerte Lotte dann zu und half ihr dabei, die Anweisungen richtig auszuführen. Kartoffeln aus dem Keller zu holen, das Beuschl zuzubereiten oder die Kaffeebohnen richtig grob zu mahlen. Lotte lernte, dass ein Kleiner Brauner ein kleiner starker Kaffee mit etwas Milch war, eine Schale Gold war genauso groß, kam aber mit Obers statt Milch und war deswegen etwas heller. Ein Mokka war stark, jedoch schwarz. Dazu wurde immer ein kleines Glas Wasser serviert, das war in Wien so üblich. Wasser wurde auch später mehrmals nachgereicht, um dem

Gast zu signalisieren, er sei willkommen – was Frau Schwarz allerdings nur zähneknirschend billigte, da sie natürlich lieber an weiteren Konsumationen verdient hätte. Aber so war es nun einmal Tradition in den Kaffeehäusern der Hauptstadt, in diesen war der Gast König, und dem König schenkte man Wasser nach. Unbegrenzt.

»Jawohl, Frau Schwarz«, bejahte Lotte tagaus, tagein und hatte das Gefühl, aus ihrem devoten Nicken nicht mehr herauszukommen. »Gleich, Frau Schwarz, einen Moment, Frau Schwarz.«

Die Chefin selbst arbeitete weder in der Küche noch an der Schank, sie servierte auch nicht. Ihre Aufgabe schien einzig und allein darin zu bestehen, an ihrem angestammten Platz zu thronen, die Oberaufsicht zu führen – und von den Gästen zu kassieren. Einen Herrn Schwarz gab es nicht, Frau Schwarz war verwitwet. »Ich muss sakrisch aufpassen, dass mich keiner übers Ohr haut«, war ihr ständiges Reden. »Nur weil ich eine Frau bin, glauben sie, sie können alles mit mir machen!«

Ihre schwarze Brieftasche, die sie immer mit sich trug, war dick und schwer von all dem Hartgeld. Vermutlich könnte ich mit einem winzigen Bruchteil daraus schon gut leben, war Lottes häufiger Gedanke.

Die Küche schloss um neun Uhr abends, das Kaffeehaus um elf. Anschließend musste noch aufgeräumt und alles für den nächsten Morgen vorbereitet werden.

Todmüde ging Lotte dann durch die schlafenden nächtlichen Straßen zu dem Zimmer, das sie mieten hatte können. Es lag nicht sehr weit von ihrem Arbeitsplatz entfernt, was ein großes Glück war. So sparte sie Zeit und das Geld für eine Tramwayfahrkarte.

Durch ihr Fenster schien am Vormittag sogar kurz die Sonne, obwohl die Gasse so eng war. Noch besaß Lotte bloß ein Bett und zwei Sessel, aber keinen Tisch. Sie sparte lieber das wenige, das ihr von ihrem Lohn übrig blieb. Nie wieder sollte es ihr gehen wie zuvor, nie wieder durfte sie hungern! Die Bestie in ihren Eingeweiden durfte nie wieder erwachen. Bei jedem Gedanken daran fröstelte ihr, und wenn sie immer noch manchmal nachts von einem quälend leeren Magen träumte, erwachte sie mit klammen Händen und war froh, dass es nur ein Traum war. Dann griff sie nach einer alten Semmel oder etwas Brot und beruhigte sich beim Essen.

Das Zimmer war ihr eigenes kleines Reich. Wenn Lotte in einer der wenigen Mußestunden an ihrem Fenster saß, das Essen genoss und den Blümchenkaffee dazu und ihr Erspartes zählte und wenn dann auch noch die Sonne hereinschien, dann war sie fast so etwas wie glücklich. Es ging langsam aufwärts. Schade nur, dass ihre Eltern das nicht mehr miterleben durften.

Nach einer kurzen Nachtruhe ging es am Morgen wieder zur Arbeit. Frau Schwarz begrüßte sie kurz angebunden und teilte ihr die Arbeit zu. Es gab so viel zu lernen. So viel Neues drang ständig auf Lotte ein. Schickte Frau Schwarz sie servieren, konnte Lotte sicher sein, dass sie auch bei dieser Tätigkeit alles falsch machte. Ihre Hand zitterte dabei immer noch ein wenig. Man durfte das Tablett nur mit einer Hand halten, nicht in beiden Händen. Zumindest ging ihr nicht mehr so viel kaputt wie anfangs. Sie hatte gelernt, wie sie es anstellen musste: Das schwerste Element musste sie am nächsten zu sich selbst auf das Tablett stellen und das leichteste ganz außen. Lotte lernte schnell und gewöhnte sich an alles. Lob gab es trotzdem keines, nur die Kritik von Frau Schwarz kam nicht mehr ganz so oft wie am Anfang. Die Gäste sahen sie nicht mehr misstrauisch an, ob auch alles klappen würde. Im Gegenteil, sie erlaubten sich sogar den einen oder anderen Scherz oder eine launige Bemerkung. Was leider teilweise anstrengend war. »Immer schön freundlich lächeln!«, mahnte Frau Schwarz gern. »Unsere Stammgäste sind das Rückgrat des Betriebs!«

Das sagte sie besonders gern, wenn wieder einmal jemand Lotte um die Hüften gefasst oder über den Arm gestrichen hatte. Lotte schauderte jedes Mal, aber laut Frau Schwarz durfte sie sich ihre Abneigung nicht anmerken lassen. Das sei geschäftsschädigend und gefährde letztlich auch Lottes Stelle. Und überhaupt, so schlimm sei das doch gar nicht. Dabei sah Frau Schwarz selbst drein, als sei sie froh, diese Dinge nicht selbst zu erleben. Ob es ihr je so ergangen war? Lotte konnte sich nur schwer vorstellen, wie die immer unnahbare Frau Schwarz wohl als junge Frau gewesen sein mochte.

Immerhin hatte sich Lotte endlich die Nummern der Tische gemerkt. Eins war der Tisch links neben der Theke, Frau Schwarz' Kommandostand. Im vorderen Raum standen die Tische zwei bis zehn und im hinteren Bereich elf bis fünfzehn, weitgehend im Uhrzeigersinn gezählt. In der Mitte des rückwärtigen Teils stand ein Billardtisch, der immer gut besetzt war, an den Nachmittagen von Schülern der höheren technischen Schule ein paar Gassen weiter, abends von erwachsenen Männern.

»Die Würstel für Tisch zwölf!«, erklang es aus der Küche.

Lotte eilte zur Speisenausgabe, wo fettiger Geruch herauswaberte, schnappte den Teller mit einem Paar Frankfurter,

Kren und Senf und servierte eilig. Der ältere Herr an Tisch zwölf bedankte sich freundlich.

»Lotte!«, kam es schon wieder von der Speisenausgabe.

»Fräulein, könnte ich bitte bestellen?«, sagte fast gleichzeitig jemand an Tisch fünfzehn. Lotte wandte sich in die Richtung, aus der die Männerstimme kam. Dort saß ein junger Herr im weinroten Pullunder. Mit seinen blonden, leicht welligen Haaren wirkte er, als hätte jemand einen Schauspieler aus einem Lichtspiel dort hingezaubert.

»Fräulein?« Von unten herauf sah er sie an.

»Ja, bitte, Sie wünschen?«, fragte sie, wie Frau Schwarz es ihr beigebracht hatte.

»Eine Melange, bitte.« Ein feines Lächeln folgte.

Eine Wiener Melange, das war eine Schale nicht sehr starker Kaffee mit einem Häubchen geschäumter Milch.

»Kommt sofort!« Sie hatte gelernt, sich die Bestellungen zu merken, und wenn es nur ein Getränk war, klappte das auch bereits.

»Erich!« Frau Schwarz segelte auf Tisch fünfzehn zu, dabei maß sie Lotte mit einem Blick aus ihren grauen Augen, dann den Herrn, dann wieder Lotte.

Lotte spürte, wie Hitze in ihre Wangen kroch. War ihr ein Fehler unterlaufen? Sie sah den Mann an, sah in graue Augen, die denen von Frau Schwarz ähnlich sahen, aber weicher wirkten, sanfter. Er schenkte ihr ein hinreißendes Lächeln. Lottes Hände begannen zu zittern. Ihr Kopf hatte es noch nicht ganz begriffen, da stellte Frau Schwarz den Herrn vor: »Mein Sohn Erich.«

4

12. März 1938

Samstag.

Lotte faltete das Geschirrtuch zusammen. Frau Schwarz hatte entschieden, das Kaffeehaus an diesem Tag bereits um sieben Uhr zu schließen. Lotte freute sich auf ein paar freie Stunden vor dem Zubettgehen. Vielleicht würde sie noch ein wenig durch die Innenstadt bummeln, Auslagen ansehen und Luft schnappen.

Sorgsam prüfte sie die Arbeitsfläche der Kaffeeküche, die Tische – alles blitzte vor Sauberkeit. Die weißen Kaffeetassen standen übereinandergestapelt an ihrem Platz, die Wassergläser daneben ebenso. Die Fenster waren geöffnet, um durchzulüften. Frau Schwarz war wegen irgendwas Wichtigem gegangen. Zögernd, aber dann doch, hatte sie Lotte beauftragt, alles wie immer zu machen und sorgfältig alle Türen hinter sich zu versperren. Man wisse ja nie, die Leute heute würden stehlen wie die Raben. Eine Frechheit, sich am Eigentum anderer Leute zu vergreifen. Lotte wusste, es war nur die Armut, die die Leute zu so etwas trieb, sie wollten nicht viel, nur etwas zu essen, etwas gegen das nagende Loch im Magen. Sie war so dankbar, dass es ihr nicht mehr so ging, seit sie hier arbeiten durfte. Bei allem Druck, der auf ihr lastete, sie hatte eine Stelle, ein Einkommen, wenn auch ein bescheidenes, ein Dach überm Kopf und genug zu essen.

Lotte legte ihre Arbeitskleidung ab, schlüpfte in ihr Wochentagskleid, schloss sorgfältig alle Fenster und ging zur straßenseitigen Tür des Cafés. Sie trat hinaus auf die Gasse, die ziemlich still dalag. Die Uhr am Juweliergeschäft gegenüber leuchtete einsam in die Abenddämmerung. Die Menschen waren wohl zu Hause und hatten ein Abendessen im Familienkreis vor sich. Lotte dachte an ihr stilles Zimmer. Ob sie Gisi besuchen sollte …?

Sie ging wieder hinein und sperrte die Eingangstür von innen ab. Das Geräusch des sich im Schloss drehenden Schlüssels schien überlaut zu hallen im leeren Kaffeehaus. Es war so still im Raum, wie nur ein leerer Raum still sein konnte. Von der Straße drangen plötzlich gedämpft Geräusche herein, doch durch die Fensterscheiben konnte sie die Ursache nicht erkennen. Da war Geschrei und Gepolter. Vielleicht ein Streit, womöglich gar eine Schlägerei.

Nach einem letzten Blick schaltete Lotte alle Lichter bis auf das an der Theke aus und verließ das Kaffeehaus durch die hintere Tür, die in den Hof führte. Auch hier wandte sie all ihre Sorgfalt auf das Versperren der drei Schlösser.

Lottes Schritte klapperten über den Stein, als sie in der sparsamen Beleuchtung Richtung Haustor strebte. Ein paar Fenster standen offen, es roch nach Brathuhn und ein wenig nach vergossenem Alkohol. Die Luft war mild, sehr mild sogar für März. Genau richtig für einen Spaziergang. Man könnte schon meinen, mit dem Frühling werde es was. Wer weiß, vielleicht lag in ihrem Dorf noch Schnee?

Wieder vernahm Lotte gedämpfte Stimmen, Gepolter, dann einen Schrei. Vorsichtig öffnete sie das Tor zur Gasse einen Spaltbreit und sah sich um. Links neben ihr lag der Kaffeehauseingang, rechts der einer antiquarischen Buchhandlung. Auf beiden Seiten war alles in Ordnung, ebenso wie beim Juwelier. Das Getöse kam wohl von etwas weiter weg, Glas klirrte, etwas schepperte, ein Stimmendurcheinander. Marschierende Schritte. Nun, sie würde vorsichtig sein müssen, aber das war ja nicht das erste Mal in ihrem Leben der Fall. Sollte sie den Stadtbummel auf ein anderes Mal verschieben? Dabei war es so schön, einmal zu einer normalen Tageszeit freizuhaben, nichts zu müssen, alles zu können.

Sie schlug die Richtung zum Stephansplatz ein. Schreie und Streit wurden lauter.

Kurz entschlossen wandte Lotte sich in die andere Richtung. Aber auch von dort war Geschrei zu hören. Sie sah Fackeln näher kommen, wo nur wenige Straßenlaternen die schmale Gasse erleuchteten. Als sie ums Eck bog, kam ihr eine Menschentraube entgegen. Burschen in braunen Hemden, Armbinden mit Hakenkreuzen an den Armen.

O nein, nicht schon wieder! Sie drehte wieder um und bog in eine noch schmalere Gasse zur Linken ein, um auszuweichen.

»Nicht weglaufen, Fräulein!«, erklang es hinter ihr. Ein Grüppchen Burschen kam auf sie zu, ein großer mit gemeinem Blick vorneweg. Alkoholdunst umwehte sie.

Sie holten sie ein, teilten sich, umkreisten sie von allen Seiten.

»Lasst's mich in Ruh!«, schimpfte sie und wollte den vor ihr beiseiteschieben.

»Warum denn so resch, schönes Mädl!«, johlte der Lange und hielt sie am Arm fest, dass es wehtat. »Sei doch ein bisserl lieb zu uns!«

»Finger weg!«, schrie Lotte und machte sich mit aller Kraft los.

Die anderen Burschen johlten, ihre Stimmen überschlugen sich.

»Du willst doch auch noch ein wenig Spaß haben, gib's zu!« Mehrere packten sie jetzt an beiden Armen. Sie hörte Stoff reißen.

»Oder treibst du es nur mit Saujuden?«

»Aus dem Weg!«, brüllte Lotte und wollte sich wieder losreißen, aber egal, wo sie sich befreien konnte, sie hatte gleich darauf grapschende und zwickende Dreckspfoten auf ihrem Körper. Ihre Wut wurde glühend. Sie roch den Schweiß und den Alkohol und sah die Gier in den Augen der Burschen. Dazu mischte sich plötzlich der Geruch feuchter Frühlingserde. Alles in ihr spannte sich an.

»Was ist da los!«, kam eine resolute männliche Stimme von irgendwoher. Ein geschlossener Regenschirm wurde geschwungen, landete auf dem Rücken eines Burschen, während Lotte um sich trat. Einer jaulte auf, irgendwer rammte ihr den Ellbogen in den Rücken. Unerbittlich sauste der Regenschirm auf die Burschen nieder, bis sie endlich zögernd das Weite suchten. An der nächsten Ecke blieben sie johlend stehen und machten obszöne Gesten.

Jetzt erst spürte Lotte ihr Herz klopfen.

»Kommen Sie, Fräulein Lotte.«

»Herr … Erich! Sie hat wohl der Himmel geschickt!«

Wieder waberte der Geruch feuchter Erde an ihre Nase.

Die Burschen feixten.

»Ihr lassts die Dame in Ruh, ihr dummen Buben! Euch is wohl was zu Kopf gestiegen!« Erich hob drohend den Schirm. In der anderen Hand hielt er ein kleines Päckchen.

»Moment, Herr.« Einer der Burschen riss zackig den rechten Arm in die Höhe, die anderen folgten. »Wollen Sie damit etwas gegen unseren Führer sagen?«

»Gar nichts will ich«, winkte Erich ab. »Kommen Sie, Fräulein Lotte.« Er führte sie energischer, als sie es ihm bisher zugetraut hätte, von den Hakenkreuzlern weg. »Ich begleite Sie ein Stück, damit die Kerle Sie in Ruhe lassen.«

»Danke für Ihr Einschreiten, aber jetzt kann ich schon allein zurechtkommen.«

»Nichts da, ich bleib lieber an Ihrer Seite. An Tagen wie diesen weiß man nie. Ich möcht nicht hören, dass Ihnen was zugestoßen ist!«

5

»Das hat mir jetzt echt den Abend verdorben.« Lotte nahm gleichzeitig den Lärm, die vielen Stimmen und die laue Luft wahr. »Dabei wäre es so schön heute!«

»Dann lassen Sie uns noch ein wenig spazieren gehen«, schlug Erich vor.

Lotte zögerte.

»Es wird schon nichts sein«, meinte Erich. »Wir weichen einfach rechtzeitig aus, wenn noch mal so was wie eben vorkommen sollte.«

»Ich weiß nicht …« Lottes Herzschlag beruhigte sich endlich ein wenig.

»Und ich hab da noch was.« Er hob das Päckchen hoch.

»Was ist damit?«

»Sag ich Ihnen, wenn Sie mit mir ein wenig durch die Stadt flanieren.« Er grinste.

»Soll das Erpressung sein?«

»Och, nö! Nie im Leben!« Schalk saß in seinen grauen Augen, als er sie wartend ansah.

»Also gut.«

»Freut mich.« Erich strahlte. »In angenehmer Begleitung ist dieser milde Abend noch schöner.«

Zum Glück hatten sich die Burschen endlich entfernt. »Danke, dass Sie mir aus dieser blöden Situation geholfen haben.«

»Ehrensache«, meinte Erich und schwang beim Gehen den Regenschirm.

»Wo sind Sie überhaupt so plötzlich hergekommen?«, fragte sie und sah zu Erich auf.

»Ich wollt noch zu meiner Mutter«, meinte er. »Aber sie hat wohl früher Sperrstund gemacht.«

»Ja, wir haben geschlossen.« Wir. Als würde sie Mitbesitzerin sein.

»Eh gscheid von der Mama.«

»Wie meinen Sie das?«

»Haben Sie kein Radio gehört?«

»Nein, ich hab wie immer gearbeitet.«

»Ach so, ich weiß.« Er hüstelte. »Hitler ist einmarschiert.«

An der Seite war die Auslage eines Buchgeschäfts zerstört worden, ein Scherbenmeer glitzerte davor.

Ein älteres Paar kreuzte ihren Weg. »Heil Hitler!« Beide rissen geradezu die Arme in die Höhe.

Erich nickte ihnen nur zu.

»Wie bitte?«, fragte Lotte.

»Haben Sie wirklich nichts davon mitbekommen? Die ganze Stadt spricht davon. Was glauben Sie, weshalb die Burschen vorhin so aufgeregt waren? Der Anschluss ist da.«

»Aha«, sagte Lotte mit einem unbestimmten Unwohlsein. Die Plakate in den letzten Tagen wegen dieser Volksabstimmung.

»Heim ins Reich«, murmelte Erich.

Was das wieder alles bringen würde? Gerade erst hatte sie sich in ihrem neuen Leben in der Hauptstadt eingerichtet!

Schon wieder kam ihnen eine aufgeregte Menschenhorde entgegen. Junge Männer in braunen Gewändern, eine Art Uniform. An den Häusern flatterten Fahnen – aber nicht die österreichischen.

»Die müssen vorbereitet gewesen sein.« Erich deutete auf die Hakenkreuzfahnen. Rasch bogen sie wieder in eine Seitengasse ab. Dort war es stiller.

»Kommen Sie. Keine Angst, ich bin bei Ihnen und pass auf!«

»Ich kann schon auf mich selbst aufpassen«, erklärte sie, aber irgendwie war sie doch froh, dass Erich an ihrer Seite war. Zum ersten Mal seit Langem hatte Lotte das Gefühl, nicht mehr allein zu sein, sich nicht um alles selbst kümmern zu müssen. Eine Last glitt ihr von den Schultern, es fühlte sich überraschend gut an.

»Ich wollte übrigens das hier« –, Herr Erich hielt das Päckchen hoch –, »meiner Mutter bringen. Aber da sie nun mal nicht da ist, habe ich eine andere Idee. Wie wäre es, wenn wir beide, Sie und ich …« Fragend sah er sie an.

»Was denn, Herr Erich?«

»Könnten Sie das ›Herr‹ vielleicht weglassen, Fräulein Lotte?«

»Nur wenn Sie nicht mehr Fräulein sagen«, erwiderte sie kecker, als sie sich fühlte.

Er nickte. »Lotte, also, wollen Sie?«

»Wovon sprechen Sie, Erich?« Sie sah nur geradeaus, wagte kaum, ihn anzublicken.

»Von diesem Stück Sachertorte hier.« Er hielt wieder den Arm mit dem Päckchen hoch.

»Sachertorte, was ist denn das?«, fragte sie neugierig.

»Sie stammt aus dem Hotel Sacher, dort habe ich meine Lehre gemacht. Hat meine Mutter Ihnen das nicht erzählt?«

»N-nein.« Lotte hasste es, wenn sie vor Aufregung ins Stottern kam. Ein warmer Windstoß streifte ihre Wangen. Oder war es Erichs Atem? Sie drehte sich zu ihm.

»Also, wollen Sie dieses Stück schokoladiger Konditorkunst mit mir gemeinsam verspeisen?« Fragend, direkt lockend sah er sie mit schief gelegtem Kopf an.

»Klingt gut«, meinte sie. Jetzt, wo die Aufregung überstanden war, war sie doch glatt hungrig. Wann würde das aufhören?

»Gut, dann folgen Sie mir. Ich habe da eine Idee.« Schwungvoll bog Erich ab, strebte eine kleinere Gasse entlang, die nur schwach beleuchtet war, bis sie zur Ringstraße kamen. »Kommen Sie, kommen Sie!« Er winkte sie über die breite Fahrbahn. Eine innere Stimme gab ihr den Rat, einem fast Unbekannten nicht überallhin zu folgen. Aber hatte er sie nicht gerade gerettet? Also ging sie mit ihm.

Erich führte sie an einem Park vorbei, bis sie schließlich eine Brücke erreichten, über die gerade eine Kutsche mit zwei weißen Pferden fuhr.

»Hier, wir sind gleich da.« Ein paar Stufen wiesen hinunter zu einer Art Promenade neben einem schmalen Fluss. Der Weg lag im Dämmerlicht einiger weniger Laternen. Es duftete nach Frühling und ein bisschen nach der Verheißung von Glück. Im Gegensatz zu den Straßen war hier fast niemand unterwegs. Eine Amsel sang und steckte Lotte mit einer unbekannten Sehnsucht an.

»Wo sind wir hier?« Lotte sah sich neugierig um, hin- und hergerissen zwischen dieser aufregenden Situation und … und dem Gedanken, ob es klug war, mit einem Herrn in diesem … Zwielicht zu spazieren? Dann sah sie zu Erich auf, versank in seinen grauen Augen, und bei seinem Grinsen musste sie auch lachen. Nein, es war nichts Schlechtes daran, ganz sicher nicht. Erich war so freundlich. Und die Situation hatte den Reiz des Neuen, sie hatte noch nicht viel Zeit gehabt, die Stadt kennenzulernen. Wieder nahm sie den Geruch feuchter Erde wahr. Sehnsucht nach ihrer Heimat wehte durch sie hin.

»Waren Sie noch nie hier? Das ist die Wien, auch Wienfluss genannt.«

»Sie kennen sich aber gut aus.«

Er lachte auf. »Ich bin ein Kind der Stadt. Meine Heimat sind die Gassen mit ihrem Kopfsteinpflaster und die engen Häuserzeilen. Kommen Sie, Lotte! So kommen Sie doch!« Er reichte ihr den Arm.

»Es ist wirklich schön hier!« Sie blickte sich um. Keine Spur mehr von den grölenden Horden und nirgends ein Hakenkreuz. Der fast volle Mond stieg gerade über die Bäume auf der anderen Seite, tauchte alles wie in ein Zauberlicht aus einem Traum. Einem schönen Traum. Ein Pärchen ging

Händchen haltend an Erich und Lotte vorbei, eine Ente quakte leise.

»Sie sind nicht aus Wien?«, fragte Erich und blieb stehen.

»Nein … nein, das bin ich nicht.« Ihr war noch immer, als träume sie. »Ich bin in einem Dorf in Oberösterreich aufgewachsen.«

Erich deutete auf eine der steinernen Bänke an der Seitenmauer. »Wollen wir uns setzen?«, fragte er.

»Gern.«

Erich begann, an seinem Päckchen zu nesteln. Papier raschelte, ein dunkles Stück Kuchen auf einem Pappkarton kam zum Vorschein. Intensiver Geruch nach Schokolade drang an Lottes Nase.

»So ein Gedicht von Torte muss man an einem besonderen Ort verspeisen, oder was meinen Sie, Lotte?«

Der Mond schien nun auf Erichs Gesicht und die Torte.

»Na, beißen Sie schon ab!«, forderte er sie auf.

Lotte musste lachen. Da saß sie, in einer Stadt, die sie kaum kannte, mit einem Mann, den sie ebenfalls kaum kannte, an einem Ort, den sie gerade erst kennengelernt hatte, im Mondenschein … und bekam diese verführerisch duftende Süßigkeit angeboten.

»Also gut.« Vorsichtig nahm sie den Karton in die Hand, schnupperte, überlegte und grub schließlich ihre Zähne in die Spitze der Mehlspeise. Sie schmeckte, kaute. Saftiger Teig, Kuvertüre aus dunkler Schokolade und … »Ist das Marmelade?« Sie sah fragend zu Erich auf.

»Die Torte wird aprikotiert, ja.« Er nickte.

»Aprikotiert?«

»So nennt man das in der Fachsprache.« Fröhlich beobachtete er sie beim Essen. »Die Marmelade ist zwischen den Tortenteilen.«

Lotte nahm noch einen Bissen, diesmal ließ sie die Schokolade langsam auf der Zunge zergehen.

»Ein Gedicht!«

»Sag ich ja!«

Sie kicherten.

Und da saßen sie, fast allein, in lauer Nacht, bissen abwechselnd ein Stück Torte ab … und lachten.

Lachten, während die Politik des Landes … ja, was eigentlich?

6

April 1938

Marschieren, immer nur marschieren.

Lotte hatte es so satt.

Paraden, Aufmärsche, Ansprachen. Klingendes Spiel und Gulaschkanonen. Und zerstörte jüdische Geschäfte. Die Menschen überall im Taumel, ein einziger Hexentanz.

Frau Schwarz war tagelang erregt, sie bewegte ihre massige Gestalt für ihre Verhältnisse häufig durch ihr Lokal, um wichtige Gäste zu begrüßen, ja, sie zu umschmeicheln. Stammbesucher nahmen es gelassener. Viele grüßten halt mit »Heil Hitler« statt mit »Grüß Gott«, aber sonst änderte sich nicht viel. Ein paar waren weggeblieben seit dem sogenannten Anschluss, von manchen wusste man nicht, wo sie waren. Doktor Weißberg soll aus dem Fenster gesprungen sein, wurde getuschelt. Anwalt, Jude, die Menschen zuckten bedauernd die Achseln. Lotte hatte ihn in der kurzen Zeit, seit sie hier arbeitete, nicht besonders gut kennengelernt, er war nur selten zu Gast gewesen, wenn er bei einem Prozess in der Innenstadt zu tun hatte. Viel öfter war Kommerzialrat Neumayr, ebenfalls Jude, hier gewesen und hatte sich am Rotwein gelabt und damit über die Irrungen und Wirrungen seiner im Familienbesitz befindlichen Lederfabrik hinweggetröstet. Seit Tagen hatte Lotte ihn nicht mehr gesehen.

Man hörte von schlimmen Dingen, die Juden und Jüdinnen angetan wurden. Sie wurden gezwungen, Parolen von Nazigegnern von Straßen und Fassaden zu schrubben oder das Bild des früheren Kanzlers Schuschnigg. Die Hitlerjungen erniedrigten sie währenddessen, und die Umstehenden lachten und riefen eklige Dinge. Am liebsten hätte Lotte sie alle niedergeschlagen, aber sie allein, wie denn? So wich sie nur aus, sobald sie auch nur Gejohle vernahm, doch es ging ja überall so zu, diese Reibpartien fanden ständig statt, es gab kein Entkommen. Auch die Hakenkreuzbeflaggung hörte nicht auf. An den Plakatwänden tauchten Bilder von Bauern und Arbeitern auf, die für Urlaubsfahrten mit der »NS-Gemeinschaft Kraft und Freude« warben. Und so ging es immer weiter. Brot und Spiele überall. Und eine Volksabstimmung, die sowieso nur pro forma stattfand und deren Ergebnis wohl von Anfang feststand. Man musste hingehen, es wurde erwartet. Der Kreis für Ja war x-mal so groß wie der für eine immerhin noch mögliche Nein-Stimme. Und dann war die Sache vollzogen. Lotte war nun auch deutsche Staatsbürgerin. Bürgerin dieses »Dritten Reichs«.

Was da alles passiert war, überlegte sie bei der Arbeit in der Kaffeeküche. Erich Schwarz hatte sie seit dem Abend, an dem sie diese Sünde aus Schokolade im Mondlicht vertilgt hatten, nicht mehr gesehen. Er hatte sie noch nach Hause begleitet, und sie war froh darüber gewesen, denn auf den Straßen war es immer noch turbulent zugegangen. Lkws fuhren vorbei, auf deren Ladeflächen Männer die Hakenkreuzfahne hielten, die Arme zum Hitlergruß erhoben. Man hatte auf Rechtsverkehr umgestellt, noch sehr ungewohnt.

Ein paar Tage später hatte dieser Adolf Hitler auf dem Heldenplatz seine hysterische Rede gehalten, in der er den Eintritt seiner alten Heimat in das Deutsche Reich verkündet hatte. Die Menschen schrien »Sieg-Heil«. Lotte hatte am Rande gelauscht, weil sie es wissen wollte, und war dann still heimgegangen. Und überall Plakate wegen dieser Volksabstimmung, als ob die nicht eh Augenwischerei wäre und das Ergebnis nicht feststünde. Aber sie durfte ja gar nicht abstimmen, weil das erst ab vierundzwanzig Jahren erlaubt war.

Mittlerweile verblasste die Erinnerung an Erich und die Gespräche im Mondlicht. Schade.

»Träumen Sie?« Frau Schwarz war unbemerkt hinter ihr aufgetaucht und spie ihr heißen Atem in den Nacken. Immer hatte sie nur solche Worte, nie ein Lob. Dabei fand Lotte, sie hatte sich mittlerweile ganz gut eingearbeitet. Von den Gästen wurde sie wohlwollend behandelt und erhielt das eine oder andere Trinkgeld. Reich wurde sie nicht, aber es ließ sich leben, wenn man nicht viele Ansprüche hatte. Und ein kleiner Notgroschen für schlechtere Zeiten ließ sich auch anlegen. Sie achtete darauf, regelmäßig etwas zu essen, besonders vor dem Schlafengehen. Ansonsten träumte sie von jenen

Wochen, in denen sie keinen Ausweg gesehen hatte. Träumte vom Hunger, als müsste sie sterben …

Aber sie hatte ja Glück. Sie hatte ein Dach überm Kopf, Geld für Holz zum Heizen und genügend zu essen. Es könnte schlimmer sein.

»Fräulein Lotte?«

Nur das Verhältnis zu ihrer Chefin lag Lotte im Magen. Vielleicht sollte sie nach einer anderen Stelle Ausschau halten? Es ging ja jetzt aufwärts, hieß es. Da müsste doch was zu machen sein …?

Sie nickte Frau Schwarz zu und beschloss, sich umzuhören, ob jemand etwas von einer freien Stelle wusste.

»Was schauen Sie ständig zur Tür?«, zischte Frau Schwarz und kniff die Augen zusammen. »Was ist? Etwas mit einem Mann?« Ihr grauer Blick glitt über Lottes Körper, als wäre sie ein Vieh, das man kaufen könnte. »Sie sind doch nicht …?«

»Was meinen Sie?«

»Stellen Sie sich nicht so an. Kommt was Kleines?«

»Ein Kind? Ich?« In Lotte stieg Wut auf. Was ging es diese Person an! Selbst wenn sie tausendmal ihre Arbeitgeberin war! »Nein, Frau Schwarz. Das lässt sich ausschließen.«

»Falls Sie es auf meinen Sohn abgesehen haben …« Frau Schwarz funkelte sie an. »Dann vergessen Sie das lieber schnell. Erich arbeitet jetzt in Lübeck.«

»Ach was.« Enttäuschung kroch unerwartet in Lottes Herz. Seltsam, wie sehr der Verlust von etwas schmerzen konnte, das man doch nie sein Eigen genannt hatte.

»Und jetzt machen Sie ein bisschen dalli, der Herr Ministerialrat auf fünf wartet schon viel zu lange auf seinen Kaffee!«

Frau Schwarz sah drein, als würde sie Lotte einen Klaps auf den Hintern geben wollen wie einem Pferd.

Ich muss mir wirklich eine andere Stelle suchen!

Lotte begann, die Kaffeebohnen zu portionieren. Während der betörende Duft des frisch gemahlenen Kaffees an ihre Nase drang, sah sie unwillkürlich wieder zur Eingangstür. Da war Erich Schwarz also in Lübeck. Soso. Und er hatte ihr nichts davon erzählt. Nun, vermutlich war es besser so.

7

Juli 1939

»Gisi, das ist aber schön, dass du dir endlich meine neue Wohnung anschauen kommst!«

Die Freundin aus Kindheitstagen stand vor Lottes Tür.

»Ich weiß, ich hätte dich längst besuchen sollen. Aber es ist halt immer so viel …« Gisi zögerte.

»Was denn?«

Gisi schüttelte den Kopf und lächelte. »… so viel zu tun, ist halt immer.«

»Na, dann freu ich mich einfach doppelt, dass du da bist. Komm rein.«

Stolz führte Lotte sie in der angenehm hellen Wohnung herum. »Schau, das fast neue Bett und der große Tisch waren schon hier. Und zwei Sessel. Zwei hatte ich noch.«

»Aha«, kam es ungewöhnlich wortkarg von Gisi.

»Ist das nicht fast schon luxuriös? Sogar eine Tischdecke

lag noch auf dem Tisch ausgebreitet, und ein paar Gläser und Tassen standen darauf. Praktisch, was?«

Gisi runzelte die Brauen, sagte aber nichts.

»Und stell dir vor«, Lotte trat vor ihren ganzen Stolz. »Diese Singer-Nähmaschine habe ich auch sozusagen geerbt. Offenbar wurde sie nicht mehr gebraucht.«

Wieder wanderte ein sehr nachdenklicher Ausdruck über Gisis Miene.

»Ja«, fuhr Lotte fort. »Mir geht es endlich gut. Schau, den Stoff hab ich günstig gekauft.« Sie holte ihn aus dem Packpapier, in das er eingewickelt war. »Ausschussware, aber das Blümchenmuster ist nur hier etwas verschossen, ich glaube, man sieht es kaum, wenn ich es hinter der Naht verstecke, oder?«

»Mhm. Sehr schön.« Gisi strich über den Stoff, aber sie wirkte, als wäre sie mit den Gedanken ganz woanders.

»Daraus nähe ich mir ein nettes Kostüm«, erklärte Lotte. »Da kann ich Rock oder Oberteil auch mit anderen Sachen kombinieren. Das ist praktisch. Wer weiß, wofür es gut ist!«

»Ich freu mich für dich, wenn du es dir verbessern kannst«, meinte Gisi dann zögerlich.

»Was hast du denn? Du als meine älteste Freundin, gönnst du mir das etwa nicht?«

»Aber ja doch, sicher.« Gisi lächelte gezwungen. »Wie hast du denn die Wohnung gefunden?«

»Wieso fragst du?«

»Nur so.« Gisi machte eine wegwerfende Geste.

»Im Mai hab ich davon erfahren. Frau Schwarz hat mich darauf aufmerksam gemacht. Mitte Juni bin ich dann hergezogen.«

»Und unten, was ist mit dem Lebensmittelgeschäft?«

»Das soll polizeilich gesperrt worden sein, hat mir eine Nachbarin gesagt.«

»Aha, ah so. Na, dann wird ja alles gut.«

»Schau nicht so ernst, Gisi.«

»Ist ja gut.«

»Wollen wir spazieren gehen?«, schlug Lotte vor. »Es ist so ein schöner Tag!«

Sie verließen die Wohnung, und Lotte sperrte sorgfältig ab. Sie meinte, eine Bewegung im Vorhang an dem kleinen Fenster der Nachbartür wahrzunehmen.

»Was hast du denn?«, fragte Gisi, als sie die Wendeltreppe hinuntergingen.

»Der Nachbar … ist ein bissl sehr neugierig.«

»Oha.« Gisi sah sich um. »Heutzutage …«

»Der will wohl was von mir. Dabei ist er mindestens fünfzig!« Lotte lachte unwillkürlich.

»Ach so, das.« Gisi fiel etwas verzögert in das Lachen ein, es klang erleichtert.

»Ich will mir erst was aufbauen, weißt du«, erklärte Lotte, als ihnen beim Öffnen der Haustür die heiße Luft entgegenschlug. »Ich will für mich selbst sorgen. Das habe ich mir geschworen, als ich nach Wien gekommen bin.«

»Schon gut, Lotte. Du musst mir nichts erklären.«

In Lottes Viertel in der Nähe des Karmelitermarkts war es noch ruhig, nur ein paar orthodoxe Juden in ihren dunklen Mänteln schlichen die Häusermauern entlang, ohne jemanden anzusehen. Früher hatte Lotte gar keine Juden gekannt.

Kaum überquerten sie die Brücke über den Donaukanal in die Innenstadt, fanden sie das pralle Leben.

»Seit wann hast du übrigens eine neue Frisur?«, fragte Lotte.

Gisi tastete an ihre nur mehr kinnlangen Haare. »Ein paar Wochen schon … ist superpraktisch!«

»Ja?«

»Eindeutig. Man muss weder Zöpfe flechten noch irgendwas hochstecken, vor allem bei der Arbeit.«

»Aber ich bins halt so gewohnt.« Lotte hatte wie so oft das Deckhaar hochgekämmt und festgesteckt, der Rest der Haare fiel hinten und an den Seiten auf die Schultern.

»Kein Bubikopf für dich?«, fragte Gisi.

»Im Moment glaub ich nicht.«

Frauen in Sommerkleidern flanierten mit Herren in leichten Anzügen. In den kleinen Schanigärten der Cafés herrschte Hochbetrieb. Ein freier Tag. Und noch dazu ein richtig toller Sommertag! Eigentlich unglaublich.

»Du musst auch nicht arbeiten?«, fragte sie Gisi. »Was für ein schöner Zufall.« Eine böse Vorahnung schlich sich in ihre Gedanken. »Oder bist du am Ende …?«

»Nein, alles in bester Ordnung. Ich habe meine Stelle immer noch.« Gisi tätschelte Lotte den Arm. Dieser ungewohnte Anblick … fast als wäre ihre Kindheitsfreundin verschwunden und eine Fremde ginge neben Lotte her.

»Immer noch in der Miederwarenfabrik?«

»Genau. Wäsche für die Dame wird immer gebraucht. Wir werden nie arbeitslos.« Gisi zog Lotte weiter. »Ich habe einfach nur frei. Das wurde endlich durchgesetzt.«

»Was wurde durchgesetzt?«

»Der freie Sonntag.«

»Davon habe ich noch gar nichts gehört.«

»Du liest keine Zeitungen, was?«

»Nein. Die Zeitungen lesen bei uns die Gäste, und ehrlich gesagt …«

»Verstehe. Vielleicht eh besser so. Nun, es war ein langjähriger Wunsch« – Gisi senkte ihre die Stimme – »der Gewerkschaft. Ebenso wie ein freier 1. Mai.« Ein Seufzen entrang sich Gisis Kehle. »Leider erst jetzt erfüllt.« Die Freundin sah einen Moment ernst drein, dann lächelte sie.

Das Leben rundherum nahm Lotte wieder gefangen. Ein Reisebüro warb für den Verkauf von Eisenbahnkarten und Tickets für die Hamburg–Amerika-Linie. Beim Hotel Sacher herrschte ein Kommen und Gehen, Taxis fuhren vor, Gäste stiegen aus, das Kinn arrogant zum Himmel erhoben, ein weinrot gekleideter Page begleitete sie, ein anderer nahm ihnen Gepäck ab. Lotte musste an Erich Schwarz denken. Und an diese gemeinsam genossene Schokolade am nächtlichen Wienfluss. Wie lange war das jetzt schon her! Und danach war der Sohn ihrer Chefin nach Norddeutschland gezogen. Ob er das gemacht hatte, weil Österreich zur Ostmark geworden war und zum Deutschen Reich gehörte?

Lotte schüttelte den Gedanken an ihn ab. Es war besser so, wie es war!

Sie bummelten an der Oper, der Albertina und dem imposanten Philippshof vorbei zur Hofburg und dann weiter über Kohlmarkt und Graben zum Stephansplatz. Jede Menge Reisende wuselten dort herum.

»Schau mal!«, sagte Gisi und deutete auf einen dicklichen Mann mit einer Kamera vor dem Bauch. »Er hofft wohl, den Dom irgendwie auf ein Bild zu bekommen.«

»Das kann er beim Steffl lang probieren«, wusste auch

Lotte. Der Mann hüpfte hin und her, bückte sich, aber egal wie, es klappte wohl nicht.

»Erzähl einmal, wie läuft es so bei dir?«, fragte Gisi im Weitergehen.

»Eh recht gut.« Lotte überlegte. Die Sonne schien, da sah alles viel besser aus. Das Leben schien einfach, wenn es warm und hell war. »Meine Chefin ist halt eine rechte Grätzn«, meinte sie dann.

»Was macht sie denn?«

»Sie schikaniert mich immer noch tagaus, tagein. Mehr als ein Jahr bin ich jetzt dort, aber ihr mach ich nie was recht.«

»Das tut mir leid.«

»Wie ist das denn bei dir? Wird deine Arbeit geschätzt?«

Gisi lachte ein wenig gekünstelt auf. »Du machst Witze! Wir sind die Sklaven, uns lobt keiner! Das Lob ist unser Lohn am Ende der Woche.«

»Da hast du auch wieder recht, Gisi.« Lotte hielt ihr Gesicht genüsslich in das Sonnenlicht. »Immerhin mögen mich die Gäste. Das Trinkgeld ist recht nett geworden mit der Zeit.«

»Na siehst du, meine Liebe! Es geht aufwärts mit dir. Dann ignorier deine Frau Schwarz, so gut du kannst.«

»Das ist leichter gesagt als getan.«

Im Gedränge steuerte ein Mann mit starrem Blick auf sie zu, grauer Anzug, Aktentasche in der Hand. Komisch, an einem Sonntag! Gisi runzelte die Brauen, zwinkerte, es war, als würde sie den Kopf schütteln. Sie zog Lotte an ihm vorbei.

»Kennst du ihn?«, fragte Lotte.

Gisi lächelte wieder etwas gezwungen. »Noch nicht.«

»Ich brauch so was jedenfalls nicht. Einen Haufen Kinder und so weiter, nein, danke.« Lotte zeigte ihr spielerisch die Zunge.

Gisi nickte nur. »So schnell muss das ja auch nicht gehen.« Sie tätschelte schon wieder Lottes Arm, und jetzt ging ihr sogar das auf die Nerven. Sie schüttelte die Hand ihrer Freundin ab.

»Jetzt tu nicht so, Lottchen. So eine Schulter zum Anlehnen, was ist daran schlecht?«

»Mag sein«, murrte Lotte. Sie würde sich jetzt nicht den Tag verderben lassen von so einer Diskussion. »Ich möchte aber lieber erst was erreichen im Leben und mir was ansparen. Falls wieder schlechtere Zeiten kommen.«

Gisi schenkte ihr einen langen Blick. »Nun, vielleicht hast du recht.«

»Wie meinst du das?«

»Mit den schlechten Zeiten. Vielleicht kommen die schneller wieder als gedacht.«

»Glaubst du?«

»Schau mal, da winkt jemand«, rief Gisi plötzlich.

»Komm, weiter jetzt. Ich will das nicht.« Lotte strebte weiter, die Glocken der Peterskirche erklangen.

Aber Gisi stand da wie angemalt.

»Was ist denn noch?«, fragte Lotte ungeduldig und presste ihre Tasche enger an den Körper, weil sich schon wieder Leute im Gewühl an sie drängten. Auf Diebstahl ihres hart erarbeiteten Geldes hatte sie nun wirklich keine Lust. Die paar Groschen würde sie nicht teilen! Pfennige, verbesserte sie sich selbst gleich darauf stumm. Es hieß ja jetzt Pfennige. Und Mark. Reichsmark. In ihrem Gurkenglas in der Küche daheim lagen genau elf Reichsmark Erspartes.

»Dort, siehst du?« Gisi deutete in die Richtung eines Tisches. »Der Blonde winkt dir! Er schaut ausschließlich dich an!«

Das gab es doch nicht! Träumte sie jetzt? Dieser sanfte Blick aus grauen Augen und dieses Lächeln … Erich Schwarz war doch in Norddeutschland! Aber nein … Er stand auf und trat einen Schritt auf sie zu.

»Fräulein Lotte, weichen Sie mir aus?«, fragte er freundlich, klang jedoch ein wenig distanziert.

»Waren wir nicht schon dabei, das ›Fräulein‹ wegzulassen?«, fragte sie und hätte sich gleich darauf die Zunge abbeißen können. Die Zunge, auf der sie wieder den verführerischen Geschmack dieser Schokoladentorte zu schmecken meinte.

Gisi schaute interessiert von einem zum anderen. Und Erich Schwarz grinste ein wenig zu siegesgewiss. In diesem Moment erklang ein heftiges Donnergrollen, und Sekunden später öffneten sich die Schleusen des Himmels zu einem Wolkenbruch.

8

Ende Juli 1939

»Lotte, wo bleibt der Apfelstrudel?«

Frau Schwarz war an diesem Tag wieder unausstehlich. Nichts passte ihr, alles dauerte zu lang, es war unmöglich, ihre Wünsche zufriedenzustellen.

Ich muss mir endlich eine andere Stelle suchen!

»Es dauert nicht mehr lange, Frau Schwarz!« Lotte warf einen Blick ins Backrohr. Die Oberfläche des Strudelteigs sah schon recht gut aus, aber noch nicht ganz so gebräunt, wie sie sein sollte. »Vielleicht noch fünf Minuten!«

Die Köchin Martha war seit den Anschlusstagen nicht mehr zur Arbeit gekommen. Niemand sprach darüber. Das Schweigen war eingezogen … Seither war auch die Küche komplett Lottes Aufgabenbereich geworden.

»Das ist zu lange.«

Lotte schrak zusammen und richtete sich auf.

Frau Schwarz in ihrem immer gleichen schwarzen Kleid tauchte in der Küche auf. Das war so gut wie nie der Fall. Ihre Gestalt füllte die Türöffnung fast gänzlich aus. »Der Herr Obersturmführer wartet!«, zischte sie und watschelte – ja, man konnte ihren Gang nicht anders bezeichnen – auf den Backofen zu.

»Er wird warten müssen wie alle anderen«, erklärte Lotte und zeigte auf den Strudel.

»Lotte!« Ein strenger Blick von Frau Schwarz traf sie. »Ich sagte, Obersturmführer!«

Diese Politik! Lotte zwang sich, die Augen nicht zu verdrehen. Aber ein Seufzen musste ihr entwischt sein, denn Frau Schwarz warf ihr einen weiteren strengen und jetzt auch misstrauischen Blick zu. Lotte verkniff sich weitere Worte. Ihre Chefin und das Anbiedern an die Machthaber. Es war schwer erträglich.

Lotte schwieg. Bei ihrer Arbeitgeberin war Schweigen oft das beste Rezept, um Ruhe zu haben.

Jetzt blieb Frau Schwarz tatsächlich in der Küche stehen

und wartete. Zu zweit beäugten sie das Backrohr, bis Lotte den Strudel für fertig befand. Als sie die Tür des Ofens öffnete, drang der Duft von warmen Äpfeln und Zimt noch intensiver heraus. Lottes Magen knurrte. Verdammt. Wie peinlich. Sie konnte den Blick ihrer Chefin im Rücken spüren, sagte aber immer noch nichts, sondern holte nur das Blech mit der Mehlspeise aus dem Ofen und legte es auf die Arbeitsfläche daneben.

Frau Schwarz wartete, während Lotte ein paar Stücke vom Strudel aufschnitt und jedes auf einen Teller hob. Wieder knurrte ihr Magen vor Verlangen. Die Gier in Lotte, sich selbst zu bedienen und die Zähne in dieses saftige Stück Mehlspeise zu schlagen, wurde beinahe übermächtig. Sich einmal vollfressen am Apfelstrudel! So richtig ausgiebig völlern, bis man nicht mehr konnte. Musste das schön sein! Das Wasser rann ihr im Mund zusammen, als sie sich den Geschmack der Äpfel auf der Zunge vorstellte und dazu den leicht blättrigen Teig.

Ein Hüsteln von Frau Schwarz brachte Lotte zurück in die Wirklichkeit. Sie durfte zwar hier essen, aber nur von den Resten. Beim Apfelstrudel nach dem Rezept von Lottes Mutter blieb allerdings so gut wie nie etwas übrig, der wurde von den Gästen beinahe schneller gegessen, als er gebacken war.

Sie straffte sich. Sie würde nicht verhungern, und basta! Beim Gedanken an die Zeit nach dem Tod ihrer Eltern verkrampfte sich ihr Magen, die Bestie gab ein Fauchen von sich. Einen Moment lang verschwamm alles vor ihren Augen, das Bild von Mama tauchte auf, kurz vor ihrem Tod. War sie gestorben, weil sie während ihrer Grippe nicht genügend zu essen bekommen hatte? Weil Lotte versagt hatte? Weil es kein nahrhaftes Fleisch gegeben hatte?

Lotte zwinkerte kurz, um die Tränen wegzuscheuchen, schnappte einen der Teller mit dem duftenden Apfelstrudel und wollte an Frau Schwarz vorbei in den Gastraum.

»Ich mache das.« Die Chefin riss den weißen Teller aus Lottes Hand, sodass durch den Schwung fast die Mehlspeise auf den Boden gefallen wäre. Was für eine Verschwendung das gewesen wäre!

Als Frau Schwarz aus der Küche gesegelt war, legte Lotte den noch nicht aufgeschnittenen Apfelstrudel auf einen großen Teller und deckte ihn mit einem Tuch zu. Dann reinigte sie Backofen und Blech. Endlich war alles wieder verstaut und sauber. Der Geruch der Äpfel ließ etwas nach und damit auch die Versuchung, davon zu naschen. Lotte überlegte, ob sie noch einen Kuchen machen sollte, es war schließlich Freitagnachmittag, die Büroangestellten würden bald Feierabend machen und hier das Wochenende einläuten. Andererseits würde Frau Schwarz dann wieder von Verschwendung predigen, falls sie zu viel Kuchen hatten, von dem sich nicht alles verkaufte. Wie man es machte, machte man es wohl falsch.

Ehe sie zu einer Entscheidung gekommen war, wurde sie von draußen gerufen.

»Eine Melange für fünfzehn!« Der graue Schopf von Kellner Johann beugte sich über die Theke. Ihre Blicke trafen sich. »Tisch fünfzehn? Doktor Fröhlich?«

Johann nickte. »Bravo.« Es hatte lange gedauert, bis er Lotte gegenüber aufgetaut war.

»Und ein Stück Apfelstrudel dazu.«

»Wird gemacht.« Lotte fing an, den Kaffee zuzubereiten.

»Alles in Ordnung?«, fragte er leise und zwinkerte ihr zu.

Johann gehörte sozusagen zum Inventar des Cafés, so lange arbeitete er schon hier. Er war schon da gewesen, als Herr Schwarz noch gelebt hatte. Johanns breites Lächeln, wenn er es denn verschenkte, war legendär.

»Geht schon«, raunte Lotte mit einem Seitenblick auf Frau Schwarz, die mit dem Obersturmführer Konversation machte. Hörte sich sehr enthusiastisch an, was sie so sagte. »Stimmt, Herr Obersturmführer! Wie Sie das wieder erkannt haben, Herr Obersturmführer!« Alles mit einer schmeichlerischen Stimme vorgetragen, dass man auch mit weniger Kenntnis von Frau Schwarz erkennen konnte, dass nicht viel dahintersteckte außer dem Kalkül, dem Gast zu schmeicheln, damit er möglichst oft wiederkäme und möglichst viel Geld dalasse. Frau Schwarz und ihre Gier!

»Heute kann sie's wieder, was?« Johann war ihrem Blick gefolgt. »Na ja, man muss sich halt die Leute warmhalten, egal wer an der Macht ist.«

Nicht schon wieder Politik! Lotte verdrehte die Augen. Die Politik ging ihr noch mehr auf die Nerven als Frau Schwarz.

Die Tür öffnete sich, und herein trat … Lotte musste zwinkern … Erich Schwarz. Sie sah das Aufblitzen in seinen grauen Augen, als sein Blick sie streifte. Er ging zu dem Platz, an dem sonst Frau Schwarz thronte.

Unwillkürlich steuerte Lotte auf Erich zu. »Was kann ich Ihnen bringen, Herr Erich?«

»Wir waren doch schon bei Erich, Fräulein Lotte, nicht wahr?« Dabei betonte er das *Fräulein* übertrieben und zwinkerte ihr zu, dass es in ihr zu kribbeln begann.

Sie nickte und lächelte auch. Wie wohl das tat! »Also, Erich, was darfs sein?«

»Hier duftet es nach frischem Apfelstrudel, Lotte, stimmts, oder habe ich recht?«

»Richtig geraten, Herr Detektiv«, antwortete sie und fand sich einen Moment später zu keck.

»Dagegen kann das Sacher einpacken.« Er zwinkerte ihr noch mal zu. Lotte lachte auf.

Frau Schwarz kam herbeigeschossen, strafte Lotte mit einem ihrer Blicke. Lotte spürte, wie Hitze in ihre Wangen schoss.

Frau Schwarz küsste ihren Sohn auf beide Wangen, was dieser stoisch über sich ergehen ließ.

»Einen Apfelstrudel, bitte, Fräulein Lotte«, sagte Erich Schwarz dann mit so betont artigem Gesichtsausdruck, dass Lotte sich auf die Zunge biss, um nicht wieder laut herauszulachen.

»Warm? Mit Schlagobers?«

»Gern.«

»Kommt sofort«, sagte sie daher nur. »Kaffee dazu, wie immer?«

»Wie immer?« Frau Schwarz stemmte ihre Hände in die breiten Hüften und ließ den Blick zwischen ihrem Sohn und Lotte hin und her wandern. »Na, gehen Sie schon, Fräulein Lotte!« Sie deutete mit einer ruckartigen Bewegung ihres Kopfes Richtung Küche. »Aber ein bisschen flott.«

Lotte tat wie geheißen.

»Na, haben Sie was gegen ihren Goldbuben gesagt?«, raunte Johann, als Lotte sich hinter die Theke zwängte und danach das Pult wieder verschloss.

»Goldbuben?«, erwiderte Lotte.

Aus den Augenwinkeln bemerkte sie, wie Erich aufstand

und die Toiletten ansteuerte. Der Weg dorthin führte an der Theke vorbei.

»Waren Sie schon einmal in den Praterauen?«, raunte er Lotte zu und blieb stehen.

»Nein«, antwortete sie ebenso leise. »Wo ist das?«

»Im grünen Prater ist es wunderschön jetzt im Sommer.« Schalk saß ihm in den Augen. »Ich zeige Ihnen die Gegend sehr gern.«

Lottes Herz fing plötzlich heftig zu klopfen an. Was sollte das werden, eine Einladung zu einem Rendezvous? So nannte Gisi so etwas doch.

Oder war es nur eine nett gemeinte Idee? Vielleicht wollte er ihr nur die Stadt zeigen, weil sie doch immer noch ein Landei war, das nicht einmal den Prater kannte? Sicher nur das. Wer interessierte sich denn schon für eine Landpomeranze?

»Möchten Sie?« Abwartend sah er sie an, wurde ernst. »Ich will mich nicht aufdrängen, Fräulein Lotte. Vermutlich haben Sie Besseres vor.«

Weg war er.

»Na, Fräulein Lotte! Oha!« Kellner Johann wiegte den Kopf, während er dem Gästeraum und damit auch Frau Schwarz den Rücken zukehrte. »Und jetzt?«

Lotte zuckte mit den Schultern. »Wenn ich das wüsste …!«

Bald darauf kam Erich auf dem Weg zurück zu seinem Platz abermals an ihr vorbei. »Na, Fräulein Lotte? Haben Sie nachgedacht? Ich hätte da noch ein paar Ideen für den Genuss, wissen Sie.«

Lotte kicherte. »Ach so«, meinte sie. »Ja, dann … dann kann ich wohl nicht Nein sagen.«

Ein Aufleuchten in Erichs Augen. »Wann haben Sie frei, am Montag? Wann wäre es Ihnen recht, um vier?«

»Lieber gegen Abend. So um fünf?«

»Gut, dann fünf, treffen wir uns vor dem Riesenrad? Sie brauchen nur die Straßenbahn am Ring zu nehmen und bis Praterstern zu fahren.«

Lotte nickte. »Das sollte …«, fing sie an, da kam Erichs Mutter herangeschossen. »Was wird denn hier getrödelt? Ab in die Küche!«

Das konnte ja noch lustig werden … ein Rendezvous mit dem Sohn ihrer Chefin. Und dennoch war Lotte aufgeregt. Ja, sie freute sich auf den Ausflug.

9

August 1939

»Es ist wirklich schön hier.« Lotte fühlte sich wie verzaubert. Ein Märchen, so wie es ihre Mutter erzählt hatte. Selten, aber doch.

Die Sonne war nicht mehr ganz so heiß wie tagsüber, ein lauer Wind raschelte in den Blättern der hohen Bäume. Lotte trug ihr neues kurzes Kleid und ging mit Erich Schwarz spazieren. Erich Schwarz und sie ganz allein. Ohne Frau Schwarz. Ohne Gäste, die ständig etwas wollten oder reklamierten. Ohne ständige Befehle. Ohne Arbeit und Müdigkeit und Hitze aus dem Backrohr. Sie flanierten durch die Praterauen wie feine Leute.

»Hab ich Ihnen nicht zu viel versprochen, was?«

»Es ist wunderbar, einmal raus ins Grüne zu kommen.«

Beinahe eine Woche war vergangen, seit er sie zu diesem Ausflug eingeladen hatte. Sie hatte an den Feierabenden ihr Kleid fertig genäht, bei schlechtem künstlichen Licht, und vor lauter Nervosität hatte sie zu einem falschen Schnitt angesetzt. Erst nach ein paar Zentimetern hatte sie den Fehler bemerkt. Notdürftig ließ sich die Sache kaschieren, und vermutlich fiel die zusätzliche Naht bei dem Blumenmuster gar niemandem auf, wenn man nicht davon wusste.

»Ganz schön einsam allerdings«, meinte sie. Über ihnen wölbte sich das dichte Laubdach der Kastanienbäume, das feinen Schatten spendete, der blaue Himmel blitzte ab und zu durch. Am Wegrand wuchsen kleine Blümchen in den Wiesen, gelb und weiß und blau. Keine anderen Menschen waren in Sicht. Gar keine. Ungewohnt für Lotte. Aber war es unangenehm? Immerhin waren damit auch keine Braunhemden in der Nähe! Und es gab weder Aufmärsche noch Reden oder Reibpartien. Oder Hitlergrüße.

Nur einmal erklang Musik, wild und unbekannt. Gleich darauf verstummte sie wieder, und mehrere junge Leute liefen weg, sogar die Burschen trugen schulterlange Haare. Polizei hinterher, Trillerpfeifen.

»Keine Sorge, Lotte, ich bin bei dir«, beruhigte Erich sie. »Bei Ihnen. Ich bin bei Ihnen. Entschuldigung.« Er war stehen geblieben und sah sie an.

Sie musste jetzt irgendwas sagen, irgendwie auf die unausgesprochene Frage nach dem Du eingehen …

Aber sie sah nur sein Gesicht, die lieben, sanften Augen, in denen seine Frage stand. Eine Frage, die mehr wissen wollte. Und sie, wusste sie denn die Antwort?

»Kommen Sie, Lotte«, ging er elegant über die Sache hinweg, »ich habe noch eine Überraschung für Sie.« Er deutete auf einen schmalen Trampelpfad, der durch die Wiesen und zwischen früchtetragenden Hollerstauden hindurchführte. Sie wich den wild wuchernden, dornigen Zweigen eines Brombeerstrauchs aus, stolperte über eine Wurzel, doch Erich reichte ihr galant den Arm. Nein, unangenehm war das alles ganz und gar nicht …

Sie betraten eine von hohen Pappeln gesäumte Lichtung, Wasserplätschern war zu hören.

»Ein Teich?«, fragte Lotte.

»Das Heustadlwasser«, erklärte Erich in einem stolzen Tonfall, als hätte er es extra für sie angelegt.

Lotte musste lachen.

Er spazierte ihr voraus eine Böschung hinunter. Dort lag ein kleines grün gestrichenes Ruderboot, vertäut an einem ins Wasser hängenden Ast.

»Kommen Sie, Fräulein Lotte.« Erich hielt ihr eine Hand entgegen.

»Bitte sagen Sie wieder Lotte.«

»Gern, Lotte. Na, kommen Sie.«

Lotte zögerte.

»Haben Sie noch nie eine Bootsfahrt gemacht?«

»Nein. In meinem Heimatdorf hatten wir keine Zeit für so was.« Sie war nicht mehr dort gewesen, seit sie nach Wien gekommen war. Es gab ja auch keinen Anlass dafür, sie hatte dort keine Verwandten mehr, und ihre Freundin lebte ebenfalls hier in der Stadt. Aber jetzt streifte sie die Sehnsucht nach der Heimat. Nach dem Schatten der Apfelbäume. Und dem Plätschern der Wellen im See.

»Schwimmen können Sie hoffentlich?« Erich sah sie fragend an.

Sie schüttelte den Kopf. »Nein, auch nicht. Sie müssen mich für eine Gans halten.«

»Aber nein! Wobei … Gänse können schwimmen.«

Sie lachten beide.

Lotte ging vorsichtig über die ausgetrocknete Böschung zu ihm hinunter, er nahm ihre rechte Hand, um ihr ins Boot zu helfen. Der Kahn schaukelte, als sie den linken Fuß hineinsetzte.

»Ich halte Sie für das großartigste Mädchen, das ich je kennengelernt hab.«

»Erich!«, rief Lotte. »Jetzt machen Sie sich aber lustig über mich!«

Das Boot bewegte sich heftiger, sie stand immer noch mit dem anderen Fuß an Land.

»Niemals, Lotte.« Erich packte sie um die Hüften und hob sie an Bord. Als sie wieder stand, hatte sie immer noch das Gefühl, das Gleichgewicht zu verlieren. Sie ruderte mit den Armen.

»Und jetzt setzen Sie sich da hinüber, bitte.« Er deutete auf ein Brett an der einen Seite des Bootes. Sie machte einen Schritt darauf zu, alles schaukelte wieder. Wenn sie jetzt ins Wasser fiel, würde sie vor Scham umkommen …

Endlich saß sie dann doch. Das Schaukeln des Bootes unter ihr beruhigte sich und damit auch sie selbst. Erich nahm ihr gegenüber Platz und begann zu rudern. Die Ruderblätter trafen klatschend das Wasser. Leichter Fahrtwind kühlte Lottes heiße Wangen. Wobei, wenn sie Erich ansah, wurde ihr gleich wieder heißer. Sie schloss die Augen, während sie sich mit beiden Händen an dem Sitzbrett abstützte. Das Wasser plätscherte sanft, eine Ente quakte. Was für ein seltsam aufregendes Gefühl, in einem Boot zu sitzen, mit einem Mann und sonst niemandem. Und wirklich freizuhaben.

Ruckartig riss sie die Augen wieder auf.

»Schön?«, fragte Erich lächelnd.

Sie nickte. »Und wie!«

»Dachte ich mir.« Er ruderte gemächlich weiter, sah sich ab und zu um. Ein Reiher flog auf. Schließlich lenkte Erich das Boot ans Ufer, wo ein paar Weiden ihre Zweige ins Wasser hängen ließen. »Ich habe noch eine Überraschung.«

Er manövrierte das Boot unter das Blätterdach der Bäume, krempelte sich die Hosenbeine auf, zog die Schuhe aus und stieg schließlich ins seichte Wasser. Ehe Lotte erschrecken konnte, zog er das Boot mit einer schnellen Bewegung an Land und vertäute es an einem der Baumstämme.

»So.« Erich lächelte geheimnisvoll und setzte sich wieder ins Boot. Er bückte sich und zog unter seinem Sitz einen Korb hervor. »Ich habe etwas vorbereiten lassen.« Er fing an auszupacken: »Hier haben wir frisches Schwarzbrot, kalte Wiener Schnitzel und Gurkensalat.« Er stellte eines nach dem anderen vor sie hin, dann holte er Servietten und Besteck aus dem Korb. »Bitte zuzugreifen.«

»Das ist ja … das ist … Mir fehlen die Worte.« Lotte staunte, gleich darauf erschrak sie. War sie womöglich mit offenem Mund dagesessen? Wie so ein … Dorftrampel?

»Eine besondere Überraschung für ein besonderes Mädchen.« Erich sah sie intensiv an. »Etwas zu trinken habe ich auch.« Er zog eine Flasche hervor und zauberte dann sogar langstielige Gläser herbei.

»Bitte sehr.« Er reichte ihr beide Gläser, schenkte ein, dann nahm er sich eines davon, stellte die Flasche weg und prostete ihr zu. »Einer der besten Weißweine des letzten Jahres, soweit ich gehört habe. Prost. Auf uns!« Dabei sah er ihr über das Glas hinweg tief in die Augen.

»Auf … Ihr Wohl.« Ihre Hand mit dem Glas zitterte, als sie anstießen. Schnell trank sie einen Schluck. Der Geschmack von Alkohol war ungewohnt für sie, aber das würde sie jetzt nicht zugeben.

Er schnitt etwas Brot ab, legte auf jede Scheibe eines der Schnitzel und reichte eines davon Lotte.

Sie nahm einen Bissen. Es schmeckte vorzüglich. Während sie aßen, plauderten sie über Erichs Zeit in Lübeck, dass er jetzt wieder hier lebte, obwohl seine Mutter das nicht so vorgesehen hatte. »Sie hat gern alles unter Kontrolle. Ich sollte dort arbeiten und … na ja, Erfahrung sammeln und … noch weitere Pläne hatte sie auch.« Er zögerte fast unmerklich, sein Blick wanderte in eine Ferne, die sie nicht kannte.

»Aber ich wollte so gern zurück nach Wien«, fuhr Erich nach einem Weilchen fort und sah Lotte wieder lange an.

»Das ist schön.« Stieg ihr jetzt der Wein zu Kopf, oder woher kam dieses federleichte Gefühl? Von dem Lüftchen, das das Boot ins Wackeln brachte? Sie hatte das Gefühl, selbst ins Wanken zu kommen, und tastete an den Bootswänden nach Halt.

Erich hielt sie mit beiden Händen fest. »Keine Angst, es passiert nichts«, beruhigte er sie mit leiser, etwas rauer Stimme, die ihr Gänsehaut bescherte. Seine Hände auf ihrer Haut fühlten sich aufregend an – aufregend und genau richtig.

»Danke für diesen … wunderbaren Ausflug«, flüsterte sie und spürte immer noch ein Gefühl des Staunens. Die Blätter der Weiden sangen ihr Lied, sie saßen wie geborgen darunter. Einen Moment dachte Lotte an Frau Schwarz, das Kaffeehaus und die Arbeit – aber alles erschien ihr weit weg, so weit entfernt wie Lübeck oder der Mond. Der Mond, unter dem alles angefangen hatte … Sogar die Stimmen aus dem Radio, die ständig von Krisen sprachen, verschwanden in weiter Ferne. Obwohl niemand aussprach, was das sein sollte, lag etwas in der Luft, das Lotte nicht gefiel. Aber daran wollte sie jetzt wirklich nicht denken.

»Ich danke.« Erich drückte sie näher an sich, so nahe, dass sie den Geruch seiner Haarpomade wahrnehmen konnte. Er berührte mit seinen Lippen ihre linke Wange. »Ich danke dir für den traumhaften Tag!«

Und dann war es auch schon wieder vorbei, als hätte sie geträumt. Aber Erich saß immer noch da und lehnte sich auf seinem Platz zurück. Er sah sie an, und sie sah ihn an. Irgendwo knallte etwas und erinnerte Lotte an die Zeit, in der sie lebten. Und dass niemand wusste, wie lange sie leben würden. Oder wie kurz. Alles konnte jeden Moment vorbei sein. Alles war jetzt oder nie, man wusste nie genau.

Mit einem plötzlichen Entschluss beugte sie sich zu Erich und küsste ihn voll auf die Lippen. Sie sah noch das Aufleuchten in seinen wunderbaren Augen. Mit einer heftigen Geste zog er sie in seine Arme. »Du fühlst dich so gut an!«, raunte er. »Ich möcht dich nie wieder loslassen.«

Und in dem Moment wollte Lotte das auch nicht. Mit

Erstaunen wurde ihr klar, dass nie zuvor jemand sie so berührt hatte, nicht einmal ihre Mutter. Bis jetzt. Und es fühlte sich gut an, richtig gut. Vielleicht konnte man stark sein und trotzdem mal schwach werden. Lotte ließ sich in die Umarmung fallen.

10

1. September 1939

»Träumen Sie?«

Lotte erschrak. Niemand sprach sie so barsch an wie Frau Schwarz. In ihrem »Lotte« lag kein Zauber wie bei Erich, nur Ungeduld. Dass Erich ihr Sohn war, dass Frau Schwarz und er dermaßen eng verwandt waren – es war für Lotte immer noch kaum zu glauben. Genauso wie das, was im Prater geschehen war. Sie berührte ihre Lippen. Niemand durfte davon erfahren. Niemand durfte von den Küssen wissen oder überhaupt davon, dass Lotte und Erich sich privat getroffen hatten. Egal wie zauberhaft der Tag in ihrer Erinnerung war. Sie hatte Erich noch gar nicht wiedergesehen seither. Ja, sie wusste nicht einmal, wo er wohnte, bei seiner Mutter oder woanders.

»Was ist jetzt? Sind Sie noch da oder gedanklich schon wieder im Kino?« Frau Schwarz war näher gewatschelt. Ihr blödes Radio, das nun so großartig über der Theke thronte, plärrte etwas von Angriffsdrohungen aus dem Osten. Lotte hörte nur mit halbem Ohr hin. Es war immer dasselbe, diese hysterischen Stimmen, die Gefahren, die Angstmacherei.

»Worum gehts?«, fragte sie, so freundlich sie konnte.

»Unglaublich«, trompetete Frau Schwarz, »das Personal heutzutage …« Sie seufzte. »Wie lange wollen Sie noch hier herumklimpern?«

»Äh.« Lotte stockte überrascht. »Aber ich soll doch aufräumen? Wie jeden Abend?«

»Der Führer spricht gleich!«, hauchte Frau Schwarz, und hätte man sie nicht besser gekannt, hätte man gedacht, sie wäre einer Ohnmacht nahe.

»Ich bin gleich fertig«, versprach Lotte, »und werde mich bemühen, so leise wie möglich zu sein.«

Behutsam stellte sie eine der sauberen Tassen ab.

»Papperlapapp.« Frau Schwarz nahm ihr die nächste Tasse aus der Hand. »Nun gehen Sie schon!«

Lotte glaubte, sich verhört zu haben. Sie sah auf die große Uhr an der Wand. »Aber es ist noch gar nicht so spät.«

Frau Schwarz wedelte mit der Hand, als würde sie eine Fliege verscheuchen. »Gehen Sie, los jetzt! Seien Sie froh über den freien Abend, bevor ich es mir anders überlege.«

»Also gut.« Lotte band sich die Schürze ab. Bei Tageslicht Feierabend zu machen, kam nicht oft vor. »Danke, Frau Schwarz. Schönen Abend noch.«

Sie holte sich von hinten ihre Sachen und verließ das Kaffeehaus. Eine hysterische Stimme erklang aus dem Radio, bis die Tür endlich zugefallen war.

Draußen schnappte sie nach Luft. Endlich Ruhe und frische Luft! Während ihr der leichte Wind in die Haare fuhr und ein wenig von dem Rauch aus ihren Haaren wegpustete, ging sie die Gasse entlang. Was sollte sie mit dem überraschenden freien Abend tun? Gisi besuchen? Aber ob die Freundin überhaupt zu Hause war? Oder ein wenig spazieren gehen? In Gedanken versunken schlug sie den Weg Richtung Stephansdom ein. Wie still es in den Gassen war! Und wie leer!

»Lotte?«, flüsterte plötzlich eine Stimme, die sie unter allen anderen erkannt hätte. »Hier bin ich, Lotte!«

»Erich!«

Tatsächlich löste sich seine Gestalt aus einem im Schatten liegenden Torbogen.

»Liebe, liebe Lotte!« Erich.

Er hatte die Haare kurz. Viel kürzer als zuvor. Lotte erschrak.

Sie sahen sich schweigend an, aber keiner von ihnen wagte mehr. Keiner wagte, den anderen zu berühren, solange sie in der Nähe von Frau Schwarz waren.

»So früh schon Feierabend?«, rang sich Erich schließlich zu Worten durch. Seine Stimme klang heiser.

Lotte nickte. »Ja, deine Mutter war irgendwie aufgeregt wegen einer Rede von … du weißt schon wem.« Den Namen wollte sie nicht aussprechen, dann konnte sie auch nichts falsch machen. »Deshalb hat sie mich heimgeschickt.«

»Dann begleite ich dich«, schlug Erich vor und sah sie an. »Also, wenn du magst.«

»Was für eine Frage. Natürlich muss ich dich wegschicken!«

In seinem Gesicht zeigte sich bodenloses Erschrecken, seine sanften grauen Augen wurden dunkel. »Entschuldige, Lotte. Ich habe da wohl was missverstanden. Ich bin zu aufdringlich, verzeih.«

Sie kicherte leise. »Aber, Erich! Das war ein Witz!«

»Ja?« Etwas leuchtete in seinen Augen auf. Hoffnungsvoll sah er sie an.

»Aber natürlich, du Lieber!« Sie hätte ihn jetzt gern geküsst, aber da kamen ein paar Männer in Uniform, und man konnte nie wissen, wer von denen an ihrem Arbeitsplatz verkehrte und Frau Schwarz morgen brühwarm erzählen würde, dass der feine Herr Sohn mit dem Servierfräulein gesehen worden war.

»Du hast mich erschreckt«, flüsterte Erich.

»Entschuldige.«

»Bitte mach so was nie wieder!« Sie merkte, wie heftig er schluckte.

»In Ordnung.« War er jetzt auch so ernst wie alle anderen dauernd? Konnte man denn keine Freude, keinen Spaß mehr haben? War Scherzen denn … auch verboten, wie so vieles andere? Alles war so getragen, so wichtig. »Komm, lass uns noch ein bisschen spazieren gehen«, schlug sie vor.

»Spazieren gehen?« Erich machte große Augen.

»Ist doch noch nicht so spät, oder? Und die Luft ist angenehm. Den ganzen Tag muss ich den Rauch einatmen bei der Arbeit, du kennst das ja.«

»Eigentlich nicht, aber egal.«

»Ach so, du rauchst ja nicht«, meinte sie.

»Ich habe auch nie bei Mama gearbeitet. Aber du hast recht. Na komm.«

»Du hast eine neue Frisur?«

Er nickte nur.

Sie bummelten die Kärntner Straße entlang. Auch hier waren kaum Leute unterwegs, ein paar wenige Autos fuhren die Gasse entlang. Am Hotel Sacher hielt gerade ein Taxi, ein Page eilte hinzu. Als sich die Tür öffnete, tauchte kein elegant gekleidetes Damenbein auf, sondern eine Uniformhose. Ein großer Mann stieg aus und bellte irgendwelche Befehle.

»Hört das nie auf?«, fragte Lotte leise und wusste im selben Moment, dass es darauf keine Antwort gab.

»Ach, Lotte.«

»Komm, gehen wir zur Albertina.« Dort zog sie Erich in ein Haustor, das im Dunklen lag, und gab ihm schnell einen Kuss. Er seufzte.

»Was ist denn?«, fragte sie.

Seine Hände strichen fest über ihren Rücken. Sie spürte mehr, als dass sie es sah, wie er den Kopf schüttelte. »Ach nichts.« Er strich über ihr Haar, legte seine Wange so fest an ihre, dass sie seine Bartstoppeln spürte. Er drückte sie eng an sich, jeder seiner Knochen und Muskeln spürbar.

Hinter ihnen im Hauseingang ging ein Licht an. Erich schob sie von sich. »Lass uns gehen.« Eine Turmuhr schlug, es waren dumpfe, nachhallende Schläge, die Lotte durch und durch gingen.

Sie schob sich näher an Erich heran, doch er machte einen Schritt zur Seite. »Komm jetzt.«

Über ihnen wölbte sich nun der Nachthimmel mit seinen funkelnden Sternen, die so lange vor ihnen schon da gewesen waren – und noch da sein würden, wenn es sie beide längst nicht mehr gäbe.

Komische Gedanken heute …

»Soll ich dich nun heimbegleiten?«, fragte Erich.

Sie nickte. »Komm.«

Er wusste ja ihre Adresse gar nicht, woher auch! Wie schnell alles ging. Dabei kam es ihr vor, als würde sie ihn schon ewig kennen. Über die Brücke, ein Stück geradeaus weiter und nach rechts, schon waren sie am Ziel.

Vor Lottes Haustor blieben sie stehen. Die Gasse lag im

Halbdunkel, das wieder eröffnete Lebensmittelgeschäft, in dem jetzt das Schild »Unser Gruß ist Heil Hitler« hing, hatte schon Feierabend. Kein Mensch war unterwegs. Über ihnen drang Licht aus einem einzigen Fenster.

»Wann sehen wir uns wieder?«, fragte sie.

Erich strich sich mit einer Hand über den Nacken.

»Deine Locken haben mir besser gefallen.«

»Soldatenhaarschnitt«, sagte er leise, und seine Stimme zitterte.

»Wie bitte?«

»Hast du es nicht gehört?«

»Was?«

»Krieg mit Polen.«

Sie schüttelte den Kopf. »Diese ganze Politik …«

»Lotte, Lotte … deine Unwissenheit ist fast schon herzig.«

»Sag lieber, wann wir uns wiedersehen. Sich nur so zufällig zu treffen, das macht mich ganz … ich weiß nicht, wie ich es sagen soll.« Fragend sah sie ihn an. »Unruhig macht mich das.«

Seine Augen glänzten in der Dunkelheit. »Gar nicht«, sagte er heiser.

»Wieso?« Ein Loch tat sich auf in ihrem Herzen. Was war das jetzt? Verdammt, sie hatte sich an ihn gewöhnt, hatte sich mehr eingelassen, als gut war. Als sie es eigentlich wollte. Sie brauchte doch keinen Typen, das hatte sie zu Gisi gesagt, es war noch gar nicht lange her. Sie sah es vor sich, den freien Tag, die Sonne, Erich, der ihr aus einem Straßencafé winkte.

»Ich muss einrücken.« Seine Stimme klang, als käme sie bereits aus einem Grab. »Morgen. Morgen muss ich in der Kaserne antreten.«

»Was?!«

Sie hatte es geahnt. Nichts Gutes wurde aus dem Ganzen, das da ständig in der Luft lag und aus dem Radio erschallte.

Erich nickte düster.

Das durfte nicht sein. Und was nicht sein durfte, konnte nicht sein. So war es doch?!

Lotte schlang die Arme um Erich, so fest sie konnte. Schlang und schlang und zerrte ihn noch näher, als könnte sie ihn so festhalten, hierbehalten, als könnte er einfach nicht gehen, wenn sie ihn nur fest genug hielte.

»Lotte«, keuchte er. Seine Lippen berührten die ihren, sie küssten sich so heftig, dass es wehtat und wonnig war zugleich, eine Schmerzenslust, eine Gier entstand in ihr, die sie selbst nicht kannte, die sie erschreckte. Erich presste sich hart an sie, leidenschaftlich drückten seine Arme sie an sich, da knarrte ein Fenster über ihnen.

Erich löste sich widerwillig von ihr. Sein Blick wanderte an der Fassade nach oben und dann wieder zu ihr.

»Kann ich kurz mit raufkommen?«

»Fräulein Faber, sind Sie das?«, kam eine mürrische Stimme von oben. Ein Hündchen kläffte.

Erich trat tiefer ins Tor, um von oben nicht gesehen zu werden.

»Guten Abend, Frau Kainz!«, rief Lotte. »Alles in Ordnung!«

»Soso. Aber seien S' ein bissl leise, ja! Anständige Leut wollen um diese Zeit schlafen.«

Ehe Lotte antworten konnte, wurde das Fenster geschlossen.

»Darf ich?« Erich sah sie fragend an. »Oder willst du mich wirklich nicht mehr?«

Wie unsicher seine Stimme jetzt wieder klang.

»Doch. Natürlich! Und wie!«, sagte sie mit belegter Stimme. »Also komm.« Sie griff nach seiner Hand, die sich warm anfühlte und lebendig. »Komm mit!«

II

Da saß er nun, in ihrem Zimmer, am Tisch, auf dem schon Tasse und Teller fürs Frühstück standen, und alles, was draußen richtig und gut erschienen war, wirkte nun falsch und unpassend.

»Möchtest du etwas trinken?« Lotte spürte das Zittern in ihrer Stimme, und das Zimmer schien Echo zu geben. »Ich habe nur Tee da. Oder Wasser.«

Erich schüttelte nur den Kopf und streckte eine Hand nach ihr aus. Zum ersten Mal waren sie wirklich alleine miteinander. Ganz alleine, in einem abgeschlossenen Raum. Sie ging zögernd auf ihn zu, Erich zog sie zu sich auf seinen Schoß. Mit einem Schlag war wieder alles richtig. Ihr Arm um seinen Hals, ihre Lippen auf seinen Wangen, auf seinem Mund. Seine Lippen an der nackten Haut ihrer Halsbeuge. Nur die Frisur, diese viel zu kurzen Haare, die waren nicht richtig an ihm. Die erinnerten sie wieder an alles.

»Du musst also morgen weg.«

Erich streichelte über ihr Haar. Ein Prickeln stieg vom Nacken in ihr auf.

Wer wusste schon, was morgen war!

Sie musste vergessen, was morgen war. Es galt nur diese Nacht.

»Bleib bei mir«, flüsterte sie. »Bleib hier. Bis morgen früh.«

Erich nickte, etwas leuchtete in seinen Augen auf. »Bist du sicher, dass du das möchtest? Du sollst dich nicht verpflichtet fühlen.«

»Hör auf damit.« Sie strich über seine kurzen Haare. Sie wollte den alten Erich zurück, den Erich, der sie veralberte, der die guten Ideen hatte, der sündige Schokolade mitbrachte oder federleicht machenden Wein. Erich, der immer für Überraschungen gut war. Nichts davon schien übrig. »Es wird woanders genug über Pflichten geredet, Erich. Das wollen wir nicht auch noch tun.«

»Du hast ja so recht.« Seine Finger berührten zart ihr Gesicht, den Hals, wanderten weiter nach unten. Das Prickeln dehnte sich überallhin aus, wurde übermächtig. Erich atmete keuchend. Er sah sie an, ernst, fragend. Sein Blick glitt zu ihrem Bett. Sie stand auf, nahm ihn an der Hand. Und jetzt? Sie hatte keine Ahnung, aber irgendwas würde schon passieren. Das Richtige würde passieren. Sie wollte, dass er morgen mit der Erinnerung an sie wegging, dass nichts diese Erinnerung überlagern könnte. Nichts und niemand. Sie wollte, dass es nur sie gab – sie und ihn. Sie beide. Zusammen. So sehr zusammen, wie es nur ging.

Erich stand vor ihr, streichelte sie, schob vorsichtig das Kleid von ihren Schultern, es glitt zu Boden. Stoff war nur ein störendes Hindernis. Mit einer ungeduldigen Bewegung zog er sich das Hemd über den Kopf, warf es weg, als wäre es Abfall. Dann löste er ihr Mieder, liebkoste sie weiter, seine Berührungen tanzten über sie hin, über ihre Brüste, zärtlich und stark. Rasch schlüpfte er aus seiner Hose. Schatten krochen im Widerschein der einsamen Straßenlaterne über seine Haut. Wieder schlug dumpf eine Turmuhr, erinnerte an das, was sich da draußen zusammenbraute.

Lotte schlüpfte aus ihrer Unterwäsche, ließ sich aufs Bett fallen, Erich tat es ihr nach.

»Meine Liebste«, murmelte er und küsste ihr den Nacken, den Hals, ließ seine Lippen weiter abwärtswandern, zart, unendlich hingebungsvoll. Sie drängte sich an ihn, küsste ihn heftig auf den Mund, als würden sie einander verschlingen, so wie damals diese Schokoladentorte, eine Unendlichkeit schien das her zu sein, und es wirkte doch, als wäre es gestern gewesen. Alles an ihr kribbelte und verlangte nach ihm, drängend, schmerzlich schön.

Einen Moment zögerte sie, dann war da nur ein kleiner Schmerz, als Erich in sie eindrang.

12

Oktober 1939

Vorbei.

Der Sommer.

Der Frieden.

Das mit Erich.

Seit er eingerückt war, fehlte jeder Kontakt zu ihm. Er hatte ihr noch nicht geschrieben, und Lotte wusste nicht, woran es liegen mochte. Sie hatte ja keine Ahnung.

Der Sommer war schlagartig zu Ende gewesen. Nicht enden wollender Regen hatte die Stadt in eine graue, nasse Hölle verwandelt. Zu allem Überdruss wurde Lotte seit Wochen von einer beharrlichen Erkältung geplagt, die einfach nicht weichen wollte. Sie schleppte sich am Morgen zur Arbeit und abends nach Hause und schlief wie tot in ihrem Bett, bis am nächsten Morgen wieder der Wecker schrillte und alles von vorne begann. Dazwischen dachte sie an Erich und warum keine Nachricht von ihm kam. Wie es ihm wohl ging? Ob ihm etwas zugestoßen war? Aber dann hätte ja wohl Frau Schwarz reagiert, und Lotte hätte es so ebenfalls erfahren. Oder hatte die Post geschlampt …?

Wieder einmal räumte sie an diesem Abend im Kaffeehaus auf. Der Rauch schien heute noch dichter als sonst zu sein, ihre Augen tränten, von der Erkältung oder von den Zigaretten oder beidem. Vor ihr stapelten sich Unmengen schmutzigen Geschirrs, fettiger Kochdunst bescherte ihr Übelkeit. Die Arbeit schien kein Ende zu nehmen.

Gisi wollte sie nachher abholen, vielleicht würden sie ins Kino gehen. Was sollte man auch sonst unternehmen bei diesem Wetter? Während sie mit monotonen Bewegungen eine Tasse nach der anderen spülte und zur Seite stellte, überlegte sie, welchen Film sie sich anschauen könnten.

Endlich war das letzte Stück abgewaschen, sie ließ das Wasser aus dem Spülbecken und trat zur Seite. Der Boden war verdammt rutschig, so nass war er geworden. Also wischte sie ihn sauber und trocken. Dann die Tassen und Teller abtrocknen. Es nahm immer noch kein Ende heute. Vielleicht sollte sie doch einfach nach Hause gehen nachher und sich früher niederlegen.

Lotte stellte die letzte saubere Kaffeetasse an ihren Platz und drehte sich langsam um die eigene Achse. Alles in Ordnung, wie es aussah. Die Tassen übereinandergestapelt und abgedeckt, die Arbeitsflächen gewischt und glänzend. Während sie sich zurück zur Theke wandte, schwindelte ihr plötzlich. Frau Schwarz tauchte neben ihr auf und sah sie mit scharfem Blick an.

»Ist was, Lotte?«

»Nix, nix. Geht gleich wieder.«

»Sicher?«

»Mhm.« Lotte stützte sich vorsichtig mit einer Hand ab.

»Wo sind denn die Lebensmittelkarten?« Frau Schwarz öffnete einen Vorratskasten nach dem anderen. Den für Brot, den mit den Tellern, danach ließ sie alle Türen offen stehen. »Johann braucht sie doch morgen wegen der Milch.«

»Ich weiß, Frau Schwarz. Hier in der Lade.« Lotte öffnete die Schublade vor sich. *Wie immer*, verkniff sie sich zu ergänzen.

»Ach, hier also.« Frau Schwarz kramte herum und fischte dann die orangefarbenen Lebensmittelkarten hervor, von denen schon ein paar Abschnitte fehlten. Sie hielt sie nahe unter ihre Augen.

»Wo ist denn nun der Abschnitt für Milch?«

»Geben Sie mir die Karte«, bat Lotte. Die schnelle Bewegung verursachte ihr neuerlich ein Schwindelgefühl. Sie versuchte, tief durchzuatmen, was in der schlechten Luft aber nicht viel half.

Da stürmte Gisi herein und brachte kühle, feuchte Luft mit.

Frau Schwarz zog eine Braue hoch. Gisi sah mit ihrem

Bubikopf und den langen Hosen so gar nicht aus wie das derzeit vorherrschende Schönheitsideal.

»Bereit?« Mit roten Lippen lächelte sie Lotte an. »Bist du bereit für den neuen Film mit Paul Hörbiger?«

»Um was gehts da denn?«, fragte Lotte.

»Opernball, nach dieser Operette, du weißt schon.« Gisi hielt einen nassen Regenschirm von sich weg.

»Also eine Premiere?« Lotte musste husten.

»Ja. Lass uns ins Schwedenkino gehen!«, schlug Gisi vor.

»Premierenkino, soso«, murmelte Frau Schwarz und tat, als würde sie sich mit der Lebensmittelkarte Luft zufächeln. »Darunter tut man's ja wohl nicht.«

Gisi hob nur eine Braue, dann verließen sie das Café. Unter Gisis großem schwarzen Regenschirm eilten sie los. Es regnete in Strömen, auf der Brücke über den Donaukanal wehte ein heftiger Wind, sodass sie trotz des Schirms ziemlich nass wurden.

Endlich waren sie beim Kino, wo eine lange Schlange Menschen in der fast völligen Dunkelheit um Karten anstand. Gisi und Lotte reihten sich hinten ein, es kamen immer noch mehr Menschen. Der Regen prasselte unaufhörlich weiter, in Strömen rann das Wasser die Straße entlang, man hörte es mehr, als dass man es sah. Diese nervige Verdunklungspflicht. Immerhin trugen die meisten Menschen zumindest ein Stück heller Kleidung, sonst wären wohl mehr Unfälle an der Tagesordnung gewesen, und oft auch Leuchtplaketten an der Bluse, die phosphorisierten. Sogar die Autoscheinwerfer warfen durch dünne Schlitze kaum Licht auf den Boden. Außer dem Plätschern des Regens und dem Scharren der Schuhe war kein Laut zu hören. Stumm rückten die Menschen in der Schlange weiter, Schatten gleich. Lotte begann zu frieren, durch ihre Schuhe war es nass durchgegangen, und Hunger hatte sie zu allem Unglück auch schon wieder, dabei hatte sie doch vorhin noch rasch eine Scheibe altes Brot mit Butter gegessen.

Plötzlich begann es, in ihren Ohren zu rauschen. Sie tastete nach einem Halt, fand aber keinen. Nur der Geruch der anderen Körper stach ihr in die Nase, Körper, von denen sie nur die Umrisse sehen konnte. Schweiß, Parfüms, die gar nicht gut rochen, das machte alles schlimmer.

»Was hast du denn, Lotte?« Gisi fasste sie am Arm.

»Nur ein bisschen schwindlig.« Lotte wedelte vor ihrem Gesicht herum, als würde das den Gestank vertreiben. Jetzt rauchte auch noch jemand. »Gleich wieder vorbei.«

»Bist du sicher? Du zitterst ja.«

»Ich kränkle herum, schon länger. Aber einfach zu Hause bleiben, das geht nicht. Sonst wirft mich Frau Schwarz noch raus. Und heute war wieder einmal ein besonders anstrengender Tag.« Lotte griff wie zum Beweis nach einem Taschentuch. Seltsame Schwindelgefühle. Aber gut, wer den ganzen Tag im Zigarettenrauch arbeiten musste … so etwas machte sich eben bemerkbar, erst recht, wenn man nicht gesund war. »Ich bin froh, wenn ich mich bald hinsetzen kann«, meinte sie.

Die Schlange rückte langsam voran. Endlich schafften sie es ins Innere und dann zur Kasse.

»Zwei Personen, bitte.« Gisi zahlte und nahm die rosafarbenen Eintrittskarten entgegen. Die Kassiererin hängte ein Schild *Ausverkauft* an die Scheibe und schloss das Fensterchen. Hinter Lotte und Gisi wurde gemurrt. »Die haben sich vorgedrängt!«, schimpfte eine Frau mit dicken blonden Zöpfen hysterisch. Die Kassiererin schüttelte nur müde den Kopf und zog einen Vorhang vor ihr Fensterchen.

Gisi nahm Lottes Arm und zog sie mit sich. »Nur schnell weg von diesen Hyänen!«, flüsterte sie. »Was dieser Krieg nur mit den Menschen anstellt!«

»Pssst«, machte Lotte automatisch. Fehlte noch, dass sich Gisi in Gefahr brachte, bei allem, was man so hörte! Es gab so schon Sorgen genug!

Sie zeigten ihre Karten vor und wurden eingelassen. Dankbar sank Lotte auf den roten Plüsch. Gleich würde es ihr besser gehen, ganz sicher. Einfach nur dasitzen und sich entspannen. Die Lichter gingen aus, auf der Leinwand begann die Wochenschau.

»Die deutsche Frau und Mutter …«, erklang es.

»Nicht schon wieder«, stöhnte Lotte leise.

Nun war es an Gisi, Lotte einen warnenden Seitenblick zuzuwerfen.

»… die Welt der Frau ist die Familie! Ihr Mann, ihre Kinder, ihr Heim …« Auf dem Bildschirm erschienen Bilder von blonden Frauen und herzigen blonden Kindern.

Endlich, nach jubelnden Berichten über Kriegsverläufe, während der Lotte sehnsüchtig an Erich dachte, begann der Hauptfilm. Lotte versuchte, tief durchzuatmen, aber was herrschte hier nur für eine schlechte Luft! War doch keine so gute Idee gewesen, ins Kino zu gehen. Frische Luft und Bewegung hätten ihr vielleicht eher geholfen. Aber gut, jetzt war es zu spät. Und draußen regnete es.

Wo Erich wohl gerade war? Ob er an sie dachte? Wann würde sie von ihm hören? Früher hatte er mit seinem Haarschnitt dem einen Schauspieler ähnlich gesehen. Aber das war ja vorbei. So wie die Berührungen, die Küsse …

Die Lichter gingen an. Na toll, jetzt hatte sie vom Film so gut wie nichts mitbekommen! Lotte wischte sich über die Stirn, ihr war zu warm, die Luft stand, und als sie aufstehen wollte, war ihr, als kippe der Plüschboden weg. Alles drehte sich.

Gisi fing sie auf. Ein paar Sitznachbarn sahen sie besorgt an, aber Gisi scheuchte alle weg. »Alles in Ordnung, keine Sorge.« Dabei schirmte sie Lotte ab, so gut es ging.

Der Saal leerte sich. Als das Brausen in Lottes Ohren nachließ, setzte auch sie sich vorsichtig in Bewegung. Auf der Gasse schnappte sie tief nach Luft. Schweiß stand ihr auf der Stirn, der Schwindel ließ nur langsam nach.

»Ich hab zu wenig gegessen«, murmelte sie. »Gehen wir zu mir nach Hause, ich hab noch Brot und etwas Käse«, schlug sie vor.

»Lotte, Lotte, dich kann man wirklich nicht allein lassen!« Gisis Blick war seltsam prüfend.

»Jetzt komm, tu nicht, als würde ich gleich wieder umkippen! Kann ja mal passieren, so was.«

Die Kinobesucher verliefen sich. Sie gingen die kaum erleuchteten Gassen entlang zu Lottes Wohnhaus. Gerade, dass man den Weg vor Augen sah. Es war fast so still wie neulich mit Erich. So kurz war das erst her. Automatisch glitt ihr Blick vor ihrem Haustor nach oben, aber die Fassade war komplett dunkel und das Fenster von Frau Kainz geschlossen. Natürlich.

Sie musste geseufzt haben, denn plötzlich fragte Gisi mit merkwürdigem Tonfall: »Was ist los mit dir?«

Was sollte sie sagen? Wie viel ihrer Freundin erzählen? Gisi und sie kannten sich, seit sie denken konnte. Ihre Familien waren benachbart daheim im Dorf, sie hatten als Kinder gemeinsam die Enten gehütet und die reifen Äpfel gepflückt und später die Schulbank gedrückt. Und dann hatte Gisi den Anfang gemacht und war nach Wien gezogen, hatte Lotte nachgeholt und ihr geholfen. Gisi wusste alles über sie – bis jetzt.

Lotte schüttelte den Kopf. »Es ist nichts. Es wird schon alles wieder in Ordnung kommen.«

Haha.

Daran glaubst du doch selbst nicht.

Ich will aber!

Ich will es glauben!

Lotte spürte wieder dieses flaue Gefühl.

»Bist du sicher?«, kam es von Gisi, die sie erneut prüfend ansah.

»Ach, Gisi.«

»Gehen wir hinein«, sagte die Freundin. Das Ganglicht flackerte mühsam auf. Sie stiegen die Treppen hinauf, Lotte schloss die Tür hinter ihnen. Selbst in der Wohnung wirkte es feuchtkalt, es roch nach nassen Ziegeln, gleichzeitig stand Lotte immer noch der Schweiß auf der Stirn. Die Luft war so verbraucht, dass es zum Verrücktwerden war. Rasch öffnete sie das Fenster mitsamt der Verdunklung, aber nur einen Spalt. Wenn sie kein Licht aufdrehten, würde das niemandem auffallen. Dann zerrte sie sich den Mantel von den Schultern, warf ihn auf einen Sessel. Ehe ihr wieder schwindlig werden konnte, setzte sie sich. Gisi tat es ihr nach.

»Also, spucks aus, meine liebe Lotte. Wo liegt das Problem?« Gisi kniff die Augen zusammen und musterte Lotte prüfend. »Bist du«, sie senkte den Blick, »guter Hoffnung?«

»Hoffnung?« Lotte schüttelte den Kopf.

»Wann war deine letzte Periode?«

»Vor zwei Monaten.«

»Siehst du.« Gisi nickte und wartete.

»Du denkst …?«

Das konnte nicht sein. Das durfte einfach nicht sein! Lotte seufzte. Aber es passte wohl alles zusammen.

»Ich fürchte, du musst an diese Möglichkeit denken.«

»Aber ich bin doch erst einundzwanzig!« Lotte sah ihre Freundin nicht an. Starrte auf ihre Füße, in den nassen Schuhen, aber wenn sie sie auszog, würde ihr noch kälter werden. Und solange Gisi hier war, konnte sie sich nicht einfach ins Bett kuscheln. Das Bett, das sie mit Erich …

»Was ist mit dem Vater des Kindes?«, fragte Gisi leise.

»Ich habe seit Wochen nichts von ihm gehört.« Lotte spürte, wie ihr Tränen in die Augen schossen. Sie blinzelte. »Seit er in den Krieg gezogen ist.«

»Wer, mein Herz?« Gisi stand auf, ging in die Küche, kam mit einem Glas Wasser zurück, das sie vor Lotte auf den Tisch stellte. Das Zwielicht verschluckte ihre Umrisse.

Lotte nickte ihr dankend zu. »Erich.« Sie bekam kaum die Worte heraus. »Er ist in Polen. Also, vermutlich.«

»Erich?«

»Erich Schwarz.«

»Erich Schwarz?«

»Ja, ich weiß, mit dem Sohn meiner Chefin was anzufangen, ist reichlich dumm.«

»Davon habe ich nichts gesagt. Also habt ihr – du weißt schon?«

»Ja.« Lotte nickte. Die Erinnerung, wie Erich sie gestreichelt hatte, wie sich das auf der Haut angefühlt hatte, ließ die Tränen nun tatsächlich fließen. »Sag nichts, ich weiß, dass das bescheuert war«, murmelte sie mit erstickter Stimme.

»Sei nicht traurig.« Gisi streichelte über ihre Arme. »Wir werden das Kind schon schaukeln, meine Liebe. Ich bin ja auch noch da.«

»Ich will doch noch keine Kinder! Und ich bin nicht diese Frau und Mutter wie in der Frauen-Warte! Das bin nicht ich!« Lotte stützte den Kopf in die Hände. Aber ja, alles passte zusammen. Der Schwindel, die ausbleibende Blutung, das Ziehen in ihren Brüsten – das sie zunächst für Sehnsucht gehalten hatte, körperliche Sehnsucht nach der Berührung, nach Erich.

Erich, der nicht mehr da war.

Und vielleicht nie zurückkam.

Oder sie nicht mehr sehen wollte.

Warum nur schrieb er ihr nicht?

War sie auf ihn reingefallen? Auf schöne Worte vor dem Abschied?

Lotte putzte sich die Nase. Dann richtete sie sich auf. Schluss jetzt. Was für ein weinerlicher, selbstmitleidiger Mist.

»Und das werde ich niemals sein!«, sagte sie fest.

»Du musst ja auch nicht.« Gisi sprach so leise, dass es in dem halbdunklen Zimmer war, als spräche ein Geist. »Du weißt, dass es … Möglichkeiten gibt? Andere Möglichkeiten? Du musst das Kind nicht bekommen.«

Lotte nickte. »Ich weiß. Aber …« Sie trank von dem

Wasser, gierig, als könnte das etwas hinwegschwemmen. Sie hätte einfach nie in diese Lage kommen dürfen! Beide Vorstellungen waren schlimm. Ein Kind zu bekommen – oder die Prozedur, um es nicht zu bekommen. »Denk an die blöde Frieda.«

Eine Bäuerin daheim, die schon sieben Kinder hatte, hatte selbst versucht, die Leibesfrucht loszuwerden. Das Kind war aber doch zur Welt gekommen – geistig behindert.

»Ich habe nicht gesagt, dass du es selbst tun sollst.« Gisis Hand auf dem Arm wärmte ein wenig. Und beruhigte. Aber nicht sehr.

Lotte schloss die Augen und rieb mit einem Finger über ihre Nasenwurzel. »Ich kann einfach nicht … Ich bin noch nicht so weit. Ich wollte erst … etwas anderes erleben, du weißt schon. Mir was aufbauen. Auf eigenen Beinen stehen. Was ansparen.«

»Du wirst die richtige Entscheidung treffen, meine Liebe.« Gisi klang um Welten zuversichtlicher, als sich Lotte fühlte.

»Wenn Erich nur da wäre. Ich hab seit Wochen nichts mehr von ihm gehört.«

»Na gut, telefonieren wird er an der Front nicht können, mein Herz.« Gisis Trost war keiner, und das wussten sie wohl beide.

»Ach, ich weiß nicht, wie und was. Es ist« – Lotte trank noch einen Schluck – »zum Davonlaufen. Alles. Dieser Krieg und die Arbeit und der Regen. Wird es denn nie mehr schön?«

»Ach Lotte.«

»Ich weiß. Wer kann das alles schon beeinflussen.«

»Nun … etwas kann man schon tun«, sagte Gisi leise.

»Was meinst du?«

»Nur so. – Man muss kein Schaf sein und alles hinnehmen.«

»Nein, das muss man nicht.«

Gisi schenkte ihr einen langen Blick. »Ich geh dann lieber nach Hause.«

13

Herbst 1939

Lotte starrte ihr Bett an, den Tisch, die Sessel. Es war spät am Abend. Dunkelheit kroch durchs Fenster herein. Alles war wie vor einigen Wochen noch – und doch wieder nicht. Wo würde ihr Kind schlafen? Woher sollte sie eine Wiege für das Kleine herbekommen? Und die schlimmste Vorstellung: Was würde Frau Schwarz zu dieser Entwicklung sagen? Würde Lotte ihre Stelle verlieren? Sofort? Oder hatte sie noch eine Gnadenfrist? Und was konnte sie dann tun? Hungern? Schon wieder?

Lottes Körper schrie bereits Alarm, als wäre es schon so weit, ihr Magen krampfte sich zusammen, und sie meinte wieder die erschreckende Kraftlosigkeit in den Gliedern zu spüren. Wie sollte sie überhaupt das Kleine ernähren, wenn es da war und … alles schlecht ausging, sie keine Arbeit hatte und Erich nichts von ihr wissen wollte? Durfte sie so einem unschuldigen Würmchen überhaupt eine solche Qual antun? Sollte es leiden, wie schon Lotte selbst gelitten hatte, und das von Anbeginn an? Konnte, durfte sie dem Kleinen so etwas antun, den Hunger, die Gefahr, Krieg und ständige Bedrohung?

Lotte sah sich einfach nicht mit einem Kind. Sie scheiterte daran, sich davon ein Bild zu machen, sie mit einem Baby im Arm, mit einem Kinderwagen, den sie vor sich herschob, dazu der Alltag, die Arbeit, wo wäre das Kleine denn dann? Im Café Schwarz womöglich, inmitten des Zigarettenrauchs? Und würde es dann lungenkrank werden? Lauter Gefahren von allen Seiten!

Das, was sich da in ihrem Bauch entwickelte, geschah ohne Lottes Willen. Was war sie nur für eine naive, dumme Gans gewesen, dass ihr das passiert war. Die Vorgänge waren abstrakt, als wäre sie nicht beteiligt, als wäre nicht sie schwanger, sondern irgendeine Frau, die auf der Straße an Lotte vorbeiging. Sie und ein Kind? Zu unerwartet. Mama hatte sie davor gewarnt. Ein Kind bedeutete noch mehr Armut. Noch mehr Hunger. Es war zu ungeplant. Wie dumm von Lotte, sich auf Erich eingelassen zu haben. Im Rausch der Sinne und dieser Traurigkeit wegen des Kriegsbeginns.

Sie suchte nach Papier und Stift, legte beides auf den Tisch, dann holte sie noch ein Glas Wasser und setzte sich. Vor ihr lag das weiße leere Blatt. Da war wieder die bleierne Lethargie. Sie wusste einfach nicht, was sie schreiben sollte. Wie von etwas erzählen, das ihr selbst so absurd vorkam? Etwas, das ihr immer noch so unwirklich erschien wie beim ersten Gedanken daran?

Ratlos nahm Lotte den Stift auf, strich mit der anderen Hand das Papier glatt, obwohl es gar nicht verknittert war.

Liebster Erich, wollte sie schreiben, stockte aber nach dem L. Besser nicht gar so euphorisch.

Lieber Erich!, schrieb sie und stockte erneut. Und jetzt?

Na los!

Es gibt eine wichtige Nachricht, fuhr sie schließlich fort, *unser Zusammensein hat Folgen. Du weißt schon.*

Endlich hatte sie ein paar Zeilen zusammen, in denen sie ihn fragte, wie es ihm so gehe und ob er durchkomme, und dann von sich erzählte. So, jetzt brauchte sie aber noch Erichs Anschrift. Die hatte sie von Frau Schwarz einfach noch nicht herausbekommen. Jedes Mal, wenn sie zur Frage angesetzt hatte, hatte ihre Arbeitgeberin sie so böse angesehen, dass sie vor Angst geschwiegen hatte. Sie hatte gehofft, Frau Schwarz würde Erichs Post herumliegen lassen oder sie zumindest herzeigen, aber nichts. Irgendwie musste ihr das noch gelingen …

Wieder starrte Lotte Löcher in die Luft. Wie würde Erich auf ihre Neuigkeit reagieren? Mit Vorwürfen? Er hatte doch selbst genug um die Ohren an der Front. Und wenn sie … alles alleine durchzog? Wie das wohl wäre? Lotte selbst war als Einzelkind aufgewachsen, ihr älterer Bruder war noch vor ihrer Geburt verstorben, an Diphterie. Ein paar Frauen im Dorf waren einfach irgendwann mit einem Neugeborenen im Obstgarten aufgetaucht.

Lotte lächelte, während sie sich erinnerte. Was war das doch für eine unbeschwerte Zeit gewesen damals! Das größte Problem waren das Wetter und die Aussaat gewesen und ob es im jeweiligen Jahr eine ertragreiche Ernte geben würde. Die Politik in Wien war so weit weg gewesen, dass man sich nicht darum gekümmert hatte, nicht einmal um den kurzen Bürgerkrieg vor einigen Jahren. Alles kein Vergleich zu der Angst, die sie jetzt vor der Zukunft empfand. Es waren so viele Ängste, zu viele. Angst, dass Menschen starben, die ihr nahestanden. Erich vor allem. Die Sorge vor den Häschern der Gestapo, nur weil man unbedacht irgendetwas aussprach, weil man sich eine eigene Meinung gebildet hatte. Bei jedem Wort musste man Angst haben, es vorher im Kopf herumwälzen und auf die Goldwaage legen, ob man es aussprechen durfte. Gisi hatte Lotte oft genug gewarnt, zu sorglos hatte Lotte nach Meinung ihrer Freundin ihre Ansichten preisgegeben. Von den verschwundenen jüdischen Nachbarn ganz zu schweigen oder der Köchin Martha. Niemand wusste, wo der freundliche Anwalt mit seiner hilfsbereiten Frau geblieben war, der jeden Tag bei ihnen zu Mittag gegessen hatte. Nicht einmal nachzufragen wagte Lotte mehr, alles konnte einem zum Verhängnis werden, zum Strick um den eigenen Hals. Jedes Wort konnte ins Gefängnis führen – oder Schlimmeres, was sich Lotte nicht einmal auszumalen wagte. Dann lieber den Alltag bewältigen, die Arbeit brav erledigen, wie man es von ihr erwartete, sodass Frau Schwarz mit ihr weiterhin zufrieden war, Schwangerschaft hin oder her. Um sich Arbeit und Brot zu sichern.

Sie strich sich über den Bauch. Inzwischen war da eine kleine Wölbung spürbar. Da drinnen wartete also so ein kleiner Wurm auf das Leben, hoffte und strebte – und wofür? Um in einer Welt zu landen, in der er selbst hungern und Angst haben und womöglich sterben musste, zu früh sterben? In irgendeinem Krieg?!

Tränen schossen Lotte in die Augen. Sie seufzte. Diese Wehleidigkeit, das hatte sie früher so gar nicht gekannt. Völlig durcheinander wischte sie sich übers Gesicht, die Tränen hörten gar nicht mehr auf. Ganz leise rannen sie ihr aus den Augen.

»Ich beschütz dich«, flüsterte sie leise, »ich tu alles, um dich zu beschützen. Und das Beste für dich zu entscheiden.«

Sie stockte.

War es nicht vielleicht das Beste, dem Kleinen diese Welt und das Leid zu ersparen?

Nach einer Weile wischte sie die Tränen fort. Nachdem sie unterschrieben hatte, faltete sie den Brief zusammen und steckte ihn in ein unbeschriftetes Kuvert. Irgendwie würde sie auch noch an Erichs Adresse im Feld kommen. Sie würde erst einmal abwarten, wie er reagierte. Und dann konnte sie besser entscheiden. Immerhin war er der Vater. Und sie die Mutter.

Mutter … Immer noch kam ihr diese Vorstellung absurd vor, so absurd wie die Werbungen für die Frau und Mutter im Lichtspielhaus. Das war einfach nicht ihre Rolle. Nicht das, was sie für sich sah.

14

November 1939

»Na komm, lass uns endlich wieder ins Kino gehen!« Gisi stand fröhlich lachend vor Lottes Wohnungstür, neben der jetzt Kübel mit Löschsand zum Luftschutz bereitstanden. Es war Montag, das Café Schwarz war seit Neuestem an diesem Tag geschlossen. Es gab nicht genug zum Heizen, und oft reichten die Lebensmittelmarken nicht aus.

»Mir ist schlecht«, murrte Lotte. Sie zog Gisi in die Wohnung und schloss die Tür hinter der Freundin.

»Was ist los? Immer noch dasselbe?« Prüfend glitt Gisis Blick über Lottes Gestalt. Sie trug ein weites kaftanartiges Kleid aus hellblauem Stoff, das sie sich kürzlich genäht hatte. Aber ja, ihre »Umstände« waren nicht mehr zu leugnen. Nur zu verstecken.

Lotte nickte. »Und Erich weiß immer noch nichts von alldem.« Sie sog die Luft ein, weil sich wieder einmal ein Ziehen in ihrem Bauch bemerkbar machte. Dass ihre Brüste spannten, wollte auch nicht aufhören. »Ich komme einfach nicht an seine Adresse.«

»Was ist mit seiner Mutter?«

»Frau Schwarz ist sowieso schon misstrauisch. Ich glaube, sie ahnt etwas.«

»Dann kannst du doch von ihr seine Adresse oder Feldpostnummer erfahren.«

»Wenn das so leicht ginge. Ich meine, sie ahnt doch sicher nicht, dass meine Lage mit ihrem Goldbuben zu tun hat.«

»Das ist natürlich ein Problem.« Gisi hatte immer noch Mantel und Schuhe an. »So, und jetzt komm erst einmal mit, ein Lustspiel bringt dich auf andere Gedanken.«

»Was nützen mir andere Gedanken, mein Problem bleibt mir ja dennoch.« Lotte schlang beide Arme um ihren Körper und beugte sich ein wenig vor, manchmal half das.

»Nichts da, du musst mal wieder raus!« Gisi glich ihre Worte mit einem Lächeln aus. »Wir können unterwegs nachdenken, was du tun kannst. Weißt du denn schon, was du willst?«

»Ob ich es behalten will?« Lotte strich über ihren Bauch. Dieser Wurm, dieses kleine Würmchen … was wusste es schon. Und was für eine Verantwortung lag auf Lotte selbst.

»Nein. Ich dachte, Erich soll erfahren, was los ist. Ich will nicht ohne ihn entscheiden.«

»Du weißt, dass du nicht ewig Zeit hast, wenn du … ich meine … du weißt schon?« Gisi sah sie mit besorgtem Gesichtsausdruck an.

»Wenn ich es loswerden will, meinst du?« Die Worte kamen Lotte unerwartet brutal vor, dabei hatte sie doch selbst schon gedacht, es wäre das Beste – für sie und für das Würmchen –, wenn es nicht zur Welt käme.

Gisi nickte.

»Ich werde es im Kopf behalten.«

Sie verließen die Wohnung. Die Straßen waren feucht, obwohl es gerade nicht regnete. Ein seltener Moment. Vor dem Lichtspieltheater stand bereits eine lange Schlange Menschen, wieder einmal. Alle wirkten ruhig und geduldig. Noch ein wenig Zeit, und man würde sich an dieses Schlangestehen gewöhnt haben, es für völlig normal befinden. Schlangestehen für Lebensmittel, für Kinokarten, für Holz und Kohlen sowieso. Und für Kleidung gab es die Kleiderkarte. Lotte seufzte.

»Na, komm schon«, sagte Gisi leise, »schau nicht so hoffnungslos drein. Es wird schon alles gut ausgehen. Egal wie.«

Die Schlange rückte rasch voran, und sie kauften ihre Eintrittskarten. Die Luft in diesem Kino wirkte etwas besser, die Plüschsitze waren weich und offenbar neu.

»Wie nobel«, flüsterte Lotte und machte es sich bequem. Vielleicht konnte sie für zwei Stunden einmal alles vergessen und entspannen.

Die Wochenschau begann, wieder Berichte über die Front, über eine Sammlung des Winterhilfswerks. Lotte unterhielt sich leise mit Gisi, bis der Hauptfilm begann. Darin verzichtete die Schauspielerin Lena ihrem Ehemann Paul zuliebe auf ihre Karriere. Na super, noch so eine, die in ihrer Rolle als Frau und Mutter aufging. Lotte schüttelte den Kopf. Dann aber beschloss die Schauspielerin, an der Truppenbetreuung in einem Fronttheater teilzunehmen. Doch jetzt war natürlich der als Soldat dienende Mann enttäuscht von ihr …

»Wer hat sich denn diese Handlung ausgedacht?«, fragte sie flüsternd Gisi. Die Freundin verdrehte nur die Augen. »Pssst«, kam es von einer Frau mit Hut neben ihnen.

Lotte starrte auf die Leinwand. Es wurde immer hanebüchener. Aber halt, plötzlich war Lottes Neugier geweckt. Die Schauspielerin suchte nach ihrem Mann … mit Hilfe seiner Feldpostnummer. In Lottes Kopf nahm eine Idee Gestalt an, während sie dem Film folgte. Wenn man mithilfe der Feldpostnummer nach dem Aufenthaltsort eines Soldaten suchen konnte – dann … dann müsste das doch auch umgekehrt gehen, oder? Ob sie Erichs Feldpostnummer irgendwie herausfinden konnte? Vielleicht gab es doch einen Weg, Erich zu informieren, ohne Frau Schwarz miteinzubeziehen? Mit einem neuen Hoffnungsschimmer ließ Lotte sich in den Plüschsitz zurücksinken. Jetzt konnte sie die Abwechslung durch den Film genießen.

15

»Fräulein Lotte – der Guglhupf, ein Gedicht!« Obersturmführer Thoma strahlte Lotte selig an.

»Das freut mich, Herr Obersturmführer.« Lotte zwang sich ebenfalls zu einem Lächeln. »Übrigens, wenn Sie grad Zeit haben …«

»Nur zu, ich sitze hier sehr gemütlich. Wo brennts denn?«

»Ich hab da eine Frage.«

Thoma nahm ein weiteres Stück Kuchen.

»Nun, äh.« Sie hasste sich dafür, so ins Stottern zu geraten. Ihr Blick flog zu ihrer Chefin, die vorne mit einem Herrn im dunklen Ledermantel plauderte. Vermutlich ein ebenfalls wichtiger Mann, wenn man nach den devoten Gesten von Frau Schwarz ging. Gleich würde sie buckeln …

»Fräulein Lotte, was immer Ihr Anliegen ist – es ist bei mir in guten, was sage ich, in besten Händen. Sie können wirklich frei sprechen!«

»Ja, also …« Sie zwang sich zur Konzentration. Diese Verwirrtheit war auch so ein seltsamer Nebeneffekt der Schwangerschaft, das hatte sie früher nicht gekannt. »Sie haben einmal gesagt, ich könnte Sie um Hilfe bitten, wenn es nötig ist.« Ein weiterer Blick zu Frau Schwarz, da war es, sie verbeugte sich vor dem Kerl im Ledermantel.

»Was liegt Ihnen auf dem Herzen?«, fragte Thoma in jovialem Tonfall und tupfte die letzten Brösel von seinem Kuchen auf. »Geht es um einen Mann? So reden Sie. Ich tu Ihnen doch nichts.«

Wie gemütlich der Obersturmführer da saß, ganz so, als hätten sie Frieden, als müsste niemand Angst haben, niemand hungern … als wäre seine Behörde nicht das, was man sich hinter vorgehaltener Hand darüber erzählte. Eine Menschenschinderei, aus der keiner zurückkam.

»Ja, also, Sie haben recht, es geht um einen Mann.«

Der Obersturmführer zwinkerte ihr zu. »Eine schöne junge Frau wie Sie, das war doch klar.«

Lotte schoss die Hitze in die Wangen.

»Also, worum gehts konkret? Ich bin wirklich gern behilflich, wenn ich kann. Einem jungen Glück will ich nicht im Wege stehen.« Er beugte sich näher zu ihr. »Ihr Geheimnis ist bei mir vollkommen sicher«, raunte er mit übertriebener Miene und legte eine Hand auf seine Brust. Es sah wirklich albern aus, und Lotte hätte sicher gelacht. Wenn die Situation nicht so verfahren gewesen wäre. Und wenn Thoma nicht der gewesen wäre, der er nun einmal war.

»Also gut. Es geht um … einen Soldaten. Ich möchte ihm gern schreiben. Aber ich weiß nicht, wohin. Kann man denn seine Feldpostnummer herausfinden?«

»Nun, das ist in der Tat ein Anliegen. Gar nicht so leicht. Das wäre ja … ich meine, die Feldpostnummern gibt es ja gerade deswegen, damit man keine Adresse im Feld braucht. Sie wissen schon. Militärische Geheimnisse und so, da darf nichts nach außen dringen.«

»Schade. Ich dachte mir … ich hab so etwas Ähnliches neulich in einem Film gesehen.«

»In einem Film, soso.«

»Kindisch, nicht wahr?«

»Nein, nein, Sie können so etwas ja nicht wissen.« Er

spielte mit seiner Gabel und dem leeren Teller. »Sie kennen Ihre Rezepte, nicht den Krieg und unsere Truppen. Ist doch klar.«

»Tut mir leid, dass ich Sie belästigt hab mit meiner blöden Frage. Möchten Sie noch ein Stück Guglhupf?«

»Nun ja, wenn Sie mich so fragen … Warum nicht? Schmeckt ausgezeichnet, Ihr Guglhupf. Ist das auch nach einem Rezept Ihrer werten Frau Mutter?«

»Nein, nein, das habe ich in einer Zeitschrift gefunden und dann selbst ein wenig adaptiert. Etwas Weihnachtliches.«

»Und diese Nüsse, die ich da herausschmecke … sind das Pinienkerne? Wo haben Sie die denn aufgetrieben?«

War das etwa eine Fangfrage? Angst krampfte Lottes Herz zusammen. Sie hatten die Pinienkerne schwarz bezogen, eingetauscht gegen ein paar Stücke Sachertorte.

»Was Sie alles erschmecken, Herr Obersturmführer!«, sagte sie stattdessen und zwang sich zu einem weiteren Lächeln. Dabei kam sie sich wie Frau Schwarz vor. Nicht dass sie selbst auch noch katzbuckelte vor den Wichtigmachern!

»Nun, unsere Köchin daheim auf dem Schloss hat diese feinen Nüsse immer in den Kuchen gebacken.« Versonnen starrte der Obersturmführer auf den leeren Teller, was immer er vor seinem geistigen Auge sehen mochte.

»Es war nur mit den Zutaten nicht ganz leicht. Marzipan und Pinienkerne sind rar geworden.«

»Ja, diese Hindernisse …! Aber Sie wissen, alles für die große Sache! Umso besser, dass Ihnen der Kuchen trotz der Probleme so herrlich gelungen ist!«

»Warten Sie.« Bevor er etwas sagen konnte, eilte Lotte in die Küche, schnitt eine dicke Schnitte Guglhupf ab und legte sie auf einen frischen Teller, den sie dem Obersturmführer brachte. Es klirrte ein wenig, als sie diesen eine Spur zu heftig auf der Marmortischplatte abstellte.

Der Blick des Obersturmführers wurde gierig, er nahm sofort das Stück Kuchen, kaute und grinste selig. »Vielleicht kann ich Ihnen ja dennoch irgendwie helfen, Fräulein Lotte«, nahm er das Gespräch von vorher wieder auf. »Wo ist denn Ihr … Bekannter im Einsatz?«

»Polen. Das hat er zumindest gesagt, als er eingerückt ist.« Lotte spürte eine kleine Hoffnung in sich aufflackern.

»Polen ist – war ziemlich groß. Mehr wissen Sie nicht?«

»Nein.« Sie schüttelte den Kopf.

»Seine Einheit vielleicht?«

»Ich weiß nicht.« Hatte Erich davon gesprochen? Sie konnte sich plötzlich partout nicht erinnern. Hatten sie überhaupt gesprochen in jener Nacht? Hatten sie nicht nur … gefühlt, berührt, genossen?

Plötzlich merkte Lotte, dass Frau Schwarz näher watschelte. Lotte nickte dem Obersturmführer schnell zu und verschwand Richtung Küche. Sie warf einen Blick über die Schulter nach hinten und stieß dabei mit dem Bauch gegen die Kante der Theke. Vor Schmerz hätte sie fast aufgeschrien, aber sie biss sich auf die Lippen. Sie spürte den Blick ihrer Chefin stechend im Rücken, wagte aber nicht, sich noch einmal umzudrehen. Frau Schwarz sagte diesmal gar nichts. Und das machte Lotte noch mehr Angst als die ewigen Zurechtweisungen.

16

Dezember 1939

Es würde wohl nichts werden mit der Feldpostnummer. Lotte lehnte sich gegen die Wand mit den Vorratsschränken, ihr Blick fiel auf die halb leere Mehllade. Plötzlich wurde ihr flau, der Boden schien sich unter ihr zu heben und zu senken, als befände sie sich auf einem Schiff. Schweiß brach ihr aus, sie hatte das Gefühl, den Halt zu verlieren und zu taumeln. Hilflos klammerte sie sich an einem Türgriff fest – als ob das nützen würde gegen das blöde Gefühl. Ihr Herz raste. Früher war sie ein Ausbund an Gesundheit gewesen, auch während sie für ihre kranken Eltern gesorgt hatte. Lag das wirklich alles nur an dem Winzling, der da in ihr heranwuchs?

Mit einem Mal kitzelte der nussige Duft des frischen Guglhupfs ihre Nase. Was für ein Lebenselixier wäre ein Stück davon! Sie musste es haben. Jetzt, sofort. Gier wuchs in Lotte und wurde übermächtig. Sie griff nach dem Kuchen, drei Viertel davon waren noch da, nachdem sie die Stücke für Thoma abgeschnitten hatte. Gierig bohrte sie ihre Finger in den Teig, riss ein Stück ab und stopfte es sich in den Mund. Kaute, schluckte, riss noch ein Stück ab und noch eines. Sie müsste aufhören, flackerte es durch ihre Gedanken, aufhören, ehe Frau Schwarz kam, aber es ging einfach nicht. Die Gier und der Hunger waren mächtiger und die Aussicht, dass es ihr davon gleich besser ginge. Immerhin musste sie das Kleine ernähren. Trotz flackerte in ihr auf. Das System wollte eine Frau und Mutter? Dann sollte es auch etwas bieten! Sie taten doch alle immer so, als gelten Mütter an der Heimatfront, neben den Soldaten natürlich, am meisten. Allerdings, womöglich würde sie eine ledige Mutter bleiben – und welche Regeln für solche galten, wagte sie sich nicht auszumalen.

Endlich ließ der Schwindel nach, ihr war nicht mehr ganz so heiß. Von dem Kuchen war nur mehr ein Stück übrig, kleiner als ihre flache Hand.

»Was ist denn hier los?!« Frau Schwarz war vor Lotte aufgetaucht, ohne dass sie ihr Näherkommen bemerkt hatte. In ihren seltsam starren grauen Augen lag etwas wie Triumph.

»Hab ich Sie also erwischt!«, tönte sie, während vom Radio ein paar Takte dieser unerträglichen Marschmusik hereindrangen.

Ein Schauer rieselte Lotte über den Rücken. Gleichzeitig merkte sie, wie ihr Gesicht heiß wurde. »Ich, äh … », setzte sie an. »Ich hab mir gedacht, dass mit dem Kuchen etwas nicht stimmt, der Herr Obersturmführer … meinte … », erklärte sie und bemühte sich um eine feste Stimme. »Und … d-das wollte ich überprüfen.« Lotte schmeckte noch einen Pinienkern, sie spürte die Brösel in ihren Mundwinkeln, zwang sich aber, nicht mit der Zunge über die Lippen zu lecken. Ihr war heiß und kalt zugleich, und sie hatte Angst, dass man den Schweiß riechen konnte. Vielleicht auch ihre Angst.

»Und ich denke mir, dass mit Ihnen irgendwas nicht stimmt.« Der Blick aus den grauen Augen glitt über sie hin, landete bei Lottes Bauch, blieb dort haften. Ja, man sah alles. Und ihre ewig spannenden Brüste waren größer geworden, das sah man auch. Das Kleid, bei dem sie die Nähte etwas herausgelassen hatte, spannte trotzdem überall.

»Sie kriegen ein Kind, hab ich recht?« Der Blick von Frau Schwarz war stechend, als würde sie Lotte mit einer Lanze durchbohren. Oder einem Messer ins Herz stechen. Genau wie sie sich fühlte.

Lotte wandte sich zur Seite, bemerkte, dass Mehl das schwarze Kleid beschmutzt hatte. Ihr war schon wieder flau. Sie rang nach Atem.

»Also habe ich recht. Nun gut.«

Lotte hörte, wie sich Frau Schwarz ächzend entfernte, ohne dass sie hinsah.

Das war es dann wohl.

17

Zitternd ging Lotte die nächste Zeit ihrer Arbeit nach. Frau Schwarz schwieg. Lotte wich ihrem Blick aus. Dann ging die Chefin weg und blieb ein paar Stunden aus. Johann zog eine Braue hoch, als er Lotte ansah.

Als Frau Schwarz zurückkam, brachte sie kalte Luft mit ins Lokal. Wie gut wäre es jetzt, draußen zu sein, trotz der Kälte – aber saubere Luft!

»Sie können vorerst bleiben«, sagte Frau Schwarz. »Ich finde ja so schnell niemanden, der Ihre Arbeit machen kann. Aber den Schaden ziehe ich Ihnen vom Lohn ab.«

»D-danke«, stotterte Lotte. »Entschuldigung, ich …«

»Aber wenn das noch ein Mal vorkommt …!« Frau Schwarz ließ offen, was dann wäre. Jeder konnte es sich denken.

Frierend und schon wieder hungrig kehrte Lotte spät in der

verdunkelten Stadt nach Hause zurück. Der Donaukanal war kaum zu erkennen vor lauter Nebel.

Sie würde eisern sparen müssen, damit sie von dem verringerten Lohn die Miete für die Wohnung zahlen konnte. Und ausgerechnet heute waren keine Semmeln übrig geblieben, die Lotte hätte mitnehmen können … sie würde sich müde ins Bett legen und hoffentlich bald einschlafen …

Die Schokoladentorte duftete himmlisch. Erich hielt ihr das Stück mit einem schelmischen Lächeln entgegen. »Das isst du doch so gern! Ich hab es für dich erkämpft!«

Er hatte seine Waffe geschultert und hielt das Tortenstück auf der flachen Hand wie eine Scheibe Brot. Lotte beugte sich näher, berührte mit den Lippen die Creme, ohne noch abzubeißen, nahm gierig mit der Zunge etwas davon, schmeckte ihr nach. So etwas hatte es schon lange nicht mehr gegeben. Fette, buttrige Schokoladencreme, mit echter Butter und richtiger Schokolade, viel Schokolade. Der Krieg hatte ihnen alles verdorben, was gut schmeckte, sämtliche Freuden, gerade dass die Kinos noch spielen durften, wenngleich ausschließlich ödes, schmalziges Zeug.

Erich küsste ihr die Schokoladenspuren von den Lippen, ganz zart. Seine Haare waren wieder lang und seine Wange an ihrer weich, frisch rasiert.

»Iss«, sagte er dann, »es ist alles für dich!«

Jetzt gab es kein Halten mehr, sie nahm einen Bissen nach dem anderen.

Doch was war das? Der Teig war ganz sandig und schmeckte ekelhaft wie altes Brot. Sandiges Brot, das unter ihren Händen zerbröselte. Nicht einmal die Torten waren mehr, was sie zu sein versprachen!

Im selben Moment klopfte es an der Tür.

Lotte schrak zusammen, ihr Herz klopfte bis zum Hals, um sie herum war es finster. Sie lag im Bett, sie war allein, alles nur ein Traum. Es gab keine Torte. Es gab gar nichts zu essen. Ihr Mund war ausgetrocknet, und wieder meldete sich knurrend ihr Magen.

Erneut kam ein Klopfen von der Tür. Unerbittlich. Kam lauter, fordernder, als würde jemand mit der Faust gegen die Tür schlagen.

Sie wollte die Decke abstreifen, verhedderte sich, schließlich tappte sie mit klopfendem Herzen Richtung Tür. Ihr Hals war wie ausgedörrt, ihre Lippen trocken, sie strich mit der Zunge darüber und meinte immer noch, die Schokolade zu schmecken. Doch es gab ja keine Schokolade. Keine Schokolade und keine Torte und nicht einmal Brot.

Dafür fror sie, und als sie sich an einem der beiden Sessel stieß und der Schmerz ins Schienbein schoss, kamen die Tränen. Sie stützte sich mit beiden Händen kurz an der Sessellehne ab und humpelte weiter. Dieser ganze Albtraum musste endlich, endlich aufhören!

Von draußen flackerte verbotenerweise ein Lichtstrahl. Wenn das die Kainz mitbekam und es zur übereifrigen Blockwartin trug …

Noch einmal strich Lotte mit der Zunge über die Lippen. Der Traum haftete hartnäckig in der Wirklichkeit, als wäre alles tatsächlich geschehen. Sie meinte sogar, Schokolade zu riechen, ganz wie damals mit Erich im Stadtpark, und glaubte, Erichs Lippen wieder zu spüren.

Jetzt war es still. Nur das Herzklopfen. Und das Knarren des Bodens. Ihre nackten Füße waren eiskalt. Ein Schauer kroch ihren Rücken hinauf. Wer wollte etwas von ihr, um diese Uhrzeit? Konnte sie noch flüchten? Aber wohin denn?

»Lotte!«, rief jemand. »Lotte, bist du da? Mach auf, bitte.«

Diese Stimme … die kannte sie doch!

Die kannte sie gut!

Endlich war sie an der Tür, sah durch den Spion hinaus. Tatsächlich, da stand jemand in der schwachen bläulichen Sparbeleuchtung des Flurs. Jemand, der Erichs Figur hatte. Und Uniform trug. Und diesen Haarschnitt … Aber sahen sie nicht alle gleich aus in ihren Uniformen und mit diesen Frisuren?

»Erich?«, murmelte sie. »Bist du das?«

»Wer sonst?« Ein Lachen drang durch die Tür, das nur Erich gehören konnte.

Sie riss die Tür auf.

Erich in feldgrauer Uniform stürzte ihr entgegen, ließ seinen Rucksack samt Feldflasche und obenauf geschnallter Decke auf den Boden fallen und zog sie in seine Arme. »Lotte! Lotte, liebe Lotte!«

Da war immer noch ein Hauch Traum, ein Hauch Unwirklichkeit. Bis Erich ihr das Träumen wegküsste, sie wärmte, da war zwar keine Schokoladentorte, aber da war Erich, er war wirklich wieder da! Hinter ihm stand neugierig die Kainz. Lotte grinste, zog Erich in die Wohnung und schloss die Tür. Drinnen machte sie Licht.

Aber wie sah er aus! Bärtig, das Gesicht viel magerer, die Uniform schmutzig. Und in seinen Augen lag etwas … etwas

Undefinierbares, das da nicht gewesen war. Und da auch nicht hingehörte.

»So plötzlich«, murmelte Lotte, immer noch ein wenig in ihrem Traumgespinst verfangen. »Wo … wo kommst du her? Mitten in der Nacht?«

»Die Truppe soll verlegt werden, und da wir hier umsteigen, hab ich mir ein paar Stunden gestohlen … der Kompaniechef deckt mich, erfahren darf es aber niemand!«

»Ach, Erich.« Sie schob ihn von sich, suchte nach ihren Hausschuhen, die irgendwo hinters Bett geraten waren, bückte sich ungelenk danach und fing einen Blick von Erich auf. Ahnte er, was mit ihr los war?

Sie streckte wieder die Arme aus, doch es war, als würde das nüchterne Licht alles töten. Alles was lieb war, was gut war.

Erichs Blick glitt über Lotte hin, und auch sie sah ihn an.

»Müde schaust aus«, meinte sie.

»Und du … gut. Gut schaust du aus.« Er ergriff ihre Hände.

Was für ein Schmeichler …! Sie schämte sich, in dem geflickten Nachthemd, das ihr fast bis zu den Zehen reichte, sie aber kaum genug wärmte in dem ewigen Regenwetter. Sie senkte den Blick. Ob der Stoff die Rundungen ihres Bauchs verbarg? Waren da überhaupt schon wirklich Rundungen, die anderen auffielen?

Auch Erich sah jetzt in dieselbe Richtung. »Sieht aus, als hättet wenigstens ihr hier genug zu essen. Obwohl …« Sein Blick wanderte höher.

Ja, ihr Gesicht sah abgemagert aus, so blickte es ihr jeden Morgen im Spiegel entgegen. Diese Sorgen, diese ewigen Sorgen und die Angst … die Kälte … und der Rest.

»Erich, ich muss dir was sagen.« Sie schluckte.

»Ja?« Er sah sie mit großen Augen an.

»Wir waren wohl«, setzte sie an und fand die Worte nicht, »wir haben vermutlich«, probierte sie es von Neuem, hüstelte. »Also ich bin … ich bin wohl schwanger.«

So, jetzt war es wenigstens heraus. Mochte Erich nun sagen und denken, was er wollte. Sie hatte Angst, ihn anzusehen, Angst vor seiner Reaktion. Doch dann reckte sie trotzig ihr Kinn nach oben und blickte ihm in die Augen, diese großen grauen Augen. Mochte er doch sagen, was er wollte. Sie wollte endlich wissen, woran sie war.

18

Erich starrte sie an, mit großen Augen, der Mund stand ihm halb offen.

»Ein Kind? Ich meine …« Er deutete auf sie, dann auf sich. »Du und ich … wir haben … ein Kind gemacht? Bei dem einen Mal …?«

»Ja.« Sie zuckte die Achseln. »Was soll ich machen? Ich wollte das ja auch nicht.«

Sie dachte an Gisi, an die Möglichkeiten, die ihr blieben. Aber sie hatte ja unbedingt Erich in die Entscheidung miteinbeziehen wollen. Erich, der sie immer noch anstarrte.

»Ich habe es dir geschrieben.«

Erich runzelte die Brauen. »Ich habe aber nichts bekommen.«

»Kannst du auch nicht.« Lotte erinnerte sich wieder an die zermürbende, erfolglose Suche nach seiner Adresse. »Ich habe nicht herausbekommen, wohin ich dir schreiben kann.«

»Meine Mutter weiß die Feldpostnummer.«

»Ich wollt sie nicht fragen, weil …« Lotte starrte den Boden vor ihren Füßen an. »Na, ist ja jetzt auch egal. Tut mir leid …«

»Moment.« Erich machte einen Schritt auf sie zu. »Was tut dir leid?«

»Dass wir … dass ich … ich weiß selbst, dass das ungelegen kommt.«

Er nickte. »Geplant ist es nicht, das stimmt.« Dann riss er sie an sich, drückte sie fest. »Ein Kind von uns zweien!« Über sein bärtiges Gesicht wanderte ein Lächeln, das ein wenig den Erich zum Vorschein kommen ließ, den sie kannte. Den sie … ja, liebte. »Das ist … großartig ist das! Etwas, das bleiben wird, wenn wir beide … wenn ich …«

Er stockte. Das Strahlen erlosch.

Lotte wandte den Blick ab. Allein die Vorstellung, dass einer von ihnen nicht mehr leben würde … Sie wollte dieses Bild nicht in ihrem Kopf, nicht in ihrer Seele. Und doch war es da. Erich, zerfetzt, erdrückt, blutend, tausend Möglichkeiten, den Tod zu finden. Einen viel zu frühen Tod.

Sie nickte mutlos, während sie die Berührung auskostete, seine Arme um ihre Schultern, diese Geborgenheit.

Er ließ sie zögernd los, nahm ihre Hand. »Komm!« Draußen vor dem Fenster war die erste vage Morgendämmerung zu erkennen.

Er strich sachte über ihren Bauch, zog sie zur Tür.

»Wohin?«

»Heiraten. Dafür gibt es Sonderurlaub.«

Lotte zögerte.

»Oder willst du nicht?« Jetzt hatte er wieder diesen ernsten Blick, dieses Misstrauen. »Willst du nicht meine Witwe werden?« Er lachte, und in dem Lachen lag etwas Raues, Unaussprechliches.

Sie horchte in sich hinein. Wollte sie das? Sich binden an diesen Mann? Wie lange kannten sie sich? In einer anderen Zeit hätte sie erst mal beobachtet, wohin sich das zwischen ihnen entwickelte. Sie hatten sich ja nicht einmal sehr oft gesehen …

»Du wärst versorgt, Lotte.«

Ja … was sollte sie auch mit einem Kind allein? Etwas in ihr tauchte auf, das das Gefühl der letzten Wochen wegschwemmte … ein Gefühl, das sie fast schon vergessen hatte. Eine vage Freude. Wie ein kleines weißes Blümchen, das im Frühjahr als Erstes aus der rauen, noch winterlichen Erde guckte. Freude über seine Freude. Und vielleicht … ja, auch Freude darüber, dass da etwas wuchs, was sie und Erich überdauern würde. Schönes Gefühl, er hatte recht.

Sie lächelte ihn an und zwinkerte dabei etwas in ihren Augen weg. »Es … geht alles so schnell.«

Ohne Vorwarnung sank Erich vor ihr auf die Knie. Er räusperte sich, legte eine Hand an sein Herz, es wirkte so übertrieben, dass Lotte kichern musste.

»Heirate mich«, brachte er schließlich heiser hervor. »Heirate mich oder … « Sie sah, wie er schluckte. »Tus einfach. Komm. Sag Ja.« Sein Blick war jetzt flehentlich.

»Aber ich will ja!« Sie flog auf ihn zu, stolperte, und dann lagen sie beide da, auf dem kalten Boden, aber seine Hände waren warm und seine Arme eine Höhle, in der sie sich geborgen fühlte. Sie und das Kleine. Sein Körper war warm, warm und lebendig. Noch …

Verdammt, schon wieder landete sie bei dieser Tragödie! Wann würde endlich alles besser werden?

»Aber dafür sollte ich mir wohl doch was anderes anziehen.« Unwillkürlich entwich ihr wieder ein Kichern. Im Nachthemd vor den Standesbeamten treten, das wäre einmal etwas anderes.

»Jetzt? Jetzt gleich? Oder nachher?« Er begann, mit seinen Lippen über ihre Wange zu streichen.

»Erich! Was willst du denn nun?«

Erich ließ sie zögernd los. »Natürlich, du hast recht.« Zwei Sekunden später nahm er sie wieder in den Arm und begann, sie so wild zu küssen, dass ihre Lippen schmerzten. Schließlich schob sie ihn vorsichtig ein Stück von sich.

»Willst du nicht vorher ein Bad nehmen?«, fragte sie.

Wieder die gerunzelten Brauen. »Ist es so arg?« Er schnupperte an seiner Uniform.

»Ich frag doch nur, mein Lieber.« Sie hatten keine Routine, kein Leben zu zweit, alles war nur geborgt. Ein paarmal waren sie ausgegangen. Jeder Satz konnte falsch sein, jedes Wort sie auseinanderbringen. Sie kannte ihn kaum. Das Herz wurde ihr schwer davon. Sie legte sachte die Arme um seinen Nacken und begann, ihn zu küssen. »Ich bin so froh, dass du hier bist«, flüsterte sie, »dass ich dich spüre.« Der Traum stieg wieder in ihr auf, der Traum von Erich und dem Schokoladenkuchen, und einen Moment erschien ihr alles genauso unwirklich. Als wäre sie in einen der Filme geraten, die sie mit Gisi gesehen hatte.

»Brauchen wir nicht auch Papiere?«, fragte sie schnell und

stand endlich auf. Erich blieb noch einen Moment auf dem Boden hocken, dann rappelte auch er sich auf.

»Keine Sorge«, sagte er, »ich regle das alles. Es geht leichter heutzutage.«

Er setzte sich auf einen Sessel, während Lotte ging, ihr schönes Kleid zu holen. Müde sah er aus, wie er da so an ihrem Tisch hockte. Zwei Tage Fronturlaub …

Schließlich stand er auf und wusch sich Gesicht und Hände am Waschtisch, während sie sich das Nachthemd auszog und in das schwarze Sonntagskleid schlüpfte. Sie passte mit Müh und Not gerade noch hinein. Sie müsste es ändern. Oder sich etwas Neues nähen. Aber vielleicht brauchte sie es jetzt eh nicht mehr. Während sie mit den Händen den Stoff über ihrem Bauch glatt strich, wurde ihr bewusst, wie sehr ihr Leibesumfang gewachsen war. Wie schnell das ging …

Nachdenklich bürstete sie vor dem Spiegel ihre Haare, ihr Blick kreuzte sich mit dem Erichs.

»Was für eine Frisur?«, fragte sie und erntete einen ratlosen Blick. Ihre Mutter sollte jetzt hier sein, an so einem Tag. Lotte seufzte schwer.

»Was ist?«, fragte Erich und trat hinter sie, umfing sie von hinten. »So schlimm?« Er sah ihr über die Schulter, ihre Blicke trafen sich im Spiegel.

»Geht schon.«

Sie biss die Zähne zusammen, um nicht in Tränen auszubrechen. Bloß keine Zopffrisur wie diese Greteln in den Filmen und auf den Plakaten, sie konnte es nicht mehr sehen. Schließlich steckte sie die Haare locker auf und ließ ein paar Fransen in die Stirn fallen. Nur nicht brav und fad aussehen!

Endlich zogen sie los, Hand in Hand, Erich immer noch in der Uniform, sie im schwarzen Kleid. Es war kühl und sehr still in den Gassen, nur ihre eigenen Schritte auf dem Kopfsteinpflaster waren zu hören und einmal das Wiehern eines Pferdes. Ein Lieferant lud große Fässer ab. Das Bier durfte nicht ausgehen, das auf keinen Fall.

Komischer Gedanke, dass sie jetzt zu ihrer Hochzeit ging … nur mit Erich und sonst niemandem.

»Wo müssen wir überhaupt hin?«, fragte sie.

»Lass das meine Sorge sein.« Er drückte ihre Hand fest und lächelte wieder dieses verschmitzte Lächeln wie früher. Vielleicht konnte sie ja doch ihren alten, ihren ursprünglichen Erich zurückbekommen. Irgendwie musste das doch zu bewerkstelligen sein. Irgendwo in diesem Soldaten musste er doch noch stecken.

Erich bewegte sich zappelig.

»Seit wann weißt du es eigentlich?«, fragte er.

»Das mit dem Kind?« Es kam ihr immer noch fremd vor, von dem, was in ihrem Bauch wuchs, als Kind, als künftigem Menschen zu denken. »Na ja …« Sie zögerte. Wissen, ahnen – was sollte sie sagen? »Vergiss nicht, ich bin vom Land, da bekommt man gewisse Dinge mit.« Sie grinste so gezwungen, dass die Gesichtsmuskeln schmerzten. »Und letztlich hat mir Gisi klargemacht, dass ich nicht krank bin, sondern eben schwanger.«

»Mama hat erwähnt, dass irgendwas mit dir ist, dass du … ein bisschen komisch bist. Deshalb wollte ich dich unbedingt sehen.« Erichs Stimme war wieder rau. So anders, als Lotte sie in Erinnerung hatte.

»Sie hat sich beschwert, stimmts?«

Erich wurde tatsächlich ein bisschen rot. »Na ja, so kann man es nicht direkt nennen.«

»Ahnt sie was?«

»Von uns? Und wenn?« Fragend sah er sie an.

»Ich weiß nicht.«

Die Sonne glitzerte in einer kleinen Regenlache. Der Tag begann schön. Zu schön, um an die Konsequenzen zu denken. Dass sie jetzt auch eine Schwiegermutter dazubekam, zu einem unerwarteten Ehemann und einem nicht geplanten Baby. »Wann willst du es ihr sagen?«

»Nachher. Wir stellen sie vor vollendete Tatsachen.«

19

Die Zeremonie war so kurz, dass Lotte sie wie im Rausch erlebte. Nicht in der Kirche, sondern auf einem Amt.

»Hier bitte unterschreiben.«

Lotte Schwarz … sie musste zweimal ansetzen, um richtig zu schreiben. Sie war jetzt Lotte Schwarz. Erichs Augen glänzten, er küsste sie innig, der Beamte hüstelte.

Als sie hinaus auf die Gasse traten, war alles unverändert. Die Sonne, das glänzende Kopfsteinpflaster, ein paar Passanten waren unterwegs. Komisches Gefühl. Für Lotte hatte sich alles verändert, aber für die Welt offenbar nichts. Es gab keine Hochrufe, keinen, der Reis über das Brautpaar warf, keine Feier.

Nur einen Ring – und den Weg zum Café Schwarz, den

sie jetzt einschlugen. Wieder klapperten ihre Absätze überlaut in ihren Ohren. Erich ließ ihre Hand nicht mehr los. Wie ungewohnt, neben ihm zu gehen. Sie spürte den Ring am Finger, der von ihrer Mutter stammte – sie hatte ihn mit dem ihres Vaters aufgehoben. Den trug jetzt Erich, allerdings war er ihm ein bisschen zu groß. Der Vater hatte große, schwere Bauernhände gehabt.

Mein Mann. Mein angetrauter Ehemann. Der Vater meines Kindes.

Das hörte sich immer noch alles fremd an.

Vor der Tür drückte Erich ihre Hand fest. »Ich liebe dich«, flüsterte er und küsste ihre Handinnenfläche. »Bereit, Lotte Schwarz?«

Sie nickte und brachte kein Wort hervor. Heute und morgen noch würde sie ihn bei sich haben. Zwei Tage Fronturlaub, nur zwei Tage.

Erich öffnete die Tür mit der anderen Hand, ohne den Griff um die ihre zu lockern.

Zigarettenrauch waberte ihnen entgegen. Frau Schwarz kassierte gerade an Tisch fünf bei einem beleibten älteren Herrn, den Lotte noch nie gesehen hatte. Ihre Chefin sah auf, ihre Augen wurden groß. »Mein Sohn!« Sie ließ die Brieftasche fallen und eilte auf Erich zu, so gut das bei ihrem Watschelgang möglich war. Selbst jetzt in Kriegszeiten hatte Frau Schwarz kaum ein Kilo abgenommen. Der dickliche Herr sprang auf, hob die Brieftasche auf und trug sie ihr nach.

»Erich!« Frau Schwarz stürzte sich auf Erich, der Lottes Hand noch immer in seiner hielt. Warm war die Berührung, warm, aber rau. Was diese Hände wohl alles erlebt, was sie getan haben mochten …

»Ich bin es, Mama.« Erich grinste und zog Lotte noch näher an sich heran. »Und das ist meine Frau.«

Kurz bevor sie bei Erich angekommen war, fuhr Frau Schwarz zurück. Ihr Busen wogte, sie ließ den Blick misstrauisch zwischen Erich und Lotte hin- und hergleiten, noch stechender als sonst schon. »Aha!«, sagte sie dann in erbostem Tonfall.

»Nichts, aha!« Erichs Stimme wurde lauter. »Lotte ist meine Frau. Ende der Durchsage.«

»So.« Frau Schwarz stemmte ihre feisten Hände in die wie immer schwarz verhüllten Hüften. »Und wieso weiß ich davon nichts?« Die Augen ihrer Chefin glitten etwas zu wissend über sie hin. »Vermutlich weiß ich es schon länger. Hätte ich mir ja denken können beim Fräulein Lotte.« Frau Schwarz zischte etwas Unverständliches. »Hat sie dich halt eingefangen, mein lieber Herr Sohn.«

Lotte holte Luft, um etwas zu sagen.

»Aber deshalb wirst du sie nicht gleich heiraten«, fuhr Frau Schwarz fort.

»Mama!« Erich drückte Lottes Hand. »Es geht nur Lotte und mich etwas an«, erklärte er dann mit offenbar mühsam beherrschter Stimme. »Und es ist vollendete Tatsache. Wir *sind* bereits verheiratet. Akzeptier das bitte.« Er nickte seiner Mutter zu und sah dann Lotte an.

»Mein Sohn!«

»Mama, alles ist in Ordnung, es geht mir gut. Freut mich, dass bei dir auch alles in Ordnung zu sein scheint.« In so einem Tonfall hatte Lotte ihn noch nie reden gehört. Er drückte Lottes Hand und ließ sie los. »Ich bin gleich wieder da.«

Er verschwand nach hinten, wo das Telefon stand, über dem dieses unsägliche schwarz-weiß gedruckte Plakat mit dem Schatten und der Aufschrift »Feind hört mit« angebracht war. Ein paar Minuten stand Lotte in der Gegend herum und kam sich blöd vor. Frau Schwarz maß sie mit einem langen Blick, ehe ein Gast von weiter hinten rief. Wortlos ging die Chefin zu ihm.

»Komm, wir gehen.« Erich tauchte wieder an ihrer Seite auf. Komisch, sich plötzlich nur mit ihm vollständig zu fühlen. So war sie doch früher nicht gewesen. Das hatte sie nie gewollt. So eine Abhängigkeit.

»Komm«, wiederholte Erich. »Ich hab keine Zeit für so was«, erklärte er draußen und zog sie in den Nachbarhof.

Lottes Blick glitt über den Boden, die Pflastersteine, die Stelle, an der man Pferde unterstellen konnte. Körbe für Heu und eine Wassertränke hingen an der Wand.

Mit der Fußspitze fuhr sie über den Stein, feucht vom vielen Regen.

Erich drückte sie an sich und küsste sie. »Mach dir keine Sorgen wegen Mama. Sie muss das akzeptieren. Es ist unsere Sache. Nur deine und meine.«

Lotte nickte. Nicht an morgen denken! Nicht an die Arbeit denken. Und an Erichs bevorstehende Abreise …

»Sie wollte immer, dass ich die Tochter von irgendwem Berühmten heirate.«

»Aha«, machte Lotte.

»Damit wir wer werden oder so. Deshalb hat sie mich auch nach Lübeck geschickt. Aber das kann sie vergessen.«

Lotte nickte.

»Ich liebe nur dich, Lotte.« Er berührte wieder zart ihren

Bauch. »Dich und … wer immer das sein mag.« Er lächelte schwach.

Ja, wer das wohl sein mochte …?

Dann riss er sich los. »So und jetzt komm, ich habe eine Überraschung für dich.« Verschmitzt grinste er sie an und führte sie zurück auf die Straße.

Es war fast wie bei ihrem Kennenlernen. Der Dom, die Kärntner Straße, die Seitengassen. Sogar das Wetter war fast so schön wie damals … Doch um so vieles kühler, und es erzählte von Abschied.

Auch die Passanten wirkten verändert. Geduckt und ernst huschten sie dahin, niemand sah dem anderen in die Augen, dafür blickten sich die Menschen immer wieder verstohlen nach allen Seiten um. Ja, denunziert wurde viel, immer und von allen Seiten. Wachsamkeit war angeraten. Autos überholten, der Wachmann an der Kreuzung gab die andere Fahrbahn frei.

»So, wir sind da«, sagte Erich schließlich und blieb vor einer großen Auslage stehen. Sie waren beim Hotel Sacher angekommen.

»Hier?«, fragte Lotte mit ungläubiger Stimme.

»Komm.« Erich küsste sie kurz auf die Wange.

»Aber hier kostet alles ein Vermögen.«

»Vertrau mir einfach.« Er zwinkerte ihr wieder zu. Sie passierten die Auslage, bogen um die Ecke und kamen zu einem schmalen Seiteneingang.

Lotte blieb staunend stehen. Sogar der Gang dahinter sah feudaler aus als ihre ganze Wohnung, er war mit Marmor gepflastert, allerdings recht schmal.

»Na komm schon, Lotte.«

Zögernd trat sie hinter Erich ein.

Ein Bursche in roter Uniform kam ihnen entgegen. »Servus, Erich, da bist ja!«, rief er.

»Grüß dich, René!«

»Alles ist vorbereitet.«

»Danke.«

»Gnädige Frau«, der Mann deutete eine Verbeugung an. »Bitte mitzukommen. Hier entlang.« Mit einer behandschuhten Hand deutete er nach hinten. Zögernd machte Lotte ein paar Schritte, René überholte sie. »Ich darf vorausgehen?«, sagte er, es klang mehr wie eine Feststellung, weniger wie eine Frage. Sie nickte, Erich lächelte geheimnisvoll.

Schließlich öffnete René eine Seitentür. Ein kleiner Raum, ein runder Tisch, weiß gedeckt, in der Mitte eine einzelne Rose in einer Vase. Dicker Teppich unter den Füßen.

»Bitte, Platz zu nehmen«, sagte er, als wäre sie eine wichtige Person, eine Prinzessin aus einem fernen Land oder eine reiche adelige Dame. Er schob einen der zwei gepolsterten Sessel für sie zurecht. Wieder warf sie einen Blick zu Erich, immer noch sagte er nichts. Sie kam sich ungelenk vor, als sie sich setzte. René schob den Sessel abermals für sie zurecht. Wie ungewohnt! Sie nickte ihm nur zu, unsicher, wie sie sich verhalten sollte. Erich nahm ihr gegenüber Platz.

»Kaffee die Dame?«, fragte René und verbeugte sich schon wieder.

Das war doch zu albern! Sie musste kichern. »Gern.« Gespielt huldvoll neigte sie den Kopf, als wäre sie tatsächlich eine mächtige Königin.

»Kommt sofort.« Er warf Erich einen fragenden Blick zu.

»Für mich auch.«

René nickte und zog ab.

»Und nun?« Lotte sah sich neugierig um. »Wie sollen wir das bezahlen?«

»Warte es ab.« Wieder spielte ein geheimnisvolles Lächeln um Erichs Lippen. Sie wollte ihn dabehalten, verdammt! Er sollte nicht wieder an die Front gehen. Nicht jetzt. Gar nie. Nie mehr. In ihrem Schweigen hing so viel. So viel Unaussprechliches.

Endlich ging die Tür wieder auf, lautlos trat René herein, gefolgt von einer jungen Frau in adrettem Kleid und Schürze. Sie schob einen kleinen Servierwagen und stellte ihn neben dem Tisch ab.

»Kaffee für die Dame.« René schenkte für Lotte ein, stellte ein Kännchen mit Milch dazu und eine silberne Dose. »Hier ist Zucker.« Er drehte sich nach der Frau um, die ihm etwas Glänzendes reichte.

Erich ließ Lotte nicht aus den Augen.

Mit großer Geste hob René den Deckel von dem glänzenden Ding an. »Bitte sehr, die Dame.«

»Deine Hochzeitstorte, Lotte.« Erichs Atem streifte ihren Hals. Sein Blick brannte sich in ihren.

Lotte wollte etwas sagen, doch plötzlich versagte ihr die Stimme. René und die andere Frau hatten leise den Raum verlassen. Intensiver Duft von Kakao strich um Lottes Nase, beinahe meinte sie, die zarte Creme bereits zu schmecken. Sie nahm Erichs Hand, strich mit dem Daumen über die Innenfläche und sah ihn an. Sie brauchten keine Worte.

20

Lotte zwinkerte die Tränen weg und sah Erich nur an. »Wie lieb«, brachte sie schließlich hervor.

Er lächelte, und sie versank in seinem Blick. Warum konnte es nicht immer so bleiben? Warum nur musste er weg, kämpfen für etwas, dessen Sinn sich ihr so sehr entzog?

»Du sollst das gute Stück auch essen.« Er lachte, es klang in dem kleinen, fast intimen Raum allzu gewollt. »Es ist nicht nur zum Anschauen da!«

»Aber zum Dranschnuppern.« Sie schob den Teller näher zu sich heran.

Na, Kleines, was sagst du zu Schokolade?

Tief sog sie den intensiven Schokoladengeruch ein, griff dann nach der schweren silbernen Gabel und brach ein Stück Torte ab. Ihre Hand zitterte, als sie den Bissen zum Mund führte. Sie schloss die Augen, als ihre Lippen die braune Masse berührten und der Geschmack auf ihrer Zunge explodierte. Wirklich wie bei ihrem Kennenlernen …

Sie öffnete die Augen wieder und sah Erich. Das Müde in seinem Blick. Und etwas, das sie nicht richtig benennen konnte. Nichts war wie damals, gar nichts. Jede Leichtigkeit verschwunden, ein Kind wollte kommen, Erich musste wieder gehen.

»Gut?«, fragte Erich leise.

»Himmlisch. Ich hab schon befürchtet, ich würde nie wieder so etwas Wunderbares schmecken!«

Der Sitz unter ihr war so weich, der Raum strahlte so viel

Geborgenheit aus. Die Last, die sie so lange niedergedrückt hatte, schien fast verschwunden oder zumindest um vieles leichter. Der Hunger … der Hunger und die Sorgen … Wie viel einfacher schien doch alles, wenn man was im Magen hatte. Und einen lieben Menschen an der Seite, der mittrug an der Last.

Erich griff wieder nach ihrer Hand, mit einem Finger strich er über ihren Ring. »Was auch immer geschieht, Lotte« – er stockte – »ich werde alles für dich tun. Ich will dich schützen und bei dir sein, so gut ich kann. Das schwöre ich.«

Lotte nickte, ihre Kehle war wie zugeschnürt. Sie atmete tief durch, zog Erichs Hand näher zu sich und legte ihre Lippen sanft darauf. »Auf uns zwei«, brachte sie dann hervor und hob die Tasse.

Erich lächelte schon wieder, aber in den Grübchen um seine Lippen saß noch etwas, etwas anderes, Unbenennbares. »Auf dich, Lotte – oder besser: auf uns drei!«

»Ach ja«, sagte sie und verzog die Lippen zu dem, was hoffentlich ein Lächeln war. Was sollte der Mann denn sonst für eine Erinnerung von ihr haben, wenn er wieder in den Krieg zog!

»Iss auch ein Stück«, schlug sie schnell vor.

Er nickte, nahm seine Gabel, begann zu essen, langsam und genüsslich.

»Wer soll das eigentlich bezahlen?«, fragte sie schließlich, als sie glaubte, nicht mehr gleich in Tränen auszubrechen, wenigstens für den Moment.

»Es ist mein Geschenk für dich, Lotte. Weil du etwas Besonderes bist.«

Zack, schon wurden ihr die Augen wieder feucht.

»Mach dir keine Sorgen. Dank der ehemaligen Kollegen

ist mir die Überraschung gelungen.« Er blinzelte ebenfalls ein paarmal. Ging wohl nicht nur ihr nah, das alles.

»Ich hab wirklich nicht damit gerechnet. Das ist dir gelungen«, brachte sie schließlich hervor. »Danke. Es ist einfach wunderbar.«

Später verließen sie das Sacher, wie sie hereingekommen waren. Weder René noch sonst jemand kam ihnen entgegen. Die Sonne stand jetzt hoch am Himmel, Lotte beschirmte ihre Augen mit der Hand, so sehr wurde sie momentan geblendet. Es waren mehr Menschen als vorher unterwegs, ein Lieferwagen überholte sie, dahinter kam ein Wagen, der wohl der Gestapo gehörte.

Lotte schauderte. Das gute Gefühl war schlagartig wieder weg. Sie hakte sich bei Erich unter. So bummelten sie die Gasse entlang, als wäre Frieden, als hätten sie alle Zeit der Welt.

Vor der Auslage eines Hutgeschäfts blieb Erich stehen. »Na?«, fragte er, als wären sie feine Leute. »Wie wäre es mit so einem violetten Ding für dich?« Er legte den Kopf schief, schien zu überlegen.

»Hm«, machte Lotte, um auf das Spiel einzusteigen, gleichzeitig spürte sie die Müdigkeit in den Beinen. »Ich weiß nicht recht, ist nicht so meins. Aber diese Kappe da drüben …«

Sie lachten, und Lotte wusste, es war nur Betrug an der schnöden Wirklichkeit.

»Gekauft«, sagte Erich.

»Für dich brauchen wir zur Feier dieses Tages auch noch etwas«, ergänzte Lotte. »Lass mal sehen …«

So ging es weiter, sie taten, als wären sie reiche Leute, die zum Einkaufen in die Innenstadt gefahren waren. Als hätten sie sonst nichts zu tun. Geradezu zwanghaft gingen sie durch die Gassen, als wollten sie beide nicht zurückkehren in Lottes Wohnung, die leere Wohnung …

Endlich ließ es sich nicht mehr vermeiden, zu kühl wurde es bereits, nachdem sie stundenlang herumgeschlendert waren. Zögernd gingen sie durch das Treppenhaus hinauf, im zwielichtigen Schein von draußen wie zwei Schatten, die sich durch die Zeit stahlen, sich ein Leben stahlen. Für heute nur.

Lotte schloss ihre Tür auf, sie traten ein. Leise legte sie den Schlüssel auf den kleinen Schrank neben der Tür, über dem auch der Spiegel war. »Du sollst einen Schlüssel haben«, sagte sie zu Erich, »und vielleicht brauchen wir noch einen Kasten für deine Sachen …«

»Ist jetzt nicht wichtig, Lotte«, flüsterte er und nahm sie in die Arme. Sein Gesicht fühlte sich durchgefroren an, als sie ihre Hände an seine Wangen legte, aber sein Körper war warm, warm und nah …

»Nichts ist wichtig außer dir, Lotte.«

Sie fing an, ihn zu küssen, als könne sie sich in ihn verbeißen, ihn so für immer bei sich behalten, ihn zurückhalten von dem, was er viel zu bald wieder tun musste. Als könnte sie so die Welt, die große Politik dazu bewegen, auf das Kämpfen zu verzichten und stattdessen auf das Lieben zu setzen.

Auch heute wollte sie, dass er mit der Erinnerung an sie wegging. Nichts und niemand sollte sich zwischen sie schieben, nicht einmal das Kind. Und da war keine Angst mehr, jetzt war sie ja schon schwanger. Schwanger und verheiratet … Sie konnte sich gehen lassen, sich treiben lassen auf dem Meer dieser Liebe.

Sie wollte so sehr mit ihm zusammen sein, wie es irgendwie möglich war. Eine kleine Vertrautheit verband sie, zu wenig eigentlich, und sie würde sich nur schwer vergrößern. Aber sie wollte alles dafür tun.

Erich küsste sie so heftig zurück, dass es beinahe wehtat, aber nur beinahe. Wie damals schob er ihr Kleid von ihren Schultern, es glitt mit einem kleinen verheißungsvollen Rascheln zu Boden. Es war ja nur Stoff, Stoff konnte ersetzt werden. Erich riss sich seine Sachen vom Körper, löste ihr Mieder, streichelte sie weiter, seine Berührungen brannten auf ihrer Haut, versprachen mehr, glitten über ihre Brüste, zärtlich und stark. Wieder schlug wie damals dumpf die Turmuhr, als sie gemeinsam auf das schmale Bett fielen. Ein größeres Bett müsste auch her … wenn er denn mit ihr zusammenleben würde. Darüber zu sprechen, war natürlich Unsinn, und doch Zukunftsmusik, an deren Melodie sie sich festhalten könnten.

21

Der Wecker schrillte viel zu früh. Es war kalt, als Lotte die Arme aus der Decke streckte und schnell wieder darunterschob. Aber da war auch Erich. Erich, der sich immer noch an sie schmiegte, wie die ganze Nacht. Erich, der heute wieder fortmusste.

Heute …

Ein paar Minuten noch liegen bleiben. Wortlos umarmten sie sich, hielten sich fest, als könnten sie die Zeit festhalten, die gemeinsame Zeit.

»Lass mich nicht allein«, murmelte sie.

Was für ein gestohlenes Glück mit Erich …

Erich streichelte sachte ihren Rücken. Schließlich riss er sich los, schob die Decke zurück, deckte Lotte noch einmal zu, so lieb, so sorgsam, wie nicht einmal ihre Mutter gewesen war, und stand auf. Sie blieb liegen, sah ihm zu, wie er sich im Licht der kleinen Lampe neben dem Tisch anzog, die Unterwäsche, die Uniformhose, das Hemd, wie er sich die Stiefel schnürte, die Uniformjacke überstreifte, den Gürtel festzog. Sie berührte den Ring, den sie die ganze Zeit nicht abgenommen hatte, sah, dass auch Erich seinen trug. Regen trommelte wieder gegen die Fensterscheiben. Wie so oft. Nur ihr Hochzeitstag war eine Ausnahme gewesen.

Hochzeitstag …

Jetzt war sie also eine verheiratete Frau.

Und erwartete ein Kind.

Wer hätte das gedacht …

Auch sie musste aufstehen, es half ja nichts. Sie musste wieder zur Arbeit. Lotte schlüpfte mit ungelenken Bewegungen in ihr Wochentagsgewand, in die Strümpfe, frisierte sich vor dem Spiegel, Erich hinter ihr, wieder legte er ihr den Kopf auf die linke Schulter, sah ihr zu, ein kleines Lächeln umspielte seine Lippen. Die Bartstoppeln waren ihm wieder nachgewachsen, er strich darüber, was ein leicht schabendes Geräusch ergab.

Sie verabschiedeten sich noch in der Wohnung. »Bloß keine Bahnhofsszene«, sagte Erich, und sie sah, wie er schluckte.

Es war so traurig, Weihnachten kam, und Erich musste gehen.

»Wir schreiben uns«, versprach Erich und notierte seine Postanschrift, diese so lange gesuchte Feldpostnummer, für sie.

Sie konnte nur nicken.

»Alles wird gut.«

Sie küssten sich noch einmal, verlangend, nach so viel mehr verlangend. Ein Mehr, das es nicht gab. Nicht jetzt, vielleicht nie.

»Und bitte geh zu einem Arzt«, sagte er noch.

»Natürlich.« So weit war sie ja noch gar nicht gewesen in ihren Gedanken.

Und dann war er weg, und es regnete immer noch, und als sie bald darauf ebenfalls das Haus verließ, merkte Lotte, dass ihre linke Schuhsohle ein Loch hatte.

22

»Da sind Sie ja endlich«, schimpfte Frau Schwarz, als Lotte völlig durchnässt an ihrem Arbeitsplatz eintraf. »Wir machen heute Sachertorte. Der Herr Obersturmführer war so freundlich, uns einen Vorrat Schokolade zu organisieren. Also los, worauf warten Sie noch?«

»Und Marillenmarmelade, haben wir die?« Lotte hängte

ihren nassen Mantel auf, zog ihre Arbeitskleidung an und bemühte sich, die nassen Füße zu ignorieren.

»Natürlich!«

»Wieso eigentlich nicht Apfelstrudel?«, wandte sie ein. Allein beim Gedanken an Schokolade wurde ihr schlecht. Ganz was Neues! »Es ist doch die Jahreszeit dafür. Äpfel gibt es reichlich, und die Gäste lieben ihn.«

»Fräulein Lotte …!« Der Tonfall von Frau Schwarz klang gefährlich ruhig. »Wenn ich sage, es gibt heute Sachertorte, dann gibt es Sachertorte. Und zwar ein bisschen flott!«

Lotte nickte, schluckte. »Natürlich.«

»Fräulein Lotte?«

Der Herr Obersturmführer.

»Guten Morgen« – sie eilte hinüber an seinen Tisch – »was darf ich bringen? Frühstück wie immer?« Sie fegte mit einer Hand ein paar Brösel von der gemaserten Marmortischplatte.

»Bitte gern.« Thoma lächelte, dann nahm er fast scheu ihre Hand mit dem Ring. »Sie haben geheiratet?«

Lotte nickte, wortlos.

»Ich gratuliere. Wer ist der Glückliche?«

»Danke.« Sie schluckte. »Verzeihung.«

Sie rannte, kam gerade noch rechtzeitig zur Toilette, dann erbrach sie sich schon. Es wollte gar nicht mehr aufhören. Endlich schien es vorbei. Sie wartete ab, ob dem wirklich so war. Schließlich spülte sie den Mund mehrmals aus, trank ein paar Schlucke Wasser, doch der bittere Geschmack blieb. Hoffentlich würde man wenigstens nichts riechen. Ein paarmal tief durchatmen …

»So«, Frau Schwarz stand vor der Tür, die Hände in die Hüften gestemmt, als Lotte aus der Toilette kam. Sie taumelte, so schwindlig war ihr wieder einmal. »Sie bekommen was Kleines, richtig?«

Lotte nickte.

»Ich sage Ihnen eines, Sie werden Ihre Arbeit machen bis zum Schluss. Egal, ob Sie nun meinen Sohn geheiratet haben wollen.«

Aber es stimmt, wollte Lotte sagen, *die Papiere …!* Doch sie brachte kein Wort hervor, und für einen Moment war sie unsicher, ob sie nicht alles nur geträumt hatte. Erichs Rückkehr, ihre Heirat, die Sache mit ihrer sogenannten Hochzeitstorte und dem gemeinsamen Spaziergang.

Lotte nickte wieder und tastete nach der Wand, um sich abzustützen. Ihre Beine fühlten sich wie Gummi an.

»Wenn das nicht möglich ist …« Frau Schwarz ließ offen, was dann wäre.

Lotte verstand auch so. Sie brauchte die Arbeit.

»Ich werde alles wie immer erledigen, Frau Schwarz«, versprach sie. »Sie werden sich nicht über mich beschweren müssen.«

»Dann ist es gut. Und dann werden wir ja sehen, wie es mit der Geburt wird. So was ist ja nicht ohne …«

Lotte meinte ein böses Lächeln über Frau Schwarz' Miene huschen zu sehen, war sich gleich darauf aber nicht mehr sicher. Sie wischte sich übers Gesicht. Sie hatte ja keine Wahl …

Sie bereitete Kaffee und Buttersemmeln für den Herrn Obersturmführer zu und zwang sich zu einem Lächeln, als sie an seinen Tisch trat. Raschelnd ließ er den *Völkischen Beobachter*, in dem er gelesen hatte, sinken.

»Danke, das sieht ja hervorragend aus.« Er lächelte sie

freundlich an. Kaum zu glauben, dass Menschen wie er andere ins Verderben stießen …

»Ist alles in Ordnung?«, fragte er, als sie schwieg.

Sie nickte schnell und wollte sich zum Gehen wenden.

»Fräulein Lotte!« Der Obersturmführer winkte ihr, näher zu kommen, sie beugte sich zu ihm. »Verzeihen Sie, wenn ich mitgehört habe, das tut man natürlich nicht.«

Sie nickte. Fast schon egal alles. Aber nur fast.

»Wenn etwas ist … Sie können bei mir immer Hilfe finden. Sie sind so freundlich zu mir, und wenn ich dafür etwas für Sie tun kann …?« Fragend sah er sie an.

Sie blinzelte, das waren doch schon wieder Tränen. Wie lächerlich von ihr. Diese ganze Situation war haarsträubend – diese ungeplante Schwangerschaft, die Sehnsucht nach Erich und Frau Schwarz mit ihrer Boshaftigkeit. Und jetzt der Obersturmführer mit seiner freundlichen Art. »Schon gut, ich schaffe es schon.«

»Das hoffe ich – sehr. Aber wenn nicht, wenden Sie sich an mich, versprechen Sie mir das?«

Lotte nickte, da tönte schon wieder die unangenehme Stimme ihrer Chefin zu ihr: »Was trödeln Sie hier herum, Lotte!«

»Sie erinnern mich an meine Tochter«, sagte der Obersturmführer leiser. »Wann ist es denn so weit mit dem … Kind?« Sein Blick glitt sekundenkurz zu ihrem Bauch und wieder hoch zu ihren Augen.

»Ich bin mir nicht sicher«, Lotte schluckte wieder gegen die Tränen an.

»Ich weiß einen guten Arzt, Fräulein Lotte«, sagte er leise. »Oder halt, jetzt sind Sie ja gar kein Fräulein mehr.« Er zwinkerte ihr zu.

Unwillkürlich musste Lotte auch lächeln.

Thoma tastete nach etwas in seiner Jackentasche und brachte schließlich einen Stift und ein Stück Papier zum Vorschein. Er schrieb etwas darauf und reichte ihr das Blatt dann. »Doktor Rosenblum, einer der Besten«, sagte er leise. »Leider Jude. Aber wenn Sie sagen, dass Sie von mir kommen, geht alles glatt. Er darf nur nicht offiziell … Sie wissen schon.«

Lotte nickte. »Danke.«

»Ich habe mit Rosenblum Schach gespielt, ein feiner Kerl.« Er seufzte. »Aber was soll ich machen! Gesetz ist Gesetz. Nun, er wird Ihnen sagen können, wann das Kind kommt.« Thoma beugte sich näher zu ihr. »Nur Mut, Ihr Kind wird einer großartigen Zeit entgegenwachsen!«

Großartige Zeit, von wegen. Schon überhaupt für ein Kind.

»Danke.« Immerhin eine Wohltat, diese freundlichen Worte, fast als könnte sie selbst wieder Zuversicht finden.

»Lotte!«, kam es wie zum Kontrast schon wieder von Frau Schwarz.

»Ich bin Ihnen so dankbar, Herr Thoma«, sagte sie schnell und drückte seine Hand. »Und, bitte, sagen Sie einfach nur Lotte zu mir.«

»Gerne.« Der Obersturmführer legte seine Hand auf die ihre. »Es wäre mir eine Ehre, Ihr väterlicher Freund zu sein.«

Lotte nickte ihm zu und ging zurück in die Küche.

»Sie vertratschen sich mit den Gästen«, zischte Frau Schwarz, während Lotte bereits Zutaten für die Sachertorte abzuwiegen begann. Die Chefin hatte also tatsächlich vor, sie weiterhin zu siezen. Auch gut. Nur vertraulich zu tun, ohne es zu sein, fühlte sich sowieso falsch an.

»Das ist unerhört.«

Der intensive Geruch nach Schokolade trieb Lotte einmal mehr die Tränen in die Augen. Wo Erich wohl gerade war …? Das Mehl fiel ihr aus der Hand, weißes Pulver verteilte sich in der ganzen Küche. Frau Schwarz machte einen uneleganten Hopser zur Seite, trotzdem war ihr schwarzes Kleid umgehend weiß gesprenkelt und sogar ihr teigiges Gesicht mehlbestäubt. Lotte unterdrückte ein hysterisches Lachen.

23

Lotte wartete.

Sie wartete auf Wärme, darauf, dass es Schuhe zu kaufen gab, auf einen Brief von Erich, auf Weihnachten und ob er zu diesem Fest Fronturlaub bekäme. Es wäre schon etwas Besonderes, sie und er und das Ungeborene, erstmals zusammen beim Fest. Aber durfte sie sich Hoffnung machen? Sie wartete auf das Ende des Krieges, auf den Frieden, auf die Butterzuteilung und dass ihre Übelkeit endlich aufhörte und ihre Brüste nicht mehr spannten. Und jetzt gerade wartete sie auf Doktor Rosenblum, den vom Obersturmführer empfohlenen Frauenarzt, der sie untersuchen sollte. Und der eigentlich nicht mehr praktizieren durfte.

Endlich die Unwissenheit beenden, es war ja schon nicht mehr auszuhalten! Sich informieren. Mit jemandem reden, der Bescheid wusste. Andere konnten ihre Mutter fragen, eine

Tante oder eine ältere Schwester. Doch sie hatte keine weiblichen Verwandten mehr, gar keine Familie. Alle tot …

Frau Rosenblum, die Gattin des Arztes, eilte durch den Raum, sie war eine kleine sehnige Frau, hinter der Lotte Bärenkräfte vermutete, so wie sie ihre Schritte setzte. Lotte legte den Mantel ab, der in der Umgebung der eleganten Möbel und neben Frau Rosenblums rotem Wollkleid elendig abgetragen aussah. Frau Rosenblum nahm ihr das Kleidungsstück mit einer Geste ab, als wäre es ein feiner Pelz, und blickte Lotte aus ihren warmherzigen braunen Augen an. »Nur Mut. Alles wird gut gehen, Frau Schwarz!« Sie stellte eine kleine Kanne und eine Porzellantasse vor Lotte auf den Tisch.

»Wildkräutertee«, erklärte Frau Rosenblum. »Selbst gepflückt. Was anderes haben wir nicht, leider. Er wird Ihnen guttun, auch wenn sein Geschmack gewöhnungsbedürftig ist.«

»Danke.«

»Vermutlich ist er auch in Ihrem Zustand eher angeraten als Kaffee«, meinte Frau Rosenblum und war im nächsten Moment aus dem Raum verschwunden. Sie war Arierin, das hatte der Obersturmführer Lotte berichtet, diese Ehe schützte also den Doktor. Nur deshalb ließ man das Ehepaar Rosenblum überhaupt weiter hier in dieser geräumigen Wohnung mit ihren schwarzen Jugendstilmöbeln und den weichen Perserteppichen leben. Anderswo hörte man Schlimmes darüber, wie es den jüdischen Menschen erging, zusammengepfercht mussten sie in vorgeschriebenen Gegenden wohnen, auch in der Nähe von Lottes Wohnhaus befanden sich solche Quartiere. Vor denen saßen die Menschen dann, müde, hungrig, und blickten ins Leere.

»Frau Schwarz?«

Lotte zuckte zusammen, das tat sie immer noch, wenn jemand sie mit ihrem neuen Namen ansprach.

Ein schlanker Mann mittleren Alters stand in der Flügeltür zum Nebenraum.

»Herr Doktor Rosenblum?«

Er lächelte, ein kleines verlorenes Lächeln. »Genau genommen nur mehr Herr Rosenblum«, meinte er.

Sie nickte. »Verstehe. Freut mich, Sie kennenzulernen« – sie machte eine Pause – »Doktor Rosenblum.«

»Sehr erfreut.« Etwas blitzte in seinen Augen auf, das Lächeln wurde etwas breiter. »Bitte« – er zeigte auf einen Sessel vor einem schwarzen Schreibtisch – »nehmen Sie doch Platz!«

Sie tat wie geheißen, während Rosenblum die Tür schloss.

Aufmunternd sah der Arzt sie an. An der Wand hingen ein paar wenige abstrakte Zeichnungen, dazwischen sein Diplom.

»Also, was führt Sie zu mir?«, fragte Rosenblum, als wären sie in einer richtigen Ordination und sie eine von vielen Patientinnen.

Lotte umfasste ihren Bauch. Rosenblum nickte, bevor sie etwas erwidern konnte.

»Sie erwarten ein Kind?«

»So ist es wohl. Entschuldigung …« Sie kam sich wieder einmal wie eine Gans vor. »Aber ich weiß nicht …«

»Die wenigsten jungen Damen kennen sich aus«, sagte Rosenblum. Seine Stimme und seine Worte hatten eine eigenartig beruhigende Wirkung auf Lotte.

»Mir ist so übel, gleichzeitig habe ich ständig Hunger. Und die Brüste tun weh.«

»Wissen Sie noch, wann Sie zuletzt Ihre Periode hatten, Frau Schwarz?«

»Im August«, sagte Lotte leise.

August. Eine Ewigkeit her. Sommer, Wärme, Frieden. Ein Picknick, eine Bootsfahrt, Küsse …

Der Doktor machte sich eine Notiz. »Gut. Im August also, demnach wären Sie jetzt ungefähr im dritten Monat. Dann käme das Kind im Mai zur Welt.« Er lächelte sie freundlich an.

Im Mai also …

Lotte nickte. Mai … Was würde im Mai sein?

»Ich werde Sie nun untersuchen, Frau Schwarz. Waren Sie schon einmal bei einer gynäkologischen Untersuchung?«

Lotte schüttelte den Kopf. »Nein.«

»Keine Bange, es wird nicht wehtun, nur ein wenig ungewohnt für Sie sein.« Er sah sie an, bis sie nickte.

»Verstehe.«

»Am besten, Sie entspannen sich. Trinken Sie noch ein wenig Tee! Dann entkleiden Sie sich bitte und legen sich dort auf das Bett.« Er zeigte zur Wand. »Tut mir leid, dass wir so improvisieren müssen. Ich habe keine Praxis mehr.«

»Kein Problem.« Einen Moment lang hatte sie das Gefühl, das alles nicht zu schaffen, zu keiner Bewegung fähig zu sein.

»Bitte, Frau Schwarz.« Rosenblum war aufgestanden, hinausgegangen und kam nun mit ihrer Teetasse zurück. »Ich lasse Sie jetzt einen Moment allein, damit Sie sich in Ruhe entkleiden können.« Er ging und schloss die Flügeltür mit einem überlaut klingenden Geräusch hinter sich.

Lotte war allein. Was für eine seltsame Lähmung. Schließlich gab sie sich einen Ruck, zog den Rock, die Strümpfe und schließlich die Unterwäsche aus. Seltsames Gefühl, so nackt vor einem beinahe Fremden …

Sie setzte sich auf das Bett, da kam der Arzt schon zurück. »Bitte, legen Sie sich hin und dann die Beine über diese Polster hier. Ja, so ist es gut.« Er sprach mit so tiefer Stimme, dass etwas von seiner Gelassenheit auf Lotte übersprang. Mit ruhigen Bewegungen nahm er auf einem Hocker an der Schmalseite des Bettes Platz.

»Schön atmen«, sagte er und legte eine Hand auf ihren Bauch. »Alles ist gut, Frau Schwarz.«

Er begann, sie vorsichtig zu untersuchen.

»Seien Sie beruhigt«, erklärte Rosenblum. »Soweit ich das sagen kann, ist alles in bester Ordnung mit dem Kind. Auch die Größe stimmt.«

Eine Wärme schoss in sie ein, die sie für einen Moment sprachlos machte. Zum ersten Mal hatte sie das Gefühl, dass hier etwas Besonderes passierte – etwas, das nur aus Erich und ihr entstanden war. Aus ihrer Nähe, ihrer besonderen Begegnung, dem Zauber jener Nacht. Endlich verstand sie seine Freude.

Alles würde gut werden.

Der Krieg würde zu Ende gehen, Erich zurückkehren, mit ihr leben, und sie würden ein Kind haben. Ein kleines Wesen, das nur aus ihrer Liebe entstanden war.

»Allerdings ist es für Ihre Gesundheit und die des Kindes nötig, dass Sie genug für zwei essen.«

Lotte nickte. »Ich habe auch immer, immer Hunger«, klagte sie.

»Sie sind schon sehr schlank bis auf das kleine Bäuchlein.«

»Erklären Sie das mal demjenigen, der die Lebensmittelrationierung erfunden hat«, meinte sie schnippisch und erschrak umgehend über sich selbst. Was hatte sie da gesagt?

Dann sah sie in Rosenblums Augen und erkannte darin Zustimmung, ohne dass er sie ausgedrückt hätte.

»Passen Sie gut auf sich auf, nehmen Sie regelmäßig etwas zu sich, zumindest ein wenig. Es ist Ihre erste Schwangerschaft?«

Sie nickte wieder. »Ich habe das nicht geplant«, sagte sie leise.

»Wie alt sind Sie, wenn ich eine Dame das fragen darf?«

Sie musste schmunzeln. »Dürfen Sie. Ich bin gerade einundzwanzig geworden.«

Doktor Rosenblums Blick glitt zu ihrer Hand.

»Was ist mit Ihrem Mann? Sie sind doch verheiratet, wenn ich das richtig deute?«

»Er ist an der Front.« Sie musste schlucken. Weil sie sich Erich immer noch nicht vorstellen konnte, wie er mit einem Gewehr auf andere Menschen schoss. Auf Männer, die genauso von ihren Frauen vermisst wurden und daheim Kuchen gebacken hatten. In Polen oder sonst wo. Erich, der in eine Konditorbackstube gehörte, Erich, der mit ihr Schokoladensünden aß, Erich, dieser freundliche, witzige Mann, sollte zum Küssen da sein. Zum Küssen und Glücklichsein.

Du sollst nicht töten.

So hieß es doch!

»So, Frau Schwarz.« Rosenblum nickte ihr zu, ließ ihr Zeit, sich wieder zu fassen. »Ich schlage vor, Sie suchen mich in einem Monat wieder auf. Dann sehen wir, wie es dem Kleinen geht.« Er lächelte sie aufmunternd an.

Sie nickte zögernd. »Das würde ich ja gern, aber ich habe nicht genügend Geld dafür.«

Rosenblum breitete die Arme aus. »Erkennen Sie hier Anzeichen dafür, dass ich verarme?«

Lotte hob zögerlich eine Schulter.

»Sehen Sie. Es geht mir nicht um Einnahmen.« Er zögerte. »Bisher jedenfalls nicht«, fügte er an. »Außerdem freue ich mich über Kontakte und dass ich einer freundlichen jungen Frau nützlich sein kann«, fuhr er fort. »Alfred Thoma scheint große Stücke auf Sie zu halten.«

»Ja, er isst meine Mehlspeisen so gern.« Lotte musste nun doch auch lächeln. »Nun, dann, ähm, danke, Herr Doktor.«

»Also, dann sehen wir uns heute in einem Monat? Leider können Sie mich nicht anrufen, als Jude darf ich kein Telefon mehr besitzen.«

Nachdenklich verließ Lotte die Wohnung des Ehepaars Rosenblum. Immerhin schien jetzt die Sonne, und überraschend entdeckte sie sogar ein Geschäft, das Schuhe anbot. Vielleicht hatte der freundliche Doktor recht, vielleicht brauchte sie vor allem Mut. Vielleicht würde sie sich dann an die Vorstellung gewöhnen, so jung schon Mutter zu werden.

Als sie mit einem neuen Paar halbwegs hübscher brauner Straßenschuhe zurück in ihre Wohnung kam, wartete endlich Post von Erich auf sie. Eine Feldpostkarte.

Es geht mir gut, soweit möglich. Ich sehne mich nach euch.
In Liebe, Erich.

Vielleicht wurde ja doch noch alles gut, wie dieser freundliche Doktor gesagt hatte. Der Doktor, der in einer viel schlimmeren Situation war als Lotte selbst.

Sie setzte sich hin und fing an, eine Antwort zu schreiben.

Sie setzte an, aber nein, das gefiel ihr nicht. Nur nicht jammern!, befahl sie sich. Nicht nur der Doktor, auch Erich hatte es weit schlechter getroffen als sie selbst.

Sie schrieb und schrieb, am Ende waren es fünf Blätter und die Uhr zeigte zehn am Abend an. Zeit, ins Bett zu kommen. Auch ohne Essen. Das Tier in ihrem Magen jaulte böse.

24

Der Besuch bei Doktor Rosenblum tat Lotte gut. Es war tatsächlich beruhigend zu wissen, was auf sie zukam. Sie aß seither regelmäßig, wenn auch offenbar nicht genug, denn der Hunger blieb ihr ständiger Begleiter. An manchen Tagen fühlte es sich an, als würde der kleine Mitesser in ihrem Bauch alles verbrauchen. Vielleicht würde dieses ewig hungrige Monster sie einfach verschlingen …

Auch an diesem windigen Morgen wollte sie wie üblich im Café Schwarz frühstücken. Ein wenig schwungvoller als zuletzt trat sie ein.

Schon als sie die Türe hinter sich schloss, war klar, dass etwas nicht stimmte. Der Platz von Frau Schwarz war verwaist, sie war auch sonst nirgends zu sehen. Und über allem lag eine eigenartige Stille, obwohl das Lokal gut besucht war. Einige Gäste wisperten, einer raschelte mit einer Zeitung.

Lotte eilte durch den Gastraum, kam an der leeren Küche vorbei. Auch von Johann keine Spur. Ein Raunen begleitete sie, als sie nach hinten ging. Sie grüßte nach allen Seiten. Die

Leute steckten die Köpfe zusammen und warfen ihr verstohlene Blicke zu.

Auch im hinteren Raum war weder von Johann noch von Frau Schwarz etwas zu sehen. Dafür hörte sie jetzt Stimmen und Geräusche aus der Vorratskammer.

»Aber das muss doch nichts heißen«, sagte Johann gerade. Sein gekrümmter Rücken zeigte zu Lotte.

»Hm-mhm«, kam es undeutlich.

Lotte schob sich vorsichtig in den Raum. Johanns großer Körper im schwarzen Anzug verdeckte ihr die Sicht. Eine Schranktür stand offen, und davor lag ein Behältnis, Zucker war auf dem Boden verstreut.

Lotte runzelte die Brauen. So eine Unordnung wurde hier doch nicht geduldet.

Jemand wimmerte. Es klang wie Frau Schwarz. Aber das konnte doch nicht sein …?

Lotte schob Johann kühl zur Seite, merkte, dass sie grob war, spürte ihr Herz nach einem Moment der Untätigkeit umso heftiger schlagen. Schmerzhaft.

»Was ist los?« Lottes Blick brauchte ein wenig, bis der Kopf erfasste, was ihre Augen wahrnahmen.

Frau Schwarz. In ihrem schwarzen seidenen Kleid. Auf dem Boden. Eines ihrer dicken Beine seltsam verdreht von sich gestreckt. Rund um sie verteilt diverse Dinge – ein grünliches Seifenstück, ein Päckchen Schokolade, ein zerschlagenes Ei. In zermanschter gelber Soße lag eine Hand ihrer Chefin, ohne dass sie es zu merken schien.

»Haben Sie sich wehgetan?«, fragte Lotte. Sie machte einen Schritt auf die Chefin zu, verlor auf dem glitschigen Boden fast den Halt.

Frau Schwarz schüttelte den Kopf.

»Was ist passiert?« Lotte streckte ihrer Chefin eine Hand hin, um ihr beim Aufstehen zu helfen. »Kommen Sie hoch!«

Wieder schüttelte Frau Schwarz den Kopf. Monoton, immer gleich. Sie hörte gar nicht mehr auf damit.

Johann warf Lotte einen vorsichtigen Blick zu und machte einen Schritt auf sie zu. »Wollen Sie nicht lieber …?«

Lotte wich zurück. »Ich will wissen, was hier los ist.«

»Erich!«, wimmerte Frau Schwarz.

»Was ist mit ihm?« Etwas griff nach Lottes Herz.

»Er ist –« Johann legte eine Hand auf Lottes Arm. »Bitte, kommen Sie.« Er wollte sie aus dem Raum schieben.

»Was ist?«, schrie sie.

»Erich ist …« Die Stimme der Chefin erstarb. Sie rang nach Luft, hob die Hand und zog einen Faden Eiklar mit sich. »Tot ist er«, sagte sie dann tonlos.

»Was?« Erst jetzt bemerkte Lotte einen Karton, der auf einer Arbeitsfläche lag. Etwas drückte ihr Herz zusammen, drückte alles Leben heraus. Lotte tastete nach Halt.

»Das Paket«, Frau Schwarz rieb die Hände aneinander, das Eigelb zog immer noch Fäden. »Es ist zurückgekommen. Dabei …«

»Lotte«, sagte Johann. »Nicht umfallen.« Seine Hand umklammerte ihren Oberarm. Etwas zu fest. Seltsamer Schmerz.

»… ich habe so an allem gespart, damit ich ihm ein Weihnachtspaket schicken kann.« Frau Schwarz griff mit beiden Händen an die Arbeitsplatte und zog sich unerwartet kräftig hoch. »Und jetzt … jetzt schicken sie das Packerl zurück. Weil er vermisst wird.«

»Vermisst?«, wiederholte Lotte.

»Auf Patrouille vermisst, steht da.«

»Kommen Sie, Lotte«, sagte Johann.

»Nein!« Da war immer noch der Griff an ihrem Oberarm. Es schien die einzige Stelle an ihr zu sein, die noch lebte. An der sie etwas spürte. Alles andere war zu Eis gefroren. Sie schüttelte den Griff des Kellners ab und wankte hinaus. Hinter sich hörte sie ein schmatzendes Geräusch.

25

Erich ist tot.

In Lottes Kopf war es leer. Bis auf diesen einen Satz.

Erich ist tot.

Vermisst, von wegen! Das war doch nur eine Ausrede, ein Vertrösten auf später. Ein Später, das nie eintrat. Wer kam denn schon zurück, wenn einmal so eine Nachricht verschickt wurde? Sie kannte niemanden. Die hatten nur noch keine Leiche!

Lotte war aus dem Café gelaufen, ohne weiter nachzudenken. Gisi – sie musste zu ihrer Freundin. Erschöpft schleppte sie sich die schmutzigen Straßen entlang. Ihr schien es, als käme sie kaum vom Fleck, jeder Schritt ein Kampf gegen die Starre, die sie gefangen hielt. Seit sie die Neuigkeit gehört hatte.

Erich ist tot. Auf Patrouille vermisst.

Sie ging zu Fuß, um kein Geld für einen Tramwayfahrschein auszugeben. Sie musste sparen, wo sie nur konnte. Ein Notgroschen war jetzt noch wichtiger als bisher.

Das alte Wohnhaus in der Josefstadt, in dem Gisi lebte, lag verlassen da. Die grün gestrichenen Rollbalken der Bäckerei im Erdgeschoss waren heruntergelassen, obwohl heller Tag war. Vielleicht stand der Laden ja leer.

Lotte betrat das Haus, das Tor quietschte beim Schließen. Sie stieg die ausgetretenen Stufen hinauf. Sie kämpfte und keuchte, als würde sie einen steilen Berghang erklimmen. Die Luft roch muffig nach feuchten Mauern. Gisis Wohnungstür war schmutzig, der eigentlich dunkelbraune Lack von Staub verunziert. Lotte drehte an der Klingel. Den schrillen Ton hatte sie noch nie gemocht. Nichts rührte sich, im ganzen Haus blieb es still. Eine müde Wintersonne quälte sich durch ein Gangfenster herein. Lotte läutete ein zweites Mal. Außer dem schrillen Ton noch immer kein Laut weit und breit. Es war still, still wie der Tod.

»Wen suchen S' denn, Fräulein?«

Lotte erschrak und fuhr herum.

Eine kleine, dünne Frau mit verhärmtem Gesicht war lautlos hinter ihr aufgetaucht. Sie trug ein schmutzig gelbes Kopftuch, das im Nacken geknotet war. Mit dem Kinn deutete die Alte auf Gisis Wohnungstür. »Wollen S' zu der da?«, fragte sie in abfälligem Tonfall. »Da können S' lang warten.«

»Warum?«

»Alsoooo … ich habs schon eine Weile nimmer g'sehn.«

»Nein?« Lottes erschöpftes Herz machte einen erschrockenen Hüpfer.

»M-m.« Die Alte schüttelte den Kopf. »Nicht mehr, seit in der Nacht an die Tür gehämmert wurde.«

In der Nacht …?

»Und Sie? Was wollen Sie von der?«

Lotte starrte die Frau an, ihr Kopftuch, die runzligen Wangen und diese Augen … misstrauische Augen waren das. Böse Augen.

»Nichts«, sagte sie. »Danke.« Lotte wandte sich zum Gehen. Sie bemühte sich um einen gleichmäßigen Schritt, um nicht den Anschein von Flucht zu erregen. Sie lauschte: Hinter ihr blieb es still. Endlich konnte Lotte das in den Angeln quietschende Haustor von draußen schließen.

Erst auf der Straße im milchigen Licht der Sonne sickerten die Worte der Alten in ihr Hirn und von dort direkt zum Herz.

Da können S' lang warten.

Angst packte sie.

Nicht auch noch Gisi.

Es war zu viel.

Erich tot und Gisi verschwunden.

Und sie selbst allein. Allein auf der ganzen weiten Welt.

Während sie monoton einen Schritt vor den anderen setzte, fuhren die Gedanken in ihrem Kopf Karussell: Wo war Gisi? Was war geschehen? Hätte ihre Freundin ihr vor einer Reise nicht Bescheid gegeben? Wenn etwas Harmloses dahintersteckte? Ein Besuch in ihrem Heimatdorf zum Beispiel? Wer hatte in der Nacht bei der Freundin an die Tür gehämmert? Das ergab alles keinen Sinn. Oder zumindest keinen, den Lotte erkannte. Oder besser: erkennen wollte. Denn eigentlich konnte es nur eines bedeuten …

Unwillkürlich klopfte Lottes müdes Herz wieder heftiger. Hier stimmte etwas nicht. Ganz und gar nicht!

Der Weg zurück zog sich endlos, die fast neuen Schuhe drückten, sie war todmüde. Aber sie durfte sich nichts anmerken lassen. Und gehen lassen durfte sie sich schon gar nicht. Sie erinnerte sich wieder an Erichs Freude über das, was da wuchs in ihr und in die Welt kommen wollte. Sie wärmte sich ein wenig an dieser Erinnerung. Außer Erich hatte sich bisher niemand über das Kleine gefreut … nicht einmal sie selbst so richtig. Und drei Augenblicke später war alles andere wieder da. Erich wurde vermisst. Er fehlte, fehlte so sehr.

Endlich zu Hause. In ihrer ausgekühlten Wohnung ließ sie sich völlig erledigt auf einen Sessel fallen. Die Füße taten ihr weh, am liebsten wäre sie eingeschlafen. Mitten am helllichten Tag. Diese ewige Müdigkeit nervte so sehr!

Und nun?

Sie war allein. Völlig auf sich gestellt.

Mit einem Kind.

Ihr Magen knurrte unverschämt. Lotte sprang wieder auf. Zur Müdigkeit kam noch dieser ewige Hunger! Sie konnte nicht einmal sich selbst recht satt bekommen. Wie sollte sie ein kleines Wesen ausreichend ernähren? Wie sollte das überhaupt wachsen in ihr, wenn sie nicht genug zu essen bekam?

Sie ging in ihre kleine Küche, öffnete die Kästen, da war noch ein letztes Stück Brot. Ihre eiserne Reserve. Sie griff danach, es war hart, trotzdem biss sie gierig darauf herum, kaute. Sie musste ein Stück aufheben für morgen, doch sie konnte nicht aufhören. Bis das Brot aufgegessen war. Das verlangende Knurren in ihrem Magen war aber immer noch da. Und nun? Morgen bekam sie ja wieder was zu essen bei der Arbeit. Solange sie Arbeit hatte.

Erich ist tot.

Und Gisi verschwunden.

Ich bin allein.

Was sollte das alles nur werden? Wie sollte sie das alles schaffen? So auf sich gestellt. Ohne Verwandte, ohne Freunde, ohne Partner.

Lotte fror immer mehr. Sie zitterte und beschloss, sich ins Bett zu legen. Mit ungelenken Bewegungen machte sie sich fertig. Im Bett war es ein wenig wärmer, und beim Schlafen bekäme sie wenigstens den Hunger nicht so sehr mit. Wenn sie denn schlafen konnte.

26

Ein paar Tage später beschloss Lotte, noch einmal bei Gisi vorbeizuschauen. Die kleine Hoffnung lebte in ihr, dass alles nicht so wild war. Sie hoffte auf ein gutes Ende wie im Film. Wenigstens ihre Freundin musste doch irgendwie wiederzufinden sein. Wenigstens sie!

Die Gassen waren dunkel wie immer, und von unten kroch die feuchte Kälte in ihren Körper, während Lotte den Weg zu Gisi einschlug. Sie ging wieder zu Fuß, das Geld wurde ja nicht mehr. Zumindest war man in Wien sicher, es gab keine Bombenangriffe wie in anderen Städten, zumindest das nicht. Doch was war das jetzt alles noch wert? Was war das eigene Überleben wert, wenn andere nicht mehr lebten, nicht mehr bei ihr waren?

Feuchter Nebel legte sich auf ihren Rücken, sie zog das Halstuch enger, jetzt nicht schon wieder krank werden! Sie schleppte sich über die feuchten Gehsteige, an den Passanten vorbei, die ebenso müde wirkten, wie Lotte sich fühlte. Der Weg zog sich in die Länge, als wolle er nie enden, ihre Füße waren nach dem Arbeitstag elendiglich müde, jeder Schritt eine Anstrengung.

Die Gedanken gingen in ihrem Kopf durcheinander, immer im Kreis herum. Gisi, der Obersturmführer, Frau Schwarz, Erich. Das Kind, das kommen wollte.

Sie erschrak, als eine voll besetzte Straßenbahn heranratterte, auch da waren Fenster und Scheinwerfer fast gänzlich abgedeckt. Fast wäre sie in sie hineingetaumelt. Der Fahrer bimmelte wie verrückt, Lotte wich im letzten Moment zurück. Ein automatischer Impuls, um zu überleben. Wofür eigentlich?

Endlich kam sie zu Gisis Wohnhaus. Die Fenster ihrer Freundin waren dunkel. Dafür schimmerte Licht durch die Auslagen des Geschäfts im Erdgeschoss, eine Frau mit Kopftuch ging hin und her, einen Besen in der Hand.

Das Haustor quietschte wieder in den Angeln, als Lotte eintrat. Ein seltsames Gefühl streifte sie, als sie im schwachen Ganglicht die vertrauten Stufen ins obere Stockwerk hinaufstieg. In dem muffigen Geruch lag noch etwas anderes, etwas, das da nicht hingehörte. Am Treppenabsatz angekommen, verharrte Lotte. Irgendwas stimmte nicht, oder war das nur ihr eigenes Unbehagen? Ihre Angst, die sich böse Bilder ausmalte?

Sie betrachtete Gisis staubige Tür und zögerte, ihren Finger auf die Klingel zu legen. Alles war still. Totenstill.

Die Dunkelheit machte es nicht leichter. Lotte zögerte, dann klopfte sie. Nichts. Sie klopfte ein zweites Mal. Wieder blieb es still hinter der Tür. Sie lauschte – wenn nur sonst niemand sie sähe! Bloß nicht der bösen Alten mit dem spitzen Kinn in die Hände laufen. Aber das Haus schwieg. Zögernd wandte sich Lotte zum Gehen. Also doch. Sie hatte es geahnt.

Ihr Herz war erdenschwer, als würde es sie zu Boden ziehen. Ihre müden Schritte auf den Stufen hallten überlaut in ihren Ohren. Zum Glück begegnete ihr niemand, obwohl sie auf halbem Weg meinte, näher kommende Schritte zu hören. Sie trat wieder auf die Gasse. Es regnete, als sie sich stadteinwärts wandte. Was sollte sie tun? An Gisis Arbeitsstelle in der Fabrik vorbeischauen? Sie wusste von keinen anderen Bekannten ihrer Freundin, seltsam kam ihr das mit einem Mal vor. Ob sich jemand beim Kino an sie erinnern würde? Unwillkürlich führten Lottes Schritte sie zu dem Lichtspielhaus, in dem sie so viele schöne Stunden mit Gisi verbracht hatte. Ach, wie würde das nun alles werden … Alles änderte sich. Sehnsucht krallte sich in ihr Herz. Nach einem Geblödel mit Gisi. Und nach Erich sowieso. Sie vermisste seine Hände auf ihrer Haut.

Nie wieder …

Einen Moment lang dachte sie, sie würde sterben vor Einsamkeit, sterben, weil die Berührung fehlte. Weil die unerfüllbare Sehnsucht sie erdrückte.

Der Regen prasselte noch heftiger, einen Moment hatte sie wieder das Gefühl, als folge ihr jemand, als würde sie jemanden atmen hören, ganz nahe. Diese blöde Verdunklung! Als sie sich umsah, konnte sie niemanden sehen. Es war schon spät, fast zehn am Abend. Vielleicht war es nur der Regen, die Geräusche davon, sagte sie sich.

Sie hatte Glück. Als sie in die Gasse mit dem Kino einbog, kam ihr eine Menschenmenge entgegen, die Vorstellung musste gerade zu Ende sein. Lotte schlüpfte in ein Haustor nebenan und wartete, hielt nach ihrer Freundin Ausschau. Hauptsächlich Frauen kamen vorbei, tratschten oder waren in Gedanken, manchmal, selten aber doch, war ein Lachen zu hören. Aber keine Gisi. Lotte sah jeder Passantin ins Gesicht – kannte sie eine von ihnen vom Sehen? Sie hätte es nicht sagen können, war sie doch nie mit irgendwem ins Gespräch gekommen. Auch wenn sie oft mit Gisi ins Kino gegangen war, da war keine Erinnerung an irgendwelche Stammbesucherinnen. Wieder spürte sie das Atmen hinter sich, mehr als dass sie es hörte, wieder hatte sie ein komisches Gefühl. Eigentlich stand sie doch alleine hier … Die Haustür war offen, vielleicht hatte sich dort jemand untergestellt vor dem Regen. Die Kinogäste verliefen sich, es wurde ruhiger in der Gasse. Lotte wartete, das düstere Licht im Foyer des Kinos ging auch noch aus, ein Mann im Kittel sperrte die Glastüren von innen ab. Aus. Es war vorbei.

Sie wandte sich ab. Dann eben nach Hause, mit einem Schlag spürte sie die Müdigkeit wieder in allen Knochen. Zum Glück hatte sie es nicht mehr weit. Sie riss sich los, im offen stehenden Haustor war es finster.

Die Sehnsucht nach ihrer Freundin nahm überhand. Wenn schon Erich …

Wo konnte Gisi noch sein?, überlegte sie ein ums andere Mal.

In Gedanken nach einer Lösung, nach irgendwelchen Ideen suchend, ging Lotte weiter.

Da! Da war es wieder. Das Atmen. So nahe, fast wie ihr eigenes. Sie unterdrückte einen Aufschrei, zwang sich, ruhig weiterzugehen, sich nicht umzudrehen, auch nicht schneller zu werden. Sie verbarg doch nichts, Himmel noch mal! Trotzdem fühlte sie sich schuldig. Verdächtig. Für was denn, Himmel, Herrgott?!

Die dunkle Straße, das feuchte Glitzern der Straße, der Weg nach Hause. Was, wenn jemand hinter ihr her war? Was, wenn ihr jemand von Gisis Wohnung gefolgt war? Dort hatte sie schon dieses komische Gefühl gehabt!

Etwas kroch ihr in die Eingeweide, etwas, das nicht das hungrige Raubtier war, etwas, das ihr das Herz zusammendrückte, ganz fest.

Einmal mehr schaute Lotte bald darauf zur Wohnung ihrer Freundin, das Ergebnis war erschreckend. Die Vorhänge an den Fenstern waren verschwunden, ein Kind mit schmutzigem Gesicht blickte heraus. Wo war Gisi hin? Wieso war sie ganz offensichtlich ausgezogen, ohne Lotte Bescheid zu sagen?

Zu Lottes ewigem Hunger hatte sich endgültig Angst gesellt, Angst, die wohl schon eine Weile in ihr gelauert hatte.

Mit langsamen Schritten schlug Lotte den Weg zum Arbeitsplatz ihrer Freundin ein. Sie wollte noch hoffen, konnte es aber kaum noch. Etwas musste passiert sein, irgendwas Schlimmes. Ihre Freundin wäre nicht einfach so untergetaucht.

Die Luft war eisigkalt, Wind fauchte durch die Gassen.

Lotte kam vor der Fabrik an, die Beine elendig müde, an den Händen frierend, während sie unter ihren Achseln Schweiß spürte. Sie sah sich um, Leute quollen aus dem Tor, doch Gisi konnte sie nicht entdecken, sosehr sie auch suchte.

»Ach, wie schön, dich zu sehen.« Ein junger Mann mit sanften grünen Augen sprach sie leise an. Er nahm ihren Arm, als wären sie vertraut, ein Liebespaar womöglich. Lotte wollte sich von ihm lösen, doch er schüttelte den Kopf.

Als sie um die Ecke waren, zog er sie in ein Haustor.

»He, was soll das! Lassen Sie mich los!«, schimpfte Lotte. So was hatte ihr gerade noch gefehlt!

»Nicht so laut, bitte.« Er ließ sie endlich los. »Es ist zu unser beider Sicherheit, glauben Sie mir«, raunte er und stellte sich so hin, als würde er sie küssen wollen. Es ekelte sie vor seinem Geruch nach Schmieröl und Schweiß. Sie wich zurück, er ließ es nun geschehen. Im Flur herrschte Halbdunkel, ein undefinierbarer fettiger Essensdunst waberte in Lottes Nase.

»Was soll das alles?«, schimpfte sie. »Ich muss gehen! Ich habe zu tun und überhaupt. Belästigen Sie mich nicht!«

»Bitte seien Sie leise.« Er flüsterte fast. »Wo ist sie?«

»Wer? Wovon reden Sie?«

»Von Ihrer Freundin. Ich mache mir große Sorgen –« Er unterbrach sich abrupt und kniff die Augenbrauen zusammen.

Ratlos sah Lotte ihn an. »Aber ich suche sie doch!«

»Entschuldigen Sie, ich habe Sie wohl verwechselt.« Schlagartig trat der Mann zurück und verließ das Haus, das Tor blieb offen. Wind fauchte herein, vertrieb zumindest den

Essensdunst. Lotte starrte ihm hinterher. Puzzleteile fielen an ihren Platz. Wenn der Mann wirklich Gisi gemeint hatte, dann …

… dann war alles sehr schlimm. Lotte musste an Gisis Reden denken, ihre häufigen Warnungen. Die Freundin fehlte also auch an ihrem Arbeitsplatz. Und ihre Wohnung wurde von jemand anderem bewohnt.

Lotte spürte die Tränen aufsteigen und schluckte sie hinunter. Sich nur nichts anmerken lassen, man wusste ja nie. Sich nichts anmerken lassen, außer man war in den eigenen vier Wänden … und konnte wenigstens dort den anderen trauen. Hoffentlich. Einmal mehr vermisste sie Erich.

27

Essen.

Trotz allem musste sie essen.

Es war seltsam, dass sie in dieser ganzen Katastrophe Hunger hatte, zu spüren, wie ihr Magen revoltierte, und die Speisen zu schmecken. Fast fühlte sie sich schuldig, dass sie an so etwas Banales dachte, während Erich … und Gisi … so Schlimmes zustieß.

Vielleicht wüsste sie weiter, wenn sie satt war. Vielleicht fiele ihr dann ein, wie das alles gehen sollte.

Tag für Tag stand sie auf, machte sich fertig und ging zur Arbeit. Die Schritte kamen ihr ungelenk vor, aber dann war sie da, bei ihrer Arbeit, im Café Schwarz.

An diesem Morgen sah sie sich in der Vorratskammer um. Gulaschsuppe sollte gekocht werden. Aus den unversiegbaren Quellen ihrer Chefin war Fleisch eingetroffen. Frau Schwarz selbst hatte nach Erichs Vermisstenmeldung nur einen Tag gefehlt. Seither saß sie wieder an ihrem Platz, starr, unbeugsam, und behandelte Lotte kühl und streng, womöglich noch härter als zuvor.

In der Vorratskammer war es kühl, schließlich durften die Lebensmittel nicht verderben. Trotzdem war der Geruch intensiv. Alles war wie immer, obwohl in Lottes Leben nichts wie immer war.

Ein dicker, fetter Käselaib, Schinken, der an einem Haken hing. Ein Korb mit Zwiebeln, frischer Striezel aus einer Bäckerei in derselben Gasse, ein Glas mit eingelegten Gurken.

Beherzt griff Lotte nach dem Käselaib, säbelte mit dem danebenliegenden Messer ein gutes Stück ab, nahm eine saure Gurke aus dem Glas, rupfte ungeduldig mit der Hand ein Stück vom Striezel ab und stopfte alles nacheinander in sich hinein, kaute, schlang, kaute, schlang. Das Tier in ihr röhrte auf, verlangte nach mehr, immer noch mehr.

Endlich war der erste Hunger besänftigt.

Doktor Rosenblum wäre zufrieden mit ihr.

Sie musste wieder zu ihm.

Lotte sah sich in der Vorratskammer um.

Der freundliche Doktor Rosenblum …

Sie würde ihm als Dank für seine Unterstützung etwas anderes als Geld bringen.

Während sie kaute, schnitt sie noch ein Stück vom Schinken ab. Immer mehr stopfte sie sich in ihre Taschen. Zum

Schluss nahm sie noch etwas von den guten Schwarzteeblättern, die besonderen Gästen vorbehalten waren.

Ein letzter Bissen, dann ging sie los, ohne von ihrer Chefin bemerkt zu werden. Es war nicht allzu weit zu Doktor Rosenblum. Die zaghafte Weihnachtsstimmung der karg geschmückten Geschäftsauslagen kam nicht so richtig gegen das Grau an. Schneeregen fiel vom Himmel, die Gassen waren schlammig-braun und rutschig. Immer wieder kam Lotte ins Schlittern und fiel fast hin, konnte sich aber jedes Mal wieder fangen, ohne zu stürzen.

Vor dem Dom glaubte sie, jemanden hinter sich atmen zu hören, sie erschrak, erschrak so sehr, doch beim Umdrehen war niemand in ihrer Nähe. Sie wurde noch verrückt!

Lotte machte einen Umweg über die Wollzeile und bog schließlich in die Gasse, in der die Rosenblums wohnten. Nachdem sie sich einmal mehr umgesehen und festgestellt hatte, dass ihr niemand folgte – hoffentlich! –, betrat sie wie geplant das pompöse Wohnhaus, fuhr bei Stiege zwei mit dem Lift in das vierte Stockwerk.

Frau Rosenblum öffnete ihr die Tür, bevor Lotte läuten konnte. »Grüß Gott, liebe Frau Schwarz …«, sagte sie und machte eine fahrige Geste.

Der Arzt eilte auf Lotte zu. »Frau Schwarz, tut mir leid, aber es ist besser, Sie gehen wieder.«

»Aber Sie sind …«

Noch etwas stürzte über Lotte zusammen.

»Es tut mir leid, ich konnte Sie nicht anrufen.« Rosenblum schob sie mit sanften Bewegungen zurück zur Tür.

Der weiche Teppich unter den Füßen, Eis im Herzen. »Was ist passiert?«, fragte Lotte.

»Gehen Sie zu Frau Mayerhofer, in der Margaretenstraße 40b. Sie ist eine erfahrene Hebamme.« Rosenblum sprach schnell. »Bitte. Gehen Sie, Frau Schwarz.«

Seine Gattin stand still daneben, hob die Hände, ließ sie wieder sinken.

»Aber ich habe etwas für Sie.« Lotte hätte es fast vergessen. Sie gab der Arztgattin die Lebensmittel und den Tee. Ein Stück Schinken, Mehl, Eier, ein paar Fischkonserven legte sie nacheinander auf das Tischchen im Flur.

»Ich habe Ihnen doch gesagt, wir brauchen nichts!«, sagte der freundliche Doktor.

»Sehen Sie es einfach als verfrühtes Weihnachtsgeschenk.« Lotte stockte. »Oder was für ein Fest auch immer Sie feiern.«

Frau Rosenblum nickte, ihre Augen glitzerten feucht. »Sehr aufmerksam von Ihnen!« Sie nahm den Schinken.

»Und jetzt gehen Sie«, sagte der Doktor eindringlich. »Bitte. Es widerstrebt mir, aber es geht nicht anders. Frau Mayerhofer genießt den besten Ruf. Wirklich!« Aufmunternd sah er sie an.

»Aber …«

»Es ist gefährlich, wenn Sie zu mir kommen. Für Sie – und für mich auch. Ich kann Ihnen nicht weiterhelfen. Sosehr es mir leidtut.«

Verwirrt verließ Lotte die Wohnung der Rosenblums. Sie fuhr mit dem langsam nach unten gleitenden Lift, sah ihr Gesicht im Spiegel.

Immer noch durcheinander trat Lotte unten aus der Lifttür.

»Sie waren bei Doktor Rosenblum?« Eine Gestalt im schwarzen Ledermantel schälte sich aus einer dämmrigen Nische neben dem Lift.

Lotte blieb vor Schreck fast das Herz stehen. Die Lifttür fiel scheppernd zu.

»Geheime Staatspolizei.«

Lotte erstarrte.

»Mitkommen. Wir haben ein paar Fragen.«

Die Stimme des Mannes war schnarrend. Er wies zur Haustür. Doch ihre Füße waren wie am Boden festgeklebt.

»Na los, wirds bald.« Mit harter Geste fasste der Mann sie am Oberarm.

Ihre Schritte fühlten sich mechanisch an, wie eingerostet. Draußen fiel immer noch der gleiche Schneeregen, derselbe schlammige Matsch lag auf dem Trottoir. Der Unbekannte lotste sie nach links zu einem wartenden grünen Wagen.

Sie sah in die andere Richtung.

»Versuchen Sie es nicht einmal!«, raunte ihr der Gestapo-Mann zu.

Aus den Augenwinkeln sah sie auf der anderen Straßenseite weitere Männer in Ledermänteln aus einem Fahrzeug steigen und auf das Haus zugehen, aus dem Lotte eben gekommen war.

Ein Fehler.

Sie hatte einen großen Fehler gemacht. Hatte trotz Gisis Warnungen einen Spitzel – das war er wohl – auch noch überall hingeführt. Sogar bis zur Wohnung des bis dahin unbehelligten Doktors. Sie hatte alle in Gefahr gebracht. Die Rosenblums, sich selbst – und das Kind. Das Kind, das am wenigsten dafür konnte.

28

Ihr war, als wäre finsterste Nacht, obwohl es Tag war. Ein Tunnel vor ihr, kein Entkommen und ein Schrei, der in der Kehle saß, aber nie herauskam.

Es war, als träumte sie. Doch alles war real. Lotte ging zwischen den Männern in ihren Ledermänteln, die ihr keinen Ausweg ließen. Sie rutschte auf dem matschigen Boden, unsicher nicht nur deswegen. Dann musste sie in den Pkw einsteigen, links und rechts bewacht von einem der Männer. Los ging es. Zum ersten Mal saß sie in einem Auto …

So musste es Gisi ergangen sein.

Vermutlich.

Sie wusste es ja nicht.

Würde sie es erfahren?

Jetzt?

Durfte sie fragen?

Während das Auto über die Straßen rumpelte und sie den zu starken Rasierwassergeruch ihres linken Bewachers wahrnahm, überlegte sie, wie sie sich jetzt wohl am besten verhalten sollte. Sie warf den Männern einen Blick zu, sie erwiderten ihn nicht, sondern sahen stur geradeaus.

»Darf ich noch jemandem …?«, setzte sie zu einer Frage an.

Niemand reagierte, niemand sagte etwas. Es ging am Café Schwarz vorbei, sie wollte noch einmal etwas sagen, unterließ es dann.

Was war denn los, verdammt? Nichts klappte, sie verlor

die Menschen, die ihr nahestanden, dazu ständig diese Angst! Das Leben dürfte doch einmal leichter werden. Aber es wurde nur schwerer und immer schwerer. Kein Leben, nur noch ein Überleben war das. Und wofür eigentlich?

Zu allem Unglück knurrte schon wieder ihr Magen. Wann gäbe es endlich genug zu essen?

Tränen stiegen ihr in die Augen, sie zwinkerte heftig, wollte sich keine Blöße vor diesen Männern geben.

Nach kurzer Fahrzeit, während der die Passanten alle dem Wagen auswichen und furchtsam woandershin sahen, hielten sie in der Nähe des Donaukanals vor einem imposanten Gebäude.

Eine Straßenbahn ratterte vorbei, als Lotte an dem Eingang zwischen vier riesigen Säulen vorbeigeführt wurde, links und rechts ein Bewacher. Jetzt sahen die Passanten sie an, hämisch waren die meisten Blicke, und mancher wirkte froh, dass es ihn nicht getroffen hatte, sondern jemand anderen. Ein Mann in feinem Anzug spuckte sogar vor Lotte aus.

Das war es jetzt also.

Sie wurde durch einen schmutzigen Hintereingang geführt. Hinter ihr schlossen sich die Türen mit einer bösen Endgültigkeit.

Weiter ging es quer durch den Eingangsbereich. Schwarz-Weiße Marmorböden, die Freitreppe. Fast erwartete man, dass ein Servierfräulein herbeikam, und es war, als läge der Duft frischen Kaffees noch in der Luft. Doch Schmerzensschreie holten Lotte aus diesem verwirrenden, traumähnlichen Gespinst.

Kein Hotel war das Metropol mehr, sondern die Hölle für alle, die gegen Hitler waren. Wiens Gestapo-Zentrale, sofort nach dem »Anschluss« beschlagnahmt. Es war der Ort, über den nur hinter vorgehaltener Hand gewispert wurde. Menschen kamen von dort nicht mehr zurück, hieß es. Sie brachten sich um, stürzten sich von der Treppe – oder Schlimmeres. Erlebten und überlebten Torturen, nur um dann doch in den Tod geschickt zu werden. Im Grauen Haus, der Hinrichtungsstätte. Oder einem Konzentrationslager. Worüber auch nur hinter vorgehaltener Hand geraunt wurde.

Lotte wurde die Stiege hinauf und in einen Raum geführt, der wohl einmal ein Hotelzimmer gewesen sein musste. Zwei Sessel, ein Tisch, sonst nichts. Nicht einmal Vorhänge an den Fenstern. Roh wurde sie auf einen der Sessel gestoßen, sie stolperte, stürzte mit dem Bauch gegen das Möbelstück und stieß einen Schrei aus. Ein Tritt, dann lag sie auf dem Boden.

»Hinsetzen!«, kam es kalt.

Etwas in Lotte gefror. »Weshalb bin ich hier?« Sie griff nach der Sitzfläche, zog sich hoch, wurde auf den Sessel gedrückt.

»Wir stellen die Fragen. Sie antworten.« Ein Kerl in Uniform war hereingekommen und nahm ihr gegenüber Platz. Sein Atem ging pfeifend. Eine Narbe war knapp über dem Uniformkragen zu sehen. War das das Atmen, das sie öfter zu hören geglaubt hatte? Hatte der Kerl sie beschattet?

Sie nickte wortlos.

»Wenn Sie richtig antworten … « Ein Lächeln erschien auf dem schmalen Gesicht. Es war ein unpassendes Lächeln, eines, dem man besser nicht glauben, nicht vertrauen sollte. Der Blick des Mannes wanderte über sie hin, blieb an ihrem Bauch hängen. »… dann geht es Ihnen bald wieder gut. Ihnen und …«

Lotte nickte abermals und hielt seinem Blick stand.

Würden sie sie wegen dem Doktor befragen? Oder wegen ihrer Freundin? Oder beides? Hatte sie selbst irgendwas gesagt … oder getan, etwas Falsches? Es schnürte ihr die Kehle zu.

»Also? Sie sind bereit?«

Sie würde jetzt nicht nicken. Sicher nicht. Wieso sollte sie bereit zu so einem Mist sein? Lotte sah den Mann einfach nur weiter an.

»Was wissen Sie über Gisela Elfriede Kauer?«, fragte er schließlich.

Also doch. Es ging um ihre Freundin Gisi. Lotte starrte zurück. Was wussten die hier bereits?

»Nichts«, sagte sie schließlich. Eine eigenartige Kühle machte sich in ihr breit.

»Das können Sie mir nicht erzählen.« Der Typ war aufgesprungen und um den Tisch herumgekommen. Er lehnte sich an die Tischkante direkt neben ihr. »Was wissen Sie über Gisela Elfriede Kauer? Na, kommen Sie, sagen Sie es. Wir wissen, dass Sie beide sich gut kennen.«

Lotte suchte in seinem Gesicht nach einem Hinweis. Wie viel wusste die Gestapo? Und wo war die Freundin? In den Fängen dieser bösen Leute?

Sein Blick glitt wieder zu ihrem Bauch. »Sie können sich Ihr Leben sehr vereinfachen, wenn Sie kooperieren.« Abwartend sah er sie an, die Hände vor seinem Bauch verschränkt. Direkt lässig wirkte er. Doch seine Augen sagten etwas anderes.

»Oder wollen Sie lieber arbeiten, bis Ihnen die richtige Antwort einfällt?«

»Aber ich tu doch …«

»Das KZ hat noch jeden gelehrt, sich wie eine korrekte Volksgenossin zu verhalten.« Hämisch kam das Lächeln des Beamten.

KZ. Auch davon hatte man gehört.

»Reden Sie! Oder …« Er holte mit der Linken aus, als die Tür plötzlich aufging.

»Was ist denn hier los?«

Thoma! Der Obersturmführer. Träumte sie jetzt wirklich?

29

Der Kerl, der Lotte verhört hatte, ließ seine Hand sinken, etwas wie Enttäuschung flackerte in seinem Blick auf. Sein Atem schnitt pfeifend durch die Luft.

»Ich kümmere mich darum«, sagte Thoma zu ihm. Der Obersturmführer deutete mit dem Kinn zur Tür, holte währenddessen aus, und so schnell konnte Lotte gar nicht schauen, da traf seine Faust ihren Kiefer. Sie fiel fast vom Sessel.

Der andere Gestapo-Mann trat zögernd den Rückzug an. Die Tür wurde von außen geschlossen. Endlich kein Pfeifen mehr.

»Lotte, Lotte.« Thoma machte einen Schritt auf sie zu.

Sie wich zurück. Sie also auch!, hätte sie gern gesagt, aber ihr fehlte die Kraft dafür und der Mut sowieso. Schmerz brachte ihren Kopf fast zum Bersten, Tränen schossen ihr in die Augen, sosehr sie sie auch unterdrücken wollte. Was hatte sie denn gedacht, das Obersturmführer Thoma war – ein Wohltäter? Ein einfacher Beamter? Ein Genießer im Kaffeehaus, der Apfelstrudel und Kirschenkuchen lobte?

Immer noch nach Luft schnappend, hielt sie sich an dem Sessel fest und wartete, dass der Schmerz nachließ.

Thoma stand jetzt direkt vor ihr. »Ist es sehr schlimm?« Er kniff die Brauen zusammen. »Tut mir leid, Lotte.« Seine Stimme war jetzt leise. »Ich musste es wegen« – er deutete zur Tür – »wegen ihm tun.«

Er streckte eine Hand aus, wie um über ihre Wange zu streichen, aber sie wich zurück, schüttelte den Kopf. »Geht gleich wieder.«

Der Obersturmführer seufzte, als hätte er das Problem – nicht sie. Jetzt hatte er wieder diesen fürsorglich wirkenden Blick aufgesetzt, den sie an ihm von ihrer Arbeit kannte. »Wo haben Sie sich da bloß reinmanövriert?«

Sie schüttelte nur den Kopf, was die Schmerzen explodieren ließ.

Sie sich? Er sie!

»Herrschaftszeiten, Lotte, es tut mir leid! Ich wollt Sie wirklich nicht verletzen. So verstehen Sie doch … der Kollege …«

Sie atmete tief durch, schluckte, sah auf ihre Schuhe. »Ist es wegen Rosenblum?«, fragte sie schließlich. »Bin ich deswegen hier?«

»Rosenblum?«

»Der Doktor. Ich habe ihm Lebensmittel gebracht.«

»Von Rosenblum weiß ich nichts.«

Lotte nickte. »Aha.«

Thoma machte eine wegwischende Bewegung. »Um Rosenblum kümmer ich mich, das hat keine Bedeutung.«

Der Obersturmführer blätterte in Papieren. »Sie sind hier, um über Gisela Elfriede Kauer befragt zu werden«, sagte er schließlich. Er wiegte den Kopf, machte eine grimmige Miene.

Jetzt konnte sie die Tränen nicht mehr zurückhalten. »Ich weiß nichts! Ich vermisse meine Freundin doch auch!«

»Aha.« Der Blick des Obersturmführers glitt wie ein Scheinwerfer über sie hin.

»Erich ist tot und …«

»Davon hab ich gehört. Es muss schwer sein für Sie und Ihre Chefin.«

»… und meine Freundin lebt wohl auch nicht mehr.« Sie stockte. Peinlich war das, wie sie hier diesen … diesen Mistkerl anjammerte. Trotz aller Bemühungen spürte sie, wie ihr die Tränen über ihre Wangen rannen, sie hatte nicht einmal Kraft, sie wegzuwischen. Alles verloren …

»Ach, Lotte.« Der Obersturmführer seufzte schon wieder. »So, jetzt fassen Sie sich, gehen draußen in den Waschraum und säubern sich, in der Zwischenzeit werde ich das hier regeln.« Thoma kratzte sich den Kopf. »Fragt sich nur, wie«, murmelte er vor sich hin.

Konnte sie ihm trauen? Sie fühlte sich nicht mehr in der Lage dazu. Alles schmerzte. Mühsam stand sie auf und tappte auf die Tür zu. »Wohin?« Nur das eine Wort kam krächzend heraus.

Der Obersturmführer öffnete vor ihr die Tür, sah nach links und rechts in den Gang, niemand war hier. Nur ein Schrei gellte wie von weit her.

»Gegenüber links die zweite Tür!«

Er ging mit ihr hinüber, blieb vor der Tür stehen, sie trat ein. Edle weiße Waschbecken mit vergoldeten Armaturen, dahinter die Kabinen mit den Toiletten. Lotte sah in den Spiegel. Eine fremde Frau, entfernt verwandt. Eine Frau, die am Ende war. Am schlimmsten waren die Augen. Der Blick. Erschreckend. Den Schmerz am Kiefer sah man ihr hingegen nicht an. Sie wusch sich das Gesicht, trank etwas Wasser, während draußen die Stimme des Obersturmführers erklang.

Lotte trat wieder hinaus. Ein Uniformierter kam gerade den Gang entlang auf Thoma zu. »Was ist hier los?«, fragte er.

»Ein Fehler. Die Zeugin kann gar nichts zur Sache Kauer aussagen. Was soll das?«

Die Männer maßen sich mit Blicken, sehr nahe stehend, sehr aufrecht – ein Revierkampf? Wer würde zuerst zurückweichen? Offenbar hatte Thoma den höheren Rang inne, wenn sie die Uniformen richtig deutete. Aber was wusste sie schon?

»In Ordnung, Obersturmführer«, kam es schließlich zackig von seinem Gegenüber. Der andere zog salutierend ab.

Thoma sah Lotte an. »Fertig?«

Sie nickte. »Einigermaßen.«

»Na dann, auf gehts.« Mit einem Wink seines Kopfes deutete Thoma ihr mitzukommen. Wieder ging es den Gang entlang, wieder hörte sie Schreie. Und jetzt? Wohin führte er sie? Und was würde dann kommen?

Sie näherten sich einer abwärts führenden Treppe. Die Schreie wurden lauter. Schauer krochen Lotte den Rücken hoch. Thoma führte sie am Treppenabsatz vorbei weiter den Gang entlang. Sie entfernten sich von den Stimmen der offenbar Gequälten. Sie warf Thoma einen schnellen Blick zu. Was hatte er vor? Was wollte er von ihr? Etwas … Privates? Die Sache … zu zweit regeln? Tausend Gedanken schossen Lotte durch den Kopf, keinen konnte sie festhalten. Sie wagte nicht zu denken, was der Obersturmführer im Sinn haben mochte. Einzelhaft? Schlimmeres? Und was würde mit dem Kind passieren? Unwillkürlich tastete sie nach ihrem Bauch. Das Kleine hatte all diese Grausamkeit am wenigsten verdient, am allerwenigsten.

Thoma streckte eine Hand nach ihrem Arm aus, sie wich zur Seite. Ernst war sein Blick, sehr ernst.

»Wissen Sie etwas über meine Freundin?«, wagte sie zu fragen.

»Still, Lotte. Bitte. Keine Verbrüderungen im Dienst. Das dulde ich auch bei meinen Mitarbeitern nicht.«

Sie kamen zu einer weiteren Tür. Er fingerte in seiner Hosentasche herum, brachte einen Schlüssel zum Vorschein, schloss auf. Jetzt … jetzt war es also so weit. Sie hatte das Gefühl, ihr Herz bliebe stehen.

Und dann war da plötzlich frische Luft. Vor ihr lag die Gasse, kühle, saubere Schneeluft drang an Lottes Wangen. Jetzt erst wurde ihr bewusst, wie stickig es im Gebäude war, wie verbraucht die Luft war. Zu wenig gelüftet, zu viele Menschen, zu viel Leid.

Thoma winkte ihr mit dem Kinn und deutete auf die Tür.

»Was?« Wieder brachte sie nur ein Wort hervor.

»Gehen Sie.« Eine elegante Handbewegung.

Ein Auto hupte, ein Fußgänger schimpfte. »Vollkoffer, elender! Mach die Augen auf und schau, wo's'd hinfahrst!« Der Fahrer beugte sich aus seinem Fenster. »Hast selber kane Augen im Kopf?«

Die Szene war so alltäglich, dass Lotte schon wieder Tränen aufkommen spürte. So alltäglich und unerreichbar für sie.

»Gehen Sie. Sie sind frei, Lotte.« Der Obersturmführer sprach leise. »Aber passen Sie in Zukunft besser auf!«

»Und meine Freundin?«

Thoma schüttelte den Kopf. Hinter ihm tauchten die Umrisse von zwei Uniformierten auf.

»Gehen Sie jetzt.«

»Danke.« Einen Moment lang fühlte sie sich wie gelähmt, als wäre sie festgewachsen. Dann riss sie sich los.

30

»Wo waren Sie so lange?« Frau Schwarz schimpfte bei Lottes Rückkehr in ihrer bekannten Art, während Zigarettenrauch um sie herumwaberte. »Sie hätten vor Stunden zurück sein sollen!«

Plötzlich wurde Lotte bewusst, dass sie keine Idee hatte, wie viel Zeit vergangen sein mochte. Sie war bei Doktor Rosenblum gewesen und dann dieser … ja, Überfall der Gestapo … das Verhör, der Obersturmführer.

Sie war nach ihrer Freilassung ziellos herumgegangen, hatte gewartet, dass der Schmerz nachließ. Und die Anspannung. Die von Kopf bis Fuß lauernde Angst, die ihre Schritte lähmte und die Gedanken. Immer und immer wieder nur eine Frage im Kopf.

Was ist das für eine Welt, in die mein Kind hineingeboren werden wird?

Zaghaft wandte Lotte jetzt den Blick zur Uhr, die eingehüllt in bläulichen Dunst über dem Durchgang zum hinteren Gastraum hing. Fast fünf, später Nachmittag.

»Nur eine … ein wenig Übelkeit.« Hoffentlich konnte man ihrem Gesicht den Schmerz zumindest nicht ansehen, wo die Schläge sie getroffen hatten. »Ich konnte nicht telefonieren.« Sie zwinkerte und bemühte sich um ein Lächeln. Der Kiefer tat weh, sie würde sich nachher gleich im Spiegel ansehen. Später würde sie durchschnaufen und … was auch immer tun, damit es ihr besser ginge.

»Soso, hm.« Frau Schwarz folgte Lotte, als sie ein wenig planlos auf die Theke zustrebte und dann nach hinten ging, um sich umzuziehen.

Lotte schloss die Tür vor der Nase ihrer Chefin, nach einem Moment entfernten sich die Schritte. Endlich. Ein paar Momente alleine. Sie musste sich erst fangen. Weitermachen, was anderes galt ja nicht. Sie drehte den Schlüssel so leise sie konnte im Schloss und setzte sich hin. Durchatmen … dann legte sie ihre Straßenkleidung ab. In der Seite spürte sie immer noch den Tritt und den Sturz mit dem Sessel. Blaue Flecken an der Seite überall, aber das würde man unter der Kleidung nicht sehen. Sie durfte sich nur nichts anmerken lassen vor Frau Schwarz. Keine ungelenken Bewegungen, nicht an die schmerzenden Stellen tasten, nicht zusammenzucken. Ein Blick in den Spiegel – sie hatte schon mal besser ausgesehen, aber im Gesicht konnte man nichts sehen. Keine blauen Flecken und kein Blut. Sie tastete darüber, zumindest schien nichts gebrochen. Und auch die Zähne waren alle da. Immerhin etwas. Wenn das schon Glück bedeutete … Schlimme Zeiten waren das.

»Na, Lotte?«, fragte Kellner Johann, als sie aus der Umkleide kam, und sah sie forschend an. War das jetzt fürsorglich gemeint, oder sollte sie lieber auf der Hut sein? Aber doch nicht vor Johann. Oder?

Sie merkte, dass etwas mit ihr geschehen war.

Nach allem, was passiert war – dem Verlust Erichs, dem Verschwinden Gisis –, und nun diesem Verhör.

Sie misstraute – allen und allem.

Und das machte sie traurig.

Sie hatte niemandem etwas getan, im Gegenteil. Für die Rosenblums hatte sie Lebensmittel und Tee mitgebracht, und für ihre Freundin würde sie alles geben. Wenn sie könnte. Und für Erich sowieso.

»Geht schon wieder.« Sie nickte dem Kellner zu und unterdrückte ein Seufzen. Vorweihnachtliche Stimmung, von wegen!

Prompt verlangte Frau Schwarz, dass die Gasträume dekoriert werden sollten für das große Fest. Seltsam unberührt wirkte ihr Verhalten, direkt eisig, seit Erich vermisst wurde.

»Holen Sie doch den Schmuck schon aus dem Keller und fangen Sie an. Johann soll Ihnen helfen.«

»Gut, mache ich.«

»Wir werden auch einen Baum besorgen, aber noch nicht jetzt.«

Vielleicht hielt sich ihre Chefin ja auch nur an den Routinen fest, um überhaupt weitermachen zu können. So wie Lotte selbst …

Lotte werkelte mit vorsichtigen Bewegungen in der Küche, sie wärmte Frankfurter auf, machte frischen Apfelstrudel, der natürlich ausgegangen war, weil sie nicht hier gewesen war. Nach und nach musste sie nicht mehr gar so oft durchatmen.

Ihre Gedanken flogen aufgescheucht mal hierhin, mal dahin. Hatte das Wesen in ihrem Bauch Schaden genommen? Und wenn ja, was dann? Wie würde alles weitergehen? Was kam wohl als Nächstes? Allein der Gedanke an weitere Verhöre, an Inhaftierung ließ sie nach Luft schnappen.

Schließlich trat sie hinaus, um die Sachen aus dem Keller zu holen, wie Frau Schwarz wollte. Immer noch schmerzten alle möglichen Körperstellen, doch die Arbeit lenkte ab. Von zu vielen Gedanken auch. Und dem Weh im Herz.

Zigarettenrauch waberte ihr entgegen, Johann zwinkerte ihr zu, sein Blick wirkte besorgt. Sie ging Richtung Kellertür, die sich hinten im zweiten Raum befand, hinter dem Billardtisch – da erblasste sie. Da saß, ganz ruhig und als ob nichts vorgefallen wäre … der Obersturmführer Thoma. Eine Tasse Kaffee vor sich, so als wäre heute irgendein Tag, an dem er zu Besuch kam.

Er lächelte Lotte sogar zu. Wieder dieses Gefühl zu träumen. Alles so unwirklich. Und sie traute ihm nicht. Gar nicht. Etwas war zerstört in ihr.

»Alles in Ordnung?«, fragte er leise und musterte sie, ließ seinen Blick zu ihrem Bauch gleiten, dann wieder hoch zu ihren Augen.

Lotte nickte. »Geht schon. Muss ja.«

»Lotte, bitte!« Er winkte ihr, näher zu kommen. Etwas ließ sie zögern, Frau Schwarz stand plötzlich an der Seite des Raumes weiter vorne, ließ sie beide nicht aus den Augen.

»Ja, was kann ich … für Sie tun?« Sie brachte die Worte kaum aus der Kehle.

Thoma winkte sie noch näher heran.

»Möchten Sie Apfelstrudel? Es gibt ganz frischen.«

Er sollte ihn nicht bekommen. Nie mehr. Und wehe, er fragt mich noch einmal nach einem Rezept …

Sie zwang sich zu einem Lächeln, die Kiefer schmerzten dabei.

»Ja, gern.« Thoma nickte.

Lotte wollte sich abwenden.

»Warten Sie kurz.« Seine Stimme wurde sehr leise. »Es wird alles wieder gut, glauben Sie mir, bitte. Ich tue, was ich kann!«

Ihm glauben? Sie sah Frau Schwarz näher kommen und den Obersturmführer devot anlächeln.

Niemandem würde Lotte mehr glauben. »Ich bring Ihnen gleich Ihre Mehlspeis!«

Sie ging zurück zur Küche, jeder Schritt eine weitere, fast nicht zu bewältigende Anstrengung.

Wie soll ich das nur alles schaffen?

Das ist ja keine Welt für ein Kind.

Prompt fuhr ein stechender Schmerz durch ihren Unterleib.

31

Lotte saß bei Hebamme Mayerhofer im Wartezimmer und starrte vor sich hin. Hier sah es ganz anders aus als bei Doktor Rosenblum. Die Praxis befand sich im zweiten Stock eines einfachen Hauses im fünften Bezirk. Holzsessel standen an den ausgebleichten gelblichen Wänden aufgereiht, darüber hingen gerahmte Bilder von glücklichen Müttern mit zufriedenen Kindern, die aussahen wie aus den Wochenschauen gepflückt. Und man musste warten. Vor ihr waren schon mehrere Frauen drangekommen. Außer Lotte saß jetzt nur noch eine andere Schwangere mit kugelrundem Bauch im Wartezimmer. Sie blätterte in einer Zeitschrift.

Da, wieder ein Stich. Lotte holte tief Luft. Seit dem Verhör hatte sie das öfter. Sie legte ihre Hand auf den Bauch. Ein Seufzen entschlüpfte ihr.

»Wann ist es bei Ihnen so weit?« Die andere Frau sah sie fragend an und ließ ihre Illustrierte sinken.

»Wie bitte?«

»Bei Ihnen sieht man noch fast nichts.«

»Ach so. Jaja. Erst im Mai. Also, wenn es stimmt.« Lotte starrte eines der Bilder an. Eine Mutter mit dicken blonden Zöpfen, einem Säugling auf dem Arm und zwei größeren Kindern neben sich.

»Ein Frühlingsbaby, wie schön.« Die andere Frau hatte dunkelbraune Haare und ein Gesicht mit Stupsnase.

»Jaja.«

Mai. Lotte seufzte wieder. Was würde bis Mai sein? Und wie sollte es danach weitergehen? Würde es überhaupt gut gehen? Der Schmerz nahm ihr fast den Atem.

»Entschuldigen Sie, dass ich das so offen sage, aber … Sie sehen nicht gerade glücklich aus.« Die junge Frau beugte sich näher zu Lotte und sah sie aus ihren braunen Augen mitfühlend an. »Kann ich Ihnen irgendwie helfen?«

Lotte schüttelte vehement den Kopf, schloss einen Moment die Augen, öffnete sie wieder. Nur nicht vor einer Fremden in Tränen ausbrechen! »Geht schon«, brachte sie nach einem Moment hervor.

Der Blick der jungen Frau war so freundlich, eine Wohltat. »Sicher?«

Nein. Gar nicht sicher. Aber das konnte man ja niemandem auf die Nase binden, schon gar nicht einer Unbekannten.

»Es ist nur … mein Mann gilt als vermisst und …« Die Worte purzelten plötzlich aus Lotte heraus. Nun schossen ihr tatsächlich Tränen in die Augen.

»Oje, das tut mir leid.« Lottes Hand wurde gedrückt, und das wirkte seltsam tröstend. Dass jemand mit ihr fühlte, einfach da war.

»Und jetzt habe ich auch noch Schmerzen und …«

»Bluten Sie auch?«

Lotte schüttelte wortlos den Kopf. Sie atmete noch einmal tief durch. »Ich werde ja sehen, was ich hier erfahre.«

»Frau Mayerhofer ist wirklich gut, Sie brauchen sich keine Sorgen zu machen. Ich komme gern hierher.«

»Mhm.« Weiteratmen. Der Schmerz schien nur langsam zu verebben.

»Ich bin übrigens die Eva.« Die Frau lächelte ein wenig. »Oder Evi.«

»Lotte«, sagte Lotte.

»Gefällt mir, der Name.« Evi strich über ihren Bauch. »Vielleicht nenn ich das Kleine so, was meinen Sie?«

Lotte zuckte mit den Achseln. Es war so egal, ob nach ihr ein Kind benannt wurde.

»Bei mir ist es wohl bald so weit«, meinte Evi. »Vielleicht wird es gar ein Christkindl.« Sie streichelte weiter ihren Bauch. Faszinierend, wie sehr sich jemand auf ein Kind freuen konnte. Dass es so etwas gab. In dieser Zeit noch dazu, in der alles Schöne fehlte.

Lotte erinnerte sich an Erich und wie er über diese Neuigkeit gejubelt hatte. Jetzt würde er das nicht einmal mehr erleben.

Was war mit ihr selbst los, dass sie zu keiner Freude fand? Was stimmte nicht mit ihr?

»Ich wollte das nicht«, flüsterte sie. »Die Schwangerschaft war nicht geplant.«

Evi sah Lotte aufmerksam in die Augen. Was für schöne, warmherzige Augen. Eine Weile saßen sie still so da. Lotte spürte, wie etwas in ihrer ruhiger wurde.

»Ich war selbst einmal in Ihrer Lage«, sagte Evi dann. »Ist schon eine Weile her.«

»Sie? Wirklich?«

»Ja. Es war ausweglos. Keine Arbeit, und ich hab mich auf wen eingelassen, der dann verschwunden ist«, erzählte Evi. »Die Schwangerschaft hat mich dann auch noch meine Stelle gekostet. Ich war Dienstmädchen bei einer feinen Dame. Verwitwete Arztgattin.« Sie seufzte und klang dabei wie ein Echo von Lottes Seufzen. »Ohne Stelle hab ich auch keinen Schlafplatz mehr gehabt.«

»Oh nein!«

»Doch. Ich hab im Stadtpark geschlafen, zum Glück war Sommer.«

Stadtpark. Der Abend mit Erich. Lottes Tränen flossen.

»Das tut mir so leid!«, flüsterte Lotte.

»Ich hab mir nicht mehr zu helfen gewusst. Heute ist das anders, ich habe geheiratet und freue mich auf dieses Kind. Was ich sagen will … Sie müssen da nicht durch. Es gibt Mittel und Wege, Sie wissen schon.«

»Davon hab ich gehört, ja.«

»Ich …« Evi schwieg abrupt, hinter der Tür zum Sprechzimmer erklangen Stimmen. »Ich hab es selbst gemacht.«

»Sie selbst?« Lotte schauderte. Wieder sah sie die blöde Frieda aus ihrem Heimatdorf vor dem inneren Auge.

»Nein, nicht so, wie Sie meinen. Das ist viel zu gefährlich. Manche Frauen glauben, ein Sprung aus dem Fenster hilft – oder Schlimmeres. Sie schaden sich aber nur selbst.«

Lotte schauderte.

»Ich kenne … eine vertrauenswürdige Frau, die Ihnen … helfen kann.«

»Die Schwangerschaft zu beenden?« Die Worte tatsächlich auszusprechen, war seltsam.

Die Tür knackste, öffnete sich einen Spalt. Lottes Herz stockte und schlug dann rasend weiter.

Evi nickte und biss sich auf die Lippen. Die Tür wurde wieder geschlossen, ohne dass jemand aus dem Sprechzimmer kam.

»Pötzleinsdorfer Straße 109b«, flüsterte Evi. »Sagen Sie, Eva schickt Sie.«

Die Tür zum Sprechzimmer ging jetzt ganz auf. Über Evis Gesicht glitt etwas wie eine Maske.

»Also, Frau Hecke, wir sehen uns dann in zwei Wochen zur Kontrolluntersuchung.« Eine füllige Frau mittleren Alters verabschiedete sich im Türrahmen von einer Patientin. »Wer ist die Nächste?«

Eva stand auf. »Guten Abend, Frau Mayerhofer.«

»Heil Hitler! Wie geht es Ihnen?« Die Hebamme sah Evi an, warf Lotte einen kurzen Blick zu und führte Evi dann in ihr Sprechzimmer.

32

Sollte das der Lichtstreifen am Horizont sein? Der Ausweg, nach dem sie sich sehnte? Die Frage, ob sie das Kind lieber nicht bekommen sollte, ließ Lotte nicht mehr los. Auch wenn sie ihrer Arbeit nachging, wälzte sie diese Möglichkeit immer im Hinterkopf.

Das alles hätte nie passieren dürfen. Sie hätte nicht schwanger werden dürfen. Sich nicht auf Erich einlassen. Sich nicht verlieben. Aber konnte man so was verhindern? Ein Gefühl unterdrücken? Nicht mit dem Herz, vielleicht mit dem Kopf.

Was für eine Entscheidung, vor der sie stand! Alleine. Zwei Wochen waren vergangen seit der Nachricht, dass ihr Mann vermisst wurde. Es gab keine weiteren Neuigkeiten. Nichts darüber, dass er in Gefangenschaft geraten war.

Er ist tot.

Ganz sicher.

Wieder und wieder dachte sie an Evi, die sie in der Praxis der Hebamme kennengelernt hatte. Sollte sie es so machen wie Evi? Sie könnte ja später immer noch Kinder bekommen. Evi war ja jetzt auch wieder schwanger – und offenbar glücklich damit.

»Was ist, träumen Sie schon wieder?« Frau Schwarz war seit der Nachricht über Erich noch unausstehlicher geworden. Sie quälte Lotte, wo sie nur konnte. Ständig brach sie deswegen in Tränen aus. Dann schenkte ihr die Chefin nur einen verächtlichen Blick.

»Alles in Ordnung.« Sie wandte sich ab, wischte sich verstohlen mit dem Ärmel über die Augen.

»Los, gehen Sie in den Keller und holen Sie Wein. Aber ein bisschen dalli, wenn ich bitten darf.«

Lotte nickte nur, holte sich ihre Jacke und ging zur Kellertür. Draußen auf dem Gang blieb sie stehen und atmete tief durch. Sie war heute schon zweimal im Keller gewesen, hatte mehrere Botengänge in der Kälte gemacht, um Butter und andere Lebensmittel zu holen, und kaum war sie zurück gewesen, hatte Frau Schwarz sie erneut losgeschickt – um Glühbirnen zu besorgen.

Lotte konnte einfach nicht mehr.

Hinter ihr klappte die Tür. Johann streckte seinen Kopf heraus.

»Sie meint es nicht so, das wissen Sie doch«, versuchte er, Lotte zu trösten. Seine tiefe Stimme klang warm und beruhigend, und sein grau gewordener Bart zitterte ein wenig. »Es ist ihre Art, mit der«, Johann sah sich um, »mit der beschissenen Situation umzugehen«, sagte er dann leise.

»Klar.« Lotte schluckte gegen diesen Kloß im Hals an. Nicht vor anderen in Tränen ausbrechen. Nicht schon wieder! Justament in diesem Moment ein stechender Schmerz im Bauch. Sie krümmte sich. Johann schloss leise die Tür hinter sich.

»Warten Sie, ich gehe runter.« Ohne ihre Antwort abzuwarten, eilte er die Treppe hinunter. Seine Schuhe gaben kein Geräusch ab.

Lotte atmete gegen die Krämpfe an. Vielleicht würde sich alles von selbst erledigen. Vielleicht waren die Schläge beim Verhör zu heftig gewesen. Was, wenn es behindert zur Welt kommen würde? Vielleicht verlor sie das Kind einfach.

»Frau Schwarz?«, rief sie, als sie mit den von Johann geholten Flaschen ins Lokal ging. »Ich fühle mich so schlecht, ich gehe nach Hause.«

33

Pötzleinsdorfer Straße 109b also. In dieser Gegend war Lotte noch nie gewesen. Die Tramway hatte lange für die Strecke gebraucht, der Schnee lag meterhoch neben der Strecke. Jetzt ging Lotte suchend eine breite Allee entlang. Bäume reckten ihre Äste in die Höhe, es sah so verzweifelt aus, wie Lotte sich fühlte. Alles wirkte nobel hier, direkt fein. Viel Platz zwischen den Häusern, viele Gärten. Dazwischen der Duft nach Vanille, völlig unwirklich.

Sie hatte doch keine Blutung bekommen. Es war keine von den Schlägen ausgelöste Fehlgeburt geworden. Dafür litt sie weiterhin Schmerzen, hatte Krämpfe und spürte ein Stechen im Unterleib.

Hausnummer 109b, da war es ja. Das Haus mit der hübschen gelben Fassade wirkte fast so groß wie eine Villa. Neben dem Tor stand ein Auto. Lotte ging vorsichtig daran vorbei.

Tief durchatmen.

An der nächsten Ecke kamen eilig Menschen aus einer Bäckerei. Ein Paar küsste sich zum Abschied. Gegenüber schloss eine Frau das Fenster. Alltagsszenen. Die Normalität trieb Lotte schon wieder die Tränen in die Augen.

Sie kehrte um. Vor der Villa stockte sie. Suchte nach einem

Namensschild am grünen Zaun oder dem Gittertor, doch es gab keines.

Ich kann das nicht.

Im selben Moment ging die Tür auf. »Möchten Sie zu mir?« Eine korpulente, schwarz gekleidete Frau hatte die Tür geöffnet.

»Ich …«

Die Frau sah zu Lottes Bauch, dann wieder hoch.

Lotte nickte. »Evi schickt mich«, fiel ihr endlich wieder ein. »Mit schönen Grüßen.«

»Gut. Gut.« Die Frau stellte sich nicht vor. »Kommen Sie herein.« Sie hatte eine tiefe Stimme für eine Frau.

Lotte wurde an einem glänzend grünen Auto vorbei ins Haus geführt. Dort ging es durch einen kleinen Vorraum in eine unerwartet einfache Küche, wie Lotte sie von zu Hause kannte. Ein Holztisch, zwei Sessel. Eine weiße Küchenkredenz. Ein Waschbecken, ein Herd.

Kann ich das wirklich?

»Setzen Sie sich.« Die Engelmacherin war korrekt, aber kurz angebunden und ihre Stimme nicht besonders freundlich. »Erzählen Sie.«

»Ich kann das nicht.«

»Papperlapapp, vor Ihnen sind schon viele hier gesessen, die das auch hinter sich gebracht haben. Und froh sind, so davongekommen zu sein. Ohne schreiendes Kind, das sie nicht ernähren können. Also?«

»Ich …« Lotte stützte den Kopf in die Hände. »Mein Mann ist … tot …«

Das ist keine Welt für ein Kind.

Sie sah wieder auf. »Meine Schwiegermutter quält mich, und

sonst habe ich niemanden. Ich … ich weiß einfach nicht weiter.«

»Schön und gut, Mädchen, das kriegen wir hin.«

»Ich kann das einfach nicht, ich und ein Kind, ganz allein. Und der Hunger … Es ist alles völlig falsch.«

»Deshalb sind Sie doch hier, damit ich Ihnen helfen kann.«

Lotte nickte und straffte den Rücken. »Ja, deswegen bin ich hier.« Ein wenig von der Last schien ihr von den Schultern zu gleiten. »Ich kann jetzt einfach kein Kind bekommen. Es ist der völlig falsche Zeitpunkt.« Sie wischte sich über die Augen. Immer diese Tränen, als würden die etwas ändern.

Die Engelmacherin reichte ihr ein weißes Taschentuch. »Wie weit sind Sie?«

»Dritter Monat.« Lotte wischte an ihren Augen herum.

»Da wäre die Leibesfrucht sowieso noch nicht überlebensfähig«, sagte die Engelmacherin. »Sie werden sehen, Ihre Lage wird sich bessern.« Unerwartet drückte die Frau Lottes Hand. Ihre Haut war weich und warm. Keine Arbeitshände wie ihre eigenen. Und die Wärme ließ Lotte plötzlich Mut schöpfen.

»Ja.«

»Haben Sie das Geld?«

»Ich hab nur das hier.« Sie griff in die Tasche, ein paar Mark waren übrig. Die Erleichterung, die sie kurz gespürt hatte, verpuffte.

»Das ist zu wenig. Können Sie denn etwas, Mädchen?«

»Ich weiß nicht … was denn?«

»Ich lasse meine Dienste auch abarbeiten, wenn es sein muss. Sie können doch sicher auch irgendetwas gut.«

»Mein Apfelstrudel wird sehr gelobt. Ich arbeite in einem Café, wissen Sie.«

»Apfelstrudel?!« Ein verächtliches Lächeln glitt über das Gesicht der Engelmacherin.

»Und ich kann nähen.«

»Das klingt schon besser. Na, wir regeln das schon. Jetzt ziehen Sie sich einmal aus, ich komme gleich.«

Lotte zögerte. »Hier?«

Die Engelmacherin nickte. »Natürlich. Alles wird gut gehen, glauben Sie mir. Es ist noch nie was passiert. Ich mache das seit fast zwanzig Jahren.«

»Ach so.«

»Nur Mut, Mädchen. Bei mir ist noch keine gestorben.«

Wie tröstlich …

»Sie sind an der richtigen Adresse. Glauben Sie mir. Evi geht es ja auch gut seither.«

»Das stimmt.«

»Wir leiten eine Fehlgeburt ein«, erklärte die Frau, nachdem Lotte sich ausgezogen hatte und untersucht worden war. Die Engelmacherin hantierte am Herd, auf dem ein Topf mit Wasser köchelte. Etwas klapperte metallisch. Offenbar wurden Instrumente gereinigt.

»Legen Sie sich da auf den Tisch.«

Lotte zögerte einen Moment. Dann tat sie wie geheißen. Kaum dass sie auf dem Ding überhaupt Platz fand. Ihr war kalt, und sie fühlte sich nackt. So nackt. Und so allein. Sie sehnte sich nach früher, nach jener hoffnungsvollen Zeit, als sie in der Stadt Arbeit gefunden und mit Erich schöne Stunden erlebt hatte.

Doch immer noch war sie sicher, die richtige Entscheidung zu treffen.

Sie spürte, wie etwas in ihren Körper eingeführt wurde,

unangenehm, aber nicht direkt schmerzhaft. Dann driftete ihr Geist ab. Alles wirkte seltsam unwirklich. Das Schöne war so weit weg. Erich, ihre Nähe, der Sonnenschein. Die Freude, noch bei ihrer Hochzeit. Erichs Freude. Und ihre Freude über seine Freude. Lottes Blick fixierte die Vorhänge, grüne Farbe, oben drang ein Spalt Tageslicht durch. An der Seite war eine Naht aufgegangen, ein Stück Stoff hing herab. Ihr Blick glitt immer wieder darüber, als könnte sie es vom Hinsehen allein richten.

Feuchtigkeit zwischen den Beinen brachte Lotte wieder zu sich.

»Nicht erschrecken, das gehört so«, murmelte die Engelmacherin zufrieden.

Nach einer endlosen Weile, nach der Lotte nicht mehr hätte sagen können, wie viel Zeit vergangen war, sollte sie aufstehen. Sie wurde in eine Kammer nebenan geführt.

»Legen Sie sich hin und warten Sie ein bisschen. Sie werden Krämpfe bekommen. Das ist ganz normal.«

Benommen ließ sich Lotte auf das Bett gleiten. Die Frau erklärte ihr alles Weitere. Sie müsste auf den Abgang der Leibesfrucht warten. Am besten, sie bewege sich viel. Sie solle nur über einem Kübel ihr Wasser lassen, um zu sehen, ob der Fötus tatsächlich abging. Und keine Bange, mit dem Katheter sei es die schonendere Methode.

Lotte nickte zu allem. Wenn das was Schonendes war, dann …

»Und gegen Krämpfe und Schmerzen können Sie sich einen warmen Thermophor auflegen«, riet die Engelmacherin.

Etwas schrillte.

»Entschuldigen Sie mich, das Telefon«, meinte die Engelmacherin.

So, ein Telefon. So was Seltenes!

Die Frau ließ Lotte alleine.

Alleine …

Jetzt war sie wirklich ganz alleine …

34

Warten.

Wieder einmal.

Wenn sie nur deswegen ihre Arbeit nicht verlor. Ihrer Chefin war alles zuzutrauen. Ob sie ihr glaubte, dass sie krank war, Schmerzen litt?

Langsam ging Lotte zur Haltestelle. Die Straßenbahn war voll, sie hatte ständig das Gefühl, beobachtet zu werden. Nicht schon wieder!

Stoßzeit, sagte sie sich, die Leute kamen von der Arbeit.

Aber ein mulmiges Gefühl blieb. Dazu diese Feuchtigkeit. Und hoffentlich schaffte sie es bis nach Hause, bevor …

Den Blick zu Boden gesenkt, eilte sie von der Station zu ihrer Wohnung. Im wieder geöffneten Delikatessenladen in ihrem Haus kaufte sie noch Brot und ein paar andere Lebensmittel. Schlagartig die Erschöpfung, als sie ihre Tür hinter sich schloss. Sie lehnte sich von innen dagegen, atmete tief durch. Dann trug sie ihrer Einkäufe in die Küche.

Wie lange würde es wohl dauern, bis es so weit war …?

Erschöpft aß sie eine Scheibe Brot und legte sich danach ins Bett. Jemand sollte jetzt hier sein, die Arme um sie legen. Jemand, der sie ablenkte, ihr Gesellschaft leistete. Aber da war niemand … Niemand auf der ganzen Welt.

Dunkelheit kroch heran. Zwischen Traum und Wachsein tauchten Bilder auf. Sie mit Erich am Wienfluss, die Torte im Hotel Sacher, Mama, die Lotte müde ansah, kurz vor ihrem Tod. Gisi und Lotte, wie sie um den Maibaum tanzten. Die leicht säuerlichen Äpfel aus dem eigenen Garten.

Lotte lag auf der Seite, die Knie angezogen. Sie ließ den Tränen freien Lauf.

Ein Läuten ließ sie hochschrecken. Sie musste trotz allem eingenickt sein.

War es das nun …? Hatte man sie … beobachtet? Sie und diese Frau, deren Namen Lotte nicht einmal kannte?

Dann sagte sie sich, dass die Gestapo doch nicht so höflich läutete, dass die gegen die Tür hämmerten und sogar traten. Dass die nicht warteten, bis sie sich zur Tür begab.

Lotte kämpfte sich aus dem Bett, es war kalt im Zimmer, sie begann zu zittern.

Es läutete wieder, länger diesmal. Lotte griff nach dem Schlüssel, drehte ihn herum, öffnete. Dann sah sie auf. Es war nur die Kainz, die Nachbarin. Ohne Hund diesmal.

»Ist etwas, Frau Schwarz?« Der Blick glitt über Lotte hin. »Ich habe etwas gehört … brauchen Sie Hilfe?«

»Es … es geht schon.« Lotte schlang die Arme um ihren Oberkörper. »Nur ein bisschen verkühlt wohl. Die Kälte und so, Sie wissen schon.«

»Dann ist es ja gut.« Die Kainz maß sie von oben bis unten. »Man hört so viel, da wollte ich lieber nachsehen. Nicht dass …«

»Danke«, brachte Lotte hervor und presste dann die Kiefer aufeinander, um bloß nicht mit den Zähnen zu klappern.

»Dank unseres Führers wird unseren Frauen und Müttern ja großartige Hilfe zuteil.« Frau Kainz setzte einen lauernden Blick auf.

Im selben Moment spürte Lotte einen stechenden Schmerz im Unterleib. Schlimmer als je zuvor.

»Entschuldigen Sie.« Sie zwang sich dazu, die Tür langsam zu schließen und nicht zuzuwerfen. Dann rannte sie zur Toilette, die sie hier in der Wohnung hatte. Blut. Viel Blut. Einen Eimer hatte sie nicht rechtzeitig vorbereitet.

Es fing also an …

Jetzt hatte Lotte viel Zeit. Zu viel Zeit zum Nachdenken. Sie nahm Abschied von allem, was hätte sein können. Und nun nicht sein würde. Sie weinte um all das Verlorene, das nur noch in ihrer Erinnerung lebte. Liebe, Freude, Spaziergänge in der Sonne. Und ein Kind, das niemals in der Welt sein würde.

Und die ganze Zeit diese verquere Hoffnung, dass sich alles zum Besseren wenden würde. Dass sie doch noch von Erich hören würde. Dass er plötzlich vor der Tür stünde. So wie schon einmal.

Aber nichts geschah. Nur das Blut floss aus ihr heraus.

Leere.

Da, wo ein Kind gewachsen war, war nun nichts mehr. Nur ein leichtes Ziehen im Unterleib blieb ihr.

Sie hatte so viel verloren.

Und dennoch war sie immer noch sicher, dass sie die richtige Entscheidung getroffen hatte.

Nach drei Tagen kam kein Blut mehr. Lotte gab sich einen Ruck, wusch sich ausgiebig, frisierte die Haare, zog sich an und ging wieder zur Arbeit. Das Gemurmel der Gäste, das Klickern der Billardkugeln und das Rascheln von Zeitungen im Kaffeehaus waren wie ein Willkommensgruß.

»Tut mir leid, dass ich gefehlt habe«, sagte sie zu Frau Schwarz und dachte einen Moment lang, dass ihre Stimme genauso kühl klang wie die der Chefin. »Eine Fehlgeburt.«

Sie wartete nicht auf die Reaktion ihrer Schwiegermutter, sondern ging, um sich umzuziehen.

»Tut mir leid.« Johann nahm sie vorsichtig in die Arme.

35

Das Leben ging weiter.

Einfach so.

Irgendwie komisch.

Als hätte es nie ein Kind gegeben. Als wären die letzten Monate nicht wirklich passiert. Mit der Zeit blieb nur ein schwaches Ziehen im Unterleib und erinnerte Lotte an das, was da gewesen war. Und nun nicht mehr da war. Und dann verschwand auch diese leise Erinnerung.

Nach dem ersten Arbeitstag war sie elendig müde gewesen, aber nach und nach besserte sich auch das. Die Brüste spannten nicht mehr, sie passte wieder in ihre Röcke.

Und schließlich rückte Weihnachten näher. Panik ergriff

Lotte beim Gedanken an das Fest. Wie sollte sie das nur durchstehen?

Das Café Schwarz war hübsch dekoriert, und Lotte fühlte sich wehmütig an früher erinnert. Der Duft von Tannengrün, die Mutter, die fleißig Kekse backt, der Vater mit geheimnisvollem Blick, der irgendwelche Geschenke bastelt. Dazu der Duft von Vanille, Zimt und Rosinen. Aber das hier war nur ihr Arbeitsplatz, und in den Geruch aus der Küche mischte sich der Zigarettenrauch der Gäste. Wenn sie in der Stadt unterwegs war wie jetzt auf dem Heimweg, beobachtete Lotte die anderen Leute, die geschäftig herumeilten. Die Frauen – die Männer waren ja im Krieg verschwunden – hatten sich Kopftücher gegen die Kälte umgebunden, viele trugen Kostümjacken, die wohl aus Herrenanzugjackets umgearbeitet worden waren. Gar nicht blöd, die Idee.

Die meisten suchten wohl noch Geschenke für das Fest, was bei den geltenden Rationierungen nicht nur für Lebensmittel eine Herausforderung war. Lotte hatte ja niemanden mehr, den sie beschenken würde … gar niemanden. Dass sie in so kurzer Zeit so viel bekommen – und alles wieder verloren hatte!

Sie bog in ihre Gasse ein, wachsam wie immer. Vor ihrem Wohnhaus sah sie an der Fassade hoch, das Fenster von Frau Kainz war zu. Lotte erlaubte sich, einmal tief durchzuatmen. Sie trat durch das Haustor, sah in ihrem Postkasten nach – da war ja etwas! Im düsteren Licht der Verdunklung konnte sie die Schrift kaum erkennen.

Hastig eilte sie die Stiegen hinauf, jetzt nur nicht stolpern. Die Wohnungstür, alles war still, aber das hieß nichts. Sah der

Nachbar nebenan wohl immer noch durch sein Türfenster, so, dass er glaubte, dass es keiner bemerkte?

Endlich schloss sie ihre Wohnungstür von innen, sperrte ab und lehnte sich dagegen. Ihre Hand tastete nach dem Lichtschalter. Sie sah das Schreiben genauer an. Es war nur eine Karte, abgegriffen, mit wenigen Zeilen darauf.

Es geht mir gut.
Habe zu essen.
Bin nicht allein.
Deine Gisi.

Gisi!

Lotte war wie elektrisiert.

Gisi hatte ihr geschrieben. Aber von wo?

Lotte runzelte die Stirn. Da stimmte doch irgendwas nicht. Sie betrat ihr Zimmer, prüfte die Verdunkelung am Fenster, dann drehte sie auch hier das Licht auf und hielt das Schreiben direkt unter die Lampe. Es war eine vorgedruckte Karte, neben Gisis Zeilen stand:

Auszug aus der Lagerordnung: Jeder Häftling darf im Monat zweimal Post empfangen und absenden. Die Briefe müssen gut lesbar sein und dürfen nur fünfzehn Zeilen auf einer Seite enthalten. Geldsendungen sind gestattet …

Daneben stand etwas mit Tinte in Gisis hübscher Handschrift geschrieben:

Schutzhäftling … Gefangenennummer … KZ Ravensbrück … Postamt 2 …

Lotte musste sich setzen.

KZ.

Man sprach nicht darüber.

Zumindest nicht laut.

Aber man wusste, man ahnte, was es damit auf sich hatte.

Haft. Auf unbestimmte Zeit. Und die wenigsten kamen zurück.

Und dennoch – es war ein Lebenszeichen von Gisi.

Lotte seufzte tief und schwer. Sie war doch nicht ganz allein. Auch wenn es sich immer noch so anfühlte. Sie würde der Freundin etwas schicken – irgendwas. Ein kleines Geschenk. Und dann hoffen, dass Gisi überlebte. Dass sie wieder ins Kino gehen würden gemeinsam. Wenn der ganze Mist vorbei war. Sie hatte der Freundin so viel zu erzählen …

36

Am Weihnachtsabend gab es eine kleine Feier im Café. Lotte hatte Kekse gebacken. Nicht ganz nach Originalrezept, denn es gab nicht alle Zutaten. Statt Mehl musste sie Kartoffeln verwenden, das Rezept stammte aus einer Zeitung. Das Ergebnis war immerhin einigermaßen genießbar.

»Möchten Sie kosten?«, fragte sie Obersturmführer Thoma.

»Danke, gern.« Er nahm einen Lebkuchen in Sternform

und biss ab. »Nicht schlecht«, meinte er dann. Er hatte wohl von den anderen von ihrer sogenannten Fehlgeburt erfahren, denn er hatte Lotte nie gefragt, was passiert war.

»Was ist mit meiner Freundin?«, fragte sie den Obersturmführer wieder einmal. »Weswegen wurde sie verhaftet?«

»Psst!«, kam es zur Antwort. »Bringen Sie sich nicht selbst auch noch in Gefahr.«

Der war auch keine Hilfe. Im Gegenteil. Sie misstraute ihm weiterhin – sehr sogar. Da mochte er noch so sanft tun und ihr Weihnachtsgebäck loben.

Sie hatte Gisi eine Karte geschickt, ohne eine Antwort zu bekommen. Und Erich konnte man ja nichts mehr schicken. Lotte schluckte gegen den Kloß im Hals an.

Tannenreisig verschwendete seinen Duft. Beim Schein der Kerzen wurden alle plötzlich stumm. Ein Zuviel an Gefühl lag in der Luft, als sie alle so in die Flammen starrten.

Die Stunden gingen einigermaßen dahin. An diesem Abend gab es unter den Argusaugen von Frau Schwarz auch für Lotte etwas vom Kriegsfestessen. Frau Schwarz verhielt sich nach wie vor kühl und erwähnte Erich mit keinem Wort.

Während die Gäste »Stille Nacht« sangen, dachte Lotte an ihren Ehemann. Was war mit ihm geschehen? Würde sie es je erfahren?

Jemand begann, »Ihr Kinderlein kommet« zu singen. Lotte konnte nicht mehr an sich halten. Kein Kind würde kommen. Sie sprang von ihrem Platz und rannte in die Küche.

Unerwartet großzügig gab ihr Frau Schwarz später von den Keksen mit ebenso wie von anderen Lebensmitteln. Also machte Lotte davon nach Weihnachten, als das Café ein paar

Tage Urlaub machte, zu Hause Apfelstrudel und ging damit zu der Engelmacherin.

Auch diesmal öffnete sich die Tür, ehe Lotte läuten konnte. Überrascht blieb sie stehen.

»Servus, Lotte.« Evi stand lächelnd im Türrahmen. »Wir haben dich schon erwartet.«

»Evi! Das überrascht mich aber.«

»Komm rein. Ich helfe der Leonore beim Saubermachen.« Evi zwinkerte ihr zu. »Als Gegengeschäft.«

Leonore hieß die Engelmacherin also.

»Verstehe. Ich bin ebenfalls deswegen hier.«

Drinnen kam ihr die Engelmacherin schon entgegen. »Ach, da sind Sie ja wieder«, meinte sie lapidar mit ihrer tiefen Stimme.

Lotte übergab die Mehlspeise und die Lebkuchen aus Kartoffelteig.

»Ich hab mich schon gefragt, wann ich Sie wiedersehe. Wie geht es Ihnen?«

»So weit gut, danke.«

Die nächsten Stunden verbrachte Lotte mit Näharbeiten für Leonore, um ihre Schuld abzuarbeiten. Sie besserte die Naht am Vorhang aus, die ihr schon bei der »Prozedur« aufgefallen war. Dann sollte sie einige Kleidungsstücke weiter machen. Und wieder saß Lotte die Angst im Nacken. Zu den anderen Dingen war jetzt noch die illegale Abtreibung gekommen. Die Angst, entdeckt zu werden – verhaftet – verhört – und Schlimmeres. Dinge, die sie sich nicht ausdenken wollte. Und die dennoch bildlich in ihrem Kopf abliefen.

Endlich konnte Lotte wieder gehen.

»Vergiss die Lebkuchen nicht«, sagte Evi und reichte ihr

das Päckchen wieder. »Nimm sie wieder mit. So was Armseliges isst sie garantiert nicht. Dazu ist sie sich viel zu gut.«

»Tut mir leid.«

»Kannst du ja nicht wissen.«

»Gut«, sagte Lotte, während sie ihren Mantel anzog und vor dem goldgerahmten Spiegel ihre Wollhaube aufsetzte, »ich glaub, ich hab eine Idee, wem ich die Kekse bringe. Begleitest du mich?«

»Ja, gern, dann können wir noch plaudern.«

Gemeinsam mit Evi fuhr sie mit der Tramway stadteinwärts. Sie unterhielten sich über Weihnachten und Evis Kind, das kurz zuvor zur Welt gekommen war. »Wir haben sie Marianne genannt«, sagte Evi fast entschuldigend. »Doch nicht Lotte.«

Lotte gratulierte. Besser kein Kind, das ihren Namen trug!

»Und bei dir? Wie geht es dir wirklich?« Evi sah sie forschend an.

»Muss ja wohl gehen«, meinte Lotte und sah durchs Fenster hinaus auf die Straße. Fußgänger gingen mit gesenkten Köpfen dahin, die Straßenbahn bimmelte. Was sollte sie Evi schon erzählen? Von der Leere und der Einsamkeit in den Nächten?

Am Ring stiegen sie aus und gingen zu Fuß weiter.

»Uj, in diesem feinen Haus kennst du wen?«, rief Evi, als sie sich dem Gebäude näherten, in dem die Rosenblums zu Hause waren. Ein mulmiges Gefühl beschlich Lotte, als sie eintraten – hier hatte der Gestapo-Mann gewartet. Lotte war seither in Ruhe gelassen worden. Durfte sie hoffen …? Dass nichts mehr passieren würde? Ob der Obersturmführer die Hand im Spiel hatte? Aber wieso?, fragte sie sich – welche

Hoffnungen machte der sich wohl? Und: Konnte sie Thoma wieder trauen? Jemandem über den Weg trauen – das war ein Gefühl, das ihr verloren gegangen war.

Forsch ging sie zum Treppenhaus. »Wir müssen mit dem Aufzug hinauf«, erklärte sie ebenso forsch – forscher, als ihr zumute war. Ihr Herz klopfte viel zu schnell. Sie zwang sich, sich nicht umzusehen, als wäre jemand hinter ihr her. Was sollte Evi sonst von ihr denken!

Evis Stimme erklang hinter ihr, als Lotte zur Tür der Rosenblums ging. Sie bewunderte die schönen Gangfenster mit dem bunten Glas. »So was haben wir nicht, was, Lotte?«, sagte sie.

Lotte läutete an der schwarz gestrichenen Doppelflügeltür.

»Rosenblum?«, las Evi laut das Namensschild vor. »Du kennst Juden?«

Lotte zuckte zusammen und schwieg. Sie kannte Evi noch nicht lange. Was sollte sie da sagen? So schwieg sie lieber. Staubpartikel tanzten in einem Sonnenstrahl, der durchs Gangfenster fiel, alles war still.

Es ist wie bei Gisi. Bevor sie verschwunden ist.

Lotte lauschte, nichts schien sich hinter der Tür zu rühren. Sie legte das Ohr an das Türblatt, spürte mehr, als dass sie es sah, wie Evi die Brauen zusammenkniff. Da wurde plötzlich die Tür von innen aufgerissen, und Lotte wäre fast gestürzt.

»Ja, bitte?«

»Ich … äh … wollte …«

»Ja?« Über eine Brille hinweg wurde Lotte gemustert.

Wie die Alte bei Gisi!

Die Frau vor ihr sah gepflegter aus, sie trug einen wadenlangen grauen Rock, eine Jacke, und ihr Haar war von undefinierbarer Farbe, irgendwas zwischen Blond und Grau. Sie trug es gescheitelt und hinten zu einem Knoten geschlungen. Doch der Blick war derselbe. Misstrauisch, gemein.

»Betteln Sie hier?«

»Ich suche Doktor Rosenblum«, erklärte Lotte.

»Davon weiß ich nichts.« Hinter der Frau stand die schwarze Vitrine, die Lotte von ihren Besuchen kannte.

»Wohnen Sie jetzt hier?«, fragte Lotte.

»Was bilden Sie sich eigentlich ein? Keine Ruhe hat man vor … vor so … Gesindel.«

»Wo ist denn das Ehepaar Rosenblum hingezogen?«, fragte Lotte.

»Woher soll ich das wissen? Wars das? Ich habe meine Zeit nicht gestohlen.«

»Danke«, sagte Lotte schnell.

»Passen Sie auf, den Leuten nicht auf die Nerven zu gehen und an fremden Türen zu hausieren! Mein Mann ist Rottenführer Doktor Klein, er ist da sehr intolerant.«

Lotte nahm die Freundin beim Arm. »Komm, Evi, wir gehen.«

»Unverschämt«, schimpfte die Frau ihnen hinterher, als sie schon zur Treppe gingen.

Auf der Straße atmete Lotte tief durch.

»Rosenblum?«, sagte Evi. »Du kannst mir doch nicht weismachen, dass das kein jüdischer Name ist.«

»Kann sein.« Lotte war immer noch auf der Hut.

»Woher kennst du den?«

Lotte zuckte wie nebenbei mit den Achseln. »War früher Arzt.«

»Ach so. Ich dachte schon …«

Lotte bot Evi von den Keksen an, brachte aber selbst nichts hinunter. Zu groß die Sorge, wo die Rosenblums waren. Man hörte so schreckliche Dinge.

»Hast du … ihnen geholfen?«, fragte Evi vorsichtig und knabberte an einem Stück Lebkuchen. Sie gingen die Gasse entlang.

Lotte schüttelte den Kopf. »Nein. Wenn ich gewusst hätte …«

Ja, was dann? Sie allein war ja doch machtlos.

»Wir müssen zusammenhalten.« Evi sah sie fest an.

Lotte nickte.

»Einander helfen. Allen, die das brauchen.«

Evis Worte erinnerten Lotte an Gisi.

Vielleicht war sie doch nicht so allein, wie sie gedacht hatte. Zumindest nicht ganz.

37

Silvester 1939/40

Das alte Jahr ging, und das neue kam. Im Café Schwarz wurde gefeiert, es war voll, die Gäste genossen Wein und Sekt und das Buffet, das Frau Schwarz organisiert hatte, als gäbe es keinen Krieg. Fisch, gefüllte Eier, jede Menge Brot und natürlich Alkoholisches.

Lotte sehnte sich nach Stille und war doch froh über die Ablenkung, froh, etwas zu tun zu haben. Froh, nicht zum Nachdenken zu kommen.

Um Mitternacht gingen die Gäste auf die Gasse, die Pummerin läutete das neue Jahr ein, man wünschte sich Glück. Lotte stand in der Tür und sah hinaus. Hörte das Gelächter, fühlte sich allen Menschen fern. 1940, was würde es bringen? 1939 hatte ihr so viel geschenkt – und alles genommen. Ehe sie einmal mehr in Tränen ausbrechen konnte, bat eine Gruppe junger Paare um eine Flasche Sekt, und sie ging hinein. Bis sie das Gewünschte brachte, hatte sie ihre Fassung glücklicherweise zurückgewonnen.

Und dann, an einem klirrend kalten Tag Ende Jänner, tauchte Evi plötzlich im Café Schwarz auf. Sie hatte eine schmale junge Frau im Schlepptau, die kaum aufsah.

»Sie weiß nicht, wohin«, raunte Evi Lotte zu. »Kannst du uns helfen?«

»Wie denn?«

»Kann sie hierbleiben? Sie … war bei … du weißt schon.«

»Aber … ich … äh …«, stotterte Lotte, während ihr schlagartig eiskalt war.

Angst. Da war immer und immer noch die Angst. Seit Gisis Verschwinden und dem Gestapo-Verhör hatte das Gefühl Lotte nie mehr losgelassen.

»Bitte, Lotte.« Evi sah sich verstohlen um. An diesem Tag waren nur wenige Gäste hier. Es gab immer weniger zu essen, die Rationierungen zeigten langsam auch im Café ihre Wirkung. Ein Herr neben dem Eingang benahm sich ein wenig zu auffällig. Frau Schwarz war gerade nicht da. Sie machte »Besorgungen«.

»Ich habe frischen Strudel«, rief Lotte lauter als nötig. »Kommt mit.«

Sie ging voraus zur Küche, und die beiden Frauen folgten ihr, Evi forschen Schrittes, die andere zaghaft.

Der Duft von Zimt und Äpfeln hatte wie immer eine beruhigende Wirkung auf Lotte. Aber nur kurz. Sie schnitt zwei Stücke für Evi und ihre Begleitung ab.

»Also, was ist los?«, fragte sie dann.

»Sie kann nicht … ähm, nach Hause.« Evi wechselte einen Blick mit der Unbekannten. »Sie heißt übrigens Katja.«

»Lotte«, sagte sie in Katjas Richtung. »Freut mich. Hier, der ist noch ganz frisch.« Lotte schob Katja den Apfelstrudel hinüber.

Katja sah immer noch den Boden an. »Tut mir leid für die Unannehmlichkeiten.«

»Schon gut.«

»Katja ist Jüdin«, sagte Evi leise. »Ihr Chef lässt sie bei sich wohnen. Dafür … du weißt schon.«

Lotte nickte. Ein Verhältnis als Preis, um einigermaßen in Sicherheit zu leben. Was waren das nur für Zeiten?

»Er hält eine schützende Hand über sie. Aber jetzt ist sie von ihm schwanger geworden. Und in so einer Situation, als U-Boot …« Evi sah Lotte vielsagend an. »Ein Kind … du verstehst schon.«

»Klar.« Lotte hatte ja die gleiche Entscheidung getroffen. Die Erinnerung daran wirkte zunehmend unwirklich.

»Deshalb war sie bei Leonore. Aber in diesem Zustand kann Katja natürlich nicht zu ihrem … Beschützer oder wie man es nennen will.«

»Verstehe.« Lotte schnitt für sich selbst ein weiteres Stück Strudel ab. Mit vollem Magen konnte sie einfach besser nachdenken. »Und was soll ich tun?«

»Kann sie hierbleiben?«

»Im Café?«

»Ich habe kein Geld«, fing Katja an.

Lotte lächelte die junge Jüdin verlegen an.

»Entschuldigung«, murmelte Katja. »Ich gehe schon. Lass, Evi. Es war eine dumme Idee.«

Wut packte Lotte und überlagerte die ständige Angst. Sie hatte vielleicht schon lange in ihr geschlummert und brach sich jetzt Bahn. »Wo sind wir denn, dass andere über uns Frauen entscheiden?« Ihre Worte auszusprechen, hatte etwas Befreiendes.

Evi nickte. »Und dass sie uns mit dem Tod bestrafen, weil wir über unseren Körper selbst verfügen wollen.«

»Natürlich bleiben Sie hier, Katja«, erklärte Lotte entschieden. Sie dachte an Gisi. Wenn sie selbst nur ein klein wenig tun konnte! »Wir werden das schon schaukeln. Auch ohne Geld. Machen Sie sich bitte keine Sorgen.«

Sie räumte die leeren Teller weg.

»In der Toilette liegt genügend Watte, falls es nötig sein sollte.«

»Danke.« Katjas Stimme war nur ein Flüstern.

»So, und jetzt kommen Sie, suchen Sie sich einen Platz.«

Als Lotte mit Evi und Katja wieder raus in den Gastraum trat, ging die Tür auf. Der Obersturmführer. Ausgerechnet jetzt.

»Schön, Sie zu sehen.« Er kam direkt auf sie zu. Lotte spürte, wie Katja hinter ihr erstarrte.

»Grüß Gott!« Lotte strebte ihm entgegen. »Was darfs denn sein? Frischen Apfelstrudel hätte ich gerade.«

»Mit Vergnügen. Und eine Melange, bitte.«

»Kommt sofort.« Sie drehte sich zu Katja um und legte einen Arm um sie. »Meine Freundin hat ihren Schlüssel vergessen … Würden Sie ihr vielleicht ein wenig Gesellschaft leisten? Sie muss bis zum Abend hier warten.«

»Aber natürlich. Es wird mir ein Vergnügen sein.« Thoma trat auf seinen Lieblingsplatz zu und deutete auf einen Sessel. »Bitte, Fräulein.«

Katja war voller Zögern, Lotte nickte ihr aufmunternd zu. »Was möchtest du, Katja?«

»Ich nehme … einfach dasselbe.«

Im Weggehen zwinkerte Lotte Katja so zu, dass Thoma es nicht sehen konnte. Evi folgte Lotte auf dem Weg zur Küche.

»Bist du verrückt?«, zischte sie.

»Schsch. Der Obersturmführer ist in Ordnung.« Lotte zögerte. Meistens zumindest. Hatte er sie nicht vermutlich vor Schlimmerem beim Verhör bewahrt? »Außerdem, was sollen wir tun? Sie wird in seiner Nähe am besten geschützt sein.«

Hoffentlich.

Was anderes blieb ihnen ja nicht.

38

Frühjahr 1940

Und dann, nach elenden Monaten der Kälte, in denen es nie genug zu heizen gab, war plötzlich der Frühling da. Alles blühte, die Akazie im Innenhof von Lottes Wohnhaus war wie ein Versprechen. Es wurde endlich wärmer, die Sonne schien häufiger, und es blieb trocken. Aus einem alten Hemd, das sie eingetauscht hatte, nähte sie sich eine figurbetonte Bluse. In einer Zeitung waren die »Zehn Gebote für die Kleiderkarte« erschienen, die sie ausgeschnitten hatte. Ihnen zufolge sollte man einen Garderobenplan erstellen, den eigenen Stil vereinheitlichen, sodass möglichst alles kombiniert werden konnte, und nichts anschaffen, was nicht unbedingt nötig war. Von wegen, was gab es denn schon zu kaufen?! In den Geschäften herrschte allzu häufig gähnende Leere. Gut, dass es die Singer-Nähmaschine gab!

Nachrichten kamen vom Westfeldzug, irgendwas von einer Schlacht bei Dünkirchen. Wo immer das sein mochte, Lotte schnappte die Worte von ein paar wichtigen Herren an Obersturmführer Thomas Tisch auf. Aus dem Radio drang etwas über einen Brückenkopf und eine Evakuierung britischer Truppen.

Das Fenster stand offen, warme Luft kam herein, und eine Grille zirpte. Lotte sehnte sich zum ersten Mal seit Langem wieder nach ihrem Dorf. Nach den blühenden Apfelbäumen, nach daheim. Wie einfach war das Leben gewesen!

Mai … jetzt wäre ihr Kind zur Welt gekommen.

Zu den anderen Ängsten war längst die alte zurückgekehrt:

Dass der Hunger zurückkam. Jedes Mal wenn Lotte auf die Reichslebensmittelkarte nicht das bekam, was man bekommen sollte, krampfte sich ihr Magen zusammen.

»Der deutsche Soldat hat alles, was er braucht«, betonte die Wochenschau hingegen gern.

In Wahrheit fehlte Butter fast völlig, Kuchen wurde nur mehr mit Fettersatz gebacken, was man natürlich schmeckte. Bohnenkaffee wurde rar, es gab stattdessen Malzkaffee und etwas aus Zichorien. Auch Fleisch war selten geworden. Bei den von Frau Schwarz angeleierten Tauschaktionen saß Lotte immer die Angst im Nacken, entdeckt zu werden. Nach allem, was geschehen war, umso mehr. Also hielt sie Ausschau nach Obstbäumen, die in der Stadt schwer zu finden waren. Einmal kam sie an einem Kirschbaum vorbei, in einem Garten stand er und hängte seine mit dicken roten Früchten schwer beladenen Äste üppig weit auf den Gehsteig heraus. Lotte sah sich um, nach links und nach rechts, niemand sonst war auf der Straße. Vielleicht gab es wieder mal eine Ansprache des Führers, und alle saßen vor den Volksempfängern, mit denen wie in der Werbung »ganz Deutschland den Führer hört«, die Blockwarte kontrollierten das gern. Lotte hatte allerdings eine gute Entschuldigung, sie kam von der Arbeit.

Schnell pflückte sie so viele Kirschen, wie in ihre Tasche passten. Angst ließ ihr das Herz bis zum Hals klopfen, aber das konnte niemand sehen. Sie zwang sich, in ganz normalem Tempo mit ihrer doch so geringen Beute weiterzugehen.

Und dann die bittere Enttäuschung, als sie endlich an ihren unangenehmen Nachbarn vorbei ihre Wohnung erreicht hatte und dort, kaum dass sie die Tür geschlossen hatte, gierig in eine der so hübschen Früchte biss. Ihr Äußeres war eine brutale Lüge – das Fruchtfleisch war hart und sauer, mehr Kern als essbarer Teil. Tränen traten ihr in die Augen. Das ganze Risiko und dann das.

In der Hoffnung, dort mehr Lebensmittel zu bekommen, fuhr sie endlich auf Besuch in ihr Heimatdorf. Sie hatte Frau Schwarz um Urlaub gebeten, und die Chefin hatte murrend zugestimmt. War es wirklich erst zwei Jahre her, seit sie aus ihrem Dorf weggegangen war?

Lotte musste mit dem Regionalzug fahren und einige Male umsteigen. Im Abteil war es viel zu warm, es roch komisch, und das Gebrabbel der anderen Fahrgäste war ein Grundrauschen, das Lotte Kopfweh bescherte.

Keuchend und ruckelnd kam der Zug in ihrem Heimatdorf zum Stehen. Endlich hinaus an die frische Luft! Sie kletterte aus dem Zug und ging den Bahnsteig entlang. Rundum die Berge, das Grün. Ehemalige Nachbarn kamen ihr entgegen, fragten sie neugierig aus, wie es ihr gehe. Lotte antwortete zunehmend einsilbig, was sollte sie denn auch sagen.

»Gut schaust aus!«, sagten die Dörfler, und Lotte wunderte sich, wo die wohl hinsahen. Ihre früheren Nachbarn wirkten weit wohlgenährter und ziemlich unbeschwert im Vergleich zu ihr selbst.

Nur Karl, der Mostwirt, ging schweigend an ihr vorbei und ließ sie länger nicht aus den Augen.

Voller Melancholie machte sich Lotte auf den Weg zu ihrem früheren Zu Hause. Das Gartentor quietschte in den Angeln, dann sperrte sie das kleine Häuschen auf. Eine Taube kam ihr offenbar erschreckt entgegengeflattert, wie war die denn ins Haus geraten?

Während sie den muffigen Geruch des unbewohnten Hauses wahrnahm, entdeckte Lotte im Dach ein Loch. Sie hörte die Schritte eines Tieres, ein Marder vielleicht. Zugluft pfiff durch die Räume. Lotte betrat die Stube, strich mit einer Hand über den alten Tisch, an dem sie früher zu dritt gegessen hatten, ging in ihre frühere Kammer. Alles wirkte kalt, muffig, unbewohnt. Tot. Hier hatte sie ihre Schulaufgaben gemacht. Dort war das Bett, in dem ihre Mutter so lange krank gelegen hatte. Sie setzte sich darauf.

Lotte seufzte tief. Sie musste an die Zukunft denken, nicht an die Vergangenheit, an all die Verluste.

Sie zwang sich aufzustehen, warf einen letzten Blick auf alles, verließ ihr altes Zu Hause und stapfte zum Nachbarhaus. Dort klopfte sie.

»Servus! Du?« Gisis Mutter Margarete blickte durch einen schmalen Türspalt. »Das ist aber eine Überraschung!« Ihr Gesicht sah grau aus und schmal. Viel zu schmal.

»Darf ich kurz reinkommen?«

»Natürlich, Lotte.« Margarete öffnete die Tür weit, schloss sie aber nach Lottes Eintreten schnell wieder.

»Komm weiter.« Sie ging voraus in die Stube, rieb sich die Hände, was ein eigenartig schabendes Geräusch ergab. »Setz dich.« Sie deutete auf einen Sessel, der Tisch war mit einer gestickten Decke geschmückt, als wäre Sonntag.

»Magst ein Glas Milch? Ich kann dir nicht viel anbieten, weil …« Margarete verstummte und starrte minutenlang den Tisch an.

»Es ist nicht leicht, weißt du«, fuhr Margarete schließlich fort. »Der Karl macht uns das Leben schwer. Wegen Gisi, weißt du. Der Karl ist ein Hundertprozentiger.«

»Ich hab ihn eh gesehen. Ein unguter Kerl.« Lotte schluckte gegen die Hoffnungslosigkeit an. »Ich hab Post von Gisi bekommen, ist aber schon eine Zeit lang her. Wie geht es ihr denn, hast du was Neues gehört?«

Margarete schüttelte den Kopf, schluckte, dann schüttelte sie wieder den Kopf. »Ich hab keine Tränen mehr, weißt du.« Sie flüsterte.

»Was wirft man ihr eigentlich vor? Ich konnte es bis jetzt nicht herausfinden.« Sosehr Lotte den Obersturmführer auch bedrängt hatte – er war nicht mit mehr herausgerückt. Vermutlich hatte er es ermöglicht, dass Gisi ihr schreiben durfte? Sie wusste auch das nicht.

»Wir waren immer Sozialisten, Lotte, das weißt du ja.«

Lotte nickte. »War hier im Ort ja nicht so selten, glaub ich.«

»Nein. Na ja, jedenfalls hat Gisi aber wohl mehr getan.«

»Mehr getan?« Ein paar Erlebnisse mit der Freundin wirbelten in Lottes Kopf durcheinander. Gisis beständige Warnungen vor bestimmten Äußerungen. Und da war noch etwas gewesen … irgendetwas, dass man … etwas tun könnte? Konnte es wirklich das sein, was sie vermutete?

»Widerstand halt.« Margarete nickte. »So nennen sie das jetzt. Genaues weiß ich auch nicht. Aber sie kannte da wohl Leute, die Juden halfen oder bereits Verhafteten. So gut es eben ging.«

»Scheiße.« Lotte war plötzlich schlecht. Sie musste an die Rosenblums denken. Auch etwas, worüber sie nie mehr herausgefunden hatte. Und an diese Katja im Café.

»Es gab einen Prozess, aber wir durften nicht dabei sein.« Margarete strich die ohnehin faltenlos daliegende Tischdecke glatt. »Zwei andere sind zum Tode verurteilt worden«, flüsterte die Nachbarin in die dunkle Stube. »Unser Kind lebt. Immerhin, es lebt noch.«

39

Die Äpfel waren wie das Leben. Sauer, aber wenn man die richtigen Tricks anwandte, wurde daraus eine Köstlichkeit. Zumindest war es früher so gewesen.

»Eine andere Frage«, hatte Lotte zu Margarete gesagt. »Habt ihr noch von den Äpfeln? Von diesen säuerlichen, du weißt schon? Ich würde dir welche abkaufen.«

»Aber ja.« Margarete hatte sich über die Augen gewischt, sich losgerissen und war in die Speisekammer gegangen. »Komm nur. Wir haben auch von euren Bäumen geerntet, was da war.«

Lotte hatte sich nehmen dürfen, so viel sie wollte. Sie hatte Margarete Geld gegeben, es der Nachbarin direkt aufgedrängt. »Nein, nein«, hatte die gesagt, »du brauchst nichts zu zahlen, es sind doch auch deine Obstbäume.«

»Dann kauf was davon für Gisi und schick ihr ein Packerl«, hatte Lotte leise gesagt und ihr das Geld einfach auf den Tisch gelegt. Margarete hatte geschwiegen. Keiner hatte noch Worte gefunden.

Und so saß Lotte jetzt im Zug zurück nach Wien, ein paar Kilo Äpfel im Rucksack im Gepäckfach oben, den sie nicht aus den Augen ließ. Der Zug war voll, und im Gedränge war doch mancher ebenfalls Hungernde zu einer »zufälligen Verwechslung« der Gepäckstücke in der Lage …

Es war ein langer Tag, bis Lotte schließlich ihr Haustor in Wien aufsperrte. Eine Gestalt schälte sich aus dem Dunkel des Treppenabsatzes.

»Da sind Sie ja!«

Die Kainz. Und ihr Hunde-Ungeheuer, das wieder schrill zu kläffen begann. Die hatte ihr noch gefehlt. Lotte fasste den Rucksack fester. »Guten Abend«, grüßte sie gezwungenermaßen.

»So spät noch unterwegs?« Die Kainz maß sie von oben bis unten.

»Tja«, machte Lotte und zuckte die Achseln. »Ich bin allein, was soll ich machen.« Hatte sie den Krieg angefangen?! Aber das konnte man zur Kainz natürlich nicht sagen.

»Ich hab schon Ausschau gehalten, da ist nämlich etwas …« Frau Kainz zog die Hand hinter dem Rücken hervor. Sie hielt etwas Rechteckiges vor Lotte hin und ließ dabei ihren Hexenblick über den Rucksack wandern.

»Post für Sie.«

Lotte sank das Herz in die Hose. »Danke«, quetschte sie hervor und griff nach dem Schreiben. Sie wagte kaum, auf den Absender zu sehen. War etwas mit Gisi? Rasch stopfte sie das Poststück in die Manteltasche. »Also, gute Nacht, Frau Kainz!«

Die Nachbarin legte den Kopf schief. Lotte spürte ihren Blick noch im Rücken, während sie die Stiege hinaufging.

Endlich zu Hause! Von innen lehnte sie sich gegen die Tür und atmete tief durch. Endlich in den eigenen vier Wänden, ohne Beobachtung.

Sie trug den Rucksack in die Küche, packte aus. Und erst als es sonst nichts mehr zu tun gab, nahm Lotte den Brief zur Hand. Einmal musste es ja sein. Hundemüde setzte sie sich und lehnte ihren müden Rücken an. Sie schloss die Augen und öffnete sie wieder. Sah auf das Kuvert. Das war ja … Lotte schnappte nach Luft … und riss den Umschlag endlich auf. Es war weder ein amtliches Schreiben – noch etwas von Gisi. Sie erkannte in den sauberen, mit Bleistift geschriebenen Buchstaben Erichs Handschrift.

Das gab es ja nicht!

Mit fliegenden Fingern riss sie das Kuvert auf.

… ich weiß, ich hab mich lange nicht gemeldet. Kannst du mir verzeihen? Es war alles nicht so einfach …

Erich lebte! Das Papier glitt Lotte aus den Händen.

Oder war das ein Scherz des Schicksals? Wollte es sie foppen? Nein, sie sah auf das Datum – vor zwei Wochen war das Schreiben abgeschickt worden. Er hatte also zumindest zu dem Zeitpunkt noch gelebt.

Lotte sank auf einen Sessel und las wieder und wieder. Wärme machte sich in ihr breit. Sie lächelte. Das Leben war doch bittersüß.

Sie würde mit den Äpfeln einen Strudel machen. Und einen Neuanfang. Gisis Mutter hatte ihr geholfen und war bereit, ihr wieder Lebensmittel zu geben. Lotte würde das Beste aus dem Leben machen. Das mit der ewigen Traurigkeit ging ja auf keine Kuhhaut mehr! Vielleicht würde alles gut ausgehen. Vielleicht würde auch Gisi endlich aus der KZ-Haft entlassen werden.

Während von der Küche der leicht säuerliche Duft der Äpfel herüberwehte, glitt Lotte in einen Traum … Gisi war wieder da, Erich genoss den Apfelstrudel, und Lotte … Lotte war einfach glücklich und zufrieden.

Teil 2

40

März 1944

»Was ist denn hier los?«, stieß Lotte hervor.

Sie war an diesem kühlen Vorfrühlingsmorgen zu spät zur Arbeit gekommen. Die ganze Nacht hatte sie kaum geschlafen, war immer wieder vom Husten wach geworden. Und hatte prompt am Morgen verschlafen. Auf dem Weg zur Arbeit hatte sie an Doktor Rosenblum denken müssen. Was wohl aus ihm geworden war? Nie wieder hatte sie etwas über ihn und seine liebe Frau gehört.

Immer noch war Krieg, immer noch und immer mehr wurden Lebensmittel rationiert, es fehlte an allem. Immer noch war Erich nur ein seltener Gast. Seit er vermisst worden war, stand etwas Seltsames zwischen ihnen. Er sprach nicht darüber, sprach überhaupt immer weniger. Einen Brief schrieb er ihr auch nur gelegentlich. Immer noch wusste sie nicht, was damals vorgefallen war. Oder wie er sich doch noch hatte retten können. Genauso wenig, wie sie über die Schwangerschaft sprach. Sie hatte auch ihm von einer Fehlgeburt erzählt, wollte ihn nicht weiter belasten, weil er sich doch auf ein Kind gefreut hatte.

Wäre ihre Freundin Evi nicht, Lotte wüsste nicht, wie sie das Leben ertrüge. Doch auch an Evis Seite galt es zu kämpfen.

Mit Tränen in den Augen hatte Lotte all die Gedanken

einmal mehr beiseitegeschoben, die Tür zum Café Schwarz geöffnet – und sich erstaunt umgesehen.

Das Café Schwarz war ungewöhnlich leer. Normalerweise saßen um diese Stunde die Beamten beim Frühstück, das nur mehr aus Ersatz bestand, andere lasen die dünnen, nichtssagenden Zeitungen. Immerhin brummte der Café-Betrieb meistens. Nicht so an diesem Morgen. Die Billardkugeln schwiegen, kein einziger Gast klimperte mit Tasse und Löffel herum. Nur Frau Schwarz kniete vor den Regalen mit dem schmal gewordenen Lebensmittelvorrat.

»Die Amerikaner«, stieß ihre Schwiegermutter hervor und richtete sich schnaufend auf, einen Stapel Zwieback-Packungen in den Händen. »Die Bomber. Haben Sie es nicht mitbekommen?«

»Was denn?«

»Gestern. Den Angriff …« Frau Schwarz sah sie mit stechendem Blick an.

»In Wien?«, rief Lotte. »Dann ist Wien wohl nicht mehr der Luftschutzkeller des Reichs?!«

»Lotte? Sagen Sie – was ist los? Das müssen Sie doch mitbekommen haben.«

»Natürlich«, murmelte sie schnell und musste sich die Nase putzen. »Ich bin ganz durcheinander. Ich war die halbe Nacht wach, so krank wie ich bin. War es schlimm?«

»Wir hatten noch einmal Glück. Aber wir dürfen uns nicht zu sicher sein«, erklärte Frau Schwarz und presste den Zwieback an ihre üppige Brust. Selbst das schwarze Kleid von Lottes mit allen Wassern gewaschener Chefin hatte unter den Entbehrungen des Krieges gelitten. »So stehen Sie doch nicht herum wie angemalt! Wir müssen Vorbereitungen treffen.«

»Jaja, ich bin gleich so weit. Ziehe mich nur schnell um.«

»Das ist jetzt egal, Lotte! Gestern war es noch ein Glück, wie wenig die Bomben getroffen haben. Aber wir sind hier nicht mehr sicher. Sie wissen doch, was bei den Luftschutzübungen erklärt wird.«

»Natürlich. Tut mir leid.« Sie war nur einmal kurz bei so was gewesen, als Frau Kainz sie zur Blockwartin Schneeberger mitgeschleppt hatte. Lotte erinnerte sich vage an Vorgaben, was alles bereitgestellt sein musste – Wasser und Sand zum Löschen, Schaufeln zum Graben, vermutlich Verbandszeug. Und es gab Luftschutztüren, Luftschutzgitter, die man auch irgendwie öffnen können musste, sie hatte sich das alles einfach nicht gemerkt. Wozu gab es einen Luftschutzbeauftragten?

»Wir müssen uns vorbereiten.« Frau Schwarz warf den Stapel in einen großen Korb, in dem schon einige Flaschen mit Wasser lagen, und schnaufte weiter zur Vorratskammer. »Kommen Sie, Lotte, wo bleiben Sie denn?«

Seit Erich wider Erwarten doch lebte, war ihre Schwiegermutter nicht mehr ganz so kalt zu Lotte, doch immer noch wahrte sie Abstand.

Brav trottete Lotte ihrer Chefin hinterher. »Bin schon da. Wo ist eigentlich Johann?«, fragte sie, weil sie den Kellner nirgends sehen konnte. Schon wieder musste sie husten, und ihre Zehen waren klamm in den abgetretenen Schuhen.

»Eingezogen«, brummte Frau Schwarz. »Ausgerechnet jetzt!«

Frau Schwarz schnappte alle Tafeln Schokolade, derer sie habhaft werden konnte – viele waren nicht mehr übrig. Offiziell gab es diese Köstlichkeit schon lange nicht mehr, nur

Frau Schwarz hatte natürlich auch dafür ihre Quellen. Wenngleich Kriegsschokolade, bröckelig und kein Vergleich zu der Vorkriegsware. »Legen Sie das zu den anderen Sachen in den Korb, bitte!«

Lotte tat wie geheißen. Der intensive Duft nach Kakao benebelte ihre Sinne, sie geriet in Versuchung, eine Packung verschwinden zu lassen – oder sie aufzumachen und davon zu kosten, jetzt gleich. Sie ertastete die Rippen, meinte, die Schokolade im Mund schmelzen zu spüren, hielt sich erst im letzten Moment zurück. Mehr denn je brauchte sie die Arbeit.

Frau Schwarz war ihr auch schon gefolgt und stemmte die Hände in die trotz des fünften Kriegsjahres immer noch recht breiten Hüften. »Was nehmen wir noch mit?«

»Wohin, Frau Schwarz?«

»In den Keller. Wir müssen uns vorbereiten.«

»Ja.«

In den Keller.

Etwas griff nach Lottes Innerstem und quetschte es zusammen. Ihr Blick glitt über die Vorräte.

Wie lange würde das vorbereitete Essen reichen? Und das Wasser? Wie lange dauerte so ein Alarm?

»So, kommen Sie«, rief Frau Schwarz ungeduldig und nahm einen der Körbe, in dem bereits Decken und Polster lagen. Sie watschelte zur Kellertür davon. Lotte schnappte den anderen schwer bepackten Korb und folgte.

Keuchend stieg Frau Schwarz die schmale, muffig riechende Treppe hinunter. Auf der vierten Stufe blieb sie stehen und drehte sich um. »Los, kommen Sie, nicht so zögerlich! Ist ja eh niemand da.«

»Wo sind überhaupt die Gäste?«

»Die werden wohl ebenfalls anderes zu tun haben«, murrte Frau Schwarz. »Der Obersturmführer wird uns schon Bescheid geben, was getan werden muss.«

Sie ging weiter nach unten und öffnete mit einem riesigen Schlüssel die massive Kellertür. Ein kalter Lufthauch ließ Lotte erschauern.

»Jetzt stehen Sie nicht so herum, wollen Sie Maulaffen feilhalten? Für so was ist jetzt keine Zeit!« Frau Schwarz verschwand in dem kohlrabenschwarzen Loch des Kellereingangs. Ein Licht flackerte unruhig auf. Jetzt konnte sie die Gestalt ihrer Chefin wieder erkennen. Sie folgte ihr, hatte sie fast schon eingeholt. Frau Schwarz ging einen schmalen Gang entlang, links und rechts befanden sich die mit Holztüren versperrten, durchnummerierten Kellerabteile. Am Ende dieses Gangs wies ein Pfeil nach links, in weiß leuchtender Aufschrift stand da: *Luftschutzkeller*. Frau Schwarz bog in diese Richtung ab – und wieder krampfte sich Lottes Inneres zusammen.

»Wo bleiben Sie denn?«, klang die Stimme ihrer Chefin gedämpft zu Lotte. Etwas raschelte – lieber nicht dran denken, was das sein mochte. Ohne nach links und rechts zu schauen, holte sie auf. Frau Schwarz winkte sie schon ungeduldig näher. »Hier entlang.«

Am nächsten Ende des Gangs befand sich eine weitere Tür – und dahinter lag noch eine Treppe.

»Dieser Keller geht drei Stockwerke tief in die Erde«, erklärte Frau Schwarz und warf Lotte einen Blick über die rundliche Schulter zu. »Das werden Sie doch in der Schule gelernt haben? Alle Keller in der Innenstadt sind miteinander verbunden. Schon seit der Türkenzeit.«

»Aha.« Natürlich hatte sie das nicht gelernt, sie war ja nicht in Wien in die Schule gegangen, sondern in Oberösterreich. Aber wozu Frau Schwarz daran erinnern! Lotte fühlte sich müde, ihre Zähne begannen, vor Kälte zu klappern. Und vielleicht auch vom Hunger. Der Husten reizte sie immer wieder.

Mit verkrampften Schritten ging Lotte weiter, die nächste Treppe hinunter. Der Boden im zweiten Keller bestand nur mehr aus gestampftem Erdreich, an den Ziegelmauern befanden sich wieder von Zeit zu Zeit leuchtende Pfeile. Nach Kurzem hätte Lotte nicht mehr sagen können, wie oft und in welche Richtung genau sie abgebogen waren. Einmal kamen sie an einem Raum vorbei, dessen verrostetes Gitterfenster an eine Zelle erinnerte. Lotte schauderte erneut und presste die Zähne aufeinander.

»So.« Frau Schwarz winkte sie eine dritte Treppe hinunter. Hier unten gab es keine Abteile mehr. Frau Schwarz blieb vor einem Bereich stehen, wo Bänke, Hocker und sogar ein Feldbett standen. »Hier können wir bleiben – und die Gäste, falls es nötig sein sollte.«

»Die Gäste?«

»Was sonst? Wir führen ja den Betrieb weiter.«

»Aha.«

Sie stellten ihre mitgebrachten Lasten ab. Frau Schwarz knipste eine Lampe an und inspizierte alles aus der Nähe. »Fehlt etwas? Ich weiß es nicht.« Der Lichtstrahl ihrer Lampe glitt über Weinflaschen und eine Reihe durchsichtiger Flaschen, in denen sich laut Frau Schwarz Trinkwasser befand.

»Das hier ist der Notausgang.« Frau Schwarz wies auf einen Teil der Mauer, der sich vom Rest abhob. Die Ziegelsteine sahen heller aus, röter.

»Hier käme man ins Nebenhaus, wenn es nötig ist.«

Wenn es nötig ist.

Alles in Lotte erstarrte. Mit klammen Fingern räumte sie auf Geheiß von Frau Schwarz die Inhalte aus den Körben. »Wir könnten auch Konserven herunterbringen«, schlug sie vor, nur um etwas zu sagen, um gegen die Angst anzusprechen. Etwas Warmes, das ihre Eingeweide besänftigte, das wäre doch passend. Wenn das möglich war. »Dann dürfen wir nur den Dosenöffner nicht vergessen. Wie können wir das allerdings wärmen?«

»Ich überlege noch wegen eines Gaskochers«, meinte Frau Schwarz. »Da muss ich den Obersturmführer fragen, ob das erlaubt ist. Vielleicht sollten wir auch mehr Wein hier unten lagern und nur den oben lassen, den wir an einem Tag ausschenken.«

Alkohol … nicht dass Lotte sich etwas daraus machte, aber vielleicht würde der auch ihr Inneres beruhigen? »Machen wir, ja. Wenn sowieso so wenige Gäste kommen, brauchen wir oben gar nicht so viel davon.«

Lotte sah sich um. Sah wieder zu der Verbindung ins Nachbarhaus. Wollte nicht an das denken, was das alles bedeutete.

»Gut, gehen wir«, sagte sie und wartete nicht auf Antwort. Nur raus hier – schnell. Nach oben, ans Tageslicht, an die Luft. Sonne wollte sie sehen. Körperlich sehnte sie sich danach. Und nach Erich und danach, mit ihm Schokoladentorte zu essen, ohne Angst, vor Bomben, vor Denunziation. War nicht heute der Tag ihres Kennenlernens? Sie hatte vergessen, welches Datum war. Was für eine Zeit. Die Erinnerung an diese friedlichen Tage war fern, fern und fremd, wie etwas, das ihr vor langer Zeit einmal jemand erzählt hatte. Oder eine Geschichte aus einem Film. Fern und fremd wie Erich selbst. Oder das Kind, das nie zur Welt gekommen war.

Sie stiegen hinauf. Zweites Kellergeschoss, erstes. Nur noch eine Treppe, dann war es geschafft. Lotte keuchte, sie bekam kaum Luft.

»Lotte«, sagte Frau Schwarz plötzlich in die modrige Stille hinein. »Wenn der Kuckuck ertönt – dann kommst du sofort hierher, verstehst du?«

Zum ersten Mal duzte sie Lotte.

Überrascht wandte sich Lotte zu ihrer Chefin um.

»Dieser Keller ist sicherer, weil er tiefer ist, verstehst du? Der hat schon den Türken vor ein paar Hundert Jahren standgehalten.«

Lotte nickte zögernd.

»Damit wir zusammen sind.« Frau Schwarz sah den Kellerboden an. »Einverstanden?« Jetzt blickte sie wieder auf. In ihren Augen lauerte das Echo von Lottes Panik. Schau an, die stets gefasste Frau Schwarz …!

»Also gut, machen wir es so. Ich bin ja eh meist hier bei der Arbeit.«

»Und wenn du zu Hause bist, und es kommt der Voralarm, läufst du sofort los.« Der Tonfall war auch neu.

»Ob das zu schaffen ist?«

»Mach es einfach.«

»In Ordnung.« Lotte versuchte durchzuatmen, gegen dieses Etwas in der Brust anzuatmen, das sie nicht zulassen wollte.

»Glaub mir, uns wird hier nichts zustoßen!«, sagte Frau Schwarz beschwörend, als ob sie selbst gegen etwas anredete. »Gut, dann ist das abgemacht.« Frau Schwarz nahm die letzten Stufen in Angriff. Und obwohl sie hinaufstiegen, verstärkte sich in Lotte das Gefühl, in eine Falle zu geraten.

41

September 1944

Anstellen. Wieder einmal. Diesmal um Gemüse in einem Geschäft bei der Mariahilfer Straße. Der Himmel war grau. Es ging nur langsam weiter, das vordere Ende der Schlange war nicht zu erkennen.

»Gibt es überhaupt noch was?« Lotte trat neben die Schlange, um vorne etwas zu erkennen.

Eine ältere Frau vor ihr drehte sich um. »Wir würden schon gern mal was anderes als diese Rüben zwischen die Zähne bekommen, was?«, zischte sie.

Lotte nickte nur ansatzweise und sah schnell weg. Äußerungen wie diese waren verdammt gefährlich, alles wurde als Kritik am Staat und am Führer gesehen – und was das bedeutete, wusste sie. Ihr Magen krampfte sich bei der Erinnerung an das Verhör zusammen, obwohl es Jahre her war und seither nichts mehr passiert war. Sie meinte wieder den Schmerz im Kiefer zu spüren. Und angesichts ihres Kontaktes zu Evi und der Engelmacherin musste sie noch mal so vorsichtig sein. Zum Glück hatte sich die Alte weggedreht, ohne eine Antwort abzuwarten.

Im selben Moment heulten die Sirenen auf. Ein langer

Dauerton, Unterbrechung, wieder der in den Ohren schmerzende Dauerton.

Nicht schon wieder!

Die Menge vor dem Laden stob in alle Richtungen auseinander, während die Sirenen jetzt auf- und abschwellend weiteralarmierten. Ein Mädchen, vielleicht zwölf, ließ eine Einkaufstasche fallen, Kartoffeln kollerten heraus, ein Mann schnappte sich schnell ein paar, das Mädchen schrie. Die Greißlerin ließ den Rollbalken runterkrachen. Kopflos rannte Lotte los. Die Leute hasteten dahin, verschwanden in Hauseingängen. Nur ein Paar in schäbigen Mänteln tat, als würde es nichts hören. Lotte wollte ihnen etwas zurufen, sie warnen, vielleicht hatten sie ja tatsächlich Probleme mit den Ohren oder … da sah sie die gelben Sterne auf den Mänteln. Juden war der Zutritt zu den Luftschutzkellern verboten. Lotte lächelte ihnen peinlich berührt zu. Sie war schon fast an ihnen vorbei, da kam etwas an der Frau Lotte bekannt vor.

Auch in den Augen ihres Gegenübers blitzte Erkennen auf – das war doch Katja! Das Gesicht, dieses verlorene Lächeln – eindeutig! Sie trug die Haare blond und kurz. Lotte nickte ihr einen Gruß zu. Katja zwinkerte, und dann war sie auch schon vorbei. Lotte bekam die Frauen, denen sie manchmal half, selten ein zweites Mal zu Gesicht. Katja blieb ihr in Erinnerung, weil sie die erste gewesen war. Schön, dass sie immer noch am Leben und offenbar gesund war. Aber wer wusste, wie lange noch!

Da war endlich die Albertina, die Oper, dann das Sacher – ein Erinnerungsfetzen an den Tag ihrer Hochzeit schoss durch Lottes Kopf. Wie lange gab es schon keine Schokolade mehr und deshalb auch keine Torten?

Die Kärntner Straße, es krachte zum ersten Mal. Dazu Geschützfeuer. Würde es die Innenstadt treffen? War es das? Verdammt. Es krachte wieder. Einschläge. Verdammt, verdammt, verdammt!

Außer ihr war niemand in Zivil mehr auf der Straße, ein Schutzmann kam ihr entgegen, wenn der sie jetzt zurechtweisen würde … Aber da war endlich das Café Schwarz. Sie hastete ins Haustor, blieb innen kurz stehen, atmete tief durch. Und jetzt hinunter. Aber da roch doch etwas komisch! Irgendwie verbrannt. Lotte wandte sich den Gasträumen zu. Irgendwas stimmte nicht. Brannte es? Hatte hier schon eine Bombe eingeschlagen? Der vordere Gastraum lag jedoch unversehrt da. Der Billardtisch warf seinen Schatten auf den ein wenig glänzenden Steinboden. Auch die Fenster waren noch intakt. Der Rauch kam von hinten. Vorsichtig näherte sich Lotte. Auch hier waren keine Flammen zu sehen. Tische, Sessel, Fenster – alles in Ordnung. Keine Scherben.

Aber da! Von der Küche kam dichter Rauch. Das konnte eigentlich keine Bombe sein, denn die Küche hatte keine Fenster und befand sich mitten im Gebäude. Sie riss ein Tischtuch vom Stapel neben der Theke und hielt es sich vor das Gesicht. Ein Verdacht stieg in Lotte auf – der Ofen. Der Rauch kam aus dieser Richtung.

Tatsächlich: Etwas stand im Backrohr und qualmte vor sich hin. Sie riss das Türchen auf, nahm noch ein paar Geschirrtücher, zerrte eine Backform heraus, in der wer weiß was gewesen sein mochte, jetzt kokelte es nur noch schwarz vor sich hin. Lotte warf sie, wie sie war, in den Metallkübel mit Wasser, der immer bereitzustehen hatte. Der Qualm versiegte nur langsam, aber zumindest brannte nichts. Lotte schloss das Backofentürchen und hastete zur Kellertür und die Stufen hinunter, stolperte immer wieder, stürzte aber zum Glück nicht.

»Lotte! Da bist du endlich!«, rief Frau Schwarz ihr schon aus dem Schutzraum entgegen.

Lotte nickte nur und ließ sich auf einen Platz ihr gegenüber fallen. Der Sessel gab ein erschöpftes Knarren von sich.

Gegenüber war ein Schild an der Wand aufgetaucht:

Den Hörern von Auslandssendern den Dolch im Genick!

Na, hätte man halt weniger Volksempfänger verkauft.

Ihr Blick glitt weiter, zum Obersturmführer, der ein Stück weiter hinten im Halbdunkel saß.

»Da sind Sie ja endlich!« Er stand auf und kam zu ihr. »Wir haben uns Sorgen gemacht. Aber wie sehen Sie denn aus?«

»Was denn? Wie sehe ich denn aus?«

»Ihre Haare.« Er streckte eine Hand aus, als ob er sie berühren wollte, automatisch wich Lotte zurück. Sie hatten nie mehr über die Vorkommnisse am Morzinplatz gesprochen.

»Die Haare, ach so.« Sie strich darüber. Staub. »Ich bin gerannt«, erinnerte sie sich und spürte Erschöpfung und Anspannung zugleich. »Ich dachte, ich bekäme Gemüse. Aber die Sirenen …«

Thoma nickte schwer.

»Ach ja, und oben hätte es bald gebrannt. Etwas kokelte im Rohr.«

»Oh.« Frau Schwarz schlug sich die Hand vor den Mund. »Das muss ich tatsächlich vergessen haben.«

»Das hätte verdammt gefährlich werden können.« Der Obersturmführer blickte missbilligend drein.

»Ich hab die Gefahr noch abwenden können«, erklärte Lotte schnell. »Und außerdem war es ja im Backofen, der hätte doch … standhalten müssen?« Von der anderen Gefahr sprach sie nicht. Dass sie den Keller fast nicht mehr rechtzeitig erreicht hätte. Oder von der Begegnung mit Katja.

»Danke, Lotte«, sagte Frau Schwarz und klang zum ersten Mal im Leben kleinlaut. Sie nahm sich ein Stück Zwieback, knabberte daran und trank aus ihrem Becher.

Wieder waren Detonationen zu hören. Es pfiff, die Ohren dröhnten, Staub rieselte, Erschütterungen waren zu spüren. Schwere Männerschritte trampelten die Treppe herab. »Hier noch Platz?«, fragte ein Soldat in Uniform schneidig, ein zweiter folgte ihm.

»Natürlich.« Frau Schwarz deutete um sich.

»Danke. Heil Hitler.« Die Männer grüßten den Obersturmführer.

Wieder krachte es, es klang nahe. Frau Schwarz schrie.

»Was ist denn das für ein weibisches Verhalten«, meckerte einer der beiden Soldaten und inspizierte dabei die eingelagerten Weinflaschen.

»Wenn wir erst endgültig gesiegt haben«, meinte der andere, vergaß aber offenbar, was dann sein sollte. Gierig war sein Blick ebenfalls auf den Alkoholvorräten gelandet.

Der Obersturmführer nickte.

Wieder hörten sie es krachen. Die Einschläge mussten ganz nahe sein. Heftige Erschütterungen griffen auf Lottes Körper über. Sie zitterte.

Ich muss hier weg.

Weg aus der Stadt – wenn wir hier lebend rauskommen.

42

Lotte bekam kaum Luft. »Irgendwas stimmt hier nicht«, sagte sie. »Wir müssen raus.«

»Aber es gibt noch keine Entwarnung!« Frau Schwarz krallte sich in Lottes Arm.

»Ich fürchte, Lotte hat recht«, schaltete sich der Obersturmführer ein. »Wir müssen den Keller verlassen. Hörte sich so an, als wäre in der Nähe etwas getroffen worden und womöglich eingestürzt. Dann fehlt auch uns die Luftzufuhr, und wir ersticken über kurz oder lang.«

»Aber …«, wollte einer der Frontsoldaten einwerfen. Ein Blick von Thoma genügte, um ihn zum Schweigen zu bringen. Im selben Moment kam der Blockwart, ein kleiner Mann mit einer Beinprothese, herangepoltert. »Alarm! Das Nebenhaus hats getroffen!«

Lotte gefror mitten in der Bewegung.

»Alle raus hier!«, schrie der Blockwart. Frau Schwarz wimmerte.

Während sie sich hintereinander die Treppen hinaufkämpften, hörten sie es ständig krachen und poltern. Würde auch das Gebäude über ihnen zusammenbrechen? Würden sie es noch vorher schaffen? Wo sollten sie überhaupt hin? Und was, wenn nicht …? Wie lange würde es dauern, bis …?

Zum Glück kam auf halbem Weg das Entwarnungssignal. Lotte zwang sich, weiter hinaufzugehen. Thoma stieß die Tür ins Freie auf. Lotte wollten vor Erleichterung fast die Knie nachgeben. Sie alle rangen nach Atem und husteten. Auf dem schwarzen Kleid von Lottes Chefin lag dichter weißer Staub. Die Soldaten, ebenfalls mit Staub in den Haaren, salutierten und entfernten sich die Straße entlang.

Der Obersturmführer sah sie der Reihe nach an. »Wie fühlen Sie sich?«

»So weit in Ordnung, glaube ich. Aber ich muss mich hinsetzen.« Lottes Blick wanderte langsam zum Nebenhaus. Sie zwinkerte mehrmals, aber das Bild änderte sich nicht. Hinter Staubwolken, die sich sehr langsam lichteten, war nur der Himmel. Trümmer, ein paar Schatten.

Frau Schwarz stürmte besorgt auf ihr Lokal zu. Der Blockwart wollte sie zurückhalten, war dann aber von Rufen aus dem Nachbargebäude abgelenkt. In dem Moment huschte Frau Schwarz hinein ins Café.

Staub hing in der Luft. Ein Mann, an dem alles grau schien – seine Haare, sein Mantel, sogar das Gesicht –, machte Fotos von der Ruine nebenan.

»Lassen Sie das!« Der Blockwart eilte geradewegs auf ihn zu.

»Er tut doch niemandem was zu leide, oder?«, meinte Lotte überrascht.

»Glauben Sie?« Thoma blickte grimmig drein. »Das Fotografieren von Bombenschäden ist verboten.«

»Warum das denn bitte?«

»Man will uns wohl als kriegsmüde darstellen.«

»Wer?«

»Die Feinde. Das darf man nicht zulassen. Die ausländische Presse verbreitet das und dann …«

Der Wind wirbelte Staub auf, trug Papier vor sich her.

Lotte trat mit einem Fuß darauf, Papier konnte man immer zum Heizen brauchen. Sie bückte sich danach.

Volk von Österreich!, las sie.

»Was haben Sie denn da? Geben Sie her.« Thoma runzelte die Brauen, las und knüllte das Blatt zusammen. »*Volk von Österreich! Kapituliere und beende das sinnlose Sterben!* – Was ist das denn für ein Mist!«

Fragend sah Lotte ihn an.

»Haben wohl die Amis abgeworfen. Die glauben, das deutsche Volk lässt sich so weichklopfen. Aber wir stehen wie ein Mann hinter dem Führer.«

Von wegen.

Lotte bemühte sich um ein neutrales Gesicht. »So schlimm?«

Wieder ein grimmiges Nicken.

Zögernd betrat Lotte das Café, Thoma folgte. Drinnen waberte Rauch herum, die Fenster waren geborsten, und so kam Luft herein. Staubige Luft. Aber immerhin Luft. Frau Schwarz schaltete das Radio ein, das immer noch funktionierte. Und es wurde auch gesendet.

»… ist während der feindlichen Angriffe ein Tiger aus dem Zirkus Rebbernig entkommen. Die Bevölkerung besonders in Favoriten wird zur Wachsamkeit aufgerufen.«

Ein Tiger? Das wurde alles immer verrückter. Aber sagen durfte man natürlich nichts.

»Jetzt brauch ich erst einmal eine Stärkung.« Frau Schwarz wuselte in die verrauchte Küche.

Lotte folgte ihr und begann, Kaffee zuzubereiten. Von dem Rest Bohnenkaffee, der als eiserne Reserve versteckt wurde. Von draußen zog es herein und immerhin so den Rauch hinaus.

Sie trug die gefüllten Tassen zu den anderen. Der Obersturmführer griff in die Innentasche seiner Uniformjacke, beförderte einen Flachmann hervor und goss etwas daraus in seine Tasse. »Möchte noch jemand? In diesen Zeiten ist ein wenig Schnaps auch für die Damen angebracht.«

Beide »Damen« nickten. Lotte trank, aber sie schmeckte nichts. Alles wirkte wie erstarrt. Die Fenster waren kaputt, aber statt aufzukehren, blieb ihr Blick auf die Scherben geheftet. Es ist ja nichts passiert, sagte sie sich ein ums andere Mal.

Nichts passiert.

Sie hörte Obersturmführer Thoma leise, verschwörerisch von einem Glaser reden und riss sich endlich von dem Anblick der doch so harmlosen Zerstörung los. »Ich muss weg aus der Stadt«, erklärte sie ihren Entschluss. »In Oberösterreich wird es nicht so schlimm zugehen.«

»Das ist eine vernünftige Entscheidung«, meinte Thoma und überhörte offenbar geflissentlich, dass sie nicht »Oberdonau« gesagt hatte, wie ihr Heimatbundesland seit dem Anschluss genannt werden musste. »Wenn es auch nicht ganz leicht werden wird. Ich werde Ihnen helfen mit einer Fahrgelegenheit.«

Er sah Lotte offen an. Etwas lag in seinen Augen, das sonst nicht darin lag. Etwas, das sie weder richtig einschätzen noch benennen konnte. Frierend legte sie ihre Hände um die Tasse mit dem halbwegs warmen Kaffee. Ihre Bewegungen kamen ihr eckig und ungelenk vor. Sie sah Thoma an. Sollte sie Angst haben? War sein Angebot eine Falle? Oder konnte sie ihm trauen?

43

Herbst 1944

»Lotte?« Das war Evis Stimme. Lotte sah auf. Die Freundin stand an der Durchreiche im Café Schwarz.

»Da bin ich. Servus, meine Liebe. Wie gehts?« Lotte lächelte Evis Kleine an, die gerade mal über die Theke sah. »Grüß dich, Marianne!«

»Servus.«

»Lotte, ich muss mit dir reden.«

»Was hast du denn?«

»Nicht vor ihr.« Evi deutete auf ihre Tochter.

»Warte. – Komm, Marianne, ich zeig dir was.«

Lotte gab Evis Tochter einen Topf und zwei Löffel. »Damit kannst du klappern, schau mal.«

Eifrig tat Marianne wie geheißen.

Die beiden Frauen machten ein paar Schritte weg von dem Mädchen.

»Sie haben Leonore«, sagte Evi dann leise.

»Mist.«

»Dabei hat sie so aufgepasst. Nichts Verdächtiges in ihrem Haus. Jemand muss sie verpfiffen haben.«

Lotte atmete tief durch.

»Du sollst das wissen. Verhalte dich unauffällig. Ich muss eine Weile die Füße stillhalten.«

»Und deine Tochter?«

»Die bringe ich zu meiner Schwiegermutter. Mehr brauchst du nicht zu wissen.«

»Verstehe.«

Mit mulmigem Gefühl sah Lotte den beiden nach, wie sie das Café nach ein paar Minuten Hand in Hand wieder verließen.

Wenige Tage später ging Lottes Fahrt nach Hause los. Der Obersturmführer hatte für Lotte eine Mitfahrgelegenheit auf einem Lkw organisiert. Der Fahrer war ein schweigsamer älterer Mann in Zivil. Was er transportierte und wohin, erfuhr Lotte nicht – und sie wollte es auch gar nicht wissen. So viel hatte sie schon längst gelernt. Besser, man wusste nichts.

Auf dem Weg aus der Stadt hinaus kamen sie an vielen Bombenschäden vorbei. Halb oder ganz zerstörte Häuser, ein ausgebrannter Markt, auf dem nur noch ein Hydrant intakt geblieben war. Dort wartete eine lange Schlange Kinder und Frauen mit Kübeln und Kannen, um Wasser zu holen. Dann ein Bombentrichter mitten auf der Straße, dem mühsam ausgewichen werden musste.

Endlich lag das dicht besiedelte Stadtgebiet hinter ihnen. Die Häuser standen nicht mehr eng aneinandergedrängt, zwischen ihnen befanden sich Gärten, das Laub der Bäume in allen Farben des Herbstes. Sanfte Hügel, immer weniger Häuser. Schließlich Felder, auf denen noch eifrig geerntet wurde. In den Wäldern brummten die Sägen. Endlich weg aus der Stadt, weg von Staub und Bombenschutt! Endlich etwas, das noch heil war, unzerbrochen. Könnte sie doch auch wieder so sein. Heil, ganz. Eine vergebliche Hoffnung.

Wie es wohl zu Hause aussah? Was mochte sich verändert haben? Ob der Bahnhof noch stand? Und wie ging es wohl Margarete, Gisis Mutter? Und ihrem Vater?

Endlich näherten sie sich ihrem Dorf. Immer mehr Apfelgärten entlang der Straßen, dazwischen abgeerntete Felder. Lotte konnte es kaum erwarten anzukommen. Sie hatte das Gefühl, auf dem Sitz festzukleben.

Der Fahrer ließ Lotte schließlich am Ortsrand aussteigen und hob grüßend eine Hand. Sie schlug die Tür zu, das Auto fuhr ab, sie sah ihm nach. Mit dem leiser werdenden Motorengeräusch machte sich ein seltsames Gefühl in Lotte breit – als wäre sie ganz alleine auf der Welt.

Trotz der Sonne war es kühl, kräftiger Wind blies ihr ins Gesicht. Die Luft war sauber und klar und trug den Duft von früher mit sich. Alles wirkte wie früher. Lotte verspürte ein Jubeln in ihrer Brust, ein Gefühl der Freiheit, als könnte sie wieder durchatmen. Einfach herrlich! Es war, als gäbe es keinen Krieg, keine Bomben, keinen Hunger. Die Obstbäume trugen üppig Früchte, die Äpfel leuchteten knallrot, als wollten sie Lotte zuflüstern: Pflück mich! Iss mich! Genieß mich!

Da vorne war ja schon ihre Gasse. Einen Moment war ihr, als ob ihre Eltern sie in ihrem Häuschen erwarten würden, sie, die Tochter, die in der Stadt ihr Geld verdiente. Als würden sie ihr verstohlen einen überraschend anerkennenden Blick zuwerfen.

»Ach, das feine Fräulein ist auch wieder einmal in der Heimat.«

Lotte fuhr erschrocken herum. Sie hatte keine Schritte gehört. Karl, der Mostwirt, kam die Straße hinter ihr entlang.

»Grüß dich«, rief sie ihm zu. Entschlossen ging sie weiter und hoffte, dass er zurückblieb.

»Ach, die Lotte!« Margarete kam ihr bereits an ihrem Gartentor entgegen. »Ja, grüß dich! Das ist aber schön, dass ich dich einmal wiedersehe.«

»Servus, Margarete.« Lotte sah sich um. Von Karl keine Spur mehr, umso besser.

Die gute Luft, das kleine, gepflegte Häuschen – wie schön es hier war. Daneben ihr eigenes – verlassen. »Wie geht's dir denn?«

»Muss gehen.« Margarete hatte harte Falten um den Mund, doch ihr Blick war offen und geradeheraus wie immer.

»Gibts was Neues von Gisi?«, fragte Lotte leise und sah sich unwillkürlich noch einmal um. Zum Glück war niemand zu sehen.

»Komm erst einmal rein.« Margarete hielt ihr die Haustür auf. Drinnen war es wohlig warm, Margarete brachte warme Milch und Apfelkuchen, der herrlich duftete.

»Du, ich hab eine Bitte«, sagte Lotte. »In der Stadt gibt es kaum noch zu essen.«

»Ich geb dir, was ich kann.«

»Danke.«

»Nix zu danken, das ist doch selbstverständlich.« Margarete wischte sich über die Augen.

»Gibt es nun etwas von Gisi?« Lotte flüsterte fast. So weit war es schon gekommen. »Ich mache mir Sorgen, sie hat mir schon länger nicht mehr geschrieben.«

»Wir wissen ebenfalls nichts.« Margarete seufzte tief. »Und dieser Karl schleicht auch schon die längste Zeit herum und behauptet, es gäbe in der Gegend eine Gruppe Nazigegner und dass Gisi da mit drinsteckt. Oder gesteckt hat.«

»Das ist komisch. Dann müsste sie ja von dort, geflüchtet und untergetaucht sein, oder wie?«

»Ich weiß nicht. Ich weiß nur, dass ich meine Tochter schon lange nicht mehr gesehen habe.« Margarete zog die Schultern hoch und wandte sich zur Seite.

»Mich hat der Karl auf dem Weg hierher auch so komisch angeschaut. Als ob er mich verdächtigen würd.«

»Der verdächtigt alle. Aber nimmer lang!«

»Wie meinst?«

»Der Krieg ist doch verloren, Lotte. Egal was sie reden.«

»Weiß nicht.«

Wenn er nur aus wäre.

Wenn Erich wieder bei ihr wäre.

Und Gisi.

Und Evi in Sicherheit.

Und wenn es endlich wieder Schokoladentorte gäbe.

Was für ein blödsinniger Wunsch, schalt sie sich gleich darauf. Schokolade – wo ihnen das Nötigste zum Leben fehlte.

»Bleib doch auch hier, Lotte. Wird nimmer lang dauern, wirst sehen.«

»Wär schön. Geht aber nicht. Wer soll sonst Geld verdienen? Mein Mann ist an der Front, und ich muss trotz allem die Miete aufbringen und alles.«

»Bist du denn da in Sicherheit?«

Lotte nickte. »Aber ja, da ist ein sehr tiefer Keller.«

»Ich gebe dir so viel Lebensmittel mit, wie ich finde, Lotte. Und wenn du etwas für Gisi erreichen kannst … in der Stadt geht das vielleicht …«

»Danke, Margarete.« Lotte wurde das Herz schwer. »Danke für alles. Ich werd sehen, was ich tun kann.«

»Schon gut.«

Der Wind blies noch heftiger, und es dämmerte schon,

als Lotte wieder aufbrach. Blaues Licht fiel über die Wiesen und Apfelbäume. Lotte trug schwer an den Sachen im Rucksack, die ihr Margarete gegeben hatte. Vielleicht konnte sie etwas davon auch eintauschen oder verkaufen. Und dafür was anderes bekommen?

»Na, wohin des Weges?« Ein Schatten tauchte an der Abzweigung auf, die in die Wälder führte. Karl schon wieder. Als hätte er sie abgepasst. Lotte fror, und das nicht nur wegen des kühlen Windes. Wie lauernd Karls Tonfall war und wie misstrauisch sein Blick. Ihr war, als würde er ihr drohen … Drohen, weil sie Gisi kannte. Sie würde noch vorsichtiger als bisher sein müssen. Wenn das möglich war.

44

April 1945

»Wer ist da?« Ein Schatten bewegte sich vor der Wohnungstür. Doch Lotte spürte keine Angst. War sie über die Angst hinaus? Es lag etwas Seltsames über diesem Tag oder über der endlosen Abfolge immer gleicher Tage. Weihnachten war einmal mehr gekommen und gegangen, wieder im Krieg, wieder alleine. Sie froren ständig, weil es zu wenig Kohlen zum Heizen gab, doch Lottes Schwiegermutter hatte sich die traditionelle Feier im Café nicht nehmen lassen. Es gab so gut wie kein Fett, die Kekse waren zerbröselt, und die Gäste hatten im Mantel im Lokal gesessen. Sogar Frau Schwarz' bisherige Quellen versagten nun. Zur Schule ging niemand mehr, die

Burschen kämpften in der HJ – »zum Kampf für die Heimat bereit«, wie das der Gauleiter genannt hatte.

Lotte funktionierte, mehr nicht. War das ein Leben? Sie organisierte, was es zu organisieren gab – aber sonst? Wo war das schöne Leben, das sie sich einmal erträumt hatte? Nur allzu gut erinnerte sie sich, wie sie im Schnee auf Wien geblickt hatte bei ihrer Ankunft vor sieben Jahren und wie hoffnungsvoll sie sich gefühlt hatte. Nie wieder hatte sie hungern wollen. Und was war jetzt?

Schneeglöckchen hatten sich durch den Schnee gekämpft, auch die Blumen voller Sehnsucht nach Wärme und Sonne. Der März war mild gewesen, direkt wundervoll, wenn all das andere nicht gewesen wäre.

Noch immer war Krieg, und auch an diesem Tag war Lottes Arbeit von vielen Stunden im Luftschutzkeller unterbrochen gewesen. Konnten sie raufgehen ins Lokal, prahlte der Wehrmachtssender mit den ach so tollen Eroberungen, an die wohl kaum noch wer glaubte.

Wieder lag an diesem Abend ein langer Fußweg nach Hause hinter Lotte, der sie an allzu vielen Trümmern und Bombentrichtern vorbeigeführt hatte. Davorstehende mit ihren wenigen Habseligkeiten schimpften über die »Terrorangriffe«.

Mit der Tramway konnte sie schon längst nicht mehr fahren, die Schienen waren von Bomben getroffen worden, ein ausgebrannter Straßenbahnwaggon stand nutzlos im Weg. Jugendliche hatten Breschen in das Holz geschlagen und es mitgenommen. An diesem Tag hatten auch die Albertina Bomben abbekommen und der Philippshof. Das elegante Wohnhaus hinter der Oper gab es nicht mehr, das Gebäude war nach einem Volltreffer in sich zusammengestürzt und hatte zahllose Menschen unter sich begraben. Lotte hatte selbst öfter dort im öffentlichen Luftschutzkeller Zuflucht gesucht, er galt als besonders sicher – nur heute war er zum Gegenteil geworden, zu einer Falle. An diesem Tag hatte sie ein Zufall davon abgehalten, dort Schutz zu suchen – ein Glück? Eine Vorsehung? Wurde sie jetzt abergläubisch? Färbte die offizielle Sprechweise, warum der Führer so viele Anschläge überlebt hatte, jetzt auch auf sie ab? Auch das Hotel Metropol, die Gestapo-Zentrale, war kaputt gebombt. Nicht auszudenken, wie viele dort hilflos gestorben waren!

Und jetzt dieser Schatten vor ihrer Tür daheim. Sie atmete tief durch.

»Lotte.« In dem Wort war nur noch ein fernes Echo von Erichs Stimme zu erkennen. Zu hoch war sie und zu dünn und schwach.

»Erich!« Sie stolperte die letzten Schritte im Halbdunkel auf ihn zu, breitete die Arme aus.

Er stoppte sie. »Warte.«

»Was ist?«

Sie hatten sich so lange nicht mehr gesehen, dass sie gar nicht mehr wusste, wie lange. War es ein halbes Jahr her? Ein Dreivierteljahr? Post kam kaum noch durch, doch Erich war noch nie ein fleißiger Schreiber gewesen.

»Darf ich erst mal reinkommen?«

»Natürlich.«

Es war, als wären sie Fremde. Wo war das alles hingekommen, ihre Nähe, das Lachen, wohin hatte es sich verkrochen? Das Vergnügen? War es gestorben mit den Kinos und dem Frieden? Und mit dem Kind?

Sie hatten nie mehr über das Kind gesprochen, das nicht

leben hatte sollen, nie mehr über die Zeit, in der sie überzeugt gewesen war, Erich sei tot. Nie eine Erklärung für alles. Ein Satz nur – ich hab das Kind verloren. Erich hatte nicht weiter gefragt. Er sprach genauso wenig. Sie hatten ihre Worte verloren. Ihre Basis. Als wäre jeder auf einem anderen Planeten. Nichts wusste Lotte über das, was da draußen geschah an der Front. Nichts wusste Erich über das Leben daheim. An dieser sogenannten Heimatfront.

Mit fahrigen Bewegungen fummelte Lotte den Schlüssel ins Schloss, das Knacksen klang überlaut in ihren Ohren. Hinter ihr raschelte Erich mit irgendetwas. Sie traten ein, Lotte schloss die Tür von innen ab. Stille breitete sich zwischen ihnen aus wie eine Mauer. Sie prüfte die Verdunklung, die sie sowieso selten öffnete, weil sie fast nur nachts zum Schlafen hier war, und machte Licht.

»Ist noch alles in Ordnung hier?« Überrascht sah er sich in ihrem Zu Hause um, ein fremder Mann mit wildem Bart. Seine Kurzhaarfrisur war herausgewachsen und sah verwildert aus.

Sie war froh über seine Worte, froh, dass sie die Stille durchbrachen, weil ihr selbst welche fehlten.

Mein Mann, sagte sich Lotte, mein Mann ist zurück. Und er ist heil, wie es aussieht. Zumindest äußerlich. Das ist mehr, als viele haben.

Doch all das klang fremd in ihrem Kopf, kam gegen die Kälte und ihre Erstarrung kaum an. Was für ein eigenartiger Tag.

»Wir haben Glück«, brachte sie schließlich hervor.

Erich stand wie ein Gast mitten im Zimmer. Er sah dünn aus, die Wangen eingefallen, und seine Augen vermieden ihren Blick.

»Wie … wie geht es dir?«, fragte sie, immer noch nach Worten suchend.

Er zuckte die Achseln. Die Uniform war völlig verdreckt, die Hose schlotterte um seine Beine, an der Seite hatte sie ein Loch.

»Soll ich das nähen?« Irgendwelche Worte, Herrschaftszeiten!

Er machte eine wegwerfende Geste. »Nicht mehr nötig.«

Jetzt drang doch etwas zu ihr durch. »Ja?«

»Ist bald alles vorbei.«

»Glaubst du?«

Erich nickte. Sie wartete, aber er erklärte nichts weiter. Lotte trat näher, wollte ihn wieder berühren – wieder hielt er sie davon ab.

»Kann ich … mich waschen?«

»Klar.« Sie lächelte. »Entschuldige. Ich hätte mir denken können, dass du das brauchst.«

Jetzt lächelte er auch, zum ersten Mal, wenn auch nur schwach und ein wenig schief. Nur ein Schatten des Mannes, den sie einst kennengelernt hatte. Auch das war sieben Jahre her. Sie sah sich selbst, mit Gisi bummeln, mit Erich spazieren gehen. Sie hatten nie einen gemeinsamen Alltag gehabt. Kein Aufwachen nebeneinander, keine entstehende Vertrautheit. Waren nie eine Familie geworden.

»Das willst du nicht auch haben.«

»Was meinst du?«

»Dreck und … Schlimmeres. Du willst sicher kein Ungeziefer auf dem Bett, glaub ich.«

Sie wärmte Wasser für ihn, legte die Seife und ein Handtuch bereit und ließ ihn allein in der Küche. Im Zimmer ordnete sie ihre Stoffe und Garne, strich über die Nähmaschine. Die einsame Lampe schickte ihre ungewissen Schatten in den Raum. Lottes Finger streichelten über den Stoff. Wann war sie das letzte Mal zum Nähen gekommen? Sie sah sich an der Maschine sitzen, sah sich selbst ein neues Kleid tragen und mit Gisi ins Kino gehen. Dann für die Engelmacherin nähen. Wieder wirkte alles wie ein Film. Gleichzeitig lauschte sie auf die Geräusche aus der Küche. Still war es, eine ganze Zeit lang schon.

»Erich? Alles in Ordnung?«

»Natürlich.« Er hustete. »Bin gleich fertig. Nur noch rasieren.«

Wieder war es still, viel zu still. Sie sehnte sich nach ihm, nach einer Berührung – nach etwas, das das Eis schmelzen konnte, und stand gleichzeitig starr da, zu scheu, um zu ihm zu gehen. Zu ihm, diesem Fremden.

Endlich tauchte er in der Tür auf, ein Handtuch um die Hüften gebunden, der Blick … was für ein Blick. Er machte sie noch scheuer. Er sah den Boden an, seine Finger spielten an dem Handtuch. Sie stand auf, zögerte. Was war denn so verdammt schwer, das war ihr Mann, ihr angetrauter Ehemann, Herrschaftszeiten!

»Scheißkrieg«, flüsterte sie, und ehe sie weiter nachdenken konnte, war sie doch die paar Schritte bei ihm, ließ sich nicht mehr davon abhalten, mit den Fingerkuppen seine Haut zu berühren. Stocksteif stand er da, alles an ihm angespannt, die Muskeln hart, die Knochen darunter viel zu spürbar, an der Schulter eine Narbe. Sie wich zurück, sah in sein Gesicht, dieses gezwungene Lächeln, das gehörte da nicht hin.

»Ach, Erich.« Sie schlang beide Arme fest um ihn. Es war, als umarme sie eine Puppe, irgendjemanden, der gar nicht mehr lebte, obwohl er so tat als ob. Einen, der ein Leben nur geborgt hatte.

Vorsichtig strich sie über seinen Rücken, die nassen Haare, legte ihre Wange an seine. Warm war seine Haut, das wohl. In ihr aber war immer noch Eis. Sie nahm seine Hand, zog ihn zum Bett, ließ sich darauf fallen, zog ihn mit sich, küsste ihn so lange, bis er sie endlich auch küsste. Dann streichelte er mit harten Bewegungen über ihr Gesicht, die Finger so rau, strich über ihre Haare, dass es beinahe wehtat, etwas Verzweifeltes in den Augen, das ihr bekannt vorkam, viel zu bekannt. Der Tod lag darin, der elende Tod, der auf sie wartete, sie beide und viele andere.

Dem musste sie etwas entgegensetzen.

Wenig war es. Viel zu wenig.

45

April 1945

Die Nacht verbrachten Erich und Lotte tatsächlich ungestört von Luftschutzsirenen in ihrem Bett, diesem schmalen Bett, das eigentlich nur für einen Menschen gedacht war. Hier zu liegen, zu schlafen, war fast, als wären sie ein normales Paar, das morgen frühstücken und dann entscheiden würde, was der Tag bringen sollte. Das zur Arbeit gehen und sich danach vielleicht zu einem Stadtbummel verabreden würde.

Vögel zwitscherten, ganz so, als wäre nichts. Einmal Ruhe zu haben – das reinste Wunder.

Am Morgen war Lotte als Erste wach. Sie sah Erich an, wie er schlief, sein Gesicht ein wenig entspannter als am Vorabend. Sein Arm lag lose auf Lottes Schulter. Ob sie vielleicht doch einmal Kinder …?

Er schlug die Augen auf, sah sie verträumt an, fast wie früher, nur die Wangen waren immer noch so eingefallen, und seine Haare erinnerten sie daran, was da draußen in der Welt los war, und einen Moment später kroch die Erinnerung auch in seine Augen, verdunkelte sie.

Er zuckte zusammen, rückte von ihr ab und drehte sein Gesicht weg. Eine leichte Röte auf den Wangen. Schließlich stand er auf und wandte ihr den Rücken zu.

»Wie lange hast du Zeit?«, fragte sie.

»Nicht lange. Eigentlich gar keine.« Er suchte nach seiner Hose, schlüpfte hinein. Dann in Hemd und Jacke.

»Soll ich dir nicht doch schnell das Loch in der Hose flicken?«

Immer noch mit dem Rücken zu ihr schüttelte er den Kopf. »Nein, nein. Nicht nötig, aber danke.«

Was war das gewesen, letzte Nacht, nur ein Traum? Lotte strich über ihre Haut, hatte wirklich Erich sie berührt?

Ratlos stand sie auf, suchte nach ihren Kleidungsstücken. Erich war bereits fertig angezogen. Er wollte unbedingt noch seine Mutter besuchen. Gemeinsam machten sie sich schließlich auf den Weg ins Café Schwarz.

Der Morgen war kühl, die Luft feucht. Frau Schwarz war schon da, stand bei Erichs Anblick erst wie vom Blitz getroffen da, dann stürmte sie auf ihn zu. »Mein Sohn!«, rief sie und zerrte ihn an ihre Brust. Erich warf Lotte über die Schulter seiner Mutter hinweg einen halb belustigten, halb hilflosen Blick zu.

»Alles ist gut, Mutter.«

»Was möchtest du, Kaffee? Ich hab noch guten Bohnenkaffee«, flüsterte Frau Schwarz. »Den hab ich versteckt für Momente wie diesen. Und eine Buttersemmel? Wir haben nicht viel, aber eine Notration hab ich aufgehoben. Das hast du doch immer so gerne …«

»Bitte, Mutter. Ich bin noch nicht tot.«

Aber bald.

Schnell an was anderes denken.

Buttersemmel.

Wo wollte Frau Schwarz Semmeln hernehmen?

Es gab schon lange kein ordentliches Gebäck mehr. Nur dieses miserable Brot aus weiß der Himmel welchen Ersatzzutaten – richtiges, gutes Mehl kam da gar nicht mehr vor. Eher Staub und Sand, wenn man nach dem Geschmack ging. Und satt machte es schon gar nicht.

»Hör auf, mich wie ein Kleinkind zu behandeln.« Das war wieder dieser so fremde Erich. »Gib mir einen Mokka, danke«, sagte er mit dieser komischen Stimme, die Lotte schon gestern aufgefallen war.

Sie bereitete ihm das Gewünschte zu.

»Der Russe steht am Plattensee.« Erich rührte in seiner Tasse, obwohl sie gar keinen Zucker zum Hineinrühren hatten. Jeder von ihnen hatte wohl so seine Rituale. »Der Kampf um Wien ist nicht mehr weit. Deshalb bin ich hier.«

»Die Russen kommen?«, quiekte Frau Schwarz und ließ das

Buttermesser fallen. Panik stand ihr ins Gesicht geschrieben, während das Messer klirrend auf den Boden fiel. Die paar anwesenden Gäste sahen irritiert zu ihnen herüber.

Russen. Man hörte böse Dinge über sie. Primitive Untermenschen. Gewalttätig. Das Böse schlechthin.

Erich nickte düster. »Ihr müsst euch schützen vor den Russen. Als Frauen ganz besonders. Sie plündern und … und Schlimmeres.« Er kippte den Mokka hinunter, als würde ihm die Zeit davonlaufen. Im Volksempfänger schmetterte derweil der Führer seine Durchhalteparolen: *»… die Feinde schlagen, bis sie müde werden und zerbrechen …«*

»Der schlagt niemanden mehr im Endkampf«, sagte Erich.

»Endkampf?«, stammelte Frau Schwarz und strich sich Schweiß von der Stirn.

»Der Kampf um Wien. Wir sollen die Stadt verteidigen. Aber das soll von mir aus wer anderer veranstalten. Der Krieg ist sowieso verloren.«

»Verloren?«, stammelte Frau Schwarz und starrte das Hitlerbild an.

»Was jetzt passiert, ist nur ein Schauspiel, damit sich die Verantwortlichen in Sicherheit bringen können – sich und ihre Beute. Eine Hinauszögerungstaktik.«

»Du könntest in mein Heimatdorf, Erich«, schlug Lotte vor, während ihr Herz viel zu schnell klopfte. »Und bei Margarete Hilfe finden.«

»Margarete?«

»Meine Nachbarin – Gisis Mutter.« Lotte schluckte, als sie an die Freundin dachte. »Ich glaub, du hast sie einmal auch getroffen.«

»Wir werden sehen.« Erich schob die Tasse weg.

Lotte schlug die dünne Zeitung auf. »Todesurteil für Kindsmörderin«.

Lotte erschrak. Sie überflog den Bericht.

Über Leonore K., 57, wird wegen des Verbrechens gewerbsmäßiger Abtreibung der Leibesfrucht in mindestens hundert Fällen das Todesurteil verhängt.

»Was hast du denn?«, fragte Erich und blickte ihr über die Schulter.

Im selben Moment brüllten die Sirenen. Wieder einmal. Keine Zeit mehr für den Kuckuck, den Voralarm? Zum Glück waren sie hier drinnen und nicht draußen auf der Gasse. Schnell hasteten sie zur Kellertür. Durchs Stiegenhaus trampelten bereits Nachbarn aus den Wohnungen, ein Kleinkind weinte. Wieder landeten sie im tiefen, tiefen Keller unter dem Café Schwarz. Mittlerweile kannte Lotte wenigstens den Weg fast im Schlaf. Sie ließ sich auf eine Bank etwas abseits fallen und wickelte sich in eine Decke. Diese endlose Kälte! Sie wusste nicht mehr, was schlimmer war, das Rumoren in den Eingeweiden oder das ewige Frieren bis auf die Knochen. Zumindest lenkte das Körperliche von allem anderen ab. Von der Angst, von der ewigen Sorge. Erich setzte sich neben sie.

»Und wie geht es jetzt weiter?«, fragte Frau Schwarz in Erichs Richtung. Sie waren nur zu dritt in ihrem Eck.

»Weiß ich nicht. Ich mache nicht mehr mit.«

Frau Schwarz riss die Augen auf. Einschläge krachten, Staub rieselte auf sie herab. Stimmen schrien durcheinander.

»Das ist nicht mein Krieg«, murmelte Erich unbeirrt in den Wirbel hinein. »War es nie. Und jetzt schon gar nicht. Es ist alles verloren. Ich hab genug! Ich geb nicht jetzt noch mein Leben für so was.«

»Psst«, machte Frau Schwarz und deutete vage auf die anderen Leute etwas weiter weg. Prompt sah einer misstrauisch zu ihrem Grüppchen herüber. Dann krachte es wieder, die Leute schrien, die Wände bebten.

»Das ist ja schlimmer als an der Front.« Erich klang, als mache er einen Scherz. War es wirklich einer? Eine der Nachbarinnen fing zu beten an, doch es klang völlig durcheinander: *Ave Maria, der du gegrüßet seist, segne mich …*

Ein Pfeifen, die Einschläge mussten nahe sein, sehr nahe, so viel wusste Lotte mittlerweile. Verputz rieselte ihr in die Augen. Sie rieb darüber, musste niesen. Der Kellergeruch mischte sich mit dem Duft ihrer Seife, die, mit der Erich sich gewaschen hatte. Sie griff nach seiner Hand, er strich mit einem verlorenen Blick über ihren Ehering.

Irgendwann kam die Entwarnung. Die Nachbarn hasteten davon, grußlos, eine der Frauen betete immer noch. Zurück blieb der Geruch nach kaltem Angstschweiß. Frau Schwarz packte Erich am Arm. Sie waren die Letzten unten.

»Da.« Sie zeigte auf einen alten Schacht. »Wirf deine Sachen da hinein. Niemand wird was finden.«

Erich zögerte. Dann ließ er die Waffe in die gemauerte Öffnung fallen. Es dauerte ein wenig, bis sie unten klirrend aufkam, so tief ging es da hinunter.

»Und deine Uniform auch. Hier,« – Frau Schwarz griff hinter sich – »da sind die Anzüge von Johann.«

Erich zögerte.

»Na mach«, forderte Lotte. »Wenn schon, dann ordentlich. Was ist mit dem Ausweis?«

»Wenn ich das wüsste.« Er schnaufte einmal durch, während er in eine von Johanns Hosen schlüpfte. Bisschen zu kurz war ihm das schwarze Ding, aber heutzutage sah ja kaum noch jemand anders aus. Fast niemand trug noch Kleidung wie früher, man stückelte aus dem, was halbwegs zusammenpasste. In den Zeitschriften erschienen Rat und Schnitte für die Not, die man aber als grandiose Ideen verkaufte. Dass sich die Frauen wirklich so sehr für blöd verkaufen ließen …!

»Natürlich wirfst du diesen Wehrpass oder wie das heißt auch weg«, entschied Frau Schwarz. »Du sagst, dass du ausgebombt worden bist und keinen Ausweis retten konntest.«

Erich nickte langsam und schlüpfte in ein weißes Hemd. Ungewohnt sah er so aus, in Zivil wie seit Jahren nicht. Die Uniform lag noch zu seinen Füßen. Als er sich den Kragen richtete, waren plötzlich Geräusche zu hören. Sie sahen sich an – und jetzt? Würden sie entdeckt werden? Panik in den Augen von Frau Schwarz. Erich stockte in der Bewegung, dann griff er nach einem weißen Tuch, das ebenfalls bei Johanns Kleidungsstücken lag. Sie warteten. Etwas quietschte und knarrte.

»Ein Zeitzünder?« Lotte stand wie erstarrt, hielt den Atem an, um zu lauschen.

»Los jetzt!«, rief Frau Schwarz. »Worauf wartet ihr?«

Erich warf die Uniform in den alten Schacht und dann seinen Ausweis. Frau Schwarz ließ leere Flaschen, Tischtücher hinterherfallen, Lotte bückte sich nach losen Ziegelsteinen und warf sie ebenfalls in den Schacht. Sicher war sicher …

Zackig ging Erich voraus Richtung Treppe.

»Halt, wer da?« Der Blockwart mit seinem Hinkebein.

»Halten Sie uns nicht auf«, sagte Frau Schwarz in erbostem

Tonfall. »Meine Mitarbeiter und ich müssen nachsehen, wie es um mein Eigentum oben steht.« Sie zwängte sich am Blockwart vorbei. Erich schwang das weiße Tuch, als wäre er tatsächlich Kellner. Lotte ging als Letzte. Der Blockwart streifte sie mit einem Blick, dass ihr noch kälter geworden wäre, wenn das noch möglich gewesen wäre.

Im Tageslicht atmete sie auf. Sie schlüpften ins Lokal. Das Haus stand immer noch, das Café hatte keinen größeren Schaden davongetragen. Das reinste Wunder.

Erich wollte nicht sagen, wohin er gehen würde. Soviel Lotte auch fragte, er sagte nichts. »Je weniger jemand weiß, umso besser.«

»Wenn der Krieg aus ist«, sagte Lotte sehr bestimmt, »dann treffen wir uns hier. Im Café.«

Alle nickten.

Wenn der Krieg aus ist …

Wann immer das sein möchte. Und wenn sie dann noch lebten.

46

»Ach, wenigstens ist noch irgendwer da!« Frau Kainz stand händeringend vor Lottes Wohnungstür, ihr unruhiges Hündchen auf dem Arm. »Haben Sie denn Gas zum Kochen?«

»Ich weiß es nicht! Ich bin gestern so spät heimgekommen und hab es noch gar nicht probiert.« Am Vortag hatten sie wieder stundenlang im Keller unter dem Café Schwarz ausgeharrt. Beim Heimkommen hatte sie den Bombentreffer am Nebenhaus bemerkt und war froh gewesen, dass ihres noch stand, nur die Fassade hatte etwas abbekommen. Sie hatte einfach nur schlafen wollen.

»Ach so. Na dann!« Frau Kainz lachte hysterisch.

»Ich esse an meiner Arbeitsstelle«, schob Lotte als Erklärung hinterher, als müsse sie sich rechtfertigen. Alles nur, weil die Kainz so eng mit der Blockwartin befreundet war. Und weil die Angst nie wich, niemals. Wie ein bleierner Schatten, der sie niederdrückte. Sie konnte sich gar nicht mehr vorstellen, wie ein Leben ohne sein mochte.

»Nun, für den Sieg müssen wir eben was aushalten. Aber das schaffen wir, nicht wahr?« Frau Kainz reckte das Kinn in die Höhe und ließ wieder dieses seltsame Lachen hören. Der Hund kämpfte sich von ihrem Arm auf den Boden. Die Frisur von Frau Kainz hatte auch gelitten, ihre Haare sahen an einer Seite länger aus als an der anderen.

Vor sich hin kichernd, wandte sich Frau Kainz zur Treppe. »Wir bekommen ja zumindest Brot zugeteilt!«

Lotte zwang sich, die Tür nicht zuzuwerfen, sondern leise zu schließen. Kein Gas? Dann gab es auch keinen Morgenkaffee. Aber den konnte sie schließlich auch bei der Arbeit trinken. War sowieso nur mehr Ersatzkaffee, neuerdings aus selbst gesammelten und gerösteten Bucheckern. Der machte zwar nicht munter, hielt aber zumindest warm. Sie nahm das letzte Stück Brot, das sie aufgehoben hatte, ein kleines Scherzerl war es nur, und biss ein paarmal davon ab. Dann steckte sie den Rest ein, es waren vielleicht noch zwei oder drei Bissen. Man wusste ja nie, wann es wieder was zu essen gab.

Jeden Morgen die gleiche Frage: Ob sie es bis zur Arbeit schaffte, ohne dass die Sirenen heulten?

Rasch machte sie sich fertig und ging zu Fuß los. Sie wich den Trümmerhaufen des Nachbarhauses aus, auf dem ein paar vielleicht zehnjährige Buben herumturnten.

»Ich hab was!«, schrie einer den anderen zu und hielt einen verkohlten Holzbalken an einer Seite hoch. »Helft mir!«

Um die Ecke qualmte es bei einem Wohnhaus, das nur an einer Seite getroffen worden war. Eine Gruppe Frauen mit Feuerwehr-Armbinden versuchte zu löschen, doch das Wasser, das in Kübeln in einer Menschenkette weitergegeben wurde, kam nicht gegen die Flammen an. Ein paar Gassen weiter schoss Wasser, das die anderen vermissten, in Unmengen aus geborstenen Leitungen.

Die ganze Stadt war ein Irrenhaus. Ein Irrenhaus, das die Frauen notdürftig am Laufen hielten.

Wien zum Verteidigungsbereich erklärt!, stand auf einem Plakat an einer Litfaßsäule. *Frauen und Kinder sollen die Stadt verlassen! Es gilt das Kriegsrecht.*

Aus der Stadt verschwinden? Ja, wie denn, jetzt, wo nicht einmal mehr eine Straßenbahn fuhr? Alles klang wie ein Witz aus einem schlechten Film. Doch es war Wirklichkeit. Eine komplett absurde Wirklichkeit.

Wie es wohl Erich ging?

Und Evi? Gut, dass wenigstens Evis Kleine in Sicherheit war. Hoffentlich.

Lotte ging weiter. Auf die Mauern eines Gemeindebaus hatte jemand mit großen schwarzen Buchstaben die Parole *SIEG UM JEDEN PREIS* gemalt. Geschützlärm dröhnte. Hinter einem Haufen Schutt duckten sich mehrere deutsche

Soldaten, einer scheuchte sie ungeduldig weg. Lotte erreichte den Donaukanal. Gleich war sie in der Inneren Stadt, nur noch ein paar Minuten zum Café Schwarz und seinen tiefen Kellern. Dann blieb sie abrupt stehen. Was war das denn? Sie traute ihren Augen kaum – die Schwedenbrücke war weg. Auch wo die anderen Brücken links und rechts sein sollten, befand sich nichts mehr – nichts außer Trümmern im träge fließenden Fluss.

»Gesprengt«, erklärte ihr ein Passant und sah sich um, ob jemand in der Nähe war. »Von der SS. Die Unsrigen ziehen sich über diese Seite zurück«, berichtete er ihr dann leise.

Rückzug. Der Krieg war verloren. Erich hatte es richtig vorausgesehen. Ruß und Staub brannten Lotte in den Augen.

»Die Innenstadt brennt.« Der alte Mann stand da und schaute. Hatte es nicht geheißen, auch die Alten müssten zum Volkssturm?

»Wo ich sterbe, ist egal, oder?«, sagte er wie als Antwort auf Lottes unausgesprochene Frage.

Fassungslos betrachtete sie das Bild vor sich, die Reste der Brücken, die Rauchsäulen über den zerstörten Gebäuden am Kai, die Urania mit ihrer schon länger kaputten Kuppel. Einschläge krachten, Schüsse, Detonationen. Staub hing in der Luft.

»Aber Sie, junge Frau, sollten sich schützen. Sie haben Ihr Leben noch vor sich.«

Lotte starrte immer noch, dann riss sie sich los. Also heute keine Arbeit. Ratlos trat sie den Rückweg an. In ihren Eingeweiden begehrte der Hunger auf. Sie nahm das Stückchen Brot aus der Tasche, allzu schnell war es aufgegessen.

Das Bild ihrer Mutter flackerte in ihr auf, kurz nachdem sie gestorben war. Wie grau und still sie ausgesehen hatte. Und wie Lotte gestohlen hatte, um irgendwas in den Magen zu bekommen.

War es wieder so weit?

Sie tastete nach den Münzen in ihrer Tasche, viel war es nicht. Sie suchte nach einem geöffneten Geschäft, das etwas zu essen verkaufen würde, egal was. Beim Bäcker, bei dem sie oft eine Kleinigkeit eingekauft hatte, waren die Rollbalken unten. Auch der Fleischhauer hatte geschlossen, alles war mit Brettern verrammelt. Immer wieder knatterten Gewehrsalven, Soldaten rannten in Deckung.

Sie sollte nach Hause gehen, doch der Hunger trieb sie weiter. Lotte ging durch die Gassen, blicklos für alles, das kein Lebensmittelgeschäft war.

An dem kleinen Laden in ihrem Wohnhaus stand tatsächlich eine Tür einen Spalt offen. Eine der Verkäuferinnen mit Mehlstaub im Gesicht winkte sie nach dem Eintreten nach hinten und zeigte ihr die letzten zwei Brote. Sie nannte irgendeinen Betrag, einen so unglaublichen Betrag, dass Lotte von der Zahl schwindelte.

»So viel hab ich nicht«, stammelte sie. Noch nie hatte sie so viel verdient. Die Verkäuferin zuckte nur die Achseln und schob Lotte wieder durch die Tür hinaus.

Draußen Schreie und Gewehrsalven, dazwischen ein verrückt kläffender Hund. Sie kam zu einer Bäckerei, eine Menschenmenge tobte davor. Vorsichtig blieb Lotte an der Straßenecke davor stehen, hinter sich das Donnern von Geschützen, vor sich durcheinanderrennende, brüllende Leute, die offenbar alles aus dem Laden wegtrugen, was es gab, sogar Mehlsäcke – was wollten die denn ohne Gas damit zubereiten? Jemand schrie nach der Polizei, aber die war nicht zu sehen. Zögernd blieb sie stehen, wurde angerempelt, stürzte. Jemand stieg über sie drüber. Sie rappelte sich hoch, kämpfte sich weiter. Der Strumpf war am Knie zerrissen, aber was machte das jetzt schon.

Wieder Gebrüll. Aus einem Haustor wurden Menschen mit erhobenen Armen getrieben, graugesichtig, mager. Rundherum SS in ihren Uniformen. Lotte stockte im Schritt, ihr Blick kreuzte sich mit dem eines HJ-Jungen. Stahlblaue Augen, vielleicht vierzehn, höchstens fünfzehn mochte er sein. Seine Waffe zeigte plötzlich auf Lotte. Sie erstarrte. Sollte es das jetzt sein, ihr Ende? Ihr eigener Endkampf? Nach allem, was sie überstanden hatte? War es das jetzt, auch für sie? Ein letzter Kampf um Brot, der böse ausging?

Schüsse knallten, Blut spritzte, Menschen stürzten. Aber nicht sie selbst.

Stille.

Zu laute Stille.

Bis auf ihren plötzlich wieder einsetzenden Herzschlag.

Lotte zwang sich zum Weitergehen, zwang sich, den Blick abzuwenden. Immer noch diese Erstarrung. Es war, als würde etwas automatisch ihre Beine vorwärtsbewegen. Etwas, das Leben hieß, Überleben. Bei jedem Schritt hatte sie Angst umzufallen. Jedes Mal zwang sie sich zu noch einem Schritt. Einfach weiter. Immer weiter. Endlich erreichte sie ihr Wohnhaus, wunderte sich, wie sie es überhaupt bis hierher geschafft hatte. Und warum das Haus noch stand.

Ich sollte jetzt wohl dankbar sein.

Aber da war kein Gefühl, keines außer dieser Starre und

dem Hunger. Der Eisblock hatte sich endgültig um sie geschlossen.

Weitere Schüsse knallten. Sie trat durchs Haustor, sah die Kellertreppe an, konnte sich aber nicht dazu überwinden hinunterzugehen. Wenn sie nur unbeobachtet in ihre Wohnung kam …! Und wenn sie sterben würde, was dann? Dann war es eben so.

Sie war nach dem Tod ihrer Eltern am Leben geblieben, sie hatte den Hunger überlebt, die Abtreibung, die Kriegsjahre und die Bomben, hatte Evi und Katja und all den anderen geholfen, wo sie konnte, war nicht in den Fängen der Gestapo gestorben, die Gisi erwischt hatte … Aber nun lag Gleichgültigkeit über allem. Eine ungewohnte Gleichgültigkeit.

Jeder Schritt hinauf war eine elende Kraftanstrengung. Der Schlüssel fiel ihr aus der Hand, überlaut knallte er auf den Steinboden. Sie setzte mehrmals an, um ihn ins Schloss zu bringen. Innen sperrte sie ab. Eiseskälte. Was war das da draußen gewesen? Hätte sie etwas sagen müssen? Irgendwas tun können? Wer war da erschossen worden?

Zitternd ging sie herum, behielt den Mantel an, suchte sich alle Decken zusammen, die sie fand, zog sie weit über die Ohren, wickelte sich in alle drei und legte sich ins Bett. Sie zitterte immer noch. Ihr Geist glitt davon, weit weg. Schokoladentorte. Küsse. Sonne.

47

13. April 1945

Es war still. So still wie nur was. Nichts rührte sich. Kein Laut. Kein Wort. Nichts. Rein gar nichts. Nicht einmal das Rumpeln eines zufallenden Haustors. Oder des Koloniakübels.

War das der Tod? War sie …? Während sie Schokolade genossen hatte?

Lottes Finger ertasteten die dicken Decken, sie spürte die Enge darunter, die Hitze. Im Jenseits schwitzte man doch nicht, oder? Sie brauchte einen Moment, um es zu realisieren – der Gefechtslärm war verstummt. Dafür piepste jetzt ein Vogel, zaghaft, wunderschön.

Es dauerte, bis Lotte sich mit ungelenken Bewegungen aus den Decken geschält hatte. Benommen stand sie inmitten ihres Zimmers. Der Hunger war auch noch da, tobte in ihren Eingeweiden. Wann hatte sie zuletzt gegessen? Alles verschwamm in der Erinnerung. Sie wusste, dass sie in die Innenstadt hatte gehen wollen, zur Arbeit, dass die Brücken zerstört waren. Und dass sie vergeblich nach Essen gesucht hatte. Und dann … dann die Schüsse. Diese Angst. Dieser stählerne Blick des so jungen Bewaffneten. Das Herz stockte wieder, schlug dann doppelt so schnell. Sie taumelte und wäre fast gestürzt.

Und nun? Was tun? Was war los?

Stocksteif stand sie da inmitten des Raumes. Sie musste irgendwie in die Gänge kommen, irgendetwas tun. Aber seltsam, ihr war, als könne sie sich nicht bewegen. War sie doch tot und wusste es nicht?

Sie machte einen Schritt, zerrte die Verdunklung einen Spaltbreit vom Fenster weg. Die Fensterscheiben waren kaputt, ein paar Scherben steckten noch im Holz. Jeden Moment erwartete sie Sirenen – doch sie schwiegen. Wie ungewöhnlich. Konnte sie es wagen, hinaus auf die Gasse zu gehen? Irgendwie musste sie endlich etwas in den Magen bekommen. Wieder piepste ein Vogel. Lotte zwang sich, andere Kleidung und Schuhe anzuziehen und die Wohnung zu verlassen.

Auch jetzt begegnete ihr niemand im Stiegenhaus. Was war mit der Kainz los, die sonst ständig unterwegs war und alle ausspähte? Und die Blockwartin, wo war die?

Als sie hinaus auf die Gasse trat, erklang der Gesang einer Amsel. Fasziniert blieb Lotte stehen und lauschte. Ihr Blick suchte das Tier, aber es war nicht zu sehen. Vermutlich saß es auf einem Hausdach. An der Hausmauer, wo gerade noch die Durchhalteparolen gehangen hatten, gestern noch, war jetzt ein anderer Anschlag angebracht worden:

Wienerinnen und Wiener! Der Krieg ist vorbei,
die Rote Armee hat Wien befreit.
Sowjetkommando für Österreich

Der Krieg war vorbei?

Der Krieg war … wirklich vorbei?

Zu Ende?

Also … verloren?

Während die Amsel sang, starrte Lotte das Papier an. Dann würde sie Erich bald wiedersehen? Und was wohl mit Gisi war? Und mit Evi? Wann kämen sie zurück? In Lottes Kopf wirbelte alles durcheinander.

Sie ging weiter. Immer noch die faszinierende Stille. Sie kam zu der Stelle, wo die SS Menschen erschossen hatte – die Toten lagen noch vor dem Haus. Männer mit rot-weiß-roten Armbinden standen daneben und diskutierten.

»Versteckte Juden«, sagte jemand.

Eine Frau weinte. »So lange haben sie es geschafft und jetzt …«

Schnell weitergehen.

Ein totes Pferd, an dem sich eine Unmenge Leute zu schaffen machten. Sie schnitten sich Teile aus dem Fleisch und rannten damit weg. An einer Hausmauer ein Plakat – *Es lebe die Rote Armee, die Befreierin Wiens!*. An der nächsten Ecke ein ausgebrannter Panzer. Darin saßen noch Menschen – oder das, was von ihnen übrig war? Waren es Leichen? Zusammengesunkene Gestalten gegen das Licht. Der Gestank war unerträglich. Schnell weiter.

Eine lange Schlange stand an der Bäckerei an – als Lotte näher kam, sah sie, dass hier tatsächlich Menschen mit Brot in den Händen herauskamen. Der Duft war so gut, als wäre sie im Himmel. Die Knie drohten Lotte nachzugeben, doch sie zwang sie gerade, zwang sich, sich ebenfalls anzustellen. An den Seiten der Schlange standen fremd aussehende Soldaten in ihr unbekannten Uniformen, russische wohl. Sie waren dunkel, hatten schmale Augen und hohe Wangenknochen. Niemand sprach etwas, niemand wagte es, sich vorzudrängen. Niemand wagte auch nur irgendetwas. Die Leute waren still wie alles rundherum. Nur die Blicke – die Blicke der Frauen vor allem, wenn sie von den fremden Soldaten gemustert wurden.

Ihr müsst euch schützen.

Erichs Worte.

Aber es gab Brot.

Brot.

Endlich was zu essen.

Als Lotte nach schier unendlichen Stunden an der Reihe war, erklärte ihr die Bäckerin, eine gemütliche, rundliche Frau, dass sie gegen einen Abschnitt der weiterhin gültigen Lebensmittelkarten ein halbes Kilo Brot bekommen konnte. Dankbar nahm Lotte es entgegen und trat zur Seite. Während die Nächste hinter ihr vorrückte, atmete Lotte tief den Geruch ein und biss dann gierig ab. Es schmeckte fast wie eine Gaumenfreude aus der Vorkriegszeit. Mit ungelenken Bewegungen stakste sie zurück zu ihrer Wohnung, das Brot versteckt unter der Jacke.

48

Ein paar Tage später kam Lotte zum Donaukanal und blieb verblüfft stehen: Soldaten der Roten Armee wuselten über die Trümmer der Brücke. Immer noch packte sie beim Anblick jedes Russen ein Schaudern. Jede Menge Leute standen gaffend herum.

»Sie geben die Behelfsbrücke gleich frei«, erklärte ein Mann neben Lotte.

»Pioniere sind das«, machte sich ein anderer wichtig.

Endlich durften die Leute tatsächlich passieren.

»Papiere«, wurden alle gefragt, ehe sie die Brücke betreten

durften. Papiere, immer wieder Papiere. Es hörte nie auf. Einmal diese, dann jene, immer wieder neue. Auch jetzt mussten alle neue Identitätspapiere beantragen.

Man musste über Trümmer und Verbindungsteile mehr klettern als gehen. Aber – Lotte war wieder in der Innenstadt. Es ging voran. Hoffentlich. Wenn sie nun endlich auch von Erich hören würde … und von ihren Freundinnen …

Mechanisch wich Lotte Trümmern aus und bahnte sich einen Weg Richtung Café Schwarz. Schuttberge machten das Weiterkommen auf der anderen Donaukanalseite schwer. Der Stephansdom kam in Sicht – aber was war das denn?! Der Steffl war auch nicht mehr wie früher!

»Der Dachstuhl und der Glockenturm haben gebrannt«, erklärte ihr ein Mann, der beim Schuttwegräumen half. »Und die Feuerwehren waren ja alle aus Wien abgezogen. Wir konnten nicht rechtzeitig löschen. Es hat einfach kein Material gegeben. Die Pummerin ist heruntergestürzt. Alles hin.«

Lotte nickte wieder mechanisch, ging ihren üblichen Weg weiter, auch wenn der anders aussah. Sie registrierte die Zerstörungen seltsam unbeteiligt. Die Gassen sahen so anders aus. Entlang klaffender Häuserlücken kämpfte sich Lotte zur Kärntner Straße vor. Immer wieder lagen Tote auf der Straße, zivile ebenso wie in Uniform. Lotte wandte den Blick ab. Das hätte sie sein können, aber auch diese Vorstellung wirkte irgendwie fremd, fremd und fern. Der Geruch bereitete ihr Übelkeit.

Schritt für Schritt näherte sie sich ihrem Arbeitsplatz, der schon längst so etwas wie ein zweites Zu Hause geworden war, mit jedem Schritt zögerte sie mehr. Wie würde sie das

Café vorfinden? Doch dann ein belebender Gedanke: Würde Erich sie vielleicht schon erwarten? Plötzlich fiel diese Starre von ihr ab. Er hätte ja auch ohne Brücke nicht zu ihrer Wohnung gekonnt! Aber dann gleich wieder die Ernüchterung, als ihr Blick auf weitere Trümmer fiel. Es war ja unwahrscheinlich, dass das Haus, in dem das Café lag, überhaupt noch stand. Wie es wohl Frau Schwarz in den letzten Tagen ergangen war?

Frau Schwarz – das bin ich ja auch.

Ein russischer Soldat drückte Lotte eine dünne Zeitung in die Hand. Im Gehen warf sie einen Blick darauf. *Österreichische Frontzeitung* lautete der Titel, darunter war ein Bild des Doms mit rot-weiß-roter Fahne. Hm, und was sollte man davon jetzt halten?

Sie bog in die Gasse, in der das sich Café befand.Hier lag kein Schutt auf den Gehsteigen, der Weg war passierbar, auch wenn das Pflaster aufgerissen worden war. Sie stolperte und blieb mit den löchrigen Sohlen an losen Steinen hängen. Die Treter waren endgültig kaputt. Ein Stückchen vor dem Café wurde Lotte langsamer, atmete tief durch, schloss die Augen. Dann öffnete sie sie wieder und ging die letzten Schritte.

Das Haus war intakt. Gottlob! Wieder schloss Lotte die Augen. Aber was zählte ein Haus, solange sie Erich nicht in Sicherheit wusste. Sie sah genauer hin. Die Fensterscheiben des Cafés fehlten, drinnen war es dunkel. Lotte probierte die Tür – sie ließ sich öffnen.

Der Gastraum gähnte ihr dunkel entgegen. Scherben knirschten unter ihren Schritten, eine pikste sie durch die kaputte Sohle. Verdammt. Auch auf den Sesseln und Tischen vor den Fenstern lagen Scherben, der Stoffbezug war zum Teil angesengt.

»Hallo, Lotte.«

Lotte schnappte vor Schreck nach Luft. Da saß jemand im Dunkel. Schwarz gekleidet, fast unbeweglich.

Frau Schwarz. Apathisch an ihrem angestammten Platz, in ihrem üblichen Kleid fast verschmolzen mit der Dunkelheit rundherum.

»Guten Morgen«, sagte Lotte. Sie sah sich um. »Ist Erich schon zurück?«

Ein mattes Kopfschütteln von der Chefin. Das bisschen Kraft in Lotte, das sie auf dem Weg hierher gespürt hatte, erlosch wieder. Dann riss sie sich zusammen. »Der Krieg ist immerhin aus.«

Wieder nickte Frau Schwarz. »Vorbei, alles vorbei.«

»Wie war es hier?«, fragte Lotte. Die Räume rochen nach nichts. Weder nach Lebensmitteln noch nach dem vertrauten Zigarettenrauch.

»Sehen Sie doch.«

Also waren sie wieder beim »Sie«. Auch in Ordnung. Die feine Frau Schwarz und ihre Hoffnungen für den Sohn. Nur dass der halt jetzt gar nicht mehr da war.

Lottes Blick glitt zu einer kahlen Stelle an der Wand. Das Hitlerbild war verschwunden.

»Hat mir ein Offizier abgekauft«, erklärte Frau Schwarz mit schleppender Stimme. »Ein russischer.«

»So.«

»Ja.«

»Aber wo ist Erich geblieben?«, überlegte Lotte laut. »Der Obersturmführer muss uns helfen, ihn wiederzufinden.«

»Es gibt keinen Obersturmführer mehr.«

»Wieso?«

»Weil wir den Krieg verloren haben.« Frau Schwarz seufzte resigniert. »Der Führer hat versagt. Und Thoma ist weg.«

Ach ja.

»Wir brauchen Pappe oder irgendwas, um die Fenster abzudichten«, entschied Lotte. »Wie sollen sich sonst die Gäste wohlfühlen.«

»Jaja.« Frau Schwarz zog eine Augenbraue hoch, es war die einzige Bewegung an ihr. »Sehen Sie hier irgendwo Gäste?«

»Aber wir müssen doch …«, fing Lotte an.

»Und anzubieten haben wir auch nichts.«

»Warum? Ist alles aufgebraucht?«

»Geplündert. Sie haben alles geplündert.«

Lotte schlug die dünne Zeitung auf, die sie auf der Gasse bekommen hatte.

20 000 Todesopfer in der Schlacht um Wien.
Schauspielerin Lizzi Waldmüller unter den Toten.

Ein Foto von Soldaten auf dem Dach der Hofburg, heroisch streckten sie ihre Waffen in die Höhe. Diese Russen …!

Im selben Moment drangen von draußen laute Stimmen an ihr Ohr. Lotte ging zur Tür und stutzte.

»Österreich hat wieder eine Regierung«, kam es von einem Lkw durch einen Lautsprecher. Auf der Ladefläche standen einige Männer und verteilten etwas. Sie trat näher, hoffnungsvoll – und bekam ein Flugblatt in die Hand gedrückt.

»Schauen Sie.« Lotte legte das Blatt vor ihre Chefin auf den Tisch.

Die stützte nur ihre Arme darauf, ohne es zu lesen. »Und was nutzt uns die, wenn wir nix zu fressen haben?«

Lotte nickte nachdenklich und blätterte wieder die Zeitung auf.

»Oh – scheint, als könnte zumindest eines unserer Probleme gelöst werden. In der Wiedner Hauptstraße kann man Erbsen bekommen«, las Lotte dann vor.

»Was sollen wir denn mit Erbsen?«

»Irgendwas muss man ja tun, damit man was in den Magen bekommt.« Lotte spürte immer noch diese bleierne Schwere, doch so durfte es ja wohl nicht weitergehen.

»Eine Spende der siegreichen Roten Armee«, las sie weiter vor.

»Geh, bleib mir mit dem Iwan weg. Die bringen uns auch keine Gäste.«

»Grüß Gott, die Damen«, erklang wie zum Trotz eine männliche Stimme von der Tür.

»Herr Kommerzialrat! Nein! Was machen Sie denn hier?« Frau Schwarz sprang unerwartet agil auf und buckelte fast vor einem bärtigen Mann, der eine zu lange Hose und eine schmutzige Armeejacke trug.

Lotte lächelte. »Guten Abend, der Herr. Sie haben immer ein Achterl vom guten Roten gehabt, nicht wahr?«

»Fräulein Lotte! Dass Sie das noch wissen!«

»Ehrensache, Herr Kommerzialrat.«

»Entschuldigen Sie bitte vielmals, Fräulein – aber ich bin jetzt Genosse, Genosse Neumayr.«

»Was?« Frau Schwarz sank ein wenig kraftlos auf ihren Platz zurück.

»Ja, nun, ich bin emigriert, meine Damen, Sie wissen doch.« Nach der »Kristallnacht«, Lotte erinnerte sich.

»Ähm, ja.« Frau Schwarz ordnete geschwind die Blöcke und Zettel vor ihr auf dem Pult. »Herr – ähm, Genosse, es ist mir unangenehm, das sagen zu müssen, aber wir haben nichts. Sehen Sie ja selbst.«

»Ja, das ist schade.« Neumayr wandte sich zum Gehen.

»Alles geplündert, wissen Sie.« Frau Schwarz war plötzlich wieder in ihrem Element. »Aber was kann man von diesen Kommunisten auch anderes erwarten.«

Neumayr hüstelte. »Zumindest weiß ich jetzt, dass es Ihnen gut geht.« Dabei sah er Lotte an. »Leben Sie wohl, die Damen.«

Mit einem traurigen Klang fiel die Tür hinter ihm zu.

»Was hätte ich sonst tun sollen?« Frau Schwarz warf theatralisch die Zeitung auf den Tisch. »Erbsen!«, rief sie aus. »Sollen wir unseren Gästen Erbsen servieren? In einem Kaffeehaus? Erbsen und sonst nichts?«

»Oh, Erbsen klingen wunderschön, um das Loch im Magen zu füllen.« Lotte malte sich aus, wie sie sie kochen würde: mit Speck und vielen Zwiebeln … Sinnierend sah sie zum Fenster hinaus.

»Hören Sie auf, Lotte.« Frau Schwarz setzte sich wieder und sah starr vor sich hin. »Wir haben keinen Speck und keine Zwiebeln, und Gas zum Kochen gibt es auch keins. Wir haben nur Erbsen. Vorausgesetzt, Sie bekommen sie.«

»Ich also.«

Frau Schwarz begann, Kassenbons zu zählen, für die niemand was bestellt hatte.

»Nun gut, wir werden sehen, wie es läuft.«

***

Sie musste lange anstehen, aber zum Glück war es nicht mehr ganz so kalt.

Ein paar Frauen vor Lotte tuschelten über die Russen und was sie ihnen antaten. Sie sahen Lotte an. »Sie sind jung!«, sagte eine schließlich, »Sie müssen sich besonders in Acht nehmen.«

»Ich? Wovor denn?«

Die anderen schauten betreten.

»Was schon«, sagte eine Ältere mit verhärmten Gesichtszügen und warf einen Blick in Richtung der sowjetischen Soldaten.

»Sie nehmen sich die Frauen. Mit Gewalt.« Der Blick der Alten wanderte über Lotte. »Sie würd ich als Mutter nicht auf die Gasse lassen.«

Lotte nickte. Wer sollte denn dann für sie sorgen. »Ich werd gut aufpassen«, versprach sie.

Am Ende bekam sie tatsächlich eine Zuteilung der getrockneten grünen Hülsenfrüchte. Eine ältere Frau vor ihr hatte ihr während der Wartezeit ein Rezept für Erbsenkuchen genannt. Einen Versuch war das wert. »Im ersten Krieg erprobt«, erklärte die Frau. »Nur Mut! Es schmeckt nicht schlecht. Besser als nix im Magen!«

»Da haben Sie recht.«

Anschließend ging Lotte mit mulmigem Gefühl wegen der Warnungen der Frauen in den Prater, um Bucheckern zu suchen, aber dafür war es natürlich die falsche Jahreszeit. Ebenso wenig waren Eicheln aufzutreiben. Also nicht einmal Ersatzkaffee in der nächsten Zeit. Dafür sammelte sie nach Knoblauch riechenden Bärlauch, der üppig gedieh und von vielen Frauen gepflückt wurde.

Elendig müde machte sie sich am nächsten Tag mit ihrer Beute auf den Weg zur Arbeit. Waren die Erbsen der Beginn, dass sich alles wieder ein wenig normalisierte? Hoffentlich.

Ein Halbwüchsiger sprach sie unterwegs an. »Möchten Sie Fleisch?«, flüsterte er ihr zu, während ein kühler Frühjahrswind Lotte frösteln ließ.

»Fleisch? Es gibt …? Das ist ein Scherz, oder?«

Er nickte. »Doch, es gibt was. Kaninchen. Siebzig Mark. Morgen früh hier um dieselbe Zeit.«

»Also gut.« Die Gier ließ Lotte schneller antworten, als sie Vor- und Nachteile im Kopf abwägen konnte. Sie würde Frau Schwarz um Geld fragen, fragen müssen. Irgendwie mussten sie es auftreiben.

Und zumindest gab es eine Stunde lang Gas, damit konnten sie die Erbsen zu einer Suppe kochen. Auch wenn die Erbsen sicher nicht die besten waren.

»Sie sind wurmig«, schimpfte Lotte. »Oder sollte man eher sagen, die Würmer haben Erbsen?«

Und Salz fehlte. Wie sollte sie der Suppe so Würze verleihen? Ohne Fleisch, ohne Salz? Nicht einmal Zwiebeln waren aufzutreiben. Nur der Bärlauch gab ein wenig Geschmack. Die Suppe schmeckte trotzdem wie das Herrlichste auf Erden. Endlich was Warmes im Bauch.

Lotte schrieb draußen vor der Tür das Gericht auf einer schwarzen Tafel an, und bald darauf drängten sich die Menschen direkt an den Tischen. Kaffee gab es aber immer noch nicht. Und heizen konnten sie auch nicht. So behielten die Leute ihre Mäntel an, während sie aßen.

Bargeld hatte Frau Schwarz ebenfalls kaum.

»Ich habe nur noch diese goldene Brosche«, sagte sie

zögernd. »Ich hatte sie gut versteckt.« Lange sah die Chefin das Schmuckstück an. »Sie stammt noch von meinem verstorbenen Mann.« Dann legte sie sie Lotte in die Hand. »Nehmen Sie sie. Mein Mann hätte nicht gewollt, dass wir verhungern. Und mit einem Fleischgericht werden wir gut verdienen.«

Der Morgen graute. Die Vögel zwitscherten, als wäre nichts. Lotte erinnerte sich schmerzhaft an Erich, an jenen Abend im Stadtpark, an dieses allerbeste Stück Schokoladentorte. So lange her. Erich war noch immer nicht aufgetaucht, auch keine Botschaft war eingetroffen. Schließlich hätte er einem Kameraden eine Nachricht mitgeben können, wie so viele andere es machten. Lotte wollte es sich nicht recht eingestehen – aber ein mulmiges Gefühl gesellte sich zu allem anderen, dem Hunger und der Kälte.

Sie umklammerte das Schmuckstück in der Manteltasche.

Fleisch!

Das Wort verdrängte alles andere, die Sorgen und sogar die Gedanken an Erich. Was würde sie daraus zubereiten? Ein saftiges Schnitzel? Oder Gulasch? Wie viel würde sie im Tausch gegen die Brosche bekommen? Das Wasser rann ihr im Mund zusammen, und bei dem Gedanken, sich wieder richtig satt zu fühlen, taumelte sie über die Gehsteigkante. Ein verknackster Fuß fehlte ihr gerade noch.

»Pst.«

Da war der Junge wieder. Er sah sich nach links und rechts um, dann winkte er sie mit einem leichten Nicken in eine Hauseinfahrt, in der links ein Bombenkrater klaffte. Einige Frauen klopften Ziegel und stapelten sie.

Herzklopfen.

»Haben Sie …?« Seine Augen waren groß. Groß und dunkel und viel zu wissend für sein Alter.

Lotte steckte ihm die Brosche zu, die im Licht aufblitzte. Gierige große Hände griffen danach. Sicher überbezahlt, was immer sie jetzt bekommen mochte.

Etwas rumpelte. Schritte.

»Was geht hier vor?«, kam es hart.

Russen. Auch das noch.

»Ich wohne hier, alles in Ordnung«, brachte Lotte hervor, doch ihre eigene Stimme klang ihr viel zu hoch, zu unsicher in den Ohren. Jeder würde misstrauisch werden.

Der Junge war weg. Na bravo. Keine Brosche mehr und kein Fleisch. Und vielleicht Schlimmeres. Lotte wischte sich über die Augen. Enttäuschung und Angst ließen ihr die Knie zittern.

»Was machchän Sie hier?«

»Nach Hause gehen.«

»Allein?«

»Ja.«

»Sichchchär?«

»Wirklich, es ist alles in Ordnung.« Sie wollte sich zum Gehen wenden.

Russen. Ihr müsst euch in Sicherheit bringen. Als Frauen besonders.

Eine Träne stahl sich auf ihre Wange. Der Weg hinaus auf die Gasse war von den zwei fremden Soldaten versperrt – und was im Hof war, wusste sie nicht.

»Wenn Sie Hilfe brauchen, rufen Sie.«

Ein prüfender Blick des Jüngeren.

Lotte atmete auf. Sie drückte die Knie mit aller Kraft durch. »Danke. Ich danke sehr.«

Die Soldaten sahen sich um, warfen einen Blick in den Hof, dann in den Bombentrichter und wandten sich zögernd zum Gehen. Ihre Schritte und das Klappern der Gewehre verklangen. Still blieb Lotte stehen, stützte sich an der intakten Mauer ab. Dann tastete sie sich zur anderen Seite, setzte sich auf einen Mauerbrocken. Kraft. Sie brauchte endlich wieder mehr Kraft. Das ging alles auf keine Kuhhaut mehr. Ihre Kehle war trocken, sie schluckte dagegen an. Ob es hier noch intakte Wasserleitungen gab? Sie stand wieder auf, tappte nach hinten. Sie stieß auf einen kleinen Innenhof, in dem seltsam unberührt von den Zerstörungen rundherum eine Kastanie blühte. Lotte starrte den mächtigen Baum an. Rosa Blütenblätter schneiten im leichten Wind sachte auf den Boden. Fasziniert stand sie da, konnte sich kaum von dem Anblick lösen.

»Pst!«

Der Junge. Er hielt ein Paket in der Hand, in Zeitungspapier eingewickelt, und hielt es ihr hin. »Bitte.«

»Danke.« Sie hatte es kaum ausgesprochen, da war er schon wie vom Erdboden verschluckt.

Lotte drückte das Paket mit dem weichen, feuchten Inhalt an sich.

Zitternd passierte sie die russischen Posten an der Brücke über den Donaukanal. Die fremden Soldaten beobachteten sie argwöhnisch.

Im Café entschied Lotte, das Fleisch zusammen mit einem Teil der Erbsen zu kochen.

»Bisschen zäh noch«, stellte sie fest, als sie nach einer Weile kostete. Sie ließ alles weiterköcheln. Hoffentlich blieb das Gas lange genug. Doch das Fleisch wurde einfach nicht weich. Trotz Lottes Warnungen wollten einige Gäste davon probieren.

»Hunger ist der beste Koch«, meinte Lotte. Aber auch sie verzog das Gesicht beim Essen. »So geht das nicht weiter. Zu Hause im Dorf ist die Lage wohl anders.«

»Sie und Ihr Dorf!«, höhnte Frau Schwarz. »Wie wollen Sie denn da jetzt überhaupt hinkommen?«

»Mit der Bahn. Oder jemand nimmt mich mit. Ich werde schon sehen.«

»Zwischen hier und Ihrem vermaledeiten Traunsee verläuft immer noch die Front«, sagte Frau Schwarz. »Und niemand weiß, wo genau.«

»Ich werde es irgendwie schaffen. Warten Sie nur ab.«

Nach der Arbeit ging sie trotz ihrer Müdigkeit zu Fuß zum Westbahnhof, um sich nach Verbindungen zu erkundigen. Und wenn sie Gisi daheim antreffen würde? Der Gedanke beschleunigte ihre Schritte an den zerstörten Häusern vorbei.

Keine Chance. Es fuhr noch nichts, erklärte ihr ein müder Schalterbeamter mit einer Augenklappe. »Und einen Ausweis brauchen S' auch. Haben S' den?«

»Danke.« Natürlich hatte sie Papiere, aber ob es die richtigen waren, wer wusste das schon.

Am Abend klopfte es an Lottes Tür. Frau Kainz, die Nachbarin. »Haben Sie Fipsi vielleicht gesehen?« Sie sah verheult drein, und ihre Frisur war noch mehr durcheinander als zuvor, zerrupft wie ein Huhn sah sie aus, das in ein Feuer geraten war.

»Fipsi? Nein, tut mir leid.« Lotte hatte das Kläffen nun wirklich nicht vermisst.

»Die Polizei hat gesagt, es gibt da eine Bande von Hundefängern, die das Fleisch verkaufen.« Neue Tränen schossen der Kainz in die alten Augen.

»Hundefleisch?« Eine plötzliche Übelkeit. Alles hatte Lotte vertragen, alles gegessen die ganzen Jahre …

Die Kainz nickte.

»Tut mir leid, Frau Kainz. Ich habe keine Ahnung.« Lotte knallte die Tür zu und schaffte es gerade noch rechtzeitig zur Toilette.

49

Anfang Mai 1945

Endlich saß Lotte dann doch in einem der ersten Züge Richtung Westen. Immer wieder hatte sie am Bahnhof nachgefragt, ohne Erfolg. Aber nun war es so weit. Sie besaß den benötigten mehrsprachigen Ausweis und eine Fahrkarte. Der Zug war gesteckt voll, Kunststück, es fuhr nur ein einziger pro Tag. Lotte hatte sich gegen die Menschenmenge durchgedrängt, um hineinzugelangen, und saß jetzt eingequetscht zwischen einem älteren Mann mit misstrauischen Augen und einer jungen Frau etwa ihres Alters, die ihre Jacke bis oben hin zugeknöpft hatte, obwohl es so heiß herinnen war. Lotte hatte nur das Notdürftigste eingepackt, damit sie auf der Rückreise genug Platz im Rucksack hatte für das, was sie zu bekommen hoffte.

Am liebsten wäre sie ganz von Wien weggegangen. Die Angst vor den Russen war ihr allgegenwärtig, jede Minute des

Tages und in der Nacht überhaupt. Kaum konnte sie ein Auge zumachen, allein in der Wohnung. Deshalb wusste sie auch nichts von ihrer Freundin Evi, Lotte wagte es nicht, mehr als zwingend nötig unterwegs zu sein. Von anderen Frauen hörte sie die wildesten Dinge, die sie sich nicht einmal auszumalen wagte.

Aber jetzt saß sie im Zug. Endlich! Im Zug nach Hause. Wie es wohl daheim aussehen würde? Was mochte passiert sein? Wie mochte es Margarete ergangen sein? Vielleicht würde sie endlich etwas über Gisi erfahren! War sie womöglich schon daheim bei ihrer Mutter? Wie es ihnen allen wohl ging? Sie hoffte so sehr, Gisi wiederzusehen. Mit ihr ins Kino zu gehen oder in der Stadt zu spazieren. Sie betrachtete die vorbeihuschenden, tatsächlich grünen Felder, die vereinzelten Bäume, über die Rauch und Dampf der Lokomotive wehten.

Plötzlich knallte etwas. Nicht schon wieder!

»Beschuss«, murmelte der ältere Mann. Der Zug bremste abrupt, die Fahrgäste wurden gegeneinandergeschleudert, eine Jacke fiel aus dem Gepäcknetz und streifte Lottes Schulter. Die Frau mit der zugeknöpften Jacke erstarrte.

»Hier kämpfen sie also noch«, meinte ihr Sitznachbar lakonisch, als die Schießerei aufgehört hatte.

Ein Rucken ging durch den Zug, sie fuhren, blieben wieder stehen, dann fuhr der Zug erneut an. Halleluja!

Hoffentlich blieb es jetzt friedlich. Felder, Arbeiter, sanfte Hügel, intakt aussehende Dörfer, ein wenig Rauch aus den Schornsteinen. Eine Idylle, die Lotte fremd vorkam. Etwas begann, sich in ihr zu lösen, die Starre ließ ein winziges bisschen nach.

Endlich waren sie da. Diesmal begegnete Lotte auf dem Weg vom Bahnhof zu Margaretes Haus niemandem. Die Apfelbäume blühten, das reinste Paradies. Alles sah wie früher aus, die Gasse vom Bahnhof zum Ort, die Häuser. Sie erkannte keine Schäden, alles stand wie zuvor, selbst Vorhänge und Blumen wirkten wie immer.

»Ja, Lotte! Schön, dich zu sehen.« Margarete nahm Lotte in die Arme.

»Gibt es Nachricht von Gisi?«

Margarete schüttelte den Kopf und knetete ihre Hände.

»Ich hab auch keine Ahnung, wo mein Mann ist«, sagte Lotte.

Erich, wo steckst du?

»Na, komm mit in die Küche. Ich kann dir leider nicht viel anbieten.«

»Wie geht es euch denn?«

»Nicht rosig«, erwiderte Margarete.

»Zumindest habt hier doch zu essen.« Lottes Worte klangen kaum wie eine Frage.

»Meinst du?«

»Mehr als wir in Wien, dachte ich.«

»Die Enten haben sie uns weggenommen.«

»Wer? Die Russen? Die sind zu allem fähig.«

»Die Unsrigen.«

»Nein.«

»Doch. Alle abgemurkst haben sie, draußen im Garten sind sie gesessen, am Feuer.« Margarete presste die Lippen schmal aufeinander. »Einen Tag vor der Kapitulation.«

»Mist, verdammter.«

»Setz dich. Wie läuft es bei dir?«

»Frag nicht. Ich hab gehofft, dass ich hier etwas bekommen kann.«

»Tut mir leid.«

Lottes Blick fiel auf das Gewehr von Margaretes Mann. »Und was ist mit Hermann?«

»Keine Ahnung.« Margarete strich mit mechanischen Bewegungen über die Tischoberfläche. »Er war an der Front, und seither …«

Etwas griff roh nach Lottes Magen. Seit dem mickrigen Frühstück hatte sie nichts mehr gegessen.

»Dann schieße ich uns was. Bevor wir hier alle verhungern.« Lotte war zu allem entschlossen. Sie war doch nicht hierhergekommen, um mit leeren Händen zurückzukehren!

Sie schnappte sich das Gewehr und stürmte hinaus.

»Sei vorsichtig! Einige Burschen sollen sich nicht ergeben und sich mit Waffen in den Wäldern verschanzt haben«, rief Margarete ihr nach, aber davon ließ Lotte sich nicht zurückhalten.

Es hätte ein wunderbarer Frühlingstag sein können. Die weiß blühenden Apfelbäume, das Zwitschern der Vögel in der lauen Luft, die hinter den Wolken hervorblinzelnde Sonne, unter den Schuhsohlen das weiche, schon saftig grüne Gras.

Langsam ging sie Richtung Wald, niemand außer ihr war unterwegs. Es war, als wäre sie allein auf der Welt. Nicht einmal Karl war zu sehen, der sich sonst immer überall herumtrieb und seine Nase in alles steckte. Nicht einmal eine Katze kreuzte Lottes Weg.

Sie erreichte den Waldrand. Schatten umfing sie, der Geruch nach Bärlauch, schon fast am Blühen. Hinter ihr raschelte etwas. Da – das war doch ein Hase. Sie verharrte, legte so geräuschlos wie möglich an.

»Stopp! Stehen bleiben!« Ein Gewehrlauf war plötzlich auf sie gerichtet.

Nicht schon wieder! Niemand würde sie jetzt von etwas abhalten. Und niemand würde sie umbringen. Nicht jetzt noch. Lotte kniff die Augen zusammen und zielte.

Einen ewigen Moment lang starrten sie einander an. Der andere hatte grüne, fast türkise Augen. Dann wurde die Waffe gegenüber gesenkt.

»A woman?«, kam es in erstauntem Tonfall.

Ein Soldat trat aus dem Gebüsch. Auf seiner Uniform das Sternenbanner. Amerikaner also.

Lotte ließ ihr Gewehr ebenfalls ein Stück sinken.

»Was tun Sie hier? Als Fräulein?« Der Ami sprach mit leichtem Akzent Deutsch.

»Was ich hier mache?« Statt der Starre loderte etwas in Lotte auf. »Was zu essen suche ich, das mache ich.«

Zorn war das in ihr. Heißer, verrückter Zorn, der ihr schaden konnte.

»Aha.«

»Nix ›aha‹.« Die Wut, die all die Jahre in ihr geschlummert hatte, kochte hoch. »Und wenn Sie nicht aufgetaucht wären, hätte ich auch Erfolg gehabt.«

»So.« Er kam näher.

Irgendwo raschelte es wieder.

»Mein Abendessen hoppelt davon, und Sie sagen ›so‹! Und das wars?«

»Aber …«

»Schon davon gehört? Wir hungern! Hier durch den Wald

schleichen und mir in meiner Not alles kaputt machen.« Sie redete sich in Rage. »Schöne Befreier seid ihr mir!«

»Fräulein.« Er wandte den Blick ab, hinein in den Wald, wo irgendwo der Hase davonhoppelte, seines Lebens wieder sicher. »Kommen Sie mit, *please.*«

»Wozu das denn?« Sie ruckte das Gewehr wieder höher.

»Lassen Sie das, please. Kommen Sie einfach.« Mit dem Kopf deutete er in die Richtung, aus der er aufgetaucht war.

Sein Blick aus diesen schönen grünen Augen wirkte eigentlich freundlich. Eigentlich …

Sie gingen durch den Wald, unter den Schritten knacksten Äste, das Laub raschelte. Lotte wollte sich zurückfallen lassen, doch er bemerkte es jedes Mal. Es gab kein Entkommen. Auf der anderen Seite des Waldstücks stand ein Jeep mit amerikanischer Flagge.

Er öffnete die Beifahrertür. »Please!«

»Warum?«

Immerhin nahm er ihr das Gewehr nicht ab. Nach einer kurzen Fahrt gelangten sie nach Gmunden. Vor einer alten Villa am Ortsrand stoppte er. Die Sonne kam hervor und schien auf die amerikanische Flagge.

Sie stiegen aus.

»Please«, sagte der Soldat wieder und deutete auf den Eingang. Beim Betreten des Gebäudes kamen ihnen weitere Soldaten entgegen. Ein großer Blonder sagte etwas, die anderen lachten.

»Kommen Sie.« Der, der sie mitgenommen hatte, winkte sie weiter. Zögernd ging Lotte voran, einen schmalen Gang entlang, in dem goldgerahmte alte Gemälde hingen.

Er hielt ihr eine Tür auf, ließ sie eintreten und schloss sie dann hinter ihnen beiden.

»Bitte.« Er zeigte auf die hintere Wand. Lotte fiel fast die Kinnlade herunter. Sie waren in einer Art Warenlager. An der Wand stapelten sich Unmengen von Dingen. »Da. Da haben Sie.« Er reichte ihr eine Konservendose, noch eine, immer mehr. Ihr Blick fiel auf Zeichnungen von Fleisch, und auf anderen stand MILK.

Lotte war fassungslos. »Danke«, brachte sie endlich heraus. Sie hängte ihr Gewehr über die Schulter. Kaum wusste sie, wie sie diese Schätze überhaupt tragen sollte.

»Möchten Sie noch Kompott?« Er griff nach weiteren Dingen. »Hier, Schokolade.« Abwartend sah er Lotte an.

»D-das ist … unglaublich ist das.« Lotte suchte mühsam nach Worten. »Woher können Sie überhaupt Deutsch?«, fragte sie, um irgendwas zu sagen.

»Meine Granny … sie kam aus Tirol.«

»Ah, wie nett.« Lotte balancierte mühsam ihre Geschenke.

»Kommen Sie, ich bringe Sie nach Hause.« Er deutete zur Tür.

»B-bin ich denn nicht … verhaftet?«

»Verhaftet? Nein, wieso?« Er lachte auf.

Lotte sagte lieber nichts darauf.

Draußen vor dem Jeep blieb er stehen. »Darf ich Sie heute Abend in den Klub einladen?«

»In was für einen Klub?«

»Es gibt zu essen und zu trinken. Und Musik gibt es auch.« Er legte den Kopf schief und sah sie abwartend an. »Ich hole Sie ab. Sagen wir – um sieben?«

Lotte starrte den Amerikaner überrascht an. Fasziniert

betrachtete sie das wohlgenährte Gesicht, in dem keine Spur von Sorgen lag. Diese freundlichen Augen. Und die rosigen Lippen. Ein leises Lächeln lag darauf. Schon lange hatte sie so etwas nicht mehr gesehen … Jemand der lächelte, in all dem Zustand, dem konnte sie nicht widerstehen. Dieses Lächeln sprach von Sorglosigkeit, wie Lotte sie nicht mehr kannte. Es musste bereits aus Wien verschwunden sein, als der Führer sich wichtiggemacht hatte, oder vielleicht noch früher. Als die Leute nichts zu essen hatten und keine Arbeit.

Bevor sie weiter nachgedacht hatte, nickte sie. »Also gut. Danke für die Einladung.«

Jetzt wurde das Lächeln breiter. »Mein Name ist übrigens Richard.« Er reichte ihr die Hand. *»Nice to meet you.«*

»Lotte.« Sie nahm seine Hand. Sie war fest und Vertrauen einflößend. Dabei kannte sie den Mann doch gar nicht.

»Lotti. *How nice*«, sagte er und lächelte einfach weiter.

50

»Ist das wirklich klug, was du vorhast?«, fragte Lottes Nachbarin Margarete ein ums andere Mal.

Lotte hatte ihre Geschenke ins Haus getragen und sich sofort auf das Kompott gestürzt, dann etwas von der Milch gekostet. Endlich satt! Oder so etwas in der Art. Beinahe übersättigt. Also legte sie den Vorrat fürs Erste in die Speisekammer, bevor ihr übel wurde.

Danach stand Aufräumen auf dem Programm, Lotte hatte

lange gelüftet und die Bettdecken in den Garten gelegt. Allmählich wirkte es wohnlicher. Der muffige Geruch verflüchtigte sich langsam, das melancholische Gefühl aber blieb. Das hier war ihr Elternhaus, das Zu Hause ihrer ersten zwanzig Lebensjahre. Sie hatte nicht fortgewollt vor sieben Jahren, aber eine andere Wahl war ihr nicht geblieben. Das Bild ihrer Mutter auf dem Sterbebett stand wieder vor ihren Augen. Wie sie Lotte angesehen hatte, mit diesem Blick, der alles wusste – was sie der Tochter aber nicht zeigen wollte. Alles war in ihren Augen gestanden – Verzweiflung, Hunger, Schmerz. So viel Zeit war seither vergangen, so viel war passiert, aber war Lottes Lage heute wirklich anders?

Ein paar grüne Augen schoben sich vor das Bild der Mutter und ein Lächeln. Ein Lächeln, das Lotte ebenfalls lächeln ließ. Auch wieder so lächeln können, so unbeschwert! Das musste wieder zu machen sein! Jetzt wo Frieden herrschte.

Nun stand Lotte in Margaretes Stube und probierte Kleidungsstücke an. Sie wollte an diesem Abend besser aussehen, aber wie sollte ihr das gelingen? Ihr Alltagskleid war mehrmals geflickt, die Farbe der ehemals bunten Blümchen so verwaschen, dass man sie kaum noch erkannte. Und die Kleidung aus ihrer Jugend war längst aus der Mode, sie hatte auch zu sehr abgenommen, um noch reinzupassen. Vielleicht konnte sie etwas anderes aus den Materialien nähen, nahm sie sich vor.

Während sie sich in Margaretes Kleidern prüfend vor dem schmalen Spiegel drehte, schickte die Abendsonne ein goldenes Leuchten in den Raum, als wäre er ein Palast.

Meine Heimat. Mein Zuhause.

»Es wird was zu essen geben«, erklärte Lotte ihrer Nachbarin zum wiederholten Mal. Und hatte dabei wieder diese grünen Augen vor sich. Und das Lächeln. Warm ums Herz wurde ihr dabei. Oder lag das an der Sonne? Daran, dass sie zu Hause war, dass es hier keine Zerstörungen gab?

»Wie du meinst.« Margarete seufzte. »Ich mach mir halt Sorgen um dich.«

»Ich versteh dich ja. Aber es wird schon alles gut gehen«, erklärte Lotte zuversichtlicher, als sie sich fühlte. Und gleichzeitig klopfte ihr Herz aufgeregt.

Endlich hatte sie einen Rock gefunden, der ihr passte, dazu eine weiße Bluse. Margarete wollte ihr eine kleine Brosche leihen für den Abend. Halbwegs zufrieden mit ihrem Aussehen drehte sich Lotte vor dem Spiegel. Das Schuhproblem war nicht lösbar, es mussten die alten Treter sein, was anderes hatte sie nicht, und Margarete hatte eine andere Schuhgröße.

Blieben die Haare. Was sollte sie mit den Haaren machen? Und ihr Gesicht – wie mager es wirkte. Furchtbar. Sie wollte ja nicht wie Aschenputtel vor diesem GI aufkreuzen. Die Kehle wurde ihr beim Atmen eng.

»Lotte?«, fragte Margarete lauernd. »Du bist doch nicht im Begriff …« Die Ältere zögerte, während sie neben Lotte in den Spiegel blickte.

»… eine Dummheit zu machen, meinst du?«

War sie das? Statt Margaretes grauen Augen meinte sie wieder grüne zu sehen.

»Nein, keine Bange«, versuchte Lotte, ihre Nachbarin zu beruhigen – eine Ruhe, die sie selbst nicht empfand.

Sie machte sich an ihren Haaren zu schaffen. Frisch gewaschen waren sie ja, aber schon lange nicht professionell von einer Friseurin geschnitten. Wer hätte das auch tun sollen? Und wo, in welchem Salon, wo alles kaputt war.

»Weißt du, Lotte«, sagte Margarete leise und zupfte Lottes Kragen zurecht, »wo ich schon Gisi verloren hab – da möcht ich, dass es wenigstens dir gut geht. Dass du keinen Schaden nimmst.«

Gisi. Klar.

Lotte zwang sich dazu, sich ruhig umzudrehen und Margarete in die Augen zu schauen. »Ich glaub, ich kann gut auf mich selber aufpassen. Ich bin siebenundzwanzig, Margarete.« Lotte griff nach einer Haarbürste. Hundert Striche, hatte es immer geheißen, täglich hundert Striche, und du hast die schönsten Haare. »Alt genug, um auf mich aufzupassen.«

»Ich weiß. Du bist so alt wie meine Tochter. Aber auch wenn du hundert wärst – vor einem Blödsinn bewahrt dich das Alter nicht.« Margarete hob das Kinn, ihre Miene im Spiegel neben Lotte wirkte kämpferischer als seit Langem.

»Reden wir über Gisi«, schnitt Lotte ein anderes Thema an. »Hast du nachgeforscht, wo sie sein könnte?« Ihre Stimme trug nicht recht, Aufregung drückte ihr die Luft im Hals ab.

Margarete knetete ihre knochigen, abgearbeiteten Hände. »Jedenfalls hat der Karl wohl unrecht gehabt. Wenn meine Tochter hier in der Gegend gewesen wäre, wär sie längst daheim bei mir.«

Lotte nickte zögernd. »Also nicht bei einer Widerstandsgruppe, meinst du?« Sie wollte nicht aussprechen, was das alles auch heißen konnte. Selbst wenn sich Gisi in den Wäldern versteckt hätte – sie könnte tot sein. Erschossen. Von wem auch immer – Amerikanern, SS, die sich versteckte, oder sonst wem, der nicht ans Aufgeben dachte. Oder an eine Abgabe der Waffen.

Der Gedanke gab ihr einen Stich. Schuldgefühle gesellten

sich dazu – hätte sie mehr für die Freundin tun können? Aber hatte sie nicht alles versucht?

Müde ließ sie die Hand mit der Bürste sinken. Da war wieder die verhärmte Frau im Spiegel. Alle wichtigen Menschen in ihrem Leben waren verschwunden – verschwunden und vermutlich verloren. Gisi, Erich, ihre Eltern. Das Kind, das nie leben durfte. Und Evi, nach Evi hatte sie noch nicht gesucht. Aber das wenigstens würde sie bald tun.

Margarete ließ ein tiefes Seufzen hören.

»Man muss sich überall erkundigen«, überlegte Lotte laut, wie um sich selbst neuen Mut zuzusprechen. »Nachfragen stellen, was weiß ich, wo. Irgendwer muss wissen, was ihr zugestoßen ist.«

Margarete nickte müde. »Aber wo denn?«

»Bei den Gerichten oder so.«

»Meinst du? Ob das was bringt?«

Lotte nickte heftig, obwohl sie sich nicht sicher war. Da war die Angst vor den Ergebnissen solcher Nachfragen. Die spürte sie selbst auch. Aber die Unwissenheit war schlimmer.

»Wenn ich wieder in Wien bin, kümmer ich mich drum«, versprach Lotte.

Von draußen ertönte ein Hupen. Lotte eilte zum Fenster. Richard. Er saß im Jeep und winkte lässig herüber. Alles wirkte so friedlich. Sogar von hier war sein breites Lächeln zu erkennen.

Blödsinn machen, dachte Lotte. Pah.

Mit klopfendem Herzen ging sie hinaus.

51

Vögel zwitscherten, eine Amsel sang. Graublaue Dämmerung lag über dem Land. Die blühenden Bäume dufteten mit der frühlingshaften Erde um die Wette. Es war ein Traum, ein schöner Traum. Vom Frieden. Und dass alles gut werden könnte. Immer noch, trotz allem. Lotte ging auf das Auto zu, Richard war ausgestiegen. Er trug eine andere, eleganter wirkende hellbraune Uniform mit weit geschnittener Hose.

»Hallo«, rief er ihr schon beim Näherkommen zu. »Gut sehen Sie aus!«

Lotte spürte, wie ihr Hitze in die Wangen schoss. »Danke«, brachte sie heraus. Die Aufregung flatterte ihr im Hals herum. Sie fuhr sich mit einer Hand durch die Haare, die ihr bis über die Schulter reichten. Es war fast wie früher. Ein schöner Abend, mit einem netten Menschen plaudern. Mehr war es doch nicht. Oder?

Richard trug seine Uniform, aber keine Kopfbedeckung. Sein Haarschnitt war nicht so militärisch wie bei den Deutschen oder den Russen. Und er roch gut, zu gut, nach herber Seife.

Bin ich wirklich im Begriff, Blödsinn zu machen?

»Bitte sehr, Fräulein.« Richard hielt ihr die Beifahrertür auf.

Lotte zögerte, dann stieg sie ein. Sie blieb mit dem Stoff des schwarzen Rockes irgendwo hängen. Vorsichtig zog sie daran, bloß nicht das geborgte Kleidungsstück kaputt machen!

»Ich bin noch nicht oft Auto gefahren«, sagte Lotte wie zur Entschuldigung.

»Macht nichts, ich früher auch nicht.« Richard startete. »Erst bei der Army dann!«

Nicht an die erste Autofahrt denken!

Aber natürlich stand alles wieder vor ihrem inneren Auge. Die Männer der Gestapo. Der Schock. Die Angst. Das Gefühl, in einem dunklen Tunnel gelandet zu sein. Wie von selbst begann sie zu zittern. Hatte sie damals auch gezittert? Sie konnte sich nicht erinnern.

»So ein Jeep ist schon was anderes, was?« Richard sah sie von der Seite an.

Lotte nickte.

Ich bin entkommen.

Ich habe überlebt.

Dankbarkeit flutete plötzlich durch sie hin. Es war nicht selbstverständlich, dass sie noch da war, dass sie noch atmen konnte – atmen und lächeln. Und sich freuen. Tatsächlich. Dieses Lächeln hatte sich tief aus ihrem Inneren geschält, war keine dieser zwanghaften Grimassen, um irgendwo einen guten Eindruck zu machen.

Nein.

Dieses Lächeln löste etwas in ihr. Ihr war, als wären ihre Gesichtsmuskeln erstarrt gewesen, so lange hatte sie sich nicht mehr über irgendwas gefreut. Alles, was Anlass dazu geben mochte, war ja tot gewesen, begraben in dem Getöse um Krieg und Diktatur und täglicher Bedrohung und dem Kampf um das Allernotwendigste.

»Sie werden sehen, Sie werden Spaß heute haben«, versprach Richard, als hätte er ihr Zittern, ihre Erinnerungen gespürt.

Er lenkte den Wagen rumpelnd die Landstraßen entlang,

überholte einzelne Fuhrwerke, einige davon mit Ochsen bespannt. Geladen hatten sie oft nur magere Lasten, ein paar Holzbretter, häufig saßen Mitfahrende oben auf den Wagen. Richard und Lotte unterhielten sich über dies und das, als wäre es ein normaler Abend, als hätten sie ein Rendezvous – aber nein, das hatte sie jetzt nicht wirklich gedacht, oder?

Bin ich tatsächlich im Begriff, einen Riesenblödsinn zu machen?

Doch es tat wohl, so zu plaudern, ohne das Misstrauen, das sie jahrelang überallhin begleitet hatte. Das Misstrauen und die Angst, die sie hatten verstummen lassen. Richards Deutsch war gut, nur ab und zu fehlten ihm bestimmte Ausdrücke. Er wollte etwas über die Gegend wissen, über die Äpfel, welche Sorten hier wuchsen. Es stellte sich heraus, dass seine Eltern in den Staaten drüben Bauern waren – *farmer* hieß das auf Englisch.

Zwischendrin immer wieder Richards freundliche Blicke, sein Interesse. Ihr Zittern, ihre Aufregung ließen nach.

Viel zu früh kamen sie bei der alten Villa in Gmunden an, in der die Amerikaner ihre Kommandantur eingerichtet hatten. Ein mulmiges Gefühl beschlich Lotte. Schade, dass sie nicht weiter mit Richard in der Gegend herumfahren und sich mit ihm unterhalten konnte. Jetzt musste sie wohl weitere Leute kennenlernen, Leute aus einem fernen, fremden Land, sie, das Landei, das über Wien nicht hinausgekommen war. Nun gut, sie arbeitete schon lange in einem Café, sie würde mit den Amis einfach so wie mit den Gästen sprechen!

»Kommen Sie.« Richard führte sie in das Gebäude. Die Gänge mit den Gemälden kannte sie ja schon, jetzt kamen sie zu einem großen Saal in einem Seitenflügel. Jede Menge runde Tische standen im Raum verteilt.

Richard ging zu einem Tisch, an dem bereits mehrere GIs saßen. Verwirrt stockte Lotte mitten im Schritt – einer von ihnen war ja schwarz im Gesicht!

»Hello!«, rief der Schwarze fröhlich und zeigte seine weißen Zähne. Fröhliche Meute, diese Amerikaner! Als wären sie nie in einem Krieg gewesen.

»Servus«, murmelte Lotte. »Entschuldigung.« Wie unhöflich von ihr, so zu starren. »Wie grüßt man auf Englisch?«, fragte sie Richard.

»Man sagt *Hello«,* erklärte er ihr. »Das ist Jimmy«, Richard zeigte auf den Schwarzen. Er stellte sie vor.

»Hello, Jimmy! Servus.«

Richard nannte die Namen der anderen am Tisch. »Das ist Arthur, unser Mechaniker, und das hier ist unser Jüngster, Bob.«

Alle grüßten Lotte freundlich und sahen sie neugierig an. Ihr schossen schon wieder die Tränen in die Augen – so viel Freundlichkeit, sie war das nicht mehr gewohnt.

»Please.« Richard zeigte auf einen von zwei freien Plätzen zwischen Jimmy und Bob. Lotte setzte sich, Richard nahm als Letzter neben ihr Platz.

»Was sagt denn Ihr – Ihr Kompaniechef, wenn Sie hier einfach wen mitbringen?«, fragte sie ihn leise. Das Flattern in ihr ließ nicht nach.

»Der Chef?«, fragte Richard und sah seine Kameraden an. *»She's asking what my boss says.«*

Alle lachten. Was hatte sie jetzt schon wieder falsch gemacht?

»Ich bin hier der Chef«, erklärte Richard und zwinkerte ihr zu.

»Oh.« Wieder schoss ihr Hitze in die Wangen. Wie peinlich. Ein Fettnäpfchen.

»Was möchten Sie trinken?«, fragte Richard und ging über die Sache hinweg. »Ein Glas Wein vielleicht?«

Lotte zögerte.

»Oder etwas anderes? Einen Cocktail?«

»Wein ist gut.«

Richard ging. Verkrampft saß sie an dem Tisch mit den Männern, deren Sprache sie nicht verstand – und die ihre Sprache nicht verstanden.

Vielleicht sollte ich Englisch lernen.

Fremdsprachenkenntnisse würden sicher bei der Besatzung helfen. Sie lächelte Richards Kameraden an. Diese Stille zwischen ihnen war zu merkwürdig, direkt unangenehm.

Inzwischen ertönte eine Art Gong, und die anderen sprangen auf. *»Let's see what they cooked us tonight«*, rief Jimmy und warf Lotte ein Lachen zu. Was musste das für ein Land sein, dieses Amerika?

Die Männer strebten zu einer Saalseite, wo sie sich in einer Schlange einreihten. Geschirr klimperte, der Duft nach Brathuhn wehte herüber. Lottes Magen knurrte schon wieder.

Zwischen den Männern, die zum Buffet strebten, kämpfte sich Richard in die Gegenrichtung durch. Er hielt zwei Gläser in Händen und reichte ihr eines davon.

»Was trinken Sie?«, fragte sie in ihrer Verlegenheit.

»Weißwein, wie Sie. *Cheers!*« Er hob das Glas.

»Prost!«

Sie nahm einen Schluck. Es war ein ziemlich saurer Tropfen, den die Amis da ausschenkten, aber gut. In einem Land, in dem alle ständig lachten, ging wohl alles anders zu.

Und dann tat sie etwas, das einfach so aus ihr herausgepurzelt kam.

»Trinken wir Brüderschaft?« Sie sah Richard fragend an. »Wissen Sie«, schwächte sie ab, »hier auf dem Land sagen wir alle Du zueinander.«

»Na dann.« In Richards grünen Augen blitzte etwas auf. Etwas, das ihr gleichzeitig Angst machte – und Freude auslöste. Aber Freude – worauf?!

Sie spürte wieder diese Wärme in ihrem Inneren auflodern. Und hatte sie sich das nicht verdient? Ein bisschen Freundschaft, ein bisschen Frohsinn?

Sie verschränkten ihre Arme ineinander, die Gläser in Händen. Richard hielt ihren Blick fest, hob das Glas leicht, um ihr zuzuprosten.

»Lotte.«

»Richard.«

Wieder ein Schluck. Er prickelte sanft auf der Zunge, und gleich darauf eroberte dieses Gefühl ihren Körper bis mitten ins Herz. Ihr stockte der Atem, als Richards Gesicht näher kam und sein herber Duft sich verstärkte. Seine weichen Lippen berührten ihre, und dann war es auch schon wieder vorbei.

Schade …

Schon so lange hatte niemand sie mehr berührt. Erich war schon bei seinem letzten Besuch wie ein Fremder gewesen. Diese Distanz zwischen ihnen … und jetzt … jetzt war der Abstand größer als je zuvor. War er tot? Würde sie es wissen? Es spüren?

Wo bist du, Erich?

Sie sah auf, streifte Richards grüne Augen, wusste nicht, wohin sie sehen sollte. Dann knurrte ihr Magen, Richard lachte. Bevor sie wieder rot werden konnte, meinte er: »Geht mir genauso.«

Er zwinkerte ihr zu und bedeutete ihr mitzukommen. Gemeinsam gingen sie zum Buffet, während seine Kameraden gerade mit vollen Tellern zurückkamen. Das Essen würde sie ablenken. Ganz sicher.

52

Es gab jede Menge Auswahl am Buffet. Lotte gingen fast die Augen über. Überall standen Töpfe, Teller und Pfannen, alles voll gefüllt, so weit das Auge reichte. Fleischspeisen, Gemüse, verschiedene Beilagen, Salate. Es war, als hätte es keinen Krieg gegeben, keine Armut, keinen Lebensmittelmangel. So viel zu essen hatte sie noch nie auf einem Haufen gesehen, nicht einmal zu Friedenszeiten im Café Schwarz. Und wie gut das alles roch, Schnitzel, Braten, Suppe.

»Du musst dich nicht sofort entscheiden«, flüsterte ihr Richard von hinten ins Ohr. Sein herber Duft kitzelte ihre Nase. »Es ist genug da, du kannst der Reihe nach alles durchprobieren.«

Jetzt wurden ihre Wangen schon wieder heiß. Zum Glück konnte er ihr Gesicht nicht sehen. Wie ausgehungert musste sie auf diesen Soldaten wirken, dass er so was sagte?

»Ich weiß schon, was ich nehme.« Dabei reckte sie ihr Kinn in die Höhe, das war ihr alles so peinlich!

»Schon gut, ich wollte nicht …« Richard trat an ihre Seite und nahm sich ein Schnitzel, dessen Panade herrlich knusprig aussah.

Lotte wollte das Brathuhn. So lange hatte sie keines mehr gegessen, sie konnte sich gar nicht genau erinnern, wie lange. Die Haut war goldbraun und wirkte genau richtig knusprig. Dazu nahm sie sich Kartoffeln und Gemüse. Richtiges Essen, nicht nur Notlösungen, sie konnte es gar nicht fassen. Sie schnupperte am Huhn, ihr Magen grummelte sehnsüchtig. Neben den Hauptspeisen standen Schüsseln und Platten mit Süßem, Kompott, seltsame Kringel – zum Glück keine Schokoladentorte, sonst hätte sie wahrscheinlich weinen müssen.

»Die Süßspeisen schmecken leider nicht so gut«, erklärte Richard. »Einfach nur süß. Können die Österreicher um Längen besser!«

»Meinst du.«

»Sagt meine Oma.«

Sie lächelte. »Mein Apfelstrudel soll ziemlich gut sein.«

»Na, auf den hätte ich viel eher Lust als auf das Zeug hier.«

Sie folgte Richard zurück zu ihrem Tisch. Nach vorne schauen, so hatte sie es sich versprochen. Richards Kollegen hatten sich bereits aufs Essen gestürzt. Dazwischen wurde geredet und gescherzt, es herrschte eine lockere Atmosphäre. Ständig gingen Leute hin und her, Grüße wurden einander zugerufen. An der Bar klimperten Gläser und Flaschen. Lotte fühlte sich plötzlich einsam inmitten all des Trubels. Sie kaute auf einem Bissen Hühnerfleisch herum. Weich war es, fast zu weich, aber schmackhaft. Was hatte das denn alles für einen Sinn? Hier zu sitzen, inmitten lauter Fremder. Inmitten einer Fröhlichkeit, die sie nicht betraf, sie nicht mit einschloss.

Da erklang Musik. Schwungvoll, ungewohnt – völlig anders als die Marschmusik, die Lotte aus dem Radio kannte. Das hier klang beschwingt, direkt sorglos.

»Willst du?« Richard legte sein Besteck weg. Sein Teller war leer.

»Was denn?«

»Tanzen.« Fragend sah er sie an. Um seine Augen saßen kleine Lachfältchen, fiel ihr jetzt auf. Einen Moment lang versank sie in seinem Blick. Rundherum rauschten immer noch Gespräche und Gelächter, Menschen, die andere trafen, beisammenstanden, plauderten, immer wieder brandete Gelächter auf. Alle kannten sich, nur sie war hier die Fremde. Die Fremde, die nur Richard kannte. Und den nicht besonders gut.

»Na, komm schon.« Als könne er in ihre Seele schauen, stand er auf und deutete mit dem Kopf in Richtung des Buffets. Schon ging er voraus, Jimmy machte eine Kopfbewegung, die wohl bedeuten sollte, dass sie Richard folgen sollte.

Also gut.

Sie musste an ein paar betrunkenen jungen Männern vorbei, die justament zwischen den eng stehenden Tischen herumalberten und den Weg verstellten. Plötzlich befand sie sich in ihrer Mitte – das Gefühl verengte ihr die Brust.

Richard wies die Betrunkenen zurecht, die eifrig zurückwichen, und führte sie in einen etwas kleineren Raum neben dem Buffet. Die Musik wurde lauter.

»Leider keine Big Band«, erklärte Richard in fast entschuldigendem Tonfall.

Fragend sah sie ihn an.

»Eine Big Band ist eine große Musikgruppe, an die dreißig Musiker oder noch mehr. Wir haben nur drei heute.«

»Ist das schlimm?«

»Sie schlagen sich halbwegs gut, oder?«

»Mir gefällts.« Lotte wippte bereits mit. »Es klingt so fröhlich!«

»Dann magst du Swing?«

»Swing? So heißt diese Musik also?« Schon lange hatte sie sich nicht mehr so sehr wie ein Landei gefühlt.

»Oder lieber Blues? Was gefällt dir am besten?«

»Ich … ich weiß nicht«, stotterte sie. »Ich höre solche Musik zum ersten Mal.«

War das so? Irgendwas arbeitete in ihrem Kopf, aber sie bekam es nicht zu fassen.

»Dann kennst du Benny Goodman nicht?«

»Tut mir leid.«

Oder war da doch etwas gewesen?

»Hier auf dem Land gibts nur die Blasmusik am Kirtag, und später kam aus dem Radio Marschmusik, wenn nicht grad der Führer sprach oder es einen Bericht von der Front gab.« Sie seufzte bei den Erinnerungen. »Dem man aber eh nicht glauben konnte«, fügte sie schnell hinzu.

»Ach so, das wusste ich nicht.« Richard fuhr sich mit einer Hand durch den Haarschopf, strich ihn aus der Stirn nach hinten, wo er aber nicht bleiben wollte. »Ich spiele auch ein Instrument, ein Kornett.«

»Was ist das?« Sie rieb sich die Arme. »Tut mir leid, ich habe keine Ahnung.«

»Warte kurz.« Richard wandte sich ab, kam nach ein paar Schritten zurück. »Bleib ja hier, hörst du?«

»In Ordnung. Ich warte.«

Wieder fühlte sie sich allein. Gab es überhaupt noch eine Steigerung? Allein, alleiner, am alleinsten?

Plötzlich mischte sich ein neuer Ton in die Musik. Ein

anderer Klang. Eine Gestalt schälte sich von hinten aus den Schatten hinter den drei Musikern, schlängelte sich zwischen ihnen durch nach vorne. Richard. Mit etwas, das wie eine … Trompete aussah, wenn sie sich nicht täuschte.

Er hob das Instrument höher, die anderen Musiker traten zurück, er spielte den bestimmenden Teil, die anderen fielen ein, und so ging es ständig weiter. Die Töne steigerten sich wie ihre Stimmung.

Richard trat näher an Lotte heran, eine Tonfolge schraubte sich in die Höhe, schließlich legte er das Instrument weg auf ein Fensterbrett. Er verbeugte sich andeutungsweise. »Tanzt du jetzt mit mir?«

Sollte sie …?

Was war denn schon dabei?

Ein paar Soldaten lungerten am Rand herum, ein Paar bewegte sich zur Musik, die Frau trug eine Uniformjacke und Rock. Aber wie die beiden sich bewegten! Kein Vergleich zu dem, was Lotte von den Kirtagen kannte. Die hier hielten sich nur lose an einer Hand, tanzten gar nicht eng, dafür sehr raumgreifend.

»Ich kann nicht tanzen«, murmelte Lotte.

Schlagartig fühlte sie sich wieder ausgeschlossen. Verdammt blöde Idee hierherzukommen. Von wegen, schöner Abend. Sie zwinkerte, das war doch nicht etwa eine Träne da in ihrem Augenwinkel?

»Na komm.« Er nahm ihre Hand und zog sie zu der Tanzfläche.

»Also gut.« Lotte nickte.

»Ich zeige dir die wichtigsten Schritte. Mach es einfach mir nach.«

»Einfach«, lachte sie auf. »Haha.«

»Du wirst schon sehen. Probiers! Es macht Spaß! Und lass dich von der Musik tragen.«

Ihre Beine blieben tatsächlich nicht mehr ruhig.

Richard führte einige Schritte vor. »Swing mit, locker in den Knien. Sehr gut … und das ist der *shuffle step* …«

Links und rechts, hin und her, zu dieser großartigen Musik.

»Wonderful, dear Lotti!«

Weitere Pärchen gesellten sich zu ihnen, die Umstehenden klatschten mit. Nur sie selbst kam irgendwie nicht mit. Sie sah die gekonnten Bewegungen der anderen. Das würde sie nie zuwege bringen. Sie machte einen Schritt, ihre Hand rutschte aus seiner.

»Entschuldige!«

»Keine Sorge, es wird schon. Und ansonsten – improvisieren. Das ist Swing, da ist alles erlaubt! Du kannst das, wetten? Vor, zurück, dein Gewicht ist auf dem linken Fuß«, Richard erklärte ihr die Schritte immer wieder. Er schob sie in die eine, dann die andere Richtung, während die Übrigen direkt akrobatische Manöver auf der Tanzfläche aufführten. *»Come on, let's swing!«* Sie prallte auf ihn, musste lachen, er auch. Sein tiefer Bass übertrug sich auf sie. Die Spannung löste sich.

»Nobody's perfect«, murmelte er.

Fasziniert betrachtete sie seine Bewegungen und bemühte sich, dasselbe zu machen.

»Triple step …«

Sie folgte, immerhin klappte mal was. Nebeneinander, unter seinem Arm durch.

Plötzlich begann die Sache, Spaß zu machen. Egal, wie sie sich anstellte! Niemand achtete auf sie, alle hatten ihren Spaß.

Lotte ließ sich von Richard bewegen, der Rhythmus übertrug sich wie von selbst auf ihre Hüften, ihren ganzen Körper. Langsam begriff sie die einfachen Schritte, sie kamen fast schon von selbst. War ja doch ein schöner Abend!

Jemand öffnete die Fenster. In die Musik mischten sich leise Vogelstimmen.

Viel zu schnell war das Musikstück aus. Richard hielt sie lachend fest, ihr schwindelte ein wenig. Oder eigentlich ein bisschen mehr als ein wenig. Der Wein und diese Musik!

»Das war lustig!«, rief sie. »Nur bewegen kann ich mich in diesem engen Rock zu wenig.«

»Das geht schon!«, rief er.

Und die Schuhe – die Schuhe waren einfach nicht geeignet. Mit den klobigen Sohlen aus Holz, die ihr ein Nachbar auch schon vor Ewigkeiten gemacht hatte, konnte sie sich nur schlecht übers Parkett bewegen.

»Nicht jeder von uns kann wie der göttliche Fred Astaire sein oder die noch göttlichere Paulette Goddard.« Er zeigte auf ein Plakat an der Wand.

Lotte sah das Foto an. »Tolles Kleid mit dem weiten Rock! Und diese Schuhe …« Sie seufzte. So wie es aussah, würde sie nie mehr solche Schuhe haben.

Schon kam das nächste Musikstück.

»Na dann. Auf ein Neues!«

Sie wirbelten wieder herum, Lottes Schuhe klapperten, doch einzeln herumstehende Männer warfen ihnen anerkennende Blicke zu. Oder galten die nur ihr? Lotte warf ihre Haare nach hinten.

Nach einigen Tänzen gingen sie zurück zum Tisch. So lebendig hatte sie sich lange nicht mehr gefühlt.

»Macht Spaß, stimmts?« Richards grüne Augen funkelten.

Sie nickte. Durfte das Leben doch wieder schön werden?

Eine Weile später brachte sie Richard nach Hause – oder an den Ort, der einmal ihr Zuhause gewesen war. Ob es schön wäre, wieder hier am See zu leben? Aber es gab ja vermutlich auch jetzt keine Arbeit. Den ganzen Abend hatte sie nicht mehr an das Café Schwarz gedacht. Die Stadt Wien war ja jetzt ihr Lebensmittelpunkt. Wien mit seinen Bombentrichtern und Zerstörungen und den russischen Besatzern. Und sie war die Frau, deren Mann im Krieg vermisst war. Morgen musste sie sich um die Beschaffung von Lebensmitteln kümmern. Damit sie im Kaffeehaus was zu verkaufen hatten. Und sie ihre Arbeit behielt. Morgen war alles wieder vorbei. Dieses Vergnügen und …

»Was ist?« Richard sah sie im Dunkel der Nacht von der Seite an.

»Ach nichts.«

»Du hast so schwer geseufzt.«

»Ach, es ist nur … in Wien ist es so anders als hier. Ständig die Angst vor den Russen.«

»Amerika bemüht sich um ein gutes Verhältnis zu den Einheimischen«, sagte er ernst und verlangsamte das Tempo, als wolle er noch länger mit ihr reden, mit ihr zusammen sein. »Es wird noch verhandelt, welche Besatzungsmacht welches Gebiet übernehmen wird.«

»Aha.«

»Wenn etwas ist, Lotte, du kannst immer zu mir kommen, wenn du Hilfe brauchst, okay?« Richard warf ihr einen Seitenblick zu. »Solltest du es in deinem Wien nicht aushalten oder sollte eine Gefahr bestehen. Okay?«

Das Auto bog in die Gasse ein, in der ihr Elternhaus stand, und kam zum Stehen. Überall waren die Fenster dunkel. Nur sie war noch wach, sie und Richard.

»Danke, Richard.« Sie spürte Tränen hochsteigen. »Das hat schon so lange niemand mehr zu mir gesagt.« Bevor sie die Fassung verlor, stieg sie aus.

»Es war ein wunderbarer Abend«, brachte sie gerade noch heraus.

»Das freut mich sehr! Ich wollte, dass du …« Er trommelte auf das Lenkrad und beugte sich dann zu ihr aus dem Seitenfenster. »Weißt du, dieses *angry girl* mit der Flinte im Wald hat mir Angst gemacht.«

»Was heißt ›angry‹?«

»Wütend. Oder zornig.«

»Ich? Dir? Angst? Ich – hab dir – Angst gemacht? Aber du bist Soldat!« Sie prustete los. Richard stimmte mit ein und zuckte mit den Achseln.

»Ich wollte, dass das angry girl lachen kann.«

Sie lachte noch lauter.

»Das ist dir gelungen!«, sagte sie. »Also dann, servus!«

»Bye.« Er hob grüßend eine Hand.

Lotte ging im Licht der Scheinwerfer auf ihre Haustür zu, suchte in der Handtasche nach ihrem Schlüssel. Früher hatte niemand abgesperrt, aber heutzutage … Sie drehte sich noch einmal um. Richard winkte und fuhr langsam los.

Bis vorhin hatte sie an nichts und niemanden gedacht als an sich, an Richard und seine Kameraden. Aber nicht an Erich, nicht an Gisi und auch nicht an Evi und ihre Kleine. An gar nichts. Außer an sich selbst, an die Tanzschritte und die Musik.

Ich müsste mich schuldig fühlen.

Doch da war nichts dergleichen.

Es war ein fröhlicher Abend gewesen. Ein Abend ohne Sorgen, kurz genug. Sie fühlte sich beschwingt, fast ein wenig berauscht, als sie immer noch mit der Musik im Ohr durchs Haus ging. Mit einem warmen Gefühl legte sie sich ins Bett, zum ersten Mal seit Langem in ihrem Elternhaus. Und zum ersten Mal seit Langem war sie satt. So richtig satt.

53

Viel zu früh krähte am Morgen ein Hahn. Diese Seite des Landlebens hatte Lotte beinahe vergessen. Allerdings, wo war überhaupt noch ein Federvieh am Leben, statt im Kochtopf gelandet zu sein?

Lotte streckte sich. Es war noch dunkel im Haus und immer noch irgendwie feucht und kalt, obwohl sie sich dick zugedeckt hatte. Hier war eben viel zu lange nicht geheizt worden. Vielleicht sollte sie den Ofen befeuern – andererseits war Mai, das Wetter sollte wärmer werden. Und Brennholz müsste sie auch von irgendwem borgen, von Margarete oder einem anderen Nachbarn. Oder in den Wald gehen und welches organisieren. Der Aufwand lohnte sich nicht, so bald, wie sie wieder nach Wien fahren wollte.

Erst einmal frühstücken, und dann musste sie sich um weitere Lebensmittel kümmern. Obwohl sie allmählich sogar unter dem alten Federbett fror, musste sie sich zwingen aufzustehen. Sie machte Licht und zog mit klammen Fingern den Pyjama aus und ihr Tagesgewand an. Nachher musste sie Margarete noch die geborgten Kleidungsstücke zurückbringen.

Wieder meinte sie, die tolle, schwungvolle Musik zu hören, leider nur im Kopf. Sie erinnerte sich an ihre Tanzversuche, ihre gute Laune. Beschwingt ging sie in die Küche und überlegte – etwas Warmes im Bauch wäre gut, aber sie hatte weder Kaffeebohnen noch Tee. Sie hätte ein paar Kräuter für Tee sammeln können. Im Wald war ja Richard aufgetaucht, und damit war alles andere in den Hintergrund gerückt. Aber sie könnte die Milch, die er ihr gegeben hatte, aufwärmen. Da standen ihre Schätze ja. Mit der Dose Kondensmilch ging sie zum Herd und goss den ganzen Inhalt in ein Kännchen, das sie auf die Flamme stellte.

Während sie wartete, sich die Hände über dem Herd wärmte, dachte sie wieder an Richard. War er enttäuscht von ihr gewesen? Hatte er mehr erwartet? Dass sie ihn mit ins Haus nahm? Hoffentlich nicht. Auf der anderen Seite war er allzu nett zu ihr … da steckte doch eine Absicht dahinter? Oder?

Ein leicht verbrannter Geruch brachte sie in die Wirklichkeit zurück. Die Milch! Sie drohte überzukochen. Rasch zog sie das Kännchen weg von der Flamme, verbrannte sich dabei den Daumen und ärgerte sich über sich selbst.

Du darfst nicht so vor dich hin träumen!

Sie goss den weißen Schatz in eine Tasse mit rosa Blümchenmuster. Ihre Mutter hatte oft daraus getrunken. Jeder in ihrer so kleinen Familie hatte früher seine Lieblingstasse gehabt, auch ihr Vater, auf seiner waren Hirsche abgebildet gewesen, auf der von Lotte knallrote Äpfel. Wo war die hingekommen? Sie suchte überall, fand die Tasse aber nicht. Sie erinnerte sich zwar nicht, aber wahrscheinlich war sie zu Bruch gegangen.

Lotte nahm einen Schluck von der süßlichen Milch. Was für ein Luxus! Ob Erich etwas Warmes zu sich nehmen konnte? Oder Evi und ihre Tochter, wo immer sie waren? Lotte würde den beiden etwas von ihren Sachen abgeben, wenn sie sie endlich wiedersah. Hoffentlich bald.

Während Lotte langsam Schluck für Schluck trank, wurde es vor dem Küchenfenster zaghaft hell. Nun fühlte sie sich bereit, ihr Tagwerk anzugehen. Sie suchte nach der Börse mit dem wenigen Bargeld. Zum Eintauschen hatte sie nichts. Mit zwei Fingern berührte sie den Ehering. Von dem würde sie sich nicht trennen, er war ihr einziges Schmuckstück.

Sie wusch Tasse und Kännchen ab, kontrollierte den Herd, dann verließ sie das Haus. Draußen holte sie einen zerfleddert aussehenden Korb aus dem Geräteschuppen. Alles ging hier vor die Hunde!

Dafür zeigte sich die Sonne strahlend, ein einziges Versprechen über den Apfelbäumen. Die Wärme im Gesicht tat so gut. Hoffnung machte sich vorsichtig in Lotte breit.

Sie passierte Margaretes Häuschen und ging die Gasse entlang. Beim übernächsten Nachbarn auf der anderen Seite klopfte sie als Erstes. Lotte konnte sich nur noch daran erinnern, dass hier ein verwitweter Eisenbahner wohnte, die Kinder waren in alle Windrichtungen weggezogen. Niemand öffnete. Ob der Sepp bei der Arbeit war? Ob er überhaupt noch lebte? Vielleicht hatte er doch noch in den Krieg ziehen müssen, obwohl die Arbeit bei der Bahn ja oft half, das zu vermeiden.

Sie ging weiter. An Sepps Grundstück schloss der Obstgarten der »Herrschaft« an, der ehemals adeligen Familie Elss. Sah gut bewirtschaftet aus, der Garten. Doch wieder öffnete Lotte niemand, und das hohe Gittertor war mit mehreren Schlössern und Stacheldraht obendrauf gesichert.

Langsam ging sie weiter und erreichte die Hauptstraße. Eine getigerte Katze kam von links auf sie zugeschossen, stockte bei Lottes Anblick und drehte um. Weg war sie, verschwunden im Gebüsch am Straßenrand. Hier stand die Mostwirtschaft vom Karl, daneben Häuser mit kleinen Läden im Erdgeschoss, alle waren geschlossen. Niemand in der Gasse hatte eine eigene Landwirtschaft, da brauchte sie nicht zu fragen. Besser sie bog ab und ging hinauf Richtung Kalvarienberg.

Endlich machte ihr jemand auf.

»Du, Lotte?« Helga sah sie überrascht an. Sie hatte graue Haare an der Stirn und harte Falten um den Mund. Waren sie nicht fast gleich alt? Der Krieg hat keiner von ihnen was geschenkt.

»Servus, Helga. Du, ich hab eine Frage. Ich brauch dringend Lebensmittel, weil …«

Ein mitleidiger Ausdruck überzog Helgas Gesicht. »Da kommst zu spät. Tut mir leid.«

»Was ist passiert?«

»Unsere Truppen. Sie haben alles mitgenommen. Und was sie nicht mehr tragen konnten, haben sie angezündet.«

»Was?!!!!«

»Komm, schau es dir an.« Helga öffnete die Tür weiter. Zögernd betrat Lotte das Haus. Helga führte sie hinten hinaus auf den Hof.

Lotte musste mehrmals zwinkern, so unwirklich sah alles

aus. Eine einzige schwarz verkohlte Rußlandschaft. Ein niedergebrannter Baum, von dem nur noch ein Stumpf schräg und schwarz in die Höhe ragte.

»Das waren mal die Stallgebäude. An die fünfzig Enten, Gänse und ein paar Hasen haben wir gehabt.«

Sogar der Boden im Hof war kohlschwarz.

»Das tut mir leid«, sagte Lotte leise.

Helga nickte nur. Nicht nur in Wien waren die letzten Kriegstage verheerend abgelaufen. Sie verabschiedete sich still und klopfte am nächsten Haus. »Ich brauche Lebensmittel«, wiederholte sie ihren Spruch. »Ich hab ein bisschen Geld.«

»Geld kann man nicht essen«, antwortete ihr der alte Jörgl und kratzte sich am hageren Kinn. »Sonst hast nix?«

»Tut mir leid.« Sie dachte an die Schätze, die ihr Richard gegeben hatte – nein, nichts davon wollte sie gegen was anderes eintauschen. Nichts davon mochte sie teilen.

»Ami-Zigaretten vielleicht?«, fragte Jörgl hoffnungsvoll.

»Nein, wieso sollt ich …?«

»Warst nicht gestern … aus mit einem von denen?«

Lotte zuckte mit den Achseln. Auf die Nase binden würde sie das ganz sicher keinem, auch nicht dem Jörgl. Dieses Dorf und seine Tratschereien!

»Dass du ein Dollar-Mädl wirst!«, sagte Jörgl verächtlich. »Wenn das deine Mutter mitbekommen hätt!«

Lotte ging, die Hand zum Gruß erhoben, weiter bergauf. Das Spiel wiederholte sich. Sie bot Geld an, niemand konnte oder wollte ihr etwas verkaufen. Einmal sah sie, während sie mit einer Bäuerin redete, hinter ihr im Raum Radios und Teppiche gestapelt.

»Was hast denn du da alles?«, fragte Lotte verdutzt.

»Das ist etwas mit Tauschwert, meine Liebe.« Die Bäuerin knallte schnell die Tür zu dem hinteren Raum zu.

»Aha.«

Sprachlos ging Lotte weiter und überlegte, was sie tun könnte. Kleidung gab es nicht zum Tauschen, Teppiche besaß sie nicht. Ob ihre Chefin das Radio hergeben würde?

Viele Stunden war Lotte erfolglos unterwegs, die Füße wurden schwerer und schwerer. Und nun? Wenn es nicht einmal hier was zu essen gab?

Der Himmel war jetzt verschleiert. Lotte wurde immer langsamer. Ihr Korb war immer noch fast leer, nur ein paar grüne Zwiebeln hatte sie in einem verlassenen Garten gefunden und mitgenommen. Die hoch am Himmel stehende Mittagssonne brannte auf sie herunter, nirgends gab es Schatten auf den Landstraßen. Lottes Kehle war trocken. Sollte sie umdrehen und heimgehen? Nicht einmal die Vögel sangen. Alle schienen Mittagsruhe zu halten.

»Ami-Flitscherl!«, zischte es plötzlich böse hinter ihr. Lotte fuhr vor Schreck zusammen. Karl, der Mostwirt, tauchte hinter ihr auf.

»Hast dich gestern fein herumgetrieben, was?« Karl verzog abfällig den Mund. Wie fett er war! Einer wie der richtete es sich wohl immer.

»So, und wenn schon? Was gehts dich an?«

»Eh nix.«

»Man muss schauen, wie man weiterkommt. So ist es nun mal.« Lotte nahm den Korb in die andere Hand und wandte sich zum Gehen.

Da spuckte Karl vor ihr aus.

Lotte zuckte zusammen.

»Niemand soll einer wie dir etwas geben«, zischte er, »hast mich verstanden?«

Hämisch lachend, eilte er davon. Resigniert ließ Lotte den Arm mit dem Korb sinken und setzte sich an den Straßenrand.

Hatte sie wirklich gedacht, dass es jetzt aufwärtsging? Wegen einem Paar grüner Augen und einem schönen Abend?

54

Weitergehen.

Weitermachen.

Nicht aufgeben.

Was anderes zählte nicht.

Nach einer Weile nahm Lotte ihren Korb wieder auf und probierte es weiter.

Ami-Flitscherl, hörte sie es wie ein Echo immer wieder hinter sich raunen. *Dollar-Mädl.*

Der See plätscherte unbeteiligt vor sich hin. Lotte lehnte sich ans Geländer und starrte das dunkle Wasser an. Wellen schlugen gegen die Kaimauer. Der fast leere Korb stand neben ihr. Verdammt, was sollte sie tun? Die paar Konserven von Richard würden nicht lange reichen, selbst wenn sie sie nur für sich verwendete. Angst schlug die Krallen in ihre Eingeweide, in ihr Herz, das gestern noch so fröhlich gewesen war, direkt befreit.

Hunger.

Sie würde wieder hungern.

Sie hatte ihr ganzes Dorf abgeklappert. Hatte wirklich keiner Lebensmittel abzugeben? Oder folgten sie Karls Befehl, ihr nichts zu überlassen?

Ihre Hand lag an der Börse. Ein Gedanke schoss plötzlich durch sie hin. Lag es an dem, was sie zu bieten hatte? War es zu wenig? Fieberhaft überlegte sie, während auf der Straße hinter der Esplanade ein Militärkonvoi vorbeifuhr. Die Sternenbanner flatterten im leichten Wind. Was hatte der alte Jörgl gesagt? Geld kann man nicht essen. Und noch was … Nach Ami-Zigaretten hatte er sie gefragt. Lotte sah dem letzten Panzer hinterher.

Zigaretten also.

Ja, einen Versuch war es wert.

Einen Entschluss gefasst zu haben, gab ihr neuen Auftrieb. Sie packte den Korb, sah die Schwäne um Futter betteln, die vermutlich auch nicht viel abbekamen heutzutage, und verließ die früher so hübsche Promenade am See. Wieder trafen sie die Blicke der Passanten, viele davon abfällig. Hatte denn wirklich jeder von ihrem Abend bei den Amerikanern erfahren? Diese Enge auf dem Land, dieses ewige Beobachtetwerden – schlagartig sehnte sie sich zurück nach der Stadt.

Gmunden wenigstens war größer als ihr Heimatdorf, und nicht alle kannten sie. So manche zerlumpten Gestalten begegneten ihr auf dem Weg, ganze Familien waren unterwegs, fremdartig und ärmlich gekleidet, die ziellos herumstrichen. Männer mit hageren Gesichtern und kahl rasierten Köpfen. Düstere, abgemagerte Gestalten. Andere mischten sich darunter, mit Blicken, die Lotte ganz und gar nicht gefielen. Automatisch hielt sie ihre Börse fest. Niemandem gönnte sie ihr Geld, niemandem, auch wenn es ihr bisher nichts gebracht hatte!

Der Himmel leuchtete grell, als wäre nicht gerade ein Krieg zu Ende gegangen. Zögernd ging Lotte an den Geschäften vorbei. Die Auslagen wirkten allzu leer. Nur hier und da lagen einsam ein ausgebleichtes Buch, ein Schuhlöffel oder Ähnliches. Lotte rang mit sich. Sollte sie …? Andererseits, welche Alternative gab es sonst? Sie ging langsam über den Hauptplatz, sah aus einem der Gasthäuser weitere Gestalten in fremdartiger, zerlumpter Kleidung kommen, offenbar ein Flüchtlingsquartier. Eine ältere Frau in blau-weißer Schwesterntracht hantierte scheppernd mit Milchkannen.

Lotte zögerte. Sollte sie wirklich zu den Amerikanern gehen? Sie wollte umkehren, blieb erneut stehen. Aber was dann?

Nur Mut, sagte sie sich. Hatte nicht Richard selbst angeboten, ihr zu helfen?

Eben.

Ehe sie es sich noch einmal anders überlegen konnte, ging sie zielstrebig den Abhang hinauf, der aus dem Zentrum hinausführte, und kam zur Kommandantur der Amis. Wieder einen Moment Zögern. Was wenn …? Aber was sollte ihr schon zustoßen? Sie war da drinnen gewesen – und nichts war ihr passiert.

Wer es nicht probiert, hat schon verloren.

Langsam näherte sie sich dem Eingang. Zwei amerikanische Soldaten standen recht lässig davor und hielten Wache. Der schmale Wiesenstreifen vor der Villa war verdorrt. Sie versuchte, an den Männern vorbeizuschielen. Einer von ihnen hob sein Gewehr ein wenig höher und trat ihr entgegen.

»Richard«, brachte sie hervor. »Ich möchte Richard sprechen.«

Der Soldat blinzelte gegen die Sonne an, ließ das Gewehr wieder sinken und verzog einen Mundwinkel zu einem spöttischen Grinsen. Die beiden redeten irgendwas, in dem das Wort »Fräulein« vorkam.

»No visits«, sagte schließlich einer und wedelte mit der Hand, um sie wegzuscheuchen.

»Was? Ich verstehe kein Englisch.« Sie hob die Hände. »Tut mir sehr leid!«

Die Soldaten schüttelten beide energisch die Köpfe. Freundlich, aber resolut.

Und jetzt?

Sie entfernte sich ein paar Schritte, blieb stehen und sah zurück zur Villa. Militärfahrzeuge rollten auf die Einfahrt zu, wurden von den Wachsoldaten kontrolliert, passierten schließlich. Andere Uniformierte verließen das Gebäude zu Fuß. Alles weit weniger zackig, als sie es von den deutschen Soldaten kannte. Passanten warfen Lotte verächtliche Blicke zu. Sie duckte sich hinter einige Büsche und wischte sich über die verschwitzte Stirn. Ihre Hände fühlten sich schmutzig an, und auch die Haut im Gesicht war voller Staub. Wie peinlich … Kein Wunder, dass alle sie so komisch anschauten.

Einen Moment später überrollte sie wieder heißer Zorn. Konnte sie vielleicht etwas für die Situation? Hatte sie den Krieg angezettelt? Sie hatte niemandem etwas getan. Es gab nichts, wofür sie sich zu genieren brauchte. Absolut nichts. Nicht einmal für ihr abgetragenes Kleid und schon gar nicht für Staub und Schweiß aufgrund ihrer ehrlichen Bemühungen.

Was sie benötigte, waren Lebensmittel. Etwas in den

Magen, verdammt noch mal! Sollte sie wieder stehlen? Oder wildern? Das hatte ja auch nicht geklappt, weil dieser Richard sie dabei ertappt hatte.

Sie schlüpfte hinter dem Gebüsch hervor. Während sie verzweifelt nach einer Lösung, einem Ausweg suchte, näherte sich ihr eine gebeugte Gestalt. Es war der Förster Florian in seinem grünen Gewand. Er musste im Alter ihrer Eltern sein, wenn sie sich recht erinnerte.

Ami-Flitscherl, schrillten die Stimmen in ihrem Kopf.

Hörte das nie auf? Der ganze Kampf? Der Streit, die Bedrohung?

»Servus, Lotte. Lang nicht gesehen.« Florian lüftete den Hut vor ihr.

»Grüß dich, Flo«, krächzte sie müde.

»Wie gehts immer so? Wie läufts in der Stadt?«

Wie freundlich er klang. Das war doch eine Falle! Eine weitere Falle.

»Muss schon gehen«, brachte sie hervor.

Sie sehnte sich nach der Starre am Kriegsende. Nichts spüren, rein gar nichts.

»Aber, Mädel, was hast denn?« In den dunklen Augen des Försters glomm etwas Warmes auf.

»Nichts. Ich such nur vergeblich Lebensmittel. Aber wird schon werden, keine Bange. Ich weiß mir schon zu helfen.«

Sie griff ihren Korb fester und wandte sich ab. Eine große warme Hand legte sich sanft um ihren Oberarm. »Lotte, sag, was los ist. Ich bitt dich. Wir stehen hier doch zusammen.«

»Du kannst mir auch nicht helfen.« Wenn Richard nicht aufgetaucht wäre, hätte sie in Florians Wald gewildert. Dann hätte sie jetzt zumindest ein Kaninchen.

»Bist sicher?« Sein Blick war besorgt auf sie gerichtet. Seine grüne Försterhose war mit blauen und grauen Stücken geflickt.

»Wie läufts bei dir so?«, fragte sie, um das Thema zu wechseln.

Er deutete mit einer Kopfbewegung auf das Hauptquartier der Amis. »Ich muss in die Höhle des Löwen. Wir müssen uns alle melden. Ob wir Nazis waren, weißt. Die wollen uns entnazifi…, na, Dings halt.« Jetzt blickte Florian ihr nicht in die Augen. »Also, die, die Nazis waren.«

»Aha.«

»Wir im Forst haben uns immer neutral verhalten, kannst mir glauben.«

»Ich hab nix g'sagt.« Jetzt waren sie es natürlich alle nicht gewesen.

Florian nickte.

»Hast du vielleicht was von meiner Freundin gehört?«, fragte sie einer Eingebung folgend.

»Von der Margarete ihrem Mädel?«

»Der Gisi, ja.« Hoffnungsvoll schaute sie ihn an.

»Nein, warum sollt ich?«

»Nur so.«

Lotte wurde unwohl, direkt flau.

»Lotte, was bist auf einmal so blass?«

»Ich glaub … mir ist … ein bisserl schlecht.« Spitz und grell stach ihr die Sonne in die Augen, dass es wehtat. Sie schluckte gegen die ausgedörrte Kehle an. Schweiß trat ihr auf die Stirn. Sie konnte doch nicht wieder schwanger sein? Das wäre ja wohl der allerblödeste Zeitpunkt dafür.

Die Geräusche der Autos drangen wie durch Watte an ihr Ohr. Es rauschte, der Boden hob sich ihr entgegen.

Nur schlafen.

Einmal wieder beruhigt schlafen.

Beruhigt und satt.

Das konnte doch nicht zu viel verlangt sein.

55

Lotte schlug die Augen auf. Weiß. Schmerzen. Irgendwas mit ihrem Arm. Seltsamer Geruch. Übelkeit. Nicht bewegen, dann ging es gerade. Weiterschlafen. Schlafen bis …

Der Schmerz am Arm wurde stärker, zog in die Schulter.

»Was machst du für Sachen?«

Eine Männerstimme. Florian. Lotte schlug die Augen auf. Ein weißer Raum. Ein Fenster. Sie lag in einem Bett.

»Du bist plötzlich umgefallen.« Florians Hand lag an ihrem Arm.

»Umgefallen?«

»Ja, draußen. Vor dem Tor.«

Richard.

Sie haben mich nicht zu ihm durchgelassen.

»Und … jetzt?«, brachte sie hervor. »Was … wo …?«

»Im Hospital bei den Amis wird es dir bald besser gehen, ganz sicher.« Der Förster drückte ihren Arm. War das der Schmerz …?

»Was ist mit meinem Arm?«

»Nichts. Du bist gestürzt und drauf gefallen. Hast Glück gehabt. Hätte blöd ausgehen können, Lotte.«

»Danke.«

»Keine Ursache. Die Wachhabenden haben jemanden gerufen, der dich reingetragen hat. Du bist auf der Krankenstation.«

Jetzt war sie also doch hereingekommen, anders als gedacht. Lotte entkam ein Kichern.

Florian sah sie irritiert an. »So lustig war das auch wieder nicht!«

Das nächste Mal, als sie wach wurde, war es dunkel im Raum. Sie fühlte sich etwas klarer. Bei ihren Bewegungen wurde ihr nicht mehr so übel. Niemand saß an ihrem Bett. Im Raum war es still, nur das regelmäßige Atmen von jemand anderem drang zu ihr herüber. Zwei Betten standen im Raum, ihres und noch eines. Und eine schwache Lampe brannte über einer Tür. Lotte hob den Kopf und erkannte einen langen schwarzen Haarschopf auf dem weißen Bettzeug. Die andere schlief wohl.

Sie musste schon wieder eingeschlafen sein. Jetzt war greller Morgen draußen. Das Licht stach, der Kopf schmerzte grässlich.

»Lotti!« Richard wirbelte zur Tür herein.

Ihre Kopfschmerzen wurden noch schlimmer. Sie strich mit Fingerspitzen über die Decke. Gestärkte, gute Baumwolle.

»Ich musste nachsehen, ob das du bist, als ich den Namen Lotte Schwarz gelesen hab.«

»Wer soll ich sonst sein?«

»Wer möchtest du denn gern sein?«, alberte er.

»Jemand, der immer zu essen hat und in Ruhe schlafen kann, ohne Sorgen.« Sie schloss die Augen, ihre Hände ruhten wieder auf der Decke. »Und ohne Schmerzen.«

»Dann hast du jetzt die Gelegenheit. Du bist so unterernährt, da wäre jeder umgefallen, sagt unser *Doctor* Hergott. Der wird dich aufpäppeln.«

»Aber das – das geht nicht! Ich muss zurück zur Arbeit. Und vorher die Zutaten fürs Essen beschaffen. Und … Frau Schwarz kündigt mir sonst. Ich muss los, zurückfahren.«

»Erst einmal musst du gesund werden.« Richards Stimme klang streng. »In deinem Zustand ist damit nicht zu scherzen, *my angry Fräulein.*«

»Ich werde gleich wieder zornig.« Schwungvoll setzte sie sich auf und sprang aus dem Bett. »Oh, hoppala.« Sie fiel auf den Linoleumboden vor Richards Füße. Sie tastete nach Halt an dem metallenen Bettgestell und zog sich wieder hoch. »Bin doch noch … ein wenig … müde.« Sie registrierte das weiße Nachthemd, das sie trug. Hitze schoss in ihre Wangen.

»*No worries, dear*. Die *nurse* hat dich umgezogen.« Richard schien tatsächlich Gedanken lesen zu können. Seine Gegenwart wirkte beruhigend und aufregend zugleich. Lottes Herz klopfte viel zu schnell. »Komm, leg dich wieder hin.«

»Also gut.«

Dann war das eben jetzt so.

Nur, wie sollte das alles weitergehen? Wie … sollte sie weiterleben? Und … wofür eigentlich? Es war doch alles egal.

»Es wird sich alles fügen, Lotti, *believe me*. Ich werde dir helfen. Aber du musst versprechen, brav zu sein und den Anweisungen unseres Doctors zu folgen.«

»Aber …«

»Bitte. Sei clever. Deiner Gesundheit zuliebe.«

Sie lauschte seinem schwachen Akzent nach, der so sicheren Stimme. Auch etwas, das komplett ungewöhnlich war.

Seine Worte klangen so beruhigend. Lotte spürte, wie ihr die Augen erneut zufielen.

56

»So gefällst du mir schon besser.« Richard leistete Lotte an diesem Morgen Gesellschaft beim Frühstück. Sie war immer noch auf der amerikanischen Krankenstation und saß im Bett, ein Tablett vor sich, darauf ein Ei, Brot, jede Menge Butter und echter Bohnenkaffee. Das Gefühl, satt zu sein, war merkwürdig. Fast, als wäre sie zu satt. Aber nur fast. Ihre Eingeweide schwiegen. Es war, als würde sie träumen. Bloß jetzt nicht aufwachen!

Lotte hielt scherzhaft das Messer mit der Spitze auf Richard gerichtet. »Pass auf, was du sagst.«

»Nicht zornig werden!« Er hob in gespielter Angst die Hände.

Lotte warf den Kaffeelöffel nach ihm.

»Ach, dann kann ich ja wieder gehen. Ich wollte dir eigentlich einen Vorschlag machen.« Richard stand auf, fischte den Löffel unterm gegenüberliegenden, momentan leeren Bett hervor und ging mit großen Schritten zur Tür. Sein Rücken bebte ein wenig. Der lachte!

»Moment!« Sie sprang aus dem Bett, diesmal klappte das ohne Unfall. Dafür landete das Frühstückstablett auf der Decke. Ein Rest Kaffee ergoss sich darüber.

»So kommst du mir nicht davon!« Sie holte Richard ein

und hielt ihn an der Schulter zurück. »Was wolltest du vorschlagen?«

Er schenkte ihr einen langen belustigten Blick. »Ich muss demnächst über Land fahren, um … egal, ein paar Dinge zu erledigen.«

»Aha.« Lotte ging zurück zu ihrem Bett, griff nach dem Brot, das überraschenderweise auf dem Teller liegen geblieben war, und nahm einen großen Bissen. Der Kaffeefleck breitete sich fröhlich auf der weißen Wäsche aus. »Und was ist dein Vorschlag?«

»Du könntest mitkommen, und wir schauen, was du von den Bauern bekommen kannst.«

»Wie willst du so ein Wunder vollbringen? Mit gezogener Waffe, oder wie?« Ihr wurde plötzlich wieder übel. Sie setzte sich. Sie war doch nicht wirklich … in anderen Umständen?

Richards Hand glitt in seine Tasche. »Damit.« Er hielt ein Päckchen Zigaretten hoch. »Hat noch die meisten dazu gebracht, etwas einzutauschen.«

Jetzt erinnerte sie sich wieder an ihre eigene Idee. »Der alte Jörgl … genau! Der hat das schon angedeutet.«

»Die neue Währung. Damit bist du erfolgreich.«

»Ach, ich weiß nicht …«

»Wovor hast du Angst? Mehr, als dass es nicht klappt, kann nicht passieren.«

Sie sah ihn an, diesen Ami, der da in ihr Leben geschneit war, der Anteil nahm, wo andere nur den Kopf geschüttelt, vor ihr ausgespuckt oder die Tür vor der Nase zugeknallt hatten.

»Ach, ich weiß auch nicht …«

»Es wird klappen, glaub mir.«

Nach einiger Überlegung ließ sie sich auf Richards Idee ein. Die Luft war wunderbar mild, als sie am nächsten Morgen ins Freie trat. Sie war endlich aus der Krankenstation entlassen und hatte die Nacht allein in ihrem Elternhaus verbracht.

Sie hatte einen alten Rock, eine Bluse und ein Kopftuch ihrer Mutter an. Jetzt fuhren sie in Richards Jeep über die Landstraßen, weg vom See, raus aus Gmunden und immer noch weiter. Irgendwohin, wo niemand Lotte kennen würde. Darauf hatte sie bestanden, ehe sie in Richards Vorschlag eingewilligt hatte. Wieder schien die Sonne, die Bäume blühten, bunte Blumen standen am Wegesrand. Alles war wie ein Versprechen. Ein Versprechen für einen Neuanfang …

Langsam passierten sie Dörfer, die Lotte auch noch nicht kannte. Richard hielt am Ortsrand, erledigte, was auch immer er zu erledigen hatte. Währenddessen ging Lotte mit den Zigaretten von Haus zu Haus. Hier gab es größere Bauernhäuser, die Leute konnten von ihrer Landwirtschaft leben, auch war offenbar weniger zerstört worden. Die Menschen öffneten auch hier mit misstrauischen Blicken, doch Lottes jetziges Angebot veränderte die Situation. Sie konnte einen Sack Erdäpfel eintauschen und Äpfel vom vorigen Herbst. Herrlich, das bedeutete Apfelstrudel. Wenn sie irgendwie an Mehl käme. Einer gab ihr sogar einen Topf Schmalz, ein wahrer Luxus. Und ein Stück Speck. Lotte dachte an die Erbsen. Freundlich waren die Leute alle nicht, aber Geschäfte machten sie mit ihr.

»Darf ich in einiger Zeit wiederkommen?«, fragte sie jeden. Immer öffneten die Männer die Tür. Lotte bemühte sich, Hochdeutsch zu sprechen oder Wienerisch, damit sie sie nicht als eine Einheimische erkannten. Misstrauische Blicke erntete sie trotzdem. Aber solange sie Zigaretten anbieten konnte, war alles andere zweitrangig.

Die Sonne brannte bereits vom Himmel, als sie wieder einmal mit Richard zusammentraf.

»Ich schlage eine Pause vor, was hältst du davon?«, meinte Richard nach einer Weile.

Diese grünen Augen! Und dieses Lächeln! Sie musste Abstand zwischen sie beide bringen. Das ging so nicht weiter. Das war zu gefährlich. Brandgefährlich.

»Und wenn uns die Leute zusammen sehen?«

»Die haben uns auch so schon bemerkt, beim Fahren. Na komm, ein kleines Picknick, das wär doch nett.«

»Also gut«, stimmte sie zu, weil sie einer Pause in der Hitze nicht abgeneigt war, und auch, weil Sonnenlicht und das Erworbene sie fröhlich machten. Und weil davon die kleine, wilde Hoffnung Nahrung bekam. Dass das Leben besser würde. Leichter. Dass ihr diese Last endlich von den Schultern rutschen würde. Diese Last, ums pure Überleben zu kämpfen.

Sie stieg also wieder in den Ami-Jeep und nahm die Mischung aus Treibstoff und Richards schwachen Duft wahr. Er fuhr los. Stolz betrachtete sie ihre neu erworbenen Vorräte.

Genug zu essen.

Was war schon dabei, jetzt ein wenig auszuruhen und sich zu unterhalten? Vielleicht würde sie Nützliches erfahren!

Von wegen.

Du willst Zeit mit diesem Mann verbringen, gib es zu.

»Wir könnten den Speck kosten, wenn wir irgendwo Brot herbekommen«, schlug Lotte vor, auch um sich selbst abzulenken.

Richard nickte, nach einer Weile hielt er am Straßenrand,

stieg aus und verschwand in einem kleinen Laden an der Ecke. Kurz darauf kam er wieder heraus, einen runden Laib Brot siegreich hochhaltend. Als er einstieg, breitete sich der Duft des Brotes aus. Richtiges dunkles Bauernbrot wie in ihrer Kindheit!

»Wie bist du denn daran gekommen?«, fragte Lotte staunend. Ihr Magen meldete sich fast klagend.

»Du kennst ja meine Währung.« Er grinste und gab ihr das Brot zum Halten. Am liebsten hätte sie sofort davon abgebissen. Die Zähne in die Kruste schlagen, das weiche Innere schmecken, langsam kauen, genießen. Mit aller Macht zwang sie sich, ruhig sitzen zu bleiben.

»Jetzt bist du dran, wo ist ein schöner Picknickplatz?«

»Ich weiß eine Stelle am See, die ist so versteckt, da kommt kaum jemand hin.«

Er nickte, und sie lotste ihn die Straßen entlang. Sie näherten sich wieder dem See.

»Hier muss es sein.« Sie zeigte zu einer Stelle, an der die Bäume dicht wuchsen und die Wiese davor saftig grün wirkte. Immer noch diese Faszination, dass in ihrer Heimat kaum etwas zerstört worden war. »Da muss der Durchgang sein.«

Richard verlangsamte. Tatsächlich öffnete sich eine schmale Schneise zwischen den Bäumen. Der Jeep passte gerade so durch. Sie rumpelten einen Feldweg entlang.

»Ist das sicher der richtige Weg?«, fragte Richard zweifelnd.

»Ja. Glaub mir, da waren wir als Kinder öfter. Da vorne, wo die Wiese endet, geht es nur noch zu Fuß weiter.«

»Also gut.« Er stellte den Wagen an der Seite hinter Büschen ab, sodass er von der Straße nicht zu sehen war. Der Motor verstummte, sie stiegen aus. Stille umfing sie.

»Komm, diese Richtung.« Sie ging voran, alles wirkte so vertraut, das weiche Gras, der Geruch der Erde, die Gänseblümchen, die sie früher zu Kränzen fürs Haar geflochten hatten. Früher waren sie immer im Sommer hier gewesen, Gisi und sie und andere junge Leute.

Gisi … jetzt wollte sie einmal nicht an sie denken. Sonst würde sie wieder traurig werden.

Sie nahmen das Essen mit, und Richard brachte zwei kleine Flaschen mit einer dunklen Flüssigkeit. Eine davon öffnete er mit einem Zischen und bot sie Lotte an.

»Was ist das?«

»Macht munter. Coca-Cola. Koste.«

»Etwas Schwarzes?« Sie schnupperte, setzte die Flasche dann an die Lippen. Es war ungewohnt, ohne Glas zu trinken. Die Flüssigkeit schmeckte prickelnd, süß und … »Erfrischend«, meinte Lotte.

»Ist es auch.« Richard trank nun auch selbst.

Vorsichtig wichen sie den feuchten Stellen auf der Wiese aus, fanden eine Lücke zwischen den Büschen, an der sie durchschlüpfen konnten – und waren am Wasser. Ein kleines Stück Kiesstrand, ganz für sie alleine. Zwei Enten paddelten neugierig näher. Richard breitete eine graue Militärdecke aus und ließ sie sich zuerst setzen. Wellen plätscherten träge, die Luft war gut und sauber. Der Traunstein am gegenüberliegenden Ufer zeigte sich klar gegen den blauen Himmel.

Lotte säbelte etwas vom Speck ab, Richard schnitt Brot. Der Duft von beidem stieg verlockend in ihre Nase. Wieder wollte sie alles gierig in sich hineinstopfen, aber sie zwang sich, manierlich von ihrem Brot abzubeißen, langsam zu kauen, den ungewohnten Luxus zu schmecken. Was für ein

Gedicht! Der würzige Speck, das knusprige frische Brot. Kein Vergleich mit dem Fraß der letzten Zeit. Richard war schneller satt als Lotte. Sie aß ein zweites Speckbrot und trank von dieser fast schwarzen Limonade. Nachher fühlte sie sich munterer und zufriedener als seit Langem.

Die Vögel zwitscherten, und im Schatten direkt am Wasser war es unglaublich angenehm. Sie lag auf der Decke und blickte in den Himmel. Kaum dass sie noch wusste, wann sie sich das letzte Mal so wohlgefühlt hatte. So friedlich.

Richard lag neben ihr. »So ein schönes Land. Und so schlimme Dinge, die hier geschehen sind.«

Lotte runzelte die Stirn und sah fragend zu ihm. »Wie meinst du das?«

»Ebensee. So nahe an diesem idyllischen Ort.« Er schüttelte den Kopf.

»Das ist der Ort an dem Ende des Sees.« Sie zeigte in die Richtung.

»Ich weiß. Wir waren dort. Dass Menschen anderen so was antun können.« Richard richtete sich ein Stück auf und trank einen Schluck von diesem Coca-Cola.

»Was meinst du?«

»Das Lager in Ebensee – weißt du davon nichts?«

»Nein. Aber ich bin auch erst ein paar Tage hier, ich leb ja in Wien.«

»Ach so, entschuldige, Lotti.« Er schwieg, sein Atem ging schwer. »Ein Konzentrationslager. Hast du davon gehört?«

Sie nickte stumm. Natürlich hatte sie das. Wenngleich nicht vom Traunsee.

»Was wir dort gesehen haben, es war … es ist … Man kann es nicht wirklich beschreiben.«

»Hier also auch.« Sie atmete tief durch.

Gisi. Weg war ihre friedliche Stimmung, das Wohlgefühl.

»Meine Freundin hat mir von einem Ort namens Ravensbrück geschrieben.«

Ernst sah er Lotte an. »Das tut mir leid. Wie geht es ihr?«

»Ich habe keine Ahnung, was mit ihr passiert ist. Ob sie lebt. Oder wo sie ist. Ein paarmal habe ich Post von ihr bekommen, dann nicht mehr.« Sie seufzte. »Das ist so lange her. Ich hab keine Hoffnung mehr.«

Richard ließ sie in Ruhe in ihrer Trauer. Sie war dankbar für sein Schweigen.

»Ich vermisse sie so sehr«, sagte sie nach einer Weile. Jeder weitere Appetit war ihr vergangen. »Wir sind zusammen aufgewachsen, weißt du. Hier im Dorf. Gisi weiß – sie wusste alles von mir.«

»Das wird sich noch klären lassen, Lotti. Ganz sicher.«

Sie nickte beklommen. »Wie kann ich herausfinden, was mit ihr passiert ist?«

»Ich weiß es auch nicht. Tut mir leid.«

»Schon gut.« Sie kämpfte, atmete mehrmals tief durch.

»Reden wir von was anderem«, meinte sie nach einer Weile. »Was machst du, wenn du nicht Soldat bist?«

»Tanzen. Musik machen. Das habe ich studiert.« Richard nahm einen Schluck Cola. »Bisher hab ich aber noch auf der Farm meiner Familie mitgearbeitet. Dann kam der Krieg. Man kann so einen Menschen ja nicht so weiter handeln lassen, ohne ihm was entgegenzusetzen. Ich musste ihm was entgegensetzen, meinen kleinen Teil tun.«

»Danke«, sagte Lotte leise. »Allein wäre uns das wohl nicht gelungen.«

Und viele, viel zu viele hatten dem Mann aus Braunau zugejubelt. Kaum jemand hatte sich gewehrt, kaum jemand etwas getan, um ihn loszuwerden – außer Leute wie Gisi. Aber um welchen Preis …?

Schon wieder war sie traurig.

Hoch über ihnen ein Vogel. Vielleicht ein Bussard?

»Und du, Lotti?«

»Ich arbeite in einem Café. In der Stadt, in Wien.«

Richard drehte sich auf die Seite, näher zu ihr. »Interessant, erzähl, wie ist es da, in eurem Café? Ich habe viel von Wien gehört. Für einen Musiker muss es ein Traum sein.«

»Von der Musik hast du im Alltag wenig. Es ist verraucht und laut bei meiner Arbeit.« Sie überlegte. »Na ja, jetzt nicht mehr so sehr, wir haben den Gästen kaum was zu bieten. Und an Tabak fehlt es auch. Im hinteren Raum steht ein Billardtisch. Kannst du das Spiel?«

»Nein.«

»Ich auch nicht.«

Stille breitete sich aus.

Stille, die sprach.

Diese grünen Augen. Sie konnte nirgends anders hinsehen. Er auch nicht.

»Lotti.« Seine Stimme klang rau. Träge plätscherten die Wellen. Eine Ente quakte. Das brachte Lotte wieder zur Besinnung.

»Ich bin nicht so eine«, flüsterte Lotte und zwang sich, Abstand zwischen ihn und sich zu bringen. Sie rückte ein paar Zentimeter weg.

»Was meinst du mit *so eine*?« Richard sah drein, als verstünde er nicht.

»Eine, die sich im Austausch für Lebensmittel hergibt.« Lotte strich mit dem Fuß ein paar Grashalme glatt. Sie drehte an ihrem Ehering. »Ich bin verheiratet.«

Oder verwitwet.

»Please, Lotti«, sagte er in seiner unnachahmlichen Art, »ich bin auch nicht *so einer*. Ich falle über niemanden her. Alles, was ich will, ist dir zu helfen. Und wenn wir dabei einen schönen Tag verbringen, was ist dabei?«

Ja, was war schon dabei …?

»Wovor hast du Angst, Lotti?«, wiederholte er, was er schon vor der Abfahrt gefragt hatte. »Ich bin kein Unhold, der schöne Frauen ins Verderben reißt.«

Schöne Frauen? Er fand sie … schön?

»Ach so, wirklich?«

Und was, wenn ich …

Sie wagte nicht, den Satz zu Ende zu denken.

Du bist eine verheiratete Frau!

Sie atmete tief aus und stemmte die Hände in die Hüften.

»No, no, nicht wieder angry werden!«

Da musste sie lachen – und alles schien wieder leicht. Leicht und unbefangen. Beinahe.

57

Es dämmerte bereits, als sie die Sachen wieder zusammenpackten. Schwer war es, sich von diesem schönen Platz zu trennen, wann würde sie wohl wiederkommen? Würde sie überhaupt wieder herkommen? Oder war es etwas anderes als der Platz und der See, von dem sie sich nicht trennen wollte?

Allzu schnell wurde es kühl. Die Sonne malte kleine rosa Wölkchen an den Himmel, und gegenüber leuchtete der Traunstein. Stumm gingen Lotte und Richard zurück zum Wagen, nur ihre Schritte machten manchmal ein Geräusch auf der feuchten Wiese. Der Motor klang überlaut nach der Stille am Ufer.

»Ich fühle mich wie neugeboren«, sagte Lotte, und so war es auch. »Was für ein wunderbarer Tag.«

Richard lächelte. »Und immer schön essen, gell, hat unser Doctor Hergott gesagt.«

»Richard, du bist nicht meine Mutter!«

»Ach so, nein?« Ein Grinsen saß in seinen Mundwinkeln. »Ich mache mir halt Sorgen um dich, Lotti.« Wieder ernst blickte er sie an.

»Danke. Du hast ja recht. Ich werd mich bemühen.«

Richard bog in die Gasse zu ihrem Elternhaus ein und verlangsamte. Gleich war der schöne Tag zu Ende …

Er stoppte vor ihrem Haus. Der Motor lief. Sie sahen sich an. Lotte musste sich losreißen. Von draußen beugte sie sich zu Richard hinunter.

Plötzlich gellten Pfiffe. Etwas traf Lotte am Kopf, glitschiges Zeug rann ihr ins Gesicht. Ein Ei?!

»Da ist sie ja, das Ami-Flitscherl! Haben wir dich!«

Eine Horde Halbwüchsiger umkreiste Lotte und den Wagen. Sie grölten und warfen weiter nach ihr. Im Scheinwerferlicht meinte sie, Adolf, Karls halbwüchsigen Sohn, zu erkennen, sein seltsam längliches Gesicht zur Grimasse verzogen. »Schamloser Mensch!«, brüllte er mit sich überschlagender Stimme.

Richard stieg aus und richtete sich zu seiner vollen Größe auf. »Was ist hier los?« Er fasste den am nächsten Stehenden und hielt ihn fest.

»Ich hab nichts gemacht!«

Alle anderen flüchteten.

»Wenn ihr das noch einmal macht …!«, schrie Richard ihnen hinterher. »Noch einmal lasse ich euch nicht laufen, haben wir uns verstanden?« Richard schüttelte den einen Burschen.

Der Kerl nickte, sah dabei nicht auf. Richard ließ ihn vorsichtig los. Nach ein paar Momenten des Abwartens lief er weg.

»Solche blöden Buben, Lotti.« Richards Miene war ernst. Er half ihr, sich das Gesicht zu säubern. Dabei berührten seine Fingerspitzen ihre Haare, und ein völlig unpassender Schauer rieselte über sie hin.

Alles wieder vorbei.

Die ganze schöne Stimmung.

Alles wieder so schlimm wie immer.

Schweigend lud Lotte ihre Beute aus und trug sie zum Häuschen. Nur das Scheinwerferlicht von Richards Wagens leuchtete ihr den Weg, der Motor brummte weiter, Richard half ihr. Sie verstaute alles in der Speisekammer. Die Tür besaß kein Schloss, hoffentlich würde niemand einbrechen.

Sie drehte sich zu Richard um. Der stand in der hinteren Tür zum Garten und betrachtete neugierig die Apfelbäume.

»Jetzt kannst du doch gar nichts mehr sehen«, meinte sie. »Du musst einmal bei Tag wiederkommen.«

So, jetzt hatte sie es gesagt.

Dass sie ihn wiedersehen wollte.

Wie war das gewesen? Abstand halten? Sie konnte ja sich selbst nicht mehr trauen!

»Gern. Und wie wärs bei Gelegenheit wieder mit einem Tänzchen?«

Lotte nickte. »Das wär schön, aber ich weiß nicht …«

Sie spürte wieder die Attacke, den Ei-Matsch auf ihren Haaren. »Es ist wohl keine so gute Idee.«

»Wie du meinst.« Richards Miene wurde ausdruckslos.

»Was sollen die anderen denken? Die Nachbarn?«

»Sind die so wichtig?«

Lotte zuckte die Schultern. Waren sie es? Sie war so lange von hier weg. Es konnte ihr egal sein. Aber so was von egal.

»Nächsten Freitag gibt es jedenfalls wieder Tanz.«

»Verstehe.«

»Wenn du kommst, freue ich mich.«

»Okay. Nur … ich … ich hab ja nicht einmal ein Kleid dafür.«

»Das ist doch egal, Lotti! Es geht um den Swing!«

»Na dann!« Sie lächelte ihn an, die Musik schlagartig wieder im Ohr. »Ich überlegs mir, versprochen.«

»Pass gut auf dich auf, bitte.«

Nach einem langen Blick, währenddessen sie dachte, er würde noch was sagen, was er aber dann doch nicht tat, verabschiedete er sich. Sie begleitete ihn zur Haustür und sah ihm nach, wie er zum Wagen ging und einstieg. Der Motor wurde gestartet, er fuhr los. Die Geräusche entfernten sich.

Kaum war der Motor verklungen, öffnete sich Margaretes Tür nebenan.

»Du kommst spät.« Die Nachbarin verschränkte die Arme

vor der Brust und blieb in ihrer Tür stehen, ein Schattenumriss nur.

»Na und? Ich hab Beute. Endlich genügend Lebensmittel.«

Margaretes Blick blieb unergründlich. »Wenn das deine Mutter sehen würde.«

»Lass Mama in Frieden ruhen. Sie kann froh sein, das alles nicht mehr zu erleben. Gute Nacht, Margarete.«

»Gute Nacht, Lotte. Ich hoffe, du hast ein gutes Gewissen. Nur das ist ein sanftes Ruhekissen.«

Margaretes Tür ging zu, ehe Lotte eine Antwort parat hatte.

58

Ein sanftes Ruhekissen – hatte sie das? Sie schlief jedenfalls wie ein Stein bis zum Morgen. So rasch wie möglich packte sie zusammen und schleppte ihre Sachen zum Bahnhof. Ihr Rucksack war übervoll, dazu trug sie in jeder Hand einen schweren Korb. Der Weg zog sich immer mehr in die Länge, so schwer drückten die Gepäckstücke sie nieder. Dabei hatte sie ausgiebig gefrühstückt, brav an Richards Rat denkend.

Ich darf nicht wieder schwächeln!

Der Schweiß kroch ihr aus allen Poren, die Haut juckte. Keine Wolke zeigte sich. Lotte blieb immer wieder stehen, stellte die Körbe ab, kreiste mit den Schultern. Fuhrwerke und einige wenige Autos passierten. Jedes Mal fuhr sie herum, um zu sehen, wer da des Weges kam. Die Angst, wieder beschimpft oder angegriffen zu werden, ließ sie nicht mehr los. Mitzufahren bot ihr niemand an. Immer noch stand leuchtend die Sonne am strahlend blauen Himmel, als ahne sie von nichts.

Lotte nahm die Körbe wieder auf. Hoffentlich würde es bald eine Bahnverbindung nach Wien geben. Tatsächlich hatte sie unglaubliches Glück, ein Zug fuhr gerade mit Getöse und Rauch ausstoßend ein, als Lotte den Bahnsteig betrat. Kaum dass sie in den Menschentrauben etwas erkennen konnte, als die Lokomotive zischend Dampf ausstieß und endlich zum Stehen kam. Alle drängelten los, sie wurde hin und her geschoben und geschubst. Lotte kämpfte sich zu einem Einstieg, hievte ihre Sachen hinauf und stieg ein. Der Zug war offenbar voll besetzt gekommen, und immer noch drückten sich Fahrgäste hinter ihr in den Waggon.

Lotte wollte weiter, doch jetzt ging es weder vor noch zurück, es war aussichtslos. Menschen, Gepäckstücke, wohin man schaute. Frauen mit müden Gesichtern unter den fadenscheinig gewordenen Kopftüchern, dunkle Männer mit verlorenem Blick, dazwischen Soldaten in abgetragenen Uniformen. Die fuhren wohl heimwärts. Wie schön.

Kurz entschlossen setzte sich Lotte im Gang auf ihren Rucksack und umklammerte die Körbe mit den Beinen. Die anderen betrachteten sie, argwöhnisch oder neidisch. Die Fenster standen offen, so kam wenigstens Luft herein, es roch aber trotzdem nach ungewaschenen Körpern, Rauch und irgendwelchen Essensdünsten, Knoblauch und mehr.

Lotte lehnte sich gegen die Wand. Das Rattern des Zuges wirkte einschläfernd. Das Gebrabbel der anderen Fahrgäste klang ebenso monoton. Zumindest fielen keine Schüsse mehr. Lotte schloss die Augen. Da stieß etwas unsanft an ihre

Waden. Sie riss erschrocken die Augen auf. Ein zerlumpter Bursche mit wilden Augen zerrte an dem Korb, in dem der Speck lag. Und der andere Korb war weg. Mist, verdammter! Sie musste eingeschlafen sein!

»Auslassen!«, brüllte sie. Plötzlich war es still rundum. Der Zug kam im selben Moment zum Stehen. Die Türen wurden aufgerissen.

Soldaten.

Russische Uniformen.

Polternd erzwangen sie sich Platz, rissen Abteiltüren auf, zogen die Frauen mit ihren Blicken geradezu aus.

Der zerlumpte Kerl, der Lottes Korb stehlen wollte, ließ beim Anblick der Besatzer seine Beute schlagartig los. Er rannte weg und sprang von der Plattform aus dem Zug, ohne sich aufhalten zu lassen.

»Papiere!«, befahl ein schmaläugiger Soldat mit hartem Akzent Lotte.

Sie kramte im Rucksack, wo war jetzt dieser neue Ausweis in den verschiedenen Sprachen, wenn ihr der auch noch gestohlen worden war …

Der Soldat wurde unruhig. »Papiere!«, rief er lauter. *»Dawai!«*

Endlich, Lottes Finger ertasteten zitternd den Karton. Sie holte ihn hervor und reichte ihn dem Soldaten. Was war sie Uniformen doch leid, egal welcher Nationalität!

»Was da?« Er deutete auf ihren Rucksack. Sie öffnete ihn. Er nickte, zeigte dann auf ihren noch verbliebenen Korb. Ein zweiter Soldat kam näher, grauhaarig, größer, mit feineren Gesichtszügen. An seiner Uniform befanden sich Orden. Beide besahen sich Erdäpfel, Schmalz und Speck.

Und jede Menge Äpfel, verschrumpelt, aber zum Backen noch gut. Sie sah, wie die Nasenlöcher des großen Soldaten sich bewegten.

»Ich hab nichts, außer diesen Lebensmitteln«, sagte sie hart. »Keine Waffen und auch sonst nichts.«

»Und was das?« Triumphierend zog der Ältere eine längliche Schachtel unter den Kartoffeln hervor.

Die Ami-Zigaretten, die Richard ihr noch gegeben hatte. Verdammt. Sie hätte sie besser verbergen müssen. Aber wie denn? Sie war doch kein Spion, mit Koffern voller doppelter Böden.

»Mitkommen!«, befahl der Grauhaarige.

Unter den hämischen Blicken der anderen Fahrgäste wurde sie zum Ausstieg eskortiert. Dort standen schon drei junge Männer, bewacht von weiteren Russen. Wo waren sie hier überhaupt? Linz, las sie. Alle vier mussten mit den Soldaten aussteigen.

Verdammt, verdammt, verdammt.

Wann würde das Leben endlich, endlich einfacher werden? Wann würde einfach mal etwas klappen?

»Dawai!« Ein Gewehr ruckte. Neben den Bahnsteigen eine Holzhütte. Einer der Soldaten zeigte darauf. Die jungen Zivilisten und Lotte setzten sich in Bewegung. Da scherte einer aus, ein rothaariger junger Mann, und fing an zu rennen.

»Stoi!«, brüllten die Russen.

Der Rothaarige rannte weiter. Fast war er hinter der Holzhütte, als es krachte.

Schüsse.

Mehrere.

Lotte duckte sich.

Der Rothaarige glitt zu Boden.

Das war also die Freiheit. Dieses Ende des Krieges. Der Kämpfe.

59

»Was ist das?«, fragte der bärtige Russe ein ums andere Mal in seinem harten Akzent.

»Zigaretten«, antwortete sie genauso oft.

»Sie schmuggeln?«

Lotte schluckte gegen die Angst an.

Sie hatte Geschichten gehört. Von Menschen, die einfach verschwanden. Und nie wiederkamen. Oder tot waren. So wie der Rothaarige.

Der Zorn kochte wieder in Lotte hoch. Ging das denn alles immer so weiter?

»Wir hungern!«, zischte sie.

Der ältere Russe wurde etwas freundlicher, während der kleinere Lotte misstrauisch musterte.

»Bitte. Lassen Sie mich gehen. Meine Familie wartet in Wien. Die Zigaretten waren nur ein Geschenk.« Fest blickte sie den offenbar ranghöheren Russen an.

Der blickte ebenso zurück. Uhren tickten. Der Rangniedrigere machte eine Bewegung. Unter seinem Hemd trug er mehrere Armbanduhren nebeneinander. Er grinste stolz.

Lotte hörte ihren eigenen Atem.

»Also gut.« Der Grauhaarige gab sich offensichtlich einen Ruck.

»Was?« Das Wort zitterte aus ihr heraus.

»Sie dürfen gehen. Weil es das erste Mal ist und Sie noch jung sind. Aber …«

Nein.

Bitte nicht.

Bitte nicht das …

»Aber das«, er hob Richards Zigaretten hoch, »konfisziert.«

Sie nickte. Was auch sonst?

Verdammt.

Ungeduldig wurde sie hinausgewunken.

»Und?«, flüsterte ihr einer der Burschen draußen zu, die immer noch warten mussten.

»Ich darf gehen.«

»Dann sind die heutigen Kontrolleure nicht so schlimm wie die anderen.«

Wie viele Stunden waren vergangen? Lotte wusste es nicht. An der Bahnhofsuhr existierte nur noch der große Zeiger, und der war bei der Ziffer sieben stehen geblieben. Armbanduhren besaß niemand, nur die Russen, die alle geraubt hatten.

Wieder Warten auf einen Zug, ohne dass es einen Fahrplan gab. Oder jemanden, der Auskunft geben konnte.

Als endlich doch ein Zug einfuhr, galt es wieder, sich einen Platz zu erkämpfen. Auch in diesem Zug war die Hitze unerträglich, die schlechte Luft bescherte Lotte einmal mehr Übelkeit. War sie doch wieder schwanger …?

Es darf nicht sein.

Wieder saß sie am Gang vor den Abteilen, diesmal aber zwang sie sich, wach zu bleiben. Die Verluste waren schlimm. Der ganze Korb, die Ami-Zigaretten. Immerhin hatten sie ihr den zweiten Korb mit Kartoffeln, Speck und anderen Lebensmitteln gelassen.

Die Stimmung unter den Fahrgästen wurde immer gedrückter, je näher sie der Hauptstadt kamen. Nach und nach verstummten die Gespräche.

Was würde hier los sein? Nur ein paar Tage war Lotte weg gewesen – und doch war so viel geschehen. Ein Paar grüne Augen, Tanzmusik, Brathuhn. Ihre Beine wippten in einem Rhythmus, den nur sie hörte.

»Fräulein?«

»Wie?«

Gegenüber saß eine ältere Frau und sah sie besorgt an. »Alles in Ordnung bei Ihnen?«

»Ja, ich mein, so halbwegs. Warum?«

»Sie brauch'n nicht nervös sein, Fräulein!«

»Ach so, ja.« Lotte lächelte die Unbekannte gezwungen an.

»Es ist ja alles in Ordnung jetzt, werden S' sehen.«

»Danke.« Lotte zwang ihre Beine zum Stillhalten und wandte sich zum Fenster. Häuserzeilen, Bombenschäden. Der Westbahnhof. Die Trümmer. Und die Angst. Beim Aufstehen zitterten ihre Knie. Sie vermisste ihre Heimat jetzt schon. Den See, die Apfelbäume. Und dieses Gefühl von Sicherheit. Von Freiheit. Alles war um so vieles gelassener dort. Lag das an den Amerikanern?

Unter dem eingestürzten Dach der Bahnhofshalle huschten die Ankommenden zum Ausgang, geduckt und an streng dreinblickenden Russen vorbei wie auf der Flucht. Manche wurden von grimmigen Soldaten angehalten, ihre Taschen kontrolliert oder irgendwohin eskortiert.

Ein komischer Frieden war das!

Draußen stand auf einem weit übermannsgroßen Haufen Trümmern ein Bursche, unten arbeitete eine Gruppe Frauen, die Ziegel putzten und zu Stapeln schichteten. Staub hing in der Luft. Dort, wo früher die Straßenbahnen abgefahren waren, reckten sich die kaputten Schienen zum Himmel. Lotte packte ihre Gepäckstücke fester und machte sich auf den Fußweg stadteinwärts, erst einmal die Mariahilfer Straße entlang, vielleicht ergab sich eine Mitfahrgelegenheit für ein Stück. Fast war sie froh, um einen der Körbe erleichtert worden zu sein, aber nur fast. Der Weg zog sich in die Länge, wieder wechselte sie den Korb von der rechten in die linke Hand, machte Pausen. Die Arme schienen immer länger zu werden. Immer öfter blieb sie stehen. Der ständige Staub raubte ihr die Luft zum Atmen. Wenn es doch regnen würde …! Immerhin hatte sie noch etwas Wasser in ihrer blechernen Trinkflasche. Sie nahm einen Schluck. Die Kehle zu benetzen, tat gut, das Wasser war aber viel zu warm. So eine Coca-Cola wäre jetzt gut.

Langsam ging sie weiter, passierte das zum Teil ausgebrannte Kaufhaus Herzmansky. Die Arisierung hatte also doch nicht lange jemandem genutzt. Ein umgestürzter Mast lag quer zur Straße, eine der großen Würfeluhren daneben, stehen geblieben um halb vier. Ein Trupp Arbeiter mit schmutzigen Gesichtern bemühte sich darum, die Straße freizuräumen. Ein Lastwagen stand daneben. Ein Wagen bremste, Russen sprangen heraus. Die Arbeiter fluchten, Passanten rannten. Lotte ging schneller.

Endlich erreichte sie die Ringstraße, bog ab zur Albertina, wo ebenfalls fleißig Ziegel, Holzbalken und mehr weggeräumt wurden. Lotte musste husten. Wo der pompöse Philippshof gestanden hatte, klaffte nur noch die Ruine.

»Was für ein furchtbarer Tod«, raunte eine Frau mit Kopftuch und Arbeitsschürze gerade, »vom kochend heißen Wasser aus den geplatzten Leitungen verbrannt zu werden!«

»Und die Toten liegen immer noch irgendwo da unten«, ergänzte eine andere.

»Wie unheimlich. Nicht einmal anständig begraben zu werden …!«

»Diese Terrorangriffe, ein Verbrechen.«

»Wer hat denn angefangen?«, mischte sich ein Arbeiter ein.

»Wir sind besetzt worden«, verteidigte sich die Frau mit Kopftuch. »Zum Anschluss samma gezwungen worden!«

»Mia warn do keine Nazis!«, rief die andere, eine gemütliche Frau im hübschen hellblauen Sommerkleid.

»Na eh.« Der Arbeiter. »Es war wieder einmal keiner.«

Schaudernd ging Lotte weiter. Das Sacher war intakt geblieben, aber auch auf der Kärntner Straße klafften Häuserlücken. In vielen Gebäuden waren Einschusslöcher zu erkennen. Überall wurde fleißig gehämmert und Schutt weggeräumt, und doch schien es nur ein Tropfen auf den heißen Stein zu sein, es blieb immer noch so viel Zerstörung übrig. Wie sollte das denn je wieder was werden … das war doch aussichtslos!

Während der Rucksack auf ihre Schultern drückte und die Arme immer mehr schmerzten, erinnerte sich Lotte daran, wie sie hier mit Erich entlanggebummelt war, an ihrem Hochzeitstag. Und noch früher mit Gisi, wie sie Erich in einem der

Straßencafés gesehen hatten. Damals hatte alles angefangen. Eine Ewigkeit schien das her zu sein …

Und es würde nie wieder so sein wie damals.

Niemals.

Weder die Stadt – noch Lotte selbst.

60

Frau Schwarz saß unverändert an ihrem Platz im Café, ganz so, als wäre Lotte nie weg gewesen. Als die Tür hinter ihr zufiel, hob die Chefin kurz den Kopf, einen Ausdruck hilfloser Hoffnung im Gesicht – der sofort wieder in sich zusammenfiel, als sie Lotte erkannte.

»Ach, Sie sind es«, kam es tonlos.

»Ja. Ich bin es. Und ich habe einiges mitgebracht.« Sie stellte Korb und Rucksack auf dem Tisch vor ihrer Chefin ab und zeigte stolz ihre Beute her. »Speck für die Erbsen, Kartoffeln, Äpfel. Ist doch schon etwas, nicht wahr?« Erwartungsvoll sah sie ihre Chefin an, während sie sich die schmerzenden Hände rieb und sich streckte.

Frau Schwarz nickte phlegmatisch. Ein Dankeschön war wohl zu viel verlangt. Lotte trug ihre Schätze zur Speisekammer. Dann kehrte sie in den Gastraum zurück. Es war früher Abend, ein paar wenige Tische waren besetzt, die Billardkugeln klackerten langsam. Die Tür zur Straße stand offen, doch die Luft roch nicht nach Frühling, sondern nach Staub. Nach Staub und Traurigkeit.

»Gibt es etwas Neues über Erich?«, fragte Lotte ihre Chefin.

Kopfschütteln.

Der Wirbel des Alltags hatte Lotte bald wieder. Ständig gab es so viel zu tun, dass sie gar nicht zum Nachdenken kam. Und alles nur, damit sie gerade so überlebten. Essen wollte gekocht, Gäste bedient werden. Dazu musste man sich das Trinkwasser mehrere Gassen weiter von einem Hydranten holen, weil die Leitungen in vielen Häusern kaputt waren. Dort stand sie dann Schlange, sie war ja nicht die Einzige. Immerhin schnappte sie so von den anderen Frauen immer wieder Wissenswertes auf, wo es ein bestimmtes Lebensmittel gab oder wo man besser nicht entlangging.

An ihren Schwächeanfall dachte Lotte nicht mehr. Täglich hoffte sie auf eine Nachricht von ihrem Ehemann, aber nichts geschah. Es war, als wäre er ins Dunkel verschwunden, ein geheimnisvolles Dunkel. Genau wie Gisi …

Nach Wochen des vergeblichen Wartens ging Lotte schließlich zum Suchdienst des Roten Kreuzes, von dem ihr ein Gast erzählt hatte. Wieder einmal Schlange stehen.

»Erich Schwarz«, wiederholte eine erschöpft aussehende grauhaarige Mitarbeiterin und schrieb Lottes Angaben auf. Erichs Feldpostnummer war wichtig, ebenso wie der Zeitpunkt seines letzten Besuchs in Wien.

»Und dann suche ich noch jemand anderen. Sie war im KZ.« Lotte zeigte die wenige von Gisi erhaltene Post her.

Mit müden Bewegungen notierte die Rotkreuzhelferin auch hier die wichtigsten Informationen auf einer Karteikarte.

»Und jetzt haben Sie bitte Geduld, liebe Frau Schwarz«, bat die Frau Lotte am Ende.

Geduld, Geduld. Immer sollte man Geduld haben und warten.

Mit müden Schritten kehrte Lotte ins Café Schwarz zurück. Würde sie ihre Lieben überhaupt je wiedersehen?

Nur zwei Tische waren besetzt, an einem saßen zwei vielleicht sechzehnjährige Mädchen über Hefte – vermutlich ältere Zeitschriften – gebeugt, am anderen zwei Erwachsene mit einem Buben.

Frau Schwarz thronte an ihrem Platz über eine Tasse gebeugt. Müde sah sie zu Lotte auf. Der Inhalt der Tasse sah aus wie Kaffee, roch aber anders.

»Was trinken Sie denn da?«, fragte Lotte.

»Ersatzkaffee.«

»Aha«, seufzte Lotte, »ich habe fast schon vergessen, wie Bohnenkaffee schmeckt. Wie kommen wir nur endlich wieder an richtigen Kaffee?«

Wie so oft, erntete Lotte nur Schulterzucken von Frau Schwarz, die in ihrer Tasse herumrührte und gar nicht mehr damit aufhörte. Eine weiße Tasse mit Sprung. Früher hätte ihre Chefin so etwas nicht mehr benutzt, sie hatte alles organisiert, unendliche Quellen angezapft, mit nie enden wollender Energie. Davon war so gut wie nichts mehr übrig. Es war nicht mehr auszuhalten mit Frau Schwarz und ihrer Lethargie. Klar, sie machte sich Sorgen um ihren Sohn – aber das tat Lotte schließlich auch. Rasch erzählte sie der Schwiegermutter von den gestellten Suchanzeigen.

»Aha«, war die einzige Reaktion.

»Soll ich Ihnen was zu essen bringen zum Kaffee?«, schlug Lotte vor.

»Nicht nötig.«

»Na gut. Sie rufen mich, wenn Sie mich brauchen.« Lotte nahm eine Zeitung, die am Nebentisch liegen geblieben war, um sie wegzuräumen. Traurig sah es am Pressetisch aus im Vergleich zur Vorkriegszeit. Nur drei dünne Blätter füllten kaum den Platz, auf dem früher stapelweise nicht nur in Wien erscheinende Blätter ausgelegen waren. Wenigstens war der *Stürmer* mit seiner Hetze verschwunden, ebenso wie der *Völkische Beobachter.* Stattdessen gab es jetzt den *Wiener Kurier, Das Neue Österreich* und *Die Österreichische Zeitung.*

Lotte blätterte durch eines der dünnen Blättchen. Ein Bericht darüber, welche Straßenbahnlinien wann ihren Verkehr wieder aufnehmen sollten. Die RAVAG verlängerte die Grußsendung zur Kontaktaufnahme zwischen getrennten Familienmitgliedern … diverse Anzeigen. Jemand hatte eine Matratze zu verkaufen, es gab wieder Erbsen. Dann fiel Lottes Blick auf etwas in dicken schwarzen Lettern:

Suchanzeige.
Ich suche meine Frau, Gerda Wolf, zuletzt wohnhaft in Wien-Simmering, Braunhubergasse 6a, und ihre Schwester, Ida Gartner.
Wer weiß etwas? Nachrichten bitte zu Händen Ludwig Wolf an die Redaktion dieses Blattes.

Neue Energie schoss durch Lottes Adern.

»Das sollten wir auch machen!« Aufgeregt trat sie erneut

an den Tisch ihrer Chefin heran und legte die Zeitung aufgeschlagen vor sie hin.

»Hm«, machte Frau Schwarz nur. »Wenn Sie glauben, das hilft.«

Glauben. Von wegen. Aber sie griff nach jedem Strohhalm. Dann würde sie sich eben allein darum kümmern. So wie sie es schon die längste Zeit tat … aber ermüdend blieb es trotzdem.

61

Mai 1945

Apfelstrudel.

Endlich wieder.

Im Schleichhandel mit jemandem vom Uhrengeschäft gegenüber, der wiederum Verwandte im Burgenland hatte, war Lotte für ein Stück Speck an Mehl, Zucker und Eier gekommen. So lief es derzeit immer, jeder kannte wen, der wen kannte, wo man das gerade Benötigte irgendwie eintauschen konnte. Und wer niemanden kannte, der hatte es wirklich schwer.

Vor Stunden hatte sie bereits den Blätterteig geknetet. Sie wusch die Äpfel und begann, sie vorsichtig zu schälen, die Schale möglichst dünn abzulösen. Dann wurden die Äpfel in kleine Stücke geschnitten. In einer Schüssel wurden sie mit etwas Zitronensaft gemischt, den sie ebenfalls eingetauscht hatte, aber mit einem Arbeiter von der Baustelle nebenan.

Süß-würziger Duft breitete sich in der Küche aus. Rosinen fehlten leider. Wenn sie in Rum eingelegt wurden, schmeckte der Strudel noch viel besser. Und auch Zimt war nicht mehr vorrätig. Schade, dieses Gewürz machte doch viel aus. Sie streute den restlichen Zucker auf die Apfelstücke und ließ alles einwirken.

Als Nächstes musste der Teig schön dünn ausgerollt und mit Bröseln und den wenigen Nüssen bestreut werden, dann konnte sie ihn belegen.

Sie hatte gerade wieder die Schüssel mit den Apfelstücken in der Hand, als sie draußen die Tür gehen hörte. Eilig verließ Lotte die Küche und sah zur Uhr hinauf, die all die Kriegsjahre überraschenderweise überstanden hatte. Halb zwölf. Jeden Tag wartete sie jetzt auf den Briefträger, seit sie ihre Suchanzeige in der Zeitung aufgegeben hatte.

Doch leider war nie Post für sie dabei.

Frau Schwarz beobachtete Lotte einmal mehr mit beinahe unbewegter Miene dabei, als sie erneut enttäuscht wurde. Der Briefträger legte ihr nur einen Stapel Zeitschriften auf die Theke und verließ das Café wieder.

Zurück in der Küche, war Lotte zumindest allein und konnte ihren Gedanken nachhängen, während sie den Strudelteig mit den Äpfeln belegte und vorsichtig einrollte. Dabei musste sie allerdings wirklich bei der Sache sein, damit der Teig nicht platzte und die Füllung hervorquoll. Endlich war die Sache geschafft. Jetzt noch schnell das Äußere mit dem Rest Ei bepinseln – fertig und ab damit ins Backrohr. Genüsslich sog Lotte den Duft ein und begann aufzuräumen.

Mittlerweile waren im Gastraum eine Runde Beamter

eingetroffen, denen sie die letzten Erbsen mit Speck servierte. »Bitte sehr, die Herren.« Sie lächelte sie freundlich an. Die Reise nach Oberösterreich hatte ihr gutgetan, hatte ihr das Lächeln zurückgebracht. Als hätte Richard sie mit seiner Freundlichkeit angesteckt. Alles wirkte etwas leichter, trotz der immer noch schlimmen Sorgen und der fehlenden Nachrichten von Erich oder Gisi. Doch ihre Zuversicht, dass die Dinge gut ausgehen konnten, wuchs, ein wenig zumindest. Demnächst würde sie wieder in ihre Heimat fahren, um weitere Lebensmittel zu bekommen – natürlich nur deswegen!

»Das riecht verlockend«, meinte ein älterer Mann im abgewetzten Anzug.

»Dann, wohl bekomms!«

Immer mehr Gäste tauchten jetzt um die Mittagszeit auf, es sprach sich herum, dass es im Café Schwarz wieder etwas Warmes zu essen gab. Langsam brauchten sie eigentlich einen Kellner zusätzlich. Ob Johann noch lebte? Ob er gar schon heimgekehrt war? In dem Fall wäre er sicher hier aufgetaucht. Nun, ganz so eilig war die Angelegenheit nicht. Eine Lösung würde sich schon finden.

Besteckgeklimper und Stimmengemurmel klangen bald wie früher, vor dem Anschluss und dem langen Krieg. Nur auf dem Billardtisch lag immer öfter Staub, die Kugeln schwiegen, kaum jemand hatte Lust zu spielen. Auch die Fenster waren noch mit Brettern oder Pappe verschlossen. Und es roch anders – statt Bohnenkaffee gab es immer noch Ersatz aus Bucheckern, Eicheln oder sonst was, und geraucht wurde kein Tabak, sondern irgendein Zeug, das die Männer weiß der Himmel wie anbauten, pflückten und verarbeiteten.

In Wien gab es keine amerikanischen Besatzungstruppen und somit auch keine »Ami-Tschick«, nur die russischen Papirossi, und auf die legte kein Wiener wert.

Lotte sortierte die alten Zeitungen aus, legte die neuen in die Zeitungshalter ein, blätterte dabei kurz hinein und überflog die Schlagzeilen. Das hatte sie sich angewöhnt zu lesen und die Suchanzeigen und die Ecken, wo etwas über die Lebensmittelabgaben stand. Es wurde weiterhin rationiert, die Preise waren amtlich festgesetzt. Der Zustand war schlimmer als während des Krieges. Jetzt hingegen schien alles zusammengebrochen, die ganze Wirtschaft und die Verkehrswege.

Schließlich servierte sie bei ein paar Tischen ab, kontrollierte den Strudel im Rohr – fast fertig. Sie wartete ein paar Minuten und holte das Blech schließlich heraus. Wunderbar goldbraun sah er aus, und er duftete verführerisch nach den gebratenen Äpfeln, trotz des Mangels an Zimt.

Sie nahm alle drei Strudel vom Blech, legte sie auf eine Platte und trug sie hinaus zur Theke. Dort schnitt sie ein paar Stücke auf und legte sie auf Mehlspeisenteller. Die Platte mit dem großen Rest kam unter einen Glassturz. Der Duft der Äpfel verbreitete sich im ganzen Raum, eine Runde junger Frauen in Kostümen, vermutlich Bürofräulein, mit feinen Händen am Tisch daneben, sah mit großen Augen herüber.

»Wir teilen uns ein Stück!«, rief eine von ihnen Lotte zu.

»Sehr gerne.«

Lotte reichte den Frauen einen Teller mit einem Stück Apfelstrudel und legte fünf Gabeln dazu, damit alle essen konnten.

»Zahlen, bitte!«, kam es vom Tisch der Beamten.

»Komme.« Lotte hatte das Kassieren übernommen, seit Frau Schwarz sich kaum bewegen wollte. Die Chefin schrieb zwar die Rechnungen, das Geld aber nahm Lotte von den Gästen entgegen und legte es in die große, oft sehr leere Brieftasche von Frau Schwarz. Manch einer der Gäste zahlte nicht mit Geld, sondern brachte etwas zum Tauschen mit, Brennholz zum Beispiel oder schwarzen Tee. Wenn sie das Angebotene brauchen konnten, dann nahmen sie es an, warum auch nicht?

»So, die Herren. Das waren viermal Erbsen mit Speck, richtig?«

»Genau, Frau Lotte«, bestätigte der Älteste freundlich. »Wie immer hat es vorzüglich geschmeckt.«

»Danke, Herr Kanzleirat. Erzählen Sie es ruhig weiter!«

»Machen wir.«

Sie legte die Rechnung auf den Tisch. Der Beamte zog sie näher heran und kniff die Augen zusammen, um zu lesen. Brillengläser waren wohl auch rar geworden.

Lotte wartete geduldig. Sie blickte auf, als die Tür von draußen aufging und eine magere Frau hereinkam. Sie trug ein ausgebleichtes blaues Kopftuch, das sie tief ins Gesicht gezogen hatte, eine beigefarbene karierte Jacke, die ihr weit über die Hüften reichte, und einen blauen Rock, an dem hinten ein Stück Saum aufgegangen war. Zögernd sah sich die Frau um. Eine Bettlerin? Alle möglichen Leute versuchten, irgendwie über die Runden zu kommen, weil niemand genug zu essen hatte. Die einen wollten Dinge eintauschen oder verkaufen, andere baten um milde Gaben. Manche stahlen auch.

Schlagartig fand Frau Schwarz zu ihrer alten Form zurück.

Sie sprang für ihre Verhältnisse energisch auf und watschelte auf die Hereingekommene zu. »Hausieren ist hier verboten«, stieß sie abfällig hervor.

»Hier haben Sie.« Der Beamte zählte gerade das Geld vor Lotte auf den Tisch.

»Aber ich …« Die Frau versuchte, an Frau Schwarz vorbeizusehen. Etwas an ihren Bewegungen kam Lotte vage bekannt vor.

»Moment«, sagte sie zu dem Beamten und ging auf die Frau zu.

»Haben Sie mich nicht verstanden?«, zischte Frau Schwarz. Was für unerwartete Energie plötzlich in ihr zum Ausdruck kam!

»Warten Sie«, bat Lotte.

»Lotte, schön, dass ich dich gleich finde.«

Die Stimme!

»Gisi?«, krächzte Lotte.

Die Frau nickte. »Lotte, schön!«

»Sie kennen so jemanden?«, zischte Frau Schwarz.

»Komm.« Lotte winkte Gisi mitzukommen. Die Stimme, die Augen. Sonst sah nichts an ihrer Freundin so aus wie früher.

Ein verrückter Traum, das musste es sein.

Sie zwinkerte.

Gisi war immer noch da, folgte mit langsamen Schritten. Lotte lotste die wiedergefundene Freundin hinter die Theke. »Setz dich. Hierhin.« Von den Gästen nicht einsehbar, stand in einem Winkel ein Sessel. »Magst du ein Stück Apfelstrudel? Er ist gerade erst aus dem Rohr gekommen.«

Gisi schüttelte auflachend den Kopf. »Es ist unglaublich. Das »Tausendjährige Reich« ist doch nach weniger als tausend Jahren zusammengebrochen, überall sind massenhaft Leute gestorben, die, die noch leben, wissen nicht, wovon, aber du stehst hier und backst Apfelstrudel wie früher.«

»Nun, es war für mich …« Lotte fehlten die Worte. »… auch nicht immer leicht«, setzte sie schließlich fort. »Aber ich freu mich so, dass du wieder da bist!« Sie wollte ihre Freundin umarmen, aber Gisi hielt sie zurück.

»Ich freu mich auch, wieder da zu sein, Lotte.« Gisi nahm ihr Kopftuch ab. Sehr kurze graue Haare kamen zum Vorschein.

Lotte erschrak. »Ach, du meine Güte, was ist mit deinen Haaren passiert?«

»Glaub mir, das ist noch das wenigste.« Gisi strich sich über die Borsten und blickte an Lotte vorbei, irgendwohin, wohin sie ihr nicht folgen konnte.

»So schlimm?«, würgte Lotte hervor. Die Angst um Gisi kroch wieder hoch. Nach Fassung ringend, wandte sie sich ab und ging hinaus, schnitt ein großes Stück Apfelstrudel ab und brachte es Gisi. »Hier. Für dich! Willkommen in Wien. Magst einen Kaffee dazu? Leider haben wir nur Ersatzkaffee, aus Eicheln derzeit.«

Gisi schüttelte den Kopf. »Nicht nötig. Ein Glas Wasser wär gut.«

Lotte füllte ein Glas für ihre Freundin. Mit einem Ärmel rieb sie sich über die Augen, so unwirklich war das alles.

Dann reichte sie Gisi ihr Getränk. Die Freundin begann, zögernd und langsam, sehr langsam zu essen.

»Du musst mir alles erzählen«, bat Lotte. »Ich hab mir solche Sorgen gemacht.«

Gisi vermied ihren Blick. »Später«, murmelte sie und nahm einen weiteren kleinen Bissen. Dann stellte sie den Teller weg und krümmte sich. »Entschuldige, mein Magen verträgt das nicht mehr gut.«

»Ich musste Schmalz verwenden, tut mir leid. Butter war nicht aufzutreiben.«

»Du kannst ja nichts dafür.« Gisi stand auf und rannte Richtung Toilette.

»Lotte, was ist da los!« Frau Schwarz tauchte vor der Theke auf und beugte sich herüber. »Die Gäste warten!« Ihr Blick funkelte böse.

»Entschuldigung, Frau Schwarz.« Kassieren von den Beamten, sie hatte es komplett vergessen. Da lag auch noch die Brieftasche neben der Platte mit den Strudeln. Lotte eilte hinaus, nahm das Geld, der Kanzleirat grüßte sie überaus höflich, sie grüßte zurück. Auf dem Rückweg kam ihr Gisi entgegen, bleich wie die Wand.

»Warte kurz.« Lotte holte ihren Wohnungsschlüssel aus der Garderobe und gab ihn der Freundin. »Hier. Du kannst bei mir wohnen, so lange du willst.«

Gisi bekam große Augen. »Dieselbe Wohnung wie früher?«

»Das ganze Haus steht sogar noch. Ich hab halt Glück gehabt.«

»*Viel* Glück«, murmelte Gisi.

»Leg dich hin, ruh dich aus. Wenn mein Dienst aus ist, können wir reden.«

Gisi setzte sich ihr Tuch wieder auf und ging Richtung Tür.

»Eine KZ-lerin hat hier nichts verloren«, zischte Frau Schwarz, sodass es Gisi hören konnte. »Haben Sie mich verstanden, Lotte?«

Das werden wir ja noch sehen!

»So ein Gsindl!«, setzte ihre Chefin nach.

»Nach Ihnen, gnädige Frau.« Kanzleirat Weber hielt Gisi mit einem feinen Lächeln die Tür auf und ließ sie vorausgehen.

62

Spät am Abend kehrte Lotte über die Behelfsbrücke in die Leopoldstadt zurück. Voller Vorfreude, Gisi wiederzusehen und ausführlich mit ihr zu reden, eilte sie dahin. Die Straßenbahn fuhr immer noch nicht, daher gingen auch jetzt noch viele Leute zu Fuß durch die Dunkelheit. Einerseits war es angenehm, durchzuatmen und sich richtig zu bewegen, statt nur die paar Schritte zwischen Küche und Gästen auf dem harten Steinboden hin- und herzugehen. Doch andererseits gab es immer noch Trümmerhaufen oder Löcher im Boden, die den Weg versperrten. Wie still es war. Eine halbe Mondsichel warf ihr Licht auf den Fluss. Sich wachsam zu verhalten, war Lotte in Fleisch und Blut übergegangen, immer war sie auf der Hut vor russischen Soldaten, Plünderern und Dieben, die nicht vor Gewalt zurückschreckten. Auch wenn keine Verdunklung mehr herrschte, waren die Straßen schlecht beleuchtet. Viele der Laternen waren kaputt, zerschossen, zerbombt, umgestürzt in den Kämpfen. Zumindest eines der Lebensmittelgeschäfte auf Lottes Heimweg war instand gesetzt worden, obwohl vom Gebäude nur das Erdgeschoss und ein Teil des ersten Stocks stehen geblieben war. Über dem Geschäft wehte eine russische Fahne.

Sie passierte die Einfahrt, bei der sie das seltsame Fleisch eingetauscht hatte, es schien eine Ewigkeit her. Schnell den Gedanken wegschieben. Gisi war da! Gisi lebte! Und sie hatten sich so viel zu erzählen.

Lotte schloss ihr Haustor auf und stieg in schwachem Ganglicht die Stufen hinauf. Hier war es noch stiller als draußen auf der Gasse. Niemand ging vor die Tür, wenn es nicht zwingend nötig war. Alle hatten Angst. Man erledigte nur das Nötigste draußen, als Frau überhaupt. Und nach Möglichkeit bei Tageslicht. In der Wohnung streifte sie die Schuhe und Socken ab. Auch hier war es ruhig, doch aus dem Zimmer drang ein schwacher Lichtstrahl. Barfüßig ging Lotte hinein. Das Fenster stand weit offen, Gisi saß davor und starrte hinaus.

»Noch wach?«, fragte Lotte überrascht.

»Hm«, machte Gisi, ohne sich umzudrehen.

»Ich mach mir Tee, möchtest du auch eine Tasse?«, fragte Lotte und setzte Wasser auf.

»Du hast Tee?« Immer noch zeigte Gisi ihr nur den Rücken.

»Eiserne Reserve.« Lotte suchte hinter den Tellern nach dem Glas mit diesem Schatz und maß für jede Tasse einen Löffel Teeblätter ab.

»Echten schwarzen Tee?«

Lotte nickte. »Von meiner Arbeit.«

»Verstehe.« Gisi drehte sich endlich um. Da redeten sie also über Tee, als ob nichts wäre, als ob sie nicht jahrelang getrennt gewesen wären, als ob niemals diese Post aus dem KZ bei Lotte angekommen wäre. Lotte bemühte sich, nicht zu starren – diese unvertraute Stoppelglatze, diese viel zu dünne Figur!

»Tut mir leid, dass meine Chefin dich so behandelt hat, Gisi.«

»Schon gut – sie ist nicht die Erste und wird wohl nicht die Letzte sein.«

»Nein? Wie schrecklich.«

»Ich …« Gisi stockte. »Ach, reden wir von was anderem.«

»Nein, ich will jetzt wissen, was du sagen wolltest.«

»Irgendwas werd ich schon verbrochen haben, dass ich eingesperrt wurde.« Ein schiefes Grinsen verunzierte Gisis Gesicht.

»Du? Sicher nicht.«

»Sagt die Verrückte, die hier wohnt.«

»Wer? Die Kainz?«

»Den Namen hat sie mir nicht genannt.«

»Die war immer schon eine echte Grätzn.« Lotte beobachtete das Teewasser. »Gisi, ich bitt dich – was ist damals passiert? Ich hab dich überall gesucht.«

»Habs gehört.«

»Ach.«

»Ja. Vom Michi. Einem Kollegen.«

»Und?«

»Eine Kollegin aus der Fabrik. Hat mich denunziert. Sie hat mich verfolgt und was mitbekommen. Erst wollt sie mein Fahrrad.«

»Aber wieso das, sie hat kein Recht …«

»Du bist lustig, Lotte. Wer hat gesagt, dass hier Recht eine Rolle gespielt hat?«

»Aber das ist Diebstahl.«

»Sie wollte mich erpressen. Hätt ich ihr das Radl überlassen, wär ich vielleicht nicht verhaftet worden.«

»Oder sie hätt es später trotzdem getan.«

»Möglich. Sogar wahrscheinlich, was ich von anderen gehört hab. Und deswegen ist unsere Widerstandsgruppe aufgeflogen.«

»Ach, Mist.«

Gisi schüttelte nur den Kopf. »Kann ich mich hier waschen, Lotte?«

»Natürlich.« Lotte zeigte auf Waschschüssel und Krug. Unwillkürlich musste sie an Erichs letzten Besuch denken. Ihre Freundin zumindest war zurück – aber war sie wirklich da?

Das Wasser kochte, Lotte machte sich daran zu schaffen und wischte sich dabei verstohlen eine Träne ab. »Jetzt erzähl endlich weiter«, bat sie. »Ich habe mir solche Sorgen gemacht. So lange solche Sorgen!«

Gisi nickte und starrte vor sich hin. »Manchmal hab ich mir selbst Sorgen gemacht, dass ich es nicht schaffe. Ohne die anderen hätte ich nicht überlebt.«

»Was?« Nachträglich fuhr der Schrecken umso heftiger durch Lotte hin. »So arg?«

»Die Mitgefangenen haben aufeinander geachtet, vor allem die kommunistischen.«

»Hast du wenigstens meine Post erhalten?«

»Danke, Lotte, das hat mir viel bedeutet.«

»Und dann sind deine Karten ausgeblieben.« Lotte atmete tief durch. Es wirkte immer noch unwirklich, dass Gisi in ihrem Zimmer saß. Dass sie überlebt hatte. Entgegen jeder Wahrscheinlichkeit.

»Es war … tut mir leid, Lotte, dass du dich deswegen gesorgt hast.«

»Das hab ich. Sehr sogar.«

»Dort im Lager … es gibt keine Worte dafür. Zuerst die Schläge, hier nach der Verhaftung.«

Lotte musste an ihr eigenes Verhör denken, damals, als sie schwanger gewesen war. Die Angst. Die Schmerzen. Sie tastete nach ihrem Kiefer. Zumindest hatte sich alles irgendwann gegeben. Sie hatte keine Schäden davongetragen. Zumindest nicht an ihrem Körper.

»Weiß deine Mutter schon, dass du zurück bist?«

»Natürlich.« Gisi lächelte. »Ich hab angerufen, auf dem Bahnhof daheim, und der Vorsteher hat versprochen, es ihr ganz rasch auszurichten.«

Lotte goss auf. Der bittere Geruch des Schwarztees breitete sich aus. »Bitte erzähl mir, was dir zugestoßen ist.«

»Willst du das wirklich?«

»Mhm und ob, Gisi!«

»Du wirst es nicht glauben.«

»So schlimm?«

»Niemand kann sich das vorstellen.« Gisi strich über ihre raspelkurzen Haare.

»Warum trägst du deine Haare so kurz? Gefällt dir der Pagenkopf nicht mehr?«

»Gefallen?« Spröde kam das Wort hervorgeschossen.

»Verzeih mir.«

»Schon gut, du weißt ja nichts. Ihr wisst alle nichts.« Gisi seufzte. »Wer die Lager nicht selbst miterlebt hat, kann sich das nicht vorstellen. Beim Eintreffen wurden alle geschoren. Und dann regelmäßig immer wieder.« Gisi stützte die Stirn in die Hand. »Es war so … entwürdigend.«

»Es tut mir so leid«, flüsterte Lotte, als könnte sie gegen

das Geschehene anflüstern und es auslöschen. Als könnte sie ihre frühere Gisi auf diese Weise zurückbekommen. Oder im Nachhinein selbst etwas tun. Sie fühlte sich schuldig, nicht genug unternommen zu haben. Sie hatte zu wenig auf alles geachtet. Nur fallweise hatte sie mit Evi Frauen in anderen Umständen geholfen, um bei der Abtreibung nicht erwischt und zu Tode verurteilt zu werden.

Lotte nahm die Teeblätter aus der Kanne und reichte Gisi eine Tasse, die schönere, die noch keine Sprünge hatte. Die andere nahm sie selbst und setzte sich.

»Das ist noch harmlos, Lotte. Wir haben gehungert … erbärmlich gefroren …«

Gisi drehte sich wieder zum Fenster, hinter dem die Dunkelheit lauerte und wer weiß was noch alles.

Lotte nahm einen Schluck Tee. Viel zu bitter. Sie schob die Tasse weg. »Das muss alles aufgedeckt werden«, sagte sie schließlich. »Alle müssen davon erfahren.«

Gisi schnaubte. »Es interessiert sie nicht. Alle hätten es wissen können. Wenn sie gewollt hätten.«

»Meinst du?« Im selben Moment erinnerte sich Lotte an ihre eigenen Gedanken bei Gisis erster Karte aus dem Lager. Sie hatte es damals schon geahnt, man hatte darüber hinter vorgehaltener Hand geraunt. Und dann Lottes Verhör … davon wusste Gisi ja noch gar nichts. Sie wusste so vieles nicht!

»Es wird nur jetzt niemand mehr etwas gewusst haben wollen, egal wovon. Von den jubelnden Massen am Heldenplatz, von den Reibpartien oder von den millionenfachen Todesfällen in den Lagern. Juden, Zigeuner, sogenannte Asoziale – es war nur mit Glück überlebbar. Sie werden jedes Wissen darüber abstreiten.« Gisi strich an der Tasse entlang. »Du wirst sehen.«

Sie schwiegen.

»Echter Schwarztee«, sagte Gisi schließlich ehrfurchtsvoll. »Und zu essen hast du auch. Wie kommt es, dass ausgerechnet du so gut versorgt bist?«

»Nun, ich … ich habe meine Quellen.« Lotte musste an ein Paar grüne Augen denken. Und einen Nachmittag am See. An das Plätschern der Wellen und ihre gute Stimmung. Ihr Herz fing aufgeregt zu klopfen an. Hier war alles wieder so ernst. So getragen, niedergedrückt. »Daheim bei uns, weißt du.« Mehr wollte sie nicht verraten. Auch nicht ihrer längsten Freundin.

Gisi blickte sich wieder um. »Und … warst du doch nicht … in guter Hoffnung?«

»Nein. Ich …«

»Verloren?«

Lotte nickte. Irgendwie stimmte es ja. »Das ist auch eine lange Geschichte … die erzähle ich dir bei Gelegenheit.«

63

Mai 1945

»Guten Morgen!« Schwungvoll betrat Lotte an diesem Morgen das Café. So früh am Tag war es noch angenehm, nicht ganz so heiß wie sonst oft. Ein leichtes Lüftchen wehte, kleine Wölkchen und Sonne wechselten einander fröhlich ab. Schade, dass sie jetzt in diese Räucherhöhle zum Arbeiten musste, der Tag schien wie geschaffen, um im Freien spazieren zu gehen oder eine Bootsfahrt zu machen. Mit angenehmer Begleitung. Und gutem Essen.

Sie dachte an Richard und verdrängte den Gedanken. Dann fiel ihr Erich ein. Ihr erstes Rendezvous. Das Picknick im Boot. Tränen stahlen sich in ihre Augen. Sie wollte doch nicht mehr weinen! Jetzt überhaupt, wo es aufwärtsging.

Schnell trat sie ein. Die Tür des Cafés stand offen, aber drinnen war es dunkel. Zumindest wurde gelüftet, und der alte Rauch vom Vorabend konnte abziehen.

»Guten Morgen, Frau Schwarz!«, grüßte Lotte noch einmal.

»Frau Schwarz?«

Lotte tastete sich zum Lichtschalter vor und drückte ihn. Langsam flackerte die Beleuchtung auf.

»Frau Schwarz! Hier sind Sie!« Die Chefin saß bereits an ihrem üblichen Platz. »Guten Morgen«, wiederholte Lotte und hatte den Tisch endlich erreicht. »Was haben Sie denn? Ist etwas passiert?«

Immer noch keine Antwort. Auf dem Tisch lagen geordnete Bons auf kleinen Stapeln, daneben die Brieftasche.

»Frau Schwarz?«

Der Blick aus den grauen Augen war starr, sah durch Lotte hindurch. Das Kinn hing schlaff herunter, der Mund stand offen.

»Frau Schwarz? Schlafen Sie?«

Lotte berührte vorsichtig die Schulter ihrer Schwiegermutter. Keine Reaktion. Sie hielt eine Hand vor die Nase von Frau Schwarz – kein Lufthauch. Sie rüttelte heftiger an ihr. Nichts. Griff nach ihrer Hand – kühl war sie.

Frau Schwarz war tot.

Sie, die all die Kriegsjahre unerschütterlich geblieben war, hatte den Frieden nicht überlebt. Nicht sehr lange jedenfalls.

Das glaub ich jetzt nicht!

Aber es stimmte. Da hatte Lotte mit Frau Schwarz so vieles überstanden – und jetzt, wo das Leben leichter werden könnte, hatte ihre Chefin die Patschen g'streckt.

Ein Amtsarzt, den der gerade zum Frühstück hereinkommende Kanzleirat holte, stellte offiziell den Tod fest.

»Aber woran ist sie gestorben?«

»Woran?« Der Doktor sah sie müde an. »Woran stirbt man heute? An Schwäche. Bei all dem Hunger keine Überraschung.«

Die Bestatter, einer mit Holzbein, holten die Verstorbene mit einem Handwagen ab, weil alle ihre Autos von den Bomben zerstört worden waren.

»Sie haben Glück, dass wir sie überhaupt so schnell abholen können«, meinte einer der beiden Männer, dem Lotte zur Dankbarkeit schnell ein Stück Kuchen zusteckte. »Wir haben so viel zu tun, dass wir kaum nachkommen. Was glauben Sie, was unter den Trümmern noch alles liegt?«

Schaulustige umringten jetzt den Tisch, an dem Frau Schwarz wohl ihr halbes Leben verbracht hatte, und hingen in Scharen vor der Tür. Es war merkwürdig zu sehen, wie die Bestatter Frau Schwarz auf ihre Bahre legten, so leblos, so stumm. Viel gesagt hatte sie seit Kriegsende nicht mehr, außer die bösen Worte gegen Lottes Freundin Gisi. Und jetzt war sie ganz still. Wie alt mochte Frau Schwarz gewesen sein? Ob Erich ihr aus dem Krieg zum Geburtstag gratuliert hatte? Vermutlich. Lotte hatte er meist eine Karte zu Weihnachten und zu Ostern geschickt und zu ihrem Geburtstag.

Erich. Er wüsste jetzt, was zu tun wäre. Vielleicht. Zumindest würde er über seine Mutter Bescheid wissen.

»Wir bringen sie zum Zentralfriedhof«, erklärte der hinkende Bestatter. »Sie können demnächst erfahren, wann die Beerdigung ist.« Sein Blick wanderte nach hinten. »Sie haben doch Telefon?«

Lotte nickte. »Wenn es funktioniert, Sie wissen ja, wie es ist.«

»Rufen Sie uns an, dann erhalten Sie Bescheid.«

Die Männer verschwanden mit dem Leichnam auf die Gasse, die Schaulustigen redeten durcheinander und zerstreuten sich langsam. Ein paar zufällig anwesende Stammgäste blieben zögernd stehen.

»Wir wollen nicht länger stören«, sagte Verwaltungsrat Ullmann, einer der Beamten, der als Letzter zur Tür ging. »Mein Beileid.«

»Danke.«

»Wenn Sie Hilfe brauchen, wenden Sie sich gerne an mich.« Er zögerte. »Ich weiß, wir haben nie privat gesprochen. Aber in Zeiten wie diesen …« Er deutete auf die Tür, durch die gerade die Tote abtransportiert worden war. »Nun, Sie finden mich im Rathaus, Stiege 4, im zweiten Stock.«

»Danke.« Lotte war, als hätte ihr jemand die Worte genommen, sie aussortiert und ihr nur ein paar wenige, die allerwichtigsten, zurückgelassen. Irgendwie ging das schon seit den letzten Kriegstagen so. Nur im Gespräch mit Richard war es anders geworden.

Ullmann verließ das Café, Lotte ging zur Theke, suchte nach einem Stift und Papier und schrieb »Wegen Trauerfall geschlossen« darauf. Das Schild hängte sie an die Eingangstür und schloss ab. Stille umfing sie wie eine zweite Haut.

Komplette Stille.

Und nun?

Zögernd ging sie auf den Stammplatz ihrer Chefin zu und nahm die Brieftasche an sich.

Was sollte sie tun? Was musste als Nächstes erledigt werden, wenn jemand gestorben war? Beim Tod ihrer Eltern hatte sie den Pfarrer geholt, alles Weitere war von selbst geschehen. Oder hatte sie es vergessen? Acht Jahre war das her, und so viel war seither passiert. So viel, dass man kaum mitkam.

Gut, die Brieftasche musste einmal verstaut werden. Sie trug sie nach hinten in die Garderobe. Plötzlich sah sie in dem Licht einer einzigen Glühbirne wieder sich selbst in dem Raum, nach dem Verhör, als sie gedacht hatte, sie würde sterben. Sie oder das Kind, das sie damals trug.

Der dünne Straßenmantel ihrer Chefin hing am Haken, als würde sie gleich zurückkehren. Zurückkehren und mit Lotte schimpfen, was das alles solle, ob sie träume bei der Arbeit.

Irgendwas musste geschehen, irgendwas musste sie tun. Vor allem musste sie raus hier.

Eilig verließ sie die Garderobe, durchquerte die Räume für die Gäste. Unheimlich war das hier, ganz allein. Als wäre Frau Schwarz' Geist noch hier und würde sie kontrollieren. Wie immer.

Schneller, Lotte, die Gäste warten. Träumen Sie?

Ein Albtraum.

Und nun?

Erich müsste entscheiden, was zu tun war. Er war der Erbe. Wenn man wüsste, was mit ihm war. Wo er war. Ob er überhaupt noch lebte … Doch niemand schien ihr diese Frage beantworten zu können.

64

Frau Schwarz wurde an einem gewitterschwülen, verregneten Vormittag begraben. Nur Lotte und Gisi geleiteten die Kaffeesiederin auf ihrem letzten Weg am Zentralfriedhof. Den Sarg hatte Lotte erst im Austausch gegen Lebensmittel und Kuchen bekommen. Um die magere Gestalt des einsegnenden Priesters klebte feucht die zu weite schwarze Soutane. Er hielt die Zeremonie kurz, wedelte mit Weihrauch – der war also nicht ausgegangen! – und leierte die wichtigsten christlichen Gebete herunter. Dann wurde die Tote in die Erde gesenkt, man schwieg, ein paar Worte des Beileids, der Priester hatte es eilig und ging, während die Bestatter Erde in die offene Grube schaufelten. Auch Lotte und Gisi eilten nach Kurzem zurück zum Ausgang, die Sohlen machten ein schmatzendes Geräusch auf dem regennassen Erdreich, Wasser drang durch das alte Leder der Schuhe, in den Kragen rann es nass hinein.

Und jetzt?

Wie sollte es weitergehen?

Ein paar Tage später suchte Lotte wieder den Suchdienst auf.

»Ich will Ihnen keine unberechtigten Hoffnungen machen, Frau Schwarz«, erklärte die Mitarbeiterin dort. »Aber immer wieder kehren Männer zurück, von denen lange keine Spur zu finden war. Also geben Sie bitte nicht auf. Gerade in den letzten Kriegstagen ging vieles durcheinander.«

Natürlich.

Wäre Erich tot, hätte man ihn wohl begraben, und sie hätte nichts erfahren. Namenlos begraben, seine Papiere hatte Erich ja absichtlich bei seinem letzten Besuch in Wien weggeworfen.

Immerhin konnte sie mitteilen, dass ihre Freundin Gisi zurückgekommen war.

»Sehen Sie, Frau Schwarz!«, meinte die Rotkreuz-Mitarbeiterin aufmunternd. »Nur Mut!«

Als ob das so leicht wäre …

Als Nächstes entschied sich Lotte, mit Herrn Ullmann im Rathaus zu sprechen. Er fragte, ob Frau Schwarz ein Testament hinterlassen habe. Lotte wusste es nicht. Sie erklärte ihm die Situation und Erichs ungeklärtes Fehlen seit den letzten Tagen des Kampfes.

»Sie können – oder sollten vielleicht sogar«, Ullmann sah sie aufmunternd an, »das Lokal im Namen Ihres Mannes weiterführen, bis er zurück ist und selbst entscheiden kann.«

Bis Erich wieder da ist.

Lotte nickte.

Wenn er je wieder da sein würde …

Und bis dahin …?

Wollte sie?

Das Café Schwarz weiterführen?

Daheim ließ sich Lotte die Sache durch den Kopf gehen.

Sollte sie …?

Sollte sie nicht …?

Sie musste Geld verdienen. Und sie mochte ihre Arbeit, alles war ihr vertraut. Backen, Kaffee zubereiten, die Gäste bedienen, auch der Einkauf – oder viel mehr die Beschaffung alles Nötigen. Und die Gäste sowieso. Doch wenn sie wieder aufsperren würde, brauchte sie Personal, allein war das nicht zu schaffen. Nicht mit den Öffnungszeiten von früh am Morgen bis spät am Abend.

Also fragte Lotte ihre Freundin Gisi, ob sie im Café mitarbeiten wolle. »Es geht um das, was bisher Frau Schwarz erledigt hat«, erklärte ihr Lotte. »Rechnungen erstellen, Geld von den Leuten kassieren, einfache Buchhaltung.«

Gisi wohnte noch bei Lotte, sehnte sich aber nach einer eigenen Bleibe, ihre alte bekam sie trotz wiederholter Bemühungen nicht zurück. Weil die sogenannten Nachmieter angaben, rechtmäßig den Mietvertrag unterschrieben zu haben.

Gisi brauchte Geld, zurück in die Fabrik schaffte sie es aber nicht in ihrem Zustand.

»Probieren kann ich es«, meinte Gisi wenig zuversichtlich.

Und so eröffnete das Café Schwarz ein paar Tage später wieder. Mit mulmigem Gefühl wartete Lotte am ersten Tag ab, wie es laufen würde.

Gisi setzte sich mit der Brieftasche und dem Rechnungsblock an den Platz, den jahrelang Frau Schwarz besetzt gehalten hatte. Sie war ein ungewohnter Anblick mit ihren kurzen grauen Haaren, dem hageren Gesicht, wo Lotte ihre übergewichtige Chefin gewohnt war. Dazu hatte Lotte ihr ein schwarzes Kleid auf ihre schmale Figur geändert und eine der kleinen weißen Schürzen gegeben, die im Café von den Angestellten getragen wurden.

An diesem Tag nun waren die Marmortische blank geputzt, alles feinsäuberlich abgestaubt, das Besteck lag glänzend poliert bereit, und ein frisch gebackener Apfelstrudel wartete duftend auf Hungrige. Die große Uhr tickte vor sich hin, überlaut in der Leere. Gisi und Lotte sahen sich an. Würde es sich herumsprechen, dass das Café Schwarz wieder geöffnet war?

Lotte trat vor die Tür. Die Luft war schon jetzt am Morgen ziemlich warm. Sie stellte sich in die Sonne, schloss die Augen und genoss das Licht.

»Guten Morgen, das ist aber eine schöne Überraschung!«

Lotte riss erschrocken die Augen auf.

Ullmann stand vor ihr, den Hut grüßend in der Hand.

»Grüß Gott!«, sagte sie schnell. »Möchten Sie reinkommen?«

»Haben Sie wirklich wieder geöffnet?«

»Aber ja!« Sie schickte ein sonnengewärmtes Lächeln an Ullmann.

»Na, dann trete ich mit dem allergrößten Vergnügen ein, Frau Lotte!«

Ullmann setzte sich auf seinen Stammplatz und bestellte ein Ei im Glas und einen Mokka. Tatsächlich hatte Lotte ein kleines Paket Bohnenkaffee beschaffen können, das sie nur für die guten Gäste reservierte. Eifrig brachte Lotte das Bestellte. In der Zwischenzeit füllte sich das Lokal tatsächlich.

Es war fast wie vor dem Tod von Lottes Chefin. In den Fenstern hing zwar immer noch Pappe statt Glas, doch bald klickerten sogar die Billardkugeln wieder. Manche Gäste warfen Gisi einen überraschten Blick zu, richtig kurze Haare waren bei Frauen selten. Aber auch das würde sich mit der Zeit geben.

Gisi arbeitete sich gut ein, und Lotte gewöhnte sich daran, nun offiziell den Ton anzugeben und alles zu entscheiden, was sie schon die längste Zeit getan hatte.

Weiterhin fragte sie immer wieder beim Suchdienst wegen Erich nach, ohne Erfolg. Sie ließ noch einmal eine Suchanzeige in die Zeitung setzen, auch das verlief im Sand. Langsam fühlte es sich an, als hätte es Erich nie gegeben in Lottes Leben …

65

»Frau Lotte?«

Lotte war auf dem Weg zum Café.

»Ach, Frau Glück, guten Morgen!«, grüßte Lotte die Hausmeisterin des Wohnhauses ihrer verstorbenen Chefin ein paar Gassen weiter. Frau Glück unterbrach das Kehren des Gehsteigs. Das Straßenpflaster war an dieser Stelle notdürftig in Ordnung gebracht worden.

»Sagen Sie, Frau Lotte«, die Hausmeisterin, die eine gelb geblümte Bluse mit Ärmeln in einem satten Grünton trug, wie jetzt oft aus Not gestückelt wurde, »ich weiß nicht, wer sich sonst kümmern soll. Was soll denn aus der Wohnung der verstorbenen Frau Schwarz werden?«

Alle kamen jetzt zu Lotte, alle dachten, dass sie über alles Nötige Bescheid wusste, dass sie entscheiden würde. Also suchte Lotte nach dem Wohnungsschlüssel ihrer Schwiegermutter, der immer an einem Brett im Lokal hing. Das Wohnhaus von Frau Schwarz war von einer Bombe getroffen worden, die Glasscheiben in den Fenstern fehlten wie fast überall und der Großteil vom Dach.

Lotte wanderte durch die Räume, öffnete die Fenster und blickte hinunter. Sie kam sich vor wie ein Eindringling. Sah das Schlafzimmer von Frau Schwarz, die Bettdecke auf der einen Seite des Doppelbettes akkurat gefaltet, zwei dicke Polster lehnten gegen das Kopfteil, das vordere mit Knick in der Mitte. Das Kabinett. Auf dem schmalen Bett lag ein weinroter Überwurf mit Quasten. Anzüge hingen in einem edlen dunkelbraunen Kasten an der Seite, daneben ein Fach mit weißen und hellblauen Hemden. Erichs Raum vermutlich, zumindest kamen ihr die Kleidungsstücke bekannt vor, aber was sagte das schon. Oben im Fach mehrere Hüte, Kappen, dazu Krawatten, Manschettenknöpfe … Sie waren nie dazu gekommen, seine Kleidung nach der Heirat in Lottes Wohnung zu bringen, zu wichtig war ihnen ihr kurzes Zusammensein, um es mit Umzugstouren zu verbringen. Nirgends lag Staub. Wer sich wohl um die Reinigung gekümmert hatte? Frau Glück vielleicht?

Und nun? Was sollte sie jetzt tun? Selbst hier einziehen? Der Ort kam ihr fremd vor. Alles hier war ihr fremd, unvertraut. Die dunkelbraunen, protzigen Kästen, die Spitzentischtücher, die Stickbilder an den Wänden. Wer hatte die überhaupt gemacht? Frau Schwarz etwa?

Andererseits hätte Lotte es von hier so nahe zu ihrem Arbeitsplatz, das würde Zeit sparen und vieles vereinfachen.

Im Wohnzimmer stand ein Foto von Erich auf einer ebenfalls protzigen Lackkommode, mit einer bereits welken Rose in einer Vase davor. Daneben ein Bild eines ernsten Mannes mit altmodischer, strenger Frisur, der Erich kaum ähnlich sah, nur die Augen wirkten ähnlich sanft. Vermutlich sein Vater? Und der hatte die herrische Frau Schwarz geheiratet. Augartenporzellan hinter den Glasscheiben einer klobigen Anrichte.

Ein Tisch mit Häkeldecke, darauf eine leere Kristallvase. Ein ausgebleichter Teppich. Glänzend gewienertes Parkett.

Und … Lotte trat näher. Ein Plattenspieler! Daneben lagen Platten mit Marschmusik. Aber das Gerät – das könnte sie drüben im Café sicher gut gebrauchen, für die neuen Zeiten!

Gesagt, getan.

Lotte schleppte das Gerät schon mal hinüber. Vielleicht könnte sie sogar Platten dieser Musik wie bei Richard auftreiben …?

Nachher ging sie zurück, klingelte bei Frau Glück und bat um Aufschub bezüglich ihrer Entscheidung wegen der Wohnung.

»Aber machen Sie rasch, Sie wissen ja um die Wohnungsnot!«, riet ihr Frau Glück.

»Natürlich«, versprach Lotte.

»Sonst teilt das Amt zu, und irgendwelche Dahergelaufenen bekommen die schöne Wohnung zugewiesen. Und Sie schauen dann durch die Finger.«

»Klar.«

Ach, Erich. Wenn wir das nur gemeinsam entscheiden könnten!

66

Es war gar nicht so leicht, einen Kellner zu finden, der bereits Erfahrung besaß und trotzdem weder zu alt noch kriegsinvalide war. Viele Männer waren in Gefangenschaft oder wurden vermisst. Wie Erich … mit ihm hätte sie dieses

Problem jetzt nicht. Dann wären sie gut besetzt, mit Lotte, Gisi und ihm.

Aber so war es nun mal nicht, und deshalb saß jetzt wieder einmal ein Bewerber vor ihr, ein hagerer Mann mit eingefallenen Wangen und grauer Haut. Er hieß Gerhard und war ein paar Jahre älter als Lotte. Das linke Bein zog er ein wenig nach, eine ältere Kriegsverletzung.

»Aber das macht nichts«, versprach er Lotte, »die Verletzung wird mich von nichts abhalten. Ich kann arbeiten wie zwei Gesunde!«

»Gut, dann abgemacht«, entschied Lotte schließlich und meinte, Frau Schwarz zu hören, wie sie Lotte damals eingestellt hatte.

»Einverstanden, ich brauche die Arbeit«, sagte er und hörte sich ebenfalls wie ein Echo von damals an. Sein Magen knurrte vernehmlich.

»Essen können Sie hier übrigens auch.« Sie schickte ihm ein Lächeln, weil auch das ihre Chefin damals zu ihr gesagt hatte.

»Danke, das ist sehr … freundlich.« Die grauen Wangen röteten sich ein wenig.

»Wenn Sie möchten, können Sie jetzt gleich etwas Erbsensuppe mit Speck haben.«

Sie sah, wie er schnupperte. »Oh, das wäre sehr … sehr angenehm wäre das!«, meinte er schließlich ein wenig verlegen.

Und so fing Gerhard im Café Schwarz zu arbeiten an. Vor dem Krieg war er Nachtklub-Kellner gewesen, sein alter schwarzer Anzug schlotterte nun an seiner schmalen Gestalt. Tatsächlich arbeitete er sich gut ein, lernte schnell den Hausgebrauch, wie die Tische nummeriert waren, und er bediente die Gäste zuvorkommend. Lotte als Chefin zu akzeptieren, dauerte ein wenig länger, aber auch das gelang. Er war der Herr Gerhard für alle. Und er aß für drei. Dafür erzählte er nichts, rein gar nichts, und niemand fragte ihn, was er erlebt oder wie er sich durchgebracht hatte. Sie hatten alle viel erlebt, das sie lieber nicht besprachen. Lieber über das Wetter reden. Oder dass es seit Kurzem echte Glasscheiben in den Fenstern des Cafés gab. Licht fiel herein und ließ Staubpartikel in der Sonne flirren. Die Gesichter der Gäste wurden weicher, freundlicher, entspannter. Es ging aufwärts. Endlich.

Swing-Platten fand sie auch, im Resselpark, wo mancher Wertgegenstand gegen Nahrung eingetauscht wurde. In ihrem Fall gab sie Kuchen.

Als sie im Café Schwarz die erste auflegte, blickte Gisi neugierig auf. »Swing?«

Lotte nickte stolz. »Gut, oder?«

»Dafür wurden früher Leute verhaftet.«

»Du zerstörst mir auch jeden Spaß.«

»Das wollte ich nicht, Lotte. Wirklich nicht.«

Etwas arbeitete in Lottes Kopf. Unbekannte Klänge, sich entfernende Schritte. Das Gellen von Trillerpfeifen.

»Aber so war es nun mal. Diese Art von Musik war verboten. Manche jungen Leute haben sie trotzdem gehört. Auch eine Art von Protest gegen die Nazis«, erklärte Gisi leise.

Weglaufende Gestalten, Wachmänner … und Erichs Stimme.

»Im Prater«, murmelte sie.

»Dort auch. Oder an der Donau. Im Schwimmbad. Wenn man ein tragbares Gerät hatte.«

»Nein, ich meine, ja. Ich war einmal im Prater. Mit Erich, ganz am Anfang. Und da sind ein paar Leute geflüchtet. Davor haben sie so eine Musik gespielt.«

»Siehst du, du weißt es.«

Lotte schüttelte den Kopf. »Ich hab diese paar Takte gehört und Leute weglaufen gesehen, aber … ich habe nicht gewusst, dass es darum ging.« Sie griff sich an die Stirn. »Ich war ein Huhn und hab nur im Sand gescharrt. Viel zu wenig habe ich mitbekommen.« Wieder einmal tat es ihr leid um die Menschen, die unter Hitlers Regime und den willigen Vollstreckern in Wien gelitten hatten. Die Rosenblums. Gisi sowieso. Und so viele Unbekannte.

»Es tut mir so leid«, flüsterte sie, »dass ich so blind war.«

Gisi nickte und sagte nichts mehr.

Schließlich ließ sich nicht mehr verleugnen, dass die Lebensmittel zur Neige gingen. Zu tauschen hatte Lotte nichts mehr, auch jene Sachen aus der Wohnung ihrer Chefin, die dafür geeignet waren, waren bereits für den Schleich draufgegangen. Sie musste wohl wieder eine Tour nach Hause an den See unternehmen.

Du willst doch nur diese grünen Augen wiedersehen!

Also begann Lotte mit den Vorbereitungen. Sie machte Apfelstrudel, jede Menge Apfelstrudel. Und Linzerschnitten.

»Was hast du vor?«, fragte Gisi. Sie wedelte den Rauch weg, der von einem Tisch neben der Theke kam. Gisi sah schon ein wenig besser aus als bei ihrer Rückkehr. Die Haare waren nachgewachsen, sie würden bald wieder wie ein Bubikopf aussehen. Nur dass sie grau waren, irritierte Lotte immer noch. Ebenso wie Gisis schlechte Zähne und die Lücken dazwischen. Deshalb lachte sie selten, behauptete die Freundin. Aber dahinter lag etwas anderes, etwas, das sie nicht aussprach. Nie. Auch nicht Lotte gegenüber. Und sie wollte nicht in etwas eindringen, über das ihre Freundin nicht sprechen mochte. Oder konnte. Es reichte, dass sie sich die wichtigsten Dinge erzählt hatten – Lottes Heirat mit Erich, dass es kein Kind gab, dass Gisi mit ein paar Mitgefangenen einen lange andauernden Weg nach Hause zurückgelegt hatte, auf eigene Faust, meist zu Fuß, nur selten konnten sie auf einem Lastwagen oder in einem Zug mitfahren. Weil die österreichische Regierung als einzige keine Heimreise für ihre KZ-Gefangenen organisiert hatte. Was für eine Schande.

»Ich gehe mit einem Angebot nach Oberösterreich«, erklärte Lotte jetzt. »Ich will keine Almosen mehr. Ich biete meine Kuchen im Tausch gegen Ami-Zigaretten. Für die kann ich wiederum was anderes einhandeln.«

»Und du glaubst, die Amis warten auf deinen Apfelstrudel?« Gisi schnaubte.

»Angesichts dessen, was es an Süßspeisen bei ihnen gab – ja. Das Zeug hat dort nämlich nach nichts geschmeckt.«

»Nun, wenn du meinst, ich wünsch dir, dass es funktioniert.«

Gisi würde das Café in Lottes Abwesenheit gemeinsam mit Gerhard betreuen, außerdem gab es die Aushilfe Steffi für die Küche. Die junge Frau, eine Bekannte des Uhrmachers, wusste noch nicht, was sie für einen Beruf ergreifen wollte. Eigentlich keinen, aber man musste wohl, in all der Not. Wäre der »herrliche« Krieg anders ausgegangen und wären die Männer als siegreiche Helden zurückgekehrt, statt sich töten zu lassen, sähe es anders aus. Dann würde Steffi auf eine Heldenheirat hoffen und auf Heldensöhne. Aber es war wichtig, eine Aushilfe zu haben, und so achtete Lotte nicht allzu sehr auf ihre Worte.

Und schließlich setzte sich Lotte an ihre Singer-Nähmaschine. Sie nahm ein Kleid mit roten Punkten, das sie vor vielen Jahren genäht und geliebt hatte, dessen Stoff am Saum längst zerschlissen war. Also trennte sie die Nähte auf und prüfte, was man noch verwenden konnte. Als Nächstes kam ein schwarzer Rock dran, früher mal eines ihrer besten Kleidungsstücke. Auch hier schnitt sie die nicht mehr brauchbaren Stellen weg und trennte die Nähte auf.

Vor den Stoffstücken sitzend, hielt sie inne und rief sich das Foto von dieser Frau Goddard in dem Tanzsaal in Gmunden in Erinnerung. Wie hatte das Kleid ausgehen? Der Rock war weit gewesen, zum Tanzen bestens geeignet. Sie überlegte, schnitt dann Bahnen zurecht und nähte schwarze und rot gepunktete Stücke so, dass der Rock unten weit ausgestellt war. Der kürzere Rock kam an das Oberteil des getupften Kleides. Die Maschine ratterte wie Musik in ihren Ohren, während in Lottes Kopf unhörbarer Swing spielte, zu dem sie mit Richard tanzte.

Außen an das Oberteil nähte sie noch schwarze Ränder. Vor sich hin summend, prüfte sie das Ergebnis – für Nachkriegsmode gar nicht schlecht! Sie würde bei den Amis nicht mehr wie die arme Verwandte aussehen, sie nicht. Blieb noch das Thema Schuhe, aber auch dafür würde sich eine Lösung finden. Ganz sicher.

67

Juni 1945

Die Züge fuhren bereits mehrmals am Tag, ein Fortschritt. Der, den Lotte nun nach Hause nahm, war dennoch voll besetzt. Aber zumindest herrschte Frieden. Die Leute saßen da, ohne zu streiten. Und sie wurden auch nicht beschossen. Erst nach und nach erkannte Lotte, was das mit ihr machte – es herrschte endlich wirklich und wahrhaftig Frieden. In Gedanken an ihr Ziel wippten ihre Beine zu Klängen, die nur sie hören konnte. Eine Frau gegenüber warf ihr missbilligende Blicke zu, der Mund verkniffen, also zwang Lotte sich, die Beine stillzuhalten.

Mit ihren Reisetaschen voller Kuchen und Gebäck stieg sie in Gmunden aus und machte sich schnurstracks auf den Weg zur amerikanischen Kommandantur. Es wurlte wieder vor Menschen, viele stritten sich, eine Frau schrie, dass sie bestohlen worden war, Polizisten tauchten auf.

»Ich möchte zum Küchenchef«, sagte Lotte forsch zu den zwei Wachsoldaten vor der besetzten Villa.

»Ah, Richards *Fraulein.*« Einer der beiden grinste.

Gefiel ihr nicht so recht, aber nun.

»Darf ich durch?« Lotte machte Anstalten, an ihm vorbeizugehen.

Er schüttelte den Kopf und hob die Hand, aber es sah nicht allzu bedrohlich aus. *»Sorry, but no. Stop.«*

»Aber ich muss …«

… *Englisch lernen, das muss ich.*

Sie packte ein Stück Apfelstrudel aus und hielt es dem Soldaten unter die Nase. »Na, gut, oder? Könnt ihr haben.« Sie wartete und machte Zeichen, dass er es essen sollte.

Der Soldat reagierte nicht darauf.

»Was seid ihr nur für Besatzer, fix noch einmal!«, rief sie. »Ich brauch eure Hilfe, und ich hab was anzubieten. Machen wir ein Geschäft.«

Sie sah, wie der andere Soldat das Gewehr über den Rücken hängte und nach etwas an der Wand griff. Er sprach ein paar Worte. Ein Wandtelefon vermutlich.

»Lotti!«, erklang plötzlich eine Stimme aus der Einfahrt. Eine Gestalt schälte sich aus dem Dunkel.

Jimmy. Er lächelte breit. *»Hello, Lotti. Richard is not here. Can I help you?«*

Leider verstand sie auch ihn nicht. Hilflos sah sie ihn an. Wie sollte sie Jimmy ihr Angebot klarmachen? Mit Gesten bot sie ihm von dem Kuchen an. Er nahm, kostete, strahlte, hob den Daumen. *»Very good.«* Dann putzte er sich die Brösel von der beigefarbenen Uniform. Seine Kameraden lachten. »Jimmy …«

Verdammt, was hieß denn Küche? Oder Koch?

Jimmy sah sie mit großen Augen ratlos an.

Lotte tat, als würde sie in einem Topf rühren, dann deutete sie auf die Villa, machte mit den Fingern Schritte nach, deutete auf sich, dann wieder auf die Einfahrt.

Jimmy runzelte die Stirn, sah seine Kameraden an. Schließlich hellte sich sein Gesicht etwas auf. *»Wait!«*, sagte er und verschwand.

Und jetzt? Einer der Wachsoldaten bedeutete ihr zu bleiben – zumindest fasste sie die Geste so auf. Also wartete sie. Die Sonne brannte herab, sie schluckte Staub und sehnte sich nach einem Schluck Wasser, doch ihren Vorrat hatte sie schon während der Bahnfahrt ausgetrunken. Ob sie ihre Flasche hier irgendwo wieder auffüllen könnte? Dann würde sie womöglich ihre kleine Chance verpassen. Hoffentlich kam Jimmy bald zurück. Und hoffentlich sah sie kein Bekannter, nicht dass es wieder böse Worte gab. Oder Schlimmeres.

Wie viele Zigaretten würden sie ihr wohl für die Mehlspeisen geben? Was konnte sie verlangen? Würden sie überhaupt auf das Geschäft einsteigen? Plötzlich fühlte sie sich unsicher. Was für eine Schnapsidee, ihre Lebensmittelschätze für so viele Kuchen zu verbrauchen – wenn sie gar nicht wusste, ob das Tauschgeschäft hier gelingen würde. Wieso sollten die Amis ausgerechnet ihre Süßigkeiten wollen?

Weil Richard das Angebot im Klub auch nicht geschmeckt hatte.

»Fraullein Lotti.«

Lotte schrak zusammen. Jimmy war wieder da. *»Here.«* Er hielt ihr einen kleinen Zettel unter die Nase.

Sie nahm ihn und las. »Heute Abend, 18 Uhr, im Klub.«

Was sollte das jetzt heißen?

Jimmy zeigte auf Lotte. Dann auf den Zettel in ihrer Hand, dann auf das Gebäude. Sie sollte heute Abend um 18 Uhr hier sein.

Sie nickte.

»Richard?«, fragte sie.

Er nickte.

»Okay«, rang sie sich ab. Das sagten die Amis doch so.

Sie deutete auf ihr Handgelenk, wo man eine Armbanduhr tragen würde, wenn man eine hätte. Fragend sah sie Jimmy an. Der zeigte ihr seine Uhr. Es war Viertel vor vier. Jimmy sagte noch was auf Englisch, das sie nicht verstand. Schließlich ging er ins Haus, und sie stand da, mit heftig klopfendem Herzen und Reisetaschen voller Kuchen, und fragte sich, was heute Abend werden würde …

68

Sie tanzte.

In ihrem neu zusammengestückelten Kleid.

Seit sie Richard am Abend wiedergesehen hatte, hatte Lotte nur noch Augen für ihn. Sie war verrückt.

Ein Spiel mit dem Feuer.

Und dennoch. Sie konnte nicht anders.

Die Musik war schuld.

Alles wirkte so leicht. Beschwingt.

Alles schien möglich.

Sie hatte so lange nicht gelacht.

Richard hatte ihr die Taschen abgenommen, sie zum verantwortlichen Koch gebracht, einen *deal* ausgehandelt. Fünf Stangen Zigaretten bekam sie. Und sie dürfe wiederkommen.

Ein Hochgefühl machte sich in Lotte breit. Es würde aufwärtsgehen. Ihre Idee war gelungen. Die Amis machten mit ihr Geschäfte.

Auf dem Weg zu ihrem Häuschen hatte Richard noch eine Überraschung angekündigt. Als er geparkt hatte, holte er ein Paket aus dem Auto.

»Was ist das?«

»Schau rein.« Er lächelte sie an, und sie musste an ihr Kennenlernen denken, wie sehr ihr dieses Lächeln gefallen hatte. Wie lässig es war.

Sie drückte das Paket, es war weich und gab unter ihren Fingern nach. Ungeduldig raschelte sie an dem braunen Papier herum, riss es auf – etwas Weißes kam zum Vorschein. Sie runzelte die Stirn. »Stoff?«

Er nickte mit stolzer Miene. »Seide.«

»Wo hast du die denn her? Ich hab schon lange keinen guten Stoff mehr bekommen.«

»Es ist Fallschirmseide. Habe ich für dich organisiert. Gefällt sie dir?« Erwartungsvoll sah er sie an.

»Sehr sogar. Daraus kann ich mir ein richtiges Tanzkleid nähen!«

»Und hier, noch ein Mitbringsel.« Er hielt ihr ein Paar Schuhe unter die Nase.

»Aber …«

»Nimm sie. Bitte, Lotte.«

»Ich … ich kann mich doch nicht von einem fast Fremden so großartig beschenken lassen.«

»Sieh es als meine Eigennützigkeit.« Er grinste. »Ich möchte mit einer gut gekleideten Tanzpartnerin angeben.«

»Also gut. Und meine blöden Holzsohlen sind sowieso nix.«

»Siehst du.«

Fröhlich beobachtete er sie, wie sie aus den alten Schuhen schlüpfte und sie in die Ecke beförderte. Die neuen in Schwarz-Weiß passten wie angegossen. »Danke!«

Und jetzt tanzten sie. Später aß sie vom Buffet, Rinderbraten und Nudeln, Gemüse, es schmeckte großartig. Endlich wirkte die Bestie in ihr besänftigt. Für den Moment.

Als der Koch den Nachtisch zum Buffet brachte, wurde Lotte zu ihm gerufen. Richard ging mit ihr, im Raum wurde es still, alle starrten sie an – nur sie. Gut, dass sie ein halbwegs neues Kleid trug. Der dickliche Kerl in weißer Kleidung und mit hoher Kochmütze erklärte etwas, auf Englisch natürlich, zeigte auf sie. Die Männer im Saal klatschten.

»Er sagt, dass du für den Nachtisch verantwortlich bist«, flüsterte ihr Richard ins Ohr. Er stand ganz nahe neben ihr, und als sein Atem beim Reden ihre Haut traf, erschauerte sie. Der Koch sprach immer noch, es klang wie ein Rauschen in Lottes Ohren.

»Thank you«, raunte Richard an ihrem Ohr. »Ruf einfach: ›Thank you.‹«

Sie nickte und musste erst einmal nach Luft schnappen. Das hier war was anderes, als in ihrem Café für den Kuchen ein Kompliment zu bekommen.

»Sänggggjuuu«, rief sie, merkte, dass sie nicht laut genug war, irgendwo klirrte ein Glas. »Sänggggjuuu!«, rief sie also noch einmal.

Wieder wurde geklatscht und gejohlt.

»Gut gemacht.« Richard führte sie zurück zu ihrem Tisch.

»Könntest du …« Sie schluckte, weil sie noch einen trockenen Hals hatte von der Aufregung. Schnell trank sie einen Schluck Wein. Sie hatte zu viel getrunken. Das war ja alles verrückt! »Könntest du mir ein wenig Englisch beibringen? Ich glaube, das wäre echt nützlich.«

Richard sah sie lange an. Sie richtete sich auf, ihr war plötzlich viel zu warm.

»Mit Vergnügen«, sagte er schließlich und klang genauso belegt wie sie.

Müde vom Tanzen. Vom Lachen. Sie hatte ganz vergessen, wie das war. Wie angenehm müde es sich anfühlte, wenn sie etwas Schönes unternommen hatte. Träumen zur Musik. Träumen zur Bewegung. Spaß zu haben.

Draußen war die Luft lau, der Himmel samtig blau, die Farbe erinnerte Lotte an ein Sonntagskleid, das sie als Jugendliche gehabt hatte. Sie atmete tief durch. Richard brachte sie wieder nach Hause. Was für ein verrückter Abend!

»Komm noch mit in den Garten«, flüsterte sie, als sie vor ihrem Häuschen angekommen waren. Und wusste irgendwo in einem entfernten Winkel, dass sie jetzt wirklich im Begriff stand, Blödsinn zu machen. Wie von selbst flog ihr Blick zu Margaretes Häuschen – alle Fenster dort waren dunkel. Wie spät es wohl sein mochte?

Sie wollte diesen Abend einfach noch nicht beenden, sie wollte einfach nicht. Über ihnen glitzerten die Sterne. Diese Dunkelheit, dieses beschützende Himmelsdach! Durfte jetzt vielleicht alles gut werden?

Er nickte. »Gern, Lotti.« Auch seine Stimme ein Flüstern.

»Komm.« Sie sperrte ihre Haustür auf, nahm seine Hand, um ihn durch die Räume zu führen, sie wollte jetzt kein Licht machen. Ganz selbstverständlich fühlte sich ihre Berührung an, die Wärme, die sich übertrug. An der hinteren Tür führte sie ihn hinaus in den Garten.

Sie flüsterten auf der Bank unter einem Apfelbaum, über

die Schönheit der Sterne, den Duft der Nacht. Ein Vogel zwitscherte sanft. Der erste. Als das zarte Morgenlicht sie grüßte, gingen sie ins Haus. In Lottes Haus.

Schlagartig zögerte sie. Innerhalb von Mauern, ihren eigenen Mauern, fühlte sich alles anders an. War es falsch? Oder doch genau richtig?

»Wovor hast du Angst?«, wisperte Richard, seine Lippen berührten ihr Ohr.

Sie erschauerte.

»Ich kann das nicht«, sagte sie. Und doch wollte sie es.

Richard lächelte beruhigend.

»Ich darf kein Kind bekommen«, erklärte sie. »Es wäre … zu gefährlich.«

»Ich … habe etwas«, meinte er. »Um das zu verhindern.«

»Ach so.«

Plötzlich war alles einfach, frei und leicht. Ohne diese Angst, alles von Neuem durchmachen zu müssen. Ein Rausch von Wärme und Freiheit. So gab sie sich ihm hin. Erglühte, zitterte, keuchte. Ließ sich treiben, ließ sich gehen. Nichts anderes zählte, nur diese warme, lebendige Haut an ihrer Haut, das Prickeln in den Adern, überall auf ihrem Körper. Ein Schauer nach dem anderen jagte über sie hin. Diese Lippen, die hart und verlangend küssten und die sie wieder küsste, ganz und gar.

Du treibst es mit dem Feind.

Aber auch das war egal.

Alles war egal.

Alles außer Richard. Richard und sie.

69

Ein Sonnenstrahl. Lotte blinzelte. Sie fühlte sich wunderbar. Wunderbar und leicht. Keine Schwere mehr, die so lange auf ihren Schultern gelastet hatte. Sie fühlte den Berührungen nach, meinte die Küsse noch auf ihren Lippen zu spüren und das Lachen in sich. Richard war vor Stunden gegangen, er musste zum Dienst.

Lotte drehte sich im Bett um, sodass sie zum Fenster sehen konnte. Das Federbett raschelte. Erst jetzt, allein, spürte sie ihren Ehering wieder.

Sollte sie sich schuldig fühlen?

Hatte er sich schuldig gefühlt? Offenbar nicht.

Sosehr sie allem nachspürte, sie fand keine Schuldgefühle. Am ehesten noch Schuldgefühle, dass sie sich nicht schuldig fühlte. Sondern frei. Stark. Weich. Fest. Alles zugleich. Als ob ein neues Leben begänne, beginnen dürfte … als ob etwas in ihr endlich vollständig wäre.

Während sie zum Fenster hinaussah, den leisen Wind in den Blättern rascheln hörte, erinnerte sie sich an ihre letzte Begegnung mit Erich. Es kam ihr ewig lange vor, so viel war geschehen. Als wäre ihr Mann zum Geist geworden. Und wahrscheinlich war er das tatsächlich.

Sie stand auf, zog sich ihren ursprünglich grauen Rock, den sie mit blauem Stoff geflickt hatte, und ihre ausgeblichene Alltagsbluse an und legte das Bettzeug zum Lüften auf die alte Holzbank im Garten. Dann wollte sie in die Küche, um Frühstück zuzubereiten. Als sie sah, was auf dem Tisch stand, wärmte ein Lächeln sie von innen. Jede Menge von dieser Kondensmilch. Richard musste sie im Auto gehabt und hereingetragen haben, während sie schlief. Und ein paar Stangen Zigaretten hatte er danebengelegt. Der Mann war unglaublich.

Wie nett von ihm …

… oder?

Plötzlich fühlte sie sich einsam.

Und dann komisch.

Das sah ja aus wie … Bezahlung. Für Liebesdienste. So wie die Seide, die er für sie beschafft hatte. Er hatte wohl damit gerechnet, dass sie bereit war zu diesem … ja, was war das mit ihm eigentlich? Eine Liebesnacht?

Sie wollte mit ihm reden, sofort, fragen, was das sollte. Was er sich dabei gedacht hatte.

Sie hatte aus freien Stücken gehandelt.

Weil sie mit ihm zusammen sein wollte.

Nicht für Lebensmittel. Nicht für Stoff. Oder Zigaretten.

Aber sie besaß seine Telefonnummer gar nicht.

Keine Möglichkeit, ihn zu erreichen, außer sie tauchte wieder vor der Kommandantur der Amis auf.

Und das würde sie nicht mehr tun.

Ihm immer noch nachlaufen – auf keinen Fall.

Sie stellte die Dosen mit der Milch weg, zu sehr wühlte ihr Anblick sie auf. Sie zögerte, ob sie die Zigaretten mitnehmen sollte. Sie waren ein gutes Zahlungsmittel. Und halt, was war das? Sie griff nach einem kleinen Päckchen, die englische Aufschrift verstand sie nicht. Sie öffnete es, zog etwas Weiches heraus – Strümpfe?

Tatsächlich. Sie hielt sie an – dünne braune Dinger. Seidenstrümpfe.

Der schale Geschmack, dass dies alles Entlohnung darstellte, für etwas, das sie aus Lust von selbst zu geben bereit gewesen war, verstärkte sich.

Schließlich riss sie sich von den Sachen los. Sie war nicht für ein Techtelmechtel hier, sondern für ihre »Einkäufe«, wenngleich sie nicht mit Bargeld getätigt wurden. Mit Korb und Zigaretten machte sie sich auf den Weg zu den Bauern. Die meisten kamen ihr diesmal wohlwollend entgegen. Sie bekam Mehl, Kartoffeln und Speck, dazu konnte sie auch ein wenig Brennholz hamstern, schon für den Herbst. Die ganze Zeit zwang sie sich, nur an ihr Vorhaben zu denken. An das, was sie brauchte. Für ihr Café, das sie in Erichs Namen führte. Nach vorne schauen – nicht nach hinten.

Und dennoch überschwemmte sie die Traurigkeit. Mühsam hielt sie die Tränen zurück. Vor Kurzem noch hatte sie einfach nur weitergelebt, jetzt war etwas anders.

Schließlich trug sie ihre Beute in ihr Häuschen, machte eine letzte Runde durch den Garten, sammelte ein paar Äpfel ein, schloss alles ab und trat den Rückweg nach Wien an. Immerhin waren ihr die Kontrollen der Besatzungsmächte jetzt fast schon vertraut. Dieses Mal kam sie ohne Zwischenfälle in der Hauptstadt an. Als ob das jetzt zählte …

70

Juli 1945

Den Alltag leben.

Ihn irgendwie meistern. Nicht verhungern. Immer noch ein täglicher Kampf.

Nicht von einem Blindgänger getötet werden.

Den Russen ausweichen.

Das Wasser abkochen wegen der Infektionsgefahr. Ruhr und andere Seuchen grassierten, die ehemalige Blockwartin war daran verstorben. Die Neugeborenen starben überhaupt wie die Fliegen, weil auch die Milch für sie fehlte.

So viel gab es zu beachten.

Und der Kaffeehausbetrieb musste ebenfalls weitergehen. Draußen schien die herrlichste Sonne, es war heiß, drinnen war es verraucht wie eh und je. Immer wieder wurde Lotte schwindlig. Zum Glück hatte sich Kellner Gerhard gut eingearbeitet und war zusammen mit Gisi eine große Unterstützung. Wenn es Gisi gut ging, hieß das, und das war nicht immer der Fall. Immer wieder fühlte sich die Freundin schwach, kam aber meist zur Arbeit. Lotte wollte, dass sie einen Arzt aufsuchte – aber Gisi verweigerte sich. Ohne es zu erklären.

Und noch immer erwartete Lotte, jedes Mal wenn die Tür aufging, Erich zu sehen. Erich, den tatsächlichen Besitzer dieses Lokals. Sie spielte die Chefin doch nur, übergangsweise. Zum Glück kam sie nicht oft zum Nachdenken, denn der Laden brummte. Eine Gasse weiter eröffnete ein Kabarett, die Leute kamen danach ins Café Schwarz oder gingen tagsüber in die Stadt zum Bummeln.

Eines Tages gab es interessante Neuigkeiten. Die Stadt sollte in vier Besatzungszonen aufgeteilt werden – nicht nur die Russen sollten Wien verwalten, sondern auch Amerikaner, Franzosen und Engländer. Wenig später sickerte durch, dass die Leopoldstadt, wo Lottes Wohnung lag, russisch bleiben sollte. Aber die Innere Stadt würde international verwaltet werden. Lotte dachte eine Weile nach und entschied dann, doch in die Wohnung ihrer verstorbenen Chefin zu ziehen, sobald das zu schaffen war.

Die Geschichte mit Richard rückte mit der Zeit seltsam weit weg, bis sie ihr unwirklich vorkam. Da war immer noch die Erinnerung daran, wie vollständig sie sich gefühlt hatte. Da war immer noch die Erinnerung ihres Körpers an die Zärtlichkeiten, an die Welle, auf der sie glückselig davongetragen worden war.

Und gleichzeitig ihre Traurigkeit, die immer auftauchte, kaum dass sie einmal innehielt in ihrem Arbeitsalltag. Sie war nur mit aller Macht in Zaum zu halten, damit niemand etwas bemerkte. Kamen Lotte doch die Tränen, flüchtete sie zur Toilette. Niemand wusste von dem Erlebnis mit Richard. Nicht einmal Gisi.

Noch mehr Traurigkeit.

Doch sosehr Lotte darüber nachdachte, sosehr sie überlegte, Gisi ihr Herz auszuschütten – sie schaffte es nicht. Es war unmöglich, das Erlebte in Worte zu kleiden. Nichts konnte dem gerecht werden, was sie empfand. Diesem Wirbelwind von Gefühlen. Zumal auch Gisi nicht sehr gesprächig war.

Das Erlebnis mit Richard war wie eine Perle in Lottes Innerstem. Etwas, das sie vom Rest ihres Lebens abgeschottet in sich trug.

Lotte schwindelte wieder einmal. Sie tastete an der Theke nach Halt.

»Was hast du denn?« Gisi stand plötzlich neben ihr.

»Ach nichts«, sagte sie schnell.

Ein prüfender Blick glitt über Lotte. »Bist du wieder …?«

»In anderen Umständen?«

»Mhm.« Diese neue Gisi mit ihren grauen Haaren wirkte so fremd. Gar nicht wie Lottes langjährige Freundin. Gisis Blick aber war wie damals. Als Lotte genauso wenig hatte schwanger sein wollen wie heute.

»Das darf nicht sein.«

»Darf nicht? Oder – kann nicht?«

Kläglich zuckte Lotte die Achseln. »Ich hab meine Tage schon länger nicht gehabt.«

»Das sagt nun nicht wirklich viel aus. Wenn man hungert, kann das passieren.« In Gisis Augen zeigte sich etwas, an dem sie weiterhin niemanden teilhaben ließ. Nicht mehr, nach den ersten Versuchen, über die Schrecken des KZ zu erzählen. »War im Lager auch so, keine der Frauen bekam noch ihre Regel.«

Sollte das die Erklärung sein? Viel zu essen gab es immer noch nicht. Ein Hoffnungsschimmer regte sich in Lotte.

»Wenn du deine Tage schon länger nicht hast«, erklärte Gisi, »dann kannst du nicht schwanger werden. Dann hast du gar keinen Zyklus.«

»Was du alles weißt, Gisi.« Lotte strich über ihren Bauch. »Und wenn, müsste man irgendwas sehen«, beruhigte sie sich.

»Das wiederum sagt nichts aus, so abgemagert, wie wir alle sind.«

Evi würde es genauer wissen. Sie hatten sich aber immer

noch nicht wiedergesehen. Hatte sich die Freundin in den letzten Tagen noch erfolgreich verstecken können? Lotte hatte Angst vor weiten Wegen, wegen der Russen und allen möglichen Wegelagerern, haufenweise waren sogenannte Displaced Persons unterwegs, Menschen, die aus den Lagern kamen und keine Heimat mehr hatten. Es gab welche, die sich für erlittene Qualen rächen wollten, andere raubten einfach aus Gelegenheit.

Polizisten gab es kaum, mitunter waren die selbst Kriminelle, die andere ausplünderten. Die Rote Armee ernannte einen polizeilichen Hilfsdienst, der Armbinden trug, aber keine Uniformen – und vor allem frühere Nazis und SS-ler verhaften sollte. Auf das Leid der Frauen ging offenbar niemand so richtig ein.

Doch das Gespräch mit Gisi ließ Lotte keine Ruhe. Immer wieder verglich sie ihr Befinden mit jenem vor mehr als fünf Jahren. Konnte sie wieder schwanger sein? Sie befühlte ihren Bauch. War etwas anders als sonst? Oder hatte es eine andere Ursache, dass sie sich so komisch fühlte? Doktor Rosenblum jetzt aufsuchen zu können, das wäre es! Dann hätte sie Gewissheit. Oder Leonore, die Engelmacherin. Die war zum Tode verurteilt worden, noch in den letzten Tagen des Krieges.

Evi.

Sie musste Evi einfach sprechen. Rausfinden, was mit ihr los war. Ob sie lebte. Lotte wollte sich nicht zu viele Hoffnungen machen, aber auch nicht gleich das Schlimmste befürchten. Als sie sich endlich freigeschaufelt hatte, fuhr sie den weiten Weg hinaus nach Meidling zu Evis Adresse. Immerhin fuhr die Stadtbahn bereits wieder im Wiental, doch nach einigen Stationen musste Lotte zu Fuß weitergehen. Regen prasselte zur Abwechslung herab, angesichts der vielen staubigen Bombenruinen und der Wärme der letzten Zeit eine Wohltat. Auch hier wurden fleißig Straßen und Ruinen geräumt, Arbeiter trugen Baumaterial herbei, eine Frau teilte Essen aus einem großen Topf aus. Einige, die etwas bekommen hatten, stellten sich unter einen halben Mauervorsprung, um sich vor dem Regen zu schützen und zu essen.

Mit quietschenden Sohlen ging Lotte weiter. Wasser rann ihr übers Gesicht. Gleich müsste sie da sein, wenngleich die Straßen so anders, ganz fremd wirkten. Schilder mit den Straßennamen fehlten oder lagen verbeult auf dem Boden. An Häuserecken waren russische Worte aufgemalt, ganze Gebäudeteile fehlten. Aber da war der Würstelstand vor dem Eingang zu Evis Wohnhaus, der stand noch! Vor Erleichterung sackten Lottes Schultern nach unten, und sie merkte, wie angespannt sie gewesen war. Gleich darauf stockte sie und hatte Angst, was sie dahinter entdecken würde. Regen prasselte ihr auf den Kopf. Langsam ging sie weiter. Blieb wieder stehen, schloss die Augen und öffnete sie mit einem tiefen Atemzug.

Steine. Ziegel. Die Hälfte des Hauses war weggerissen worden, die linke Seite stand noch. In mittlerer Höhe klaffte eine offene weiße Tür ins Nichts, dahinter etwas, das wohl Wasserrohre gewesen sein mussten.

Mit mulmigem Gefühl trat Lotte durchs offene Haustor. War es überhaupt sicher, das Gebäude zu betreten? Niemand hielt sie auf. Vorsichtig setzte Lotte einen Fuß vor den anderen. Licht gab es nicht, sie musste sich vorantasten, Schritt für Schritt prüfen, ob der Boden trug, ob da überhaupt Boden war. Endlich erreichte sie die Wendeltreppe, dort fiel mehr Licht herein. Sie stieg langsam hinauf. Bei jedem Schritt horchte sie auf mögliche verdächtige Geräusche. Nicht dass die Stiege unter ihr einbrach!

Am Gangfenster im zweiten Stock fehlte das Glas, Pappe war stattdessen in die Rahmen eingesetzt worden. Im dritten Stock fiel Licht herein – aber nicht durch ein Fenster, sondern weil dort ein gewaltiges Loch in der Mauer klaffte. Immerhin war eine Latte davorgenagelt worden. Lotte wagte kaum, in den Abgrund zu sehen. Regenluft drang an ihre Nase, vermischte sich mit dem Geruch feuchten Mauerwerks.

Sie wandte sich nach links – tatsächlich, Evis braune Eingangstür, unbeschädigt! Lotte klopfte. Stille. Sie wartete. Keine Schritte, nichts.

Sie klopfte noch einmal.

Es blieb still. Nur ein Klappern drang an ihre Ohren, als würde irgendwo eine Tür oder ein Fenster im Luftzug schlagen. Sie berührte die Tür mit der ganzen Hand, sie ließ sich ohne große Anstrengung öffnen.

Kein gutes Zeichen.

Lotte stockte.

Sollte sie weitergehen?

Ihr Herz klopfte wie verrückt.

Was würde sie finden? Zerstörung? Leere? Oder doch ihre Freundin?

Zögernd trat sie ein, prüfte bei jedem Schritt den Boden. Hinter der Tür lag der Flur, fast unbeschädigt bis auf die umgeworfene Kommode und den fehlenden Spiegel. Dafür Scherben auf dem Boden. Lotte machte einen weiteren Schritt, stieß die Tür auf und – prallte zurück. Vor ihr gähnte ein Nichts. Durch das Loch im Boden sah sie bis ganz nach unten, wo Trümmer, kaputte Möbel und ein Ofenrohr lagen.

Der Schreck traf sie mitten in die Magengrube. Ihr wurde schlecht, direkt übel. Schweiß brach ihr auf der Stirn aus. Wer hier gewesen war während des Bombenangriffs, konnte nicht überlebt haben. Niemand konnte so was überleben. Nach einem langen Blick – an dem Mauerstück genau gegenüber hing ein Ölgemälde schief an der Wand – wandte sich Lotte ab.

Also auch Evi.

Sie hatte noch einen Menschen verloren.

71

»Wen suchen S' denn?«

Lotte erschrak und tappte fast in ein schmales Loch im Boden, als die kratzige Stimme erklang. Sie sah auf. Die Frau erinnerte sie an jene in Gisis Wohnhaus damals.

»Meine Freundin Evi von oben.«

»Da werden S' hier kein Glück haben.«

Nichts schien sich geändert zu haben. Dieselbe Missgunst, dieselbe Boshaftigkeit.

»Ja dann …«

Was für ein Schmerz. Lotte hätte gedacht, dass es mit solchen Neuigkeiten vorbei war, seit der Himmel still geworden war und keine Bomben mehr fielen.

»Tut mir leid für Sie«, meinte die Frau abschätzig. »Hier haben nicht viele überlebt.«

»Ach so.«

Etwas sagen, einfach irgendwas. Doch die Worte fehlten. Für alles. Sie wandte sich zum Gehen und kam nach wenigen Schritten zum Haustor. Die Frau war ihr gefolgt. Wozu denn jetzt schon wieder so ein Misstrauen? Hatte die Frau sich am Ende bereichert an den Bombenopfern?

Lottes Blick fiel auf Buchstaben am Rest der Hausmauer. Sie zwinkerte, es dauerte, bis sie Namen ausmachte. Worte.

Gregor bei Großmutter in Hernals.
Wo ist meine Tochter Linda? Nachrichten an Schlosserei, Alserstraße 5.

Der Rest der Botschaften war verwaschen, vermutlich vom Regen.

Solche Dinge waren oft zu lesen seit den Zerstörungen.

»Haben Sie vielleicht ein Stück Kreide?«, bat sie die Frau trotz ihrer Unfreundlichkeit.

»So, und warum sollte ich die einer Dahergelaufenen geben?«, kam es schnippisch.

»Bitte, Frau …« Sie wusste ja nicht einmal, wie die andere hieß.

Endlich gab ihr die Frau ein winziges weißes Stück Kreide. Damit schrieb Lotte etwas dazu:

Lotte sucht ihre Freundin Evi und Tochter. Bitte an Café Schwarz, 1. Bezirk.

72

Die Zeit verging, ohne dass sich jemand meldete. Lotte arbeitete wie verrückt. Die Gedanken an ihre weiter ausbleibende Regel verdrängte sie, so gut sie konnte.

Eines Tages kam ein dürrer Mann herein und strebte direkt auf die Theke zu. »Wer von Ihnen sucht Evi?«, fragte er Gisi und Lotte.

»Ich!« Schlagartig hellwach, machte Lotte einen Schritt auf ihn zu.

»Sie wohnt in Pötzleinsdorf«, berichtete der Mann. »Sie ist meine Nachbarin in der Pötzleinsdorfer Straße 109b«.

Zum Dank spendierte sie dem Nachrichtenüberbringer Kaffee und Kuchen. Bei nächster Gelegenheit machte sich Lotte auf in den achtzehnten Bezirk. Immerhin fuhr die Straßenbahn 41 zumindest zum Teil wieder.

Ein mulmiges Gefühl beschlich Lotte, als sie sich Leonores früherem Wohnhaus näherte. Sie ging auf die Tür zu, suchte nach einer Klingel, es gab keine. Alles wirkte so unverändert. Als ob kaum ein Tag vergangen wäre, seit …

Nicht dran denken.

Das Leben ging weiter. Musste weitergehen. Tat es einfach.

Lotte klopfte. »Evi?!«

Nichts. Dann ein schwaches Geräusch, ein Scharren.

»Evi! Ich bins, Lotte!«

Wieder Stille, Lotte hielt die Luft an. Dann ein erneutes Scharren, ein Scheppern. Die Tür ging einen Spalt auf, eine Kette war innen vorgelegt.

»Evi! Bist du's?«

Die Kette rasselte, die Tür wurde ganz geöffnet. Die Freundin blieb im Dunkel dahinter stehen. Evi nickte, schwieg. Wie sonderbar, Evi war immer freundlich und gesprächig gewesen. Sie zögerte, dann winkte sie Lotte mit einer langsamen Handbewegung hinein, sperrte umständlich wieder zu und führte Lotte in die Küche, die sie von damals kannte. Dort war es ebenso dunkel. Und die Luft roch verdammt abgestanden. Evi ging mit langsamen, tappenden Schritten voraus in den Raum daneben, Lotte folgte ihr. Hier hatte sie damals geruht. Nichts hatte sich verändert, es war nur alles ausgebleichter, Vorhänge, Diwan, Wände. Und statt einer zweiten Tür war diese Stelle fest mit Brettern vernagelt.

»Mehr ist nicht geblieben. Der Rest ist weggebombt.«

Betroffen sah Lotte sich um. »Draußen ist so gute Luft, mach doch das Fenster auf. Es regnet.«

Was für ein blöder Satz! Darum gehts jetzt nicht!

»Wie gehts dir, Evi?« Irgendwas stimmte hier nicht.

»Muss wohl gehen.« Die Stimme der Freundin kam leise und schleppend.

»Was ist passiert?«, fragte Lotte bang.

Evi hatte das Gesicht abgewandt und schlang die Arme um den Oberkörper. Sie trug ein ausgeleiertes Kleid. Oder war das ein Nachthemd?

»Bist du krank?«

Keine Antwort.

Lotte trat ans Fenster, zog den Vorhang weg, obwohl Evi nicht zugestimmt hatte. In den Öffnungen war die so vertraute Pappe. Lotte entriegelte und riss erst den einen, dann den anderen Fensterflügel auf. Licht drang herein, Licht und gute, regengesättigte Luft. Lotte sog sie tief ein und wandte sich ab.

»Oh, du meine Güte.«

Evis Gesicht schillerte in allen Farben.

»Welches Arschloch war das?«, flüsterte Lotte.

»Russen«, kam es beinahe tonlos.

»Oh nein.«

»Doch. Und das ist nicht das Ärgste.« Evi wandte den Blick ab und verschränkte die Arme vor der Brust.

»Nein. Nicht du auch.« Forschend sah Lotte ihre Freundin an. Ihre Freundin, die ihr damals den Ausweg aufgezeigt hatte. Mit der sie so viel geteilt hatte, so viel durchgestanden, um so vieles gekämpft hatte. Für sie beide und so viele andere Frauen in Notlagen.

»Doch. Und … du?«

»Nein – ich hatte Glück.«

Glück. Wenn das schon Glück darstellen sollte … was war dann Unglück?

»Ich kann nicht mehr, Lotte.«

»Du musst dich zusammenreißen. Denk an deine süße Tochter. Du musst wieder gesund werden.«

»Marianne würde davonlaufen, wenn sie mich so sieht. Nein, nein. Es ist besser, sie bekommt mich nicht zu Gesicht.«

»Warst du denn schon beim Doktor?«

»Nein. Bei welchem denn?«, schnaubte Evi.

»Ich weiß. Ich kenn auch nur einen Amtsarzt«, seufzte Lotte. Zuerst waren die jüdischen Ärzte vertrieben und ermordet worden. Die sogenannten arischen waren in den Krieg eingezogen worden und gefallen. Kaum jemand war noch übrig geblieben. Und das in der aktuellen Situation mit Seuchen, Vergewaltigungen und Unfällen, von der Not nicht zu sprechen.

»Lotte, bitte, versprich mir. Wenn ich nicht mehr bin, sorgst du für meine Kleine.«

»Du bleibst am Leben«, erklärte Lotte resolut. »So schnell kommst du mir nicht davon. Keine Widerrede. Ich werde mich um dich kümmern!«

Eine Weile tönte nur das Regenprasseln durch den Raum, in dem damals etwas so Wesentliches geschehen war. Lotte sah sich im Zimmer um, Evi hatte ihr Lager auf dem schmalen Bett aufgeschlagen, Decke und Polster waren zerwühlt und voller Schweiß- und Blutflecken. Sie suchte frische Kleidung für Evi, Röcke und Blusen, die wohl Leonore gehört haben mussten. Oder jemandem aus dem Umkreis der hingerichteten Engelmacherin. Lotte überredete Evi, sich umzuziehen. Als Nächstes sah sie sich in der Küche um, fand aber keine Lebensmittel. Nicht einmal irgendetwas. Ein benutztes Wasserglas, sonst nichts.

Ungestüm rannte Lotte hinunter auf die Gasse, auf der Suche nach etwas zu essen. Sie hatte Glück und fand eine Stelle vom Roten Kreuz, wo sie etwas Rübeneintopf in einem Becher bekam. Den brachte sie Evi und redete ihr gut zu, etwas zu essen.

Während sie dasaßen, sah Lotte auf einen billigen Wecker.

»Mist, ich muss los. Die Straßenbahn fährt nur bis neun.«

Evi nickte still.

»Ich komme morgen wieder«, versprach Lotte. »Dann bringe ich dir was Besseres zu essen mit.« Sie wartete, aber in Evis Miene war keine Reaktion zu sehen.

»Du erholst dich inzwischen«, fuhr Lotte fort, »und dass du mir keinen Unsinn machst.«

Lotte musste an ihre Mutter denken. Als Kind hatte sie solche Worte zu ihr gesagt.

Ja nicht aus Verzweiflung etwas Blödes tun …!

Auch wenn wir hungern!

Evi nickte wieder.

Lotte hatte Angst um sie – Menschen wie Evi hatte sie gesehen, ehe sie ihre Nase ins Gas in der Küche gehalten hatten oder aus dem Fenster gesprungen waren. In den Anschlusstagen. Und vor dem Ende der Kämpfe.

Lotte verabschiedete sich. Erst auf der Gasse fiel ihr wieder ein, weswegen sie eigentlich hergekommen war. Unwichtig jetzt, in Evis Zustand. Und überhaupt war ihr heute gar nicht schwindlig gewesen. Vielleicht löste sich die Sache von alleine.

Jetzt ging es um Evi.

Evi musste gesund werden. Überleben und heil werden. An Geist und Körper.

Regen prasselte auf Lottes Schultern, auf ihren Kopf, sie achtete kaum darauf. Sie fuhr mit einer Straßenbahn, der die Fensterscheiben fehlten, Regen drang ins Innere. Lotte starrte hinaus. Wie würde alles weitergehen? Sosehr sie Hoffnung haben wollte, der Zustand ihrer Freundin wirkte verdammt ernst. Wenn Evi nicht einmal ihre Tochter sehen wollte … Würde sie ihre Freundin verlieren? War sie denn dazu verdammt, alle zu verlieren, die ihr nahestanden? War sie verdammt dazu, alleine zu sein? Hatte sie dafür alles bisher überlebt?

73

August 1945

Lotte wartete.

Wieder einmal.

Auf die Genesung ihrer Freundin Evi.

Darauf, keine Angst mehr haben zu müssen.

Auf ein Lebenszeichen von Erich.

Auf genug zu essen. Wieder einmal auf Schuhe. Und auf Fensterglas sowieso.

Am meisten wartete sie darauf, dass das Warten verging.

Sie hatte das Gefühl, bereits ihr gesamtes Leben zu warten.

Wann würde das endlich aufhören?

Wann durfte sie glücklich sein?

Satt und glücklich?

Evi erholte sich nur langsam. Lotte sah trotz des weiten Weges so oft wie möglich nach der Freundin. Sie machte sich solche Sorgen um Evi. Kaum dass Lotte an ihre eigenen Sorgen dachte. Sie brachte Evi irgendwas zu essen mit. Wenn sie nur wüsste, woher sie Fleisch bekommen könnte, damit die Freundin schneller zu Kräften kommen könnte! Immerhin verfärbten sich die wilden blauen Flecken zu Grün, dann Gelb und verschwanden schließlich ganz aus Evis sonst so hübschem Gesicht. Und sie verhielt sich nicht mehr so apathisch. Aber da war immer noch die Angst – die alte Angst aller Frauen. Die uralte Frage: War etwas »passiert«? Hatte die Vergewaltigung weitere Folgen? War Evi womöglich schwanger?

»Erst nach sechs Wochen kann ich das rausfinden«, erklärte Evi.

»So eine lange Wartezeit ist natürlich Mist!« Lotte dachte an ihre eigene Situation. Sollte sie jetzt davon sprechen? Sie zögerte und ließ es. Wenn es Evi wirklich gut ging, dann!

»Leider. Aber wenn es so sein sollte – auf keinen Fall behalte ich es.« In Evis Augen flackerte eine Spur Kampfgeist auf. Lotte war direkt froh darüber, trotz der furchtbaren Angelegenheit.

Noch mehr nahm Lotte sich jetzt in Acht, nicht nur in der Straßenbahn, sondern auch abends, wenn sie von ihrer Arbeit nach Hause ging. Meist waren sie zu zweit, sie und Gisi. Die Gefahren lauerten überall. Angespannt sah sich Lotte ständig nach allen Seiten um. Wenn sie Russen auch nur von Weitem sah, wechselte sie lieber die Straßenseite oder nahm gleich einen gänzlich anderen Weg. Bei jeder unübersichtlichen Bombenruine packte sie noch mehr Unruhe.

Und dann begegnete ihr eines Abends eine amerikanische Patrouille in der Innenstadt. Lotte hätte weinen mögen vor Erleichterung.

Richard, dachte sie und versteckte den Gedanken gleich wieder. Und das zugehörige Gefühl von Enttäuschung erst recht.

Einen Tag später bekam sie endlich ihre Regel. Was für eine Erleichterung!

Nun, da die Amerikaner in der Stadt waren, konnte Lotte ihr Umzug in die Innere Stadt nicht schnell genug gehen. Am Donaukanal, der künftigen Zonengrenze, tauchte ein Schild mit kyrillischen und lateinischen Aufschriften auf: *Beginn der russischen Zone.*

Lotte lieh sich einen Handwagen von Kellner Gerhard und brachte zunächst nicht mehr benötigte Sachen ihrer verstorbenen Chefin weg. Die gestickten Bilder, die Spitzentischtücher. Kleidung behielt sie nur, wenn sie mit dem Stoff noch etwas anfangen konnte. Den Rest bot sie im Café an und spendete dann alles dem Roten Kreuz, ebenso wie Schuhe, deren Größe leider niemandem in ihrem Umfeld passte. Erichs Kleidungsstücke starrte Lotte jedes Mal an, konnte sich aber nicht dazu durchringen, sie wegzugeben. An jedem Morgen lud sie für den Weg zur Arbeit einen Teil ihrer eigenen Habseligkeiten auf und brachte sie in ihre neue Wohnung.

»Ach, ziehen Sie aus?«, fragte die Kainz, die mit wirren Haaren und verschmiertem Lippenstift ums Eck sah. Wer besaß in diesen Tagen eigentlich Lippenstift?

Lotte nickte nur.

»Das ist aber praktisch«, murmelte die Kainz vor sich hin. Seit den letzten Kriegstagen verhielt sie sich zunehmend verwirrt.

»Meine Freundin wird hier wohnen bleiben«, meinte Lotte, um der Kainz keine Hoffnungen zu machen. Sie hatte Gisi die alte Wohnung angeboten, aber die hatte sich noch nicht entschieden.

Wenn sie mit ihrem Kram in der Innenstadt ankam, eilten Gisi und Gerhard herbei, um ihr zu helfen, die Sachen in die neue Wohnung zu schaffen. Manchmal ließen auch Gäste des Cafés es sich nicht nehmen, Dinge in die neue Wohnung zu tragen. Persönliche Gegenstände von Erich und seiner Mutter behielt sie, ein paar wenige Fotos, Briefe, Dokumente. Bücher gab es keine außer dem von Hitler. Das wanderte sofort zu den Heizmaterialien. Der Herr aus Braunau war eh ein Zündler gewesen, das passte.

Allmählich wirkte die neue Wohnung mehr wie Lottes

Zuhause. Ihre Nähmaschine stellte sie an die Seite des Wohnzimmers. Sie hatte jetzt zwei Zimmer zur Verfügung, das Kabinett ließ sie vorerst unangetastet, und kam sich luxuriös vor. Die Toilette in der Wohnung tat ein Übriges. Und der kurze Arbeitsweg war überhaupt das Beste an der ganzen Sache.

Fehlten noch neue Vorhänge, ihre alten waren zu kurz, die Räume waren hier höher. Aber das würde dauern. Ab dieser Nacht würde sie hier schlafen. Ohne Erich.

Lotte drängte die Tränen zurück. Nutzte ja nichts, das Leben ging weiter. Plötzlich hörte sie von der Wohnungstür ein ungewohntes Geräusch und fuhr herum. Alles war noch unvertraut hier, aber das klang nicht gut. Hatte sie vergessen abzusperren? Sie eilte zum Eingang – und fand Gisi und Gerhard.

74

Ihre Freundin und der Kellner stoben auseinander, als Lotte auftauchte. Er zog sein Bein plötzlich viel stärker nach als sonst, dabei stützte er sich an der Wand ab, was er sonst nie tat.

»Ach ihr seid das.« Vor Erleichterung fingen Lottes Knie zu zittern an. »Keine Eindringlinge!«

Gisi lachte gezwungen. Gerhard blickte zu Boden.

»Was habt ihr denn? Und überhaupt, die Gäste warten drüben!«

Gerhard wandte sich rasch ab. »Ich geh schon!«, rief er ihnen über die Schulter zu. Er hinkte davon. Die Tür krachte.

»Was war das?«, fragte Lotte, nachdem das Geräusch verklungen war.

Gisi, ihre älteste Freundin, verschränkte die Arme, rieb sich über die nackte Haut und senkte den Blick.

»Ist da was zwischen euch?«

Schweigen.

»Also ja. Gut, dass ich das auch erfahre. Wie soll es weitergehen mit meinen Angestellten?«

Gisi zog die Brauen hoch. »Muss ich dir das sagen?«

»Gisi, bisher haben wir doch alles geteilt.«

Ein langer Blick. Ohne ein weiteres Wort öffnete Gisi die Tür und rannte davon. Lotte hörte ihre schnellen Schritte auf der Treppe.

Die ganze Nacht lag Lotte wach und grübelte. Gisi war nicht zurückgekommen. Auch nicht ins Café. Am Morgen bereitete Lotte müde Frühstück zu. Tee aus Brombeerblättern, hartes Brot mit ganz wenig Butter. Sie trank ihre Tasse schnell aus, Gisi war immer noch nicht zur Arbeit gekommen. Gemeinsam mit Gerhard, der sagte, er wisse von nichts, erledigte Lotte das Tagesgeschäft. Sie bereitete einen gedeckten Apfelkuchen zu, Gerhard begann zu gähnen und machte weiter. Sie redeten nur das Nötigste.

Am Abend, als die letzten Gäste fort waren, machte sich Lotte auf den Weg zu ihrer alten Wohnung. Sie schloss auf – Stille umarmte sie wie eine alte Bekannte. Niemand war zu Hause. Es wirkte frisch gelüftet, das Bett war gemacht, kaum etwas lag herum, nur ein paar alte Schnitte für aus der Mode gekommene Kleider. Lotte öffnete den Kasten – leer. Gisis wenige Kleidungsstücke waren verschwunden. Nur das alte blaue Kopftuch lag verloren in dem Spalt zwischen Kasten und Tür.

Lotte ging herum, sah auf die übrig gebliebenen Möbel, die leeren Sessel. Die Wohnung war kein Zuhause mehr, nur ihre Vergangenheit.

Sie sah sich um, erinnerte sich wehmütig daran, wie stolz sie gewesen war, als sie hier eingezogen war, in ihre erste richtige Wohnung.

Die Leere jetzt konnte nur eines bedeuten: Gisi war gegangen. Wohin auch immer. Ohne Lotte etwas zu sagen. Und das tat vielleicht am meisten weh.

Auf der Brücke in Richtung Innenstadt wurde Lotte beim Verlassen der russischen Zone noch strenger als sonst kontrolliert. Hier waren schon Menschen verschwunden und nie wieder gesehen worden. Man munkelte, was geschehen war, man wisperte über Sibirien, wie man früher über KZ und Gestapo gewispert hatte, aber niemand wusste Genaues. Die vier im Jeep, die gemeinsamen Streifen der vier Besatzungsmächte, halfen nicht wirklich.

Und wenn Gisi durch die Russen etwas zugestoßen war?

Verdammt, verdammt, verdammt.

Aber hätte sie dann ihre Sachen geholt? Wohl kaum.

Zwei Tage später fand Lotte einen Zettel auf der Theke.

Tut mir leid, Lotte. Ich kann nicht weiter hier arbeiten. Alles Gute – Gerhard.

Auch das noch.

Jetzt stand sie wieder allein da. Das war nicht normal!

75

Ende September 1945

Sechs Wochen waren vergangen. Evi fühlte sich ein wenig besser. Sie konnte aufstehen und ihr Zuhause verlassen, allerdings tat sie es bisher nie alleine. Nun war es an der Zeit, sagte sie, den Schwangerschaftstest durchzuführen. Zu diesem Zweck wollte Evi zu einer Frau fahren, mit der die Engelmacherin Leonore zusammengearbeitet hatte. Und sie bat Lotte um Begleitung. Evis Blick in der Straßenbahn war ein Blick, wie er viel zu häufig zu sehen war. Ein Blick, der allen misstraute. Ständig auf der Hut war. Wann würde sich das endlich bessern?

Stur und mechanisch wirkten Evis Schritte, nachdem sie ausgestiegen waren. Sie gingen eine leicht bergaufführende Gasse entlang. Hier standen hauptsächlich intakte Häuser, Lotte war ganz überrascht. Sogar Glas hatten fast alle Fenster.

Evi musste kurz pausieren, dann ging sie zielstrebig zu einem kleinen, wild zugewucherten Grundstück und öffnete ein wackeliges Gittertor.

»Muss man nicht anläuten?«, fragte Lotte.

»Nein.« Evi war bereits zwischen üppig grünen Büschen verschwunden. Lotte hatte Mühe, ihr zu folgen und dornigem Gestrüpp auszuweichen. Dann hatte sie Evi eingeholt, die vor einer windschiefen, ebenerdigen Hütte stehen geblieben war. Zwei Hühner scharrten gackernd davor im Sand. Evi klopfte, ein Vorhang wurde am Fenster weggezogen, das schmale Gesicht einer weißhaarigen Frau zeigte sich. Ein Nicken, der Vorhang fiel wieder, die Tür wurde geöffnet.

»Evi, servus!« Der Blick der alten Frau wanderte über Evi hin, sie nickte, als hätte sie das Wesentliche erfahren. Dann sah sie Lotte fragend an.

»Eine gute Freundin«, erklärte Evi. »Ich brauch deine Hilfe, Fini.«

»Ach.« Wieder das wissende Nicken.

Lotte spürte ein Schaudern, obwohl heute ein warmer Sommertag war. Blätter raschelten, es klang wie Schritte im Dickicht.

»Kommt lieber rein.« Die alte Frau war klein und hager, ihre Bewegungen wirkten bestimmt und kraftvoll.

Sie traten in einen dunklen, niedrigen Raum. Ein undefinierbarer Geruch hing in der Luft. Erst nach und nach, als Lottes Augen sich an das wenige Licht gewöhnt hatten, erkannte sie Kräuter, die in Büscheln zum Trocknen aufgehängt waren. Aber da war noch etwas anderes …

»Ich muss wissen, ob ich schwanger bin.« Mehr sagte Evi nicht.

Fini nickte wieder so wissend. »Was Schlimmes passiert.« Das kam als Feststellung.

Evi nickte. »Hier, der Morgenurin.« Sie zog die Flasche aus ihrer abgewetzten Handtasche.

»Na, dann kommt.« Fini nahm die Flasche und ging hinten hinaus. Lotte und Evi folgten ihr. Ein winziger Hof, ein kleiner Schuppen, noch windschiefer als das Häuschen. Fini bückte sich zu einem Bassin, das mit Wasser gefüllt war.

»Kröten«, erklärte Evi an Lotte gewandt.

»Aha.« Lotte wagte es nicht, eine Frage zu stellen, so unheimlich war ihr die alte Frau. Der liebe Doktor Rosenblum hatte das nicht so gemacht.

»Morgen um dieselbe Zeit weißt du Bescheid«, versprach Fini.

Evi bedankte sich. »Ich habe nicht viel, Fini.«

»Was kannst du denn als Bezahlung geben?«, fragte die alte Frau, und ihr Blick glitt allzu wissend über Lottes Freundin hin. Lotte fühlte sich an Leonores Worte damals erinnert.

»Ich …«, setzte Evi an.

»Ich habe Zigaretten. Amerikanische«, mischte sich Lotte ein. »Man kann sie tauschen.«

»Ich weiß«, sagte Fini. »Einverstanden. Eine Stange Chesterfield.«

Müde nickte Lotte. Keine Ahnung, welcher Preis angemessen war.

Draußen erklärte ihr Evi, dass Fini einer der Kröten Evis Urin injizieren würde. Und wenn dieses Tier Eier produzierte, war Evi schwanger. »Apotheken bieten so was auch an. Oder haben es früher getan. Als es noch Apotheken gab.«

»Das heißt, wir müssen dich jetzt vierundzwanzig Stunden lang ablenken, bis das Ergebnis da ist.« Lotte schloss das Gartentürchen hinter ihnen, und sie traten auf die Straße.

Evi nickte finster.

»Gut, dann schauen wir mal, was uns einfällt.«

76

Am nächsten Tag um dieselbe Zeit derselbe Weg. Das Wetter war wunderschön, die Sonne schien von einem strahlend blauen Himmel. Ein großer Kontrast zu Evis Stimmung. Nervös atmend, ging sie wieder neben Lotte den Weg entlang.

»Tut mir leid«, sagte die alte Fini sofort bei ihrem Eintreten. »Du bist schwanger.«

Evi nickte mit starrem Blick, bedankte sich, und Lotte übergab die Zigaretten als Bezahlung. Nur eines der Hühner scharrte im Kies, als sie sich zum Gehen wandten.

»Warte.« Die Alte verschwand nach drinnen.

Lotte starrte das Huhn an, den unübersichtlichen Garten.

»Kann uns hier eh keiner bei was Illegalem überraschen?«, fragte sie.

Evi schüttelte den Kopf. Lotte war sich nicht so sicher. Es waren schon Menschen wegen geringerer Vergehen als einer Abtreibung verschwunden – oder tot aufgefunden worden.

Die Alte kam zurück. »Hier, ich hab das andere geschlachtet.« Sie gab Evi ein Päckchen. »Zur Stärkung.«

Ohne Gruß wandte sich Fini ab, ging in ihr Häuschen und schloss die Tür.

Lotte und Evi sahen sich an.

Fleisch.

Echtes Fleisch.

Lotte wagte nicht, etwas zu sagen. Das Fleisch war für Evi.

»Wir teilen«, entschied Evi.

Wie peinlich, sie hatte Lottes Gier bemerkt.

»Nichts da. Du brauchst Kraft für alles.«

»Wir werden sehen.« Evi steckte das Päckchen in ihre Tasche.

Schweigend traten sie den Weg zurück an. Von Soldaten war an diesem Tag nichts zu bemerken. Umso besser.

Immer noch schweigend, warteten sie mit jeder Menge anderer Menschen an der Haltestelle und stiegen schließlich in eine überfüllte Tramway. Erst vor Evis Zuhause, Leonores ehemaligem Heim, brach Lotte das Schweigen.

»Was willst du jetzt tun?«

»Du weißt, dass ich etwas, das so … entstanden ist, nicht behalten werde.«

Lotte nickte. »Hast du gesagt, ja. Ich verstehe dich.«

»Dazu brauche ich deine Hilfe.«

Lotte erinnerte sich vage an die Prozedur, mit der Leonore damals ihre Schwangerschaft beendet hatte. Evi betrat die Küche, zog die ausgebleichten rötlichen Vorhänge zu und kramte in einem Schrank.

»Leonore hat mich alles gelehrt, das weißt du. Allerdings brauche ich Hilfe, um es an mir selbst anzuwenden.« Mit bittendem Blick sah sie Lotte an.

»Natürlich helfe ich dir, ist doch klar.« Ein Schauer überzog Lottes Nacken, rann den Rücken hinunter. »Aber kann ich das?«

»Ich erkläre es dir.«

»Gut. Wie willst du vorgehen?«

»So wie bei den anderen Frauen.« Evi zeigte auf den Tisch. »Ich lege mich hin, und du hilfst mir mit dem Katheter.«

»Gut.«

Wieder ein Schauer, als sie ihn Evi abnahm und ihre Finger darumlegte.

Die Freundin zog ihre Unterwäsche aus, schob den Rock hoch und legte sich auf den Tisch.

»Ich bin bereit, du auch, Lotte?«

Lotte nickte beklommen und atmete tief durch.

»Ich bin nicht sicher, ob ich das kann. Was, wenn ich einen Fehler mache?«

»Du kannst das. Ich habs auch gelernt. So schwer ist das nicht.«

»Also gut.«

Schritt für Schritt erklärte Evi ihr, was sie tun musste. Schritt für Schritt tat Lotte, was Evi ansagte. Sie arbeitete ganz langsam. Am Ende, als Evi meinte, so müsste es gut sein, war Lotte schweißgebadet.

»Bist du sicher, dass alles richtig gemacht wurde?«

Evi nickte.

Während die Freundin ausruhte, bereitete Lotte das Hendl zu. Kaum dass sie vor lauter Aufregung und Nervosität den lange vermissten Duft wahrnahm, der aus der Pfanne hochstieg! Sie verzehrten das Huhn und redeten angestrengt über etwas anderes. Die Lebensmittelsituation, Evis Tochter, dass sie noch bei den Großeltern war, aber alle sich wohlauf befanden. Evis Vater war zum Glück wegen eines Herzleidens nicht eingezogen worden. Nur über Evis Situation sprachen sie nicht. Es hieß Warten, bis sie die aufgezwungene Leibesfrucht loswurde.

77

Eigentlich hätte sie längst wieder hamstern fahren müssen. Doch Lotte schob die Fahrt nach Hause wieder und wieder auf. Stattdessen stellte sie sich, während sie auf Nachricht von Evi wartete, in die Schlangen vor den Geschäften und hoffte, dass sie mit den zusätzlichen Lebensmittelmarken, mit denen die Kaffeehausgäste zahlten, etwas Vernünftiges bekam. Abwarten. Wieder einmal. Immerhin war Kellner Johann vor ein paar Tagen aus dem Krieg zurückgekehrt, mit zwei Fingern weniger, aber arbeitsfähig – so behauptete er –, und somit war zumindest dieses Problem fürs Erste gelöst. Aus dem immer noch funktionsfähigen Volksempfänger kam nun Radio Rot-Weiß-Rot, ein Sender der Amis, mit der Musik, die Lotte liebte. Dort schnappte sie allerhand interessante Dinge über Amerika auf.

Auch jetzt kümmerte sich Johann um die Gäste, während Lotte vor einem notdürftig instand gesetzten Gemüsegeschäft in der Nähe des Cafés wartend von einem Fuß auf den anderen trat.

Hoffentlich bekam sie Erdäpfel. Wenn nur Gisi wieder auftauchen würde. Und bei Evi alles glattging …! Am Vortag hatte Lotte ihre Freundin besucht, alles war unverändert. Das sei normal, hatte Evi gemeint. Es könne dauern, bis eine Fehlgeburt einsetze. Lotte meinte direkt, die Stimme der alten Engelmacherin zu hören. Offenbar hatte Lotte aber alles richtig gemacht, denn Evi ging es den Umständen entsprechend gut.

Nur langsam rückte Lotte in der Schlange vor dem Laden auf. Einige Wartende vor ihr hatten Hocker mitgebracht, die Sonne brannte vom Himmel, Schatten gab es nicht, an einer Baustelle nebenan wurde eifrig gehämmert und geklopft, Staub hing in der Luft. Lotte rieb sich die Augen, ihr Gesicht war schmutzig und heiß.

»Karotten sind aus!«, tönte es von vorne. Die Leute murrten.

»Keine Gurken mehr«, kam es bald darauf.

Als nur noch fünf Leute vor Lotte standen, kam es von vorne: »Nur mehr Kartoffeln.«

Hoffentlich kaufte ihr die niemand vor der Nase weg! Aus Kartoffeln konnte man so viel machen, wenn man wusste, wie.

Noch drei Leute.

Noch zwei.

»Ende! Alles aus!«

Verflucht! Jetzt hatte sie hier so lange gestanden, hatte Lärm, Staub und Hitze ertragen – wieder einmal für nichts und wieder nichts!

Die zwei Frauen vor ihr fingen zu schreien an, ein Handgemenge entstand, in das die Verkäuferin eingriff. Weitere Menschen kamen hinzu.

»… Betrug!«, schallte es an Lottes Ohren.

»Sie haben sicher noch was versteckt!«

»Oder bringen die Sachen auf'n Schwarzmarkt!«

So ging das Gezeter hin und her.

Eine der Frauen drehte sich zu Lotte um. »Sie haben doch auch gesehen, dass sie Ware versteckt für wen anderen!«

Bevor Lotte antworten konnte, stoppte ein Wagen an der Seite neben dem Geschäft.

Die zwei Streithennen stürmten auf die Besatzungssoldaten zu. »Die Greißlerin betrügt!«, schrien sie. »Verhaften Sie sie! Nie gibts was für uns!«

Der Soldat machte beruhigende Gesten, was die erregten Frauen aber überhaupt nicht kümmerte. »Sie hält die Ware zurück!«, zeterte eine.

Nichts wie weg hier, bevor sie noch in eine Untersuchung verwickelt wurde. Lotte wandte sich zum Gehen.

Also doch im Schleich zuschlagen? Echter Bohnenkaffee wäre wieder mal was anderes als Bucheckern und Eicheln. Die Gäste würden gut dafür bezahlen. Und damit könnte sie wiederum anderes erwerben. Und Evi würde er auch auf die Beine helfen.

Sie rang mit sich. Sollte sie …? Aber welche Wahl blieb ihr schon?

Gut, dann also zum Resselpark. Lotte schlug den kürzesten Weg Richtung Karlskirche ein. Wie eine Spaziergängerin schlenderte sie durch den Teil des Parks, der noch übrig geblieben war, ein paar wenige Bäume standen noch, vielleicht eh nur, weil sie bewacht wurden. Die Leute brauchten Holz zum Heizen und Kochen und vergriffen sich an allem in der Stadt. Nebenan befanden sich haufenweise Trümmer.

Lotte tat, als wollte sie – trotz allem – einen Sommertag genießen. Endlich kam sie in den Schatten, eine Wohltat. An einem Brunnen, der tatsächlich funktionierte, labte sie sich gierig mit Wasser.

Vor der Technischen Hochschule standen Grüppchen von Leuten herum, als ob sie plaudern würden oder gleich in das Gebäude wollten. Sie sahen gar nicht aus wie Schwarzhändler. Wie sollte sie jetzt vorgehen? Bei früheren Beschaffungsaktionen hatte sie zuvor schon einen Tipp oder einen Kontakt genannt bekommen.

Ratlos ging Lotte herum, wartend, ob sich etwas ergab. Ihr suchender Blick schien das Richtige auszusagen, denn prompt kam eine junge Frau in roter Kostümjacke, blauem Rock und mit kunstvoll gebundenem Kopftuch auf sie zugeschlendert. Sie sah mehr aus wie eine Schauspielerin – vielleicht war sie sogar eine.

»Kaffee«, murmelte Lotte.

Die Frau musterte sie kurz und zeigte dann auf eine ältere, distinguiert aussehende Dame im dünnem Mantel, die vor dem Café Resselpark stand. Beim Näherkommen erkannte Lotte, wie abgenutzt ihre Kleidung war. Die heutige Zeit ging wirklich demokratisch mit allen um, auch mit feinen Damen, die früher in die Oper und zu den festlichsten Empfängen der Gesellschaft gegangen waren. Niemand hatte viel und die wenigsten noch gute Kleidung. Man konnte nur stückeln, ändern, was anderes aus Altem machen, wenn man nähen konnte.

Wieder brachte Lotte ihren Wunsch nach Bohnenkaffee vor.

Die Dame nickte dezent. Sie hatte ein feines Gesicht und Falten auf der Stirn, wer hatte die nicht?

»Habe ich«, sagte sie mit feiner Stimme ohne Dialekt. »Was bieten Sie?«

»Ein Stück Speck.« Den hatte sie vom letzten Besuch in Oberösterreich.

»In Ordnung.«

Die Dame winkte fast unmerklich mit dem Kinn zur Seite.

Hinter einigen Büschen wechselten ein volles Papierstanitzel und der eingewickelte Speck die Besitzerin.

Im selben Moment gellten Pfiffe. Die Menschen stoben auseinander. Eine Kette Uniformierter kam näher.

Verdammt.

Eine Razzia.

78

Geblendet vom Sonnenlicht irrte Lottes Blick herum nach einem Ausweg. Auf der einen Seite rückten die Uniformierten unerbittlich näher – Polizei und Soldaten. Auf der anderen Seite eine riesige Trümmerwüste.

Die Kirche!

Sie zwang sich, in normaler Geschwindigkeit in diese Richtung zu gehen. Dabei schob sie das Stanitzel unter ihre Bluse. Da war schon das Portal, die großen Statuen, sie stieg die Stufen hinauf zum Eingang. Gleich …!

Stimmen hinter ihr.

»Fräulein!«

Sie drehte sich nicht um. Die Tür ließ sich nur schwer aufdrücken. Sollten sie doch sehen, ob sie es wagten, sie im Gotteshaus zu verhaften!

Drinnen umfing sie Weihrauch – und Stille. Sie wartete – ging herum, setzte sich schließlich wie in Andacht vor den großen Altar, faltete die Hände. Ein Gebet sprechen? Jetzt, nachdem so viel geschehen, so viel kaputtgegangen war und sie längst aufgehört hatte, in die Kirche zu gehen und an einen Gott zu glauben?

Sie wartete, bis sich ihr Herzschlag beruhigte. Vorsichtig spähte sie dann durch einen Seitenausgang – die Luft schien rein. Also verließ sie die Kirche. Auf dem Platz vor dem Gotteshaus hielten sich noch Polizisten und Soldaten auf. Zwei von ihnen führten gerade die ältere Dame ab, von der Lotte den Bohnenkaffee bekommen hatte. Hoffentlich verpfiff die sie nicht! Haben würde die Dame davon nichts, aber wusste man, zu was die Menschen imstande waren? Nach all den Ereignissen seit Hitlers Anschluss? Und wahrscheinlich auch schon davor?

Lotte schlug sich durch die Gassen des vierten Bezirks, immer auf der Hut. Die Sonne brannte weiterhin elendig heiß vom Himmel, und ihr Mund war so trocken, dass sie kaum schlucken konnte. Irgendwie musste sie in die Innenstadt, hier in der Gegend kannte sie niemanden, keinen sicheren Ort, an dem sie eine Weile unterschlüpfen konnte.

Plötzlich kamen ihr mehrere Russen entgegen. Wieder die Panik. Luft anhalten. Herzklopfen. Das Klappern der Karabiner. Stiefelschritte. Sie wollte nicht hinsehen, blickte auf den Boden. Betont langsam ging sie weiter, die russischen Soldaten waren fast bei ihr, da bog das Grüppchen in eine Seitengasse ab.

Puh!

Das Stanitzel mit dem teuer erstandenen Kaffee klebte an der Haut unter ihrer Bluse. Hoffentlich. Wenn es unten herausrutschte, war sie geliefert. Mit den Armen vor der Brust verschränkt, ging sie weiter und immer weiter. Irgendwann musste das Geschehen auf dem Karlsplatz vorbei sein.

Sie kam zum Ring, mehr Menschen, zwischen denen sie besser untertauchen konnte. Rasch überquerte sie die Fahrbahnen und wandte sich stadteinwärts, zickzack durch verschiedene Nebengassen. Keine Polizei mehr. Stattdessen Soldaten. Russen. Oder, halt, nein, auch zwei Rothaarige. Andere Uniformen.

Und dann endlich das Café Schwarz.

In Sicherheit.

79

Lotte trat ein, passierte die fast voll besetzten Tische, grüßte wie üblich nach links und rechts, fragte nach dem Befinden der Gäste, ganz als ob alles wie immer wäre. Ullmann lobte den Kirschkuchen, ohne zu wissen, dass der Teig aus Kartoffeln statt Mehl bestand. Lotte dankte und eilte auf Kellner Johann zu, der gerade Eichelkaffee zubereitete. Sie war fast bei der Theke, lächelte Johann bereits an, da hörte sie neuerlich die Tür gehen. Ein Luftzug, Rauch waberte. Lotte warf einen raschen Blick über die Schulter. Mist, Uniformierte. Sie wollte weiter, nach hinten verschwinden, doch die Schritte näherten sich eilig.

Lotte stand wie erstarrt. Die Gäste schwiegen plötzlich. Irgendwo fiel klirrend ein Glas zu Boden. Die Knie gaben fast unter ihr nach. Sie tastete nach Halt an der Theke, spürte das abgegriffene Holz, das beruhigend auf sie wirkte. Dabei kam das verräterische Päckchen unter der Bluse ins Rutschen. Sie drückte die Hände darauf, das Papier klebte an ihrer Haut. Ihr war, als würde es unter dem Stoff grell hervorleuchten und so auf ihr illegales Tun aufmerksam machen.

Sie hatten sie doch erwischt.

Alles umsonst.

Die Mühen, das Risiko, der Verlust des Specks. Alles weg, verloren.

Lotte schnappte nach Luft.

»Please!«

Sie fuhr herum – und blickte in ein Paar grüner Augen.

»Richard?«

»Yes.«

»Es ist nicht so, wie du denkst«, krächzte sie.

Richard sah sie nur an. »Was glaubst du denn, dass ich denke?«

»Was ist? Verhafte mich ruhig.«

Sie starrte ihn an.

Er starrte zurück.

»Schöne Befreier seid ihr mir! Nehmt mir nur alles weg. Es ist in Ordnung. Es ist schon in Ordnung.« Jetzt schossen ihr Tränen in die Augen. Doch diese Blöße würde sie sich nicht geben. Nicht vor Richard. Vor ihm am allerwenigsten. Sie schluckte dagegen an und fühlte wieder die Enttäuschung jenes Morgens, nachdem sie sich so nahe gewesen waren.

»Verhaften?«

Wieso sah er sie so verständnislos an?

Lotte umklammerte mit beiden Armen ihren Oberkörper.

»Wieso soll ich dich verhaften?« Er warf einen Blick nach hinten, wo die Garderobe lag und der Vorratsraum. »Ich habe dich gesucht, Lotti. Wo warst du die ganze Zeit?«

80

»Gesucht? Mich?« Lotte wollte erneut nach Halt tasten, ließ es dann und lehnte sich lieber an die Wand.

Richard nickte. »In ganz Wien. Ich weiß nicht, wie viele Kaffeehäuser ich besucht habe!«

»Du hast mich gesucht?« Jetzt ließ sie den Tränen freien Lauf. Die Gäste sahen neugierig zu ihnen herüber.

Lotte stieß die Garderobentür mit dem Fuß auf. Drinnen roch es leicht muffig, nach zu lange getragenen Kleidungsstücken und dem allgegenwärtigen Staub.

»Komm rein, bitte, Richard.«

»Wieso warst du so schnell weg?« Richard schloss die Tür von drinnen.

»Ich … wusste ja nicht …« Sie schluckte und wischte sich mit den Fingern über die nassen Augen. »Du willst mich … nicht verhaften?«

Er schüttelte den Kopf. »Wieso sollte ich? Wieso glaubst du das?«

»Deswegen.« Lotte holte endlich das Kaffeepäckchen unter ihrer Bluse hervor.

Jetzt runzelte er die Brauen und tastete das feucht gewordene Papier ab. »Was ist das?«

Sie öffnete das Stanitzel. »Kaffee. Vom Schwarzmarkt.«

Er fing zu lachen an. »Du bist mir eine!« Dann räusperte er sich und wurde ernst. »Beruhig dich, mit Schwarzhandel hab ich nichts zu tun. Vielleicht hat es dir jemand geschenkt.« Er gab ihr das Päckchen zurück.

»Du bist wirklich … meinetwegen hier?«

»In der Tat, Lotti.« Immer noch hielt er Abstand, seine Augen taten es nicht.

Sie verbot sich, darauf einzugehen.

»Willst du wieder Lebensmittel gegen eine heiße Nacht eintauschen?« Zorn loderte in ihr hoch, heiß und ununterdrückbar. »Glaubst du wirklich, ich gebe mich für deine süße Kondensmilch hin?«

»Ganz offenbar nicht.« Ein Lächeln schien um seine Mundwinkel zu zucken.

»Lach mich nicht aus! Ich meine das ernst. Ich bin nicht so eine!«

Richard breitete die Arme aus. »Komm. Bitte. Ich bin auch nicht so einer.«

Sie zögerte, ihr Herz pochte, auch die Ader an der Schläfe pulsierte. Der Zorn war noch nicht verraucht. »Ich bin nicht käuflich.«

»Sei nicht so *angry,* Liebste.«

Liebste …

Das Wort hatte einen verführerischen Klang.

»Du machst mir schon wieder Angst, Lotti!«

»Ich hab dir gesagt, mach dich nicht lustig über mich!«

»Ich meine das so, wie ich es sage«, sagte er mit rauer Stimme. »Ich habe mir Sorgen um dich gemacht. Dass du nicht mehr am Traunsee warst, es hätte so viel passiert sein können.«

Sie nickte, dachte an Evi, Gisi, Erich, an die Russen im Zug, die letzten Kriegstage. Ja, ihr hätte so manches zustoßen können. Etwas wie Glück wallte in ihr hoch, dass sie lebte, dass sie gesund war, gesund und unverletzt.

»Ich hatte Angst, dich zu verlieren.«

Ihr Blick glitt prüfend über ihn. Beim genaueren Hinsehen sah er müde aus, müde und so, als hätte er keine gute Zeit hinter sich.

»Wir hatten es doch schön, Lotti, oder?«

»Wunderschön«, brachte sie hervor. »Aber diese ganzen Sachen, du siehst doch ein, dass das wie Bezahlung aussieht?«

»Tut mir leid.« Er schloss sie in die Arme, und jetzt ließ sie es geschehen. »Und deshalb bist du verschwunden?«

Sie nickte zögernd. Ihn zu berühren, tat so gut. Zu wissen, dass da ein Mensch war. Einer, dem es nicht egal war, wie es ihr ging. Und mochte ihre gemeinsame Zeit noch so kurz sein.

»Ich wollte dich beschenken«, flüsterte er in ihr Ohr. Von seinem Atemhauch stellten sich die Härchen in ihrem Nacken auf. »Dir eine Freude machen.«

»Einfach so?«

»Einfach so.«

Sein Körper fühlte sich stark an, wie ein Fels in der Brandung. Sich einmal wieder anlehnen dürfen …

»Lass uns vernünftig reden. Bitte.« Richard sah sie eindringlich an.

»Ich habe Apfelstrudel da«, sagte sie. »Möchtest du? Mit vollem Bauch redet es sich leichter.«

»Klingt schon besser, Lotte.«

»Und wie trinkst du deinen Kaffee gern?«

Sie musste an Erich denken. Er hatte Mokka getrunken, aber war das immer so? So vieles über ihn hatte sie nie erfahren. Weil nie Zeit war dafür. Weil ihnen kein Alltag vergönnt gewesen war. Richard wollte sie kennenlernen, ganz und gar.

»Stark. Und mit viel Milch.« Er lächelte. »So macht ihn meine Oma.«

Widerwillig löste sie sich von ihm. Sie musste ja doch wieder arbeiten.

Zusammen verließen sie die Garderobe. Sie wartete auf maßregelnde Worte von Frau Schwarz. Doch es gab ja niemanden mehr, der sie maßregeln konnte. Bis auf Johann, und der zog nur lächelnd eine Augenbraue hoch.

»Magst du dich hierhinsetzen?« Sie zeigte auf den Tisch neben der Theke.

Richard tat wie geheißen. Die Gäste hatten wieder zu plaudern angefangen, einige sahen neugierig herüber und wandten sich dann wieder ihren Gesprächen zu. Lotte sog tief den vermissten Duft des Bohnenkaffees ein. Am liebsten würde sie den Vorrat für sich behalten, ohne ihn an die Gäste zu verkaufen …

Sie bereitete Kaffee zu, goss ihn in die typischen außen braunen, innen weißen Wiener Kaffeehausschalen, von denen überraschenderweise im Lauf des Krieges nicht mehr als sonst kaputtgegangen waren. Dann schnitt sie großzügige Stücke vom Apfelstrudel ab, legte sie auf zwei Teller und brachte alles an Richards Tisch.

»So, bitte sehr. Lass es dir schmecken!«

»Alleine?« Wie enttäuscht sein Blick war.

»Keine Panik, ich komm gleich wieder.« Rasch ging sie zur Toilette. Einmal durchatmen! Diese Aufregungen!

Johann nickte ihr zu, als sie bei ihm vorbeikam.

»So, hier bin ich wieder.« Sie setzte sich zu Richard. Am Nebentisch qualmte jemand eine seltsam riechende Zigarette, vermutlich Eigenanbau. Sogar die Tische und Sessel waren intakt geblieben, eigentlich ein Wahnsinn. Und jetzt war Richard da … der größte Wahnsinn von allen.

»Endlich bin ich in der Stadt der Musik. Wir werden hier einen Jazzklub haben, ganz sicher.« Er nahm die Mehlspeisgabel.

»Bleibst du in Wien?«

»Das weiß ich noch nicht.« Er zögerte, stach die Gabel in den Apfelstrudel, nahm einen Bissen auf und steckte ihn in den Mund. »Schmeckt hervorragend!«

»Danke.«

»Nun, ich darf keine Details verraten, ich bin für Gespräche hier.«

»Wie wäre es dann mit einem Spaziergang, wenn ich hier fertig bin? Ich zeige dir ein wenig von Wien.«

Richard nickte. »*Whatever you want.* Ich bin dabei.«

Plötzlich tauchte Evi in der Tür auf. In einem neu zusammengestückelten Kleid – unten grün, oben gelb. Die Freundin lächelte, und da wusste Lotte, alles durfte gut werden.

Teil 3

81

Dezember 1947

»Lotte, servus!« Evi schneite eines Morgens ins Café herein und brachte einen Schwung eisiger Winterluft mit. Seit Wochen war es kalt, sonnig und die Luft staubtrocken. Evi kam allein, ihre Tochter Marianne besuchte die Volksschule. Dort hatten sie derzeit noch Holz und Kohle zum Heizen, aber vermutlich nicht mehr lange. Auch im Café blieb es oft kalt, weil das Heizmaterial nicht zu beschaffen war.

»Grüß dich!« Lotte, die an solchen Tagen mehrere Schichten Kleidung übereinandertrug, stellte schnell ein frisches Blech Zwetschgenkuchen ab. »Lange nicht gesehen, wie gehts dir denn?«

»Geht so, einigermaßen, du kennst das ja.«

»Klar.«

»Du, Lotte, ich wollte dich etwas fragen.«

»Willst du dich setzen und was essen?«

Evi schüttelte den Kopf. »Hab nicht so viel Zeit, ich muss …«

»Verstehe.«

»Können wir unter vier Augen reden?« Der vordere Raum war voll mit Gästen, die ihre Mäntel anbehalten hatten, der Rauch stand dicht. Lebensmittel waren ein wenig besser verfügbar, auch wenn es nie alles gab. Die Gäste raschelten mit den neuen Zeitungen, fast wie früher.

Lotte winkte Evi nach hinten in die Küche.

»Ein Stück Kuchen nimmst du aber schon, oder?« Sie schnitt bereits eines ab. »Ich pack es dir auch ein, wenn dir das lieber ist.« Fragend sah sie zu Evi, während ihr der intensive Geruch der Früchte in die Nase stieg. Diesmal gönnte sie sich auch selbst ein Stück davon.

Evi grinste. »Nein, dem widerstehe ich nicht.«

Einige Momente lang aßen sie beide still, direkt andächtig.

Schließlich legte Evi ihre Mehlspeisgabel mit einem Klimpern auf den leeren Teller. »Gut war das, danke! So.« Sie atmete tief durch. Seit ihrer Vergewaltigung war mit ihr eine Veränderung passiert, sie wirkte härter, selbstbewusster – hatte sich aber ihre grundsätzlich gute Laune nicht nehmen lassen. Sie war irgendwie über die Sache hinweggekommen. Wie so viele. Gesprochen wurde über das Thema nicht, nicht mehr, seit die ersten Soldaten aus dem Krieg heimgekehrt waren. Wie so vieles verschwand es unter dem Mantel des Schweigens.

»Ich brauch deine Hilfe, Lotte.«

»Wenn es möglich ist – um was gehts denn?«

»Geld«, sagte Evi.

»Brauchst du was? Viel hab ich nicht gespart, aber ich gebe dir gern was.«

»Andersherum.« Evi grinste. »Wegen dem Geldumtausch.«

»Wie meinst?« Immer noch verstand Lotte nicht, worauf die Freundin hinauswollte. Sie wusste, dass in den nächsten Wochen jeder, der eine Lebensmittelkarte besaß, alte Schillinge in neue Schillinge umtauschen konnte.

»Nur hundertfünfzig Schilling werden zum Kurs eins zu eins gewechselt«, erklärte Evi und sah Lotte wartend an.

»Genau. Und für den Rest des Geldes bekommt man einen

schlechteren Kurs. Aber wer hat denn … Moment … hast du so viel verdient?«

Evi nickte. »Gibt genug, die's brauchen, weißt ja, wie es ist.«

Evi war nach wie vor als Engelmacherin tätig, und das war immer noch verboten, auch in diesem neuen Staat. Angst packte Lottes Inneres. Wenn sie Evi erwischten …

Bevor sie etwas sagen konnte, sprach Evi schon weiter. »Ich kann nicht so viel umtauschen, sonst werden sie misstrauisch und finden heraus, woher das Geld stammt.«

»Da hast du recht. Aber wie kann ich was tun für dich?«

»Hartgeld kann man zum besseren Kurs eintauschen. Jetzt wollte ich dich fragen, weil du hier viel mit Geld zu tun hast …«

»Ja?«

»Ob du für mich welches sammeln kannst. Zehn-Groschen-Stücke vor allem.«

»Vermutlich schon. Aber was hast du genau vor?«

»Du sammelst das Zeug, und wir tauschen es ein. Später. Nach und nach. Oder die Groschen bleiben weiterhin gültig, dann haben wir es überhaupt gut.«

»Ich verstehs immer noch nicht recht. Willst du mir Scheine geben dafür? Oder wie soll das funktionieren? Das ist doch zu heiß. Wenn das jemand mitbekommt.«

»Dein Ami?«

»Egal wer.«

»Sammle es einfach, bitte. Sonst falle ich um so viel Geld um. Das wär schade.«

Lotte zögerte.

»Bitte, Lotte. Es ist auch für die Kleine. Wo der Max immer noch in Gefangenschaft ist.«

»Also gut.« Lotte räumte das benutzte Geschirr weg.

»Bist du jetzt wirklich mit diesem Ami liiert?«, fragte Evi neugierig und kam ihr nach.

Lotte nickte. »Sozusagen.«

»Und wie fühlst du dich dabei?«

»Er weiß zu verhüten. Nicht dass ich nochmals …« Lotte schauderte kurz. »Ich fühle mich unglaublich frei.«

»Und was ist mit deinem Mann, Lotte?«

Ihr Herz wurde wieder hart. Kalt und hart. »Nichts. Seit über zwei Jahren keine Nachricht von ihm.«

82

Frühjahr 1948

Angst.

Jedes verdammte Mal zerquetschte sie Lotte den Magen, kaum dass ihr Zug Wien verließ und die sowjetische Besatzungszone in Niederösterreich erreichte. Deshalb hielt sie sich auch in Wien von den russisch verwalteten Zonen fern. Jederzeit konnte jemand angehalten und durchsucht werden. Wenn sie bei der Arbeit die Schlagzeilen der Zeitungen überflog, gab es immer wieder Vorkommnisse, Menschen wurden auf ihrem Heimweg verhaftet oder überfallen und in einem Auto entführt. Wohin, wusste niemand. Vermutlich in die Sowjetunion. Die war groß. Und unheimlich. Entsetzliche Dinge sollten dort vor sich gehen. Die Angst besetzte ihr ganzes Denken, ließ sie nicht mehr los. Aber dann erreichte sie nach endlosem Warten doch die andere Zonengrenze und die Amerikaner, und sie war daheim. Daheim und bei Richard.

Auch diesmal hielt der Zug außerplanmäßig auf freier Strecke, draußen lagen grüne Felder, auch diesmal polterten russische Soldaten durch den Zug, auch diesmal wurden alle kontrolliert, auch diesmal wurden Dinge konfisziert, Mitreisende zum Aussteigen gezwungen. Lotte wagte nicht, den fremden Soldaten in die Augen zu sehen – Wegsehen mochte aber auch verdächtig wirken. Sie wies ihren Ausweis vor und hoffte.

Die Patrouillen stiegen polternd aus, der Zug fuhr an, und Lotte saß immer noch im Abteil. Ein Platz neben ihr jedoch war leer geblieben. Niemand sprach darüber, die Mitreisenden sahen einander nicht in die Augen.

»Hey, darling.« Wie so oft holte Richard sie am Bahnhof in ihrer Heimat ab. Die anderen Leute warfen ihnen vielsagende Blicke zu, doch niemand sagte etwas. Lotte war bei Weitem nicht die Einzige, die ein Verhältnis mit einem Ami hatte. Kaum dass Lotte die anderen noch kannte. Einige waren weggezogen, andere zugezogen, Leute, die fremde Dialekte mitbrachten.

Richard stand an seinen Jeep gelehnt. Als die Mitreisenden ihrer Wege gegangen waren, küssten sie sich. »Ich hab dich vermisst«, murmelte er.

»Ich dich auch.«

Sie stiegen ein, und Richard startete den Wagen.

»Schön, wieder einmal hier zu sein.« Lotte betrachtete die friedliche Landschaft, die Früchte tragenden Obstbäume und die grünen Wiesen. Ein paar Kühe grasten auf der Weide, ein Wanderer kam des Weges.

Sie unterhielten sich über Neuigkeiten aus der Gegend,

dass es eine extra Milchzuteilung für kleine Kinder geben würde und dass Richard und sie wieder tanzen würden, während sie sich Lottes Elternhaus näherten. Eine Katze querte vor ihnen die Straße und schlüpfte unter Margaretes Gartenzaun durch.

»Willst du mal …?«, fragte Richard plötzlich.

»Was? Will ich was?«

»Den Wagen lenken. Ein Stück.«

»Wie bitte? Ich soll fahren? Aber ich kann das nicht.«

»Das hast du beim Tanzen auch behauptet.« Er lachte, legte ihr eine Hand aufs Knie und rollte an ihrem Elternhaus vorbei auf das kleine Waldstück zu, in dem sie sich kennengelernt hatten. Unter völlig anderen Umständen. In Not und Verzweiflung, halb verhungert.

Richard bremste. Die schmale Straße lag verlassen da. Automatisch sah sie sich um. Niemand war in der Nähe. Niemand konnte sie sehen. Richard küsste sie. Minutenlang war alles andere vergessen. Die Bäume bildeten ein Dach über ihnen, das sie beschützte.

»Also?«, fragte er dann, und sie brauchte ein wenig, bis ihr das letzte Gesprächsthema wieder einfiel. Sie sollte fahren.

»Du machst Witze.«

»Nein, ganz im Ernst.« Richard küsste sie noch einmal, ließ sie los und stieg bei laufendem Motor aus. »Los, komm.«

»Und wenn uns wer sieht?« Lotte blieb sitzen.

Er war um den Wagen herumgegangen und beugte sich zu ihr runter. »Schon vergessen? Ich bin der Chief hier. Na los, raus mit dir.«

Sie kletterte aus dem Wagen, blieb zögernd stehen.

»Komm schon, du bist doch sonst auch recht mutig, wie

ich mich erinnere.« Richard ging wieder voraus zur Fahrerseite. »Setz dich.«

Endlich kam sie ihm nach. In ihren Ohren rauschte es. Alles so unwirklich! Träumte sie? Sie stieg aufs Trittbrett und setzte sich hinter das Lenkrad. Komisches Gefühl. Eigentlich nicht so viel anders als auf dem Beifahrersitz. Und doch …

»Lenken ist klar, oder?« Verschmitzt war Richards Grinsen jetzt. »Links, rechts, probier mal.«

Sie tat wie geheißen – das Lenkrad fühlte sich noch warm von seiner Berührung an.

Er stieg auf der Beifahrerseite ein. »Hat einundsechzig PS. Oder siebzig Kilometer in der Stunde.«

Ratlos sah sie ihn an.

»Allradantrieb, damit kommen wir überallhin. Auch durch den Sumpf.«

»Aha. Ich kenn zumindest in der Umgebung keinen Sumpf, wo das nötig wäre.«

Richard lachte auf. »Umso besser fürs Lernen! Hier ist das Gas. Versuchs mal. Nur keine Angst.«

»Aber …«

»Niemand ist in der Nähe, und die Fahrbahn ist völlig gerade.«

Lotte starrte die Straße an, wie ein graues Band lag sie da. War das ihr Weg in die Zukunft?

Er legte seine Linke auf das Lenkrad. »Und ich bin da, falls was sein sollte. Na los.«

Lotte zögerte immer noch. Wenn sie ein Auto lenken könnte, wäre sie unabhängiger. Und womöglich auch sicherer. Ja, frei. Sie wäre frei … noch freier als jetzt. Mit plötzlichem Mut drückte sie das Gaspedal, erst zaghaft, dann stärker. Die

Landschaft schien an ihnen vorbeizuschießen, während sie durchgeruckelt wurden. Sie stieß einen Schrei des Entzückens aus.

Richard neben ihr lachte. »Hab ich's doch gewusst, Lotte! Du bist fürs Autofahren gemacht!«

83

Zu Lottes Elternhaus lenkte wieder Richard den Wagen. Links und rechts die saftig grünen Obstgärten. Wie schön es hier war! Und doch fühlte sich für Lotte etwas fremd an. Vor so vielen Jahren war sie wegen des Hungers weggegangen, jetzt kam sie immer noch wegen des Hungers zurück. Wie seltsam das Leben doch spielte … Alles wirkte wie immer und war es doch nicht … oder war sie nur eine andere geworden?

Sie stiegen aus, der Motorenlärm verstummte. Wie still es auf einmal war. Kein Lufthauch bewegte sich. Die Luft roch nach Öl und Benzin, bald aber verflog das, und es duftete nach Gras und Blumen. Und dem nahen Wald.

Am Nachbarhäuschen bewegte sich ein Vorhang, doch niemand kam heraus. Und Lotte scheute davor zurück anzuklopfen. Sie vermisste Gisi. Sehr sogar. Aber was sollte sie zu ihrer Nachbarin sagen? Seit Lottes Liebschaft mit Richard war auch das anders geworden. Distanzierter.

Nach einem letzten Blick nach nebenan, wo sich nicht einmal die Katze zeigte, schloss Lotte ihre eigene Haustür auf und hinter Richard und sich selbst wieder zu. Endlich waren sie ganz für sich. Sie umfasste sein Gesicht mit beiden Händen und begann, ihn zu küssen.

Ihr Kleid, seine Hose, das Hemd, alles fiel in Sekunden. Lotte schmiegte sich an ihn, nahm die Rippen wahr, die Hüftknochen, küsste weiter. Diese Sehnsucht! Ein Teil von ihr selbst war fasziniert davon, welches Feuer Richard in ihr zu entzünden vermochte. Dann trugen die Berührungen sie weg, in die Mitte ihres Lebens. Keine Sorgen mehr, die waren daheim in Wien geblieben.

Daheim … wo war sie eigentlich daheim?

Sie fühlte sich frei, frei und leicht. Davongetragen auf einer Welle von Glück und Lust … Lebenslust, Liebeslust.

Schwer atmend lagen sie später beisammen, Haut an Haut, erhitzt, befriedigt. Richard nahm ihre Hand, drückte einen sanften Kuss darauf, stockte. Ihr Blick folgte seinem. Der Ring. Ihr Ehering.

»Du trägst ihn immer noch.«

»Ja.«

Über seine grünen Augen legte sich etwas wie ein Schleier.

»Noch immer nichts von ihm gehört?«

»Nein.« Sie seufzte. Ihr war plötzlich unangenehm heiß. Sie rückte ein Stück von Richard ab, das Leintuch klebte an ihr, sie schob es weg. »Ja, ich weiß. Das ist sehr lange.«

Richard nahm spielerisch eine ihrer Haarsträhnen. Ein Prickeln auf der Kopfhaut, das ihren Körper hinabwanderte. Was war sie nur süchtig nach seinen Berührungen!

Sie konnte hören, wie er tief durchatmete. »Ich fürchte, du musst dich an den Gedanken gewöhnen«, fing er an.

»Welchen?« Sie setzte sich auf, er ließ ihre Haare los, ihr war, als strahle er Hitze ab. Zu viel Hitze.

»Dass er nicht mehr wiederkommt.«

»Du meinst, dass er tot ist.«

Richard nickte.

Erich – in einer Grube verfaulend. Erschossen. Sie schnappte nach Luft. Die Bilder nahmen ihr den Atem. Immer noch. Obwohl sie nicht neu waren. Erich, mit dem sie Schokoladentorte genascht hatte. Und im Prater Boot gefahren war. So lange her. Ein anderes Leben. Ein anderer Mensch war sie gewesen. Und doch war sie immer noch sie. Und Erich war immer noch Erich – ihr angetrauter Ehemann.

»Oder …« Richard zögerte. In seinen Wangen zuckten Muskeln.

»Was? Sag es, bitte.«

»Oder es bedeutet, dass dein Mann nicht wiederkommen will. Man hört so Geschichten …«

»Aber warum sollte er …?«, fing sie an und erinnerte sich gleich darauf daran, als Erich zum ersten Mal vermisst worden war. Vielleicht war etwas dran an Richards Worten. Vielleicht hatte nicht nur der Krieg Erich von ihr so entfremdet.

84

Endlich wieder swingen.

Lotte schob den Gedanken an ihren verschollenen Ehemann einmal mehr weg und bemühte sich, dasselbe mit ihrer Melancholie zu tun. Die Bilder verblassten nur langsam, während sie sich für die Veranstaltung umzog. Sie trug immer noch am liebsten das Kleid aus der weißen Seide, die ihr Richard geschenkt hatte.

Auf dem letzten Wegstück zum amerikanischen Klub spürte Lotte Richards Hand in ihrer, warm war sie und sein Griff fest. Aus den offen stehenden Fenstern erklang Musik.

»Rasch, sie spielen den Grafen!« Richard zog sie bereits durch die Tür.

»Was für ein Graf?«

»Count Basie. ›Count‹ heißt Graf!«

Die Klänge mischten sich mit den Stimmen fröhlicher Menschen, als sie den Tanzsaal betraten. Beschwingt bewegte sie sich durch den Raum, Jimmy tauchte auf und grüßte fröhlich, Richard sprach kurz mit weiteren Kameraden.

»Möchtest du erst was trinken?« Richard sah sie fragend an.

Lotte wippte mit den Füßen.

»Verstehe.« Er schmunzelte.

Sie gingen weiter, die Musik wurde lauter.

»Ach, heute ist gute Livemusik, wie schön.« Richard blieb stehen, sie lauschten. Eine kleine Gruppe spielte, drei Musiker, alle waren schwarz, heute keine Überraschung mehr für Lotte – im Gegensatz zu manchen ihrer Landsleute. Sie beendeten gerade das Basie-Stück, Richard unterhielt sich mit ihnen, bezog Lotte in das Gespräch ein und übersetzte, wenn nötig. Mehrere Paare warteten auf der Tanzfläche, die Fenster standen weit offen, nach Blüten und Glück duftende frühsommerliche Luft drang herein. Die Musikgruppe setzte zum nächsten Stück an.

»Na dann!« Richard deutete eine Verbeugung an.

Zum Takt der Musik bewegten sie sich aufeinander zu, hielten sich an beiden Händen, stießen sich wieder voneinander ab, nur um wieder aufeinander zuzukommen, Figuren einzubauen, alles ein Spiel, ein schwungvolles Spiel. Gleichzeitig lag in Richards Blick immer noch etwas anderes, etwas Rätselhaftes, viel zu Ernstes. Er summte ein bisschen mit. Das Musikstück war zu Ende. *»You took my heart away!«* Richard blickte ihr tief in die Augen. »Du hast mir mein Herz gestohlen!«

Sie lachte und wartete darauf, dass er mit einstimmte, doch er blieb ernst. Das nächste Musikstück begann. Plötzlich stießen sie mit einem anderen Paar zusammen, und Lotte stolperte. Sie knickte um, Schmerz schoss ihr in den Knöchel. Sie löste sich von Richard und ging vorsichtig zur Seite, wo ein paar Sessel standen. Während sie sich setzte, bekam sie Richards immer lauter werdende Stimme mit. Aufgeregt gestikulierte er, das Paar, das sie angerempelt hatte, stand daneben, der Mann mit knallrotem Kopf. Lotte winkte ihm, doch er reagierte nicht auf sie. Schließlich verließ das andere Paar den Raum.

»Das wäre nicht nötig gewesen«, sagte sie, als er endlich zu ihr kam.

»So ein Idiot.« Er sah zu ihrem Bein. »Wie fühlst du dich?«

»Es wird schon besser.«

»Wirklich?«

»Ja. Kein Grund zur Aufregung. Kann jedem passieren!«

»Er säuft und glaubt dann, er ist Gott.«

»Ich kann für mich selbst sprechen, Richard. Wirklich.«

»Hm.«

Gemeinsam gingen sie nun zum Speisesaal. Richard blieb stumm. Der Druck seiner Hand auf ihrem Rücken war noch fester als zuvor.

85

Am nächsten Morgen ging Lotte allein durch ihren Obstgarten. Die Äpfel wuchsen schon, nur die Kirschen wollten dieses Jahr nicht so recht. Hier fehlte ganz sicher eine Hand, die beständig nach dem Rechten sah. Nur: Wer sollte das tun? Sie selbst? Und dann? Allein vom Obst konnte man immer noch nicht leben.

Sie strich über einen Kirschbaumstamm, setzte sich auf die Bank darunter, nahm schließlich zögernd Abschied. Ganz langsam verließ sie ihr Häuschen, sperrte ab und ging davon. Am Nachbarhaus bewegte sich einmal mehr der Vorhang, auch diesmal tauchte niemand heraußen auf. Lottes Herz klopfte. Die Sache war so eindeutig, niemand von drüben wollte mit ihr sprechen.

Traurig schleppte sie ihre Sachen zum Bahnhof und gesellte sich zu den Wartenden. Auf den Bänken saßen dicht gedrängt Leute, auch auf den Bahnsteigen standen sie in großen Trauben. Hoffentlich würde sie es in den Zug schaffen! Endlich dampfte die Lokomotive heran und kam fauchend zum Stehen. Die Leute stürzten sich auf die Eingänge, ein Koffer wurde gegen Lottes Schienbein gestoßen, Leute quollen aus dem Zug. Schließlich war sie dran mit Hochklettern. Sie fasste nach den Haltegriffen, da stieß jemand sie in die Seite. Sie kämpfte sich frei, zog sich hoch und war endlich im Waggon. Sogar einen Fensterplatz fand sie, entgegen aller Hoffnung. Nur das Bein schmerzte, aber das war eben so.

Ruckelnd fuhr der Zug an, rüttelte die eng stehenden und sitzenden Menschen durcheinander. Die leere Brotdose eines gegenübersitzenden Mannes rutschte über das Tischchen vor Lotte, im Gang kämpfte sich einer mit einem Rucksack voller Äste durch, ein Geschimpfe von allen Seiten war die Folge.

Und dann kam der Zug quietschend zum Stehen. Kontrolle. Wieder einmal. Diesmal hatte Lotte eigentlich nichts Verbotenes dabei. Dafür wurde ihr Ausweis ewig, wie es ihr schien, von zwei russischen Soldaten kontrolliert. Alles schien die Luft anzuhalten. Endlich bekam Lotte ihr Dokument zurück. Die Soldaten gingen weiter. Zwei Burschen am Gang neben ihrem Platz wurden zum Aussteigen gezwungen. Die anderen wagten erst aufzuatmen, als die Rotarmisten ausgestiegen waren und der Zug anfuhr.

Ruckelnd ging es weiter. Rock und Bluse waren durchgeschwitzt, die Kehle trocken, weil Lotte längst das ganze Wasser ausgetrunken hatte.

Endlich in Wien, viele Stunden später. Die Stadt empfing sie grau. Was für eine Trostlosigkeit, die einfach nicht weichen wollte.

Die vielen Zerstörungen, wie Wunden in den Mauern, den Straßen. Der Schutt war weggeräumt worden, Baulücken klafften, teils waren die Grundstücke von Trümmern befreit und warteten auf Neubebauung und das benötigte Baumaterial dafür. Häusern fehlten Teile, Dächer hatten große Löcher oder waren zerstört. Eine kaputte Stadt. Wie sollte sich die je wieder aufrappeln? Zu viel war zerstört, die Häuser wie die Menschen. Trotz des emsigen Hämmerns und Klopfens würde es noch lange dauern, bis alles wiederhergestellt war, nicht zuletzt wegen des Mangels an Ziegeln und Holz. Das würde nie wieder wie früher werden. Wien würde nie mehr so aussehen wie die Stadt, die Lotte kennengelernt hatte, bei ihrer ersten Ankunft. Und mit Erich. Die Stadt, die ihr Heimat, ein Zuhause und etwas zu essen geboten hatte, gab es nicht mehr. Was übrig war, war eine einzige große Ruine, in der Menschen mehr hausten als lebten.

Rasch verstaute sie ihr Gepäck in der Wohnung und eilte zum Café. Auf der Straße waren kaum Menschen unterwegs, es wurde bereits dunkel, die Straßenlaternen gaben nur ein funzeliges Licht ab. Diese Sparerei stand Lotte bis zum Hals. Plötzlich packte sie wie aus dem Nichts eine Hand an der Schulter, und eine Stimme lallte irgendwas an ihrem Ohr. Billiger Fusel drang an ihre Nase.

»Finger weg!«, brüllte sie, ließ eine Tasche fallen und ballte die Faust.

Der Unbekannte lachte, als er sie zu sich drehte. Ein stoppelbärtiges Gesicht, zerrissene Uniform. Lotte schlug zu. Mitten hinein in das üble Gesicht. Eine seltsame Befriedigung ergriff von ihr Besitz. Sie spürte sein Erschrecken, der Griff an ihrer Schulter lockerte sich kurz, dann packte er sie mit der anderen Hand. Sie holte erneut aus.

»Lassen Sie die Frau in Ruhe!«, brüllte eine männliche Stimme. Der stinkende Kerl ließ sie los und wirkte verdutzt.

Lotte schüttelte sich.

»Lotte, um Himmels willen, was ist passiert?« Evi!

»Dich schickt der Himmel!«

»Wie geht es dir?«

Ein großer Mann neben Lottes Freundin kanzelte den Besoffenen ab und drohte ihm mit einer Anzeige bei den Besatzern.

»Als ob das was hilft …!«, murmelte Lotte, und der Kerl grinste unverschämt. Er trug ein russische Uniform, wenn auch eine zerrissene.

»Los, das wird gemeldet«, erklärte der große Helfer forsch.

Endlich wurde der stinkende Kerl unter heftiger, aber etwas unkoordinierter Gegenwehr von Militärpolizisten abgeführt.

Ein bisschen ratlos standen sie jetzt da, Lotte, Evi und der Unbekannte. Lotte rieb sich über ihre Hand, mit der sie zugeschlagen hatte, sie tat ein bisschen weh. Das seltsame Gefühl von Befriedigung überdeckte jedoch den Schmerz und ließ sie grinsen.

»Danke«, sagte sie zu dem großen Mann.

Evi griff nach dessen Hand.

»Mein Mann«, stellte sie vor. »Max ist endlich zurück.«

»Schön«, quetschte Lotte hervor. Ihr Grinsen verging ihr. Sie sah das Leuchten in den Augen der beiden und dachte an Erich, wie lange alles her war, seit er sie so angesehen hatte. Warum dachte sie nur ständig an ihren Mann? Kam es von dem Gespräch mit Richard über ihren Ehering und Erichs allzu wahrscheinlichen Tod? Was sollte diese Sentimentalität? Es würde ihr doch gut gehen. Mit Richard. Als Besitzerin des Café Schwarz und mit dem Aufschwung in der Stadt. Oder? Was sollte dann diese komische Stimmung da in ihr?

»Wollt ihr was essen, ihr beiden?«, schlug Lotte schnell vor, um sich abzulenken. »Und, lieber Max, danke für die Hilfe gegen diesen Ungustl! Ich glaube, ich brauche jetzt einen Schnaps. Was ist, kommt ihr mit rein?«

Die beiden nickten. »Gern.«

»Wart ihr zufällig in der Nähe?«, fragte Lotte. Im Café

begrüßten die Stimmen der Gäste und das Klimpern der Billardkugeln sie wie alte Freunde.

»Ja, ich war bei einer … Kundin«, erklärte Evi ein wenig zögernd.

»Und ich hab meine Frau begleitet«, kam es von Max. Er blickte ernst drein.

»Er meint, das sei nötig«, meinte Evi mit schiefem Blick.

»Keine Frau sollte allein unterwegs sein«, sagte Max, »schon gar nicht nachts.«

»Aha, und was soll ich tun? Ich hab niemand.«

»Das ist natürlich blöd«, gab Max zu.

»Und überhaupt, früher, was haben wir da gemacht, hm?« Nach Zustimmung heischend sah Lotte ihre Freundin an. Evi war doch sonst nicht so!

»Da gings halt nicht anders«, erklärte Max. »Aber jetzt, wo ich wieder zurück bin …«

»… da seid ihr gaaaanz wichtig«, spottete Lotte.

»Geh, irgendwie hat er schon recht.« Evi blickte zu ihrem Mann auf, als wäre sie ein Küken, ein junges, naives Mädchen. Was sollte das denn noch werden?

»Wir sind überallhin, Evi, weißt du nicht mehr?«

»Doch, natürlich.« Evi schaute betreten drein.

Jetzt dachten sie wohl beide an das, was ihr zugestoßen war.

Rasch holte Lotte eine Flasche Schnaps und Gläser für sie alle drei. Dabei flogen ihre Gedanken zu Erich, der weiß wo in einem schwarzen Loch verschwunden war. Und Richard in Oberösterreich. Wer also sollte sich um sie kümmern, wenn nicht sie selbst?

»Prost!«, sagte sie. »Auf uns und unsere Freundschaft. Ich werd lernen, mich noch besser zu verteidigen.«

86

1950

Sachertorte.

Vielleicht würde diese Köstlichkeit sie wieder aufbauen. Lange hatte Lotte gezögert, sich direkt gegen den Gedanken gesträubt, diese Mehlspeise zu backen. Zu traurig waren ihre Erinnerungen, zu sehr verband sie den Geschmack mit Erich. Lange Zeit waren sowieso kaum die nötigen Zutaten aufzutreiben. Doch mittlerweile funktionierte die Lebensmittelversorgung wieder, die Rationierung war Anfang 1949 aufgehoben worden. Als sie dann einige Tafeln Schokolade bekam, von Jimmy, der sie aus Ami-Beständen organisiert hatte, konnte Lotte nicht mehr widerstehen. Sie hatte ein Päckchen sofort aufgerissen, davon genascht, hingeschmeckt, die Köstlichkeit auf der Zunge schmelzen lassen und gelächelt, unter den nett-belustigten Blicken Jimmys und der anderen Amis. Jimmy hatte eine Freundin, die Hanni aus Ebensee, und manchmal zeigten sie den Männern etwas von ihrer Heimat. Eine Zeit lang hatte Lotte gedacht, Jimmy wäre an ihr selbst interessiert. Und wenn sie ihre Hände nebeneinander sah, schwarz neben weiß, bezauberte die Fremdartigkeit sie. Aber mehr war nicht, war nie gewesen.

Sie fuhren auf den Feuerkogel, nach Hallstatt und sogar bis in die Stadt Salzburg. Negerhur!, wurde Hanni von Passanten entgegengeschleudert, aber Jimmy und sie versuchten, über diesen Dingen zu stehen.

Musik war bei ihren Ausflügen immer dabei, Jimmy hatte einen tragbaren Plattenspieler angeschafft – oder organisiert,

Lotte fragte lieber nicht danach. Und damit hörten sie all die schönen Songs, von Benny Goodman und Count Basie, Glenn Miller und Duke Ellington und wie sie alle hießen. Jedes Mal schrieb sich Lotte die Namen der Interpreten auf. Manchmal gelang es ihr danach, die Platten in Wien aufzutreiben und sie abends im Café Schwarz zu spielen, auf dem alten Gerät der ersten Frau Schwarz, ihrer Schwiegermutter.

So wippte sie nun mit zu den Klängen, die aus dem Gastraum herüberwehten, und machte sich daran, alles vorzubereiten. In ein Wiener Kaffeehaus gehörte nun mal Sachertorte. Tatkräftig ging Lotte zum Schrank mit den eisernen Reserven, die normalerweise nicht angetastet werden durften, von niemandem. Nie wieder wollte sie ohne Nahrungsmittelvorräte dastehen, nie, niemals! Immer musste etwas da sein für Notfälle. Nie wieder hungern, nie wieder nicht weiterwissen, nie wieder gar nichts zu essen finden, das hatte sie sich geschworen. Wie im Nebel waren ihre Erinnerungen an die letzten Kriegstage, als sie kaum weitergekommen war, und die erste Zeit danach, als es nichts zu kaufen gab und sie hungrig schlafen musste und ständig schwächelte.

Schnell an etwas anderes denken. In den Regalen befanden sich Zwieback, Mehl und Wasserflaschen, auch Butter und Eier, die sie immer nach einiger Zeit gegen frische austauschte. Schwungvoll stellte sie alles Nötige heraus und schrieb eine Liste, um das Verwendete am nächsten Tag zu ersetzen. Sie wog Butter und Mehl ab, gab Eier dazu und begann, den Teig zusammenzurühren. Kakaobraun floss er in die Tortenform, die sie sogleich in den Backofen schob. Sie schnupperte, sog tief und genüsslich den Duft ein. Dazwischen servierte sie, bereitete Kaffee zu, tauschte sich mit Kellner Johann aus, dem es besser ging – sagte er zumindest –, und schließlich konnte sie die Torten aus dem Backrohr holen.

Jetzt auskühlen lassen, aufschneiden, Marillenmarmelade auf die Schnittflächen – dabei fiel ihr wieder der Abend mit Erich ein, als er ihr erklärt hatte, dass das Aprikotieren hieß, was sie hier gerade machte. Wehmut ergriff sie, während sie die Schokolade im Wasserbad schmelzen ließ, Butter nach Gefühl dazugab und eine cremige Masse für den Überzug herstellte. Wieder schnupperte sie genüsslich, während sie die Torte bestrich.

Evi schneite zufällig herein, als Lotte die fertige Torte zur Theke trug. Die Augen der Freundin wurden groß – und sehnsüchtig.

»Komm, ich lad dich auf ein Stück davon ein!«, rief Lotte ihr zu, während im Hintergrund die Andrew Sisters zu »Bei Mir Bistu Shein« ansetzten.

»Wirklich?«

»Ja. Nimm Platz, wo du willst. Kaffee dazu? Schon, oder?«

»Gern, die Kleine schafft mich eh grad. Jetzt ist sie bei ihrer Großmutter, aber nachher müssen wir noch zum Spital, weil sie so viel hustet.«

»Hoffentlich nichts Schlimmes?« Lotte goss Kaffee in zwei Tassen.

»Glaub nicht. Also, hoffe ich.«

Dicken Milchschaum oben auf den Kaffee, dann servierte sie ihn zusammen mit zwei Stücken Torte.

»Unterhaltet ihr euch nur«, sagte Johann leise. »Ist eh nicht so viel los, das schaff ich allein.«

»Danke.«

Zu zweit genossen sie die Köstlichkeit und plauderten. Die

Ablenkung tat Lotte gut. Vor Evi zu weinen, erschien Lotte weniger schlimm, als allein zu sein mit ihren Erinnerungen …

Schließlich beugte sich Evi zu ihr. »Du, ich brauch demnächst mal wieder Hilfe.«

»Ach ja?«

»Kannst du mir assistieren? Es kommt eine sehr junge Frau zu mir, und jemand müsste sich ein bisschen kümmern, während ich … du weißt schon.«

»Ich muss schauen, dass ich mich hier freimache … oder kannst du es auf den Ruhetag legen?«

»Vielleicht. Ich muss sehen. Es ist viel los gerade, so viele Schwangere.« Evi schüttelte entsetzt den Kopf. »Es hört einfach nicht auf mit diesen Übergriffen.«

»Und niemand unternimmt etwas dagegen.« Lotte rührte so heftig in ihrer Tasse, dass der Kaffee überschwappte. »Es ist eine Frechheit. Als würde die Sicherheit von uns Frauen gar nichts zählen.«

»Was willst du machen?« Evi sah plötzlich an Lotte vorbei. »Ich glaube, da will jemand was von dir.«

»Guten Tag«, sagte eine Männerstimme, die sie nie wieder zu hören geglaubt hatte.

87

Lotte erstarrte. Eiskalt war ihr plötzlich. Ein Prickeln im Nacken. Überstark spürte sie den Zigarrenrauch, hörte eine quietschende Schuhsohle. Sie drehte sich um.

Ein grauhaariges, elegantes Paar stand vor dem Tisch. »Auf Sachertorte habe ich mich schon lange gefreut.«

»Doktor Rosenblum!« Lotte zwang sich, sich zu bewegen, aufzustehen, einen Schritt auf den freundlichen Arzt zuzumachen. »Und die Frau Doktor! Nein!«

»Doch.« Der Arzt lächelte.

»Stehen Sie schon länger hinter mir?«

»Nein, Frau Schwarz.« In seiner Miene lag nur Freundlichkeit.

»Sie haben Glück, die Sachertorte kommt ganz frisch aus dem Ofen!« Schnell trat sie näher an ihn heran. »Nehmen Sie doch Platz! Bitte. Wo möchten Sie sitzen? Beim Fenster?« Sie zeigte auf einen freien Tisch.

»Aber da steht doch ›reserviert‹«, meinte Frau Rosenblum.

»Kein Problem.« Lotte nahm das Schild weg. Wenn sie schon sonst nichts für die Rosenblums tun konnte!

»Setzen Sie sich, bitte. Was möchten Sie trinken?« Sie wedelte den Rauch vom Nachbartisch weg. An einem Tisch auf der anderen Seite saß eine Schriftstellerin und blickte aus dem Fenster.

»Was gibt es denn?«, fragte Doktor Rosenblum.

»Jetzt wieder fast alles.« Lotte zwinkerte ihm zu. Die Freude über die Rückkehr der Rosenblums – sie konnte es gar nicht fassen. Aber da war auch die Angst. Das, was Evi und sie machten, konnte sie ins Gefängnis bringen. Ob der Arzt mitgehört hatte …? Sie beugte sich näher zu den Rosenblums. »Sogar echten Bohnenkaffee!«

»Na dann, einen Einspänner für mich und eine Melange für meine Gattin, bitte.«

»Ich komme gleich wieder und bringe alles.« Mit einem Lächeln eilte Lotte in die Küche. Fahrig hantierte sie mit Kaffeebohnen, Wasser und Tassen. Immer noch zittrig servierte sie den Rosenblums.

»Ich habe mir solche Sorgen um Sie gemacht«, gestand Lotte dem Ehepaar, als die beiden alles Bestellte vor sich stehen hatten. »Mir hat eines Tages eine fremde Frau an Ihrer Tür geöffnet. Sie wusste nicht einmal, wo Sie sind! Niemand hat mir das sagen können.« Einen Moment lang spürte sie wieder die Kälte, die Erstarrung, bei allem, was danach gekommen war. Sie musste sich zwingen, den Geruch des Bohnenkaffees wieder bewusst wahrzunehmen, auf die Gespräche der Gäste zu lauschen, den kühlen Marmor unter ihren Fingerspitzen zu spüren. Alles war wieder gut, fast alles. Sie war in Sicherheit. Ebenso wie die Rosenblums. Sie hatten alle zu essen. Die Nazis waren besiegt worden. Auch wenn nicht alles perfekt war – ihr Leben war nicht mehr bedroht.

»Wir konnten in letzter Minute auswandern.« Frau Rosenblum schüttete Zucker in ihre Melange. »Amerika.«

»Was ist eigentlich damals passiert?«

Eine Weile war es still. Sehr still sogar. Ein Mann an einem Nachbartisch verharrte reglos, die Studentin sah neugierig herüber. Ein Löffel klirrte in die Stille. Die Schriftstellerin blickte auf.

»Mein Mann wurde verhaftet«, sagte Frau Rosenblum schließlich und nahm einen Schluck Kaffee. Die Tasse klirrte, als sie sie wieder auf der Untertasse abstellte.

»Das tut mir leid«, brachte Lotte heraus.

»Sie können doch nichts dafür«, antwortete der Doktor in begütigendem Tonfall.

»Ich bin mir nicht sicher …« Lotte meinte wieder, den pfeifenden Atem ihres Verfolgers von der Gestapo zu hören.

»Aber ich bitte Sie, liebe Frau Schwarz.« Der Doktor wirkte so freundlich wie damals, aber schmaler war er geworden im Gesicht. Sehr viel schmaler.

»Ich dachte, Obersturmführer Thoma hält die Hand schützend über Sie«, sagte Lotte leise.

»Das hat er auch gemacht.« Der Doktor seufzte. »Nur so bin ich aus der Haft entlassen worden. Und auch die Emigration hätte vermutlich nicht mehr geklappt ohne seine Hilfe. Sie haben das Auswandern nämlich bald verboten. Wir lebten zuerst eine Zeit lang in einer Wohnung, in der zehn Menschen zusammengepfercht waren. Alles Juden.«

»Aber wieso?«

»Um uns zu brechen. Die schönen Wohnungen sollten den Ariern zur Verfügung stehen. Wir durften nicht mehr gassenseitig wohnen. Schließlich haben wir nur dieses eine Zimmer beim Prater gehabt.«

»Da waren Sie ja ganz in meiner Nähe!«, rief Lotte.

»Dank dem Herrn Thoma sind wir nicht so geendet wie die anderen«, meinte Frau Rosenblum.

»In Auschwitz«, flüsterte Lotte.

»Sie wissen davon.« Es war keine Frage.

»Meine Freundin meinte, alle konnten es wissen. Alle, die es wissen wollten, konnten es wissen, sagt sie.«

Stille schlich sich zwischen ihnen ein.

»Wo ist denn Ihr Kind?«, fragte Doktor Rosenblum dann. »Es müsste schon … warten Sie … einige Jahre alt sein, acht oder neun?«

Lotte schluckte.

»Damals ist doch alles gut gegangen, hoffe ich?« Wie freundlich der Doktor immer noch wirkte!

Lotte sah ihre Schuhe an. Sie musste schlucken. »Leider nein«, brachte sie schließlich hervor, und dachte wieder an die Verhaftung. Das Verhör. Die Prozedur bei der Engelmacherin. Es war die richtige Entscheidung gewesen, einmal mehr war sie davon überzeugt. »Nein, ich habe das Kind verloren«, sagte sie, so fest sie konnte.

Doktor Rosenblum sah sie mit warmherzigem Ausdruck an. »Das tut mir sehr leid für Sie.«

»Danke.« Lotte spürte ihre Augen feucht werden. »Wohnen Sie jetzt wieder in Ihrer eigenen Wohnung?«

»Nein. Dort hat uns eine Dame erzählt, dass es ihr Eigentum sei. Und wie viel sie hier mitgemacht hat. Mit Bomben und Hunger und erst den Russen. Stimmt das, Frau Schwarz?«

»Nun …« Lotte suchte nach Worten, fand sie nicht.

»Die Frau hat uns noch beneidet, dass wir emigrieren konnten.« Frau Rosenblum lachte auf.

»Diese Frau, die mir damals aufgemacht hat«, Lotte überlegte laut, »wie hat die schnell geheißen? Klein? Ja, so glaube ich.«

Beide Rosenblums nickten gleichzeitig. »Du hast es dir damals schon gedacht«, meinte Frau Rosenblum zu ihrem Mann.

Der Doktor seufzte. »Ich hoffte, ich hätte mich geirrt. Alfred Klein war ein Kollege am Krankenhaus. Ein ehrgeiziger.«

»Mehr Ehrgeiz als Können. Er war ein weit schlechterer Arzt als du«, ergänzte Frau Rosenblum leise. »Und er wollte unsere Wohnung. Die hat ihm schon früher gefallen. Er hat wohl dann seine Zeit für gekommen gesehen.«

»Werden Sie Ihre Wohnung wiederbekommen?«, fragte sie.

Doktor Rosenblum zuckte mit den Achseln. »Als ob das so leicht wär.«

»Aber es war unrecht, sie Ihnen wegzunehmen«, beharrte Lotte. »Sie müssen um Ihr Recht kämpfen.«

»Ach, Frau Schwarz, was denken Sie denn …«

»Wir wissen noch nicht einmal, ob wir wieder hier leben wollen«, meinte Frau Rosenblum. »Eigentlich wollten wir nur ein paar Erinnerungsstücke zurückerbitten.«

»Sie hat wohl der Hitler vergessen«, sagte in dem Moment eine wohlgenährte grauhaarige Frau mit Doppelkinn zu den Rosenblums und wankte vorbei. Lotte erstarrte. Die Frau war kein Stammgast, sie wusste nicht einmal, wo die plötzlich herkam. Die Rosenblums schwiegen.

Die Tür klappte, die dicke Frau war gegangen. Lotte eilte zur Tür, konnte aber niemanden mehr sehen.

Von wegen Frieden. Von wegen keine Verfolgung. Von wegen Sicherheit.

88

Wie vereinbart fuhr Lotte hinaus nach Pötzleinsdorf. Immer noch fühlte es sich ungewohnt an, Leonores Haus aufzusuchen, das nun die Bleibe von Evis Familie war. Max hatte begonnen anzubauen, wo alles zerstört worden war. An Leonores Villa erinnerte nichts mehr. Der großteils zerstörte Garten, in dem Unkraut wucherte und neue, noch junge Bäume sprießten, bildete Mariannes Spielplatz. Hoffentlich passierte nichts, aber laut Evi war alles geräumt worden, was gefährlich werden konnte.

Evi bereitete in der altbekannten Küche alles vor. »Bis Marianne von der Schule zurückkommt, ist die Dame hoffentlich weg«, erklärte sie, während sie nebenan das schmale Bett ihrer Tochter abdeckte.

»Wer ist sie denn, diese Dame?«

»Eine Siebzehnjährige und hochnervös. Weiß nicht, ob sie immer so ist. Deshalb brauch ich dich. Beruhig sie bitte, so gut du kannst.« Evi ging zurück in die Küche.

»Ich gebe mein Bestes.« Lotte schauderte.

Nur die Erinnerung.

Es ist nur die Erinnerung.

»Wenn sie herumzappelt, kann ich nicht genau arbeiten.«

»Ist sie …?«

»Vergewaltigt worden? Ja. Sie auch. Es hört einfach nicht auf.«

»Wann tun die Behörden endlich was dagegen?«, schimpfte Lotte.

»Wir müssten Banden bilden«, fiel Evi mit ein. »Und diesen Arschlöchern auflauern. Wenn schon die Regierung nichts dagegen unternimmt.«

»Dazu müssten wir viele sein.«

»Und daran wird es scheitern. Dass alle zusammenhalten.«

Sie seufzten gleichzeitig.

»Wenigstens halten wir zusammen!«, erklärte Lotte kämpferisch. »Weiß dein Mann eigentlich, was du hier tust?«

»Der Max? Na klar. Wir leben davon«, erklärte Evi. »Die Baustofffirma, wo er früher gearbeitet hat, hat ihn nicht wieder eingestellt.«

Punkt zwei läutete es an der Tür. Evi ging öffnen. Ein elegant gekleidetes Wesen mit langen blonden Haaren und Duftwolke schwebte herein. Solche Kleidungsstücke hatte Lotte schon lange nicht mehr gesehen, seidiger Blusenstoff in Creme, eine lange, etwas dunklere Hose. Überhaupt, auch eine Dame in Hosen hatte sie noch nicht oft zu Gesicht bekommen.

»Sie halten doch dicht?«, fragte die junge Frau Evi mit glockenheller Stimme und spitzte dabei die Lippen, als wäre sie irgendein Möchtegernfilmsternchen. »Mein Vater darf nichts erfahren. Wenn er hört, was passiert ist, dass ich allein spazieren gegangen bin …« Ihre Stimme kippte beinahe.

»Schon gut, alles ist bei mir in besten Händen, auch Ihr Geheimnis«, versicherte Evi ihr und führte sie in die Küche.

»Er hat ja so viel um die Ohren, alle brauchen jetzt Baustoffe.«

Evi nickte nur.

Der Blick der Frau glitt zu Lotte.

»Meine Assistentin«, erklärte Evi, ohne sie beim Namen zu nennen.

Die Besucherin nickte fast huldvoll, strich sich hektisch Haare aus dem Gesicht und rieb sich über das Gesicht. Nix mehr mit Filmstar-Optik. Nur noch rote Haut.

»Auch sie wird schweigen zu allem, was heute passiert«, erklärte Evi.

Die Frau wurde ein bisschen blass. »Ist es … wie werden Sie denn …«

»Es ist alles nicht so schlimm. Ziehen Sie sich bitte aus und legen Sie sich hier auf den Tisch.« Evis Worte kamen wie ein Echo der alten Engelmacherin von damals. Nur dass sie mit weitaus mehr Wärme sprach.

»Meine Assistentin ist Ihnen sicher behilflich.«

So gespreizt redete Evi sonst nicht. Die Besucherin nickte wieder huldvoll, dann sah sie sich ratlos um.

»Ich bin gleich wieder da.« Evi verließ den Raum.

Lotte half der jungen Dame, sich zu entkleiden.

»Es geht alles gut«, tröstete Lotte und plauderte, um die Frau zu beruhigen. »Es wird nicht lang dauern, und Sie sind Ihr Problem los«, meinte sie, während sie der Dame die Unterwäsche abnahm. Selbst dieses Stückchen Stoff wirkte teuer, es war besser, als alles, was Lotte seit Jahren zu Gesicht bekommen hatte.

»Legen Sie sich ruhig schon hin.« Lotte holte einen Hocker unter dem Tisch hervor und stellte ihn daneben. »Ich bin ja bei Ihnen.«

Zögernd tat die Frau wie geheißen.

Evi kam zielstrebig mit ihren Gerätschaften zurück.

»Ganz ruhig«, murmelte sie und setzte sich vor die nackte junge Frau. Sanft schob sie deren Beine ein Stück auseinander.

Die junge Frau verzog das Gesicht, eine Haarsträhne war über ihren Augen gelandet, die jetzt zu glänzen begannen.

»Nicht weinen, dafür gibt es keinen Anlass. Es haben noch alle vor Ihnen gut überstanden«, beruhigte Evi. »Auch Ihnen wird es bald wieder gut gehen.«

Bei mir ist noch keine gestorben.

Aber das sagte Evi nicht.

Die Frau nickte vage. Auf ihrer Stirn erschienen Schweißperlen.

Lotte atmete tief durch. Wie dankbar sie war, dass Richard zu verhüten wusste und das auch funktionierte! Und Erich? Würde er noch ein Kind wollen? Falls er zurückkäme, hieß es.

Und sie selbst, wie stand es mit ihr? Sie wusste sich keine Antwort. Von Richard durfte sie nicht schwanger werden, das war klar. Wahrscheinlich war es sinnlos zu glauben, dass ihr Mann noch lebte. Wie würde es mit ihr weitergehen? Und die Beziehung zu Richard? Wie würde ihr Leben weitergehen?

Ein Wimmern der jungen Frau brachte sie in die Gegenwart zurück. Evi hatte begonnen, den Katheter einzuführen. Die Frau packte Lottes Hand fest und krallte ihr die Nägel ins Fleisch.

»Alles gut«, murmelte sie der Frau beruhigend zu. »Machen Sie sich keine Sorgen. Sie sind hier wirklich gut aufgehoben!«

In die Stille, in der nur ihr dreifaches Atmen zu hören war, erklang die Türglocke. Alle fuhren zusammen. Die Frau drückte Lottes Hand noch fester, Evi sah zu Lotte.

»Wer ist das?«, flüsterte Lotte. »Erwartest du wen?«

»Nein. Verdammt.« Evi blieb starr sitzen. »Ich kann hier nicht weg. Bitte schau du nach, Lotte!«

Die Frau wimmerte lauter. »Das wird mein Vater sein. Wenn der mich findet …« Sie brach in Geheul aus. »Er wird mich umbringen!«

»Still!«, zischte Evi. »Sonst hört er Ihre Stimme erst recht!«

89

Lotte riss sich von der jungen Frau los und schlich, so leise sie konnte, zur Tür.

Gefängnis.

Wir kommen alle ins Gefängnis.

Ihr Atem flog.

Wir werden hungern, frieren, eingeschlossen sein.

Es läutete wieder, länger diesmal. Lotte zwang sich, durch den Spion zu blicken – draußen stand eine große Gestalt, von der sie nur das Kinn sah. Dann bückte sich der Unbekannte und lächelte.

»Max?«

»Ja! Lotte? Lass mich rein, bitte.«

Sie öffnete ihm einen Spalt, er schob sich an ihr vorbei in die Wohnung.

»Evi?«, rief er und wollte an Lotte vorbei. »Wo bist du denn? Entschuldige, ich hab meinen Schlüssel verges…«

»Warte, ich komm schon«, kam warnend Evis Stimme, doch Max hatte bereits die Tür zur Küche geöffnet. Wie erstarrt blieb er stehen.

»F-Fräulein Adele«, stammelte er mit viel zu hoher Stimme, die so gar nicht nach ihm, dem kräftigen Arbeiter, klang. Röte schoss ihm in die Wangen. »Was machen Sie denn hier?«

Die junge Frau, die er Adele genannt hatte, starrte ihn einen Moment lang mit groß aufgerissenen Augen an. Sie richtete sich auf und machte Anstalten, von der Liege zu springen.

»Nein!« Evi hielt sie fest. »Bleiben Sie um Himmels willen liegen!«

»Ihr kennt euch?«, fragte Lotte verblüfft und blickte zwischen Adele und Max hin und her. Auch Evi hatte einen irritierten Blick aufgesetzt, während sie Adele festhielt. Was für eine unmögliche Situation!

»Sie ist die Tochter vom Albin, meinem früheren Chef.«

»Spionieren Sie mir etwa nach, oder was?« Die junge Frau

riss sich von Evi los und starrte Max an, blieb aber zumindest liegen. »Ich zeige Sie an! Wenn das mein Vater erfährt …«

»Jetzt hören Sie schon auf«, befahl Evi. Sie räusperte sich. »Sie wollen doch gar nicht, dass Ihr werter Vater von Ihrer Notlage erfährt. Sie wollten eine Lösung Ihres Problems.«

»Hmpf«, machte Adele.

»Darf ich jetzt fertig arbeiten?«, fragte Evi.

»Bitte darum. Aber nur, wenn dieser Kerl verschwindet.« Sie schoss einen giftigen Blick zu Evis Mann. »Wenn Sie schweigen, setze ich mich bei Papa dafür ein, dass Sie Ihre Stelle wiederbekommen.«

»Bin schon weg.« Max zog sich mit rotem Kopf zurück. Endlich hörten sie die Haustür ins Schloss fallen.

Lotte setzte sich wieder, beobachtete dieses Fräulein Adele, während Evi verbissen weiterarbeitete.

»So, aus. Fertig.« Evi gab ihre üblichen Hinweise. Viel Bewegung und abwarten, bei jedem Gang zur Toilette kontrollieren, ob die Frucht abging.

»Gut.« Die junge Frau erhob sich schnell und schrie dann auf. »Aua, auweh, auweh.«

»Fräulein, bitte!« Evi verdrehte die Augen hinter Adeles Rücken. »Halten Sie still.«

»Fräulein Adele?«, griff Lotte ein.

»Ja?« Etwas verdunkelte Adeles Blick – Angst. Sie tat Lotte leid, aber deswegen brauchte sich niemand so hysterisch zu verhalten! »Bitte, bleiben Sie liegen und beruhigen Sie sich, wenn Sie wollen, dass alles gut ausgeht.«

»Ihr habt leicht lachen!«, schimpfte Adele, rührte sich jedoch zum Glück nicht mehr.

»Bitte, Sie schaden sich selbst, Fräulein Adele«, erklärte Evi kühl.

Während sich die junge Frau auf dem Bett ausruhen sollte, räumten Evi und Lotte auf.

Schließlich verließ Adele das Haus, ohne viel zu sagen. Bezahlung, Grußworte – das wars. Hoffentlich.

»Sie hat uns in der Hand«, seufzte Evi nachher, zählte das Geld und verstaute es. »Gar nicht gut. Auch wenn es ein gutes Einkommen ist.«

»Aber du weißt auch etwas von ihr, das wohl nicht rauskommen soll.«

»Hoffen wir, dass das hilft.«

90

Jänner 1950

Lotte stand im Café und blätterte im Sonnenlicht die Zeitungen durch. Für den elften Jänner wurde wieder ein Heimkehrertransport erwartet. Gut, da würde sie wie schon öfter zum Südbahnhof fahren. Vielleicht würde sie Erich diesmal unter den Kriegsheimkehrern finden. Oder jemanden, der Erich gesehen hatte. Irgendwo, irgendwann. Oder einen Kameraden, der etwas wusste über ihren Immer-noch-Ehemann. Irgendwie musste sie doch einmal Klarheit bekommen, was Erich zugestoßen war, fünf Jahre nach seinem letzten Lebenszeichen! Einen Hinweis zumindest.

Mitten in ihre Gedanken hinein sprach sie jemand an. Sie

blickte von der Zeitung auf, eine kleine energische Frau mit dunklen Haaren, grüner Bluse und weißem Rock stand vor ihr und redete in unverständlichen Worten auf sie ein.

»Wie bitte? Ich habe Sie leider nicht verstanden.«

Wieder kam ein Redeschwall, den Lotte immer noch nicht verstand. Deutsch sprach die Besucherin jedenfalls nicht. Was war das für eine Sprache? Auch Russisch oder Englisch war es nicht, diese Sprachen hätte Lotte erkannt. Die Besucherin redete aufgeregt gestikulierend weiter. Nur zwei Worte schnappte Lotte auf, Worte, die sich wie »Kärntner Straße« anhörten.

»Sie wollen zur Kärntner Straße?«, fragte sie daher.

Ein heftiges Nicken kam als Antwort.

»Kommen Sie.« Lotte führte die fremde Besucherin zur Eingangstür. Draußen zeigte sie in die Richtung, in der die Kärntner Straße lag, deutete mit der Hand, wie sie gehen sollte. »Okay?« Fragend sah sie die Frau an.

Die nickte. »Grazie.«

Lotte sah ihr nach, wie sie energischen Schrittes davoneilte.

»Was war das denn?«, fragte Kellner Johann drinnen und strich sich über seinen grauen Bart.

»Keine Ahnung. Oder warte, stand da nicht was in der Zeitung?«, sie blätterte. »Hier, genau: Gäste aus Italien. Wien ist immer häufiger ihr Ziel. Könnte die Dame Italienisch palavert haben?«

»Was weiß ich schon, Lotte! Ich kenne nur Französisch, und das war es jedenfalls nicht.«

Daheim durchwühlte Lotte ihren Kleiderkasten. Das Aussehen der fremdsprachigen Besucherin hatte Lotte nachdenklich werden lassen. Was sollte sie anziehen, wenn sie möglicherweise Erich willkommen heißen konnte? Keine ihrer Hosen, die sie aus praktischen Gründen seit der Nachkriegszeit trug, so viel stand fest. Erich kannte sie nur in Rock oder Kleid, er wäre über was anderes wohl schockiert gewesen.

Den weiten blauen Faltenrock vielleicht? Sie blätterte eine Zeitschrift durch. Da, so eine eng taillierte Bluse wie auf den Fotos würde gut dazu passen. Am besten sie änderte die, die sie hatte. Enger nähen ging schließlich immer. Flott setzte sie sich an ihre Nähmaschine und nahm zunächst eine hellblaue Bluse in Angriff, probierte herum, bis sie ihr passte. Vor dem Spiegel sah sie nun tatsächlich so ähnlich aus wie das Mannequin auf dem Foto.

Am elften Jänner erwachte Lotte noch früher als sonst. Aufgeregt bereitete sie sich darauf vor, zum Südbahnhof zu fahren. Sie nahm eine Fotografie von Erich mit, die sie in den Kästen ihrer Chefin gefunden hatte. Eine eigene hatten sie ja gar nicht, nicht einmal von ihrer so plötzlichen Hochzeit. So vieles hatten sie nicht. Niemand hatte in der Eile daran gedacht.

Ich muss endlich aufhören zurückzuschauen!

Nach vorne, das gilt!

Die Straßenbahn füllte sich mit Fahrgästen, je näher sie dem Bahnhof kam. Auch dort war die Hölle los. Überall Menschen, wohin Lotte auch schaute, mühsam kämpfte sie sich durch, alle schienen dasselbe Ziel zu haben – die heimkehrenden Soldaten zu begrüßen. Jemand hielt eine Ansprache. »Das ist Bürgermeister Körner«, erklärte jemand neben ihr sehr laut. Man wartete noch auf die Ankunft des Zuges, er wurde jede Minute erwartet, wie es hieß.

Schließlich war kein Weiterkommen mehr. Mit vielen anderen Menschen blickte Lotte in Richtung Gleise.

Was wünsche ich mir?

Dass er zurückkehrt?

Gewissheit über sein Schicksal?

Mit ihm zusammenzuleben?

Den Alltag erfahren, der uns nie vergönnt gewesen war?

Sie hatte keine Ahnung, wie das sein mochte.

Oder will ich Richard?

Durchsagen kamen, die Lotte in dem ganzen Wirbel nicht verstehen konnte, neben ihr entstand Bewegung, die ersten Männer in Uniformen näherten sich. Abgekämpft kamen sie des Weges, grau im Gesicht und viel zu mager, einige humpelten an Krücken unter den Armen, anderen fehlte ein Arm, sie trugen ihre Soldatenuniformen, sogar die grauen Kappen, doch die meisten lächelten. Dazwischen rührende Szenen, wenn jemand schlechte Nachrichten über verstorbene Kameraden mitteilen musste. Eine Frau winkte mit einem Blumenstrauß.

Lotte musterte jedes Gesicht. Klammheimlich sah sie sich ihr eigenes Foto an, in ihrer Erinnerung war plötzlich Erichs Gesicht verschwommen, sein Lächeln weggewischt, sogar seine Stimme.

Ein Mann mit spitzem Kinn und eine strahlende Frau mit blonden Locken fielen sich neben ihr in die Arme und hielten die Nachkommenden auf. Andere applaudierten, die Ansprachen dröhnten unverständlich, Lokomotiven zischten, die Abfahrt eines Zuges wurde angesagt, ein Haufen Leute rannte panisch los, stockte wieder. Alle wogten hin und her.

Während Lotte ihr Foto von Erich hochhielt und sich

dabei den Hals verrenkte, um etwas sehen zu können, wurde sie plötzlich stutzig. Dieses Gesicht da vorne an dem Willkommenstisch mit den roten Fähnchen – das kam ihr bekannt vor. Die grauen Haare, sie war es, eindeutig.

Lotte schob sich in die Richtung. »Entschuldigung«, bat sie immer wieder, rempelte Leute an, bekam selbst Ellbogen in die Seite gestoßen. Sie kämpfte sich trotzig weiter. Endlich war es ihr gelungen. Sie wartete, bis zwei Soldaten ihr Gespräch beendet hatten, dann trat sie auf den Tisch zu.

»Servus, Gisi. Lange nicht gesehen.«

Ihre alte Freundin aus der Heimat zuckte doch tatsächlich zusammen und riss die Augen weit auf. »Lotte«, kam es dann gepresst hervor.

»Wie gehts dir denn?«, fragte Lotte.

Gisi sah besser aus als bei ihrem letzten Zusammentreffen, viel besser sogar. Ihre Wangen waren etwas runder, die grauen Haare reichten bis zu den Schultern. Die Falten um die Augen waren aber weiterhin da und dieser Zug um den Mund, nicht direkt abgehärmt, aber er gehörte jemandem, der zu viel erlebt hatte. Und jedes Lächeln – es fehlte immer noch.

»Es geht.« Gisi sah an ihr vorbei zu weiteren Soldaten, die wartend den Tisch umringten. »Kann ich euch helfen?«

»Wir brauchen ein Bett für die Nacht«, erklärte der eine. »Können erst morgen weiter nach Oberösterreich.«

»Ich stelle euch einen Zettel aus, und mit dem geht ihr zu einem Bunker draußen vor dem Bahnhof. Da besteht die Möglichkeit, die Nacht zu verbringen.« Sie kritzelte etwas und reichte das Blatt über den Tisch.

»Danke.« Die Männer gingen.

»Du bist immer fleißig, Gisi.«

Lotte dachte an früher, wie sie gemeinsam die Enten gehütet hatten daheim im Dorf, an ihre Schulzeit, die ersten Jahre in Wien, die Spaziergänge und die Kinobesuche. Sie hatte schon ewig keinen Film mehr gesehen. Mit wem auch …? Ob sie sich wieder verstehen könnten?

»Jemand muss ja«, erklärte Gisi. »Wir Kommunisten kümmern uns eben um die Heimkehrer.«

»Ach Gisi«, sagte Lotte müde. »Immer noch am Politisieren. Musst du denn alles so kompliziert machen? Ich will doch nur leben.«

»Und du bist also immer noch unpolitisch und nur auf deine eigene Person bedacht und deinen möglichst vollen Magen.«

»Und wenn es so ist? Ist das so schlimm?«

»Ich will in einer besseren Welt leben.« Gisi ordnete die Papiere vor ihr.

»Das hat dich ins Gefängnis gebracht.«

»Ins KZ.« Gisis Stimme bebte kurz, dann gab sie sich sichtlich einen Ruck und klang wieder fest. »Mir haben die kommunistischen Mitgefangenen das Leben gerettet«, erklärte sie leiser. »Jetzt will ich für andere da sein. Ich will eine Welt, in der das, was wir erlebt haben, nicht mehr möglich ist. Nie mehr.«

Lotte wusste keine Antwort.

»Ich verstehe schon«, sagte Gisi nach einer Weile und klang sehr müde dabei, »du und ich, wir sind uns fremd geworden. Dennoch wünsche ich dir, dass du dein Leben so leben kannst, wie du möchtest.« Sie wandte sich wieder ihrem Tisch zu, den immer mehr Soldaten belagerten.

Gisi und Lotte sahen sich an, zwischen ihnen lagen all die

gemeinsamen Jahre und noch mehr die, in denen sie getrennt gewesen waren. Und es war klar, dass sie nicht mehr zusammenfinden würden. Von nachkommenden Soldaten wurden sie auseinandergedrängt. Lotte hielt weiterhin ihr Foto von Erich hoch und hoffte, dass jemand etwas über ihn wusste. Aber sie glaubte nicht mehr daran.

91

Lotte verließ die Stadtbahn an der Station Karlsplatz. Wieder einmal hatte sie Evi assistiert, diesmal bei einer angenehm ruhigen, dankbaren älteren Frau, die schon drei Kinder hatte und kein weiteres wollte, das sie kaum durchbringen konnte. Wieder war es spät geworden. Lotte war hier äußerst ungern im Dämmerlicht oder gar bei Dunkelheit zu Fuß unterwegs, aber was sollte sie tun? Draußen vor der Station standen ein paar Männer und steckten die Köpfe zusammen. Ob hier immer noch Waren getauscht wurden …?

Lotte eilte an dem Grüppchen vorbei, das währenddessen schwieg. Vor der Kirche hatte jemand ein Transparent aufgestellt: *AMI GO HOME – für ein freies Österreich!* Sie überquerte den Platz und kam zum Ring. Endlich waren mehr Leute unterwegs, bei der Oper und in der Kärntner Straße überhaupt. An den einigermaßen gefüllten Auslagen vorbei ging sie in Richtung Café Schwarz. Vor dem Dom waren wieder einige Fremde unterwegs, unbekannte Sprachen drangen an Lottes Ohr. Auf den letzten Metern war sie dann wieder allein. Nebenan stand mittlerweile ein fertiger Neubau, unten befand sich eine Apotheke, oben Wohnungen. Ihre Schritte klapperten auf dem Pflaster. Sie drehte sich um – eine interalliierte Patrouille im Jeep kam näher.

Lotte rang nach Luft und versuchte, sich nichts anmerken zu lassen. Sie betrat das Café. Konrad mit seiner Augenklappe, der zusätzliche Kellner, der seit Neuestem den alternden Johann unterstützte, hob eine Hand zum Gruß. Lotte wollte die Tür von innen schließen, doch von außen wurde dagegen gedrückt. Sie öffnete wieder – und spürte, wie ihr die Beine schwach wurden. Die Militärpolizisten wollten ebenfalls herein.

Grüßend nickte sie den Männern zu, bekam aber kein Wort heraus. Erst jetzt im Licht erkannte sie, dass einer von ihnen eine österreichische Polizeiuniform trug. Die Uniformierten waren zu fünft, der Österreicher trat auf sie zu. »Wir suchen Frau Schwarz, bitte.«

»Das bin ich«, bekam sie krächzend heraus. »Um was geht es denn, bitte?«

Ruhig bleiben, das kannst du doch!

»Es tut mir leid, dass ich Sie hier stören muss, aber …«

»Bitte verzeihen Sie, *Mylady«,* fuhr sein britischer Kollege fort.

»Es geht darum, dass hier jemand in großem Ausmaß Gänse verschieben soll«, erklärte der Österreicher.

»Wie bitte?«

»Gänse. Und andere Lebensmittel. Ganze Wagenladungen. Und eine der Spuren führt hierher.«

»Aber das ist doch … irrwitzig.« Lotte lachte unwillkürlich auf.

»Das ist nicht lustig, Frau Schwarz.« Der Österreicher sah

sich bei seinen Worten im Raum um. »Umfangreiche Ermittlungen und Anstrengungen haben letztlich zu dieser Spur geführt. Und Sie haben hier alle Möglichkeiten.«

»Aber … aber ich kaufe alles ganz ordnungsgemäß im Geschäft. Was eben verfügbar ist«, erklärte Lotte. Tatsächlich bekam sie das meiste mittlerweile auf ganz legalen Wegen, aus den Geschäften der Umgebung.

Die Männer musterten sie.

Sehe ich aus wie eine, die was zu verbergen hat?

Dabei war sie sich tatsächlich keiner Schuld bewusst. Es war lange her, dass sie etwas im Schleich erworben hatte. In den Geschäften gab es die meisten Waren ganz normal, so wie früher, das Café lief gut, sodass sie mit dem eingenommenen Geld alles regulär bezahlen konnte. Nicht einmal aus ihrem Dorf brauchte sie noch viel zu holen, außer den säuerlichen Äpfeln, die sie so liebte. So konnte sie sich auf Richard konzentrieren, wenn sie auf Besuch nach Oberösterreich fuhr. Auf ihn, das Tanzen, die gute Laune.

»Wir müssen in der Küche und den Lagerräumen nachsehen«, erklärte der Österreicher. Er hatte jetzt eine mitleidige Miene aufgesetzt, vielleicht glaubte wenigstens er ihr. Vielleicht war er mit den – angeblichen – Ermittlungen der Besatzungsmacht selbst nicht einverstanden. Vielleicht brachte ihr das noch eine Chance. Weil er ihr Landsmann war.

Sie führte die Männer nach hinten, zeigte die Küche, die Speisekammer mit den Vorräten. Bohnenkaffee, Milch und Schinken und, ja, Hühner im Kühlfach. »Aber keine Gänse!«, betonte sie. Semmeln, Mehl fürs Backen, Zucker …

»Zeigen Sie bitte die Rechnungen dafür vor«, schnarrte jetzt der in der sowjetischen Uniform. Sein Äußeres war sauber, doch seine ganze Art wirkte bäuerlich, so breitbeinig stand er herum, das Gesicht rundlich und rot. Wenigstens war kein Fusel zu riechen.

»Rechnungen?«

Der Blick des Österreichers war jetzt betreten. »So sind die Regelungen, Frau Schwarz, tut mir leid.«

»Das meiste ist in der Buchhaltung«, erklärte sie und hatte das Gefühl, durch Sumpf zu waten, als sie zum Pult neben der Theke ging, in der das aktuelle Kassenbuch aufbewahrt wurde. Sie reichte es dem Österreicher. Der schlug es auf, sah sich Rechnungen an, las ihre Einträge und gab das Buch an den Russen weiter.

Schließlich schlugen sie das Buch wieder zu. »Tut mir leid, das hier«, der Russe zeigte auf ihre Vorräte, »wird konfisziert.«

»Aber …«

»Diese Rechnungen sagen nichts darüber aus, dass Sie das alles hier ordnungsgemäß gekauft haben.«

»Aber …« Sie zog das Buch zu sich her. *Lebensmittel* stand auf den Quittungen. Nichts Genaueres. Verdammt. Auf keiner einzigen Rechnung. Einfach Posten, die immer als Lebensmittel bezeichnet wurden. Manchmal stand auch etwas dazwischen wie Putzmittel oder Seife.

Lotte stützte sich an der Theke ab, als würde das alte Holz ihr Kraft geben. In der Nähe sitzende Gäste sahen neugierig zu ihnen herüber, Konrad war weiter hinten bei Gästen. Die Militärpolizisten verteilten sich am Eingang zur Vorratskammer.

»Aber …«, stieß Lotte noch einmal hervor und wollte hineingehen.

»Tut mir leid, kein Zutritt für Sie.«

Lotte verschlug es die weiteren Worte. Etwas rumorte in ihrem Magen und biss sich fest. Kraftlos sah sie den Männern zu, wie sie alles hinaustrugen. Nichts blieb übrig – fast nichts. Außer fünf Stücken Marmorguglhupf. Und das musste sie jetzt den Gästen erklären …

92

Vor lauter Verzweiflung fuhr Lotte gleich am nächsten Tag mit dem Großteil ihres Bargelds nach Oberösterreich. Johann und Konrad versprachen, den Laden zu schupfen. Wenn das nur glattging, wo sie so viele Vorräte eingebüßt hatten, was sollte den Gästen überhaupt serviert werden? Irgendwo gab es wohl noch Ersatzkaffee, und Geld war da, um Milch und Ähnliches zu kaufen. Gegen die Besatzungsmächte kam Lotte nicht an, keiner hätte das vermocht. Sie hatte an mehreren Stellen nachgefragt, auch Ullmann im Rathaus aufgesucht – niemand konnte ihr helfen. Oder wollte es.

Laut Radio und Zeitungen war ein Abzug der Truppen bis auf Weiteres nicht in Sicht, sosehr sich die österreichischen Politiker auch darum bemühten. Ein Friedensvertrag passte den Amerikanern nicht, weil das Land ja befreit worden sei. Die Russen wiederum erhofften sich wohl sonst was, Bereicherung am zuvor nationalsozialistischen Eigentum. Und was die Engländer und Franzosen wollten, wusste Lotte schon gar nicht. Der Frust war überall groß über die Situation, nichts schien sich zu bewegen. Wenn ihr täglich wieder etwas weggenommen werden konnte, wie sollte es je aufwärtsgehen in diesem Land? Wie sollte dieser Frieden überhaupt bestehen? Immerhin wurde ihr Zug zum Traunsee an der Zonengrenze nicht mehr für Kontrollen angehalten, das wenigstens hatte aufgehört. Die Fahrt verging damit ein wenig schneller. Auch die anderen Fahrgäste debattierten über die Besatzungstruppen.

»Rauswerfen müsst ma sie. Wenn ma könnt«, schimpfte ein alter Mann in abgetragenem Trachtenjanker und einer geflickten Militärhose. Über seiner Oberlippe saß ein Bärtchen, das verdammt an den Gröfaz, den angeblich größten Führer aller Zeiten, erinnerte. Dass jemand noch so herumrannte, auch noch gern offenbar!

»Die Russen vergewaltigen unsere Mädeln«, schimpfte ein Jüngerer mit Fastglatze, wie sie früher die Hitlerjungen getragen hatten.

»Früher hätt'ma uns des net bieten lassen.«

Lotte schwieg zu all dem Gerede, so sehr war ihr das Schweigen in Fleisch und Blut übergegangen. Sie hätte etwas dagegen sagen sollen, etwa, dass die österreichischen Männer auch keine Lercherln waren und genauso böse sein konnten zu Frauen. Übergriffig. Und schlimmer. Aber sie hatte keine Kraft dafür, für die daraus entstehende Diskussion.

Das laute Stimmendurcheinander bescherte Lotte Kopfweh, zudem blendete die Sonne sie allzu sehr. Sie hätte gern den Platz gewechselt, aber auch diesmal war der Zug gesteckt voll, sie musste sich glücklich schätzen, die Fahrt sitzend zu verbringen. Die bekannte Landschaft glitt vor Lottes Augen vorbei. Kirchen, Häuschen, Felder, dann Wälder. Im Abteil wurde es immer wärmer, die Luft allzu stickig. Das machte müde. Der Kopf wurde ihr schwer, die Augen fielen zu, sosehr sie sich auch zwingen wollte, wach zu bleiben. Das Gerede der Leute wurde zu einem Hintergrundgeplätscher, dem sie immer weniger folgte.

Eine jähe Bremsung rüttelte sie auf. Schon Altmünster! Sie packte ihre Tasche und eilte zum Ausgang. Die Leute quollen aus dem Zug, immer noch viele Städter, die auf dem Land Lebensmittel oder auch Holz zum Heizen organisierten.

Draußen atmete Lotte tief durch. Die Schläfrigkeit saß ihr in allen Gliedern, Lokomotivenrauch vernebelte alles und machte es nicht besser. Sie rieb sich die Augen und verließ mit den anderen den Bahnsteig. Wenn sie jetzt ein Auto besäße, müsste sie nicht den ganzen Weg zu ihrem Häuschen zu Fuß zurücklegen. Mit Richard war diesmal nichts ausgemacht, zu spontan war ihr Besuch in der Heimat.

Lotte streckte sich, gähnte und machte sich auf den Weg. Die anderen Leute zerstreuten sich nach und nach. Aus den Gärten grüßte nur noch selten jemand, immer häufiger pflanzten die Leute hohe Hecken. Lotte hörte jemanden Holz hacken, ohne ihn zu sehen. Manche der Bewohner waren weggezogen, vielleicht gar ausgewandert, so wie manche junge Frau mit einem Amerikaner. Kein vertrautes Gesicht zu sehen, fühlte sich für Lotte komisch an. Als wären nur die Berge daheimgeblieben, die Berge, die Wiesen und der See.

Immerhin fühlte sie sich von der Bewegung zunehmend munterer. Nur wenige Fahrzeuge waren auf den Straßen unterwegs, und zum Schleppen hatte sie noch nichts. Auch in ihrer Gasse war niemand weit und breit zu sehen. Keine Menschen, keine Fahrzeuge, nicht mal ein Tier. Alles still. Verlassen. Waren denn alle ausgegangen? Weggezogen?

Lotte betrat ihr früheres Zuhause. Auch hier Stille, natürlich. Sie öffnete alle Fenster, ließ Luft herein, atmete durch. Immerhin begannen jetzt Vögel zu zwitschern im Obstgarten hinter dem Haus. Wie wohltuend statt der Stille.

Gut, ein Plan musste her – was sollte sie kaufen? Was bekam sie nur hier – und konnte sie tragen? Sie brauchte frische Hühner, Äpfel, genug davon für die nächste Zeit, am besten Lagerobst. Und das musste sie alles gut nach Wien schaffen. Auch das wäre mit einem Auto einfacher. So viel war ihr weggenommen worden, so viel musste nachgekauft werden.

Und vielleicht … vielleicht konnte sie Richard heute schon sehen. Allein der Gedanke an ihn löste ein sehnsüchtiges Ziehen in ihrem Körper aus. Ihre Haut wollte andere Haut spüren, ihre Lippen die seinen berühren, sie wollte ihm nahe sein, nicht immer allein sein, wie so oft.

93

Endlich.

Richards lachende Augen.

Seine Hände. An ihrer Haut. Das Prickeln. Er küsste ihr die Mattigkeit aus den Gliedern, die Einsamkeit aus der Seele. Sie hatten diesmal nur ein bisschen getanzt, in einem neuen, längeren grünen Seidenkleid, das sie sich kürzlich genäht hatte, aber darum ging es so gar nicht. Sie hatte die anderen begrüßt, allen voran den fröhlichen Jimmy, mit dem Lotte gern plauderte, ihr Englisch wurde immer besser, immer vertrauter fühlte sie sich in Richards Sprache, nicht ganz so zu Hause wie in ihrer Muttersprache Deutsch, das wäre ja auch ein Wunder gewesen, aber doch leidlich okay.

Sie hatte es kaum erwarten können, abzuhauen, sich mit Richard in ihr Häuschen zurückzuziehen, um nur mit ihm zusammen zu sein. Im Kopf immer noch die Musik, küssten sie sich zu diesem nur für sie hörbaren Rhythmus, küssten sich, liebkosten sich und fielen auf ihr Bett.

»Darling«, seufzte sie später, als die samtige Nacht sie umgab, entspannt und dennoch mit einem komischen Gefühl im Bauch.

Ich müsste glücklich sein.

Ich habe zu essen und Richard an meiner Seite …

Dennoch war da etwas, das nicht weichen wollte. Das zwischen ihr und dem Glück stand. Ein Schatten nur. Vielleicht lag es an den endlosen Sorgen. Oder an den Verlusten. Dem Unwissen, der Unsicherheit. Oder an allem zusammen.

»Was hast du?«, fragte Richard, als könnte er in sie hineinfühlen, ihre Gedanken und Gefühle erkennen.

»Ach, ich weiß nicht.« Sie setzte sich ein wenig auf, während Richard an sie geschmiegt liegen blieb.

»Ich hab wohl zu viel verloren. Gisi, meine Freundin, will nix mehr mit mir zu tun haben. Und mein Mann, von dem es so gar keine Nachricht gibt … das macht mich traurig.«

»Wir haben 1950, und du wartest immer noch auf ihn.«

»Was sonst?« Lotte seufzte.

»Du solltest ihn für tot erklären lassen.«

»Aber …«, sagte Lotte erschrocken.

Das ging doch nicht. Würde ihn das nicht erst töten?

Unsinn. Natürlich würde es das nicht. Entweder er war schon lange tot oder …

Und dennoch.

»Ich kann das nicht. Noch nicht. Das ist so endgültig.«

Die Worte blieben in der Luft hängen.

»Komm, lass uns Kaffee trinken.«

Sie standen auf und gingen in die Küche, nackt, wie sie waren. Richard goss frische Milch in einen Topf, wärmte sie auf dem Ofen und sprudelte sie langsam auf. Lotte bereitete den Kaffee zu, verteilte ihn auf zwei grün-weiß bemalte Tassen Gmundner Keramik, Richard schöpfte mit einem Löffel Milch und Schaum obenauf.

»Hübsch sieht das aus.« Sie lächelte. »Du bist ja fast schon Österreicher.«

»Bin ich nicht. Oder nur zu einem Viertel.« Ein Kuss. »Oder seelisch vielleicht ganz, wer weiß? Ob man das messen kann?«

»Wie würde man das tun, in Küssen pro Stunde?«

Sie lachten.

»Dann bist du bereits Amerikanerin.«

»Nein. Das bin ich sicher nicht.«

»Wir werden nicht ewig hier sein. Irgendwann werden unsere Truppen aus Österreich abgezogen.« Richard spielte mit ihren Haaren, ihre Kopfhaut prickelte, das Gefühl wanderte wie ein Blitz durch ihren Körper. Er zog sie wieder an sich.

»So, wie ich das gehört habe, weiß keiner, wann das sein soll.«

»Auch wenn es noch lange dauern mag – was machen wir dann?«

Daran hatte sie noch nicht wirklich gedacht, noch nicht wirklich zu denken gewagt.

»Du könntest mit mir kommen.« Richard drückte sie fester.

Sie hatten noch nie von der Zukunft gesprochen. Oder von einem »für immer«.

»Erklär deinen Mann für tot – und heirate mich.«

»Bleib doch du hier, Richard. Bei mir.«

»Ich bin kein Kaffeehauskellner, Lotti, *as much as I love you.*«

»Und ich kann das Café nicht verkaufen. Es gehört meinem Mann, und solange nicht geklärt ist, ob er lebt, führe ich es weiter.«

Teil 4

94

1954

Alle zerrten an ihr.
Wie ermüdend das war.
Evi, die immer wieder um Lottes Assistenz bat.

Richard, der wollte, dass Lotte ihren Mann zu einem Toten erklärte.

Die Gäste mit ihren immer häufigeren Sonderwünschen.

Ihre Angestellten, die immer was anderes wollten, statt am Mittwoch lieber am Freitag frei, mehr Urlaub, mehr Geld.

Die Nachbarn, das Finanzamt, der Vermieter, der mehr Geld beanspruchte.

Mobiliar ging kaputt und musste nachgekauft werden.

Immer war es Lotte, die entschied, die prüfte, was am besten war – für das Café und für ihr Leben. Keine Diskussionen mehr mit ihrer Schwiegermutter, keine unterschiedlichen Ansichten zur Führung ihres Lokals. Sie hatte freie Hand. Sie entschied über die Kuchenauswahl, den Kaffeebohnenkauf und die Sperrstunde.

Und wenn Erich doch noch zurückkäme? Wenn er hier alles verändert fände? Würde er die Führung beanspruchen?

Lotte versuchte, sich vorzustellen, wie sie gemeinsam arbeiteten, vielleicht würde er diese grandiose Sachertorte wieder backen? Aber da entstand kein Bild, sie hörte seine Stimme nicht, sah sein Gesicht nur verwischt vor ihrem inneren Auge.

Als gäbe es ihn nicht, nicht mehr. Oder als hätte es ihn nie gegeben. Den Mann, der mit ihr ein Kind gezeugt hatte, der Mann, der sie zu all den Köstlichkeiten verführt und mit seinem Wesen bezaubert hatte. Nichts war da, einfach nichts.

Wie traurig.

An diesem Morgen vor dem Aufsperren des Cafés hatte Lotte bereits alles vorbereitet, die Tür stand offen, um die verrauchte Luft rauszulassen, in der Tür ein Sessel, um zu zeigen, dass noch nicht geöffnet war. Ein letzter Blick rundum – alles war vorbereitet. Also schob Lotte an der Seite zwei Sessel zusammen, setzte sich und legte die Beine hoch, den Kopf lehnte sie an die Wand. Ein paar Momente durchatmen. Ein bisschen rasten, bis die ersten Gäste eintrudelten. Ein bisschen die Beine entlasten, die immer öfter schmerzten, zu schnell müde wurden. Selten genug war so eine Pause möglich. All die Jahre in ihrem Beruf forderten ihren Tribut. Die Uhr tickte, immer noch die gleiche, seit sie hier zu arbeiten begonnen hatte.

Lotte schloss die Augen. Wie angenehm das war. Ein sanfter Wind wehte herein, nahm die verbrauchte Luft mit. Sie sollte einmal wieder spazieren gehen, hinaus ins Grüne. In den Prater vielleicht. Oder nach Schönbrunn. Wenn nicht immer so viel zu tun wäre. Wenn sie nicht zu müde dazu wäre. Wenn jemand sie ausführen würde. Wie früher … Lotte setzte sich bequemer hin. Draußen klackerte jemand mit hohen Absätzen über das Pflaster, Kinder lachten, ein Fenster knallte im Wind. Lotte spürte, wie ihre Glieder schwer wurden. Gleich musste sie aufstehen, nur kurz noch sitzen bleiben, den Füßen ein wenig Rast gönnen. Wie schön es wäre, das im Grünen zu tun. Sich ins Gras legen, den Enten zusehen, ein Arm um ihre Schultern. Schokoladentorte, Wein und das Gefühl, betrunken zu sein. Trunken vor Glück. Schritte näherten sich. Schwere, langsame Schritte. Schritte, die zu ihr strebten.

»Du bist wieder da?«, stammelte sie.

Erich lächelte. Ein Boot schaukelte. Sonne. Licht. Wärme. Eine Hand, die ihre berührte.

»Wo warst du denn so lange?«

Die Bilder verwehten. Schatten, Stille. Vögel sangen.

»Jetzt bin ich ja da!«

Lotte schreckte hoch. Ein Geräusch, unangenehm, schrammend.

Ein Sessel?

Sie musste eingeschlafen sein. Lotte rieb sich die Augen.

Kein Boot.

Kein Blätterdach.

Kein Sonnenschein.

Allerdings zwitscherte tatsächlich ein Vogel.

Und da war jemand. Ein Schatten nur gegen das Licht von draußen. Etwas plätscherte, und Lotte glaubte, doch noch zu träumen. Dann merkte sie, dass es nach Regen roch. Und der Schatten bewegte sich langsam, aber entschlossen auf sie zu.

»Halt! Es ist noch geschlossen!« Sie sprang auf, taumelte ein wenig und suchte Halt an einer Sessellehne.

Der Mann ging ungerührt weiter. Er trug eine Uniform, welche, war nicht zu erkennen, da sie an zu vielen Stellen geflickt und die Farbe nicht eindeutig war, irgendein verwaschenes Graubraungrün. Hoheitszeichen eines Landes waren nicht daran auszumachen. Sein Kopf war barhäuptig, die Haare raspelkurz und grau.

»Lotte!«, rief der Zerlumpte. »Kennst du mich nicht?«

Die Stimme … Und dieser Blick.

Ein Boot. Ein Picknick. Wein. Träumte sie noch?

Der Wind fauchte durch die offene Tür, brachte kühle, saubere Luft mit.

»Lotte, ich bins!«

»Erich?«, murmelte sie plötzlich ohne Kraft.

»Ach, Lotte.« Er stand da, die Arme hängend, keine Spur von … ja, was eigentlich? Was erwartete sie denn?

Sie machte einen Schritt auf ihn zu.

Stockte.

Mein Mann.

Das ist doch mein Mann!

Aber sie war wie gelähmt.

Mein Mann. Ein Fremder.

»Tja, äh, da bin ich nun.« Erich nahm zögernd seinen Rucksack von den Schultern.

»Da bist du nun.«

Willkommen. Ich sollte *willkommen* sagen.

Die Worte wollten nicht ans Tageslicht. Als würden sie nicht mehr dazugehören. Zu ihrem Leben, ihrer beider Leben.

»Wie hast du das denn noch geschafft?«, fragte sie und sah ihn völlig baff an.

»Ich weiß nicht mehr genau. Irgendwie …«

»Komm«, sagte sie schließlich. »Machs dir bequem, ich habe frischen Marmorguglhupf.«

»Marmorguglhupf. Dass es das noch gibt.« Ein Lächeln quälte sich auf Erichs aufgesprungene Lippen. »Ich komme nach so vielen Jahren zurück, und du sprichst von Marmorguglhupf. Als wäre nichts geschehen.«

Er sprach wie Gisi. Damals, bei ihrer Rückkehr nach der Lagerhaft war es Apfelstrudel gewesen. Alle wichtigen Momente von Lottes Leben spielten sich in diesen Räumen ab, zwischen den Billardspielern und den Kaffeetrinkern, mitten im Rauch, der alles unwirklich machte wie Bühnennebel. Und bei diesen Gedanken musste sie weinen, und Erich nahm sie endlich in die Arme. Schüchtern, zögernd, aber doch. Sein Körper fühlte sich nach Haut und Knochen an. Gar nicht nach ihrem Mann. Gar nicht vertraut. Und das war vielleicht das Traurigste von allem.

95

Dieses Knochengerippe war also ihr Mann. Lotte spürte die Rippen, seine Hüftknochen standen hervor.

»Wo warst du denn?«, fragte Lotte schließlich, weil sie irgendwas sagen musste, wollte.

Er löste sich von ihr. »Bring lieber was von der Mehlspeise.« In seinen Augen loderte Gier, er leckte sich die Lippen.

Lotte ging, um den Kuchen aufzuschneiden. Der Teller rutschte ihr aus der Hand, das erste Stück Guglhupf landete auf dem Boden. Sie legte ein neues Stück bereit, räumte das andere in den Mistkübel, es zerbröselte in ihrer Hand, sie war froh, etwas zu tun zu haben, als sie aufkehrte.

»Grüß Gott«, erklang es von der nun ungehindert offen stehenden Tür her.

Sie trug den Teller mit dem Kuchen hinaus zu dem Tisch,

an dem Erichs Mutter früher immer gesessen hatte. Erich folgte ihr, setzte sich zögernd.

»Einen Mokka dazu?« Sie hielt sich an die alltäglichen Rituale. Hielt sich an das, was sie über Erich wusste, über ihn und seine Vorlieben. So wenig war es, und alles so lange her. Aber ein bisschen war es doch.

Erich sah sie aus großen, überraschten Augen an und nickte dann. Er begann, in seinem Rucksack zu kramen.

Lotte ging den Kaffee zubereiten. Der Mokkaduft wirkte vertraut und brachte sie ganz in die Wirklichkeit zurück, als sie mit der Tasse zu Erich ging. »Bitte, lass es dir schmecken.«

»Und euch hier ist es gut gegangen?« Erich sah sich in den Räumen um. Letztes Jahr hatten sie neu gestrichen und die Bänke frisch polstern und tapezieren lassen, im gleichen rötlichen Farbton wie zuvor. Und die Uhr hing immer noch da wie seit Lottes erstem Tag im Café.

»Einigermaßen.« Sie schluckte gegen etwas an, das ihr in der Kehle saß. »Es wurde nicht allzu viel zerstört hier«, sagte sie schließlich. »Du siehst selbst. Nur die Fenster musste man neu einglasen lassen.«

»Schön«, sagte er. »Schön, schön.« Er streckte eine Hand nach dem Kuchen aus, zuckte zurück. »Ach ja.« Mit einem entschuldigenden Blick griff er nach der Mehlspeisgabel.

Lotte nahm die Bestellung bei einem Zeitung lesenden Gast am Fenster auf und ging wie in Trance in die Küche. Weitere Gäste kamen, sie hatte alle Hände voll zu tun, gerade an diesem Morgen war viel los, bis Kellner Konrad eintraf.

In einer kurzen Pause schließlich schielte Lotte verstohlen zu Erich hinüber, der verloren um sich guckte, vor sich das leere Geschirr und ein volles Glas Wasser. Endlich blieb ihr ein wenig Zeit, um sich zu ihm zu setzen. Sie legte ihr Geschirrtuch weg und ging zu ihm.

»Wo ist eigentlich meine Mutter?«, fragte er.

Ach je, wo sollten sie ansetzen? Das wusste er ja auch noch nicht.

Vorsichtig griff sie nach seiner Hand, die sich ebenso knochig wie sein Körper anfühlte. Und trocken. Die Haut rissig. Mit diesen Händen hatte er sie berührt, verführt, vor einer Ewigkeit. Einer Ewigkeit, in der alles anders geworden war. Sie strich mit dem Daumen über seine Haut. Erich entzog ihr seine Hand, sein Blick war fragend.

»Tut mir leid, Erich.« Sie musste schlucken. »Deine Mutter ist verstorben. 1945 schon.«

»Wie schrecklich.«

»Es war bald nach Kriegsende. Ich habe sie hier gefunden an einem Morgen, sie saß leblos da.« Lotte wischte sich über die Stirn, ihr war flau.

»Und ich hab das nicht gewusst.«

»Tut mir leid, aber ich hätte ja nicht gewusst, wohin ich dir schreiben sollte.«

»Schon gut.« Er nickte und nahm die Gabel in die Hand. »Immerhin geht es dir gut!«

»Warum hast du dich denn nie gemeldet?« Der Satz rutschte ihr heraus, ehe sie darüber nachdenken konnte.

Die Gabel flog auf die Marmortischplatte. »Hör auf!« Das war nicht seine Stimme oder war es jetzt doch. Aber nicht die Stimme, mit der er sie umgarnt hatte, mit der er ihr Liebesworte zugeflüstert hatte.

Fremd. Alles an ihm ist fremd.

Lotte schluckte.

»Entschuldige.« Er nahm die Gabel wieder auf. »Wenn ich schreiben hätte können, hätte ich es getan«, stieß er etwas ruhiger hervor.

Lotte nickte nur. Sie stand auf, ging zur Garderobe, kehrte mit ihrer Handtasche zurück und kramte nach dem Schlüsselbund. »Hier, ich bin in die Wohnung deiner Mutter umgezogen. Du kannst es dir schon bequem machen.« Sie hielt ihm die Wohnungsschlüssel hin.

Zögernd nahm Erich sie an sich. »Bequem machen.« Er lachte ein wenig schrill auf. »Für mich ist alles bequem, was mehr als ein Strohsack auf dem Boden ist.«

»Magst du noch ein Stück Guglhupf?«

Zögernd nickte er. »Doch, ja, gern.«

»Oder Sachertorte?« Sie wagte das Wort kaum auszusprechen. Heftig blinzelnd sah sie ihn an.

»Nein, nein.« Auch er musste schlucken, ihre Blicke trafen sich, dann blickte er schnell weg. »Guglhupf ist gut. Ist dir gelungen!«

»Freut mich.«

»Und noch einen Mokka auch. Bitte.«

»Natürlich.«

Wir reden, als wäre Erich hier Gast.

»Und, Lotte …?«

»Ja?«

Sie erstarrte, so angst und bange wurde ihr.

»Entschuldige, aber ich brauche einfach ein bisschen Zeit. Ich war so viele Jahre lang in der Eiseskälte, allein.« Seine Stimme verlor sich ebenso wie sein Blick. »Ich brauche Zeit, um wieder hier anzukommen.«

96

Schneeflocken segelten langsam vom Himmel, während Lotte am Abend nach Hause ging. Alles wirkte so still, still und weiß, dabei waren noch einige Leute unterwegs und genossen den Feierabend. Sie saßen wieder in den Lokalen, in denen es auch fast alles gab. Für die Leute war es normaler Alltag, Menschen, die lachten, irgendwas feierten, ausgingen, einen schönen Tag ausklingen ließen.

Für Lotte war es anders. Sie rutschte nach Hause, mehr als sie stapfte. Nach Hause, zu ihrem angetrauten Ehemann, dem Fremden. Normalerweise freute sie sich nach einem langen Arbeitstag auf Ruhe, auf ihr Bett und darauf, die Beine hochzulegen und nichts zu tun.

An diesem Abend war alles anders.

Mein Mann ist da.

Mein Mann ist wieder da.

Und ich kenn ihn nicht mehr.

Der Schnee wurde auf den Straßen schon bald zu grauem Matsch. Plötzlich erkannte sie die Aufschrift eines Kinos. Sie war ja völlig falsch gegangen! Wie im Traum hatten ihre Schritte sie hierhergeführt. Sie las die Ankündigungen – *Der Wilde,* mit diesem Marlon Brando, um 16, 18 und 20 Uhr. Ob das was wäre …? Ohne Gisi konnte sie sich nie für einen Film entscheiden. Und überhaupt, es war zu spät für heute. Und daheim wartete Erich. Vermutlich.

Etwas in ihr zögerte noch immer, als sie nach Hause ging und im spärlichen Licht die Füße langsam auf eine Stufe nach der anderen setzte, als könnte sie irgendetwas aufhalten dadurch – was genau, wusste sie selbst nicht. Sie hatte sogar noch etwas vom Guglhupf gegessen, was sie üblicherweise nicht tat. Jetzt schmeckte sie dem Geschmack nach. Alles war wie immer, das Stiegenhaus, die Gangfenster, die Wohnungstür. Nur sie nicht.

Sie und Erich.

Einmal noch durchatmen. Sie trat ein und sperrte hinter sich wieder ab. Stille. In der Dunkelheit tastete sie nach dem Lichtschalter, zog die Schuhe aus. Die übliche Erleichterung in den müden Beinen wollte sich nicht einstellen. Noch immer Stille. Sie ging in die Küche, nahm sich ein Glas Wasser, betrat das Wohnzimmer, ging weiter in Erichs Kabinett, das sie nie verändert hatte. Das Fenster stand offen, schneesaubere Luft wehte herein. Ein Schatten davor.

»Ach hier bist du«, sagte Lotte.

Erich drehte sich nicht um.

Sie wartete, nichts geschah. Also knipste sie das Licht auch hier an. Die Türen des Kleiderkastens standen offen, ein Anzug war auf einen Sessel gebreitet.

Erich folgte Lottes Blick. »Wird mir nicht mehr passen.«

»Nein. Aber man kann ihn ändern.« Die Singer-Nähmaschine stand ja bereit.

»Ach, wer weiß.« Er schüttelte den Kopf und sah wieder hinaus, hinaus in den Schnee.

Lotte ging hin und her, zog die Strümpfe aus, trank noch was, schließlich machte sie sich bettfertig.

»Wie siehts bei dir aus?«, fragte sie schließlich Erich.

»Ich bleibe noch ein bisserl da sitzen«, erklärte Erich und lehnte sich wieder aus dem Fenster. »Die Luft tut so gut.«

»Aber ist dir nicht kalt?«

»Kalt?« Er lachte auf. »Du kennst Kälte nicht.«

»Dann erklärs mir.«

»In Russland ist es kalt. Das hier ist fast schon Frühling dort.«

Von unten waren Stimmen zu hören. Das Leben ging einfach weiter seinen Gang. Egal was hier oben los war. Wen kümmerten sie beide schon.

Lotte ging nach nebenan und legte sich nieder. Normalerweise schlief sie sofort ein. Seit so vielen Jahren war sie es gewohnt, allein hier zu liegen. Aber heute war ihr ganzer Körper angespannt, ihre Ohren lauschten auf drüben, wo Erich war.

Irgendwann musste sie doch eingeschlafen sein. Vogelgezwitscher weckte sie. Und irgendwann musste sich Erich neben sie gelegt haben. Er wandte ihr den Rücken zu. Lotte stand auf, ohne dass er sich bewegte.

»Willst du mitkommen zur Arbeit?«, fragte sie ein wenig später, nachdem sie sich gewaschen hatte und nun in der Küche ein Frühstück vorbereitete.

Sie hörte Erich herumrascheln, ein Sessel wurde verschoben. Als sie hineinging, saß er am Tisch und starrte an ihr vorbei zum Fenster.

»Es gibt viel Neues zu sehen in der Stadt«, fuhr sie fort. Sie stellte Brot und Butter bereit – richtige Butter, würde Erich sich ebenso darüber freuen wie sie immer noch? – und Erdbeermarmelade, von ihrem letzten Besuch daheim. Sie selbst hätte ja gar keine Zeit gehabt, um das Obst einzukochen. Dazu Kaffee.

Wortlos aß Erich, kaute jeden Bissen minutenlang. Viel zu rasch hatte er genug, schob den Rest Brot zur Seite. »Für später«, murmelte er.

»Wir haben genug, Erich. Du musst nicht sparen.«

Jetzt traf sein Blick sie doch, sekundenkurz nur. Und er blieb stumm. Lotte gab es auf, ihm Worte entringen zu wollen, und trank von ihrem Kaffee. Heiß, schön stark.

Ich muss ihm Zeit lassen.

Er muss sich erst wieder an alles gewöhnen.

Hat er selbst gesagt.

Doch sein Blick machte ihr Angst. Dieser leere, starre Blick, der sie nicht zu sehen schien und einfach immer gleich blieb.

97

Nach einigen Wochen hielt Lotte es nicht mehr aus.

»Zieh dich an und geh mit mir ins Café«, forderte sie eines grauen Morgens, nachdem Erich wochenlang herumgesessen und ins Nichts gestarrt hatte. Sein Blick sah einen Ort, an den sie ihm nicht folgen konnte, niemand hätte das geschafft.

Keine Reaktion.

»Erich!«

»Was hast du gesagt?« Er sprach leise, langsam.

»Dass du mitkommen sollst. Ins Café.«

»Nicht so laut, bitte, Lotte!« Er setzte sich, wie so oft, ans Fenster.

»Das Café gehört dir. Es ist dein Erbe.«

Sein Blick aus diesen früher so schönen Augen war fragend.

»Sag mal, hörst du schlecht?«

»Hm«, grummelte er. »Und was soll ich dort?«

»Du könntest Kuchen backen. Wie wäre es mal wieder mit deiner berühmten Sachertorte?«

»Nein.«

»Warum?«

Eine Weile sah er sie stumm an, sie wartete, aber es kam nichts mehr. Dann verließ er den Raum.

Lotte seufzte. Was sollte sie denn noch tun? Sie hatte so viel versucht – ihm Ruhe lassen und Zeit, mit ihm reden, Beistand anbieten. Aber nichts half, nichts änderte sich. Seufzend machte sie sich selbst fertig für den Weg zur Arbeit. Dabei überlegte sie, welche Kuchen sie heute backen könnte – vielleicht wirklich Sachertorte? Der schokoladige Duft machte sie immer noch traurig, trotz Erichs Rückkehr. Oder würde ihn der aus seiner Lethargie reißen? Vielleicht könnte sie einen Teil davon am Abend nach Hause mitbringen und ihm so eine Freude machen.

Sie schnappte die Wohnungsschlüssel, als die Tür von Erichs Kabinett aufging. Baff hielt Lotte mitten in der Bewegung inne.

»Du hast dich rasiert … und …?«

»Was sonst?«

Er trug einen Anzug, der um seine magere Figur schlotterte, doch selbst so sah er deutlich besser aus als zuletzt, eine schwache Erinnerung an den Erich von früher, viel früher. Eine andere Epoche.

»Komm, ich ändere das schnell für dich.« Sie winkte ihn näher, suchte im Schrank hinter dem Tisch nach Nadel und Faden. Sie nahm Maß, steckte mit Nadeln ab, wie ihm die Hose passen würde, und bat ihn, sie auszuziehen. Nach einem Moment tat er das auch.

Sie setzte sich an den Tisch und nähte die paar Stiche mit der Hand.

Erich sah zum Fenster hinaus, während er wieder in die Anzughose schlüpfte. Überrascht sah er an sich herunter. »Die passt mir ja wirklich besser.«

Lotte lächelte ihn so strahlend wie irgend möglich an.

»Danke.« Er trat auf sie zu, langsam, zögernd. »Das hast du gut gemacht. Ich wusste gar nicht, wie begabt meine Frau ist.« Seine Lippen berührten ihre Wange. Nur ein Echo dessen, was früher zwischen ihnen gewesen war. Ein Hauch. Wie ein Gruß aus einer anderen Zeit. Aber ein Anfang. Immerhin ein Anfang. Es würde wieder werden, sagte sie sich. Es musste wieder werden. Weil sonst …

Still gingen sie nebeneinander durch die morgendlichen Gassen. Sie wollte nach seiner Hand tasten, tat es dann aber nicht. Wenn er es nicht von sich aus tat, war es wohl zu viel. Eine Milchfrau öffnete rumpelnd den Rollladen vor ihrem Geschäft, ein Pferdekarren mit einer Ladung Holz fuhr vorbei.

Komisches Gefühl, dieser Mann an ihrer Seite. Was hätte sie früher für einen Alltag mit ihm gegeben. Er ging langsam, blieb immer wieder stehen, holte Atem. Einmal hielt er sich den Magen.

»Ist dir schlecht?«, fragte sie besorgt.

Er schüttelte den Kopf. »Geht gleich wieder.«

»Aber du bist ganz weiß im Gesicht.«

»Lass mich.« Er drehte sich weg, stützte sich an einer Hausmauer ab. Eine alte Frau ging vorbei, verzog abfällig den Mund und sah dann Lotte an. Erich bekam davon zum Glück nichts mit. Er drehte sich um und atmete noch mal tief durch. Ein bisschen besser sah er jetzt wohl drein.

»Gehts wieder?«, fragte Lotte besorgt.

Er nickte. »Bin nur das gute Essen nicht mehr gewohnt.«

Sie streckte ihre Hand jetzt doch nach seiner aus, aber er ging weiter. Dann eben nicht. Ihrer beider Schritte auf dem Pflaster klapperten überlaut, nicht aufeinander abgestimmt, wie Musiker, die nicht miteinander spielen konnten. Traurigkeit wehte durch Lotte hin, ein Verlust, der keiner war in Wirklichkeit – und doch einen darstellte.

Endlich erreichten sie das Café Schwarz, eine Viertelstunde zu spät. Lotte schloss auf, Erich trat hinter ihr ein. Alter Rauch des Vorabends stand noch in den Räumen. Lotte öffnete alle Fenster. Erich folgte ihr, schloss die Fenster.

»Was ist los?«

»Es kommt zu kalt herein.«

»Erich, wir müssen lüften. Wenn du frierst, warte doch bitte in der Küche, wie wäre das?« Sie bemühte sich um diplomatische Worte. Er tat ihr ja leid. Sie wollte sich zu Geduld zwingen. Aber sie mussten hier das Nötige tun, damit sich die Gäste wohlfühlen konnten, weil sie davon nun mal lebten. Und dazu gehörte eben auch Lüften.

Wieder reagierte er zuerst gar nicht, dann nickte er langsam und schlich davon.

Wo sollte das nur hinführen?

Er war kein Kind, um das sie sich rund um die Uhr kümmern konnte. Oder wollte.

Schlagartig überfiel sie die Erinnerung an ihre Schwangerschaft, diese Leibesfrucht, die niemals das Licht der Welt erblicken hatte dürfen. Sie schluckte. Der Schmerz, die Verzweiflung, die Aussichtslosigkeit – alles war wieder da wie an jenem Tag.

Würde es ein anderes Kind geben?

Und was dann?

Die ersten Gäste traten ein, murmelten einen kurzen Gruß wie jeden Morgen. Lotte kannte die Morgenmuffel, die sie lieber in Ruhe ließ abseits ihrer Bestellung. Jetzt hatte sie alle Hände voll zu tun, Buttersemmeln, Eier und Kaffee zuzubereiten. Konrad traf zum Glück gleich darauf ein, er machte schon mehr Stunden als der alternde Johann, der einfach nicht ganz aufhören wollte.

Erich stand herum, dann griff er in die Lade, in der die Zigaretten aufbewahrt wurden. Amerikanische, natürlich. Erich nahm eine heraus, betrachtete sie mit gerunzelten Brauen, steckte sie zwischen die Lippen und schaute sich suchend um.

»Seit wann rauchst du?«

Erich zuckte die Achseln und riss ein Streichholz an.

Das machte sie noch wahnsinnig, dieses Nichtsprechen! Auf alles Achselzucken, Wegschauen, Schweigen.

»Du könntest wenigstens die Gäste begrüßen«, schlug sie vor.

Erich sah sie an, dann drückte er die Zigarette aus. »Gut, mache ich.«

»Und vielleicht sogar die Bestellungen aufnehmen?«

Darauf reagierte er schon nicht mehr. Lotte beobachtete ihn, wie er eine Runde durch die Gasträume machte, die Leute anlächelte, ein wenig gezwungen, aber immerhin. Seine Lippen bewegten sich, er neigte den Kopf, wie um sich zu verbeugen. Die Gäste sagten irgendwas, er ging schnell zum nächsten Tisch. Er tat ihr leid … und sie selbst tat sich auch leid. Da war ihr Mann zurück, und doch hatte sie nichts von ihm. Es war, als hätte sie einen Geist an ihrer Seite. Oder einen Toten, der in der falschen Welt weilte. Einen Toten auf Urlaub. Ihre Haut schrie nach Berührung, nach Verbindung. Zwischen ihnen. Ihren Körpern. Ihren Seelen. Sehnte sich nach Haut an Haut. Nach Kontakt, Austausch. Nach Interesse. Und nach Lachen sehnte sie sich auch. Zu vieles, was sie vermisste, schmerzlich vermisste. Leben. Freude am Leben. Und an der Liebe. Sie sah andere Augen vor sich, einen anderen Körper. Und verbot sich sofort jeden Gedanken daran. Begraben. Sie musste jede Sehnsucht begraben. Und weitermachen. So wie immer. Ihr ganzes Leben schon. Das konnte sie doch. Das war doch nicht so schwer, verdammt!

98

Doch, es war schwer.

Die Billardkugeln klackerten, der Rauch waberte, am Ecktisch hinten spielten vier Männer unter lauten Rufen Karten. Heimat. Das Café war Heimat. Im Radio wurde über die Fußballweltmeisterschaft berichtet, an der Österreich teilnahm.

Lotte hörte mit einem Ohr hin, während sie der Reihe nach die Bestellungen abarbeitete. Eine Melange für Hofrat Pospischil, dazu ein Kipferl mit Butter und Marillenmarmelade, eine andere Sorte wollte er partout nicht. Die Zeitung für ihn hatte sie ebenfalls weggelegt, damit niemand anderer sie nahm.

»Bitte schön, Herr Hofrat!« Sie servierte mit einem Lächeln, wie sie es immer tat. Fast alle Tische waren besetzt. Die Beamten verbrachten ihren Feierabend hier, einige Damen genossen Kaffee und Kuchen.

»Danke, Frau Lotte.« Der Hofrat lächelte ebenfalls. »Sieht wieder sehr appetitlich aus.«

Beim Hofrat wusste man nie, was oder wen er genau meinte, aber Lotte ging auch über solche Bemerkungen freundlich hinweg, was sollte sie sonst machen? Manchmal musste sie lächeln, wenn sie sich an ihr früheres Ich erinnerte, wie sie sich über so was aufgeregt hatte, als sie hier angefangen hatte. Und wie ihre Chefin sie zurechtgewiesen hatte. Der Gast ist König, und dem König verwehrt man nichts. So war es eben.

Sie wandte sich ab, grüßte Doktor Bauer am Nebentisch, servierte an einem weiteren Tisch. Kellner Johann war letzten Monat in Pension gegangen, Konrad erledigte gerade Besorgungen. Eine neue Bedienung musste demnächst her, wenn Erich nicht doch noch in Schwung kam.

Die Zeit verging wie im Flug, Lotte kam kaum dazu, ihre müden Beine kurz auszuruhen. Bestellungen, Servieren, Kassieren, immerhin Letzteres übernahm mittlerweile Erich. Wenn du wirklich mitarbeiten würdest, hatte sie ihm vorgeschlagen, dann könnten wir ohne Angestellte auskommen und das Geld sparen. Für schlechte Zeiten. Dem Blick Erichs nach zu schließen, fand er die aktuellen Zeiten auch schlecht. »Es ist doch dein Erbe«, hatte sie betont.

»Und? Hab ich jemanden darum gebeten?«, hatte er sie angefahren.

Seither sprachen sie nicht mehr darüber. Seine frühere Stelle beim Hotel Sacher jedenfalls war futsch. Bei den feinen Gästen konnten sie einen Heimkehrer mit Makel so gar nicht gebrauchen.

Langsam leerte sich das Café. Die Billardkugeln verstummten, die Kartenspieler zahlten. Zwei Schachspieler saßen noch an der Seite. Lotte servierte von den anderen Tischen ab, räumte auf, putzte die Theke, reinigte die Kaffeetassen und stapelte sie.

Da kam Musik im Radio. Schwungvoll, lebendig, pulsierend. Musik, wie es nur eine gab. Die Musik, die sie mit Richard kennen- und liebengelernt hatte. Swing, echter Swing.

Sie stellte die Kanne, die sie gerade in der Hand hielt, ab, drehte das Radio lauter und ging zu Erich. Er saß wie so oft an dem Tisch, der früher der Stammplatz von Frau Schwarz gewesen war, die Geldtasche vor sich, und starrte ins Nichts.

Lächelnd trat sie vor ihn hin.

Irritiert blickte er auf, als käme er aus einer anderen Welt zurück. Wo war er bloß, wenn er so starrte?

»Was sagst du zu der Musik? Das ist Benny Goodman! Großartig, oder? Dazu tanzt man heute.« Sie wiegte sich ein wenig hin und her. »Schwungvoll, was? Macht gute Laune.«

Er schüttelte den Kopf.

»Komm, tanz mit mir.« Sie streckte die Arme aus und griff nach seiner Hand.

»Das ist zu laut.«

»Komm schon.« Lotte zog Erich hoch.

Einer der zwei Schachspieler neben der Tür sah zu ihnen her und dann wieder auf das Brett vor sich. Ein Glas klirrte.

»Schau, so geht das.« Sie tanzte Erich die einfachsten Schritte vor, wie Richard sie ihr damals gezeigt hatte, ganz am Anfang. Sie zwang sich, sich auf Erich zu konzentrieren. Auf seine grauen Augen, die waren immer noch hübsch, wenn auch traurig und nicht mehr voll Schalk.

»So schwer ist das nicht. Probiers einfach.« Immer wieder berührte sie ihn, schwenkte ihn herum, während der Song weiterging. Doch was sie auch tat, es war, wie mit einem Sack Mehl zu tanzen. Wie sehr sie seine Knochen spürte! Wie dünn er geblieben war. Und diese unbeholfenen Tapser. Er lächelte gezwungen. Ein Fuß landete auf ihrem Fuß.

»Vergiss es, Lotte.« Abrupt löste er sich von ihr, brachte Abstand zwischen sie beide. »Das haben wir doch früher auch nicht gebraucht.«

»Na geh.« Enttäuschung hockte sich wie ein schwerer Klumpen auf ihre Brust. Konnte es denn nie mehr so werden wie früher zwischen ihnen beiden?

Dass die Schachspieler »Bitte zahlen!« riefen, lenkte sie wenigstens ab. Doch die Traurigkeit wollte nicht mehr weichen. Erich war einfach nicht mehr er selbst, nicht mehr der Mann, den sie kennengelernt hatte, in den sie sich verliebt hatte. Ein Fremder war zurückgekommen, aus einem Krieg, der nicht seiner gewesen war.

Als die Schachspieler gegangen waren, öffnete Lotte die Fenster, räumte den Rest ab, Erich wusch die zwei Weingläser, stellte sie zum Trocknen auf ein Geschirrtuch. Schließlich kehrte sie noch auf. Sie verließen ihr Café und gingen durch die abendlichen Gassen nach Hause. Erich schlich neben ihr her, blieb immer wieder stehen, um Atem zu schöpfen. Sie hatte sich an sein Tempo gewöhnt und ihm angepasst.

»Was hast du denn?«, fragte sie auch diesmal wieder – aber auch diesmal bekam sie keine Antwort. Sie seufzte. In ihrem Kopf war immer noch die Musik, in ihren Beinen diese Sehnsucht zu tanzen. Und ihr Herz wollte endlich lachen. Lachen, froh sein, zufrieden.

So konnte das alles nicht weitergehen. So würde das nie was werden … etwas musste geschehen. Nur: was?

99

Erich nahm kaum zu. Ihm war häufig übel, er aß zu wenig, weder vom Gulasch noch von den Kuchen nahm er sich normale Portionen, und wenn Lotte am Ruhetag des Cafés zu Hause kochte, war es auch nicht anders.

»Was schmeckt dir denn am besten?«, fragte sie ein ums andere Mal, aber er gab keine Antwort darauf.

»Egal. Hauptsache, es gibt überhaupt was.«

Und abends starrte er lieber aus dem Fenster, als sich mit Lotte ins Bett zu legen. Meist bekam sie gar nicht mit, wann er schlafen ging. Sie brauchte nach den Arbeitstagen ihre Nachtruhe, ihren Beinen merkte sie es am meisten an. Ab und zu, wenn sie wach wurde, bekam sie mit, wie er sich herumwälzte. Immerhin ging er regelmäßig mit zur Arbeit in ihrem Café.

An diesem Tag machten sie gerade gemeinsam Mittagspause, während Konrad sich um die wenigen Gäste kümmerte. Lotte starrte das Essen an. Das duftende Gulasch, die frischen Semmeln, die Nockerln. Genüsslich biss sie in ein Stück Fleisch.

»Was für ein Überfluss«, murmelte Erich.

»Ein Wahnsinn, dass es das alles wieder gibt. Ich freu mich immer noch jedes Mal.« Lotte kaute schnell. Als könnte ihr jemand alles wieder wegnehmen.

»Wir hatten nichts.« Erich sprach leise, fast ohne Betonung, und stocherte mit der Gabel auf dem Teller herum.

»War es so schlimm?«, wagte Lotte einmal mehr zu fragen.

Ein Fehler. Erich schob den Teller weg, ohne gekostet zu haben, und wandte seinen Blick ab. Schließlich stand er auf und ging sich eine Zigarette holen. Immer noch waren es amerikanische, aber bald ging der Vorrat zur Neige.

»Die sind für die Gäste«, murmelte Lotte, als er zurückkam. Sie hatte ihr Gulasch fast aufgegessen, nahm den letzten Bissen und legte die Gabel weg.

»Und? Es ist mein Lokal. Hast du mir oft genug erklärt.« Er rauchte mit abgewandtem Blick und ließ sie komplett links liegen.

Er war nicht der Einzige, der sich so verhielt. Gisi hatte über das Erlebte sprechen wollen, niemand sonst. Schweigen lag über der Diktatur, dem Krieg und all den Toten. Die Gäste schwiegen so wie Lottes Nachbarn oder Evis Ehemann. Max hatte es wenigstens besser getroffen mit seiner Gefangenschaft bei den Franzosen. Für ihn war es deutlich harmloser und kürzer verlaufen als bei Erich. Und gehungert hatte er dort auch nicht wirklich.

»Du kochst gut, Lotte«, sagte Erich schließlich.

»Danke.«

»Du solltest dich darauf konzentrieren.«

»Aber …«

»Wirklich, Lotte. Deine Kochkünste brauchst du nicht unter den Scheffel zu stellen.«

»Aber die Gäste mögen mich.«

»Du sollst dich ja auch nicht verstecken.«

Was sollte das jetzt werden? Warum mischte sich Erich plötzlich in die Entscheidungen hier im Café ein?

»Ich habe jahrelang gewusst, was zu tun ist«, erklärte sie. Ihr Ton hörte sich patziger an, als sie es gewollt hatte.

»Jaja. Sicher.« Er schob seinen Teller hin und her, aß aber nicht. »Aber jetzt sind andere Zeiten angebrochen.«

»Und wer soll servieren? Du ja offenbar nicht.«

Sie sah seine Hand zittern, er legte eine über die andere.

Erich wandte sich wieder ab, zuckte mit den Achseln.

»Und Konrad kann keine siebzig Stunden pro Woche schaffen.« Sie betrachtete seinen vollen Teller. »Du solltest zu einem Arzt gehen. So wie du beisammen bist, kannst du keine volle Leistung bringen.«

Sprach sie mit ihm jetzt wie mit einem Angestellten? Aber es stimmte, er konnte kaum mehr als kassieren. Und abrechnen.

»Ohne Behandlung wirst du dich nie erholen.«

»So, meinst du?«, kam es beißend von ihm.

Sie nickte. »Natürlich, was willst du sonst tun?«

»Und du weißt also, was ich brauche.« Erich schnippte Asche in den Aschenbecher und stieß den Rauch in ihre Richtung.

Von draußen warf die Sonne ihre schönsten Strahlen auf den Tisch. »Zu Doktor Bonavida ist schon deine Mutter gegangen.« Sie bemühte sich um eine sanfte Stimme, nicht dass Erich wieder völlig zumachte und ihre Worte ignorierte.

»Ich weiß schon, was gut für mich ist, aber danke, Lotte. Danke, dass du dich bemühst.«

Er sprach immerhin. Dabei sah er allerdings wieder aus dem Fenster.

»Dann geh zu einem anderen Arzt«, redete sie weiter. »Lass dir helfen. Von irgendwem. Du kannst kaum was essen, irgendwas muss geschehen.«

Jetzt sah er sie an. Dieser Blick – sie bekam das Gefühl, sich ducken zu müssen. Aber sie sah nicht weg. Sah ihm in die Augen. Wer war stärker?

Es kostete Kraft. Ihr Herz klopfte hektisch.

Dann stand Erich auf und verließ ohne ein weiteres Wort das Lokal.

Auch das noch. Lotte schnappte sich die beiden Teller, ihren leeren, seinen vollen, und trug sie in die Küche. Trotz der Nahrung im Magen biss etwas in ihre Eingeweide. Ein Hunger wütete in ihr, der nicht mit Gulasch oder Semmeln zu beruhigen war.

Ich müsste froh sein.

Es ist genug zu essen da.

Und ich hab meinen Mann zurück.

Aber Lotte war nicht froh.

Ganz und gar nicht froh.

100

Erich blieb verschwunden. Stunden über Stunden. Lotte hielt mit Konrad das Geschäft am Laufen. Es war viel los, und so kam sie kaum zum Nachdenken. Erst später, als sich die Reihen lichteten, das Nachmittagsgeschäft vorbei war und der Lärmpegel in den Gasträumen nachließ, dachte Lotte wieder an Erich. Wo war er bloß hin? Hoffentlich war ihm nichts zugestoßen. Sie vermochte sich nicht einmal auszumalen, was ihm alles passieren konnte in seiner Verfassung.

Mühsam verdrängte Lotte ihre Besorgnis und arbeitete weiter. Als er bei Einbruch der Dunkelheit immer noch nicht zurück war, war sie tatsächlich nervös. Obwohl sie sich über ihn ärgerte.

»Geh nur«, riet Kellner Konrad, »such nach ihm. Ich schaff das hier schon.«

»Danke, ich danke dir sehr.«

»Es ist selbstverständlich, Frau Chefin.«

Lotte schnappte sich Tasche und Mantel und eilte schon davon, die wenigen Gäste mit einem Lächeln grüßend. So viel Zeit musste sein. Sich nur nichts anmerken lassen.

Draußen atmete sie tief durch.

Und jetzt?

Wo anfangen mit der Suche?

In der Wohnung?

Und hatte er das überhaupt verdient, dass sie sich Sorgen machte?

Sie sah sich nach rechts um, nach links, kaum Leute auf der

Gasse. Was mochte geschehen sein? Sie ging langsam, warf einen Blick in Haustore und stille Winkel, fragte in Geschäften und anderen Lokalen nach, schließlich fragte sie ihre Hausmeisterin, Frau Glück, niemand hatte Erich Schwarz gesehen. Und zu Hause war er auch nicht. Das wurde immer merkwürdiger.

Sie verließ das Haus wieder und suchte weiter, immer heftiger klopfte ihr Herz. Kurz vor dem Stephansplatz fiel Lottes Blick auf ein glänzendes Messingschild – *Doktor Manfred Bonavida, Sprechzeiten …*

Sie blickte auf die große Uhr – noch eine halbe Stunde!

Sollte Erich tatsächlich zum Arzt gegangen sein?

Kurz entschlossen betrat Lotte das Haus. Die Gänge lagen im Halbdunkel, der Boden bestand aus edlem Marmor, der nur an einer Seite in einer anderen Farbe ausgebessert worden war. An einer Wand fehlte Farbe, ein paar Ziegel und Mörtel sahen sie an. Sie läutete an der Praxistür, es wurde geöffnet, und Lotte trat ein. Im Wartezimmer saßen noch drei Leute. Die Luft war stickig, es roch nach einem scharfen Reinigungsmittel. Eine Frau klopfte ständig mit einem Finger auf eine Sessellehne. Sie musste um die vierzig sein und hatte fein manikürte Hände und ein schmales Gesicht. Keine Spur von Erich. Vielleicht war das hier doch keine so gute Idee. Er hatte ihren Ratschlag abgelehnt. Andererseits – war er vielleicht gerade im Sprechzimmer?

Schließlich ging die Tür auf, niemand kam heraus, die Frau mit dem Klopf-Tick wurde aufgerufen. Also war Erich nicht hier.

Sollte sie gehen?

Oder den Arzt um Hilfe bitten? Vielleicht war ihr Mann hier gewesen und hatte danach … ja was wohl getan?

Die anderen beiden älteren Damen trugen dicke goldene Ohrgehänge und die Haare auffrisiert. Sie blätterten geduldig in Illustrierten, von denen wieder jede Menge erschienen. Über die Königin von England lesen oder irgendeinen Sänger, dafür fehlte Lotte jetzt aber wirklich die Ruhe. Eine Dame sah zu Lotte herüber, als wollte sie etwas sagen, tat es aber nicht. Die ganze Stadt schien im Schweigen zu versinken.

Schließlich wurde Lotte als Letzte aufgerufen. Der Arzt sah sehr elegant aus, sein Blick wirkte ein wenig hochmütig. Lotte war nie hier gewesen, sie wurde einfach nicht krank, zumindest nicht so, dass sie medizinische Hilfe brauchte.

»Wie kann ich Ihnen helfen?«

»Es geht … nun, nicht um mich, sondern um meinen Mann.«

»Sie sind die Frau von Erich Schwarz, richtig?«

Lotte nickte. »Sie kennen mich?«

»Ich habe Sie mit dem jungen Herrn Schwarz zusammen gesehen.« Er lächelte ein spitzes Lächeln.

»Ach so, natürlich.«

Im Sprechzimmer roch es nach Jodtinktur, an den Wänden hingen goldgerahmte Stiche und eine Urkunde, vermutlich sein Diplom, der Schreibtisch war dunkel und wuchtig.

»Ist Ihr Gatte denn nicht hier?«

»Nein. Ich wollte fragen, ob er bei Ihnen war?«

»War er nicht, warum?«

»Schade, er braucht wirklich Hilfe. Er ist erst kürzlich aus der Gefangenschaft zurückgekehrt, als es keiner mehr für möglich gehalten hat.« Lotte schluckte. Wenigstens hatte sie ihn nicht für tot erklärt! Zum Glück!

»Ich habe davon gehört, dass es bei ihm lange gedauert hat.« Fast nebenbei flog sein Blick zu seiner goldenen Armbanduhr.

»Nun«, beeilte sich Lotte, auf den Punkt zu kommen, »was soll ich denn tun? Er isst fast nichts, ist viel zu dünn, und übel ist ihm auch ständig.«

»Er darf nicht fett essen«, leierte Bonavida herunter, wieder mit einem Blick auf seine Uhr, »auf keinen Fall zu üppig, das ist sein Magen vermutlich nicht gewohnt. Bereiten Sie ihm Diätspeisen zu, Sie sind doch eine hervorragende Köchin, habe ich vernommen.«

»Danke. Und er schläft auch schlecht.«

Bonavida seufzte. »Er wird viel erlebt haben, das ihm im Kopf herumgeht, Frau Schwarz.«

»Da ist er ja nicht der Einzige«, sagte sie ein wenig patzig. »Ich dachte, wir könnten darüber reden. Auch für mich war es nicht leicht.«

»Für wen war es das schon, Frau Schwarz?«

»Aber wie soll ich ihm denn helfen?«

»Zeit«, sagte Bonavida müde. »Er braucht Zeit. Geben Sie ihm die. Wie lange war er weg?«

»Seit kurz vor Kriegsende.«

»Sehen Sie, dagegen sind einige Monate seit seiner Rückkehr gar nichts, Frau Schwarz. Die Männer haben Schlimmes erlebt. Zum Glück haben Sie überlebt, Sie und Ihr Mann. Seien Sie dankbar!«

Dankbar, ha. Lotte ballte die Faust.

»Ja. Dankbar und geduldig.«

»Er kommt ja nicht einmal zu Ihnen um Hilfe.«

»Sagen Sie ihm schöne Grüße, es tut nicht weh, wenn er sich von mir untersuchen lässt. Damit er zumindest wieder zur Ruhe kommt.« Bonavida lächelte fein und spreizte seine schmalen Finger.

»Glauben Sie, dass er sich dann auch mir … dass wir uns wieder nahekommen werden?«

»Auch das braucht Zeit, liebe, gnädige Frau Schwarz. Nur Mut! Geben Sie nicht auf!«

Bedrückt kehrte Lotte ins Café zurück. Hinter ihr spazierte plötzlich Erich herein, als wäre nichts, und griff in die Lade mit den Zigaretten. Lotte erzählte ihm von Doktor Bonavidas Rat.

»Du warst bei ihm?« Aus schmalen Augen sah er sie an, während er eine Zigarette zwischen die Lippen steckte.

»Du gehst ja nicht hin«, versetzte Lotte.

»Das ist unglaublich.« Erich riss das Streichholz an. »Was nimmst du dir heraus? Bevormundest du mich?« Er hielt die Zigarette in die Flamme, nahm einen tiefen Zug, stieß den Rauch wieder aus, warf das Streichholz auf den Boden, trat darauf und stürmte wieder hinaus.

101

Etwas in ihr musste es einfach tun. Der Hunger ließ sich nicht anders mehr lindern.

»Wir brauchen Äpfel«, erklärte Lotte nach einer weiteren Nacht, in der sie und Erich sich angeschwiegen hatten. Jetzt beim Frühstück wollte sie etwas sagen, irgendetwas, das die Stille zerbrechen konnte. Ihr war nach Schreien, nach dem Werfen von Gegenständen, um Erich irgendwelche Reaktionen zu entlocken. Aber diesen Wunsch unterdrückte sie.

»Äpfel?« Er rührte wie so oft in seiner Kaffeetasse, zumindest rauchte er in der Wohnung nicht.

»Ja. Die richtigen. Die von daheim.«

Lotte kam sich vor wie ein Papagei aus dem Zoo. Immer bemühte sie sich um Worte, interessierte sich für ihn, stellte Fragen, versuchte, sich einzufühlen. Aber von ihm kam nichts. Einfach nichts.

»Und die gibts in Wien nicht? Die Geschäfte sind doch jetzt voll mit Waren«, fuhr er fort. »Soweit ich es beim Spazierengehen gestern wieder gesehen habe, mangelt es an nichts.«

»Die guten Äpfel gibt es nur in meiner Heimat.«

Heimat, was für ein Wort. Die Nazis hatten den Ausdruck kaputt gemacht. Und Lotte selbst wusste nicht mehr, wo ihre Heimat war. Wo sie hingehörte. An den Traunsee? Nach Wien?

»Du machst einen Witz, Lotte.« Erich knallte die Tasse auf den Tisch.

»Nein. Die richtige Sorte für Apfelstrudel ist die, die wir daheim anbauen. Die säuerlichen, du weißt doch.«

»Hmpf.«

»Dir schmeckt der Strudel auch.«

»Hmpf.«

»Fahr mit, Erich.«

»Wozu?« Er spreizte die Hände.

»Willst du nicht?«

»Nein.«

»Und warum nicht? Ich habe dir nie meine Heimat zeigen können.«

»Ich bin genug unterwegs gewesen für den Rest meines Lebens, Lotte, glaub mir.«

»Tut mir leid, Erich.«

»Aber du fahr nur.« Auf seinem Gesicht lag jetzt ein Lächeln. War es resigniert? Oder was anderes? Ein Stück Hoffnung für sie? »Fahr nur in deine Heimat.«

»Mach ich. Wenn wir ein Auto kaufen würden, könnte ich noch mehr von den Äpfeln mitbringen. Oder andere Sachen.«

»Unnötig. Was das wieder kostet.« Erich stand auf. »Und gefährlich ist es auch.«

»Aber …«

»Wann willst du fahren?«

»Morgen.«

»Gut. Der Konrad und ich werden das Kind schon schaukeln.«

Lotte zuckte zusammen. Niemand von ihnen hatte das Wort »Kind« je wieder in den Mund genommen seit damals.

»Ja, das denke ich auch«, sagte sie schließlich, obwohl sie sich nicht so sicher war. Konrad war ein patenter Mitarbeiter, und Erich musste dann wenigstens mal richtig anpacken. Vielleicht gewöhnte er sich so wieder daran.

»Ich bleibe ein oder zwei Nächte, wir werden sehen.«

»In Ordnung.«

102

Überrascht packte Lotte ein paar Sachen. Sie war froh, dass Erich ihrer Reise so schnell zugestimmt hatte, ein neuer Streit hätte ihr alle Nerven geraubt. Aber es machte sie auch noch trauriger, so war ihre Beziehung nicht wirklich eine.

Am nächsten Morgen nahm sie den Zug nach Oberösterreich. Die Bahn fuhr ja wieder schön regelmäßig nach Fahrplan. Vor dem Fenster flog die Landschaft vorbei, der Wienerwald, dann die weiten Ebenen mit den Feldern, alles kahl, braun unter einem tief hängenden grauen Himmel. Schnee gab es in Niederösterreich nicht. Und jedes Mal diese Ruhe, diese Gelassenheit, dass sie ohne Kontrollen bis nach Hause durchfahren konnte. Was für eine Wohltat! Keine Angst, keine außertourlichen Halte auf freier Strecke mehr. Ein warmes Abteil, eine Semmel als Jause und der Blick in friedliche Landschaften.

Erst als sie sich dem See näherten, rissen die Wolken auf, die Sonne spitzte hervor, ließ weiße Flecken auf den Wiesen aufblitzen. Vertraut, ach so vertraut. In Gmunden, dem ersten Halt, stiegen bereits viele Fahrgäste aus, mit ihr in Altmünster waren es auch noch genügend Menschen. Lotte strebte mit der Menge über den rutschigen, nassen Bahnhofsvorplatz, vorbei an den Schienen. Sie drängte voran, obwohl sie eigentlich keine Eile hatte. In der Menge sah sie amerikanische Uniformen.

Das war ja Richard!

So schnell hatte sie nicht damit gerechnet, ihn zu sehen.

Zumal sie kein Treffen vereinbart hatten, seit dieser Geist namens Erich in Lottes Leben gekommen war.

Wie von selbst winkte ihre Hand.

Lässig kam Richard auf sie zugeschlendert, er trug seine Ausgehuniform. »Das ist aber eine Überraschung! Ich habe dich ewig nicht gesehen.«

Sie strahlte ihn an, bemerkte etwas, das hinter seinem Lächeln lauerte. Es wirkte angespannt. Lotte wich ein Stück zurück, obwohl die Sehnsucht, ihn zu berühren, ihn zu spüren, überhandnahm.

»Stimmt. Bist du zufällig hier?«, fragte sie ihn.

»Viele *boys* reisen ab. Für immer. Ich hab sie verabschiedet.« Er strich sich über das sonnengebleichte Haar. »Wir werden immer weniger hier in *Austria*. Wie geht es dir, Lotte?«

Zitterte seine Stimme?

»Muss gehen.« Sie stockte. »Können wir irgendwo reden? In Ruhe, meine ich?«

Seine Augen wurden groß, dunkel, ihr Ausdruck wechselte mehrmals, sie war sich nicht sicher, was sie darin lesen konnte. Lag in ihrem Gesicht nicht auch alles, was sie fühlte, was sie ersehnte? War es nicht immer so gewesen zwischen ihnen?

Richard nickte, ganz ernst.

»Bei mir vielleicht?«, wagte sie einen Vorstoß.

Prüfend war sein Blick auf sie gerichtet, wanderte über sie hin, als würde er etwas suchen. Aber was? »Möchtest du das?«

Sie atmete schwer aus und ein. Wie bei ihrer ersten Verabredung flog die Aufregung in ihr herum, machte ihr die Kehle eng. Diesmal war die Nervosität weniger positiv. Sie spürte auch in ihren Wangen Anspannung. Und in den Schultern sowieso. Und wieso sah sie sich hier nach anderen Leuten um?

»Ich möchte das, ja«, brachte sie rau hervor. »Sehr, sehr gerne möchte ich das.« Wieder musste sie durchatmen, wieder erleichterte sie das nicht.

Jetzt strahlte er. »Na, dann komm. Ich hab den Wagen da. Willst du ans Steuer?« Fröhlich griff er nach ihrer Hand.

»Äh, ich … bin wohl …«

… zu aufgeregt, lag ihr auf der Zunge.

»… aus der Übung«, meinte sie schnell.

»Verstehe.«

Der Jeep stand verlassen als einziger Wagen da. Richard öffnete ihr die Beifahrertür. »Bitte sehr, Fräulein.«

Die Fahrt, ein Rausch. Draußen hätte sich die Landschaft in eine Wüste verwandeln können – es wäre ihr nicht aufgefallen.

Dann ihr Häuschen. Die Tür hinter ihnen. Ihre Hand am Türschloss. Verriegeln, alles und alle draußen lassen. Es war von Anfang an unvermeidlich gewesen. Sie fielen sich in die Arme. Küssten sich, als würden sie sonst verhungern, und irgendwie war es so. Das war es, was sie brauchte. Was sie so sehr vermisst hatte. Diese Nahrung, ohne die sie bald gestorben wäre. Es war unvermeidlich. Zum Überleben notwendig. Nach Hause kommen.

Berühren und berührt werden. Warme Haut spüren. Einen anderen Körper, der sich hingab, der lebte und intakt war, unzerstört. Weich und nicht knochig. Lotte merkte, wie sie verglich, wie sie im Geist nicht hier war. Umso heftiger küsste sie Richard, berührte ihn überall. Heiß war ihr, und dann war sie nur mehr hier. Er berührte sie, erregte sie, bis sie es kaum noch aushielt, nur um sie dann herumzudrehen und anzusehen. Sie versank in seinen Augen, diesen wunderschönen grünen Augen. Etwas lag darin, das sie nicht recht zu deuten wusste.

Sie gab sich hin, mit allem, was sie war, was sie hatte. Herz und Geist und Körper.

»Du bist die Frau meines Lebens.« Seine Stimme klang rau und immer noch erregt. »Dass ich zwei Kontinente und einen Ozean überqueren musste, um dich zu finden, ist unglaublich.«

Seine Worte übertrugen sein Zittern auf sie.

»Ich bin vor allem eine verheiratete Frau«, versetzte Lotte.

Sie atmeten beide noch schwer.

»Mein Mann ist zurück«, fuhr sie fort.

»Jetzt noch? Das gibts ja nicht.« Schlagartig verblasste sein Lächeln. Er rieb sich mit der Hand übers Gesicht.

»Ist aber so.«

»Und das heißt …?«

Wenn sie das nur wüsste …

Trotzdem verabredeten sie sich später wieder. Weil Lotte nicht anders konnte. Weil sie ihn wollte. Und er sie.

Wie sollte das alles wirklich weitergehen?

103

Wien wurde von grauem Nebel fast verschluckt. Kaum hatte Lotte die Bahn verlassen, schwappte das nasse widerliche Zeug über ihr zusammen und vermischte sich mit dem Rauch der

Lok. Die Luft roch feucht und nach verdorbenen Waren. Sie schleppte ihre Taschen mit den Äpfeln zur Haltestelle der Tramway, wartete im Freien, weil das kleine Wartehäuschen voll war. Sie stellte die Taschen ab und lockerte ihre Arme, behielt aber alles im Auge. Eigentlich war es ja wirklich ein Unding, so weit wegen der Äpfel zu fahren. Doch ihr Geschmack war ein Stück Heimat für sie. Und ihr Hunger war gestillt worden, jener Hunger, der nichts mit Essen zu tun hatte. Sie zog den Schal enger um den Hals und gab sich der Erinnerung an die Berührungen Richards hin. Unwillkürlich lächelte sie, als sich mit dem Gedanken Wärme in ihr ausbreitete.

Klingelnd fuhr eine Straßenbahn in die Station ein. Die Leute liefen hektisch zum Einstieg, der Waggon füllte sich schnell. Die Schaffnerin neben der hinteren Tür kontrollierte mit strenger Miene die Fahrscheine, die Leute gingen weiter ins Wageninnere vor. Im letzten Moment sprang noch ein Fahrgast auf. Lotte erschrak – Erich! Er drängte sich an der Schaffnerin vorbei, die irgendwas sagte, er legte eine Münze hin, nahm schon im Weitergehen den Fahrschein.

Lotte winkte ihm an den anderen Fahrgästen vorbei zu. Er nickte ihr zu, wollte an ein paar Leuten vorbei, ein älterer Mann schimpfte etwas über junge Männer, die keine Manieren hätten. Erich kämpfte sich dennoch zu ihr durch.

»Was machst du denn hier?«, fragte sie verblüfft.

Die Tramway fuhr quietschend an, er suchte schnell einen Haltegriff. »Du hast gerade so entrückt gelächelt, Lotte«, meinte er statt einer Antwort. »Worüber?«

»Nur so.« Sie sah ihn an, blickte in seine grauen Augen, auf die kurzen, struppigen Haare, die ihre Farbe verloren hatten. Wie sein Gesicht. Wie ihr gemeinsames Leben. Wie hatte sie je denken können, er sähe einem Schauspieler ähnlich? Die ganze Weichheit war verschwunden. Zurückgeblieben war ein kaputter, verbitterter Mann. Sie wandte den Blick ab.

»Sah mir nicht so aus«, meinte er.

Die Tramway fuhr um eine Kurve, warf Erich gegen sie.

»Sag mal, spionierst du mir nach?«, fragte sie ungehalten.

»Und wenn? Hast du was zu verbergen?«

»Das ist aber unhöflich, junger Mann«, schimpfte der Alte von vorhin. »Eine Dame so was zu fragen!«

»Ich wollte auf dem Bahnhof auf dich warten«, sagte Erich schließlich. »Und dir beim Tragen helfen«.

»Na endlich, so wird das vielleicht was«, kam es von dem Alten.

»Schon gut, Erich, aber ich kann das allein. Habs bisher auch geschafft, jahrelang, als du nicht da warst.«

»Aber, junge Dame ...«,mischte sich der Alte weiter ein.

»Und überhaupt – warum hast du nicht am Bahnsteig nach mir Ausschau gehalten?«

Erich zuckte die Achseln. »Hab ich doch, aber ich hab dich nicht bemerkt.«

»Dann hab ich dir also unrecht getan«, gab sie schließlich zu. »Komm, wir müssen umsteigen.«

»Ein Rat«, rief ihnen der Alte nach, »vertragt euch! Ihr habt einander wenigstens.«

Lotte nickte. Wie recht er hatte.

Sie verließen die Tramway gemeinsam mit vielen anderen. Erich schnappte eine der Reisetaschen. Die andere Linie fuhr an der gleichen Station ab, wie angenehm, dass sie fuhren, dass sie nicht alles zu Fuß nach Hause schleppen musste. Stumm standen sie nebeneinander im Nieselgrau und warteten, ebenso stumm zwängten sie sich in die Tramway zwischen die vielen anderen Menschen. Und stumm gingen sie von der Station am Ring nach Hause. Ein Durcheinander war das in ihr! Lotte konnte kaum einen Gedanken festhalten.

Der Schlüssel fiel ihr klirrend vor der Wohnungstür aus der Hand. Endlich steckte er im Schloss. Hinein ins Trockene, in die Wärme. Wie froh sie war, dass es wieder genügend zu heizen gab! Sie putzte die Schuhe an der Türmatte ab und trat ein.

»Warte«, sagte Erich plötzlich und schob sich an ihr vorbei. »Bleib hier stehen, bitte.«

Irgendein Geruch wehte da heran, einer, der ihr bekannt vorkam.

»Mach die Augen zu.« Seine Stimme war mit einem Mal samtig-weich, fast wie früher, wie ganz früher. In einer mondhellen Nacht im Stadtpark. Oder in einem Boot im Prater.

Sie tat wie geheißen und atmete tief ein. Er nahm ihre Hand in seine, seine knochige, raue Hand, und führte sie ein paar Schritte. Komisches Gefühl. Das Vorzimmer. Der Geruch wurde stärker. Die Küche?

»Sind wir in der Küche?«

»Ja.« Erich drückte ihre Hand fest. Seine andere lag vor ihren Augen. »Ich weiß, es war in letzter Zeit nicht immer einfach mit mir«, wisperte er ihr ins Ohr. »Deshalb habe ich …« Er stockte, räusperte sich, seine Hand drückte etwas fester. »Ich habe etwas für dich. Eine Überraschung. Du darfst die Augen aufmachen.« Er löste die eine Hand von ihren Augen, behielt ihre in seiner anderen Hand.

Lotte starrte auf das, was vor ihr stand. Etwas schief, unregelmäßig und dunkel, aber eindeutig …

»Eine Sachertorte!«

»Magst du gleich probieren?« Aufgeregt sah er sie an, sein Blick wechselte zu Unsicherheit.

Sie nickte. Sie wollte zu ihm, ihn umarmen, zwinkerte. Er griff mit zitternder Hand nach einem Messer neben dem Kuchen. Sie ließ ihn tun, in ihrer Kehle saß etwas, das sie nicht loswurde – es war alles zu viel. Zu viel für einen Tag.

Sie setzte sich an den Tisch, an dem sie so oft stumm gefrühstückt hatten, und sah zu, wie er ein Stück absäbelte, formvollendet auf ein Teller legte und es ihr unter die Nase hielt. In seinen Blick konnte sie eintauchen, eintauchen wie damals. Vielleicht wurde doch noch alles gut. Zwischen ihnen. Irgendwie.

Sie betrachtete die schmutzigen Arbeitsflächen, das Durcheinander, Zuckerbehälter, offene Deckel, ein Salzstreuer, Mehlstaub auf dem Boden.

Erich setzte zum Reden an, doch sie schüttelte den Kopf. Stattdessen öffnete sie den Mund. Er brach ein Stück ab und fütterte sie. Der Schokoladengenuss ließ sie alles vergessen – für den Moment.

104

Silvester 1954/55

Zum Jahreswechsel organisierte Lotte einen Maskenball im Café. Bunte Girlanden, Papierschlangen, Konfetti – alles war verfügbar, alles war vorhanden. Es war wie früher. Sie waren wieder wer, sie waren wieder Menschen. Auch wenn sie als Österreicherinnen und Österreicher nicht selbst bestimmen durften, weil die Alliierten immer noch das Land kontrollierten.

Vielleicht würde so ein Fest sie auf andere Gedanken bringen. Allen tat Abwechslung gut. Mithilfe von Erich, Evi und Max baute Lotte ein Buffet auf. Auch die jugendliche Marianne half einigermaßen bereitwillig. Sie trug ihren Lumberjack, ein rot kariertes Holzfällerhemd zur hautengen Hose, hatte ein neues Transistorradio mit und schnappte sich eine Flasche Coca-Cola, was zum Unmut ihres Vaters führte. Zwischen dem Mädchen und ihren Eltern gab es ziemliche Turbulenzen. »Grad dass sie überhaupt mitgekommen ist«, schimpfte Max, »sie bevorzugt ja ihre Schlurfs!« Max' Meinung nach waren das schlampig gekleidete, meist langhaarige Jugendliche, die auf den Straßen herumhingen, statt fleißig zu sein. An diesem Abend machte das Kind eine Ausnahme für Familie und Freunde. Wenn Lotte das Mädchen und ihre streitbare Energie beobachtete, fühlte sie sich mit ihren sechsunddreißig alt.

Es gab kalte Platten mit mehreren Sorten Wurst und Käse, Brot, Gebäck, Wurstsalat, gefüllte Eier und sogar Fischfilets. Jede Menge Bier und Wein, der weiße eingekühlt.

Max tanzte gerade mit der jungen Adele, die ihn mit scheuem Blick ansah. Alles war damals gut gegangen.

»Er hat wieder Arbeit«, erzählte Evi währenddessen Lotte an der Theke, wo sie ihr half, Gläser mit dunklem Rotwein zu befüllen. »Sein ehemaliger Chef hat ihn wieder eingestellt. In der neuen Firma.«

»Soso, dank ihr?« Lotte deutete zu der jungen Frau.

»Mag sein.«

»Hoffentlich geht für ihn alles gut.«

»Aber ja. Du siehst zu schwarz, liebe Lotte. Komm«, sie griff nach zwei Gläsern Weißwein und gab eines Lotte. »Auf unsere Freundschaft und dass das Leben wieder gut ist!«

War es das? War es das wirklich?

Sie prosteten sich zu und tranken. Lotte war als Katze verkleidet, ihr Mann hatte zunächst widerwillig einen schwarzen Papierzylinder aufgesetzt und sich etwas Asche auf die Wangen gemalt, er gab einen Rauchfangkehrer. Immer mehr Gäste strömten herein. Die Rauchwölkchen wurden mehr, Musik spielte, Lotte hatte das Grammophon mit weiteren Platten bestückt, fröhliche Klänge, viel Swing, dazu Boogie, den sie fast noch mehr liebte.

Und da feierten sie dann alle, die ganzen Stammgäste. Leider aber nicht der Kommerzialrat Neumayr, der zum Genossen geworden war in Russland, und auch nicht der Doktor Weißberg, der sich 38 aus dem Fenster gestürzt hatte. Alle anderen wirkten wie die reinste Vorkriegsgesellschaft. Der Krieg saß ihnen hinter den Augenklappen, in den fehlenden Beinen, in den zitternden Gliedern, in den weißen Haaren sowieso, aber sie redeten nicht darüber. Niemand tat es. Es war, als gäbe es wieder die Welt von vorher, als könnten sie sich die fehlenden

Körperteile anschminken, die Haare bunt denken und nahtlos an das letzte Friedensjahr anschließen. Als noch nicht so viele Menschen geschlagen, zerschossen, enthauptet oder behindert gewesen waren, verschwunden, emigriert oder komplett verändert. Dass damals alle gehungert hatten und keine Arbeit fanden, verschwiegen sie sogar sich selbst.

»Weiß man eigentlich, was aus dem Obersturmführer Thoma geworden ist?«, fragte Lotte in eine Runde Herren mittleren Alters, als sie ihnen eine weitere Karaffe Wein brachte.

Die Männer erstarrten geradezu.

»Nicht? Irgendjemand muss doch von ihm gehört haben«, meinte sie.

Der Älteste fing sich als Erster. »Möchten Sie tanzen, Frau Lotte?«, fragte er statt einer Antwort.

»Eigentlich hab ich zu tun«, murmelte sie. »Das sehen Sie ja.«

»Na, kommen Sie schon. Es können sich alle selbst am Buffet bedienen.«

»Also gut, wenn es Ihnen Freude macht.«

Der Hofrat ließ sich von Lotte die Boogie-Schritte zeigen. »Ich kenne nur Walzer«, meinte er entschuldigend. »Meine Frau …«

Er stockte. Die Gattin des Hofrats war im Bombenhagel verschüttet worden. Tragische Geschichte, über die man aber auch nicht reden durfte.

Der Hofrat hatte sich gleich wieder gefangen. »Sie sehen großartig aus, Frau Lotte«, meinte er galant. »Wie immer.«

»Danke.«

Andere kamen ebenfalls herbei und wollten die Tanzschritte lernen. Ullmann löste den Hofrat als Lottes Tanzpartner ab. Weiterging es, und es begann Spaß zu machen, während alle eifrig lernen wollten.

Richard müsste hier sein.

Richard würde die Schritte besser erklären können.

Lachend zeigte sie immer mehr vor und wirbelte mal mit dem einen, mal mit dem anderen zwischen Theke und Tischen herum.

Auch Evi und Max tanzten, und ihre Tochter Marianne steckte mittendrin in der Gaudi. Lotte fing einen Blick von Erich auf und lachte ihm zu. Evis Max wollte mit Lotte tanzen, dafür schnappte sich die Freundin den Hofrat als Tanzpartner. Das Gelächter wurde immer lauter, schriller, nicht alle waren wirklich der Sache gewachsen. Immer wieder stießen Leute zusammen, was neues Gelächter ergab.

Alle schwangen mit Lotte das Tanzbein, zumindest kurz. Alle bis auf Erich. Jedes Mal wenn sie nach ihm Ausschau hielt, wollte jemand etwas, und sie kam nicht dazu.

»Was für eine Negermusik«, brüllte plötzlich jemand von der Tür her, übertönte Musik und Stimmen.

Lotte ließ ihren Tanzpartner los.

»Sagt wer?«, rief sie und bahnte sich einen Weg durch die Menge. An der Tür war Gedränge entstanden.

»Stimmt doch! Unterm Führer hätt's das net 'gebn!«, schimpfte ein Mann, der von weiteren umringt wurde. Sie alle blockierten die Eingangstür.

»Reden Sie nicht so abfällig!«, wies Lotte ihn zurecht. Max, Ullmann und andere waren ihr nachgekommen. Die Platte war zu Ende. »Ich kenne …« Sie unterbrach sich. »Ich kannte mal einen Schwarzen. Es sind Menschen wie wir alle.«

»So.« Der Bullige verschränkte die Hände.

»Kommen Sie.« Ullmann schob sich nach vorne. »Das ist eine private Feier, Sie gestatten?« Er schloss die Eingangstür vor der verdutzten Truppe. Lotte sperrte ab und ließ den Schlüssel von innen stecken.

Kurz vor Mitternacht traten alle hinaus vor die Tür, um das alte Jahr zu verabschieden und auf die Pummerin zu warten, die das neue einläuten würde. Nach dem Krieg hatte die Glocke im Steffl lange geschwiegen. Dass sie wieder da war, aus den Trümmern der alten Glocke neu gegossen, hatte symbolischen Charakter für das ganze Land. Man war wieder wer. Man lebte, hatte zu essen und seine »Heiligtümer«. Die Dinge waren repariert, in Ordnung, das meiste funktionierte. Wie das Leben. Das Leben der meisten zumindest.

Lotte betrachtete den rötlichen Himmel, der vermutlich Schnee ankündigte. Die Erinnerung an jenen anderen Jahreswechsel von 1938 auf 1939, flog durch sie hin wie eine geisterhafte Szene. So viel hatte sich verändert, seit sie die Schwangerschaft unterbrechen hatte lassen. Immer noch war sie mit ihrer Entscheidung in Frieden. Sie war richtig gewesen. Wie damals war ihr auch heute alles zu laut, zu schrill. Und dann das vergangene Jahr! Was war alles geschehen! Erich war zurückgekommen, als sie es nicht mehr für möglich gehalten hatte. Trotzdem hatte sie Richard wiedergesehen. Wie würde es weitergehen? Was würde das neue Jahr bringen, 1955 …?

»Freiheit«, meinte der Hofrat neben ihr. »Im neuen Jahr jagen wir die Besatzer endlich aus dem Land!«

»Ihr Wort in Gottes Ohr!«, schrie eine schrill geschminkte Frau an seiner Seite und warf ihr Glas in die Luft wie die Russen.

»Glauben Sie wirklich, dass das passiert?« Mit ihnen würde auch Richard abgezogen werden. Richard mit den restlichen Kameraden aus Amerika.

Die Stimmen wurden lauter, jemand hielt eine Taschenuhr hoch und zählte laut von zehn herunter. Dann die Glocken. Menschen fielen sich in die Arme, Küsse wurden getauscht. Prosit-Rufe tönten durch die Nacht, überall wünschten einander Leute Glück im neuen Jahr. Lotte sah sich nach Erich um, er stand in der Tür wie ein ferner Gast, der nicht dazugehörte. Sie ging zu ihm, legte eine Hand auf seinen Arm, beugte sich zu ihm. Er gab ihr einen schnellen Kuss auf die Wange und löste sich wieder. Sie spürte den rauen Lippen auf ihrer Haut nach. Andere Leute drängten zu ihr, auch der Hofrat wünschte Prosit, und auf einmal hatte sie Erich aus den Augen verloren. Die Feier setzte sich drinnen fort, es wurde eifrig gegessen und getrunken, die Umsätze waren hervorragend. Im allgemeinen Trubel und Gescherze schien die Distanz zwischen den Eheleuten Schwarz kaum aufzufallen.

105

Neujahrsmorgen 1955

Es war schon fast Morgen, als das Ehepaar Schwarz das Café als Letzte verließ. Sie hatten nur das Nötigste von der Silvesterfeier weggeräumt, am ersten Jänner sperrten sie in diesem Jahr gar nicht auf. Und zum ersten Mal würde sich jemand anderer um das Putzen kümmern. Mariella aus Italien. Das wollte sich Lotte leisten. Es gab genügend zu tun, und die Einnahmen fielen gut aus. Jetzt freute sie sich auf zwei freie Tage, denn ihr wöchentlicher Ruhetag folgte am Tag nach Neujahr.

In den Gassen war es mittlerweile still geworden, nur vereinzelt waren ein paar späte Heimkehrer unterwegs, manche kicherten albern, bunte Girlanden wurden vom Wind herumgeweht. Die Müllmänner waren bereits unterwegs, kehrten die Straßen und leerten die Mistkübel.

Erich ging wie ein Schatten neben Lotte her. Wann würden sich ihre Welten endlich berühren?

Vor dem Haustor schob Lotte mit der Schuhspitze eine Glasscherbe aus dem Weg Richtung Rinnsal. Dann stockte sie, ihre Schuhe waren neu, hoffentlich hatte sie sich nicht gleich die Sohle damit ruiniert. Ein schneller Blick – Glück gehabt. Auch wenn es wieder Schuhe zu kaufen gab und sie sich auch welche leisten konnte, wäre es doch schade gewesen, sie zu ruinieren.

Erich sah stur geradeaus. Sein Gesicht war nicht mehr ganz so mager wie bei seiner Rückkehr. Lotte schloss auf und hinter ihnen wieder zu. Dasselbe oben an der Wohnungstür.

Drinnen tastete sie nach dem Lichtschalter, da spürte sie Erichs Arm um ihre Taille, seinen Atem an ihrer Wange.

»Halt, was hast du, lass mich erst Licht machen.« Wieder erreichte sie den Schalter nicht.

Im Halbdunkel spürte sie mehr als sie sah, wie nah Erichs Gesicht war. Sie roch seinen Atem, der jetzt immer nach Zigaretten roch, sein herbes Rasierwasser. Er begann, sie heftig zu küssen, fummelte an ihrem Busen herum.

»Hör auf, bitte.«

»Was ist, das wolltest du doch«, brummelte er. »So, wie du dich gibst, beim Tanzen und auch sonst …«

Sie schnupperte – roch er nach Alkohol? Nein, so was wäre ihr auch aufgefallen vorher.

»Du bist meine Frau, Lotte.« Seine Hand knetete ihre Brust. »Oder willst du mich nicht?«

War er verrückt geworden? So ein plötzlicher Umschwung in seinem Verhalten? Sie roch etwas anderes als Alkohol. Schweiß.

»Aber nicht so«, brachte sie hervor.

Der Schlüssel fiel ihr aus der Hand. Der Knall, als er auf dem Boden aufkam, ließ sie beide zusammenzucken.

»Und außerdem will ich kein Kind mehr.«

Erich ließ sie so abrupt los, dass sie ins Taumeln kam.

»Ich bin zu alt dafür.«

Und zu müde.

Das sprach sie allerdings nicht aus.

Was war heute los? Er näherte sich ihr sonst so gut wie nie, wich ihr sogar aus, wo es ging, was also war jetzt in ihn gefahren?

»Entschuldige, Lotte.« Er strich sich mit beiden Händen über sein schmales Gesicht und machte einen Schritt nach hinten. Dabei stieß er an die Wand, und das Bild seiner Mutter fiel auf den Boden.

Jetzt tat er ihr wieder leid. Sie streckte eine Hand aus, um seine Wange zu berühren, doch er verschloss sich und wurde der übliche distanzierte Fremde, der seltsamerweise ihr Zuhause mit ihr bewohnte.

106

Ein neues Jahr.

Wieder einmal.

Was mochte es bringen?

Als Erstes einen Besuch bei Richard in Oberösterreich. In vollem Bewusstsein hatte sie Erich angelogen mit der Behauptung, wieder Lebensmittel besorgen zu müssen. Erich hatte nur genickt. Zu gern hätte sie gewusst, was wirklich in ihm vorging.

Sie saßen sich am Frühstückstisch gegenüber, jeder ein Ei vor sich, frische Semmeln, duftender Bohnenkaffee. Man hätte glücklich sein können.

Aber da fehlte etwas.

Etwas Wesentliches.

Deshalb ihre Entscheidung.

Sie stahl sich davon, zum Zug, nach Oberösterreich. Um den anderen Hunger zu befriedigen.

»Happy new year«, flüsterte sie, während Richard ihr Ohr küsste.

So waren Küsse, die den Namen verdienten.

So sollte das sein.

Die Nähe, die Vertrautheit.

Sich einlassen. Fühlen. Spüren.

Statt sich immer zurückzuziehen, niemanden an sich heranzulassen.

Ich bin eine schamlose Frau.

Eine schamlose Frau, die ihren Mann betrügt.

Mit dem Feind.

Aber sie fühlte sich beim besten Willen nicht schamlos. Ganz und gar nicht. Sie fühlte sich genau richtig, auf dem richtigen Platz.

»Mein Mann macht mich wahnsinnig«, flüsterte Lotte, als sie erhitzt und zufrieden auf dem Bett lagen.

Sie sprach sonst nicht zu diesem Mann vom anderen Mann. Vom ehrbaren Ehemann. Das gehörte sich nicht, das machte nur böses Blut.

»Du solltest ihn verlassen, Lotti, *darling.* Verlassen und mich heiraten.« Richards Stimme war zu einem Flüstern geworden.

Er glitt aus dem Bett, fiel davor auf die Knie, nackt und erhitzt, wie er war, nachdem sie einander geliebt hatten.

»*Marry me*, Lotte Schwarz.« Bei den letzten Worten hatte er wieder einen Akzent, wie er es früher gehabt hatte.

Lotti Schwoarz, so klang es.

»Heiraten?« Sie runzelte die Stirn. »Was habt ihr nur alle mit dem Heiraten?«

»*Come on. Marry me.*« Seine Hände strichen über ihre Beine. Streichelten über die Haut an den Innenseiten, die so empfänglich war, wühlten sie auf.

»Aber so, wie es jetzt ist, ist es doch fein.« Sie zog ihre Beine ein Stück weg. Die Hitze drohte sie zu verbrennen.

»*Come with me.* Lotti, bitte. Nach Hause. *Come home to me.*« Er umschlang ihre Beine und sah sie aus brennenden Augen an. »Es wird nicht mehr lange dauern, dann werden unsere Truppen von hier endgültig abgezogen.«

»Aber …«

»Die Verhandlungen sind weit fortgeschritten. Du kannst

mitkommen, Lotti. Dein Mann macht dich doch nicht glücklich.«

So, jetzt waren sie also so weit, in der Rivalität zwischen den Männern. Wenigstens wusste bisher nur Richard von Erich, aber Erich nicht von Richard. Hoffentlich. Lotte fror plötzlich. Erich war vor dem Gesetz ihr Mann. Er konnte ihr alles wegnehmen aufgrund ihrer Untreue. Er konnte sich scheiden lassen, sie würde das Café verlieren, ihre Arbeit.

Und dann?

Ja zu Richard sagen?

Wie es wohl wäre, mit ihm zusammenzuleben? In seinem Land? Alles hier hinter sich zu lassen, ihre Heimat, ihren Ehemann, nicht zuletzt ihre Muttersprache. Sie suchte nach einem Bild von sich selbst in Amerika. Wie sie auf Englisch ihren Alltag lebte. Als was würde sie arbeiten? Wo würden sie leben?

»Wie soll das gehen?«

»Ganz einfach. Du bist bei mir.« Er lächelte, aber sie spürte, wie das Lächeln zu kippen drohte. Seine Kiefer bewegten sich angespannt.

»Für euch ist das alles so einfach, was?« Sie beugte sich näher zu Richard. »Ihr Amis kommt hierher, und alles ist *easy*.«

»Nein, Lotte. Du tust mir unrecht. Ich verstehe, dass es ein großer Schritt für dich ist, mit mir nach Amerika zu ziehen.«

»Das ist es in der Tat.« Wieder der Versuch, ein Bild von sich in Amerika zu sehen. »Aber ich bin keine Amerikanerin.«

»Du kannst es werden. Wie meine Tiroler Oma.«

»Und mein English …«

»*Your English is great!* Das vervollständigst du nach und nach. Dir wird das leichtfallen. Du hast auch bisher leicht gelernt.«

»*Da* hast du es, du ewiger Sunnyboy. Kann nicht so schwer sein. Denkst du.«

»*Sorry, darling.*«

»Schon gut.« Sie streichelte seine Hand, wie sie es so oft getan hatte. Sie liebte diese Hände, die immer so freundlich zu ihr gewesen waren. Nie ging Böses von ihnen aus. Er verschaffte ihr Lust, Befriedigung und Nähe.

»Es war doch gut, wie es bis jetzt war, oder?«, fragte sie.

Sie sah, wie Richard heftig schluckte. »Es war gut. Aber ich will nicht der zweite Mann in deinem Leben sein.«

»Aber …«, begann sie.

»Bitte, Lotti. Ich will nicht der sein, der wartet, dass er einen begrenzten Zeitraum in deinem Leben zugewiesen bekommt. Der auf die Brösel deiner Gefühle warten muss.«

»Aber wir waren nie lange oder gar ständig zusammen.«

»Bis vor Kurzem war dein Mann nicht da. Niemand hätte mehr an seine Rückkehr geglaubt, das hast du selbst gesagt.«

»Stimmt.«

»Jetzt wäre ich deine zweite Wahl. Der Lückenbüßer. Das ist was anderes. Und das will ich nicht sein.«

»Ach, Richard.«

»Es ist mir nicht mehr genug, Lotti. *I love you.*« Seine Augen, seine so wunderschönen Augen schimmerten feucht.

»Ich versteh dich ja.« Gleich würden auch bei ihr die Tränen fließen. In der Kehle saß etwas, das sie nie wieder hatte spüren wollen. Hatte sie nicht schon genug geweint in diesem Frauenleben? Geweint und getrauert um Gisi und um Erich, um das nie geborene Kind und ihre Mama und Papa und … um die Zeit, die vergangen war sowieso. Und die Illusionen. Vom Glück. Nichts war gekommen, wie sie es erwartet hatte.

»Und wenn du hierbleibst, Richard? Wien, die Stadt der Musik, ist das nichts?«

»Ich bin kein Kellner in deinem *coffeehouse.*« Richard schüttelte den Kopf. »Ich will nach Hause.«

»Ich muss darüber nachdenken, Richard«, flüsterte Lotte und spürte eine Lähmung in all ihren Gliedern und gleichzeitig, wie alle an ihr zogen und zerrten. Was tun? Was denken? Was fühlen vor allem?

107

In der nächsten Zeit bemühte sich Lotte darum, sich vor Erich nichts anmerken zu lassen. Während sie ihrem Alltag im Café Schwarz nachging, kreisten Lottes Gedanken und noch mehr ihre Gefühle beständig um Richard und seinen Wunsch, seine Frage. Konnte sie all das hier zurücklassen? Die Gäste, ihre Küche, das Kuchenbacken? Traurig und prüfend zugleich blickte sie sich immer wieder um. Wahrscheinlich sah man ihr eh alles an, egal was sie tat. Dafür bewegte sie das Thema zu sehr. Erich wäre ein Dummkopf, wäre er nicht auf einer Spur.

Im Moment sprach man in der Öffentlichkeit nur über ein Thema: Das Land sollte endlich wirklich frei werden, wieder Herr im eigenen Haus sein dürfen. Die Verhandlungen für einen Staatsvertrag in Moskau waren geglückt, angeblich dank Österreichs Außenminister Figl, der trinkfester sein sollte als seine sowjetischen Verhandlungspartner. Dass die Russen bei dem sauren Wiener Wein Kopfweh bekamen, konnte sich Lotte leicht vorstellen, aber ob Figl den als Gastgeschenk mitgenommen hatte …? Nun sollten die letzten Besatzungstruppen aus dem Land abziehen. Und das hieß: Auch Richard würde gehen. Bald schon. Lotte musste zu einer Entscheidung über ihre Zukunft kommen.

Seit ihrem Treffen dachte sie ständig an ihn, spürte der Ekstase nach, die sie immer und immer wieder in seiner Gegenwart ergriffen hatte. War die Liebe zu diesem Ami, der 1945 in ihr Leben geschneit war, etwas Besonderes? Besser als ihre Ehe mit Erich? Hatte es nicht mit Erich auch ganz anders begonnen? Er war ihr erster, der erste Mann, die erste Liebe in ihrem Leben.

Lotte konnte ihre Gefühle kaum ordnen, sie nicht recht deuten. Sie hegte Zuneigung für beide Männer, bei jedem anders. Sie mochte sie. Beide bedeuteten ihr viel.

Jedes Stück Sachertorte – Erich.

Ein Lieferant brachte Speck – sie meinte, mit Richard am Seeufer zu sitzen.

Und sie fühlte sich immer noch, immer wieder von Erich zurückgestoßen. Weiterhin sprach er nicht über die Zeit seit seinem letzten Besuch in Wien 1945. Er nahm irgendwie an Lottes Alltag teil, und doch teilte er ihr Leben kaum. Jener Versuch in der Neujahrsnacht, diese misslungene Annäherung, hatte er nicht wiederholt. Sie fühlte sich einsam, selbst wenn Erich mit ihr am Tisch saß. Einsam und verzagt. Im Café arbeiteten sie nebeneinanderher, Erich bereitete nun doch Sachertorte und andere Kuchen zu, er bewegte sich kräftiger, das Zittern hatte fast völlig nachgelassen. Und doch war er weiter weg von ihr als in Sibirien.

Ganz anders Richard. Ihre Haut fühlte sich wohl bei Richard, und sie fühlte sich sorglos bei ihm. Doch der wieder verstand nicht, was ihr Leben ausmachte, diese ersten Jahrzehnte davon. Was sie erlebt und überlebt und sich erkämpft hatte. Er wusste nichts über Hunger, über Armut. Nicht von ihrer Abtreibung oder dem Verhör durch die Gestapo. Sie hatte ausprobiert, über die Angst mit ihm zu sprechen, aber er konnte ihr einfach nicht in diese Abgründe folgen. Er alberte mit ihr herum, liebte sie, kam ihr so nahe, wie ihr nur jemand nahekommen konnte – aber er verstand sie nicht. Nicht das Letzte, das Innerste, das sie ausmachte. Das, was sie gemacht hatte, jahrelang. Den Hunger verstand er am allerwenigsten. Und ihre Gier. Sie hatte zugenommen, seit der Krieg aus war. Die Beine ließen es sie am meisten spüren, aber das kam natürlich auch von ihrer Arbeit. An manchen Abenden fiel sie einfach nur müde ins Bett. Müde der Gedanken, der durcheinanderwirbelnden Gefühle. Richard oder Erich? Warum musste sie überhaupt eine Entscheidung treffen? Konnte es nicht so bleiben wie jetzt? Das war doch ein gutes Arrangement.

Sie konnte sich nicht für einen der beiden Männer entscheiden, es war unmöglich. Sie würde auf jeden Fall etwas verlieren. Richard oder Erich, ihr bisheriges Leben, ihre Heimat. Die Lust. Den Genuss. Irgendetwas würde verloren gehen. Irgendetwas Wichtiges wäre weg.

So, wie es war, war es gut. Gut gewesen. Bis jetzt. Beide Männer hatten etwas von ihr. Bei jedem fand sie etwas Wichtiges, genau wie bei ihrer Freundin Evi und sogar bei Evis Tochter Marianne.

108

»Ja, was ist denn hier los?«

Lotte kam gerade von einer Besorgung zurück und stutzte. Vor dem Café standen drei hohe Leitern und auf den Leitern drei Männer im Blaumann, offenbar Arbeiter. Schaulustige umringten sie. Graues nebeliges Licht lag über der Stadt. Die Buchstaben über dem Café fehlten fast völlig. Da stand nur noch: *AFÉ*.

»Was ist denn passiert?«, fragte Lotte alarmiert. »Ist jemandem etwas zugestoßen? Sind die Dinger runtergefallen? Es ist doch gar nicht so windig.«

»Niemandem is' was passiert«, beruhigte einer der Arbeiter. »Keine Sorge! San Se die Frau Schwarz?«

Sie nickte und starrte ratlos nach oben.

Erich tauchte in der Tür auf. »Na, wie weit sind Sie denn – oh, servus, Lotte.« Er trat an der Leiter vorbei auf sie zu, legte einen Arm um sie. Sie bekam einen Kuss auf die Wange, wie ungewohnt. Seine Bartstoppeln kratzten an ihrer Haut. Sein Arm blieb bei ihr. Auch ungewohnt. Er warf einen Blick in die Höhe. »Das geht ja zügig!«, lobte er und wirkte direkt vergnügt. »Was darf ich als Erfrischung bringen?«

»Geht scho', Herr Schwarz. Mia san's glei'.«

»Was ist denn nun los?«, fragte Lotte.

»Eigentlich sollte es eine Überraschung für dich sein.« Er lächelte, wie er seit Ewigkeiten nicht mehr gelächelt hatte. Gelöst, voller Gefühl. Dann sah er auf seine Armbanduhr. »Du bist zu früh.«

»Bitte, was ist los?«

»Lotte, ich weiß, es war die letzte Zeit nicht einfach mit mir.«

Er nahm den Arm von ihrer Schulter, ein Bedauern schwang durch sie hin. Nur bis er ihre Hand in seine nahm und sie zur Seite zog, dorthin, wo einmal der Bombentreffer geklafft hatte. Lange her, nichts war mehr davon zu sehen, das neue Haus war höher als zuvor. Aber in Lottes Kopf war alles da. Die ganzen Bilder. Alte Bilder. Zu viele Bilder. Von Zerstörung und Verlusten.

Ging es Erich so wie ihr? Sah er auch Dinge, die passiert waren? Welche Bilder wohl?

»Ich habe etwas ausgeheckt«, sagte er leise. »Wir sind jetzt …«

Fragend und neugierig sah sie ihn an, sah ein kleines Aufblitzen in seinen grauen Augen. So hatte er früher dreingeschaut. Sie musste an den Tag in den Praterauen denken, die Bootsfahrt. Wie beschwipst sie gewesen war. Und an ihren ersten Kuss …

Erich blickte über sie hinweg. Zu viele Hoffnungen, die sie sich da wohl gemacht hatte. Sie wollte sich von ihm lösen, doch er behielt ihre Hand fest in seiner.

»Lotte!«, flüsterte er und hielt ihr dann die Augen zu. »Gleich ist es so weit.« Sie spürte seine Lippen an ihrem Ohr, er murmelte vor sich hin. »Warte, nur ein bisschen Geduld noch.« Dazwischen sein warmer Atem, die Wärme seines Körpers.

»Spann mich nicht so auf die Folter.« Sie verzog die Lippen unwillkürlich zu einem Lächeln.

»Einen Moment noch. – Gut, jetzt ist es so weit!« Seine

Lippen strichen über ihr Ohr, er gab ihre Augen frei. »Tata-tadaaaaam!«

Sie blinzelte. Die Männer waren von den Leitern gestiegen. Über dem Portal hing jetzt … sie blinzelte noch einmal …

»Wir haben einen neuen Namen!«, rief Erich, schlang die Arme um sie, und ehe sie sichs versah, hob er sie hoch und wirbelte sie im Kreis herum. Alles drehte sich wie in einem Ringelspiel. Klatschen, die Arbeiter johlten, irgendwer pfiff anerkennend. Sie war außer Atem, als Erich sie abstellte, aber immer noch nicht losließ.

»Bravo, Frau Lotte, Herr Erich!« Hofrat Pospischil war herangekommen und klatschte. Die anderen fielen mit ein, darunter Ullmann und einige andere Stammgäste.

Die Arbeiter zogen mit den Leitern ab. Und da erkannte sie es:

LOTTES CAFÉ

In gelben Buchstaben auf schwarzem Grund.

Über dem Kaffeehauseingang.

»Ich möchte wieder dein Mann sein«, flüsterte Erich und umfasste Lottes Gesicht mit beiden Händen, diesen ach so schmalen Händen. Die würden wohl so bleiben, vermutlich. »Ich weiß, es war nicht immer gut zwischen uns. Aber könnte es wieder werden wie früher? Was meinst du, Lotte? Schritt für Schritt ein bisschen weiter?«

Sie nickte, es kam wie von selbst.

So viel hatten sie durchgestanden.

Die Nazis, den Krieg, seine Abwesenheit, Kämpfe, Bomben, Verhöre, die Schwangerschaft und das Alleinsein, den

Hunger, immer und immer wieder, die Besatzungstruppen und die ständige Angst.

Und sie waren immer noch da. Sie beide, Lotte und Erich. Sie lebten, waren ganz, hatten alle Glieder, ein ganzes Gesicht, wenn auch gezeichnet vom Erlebten. In Erichs Augen lag etwas, das sie an ganz früher erinnerte, an den Anfang, damals, vor so vielen Jahren. Etwas, das sie vermisst hatte, so sehr vermisst.

Plötzlich wusste sie, was sie tun würde. Wusste, was richtig war. Es würde schmerzen. Doch es war richtig. Und deshalb freute sie sich bei allem Schmerz, aller Trauer.

109

Alles war so vertraut. Der Klub der Amis in Gmunden, die Musik, die Männer. Nur wenige GIs waren noch da, ganz anders als früher. Es herrschte ausgelassene Stimmung im Raum, Gelächter und laute Unterhaltungen. Alle schienen guter Dinge zu sein. Nur in Lotte saß etwas, das nicht dazu passte.

Richard hatte sein Instrument dabei, spielte eine Weile in der kleinen Gruppe, sie improvisierten und ernteten Applaus und fröhliche Stimmung.

Nach ein paar Stücken, während der Lotte ihn beobachtet hatte, tanzten sie. Essen und trinken konnte sie immer noch, überall. Kurz schwang sie das Tanzbein mit Jimmy, der sie rätselhaft ansah, dann mit den anderen Kameraden Richards und am meisten natürlich mit Richard selbst. In seinen grünen Augen lag die Frage, die sie kannte, und der fehlende Mut, ihre Antwort einzufordern. Ihr Körper bewegte sich wie von selbst zu den Klängen, ihr Herz schlug im Rhythmus der Musik, im Rhythmus ihrer beider Herzen. Doch das alles passte nicht zu dem, was in ihrem Kopf vorging. Der Schmerz würde kommen, war schon da.

Schließlich verließ Lotte mit Richard den Klub, sie fuhren in der Frühlingsnacht zu ihrem Häuschen. Wie oft war sie hier mit ihm glücklich gewesen, ganz sie selbst.

Schweigend öffneten sie alle Fenster, es war ein lauer Abend, eine Amsel sang, von ferne klang der Motor eines Flugzeugs. Ein Geräusch, bei dem sie immer noch erstarrte, weil es an Bomben erinnerte. Doch mittlerweile löste sich ihre Angst gleich darauf wieder auf. Auch dank Richard. Es herrschte Frieden, und das Land würde bald ganz frei sein. Wenn es nur so bliebe.

Richard nahm sie in die Arme, wortlos, vertraut. Wie selig sie das machte. Ihre Körper verstanden einander, tauschten sich aus, liebkosten jede Stelle des anderen, jede Berührung löste Entzücken aus, jeder Kuss Feuer. Sie kannte jedes Stück seiner Haut, seine Lippen, deren Berührung sie weiter erregte. In ihren Küssen immer wieder ein Atemanhalten, ein Abwarten. Eine Sehnsucht, eine Verstörung.

Sie hielt es nicht mehr aus.

Einmal musste sie es ja aussprechen.

Sie schob Richard ein Stück von sich weg, spürte den Verlust augenblicklich, ihre Haut protestierte mit Schmerz, mit Verlangen.

»Es geht nicht. Ich kann hier nicht weg, Richard.« Sie

schluckte krampfhaft, ihre Kehle war so eng, als steckten alle ungeweinten Tränen darin. »Ich kann nicht mit dir gehen. Es tut mir leid.«

Sie sah auf den Boden, wagte kaum, in seine Augen zu blicken, hatte Angst vor seinem Schmerz, der ihren so sehr spiegeln würde.

Verlust.

Muss ich immer Menschen verlieren, die ich liebe?

»*But why,* Lotti?« Er legte einen Finger unter ihr Kinn, sie sah ihn an. Legte all ihre Liebe in ihren Blick.

»Ich gehöre hierher. Erich und ich – wir haben all das durchgestanden. Du weißt nicht, was das bedeutet. Du wirst uns nie verstehen. Du bist fremd.«

»Aber du und ich, ist das *nothing*? Nichts?«

»Ich kann ihn nicht allein lassen. Er ist mein Ehemann. Meine erste Liebe. Und er braucht meine Hilfe. Ich kann ihn nicht allein lassen. Das musst du doch verstehen.«

»*Damn*, Lotti. Er ist ein *grown up man*.« In seiner Aufregung wechselte er zu Englisch. »Er wird genauso zurechtkommen wie andere in seiner Situation.«

Sie schüttelte nur den Kopf. Er verstand sie nicht. Wollte nicht verstehen. »Ich liebe euch doch beide«, flüsterte sie und berührte dabei mit den Lippen sein Ohr. »Warum machst du es jetzt kompliziert?«

»Wenn dein Mann von mir wüsste, würde er dich auch vor ein Ultimatum stellen.«

Wenn Erich von Richard wüsste … etwas krallte sich in ihren Magen. Er würde ihr alles nehmen. Und dann müsste sie wieder hungern.

Richard löste sich von ihr und sprang auf, wischte die

Decke vom Bett, gab ihr einen Tritt. Mit der Faust schlug er eine Vase vom Fensterbrett, dann auf den Tisch ein. Klirren, Scheppern, Zerbrechen von Dingen. Als würde das etwas ändern.

»Es tut mir leid, Richard«, sagte sie. »Es tut mir so unendlich leid. Ich will euch beide lieben dürfen.« Sie ging zu ihm, streckte eine Hand aus, wollte ihn berühren, er zuckte zurück, ehe sie ihn erreichte. Plötzlich war es wieder vorbei, er ließ die Arme hängen, wie eine Marionette, mit der niemand mehr spielen wollte.

Verzweifelt liebten sie sich. Verzweifelte Suche. Verzweifelte Ekstase. Worte blieben hinter ihnen zurück. Sie waren weit über die Sprache hinaus. Lange lagen sie nachher da, berührten sich, keiner bewegte sich. Haut an Haut. Wärme an Hitze. Dieser verwöhnte Amerikaner – und sie, die so viel Leid erlebt hatte.

»Bleib hier, Richard. Ich bitte dich.«

»I'm not a coffeehouse servant«, sagte er und löste sich so abrupt von ihr, dass ihr schwindelte, obwohl sie lag.

Er stand auf, verließ den Raum. Sie wartete. Er kam nicht zurück. Reden konnte auch keiner der Männer. Nicht wenn es um Wichtiges ging.

Also erhob sich Lotte ebenfalls, berührte ihre Haut, ihren Bauch, die Stellen, die gerade noch den geliebten Körper gespürt hatten. Es widerstrebte ihr, sich anzuziehen, so viel lieber wollte sie bleiben, bleiben und Richard berühren, ihn mit Berührung zum Einsehen bringen, zu einer Zukunft, die der Gegenwart glich. Der gemeinsamen Gegenwart, die Lotte gerade beendet hatte. Sie hoffte, ihn zu überzeugen, aber es blieb still.

Schließlich streifte sie ihr Kleid über, die Strümpfe, die Schuhe. An ihren Armen roch sie Richard, ihr ganzer Körper hatte seine Präsenz aufgesogen, würde ihn behalten. Irgendwie, das schwor sie sich.

Lotte umfasste alles mit einem Blick, als könnte sie es so auf ihre Netzhaut bannen. Das Bett ihrer Liebe, ihrer Küsse, den Raum mit dem Ausblick über die Berge, das Fenster, vor dem so oft die Amseln gesungen hatten. Sie trat hinaus vor die Tür, fand Richard in der Küche, von ihr abgewandt, den Rücken zu ihr. Schmerz war darin zu lesen, gebeugt war er und jede Rippe zu sehen. Und das Rückgrat. Sie streckte eine Hand aus, zögerte, wartete auf etwas, das nicht kam.

»Richard«, flüsterte sie, und da drehte er sich um.

Das geliebte Gesicht, die grünen Augen, der Geruch seines Körpers, an dem ihrer haftete. Nie würde sie etwas davon vergessen. Und nie ihr Gefühl für ihn.

»Ich liebe dich«, flüsterte sie und brachte die Worte fast nicht hervor, so sehr quälten sie die Tränen, die herauswollten.

Langsam, sehr langsam schlich sie hinaus.

Epilog

November 2018

Langsam näherten sich Lotte und Hanna wieder dem Lokal, in dem die Feier zu Lottes hundertstem Geburtstag stattfand.

»Die werden uns schon vermissen«, meinte Hanna und sah auf die Uhr ihres Mobiltelefons. »Aber danke, dass du mir das alles erzählt hast.«

Laute Stimmen drangen vom Parlament herüber. Demonstrationen, Rufe, Erregung.

»Ihr habt also einen neuen Anfang gemacht, du und Opa Erich«, stellte Hanna fest.

»Ja, haben wir.« Lotte blieb stehen. Es war alles anstrengend, ob gehen, atmen oder reden. Alles zugleich zu tun, ging aber gar nicht. Niemand hatte sie gelehrt, wie man alt wurde. Niemand hatte es ihr vorgelebt. Alle waren sie gestorben, jünger, oft viel jünger, als sie selbst jetzt war.

»Aber was für einen Neuanfang«, setzte sie im Stehen fort und sah in Hannas Augen. »Erichs Worte haben mich wirklich berührt. Weißt du«, sie hielt sich an Hannas Arm fest und drückte sie dabei, »ich hab mir wirklich Hoffnungen gemacht. Aber zwischen Erich und mir wurde es nie mehr wie früher. So wie vor dem Krieg. Vor seiner Gefangenschaft.«

»Und warum war das so, was glaubst du, Urli?«

»Der Krieg. All die Gewalt. All das Erlebte hat andere Menschen aus uns gemacht.«

»Aus euch beiden?«

»Na klar. Auch aus mir. Das sehe ich heute mit Abstand ganz klar.« Sie musste husten. »Damals haben wir so viel gestritten. Unsere Beziehung wurde nur kurze Zeit besser, nachdem er das Café tatsächlich nach mir benannt hat.«

»So heißt es ja heute noch«, meinte Hanna und klang stolz, als hätte sie es selbst auch geführt. Hatte sie nicht. Marianne hatte nichts mit dem Lokal zu tun haben wollen, eine Zeit lang war ihr Sohn Cafetier geworden, doch ein Lokal zu führen, hatte nicht zu ihm gepasst. Er war zu unruhig, wollte reisen. Das war als Unternehmer ein Ding der Unmöglichkeit.

Also gehörte Lottes Café heute einer Freundin Hannas, die es mit großer Freude fast wie früher betrieb. Nur ein paar Cupcakes, oder wie das neumodische Zeugs hieß, waren dazugekommen. Und die eine oder andere Renovierung, vor allem der Toiletten. Das Aussehen aber war trotzdem gleich geblieben. Und es hieß immer noch so wie damals von Erich getauft.

»Ich habe immer ihm Vorwürfe gemacht, aber natürlich bin ich genauso wenig unbeschädigt aus den furchtbaren Jahren hervorgegangen.«

»Ich kann mir gut vorstellen, wie es sein muss zu erleben, was ihr beide überlebt hat!« Hanna schüttelte sich schaudernd.

»Hoffentlich musst du das nicht! Ihr jungen Leute heute seid hoffentlich klüger und setzt euch für die Demokratie ein! Für die und den Frieden.« Lotte deutete zum Parlament hinüber.

»Bist du sicher?«, fragte Hanna in zweifelndem Tonfall. »Wenn du dir die jetzige Regierung anschaust, das macht doch Angst. Diese Verachtung allem Fremden gegenüber zum Beispiel.«

»Es ist beängstigend, ja.«

»Meine Freundin, die Firouzeh, die stammt aus Teheran.

Was glaubst du, wie die in den Öffis blöd angegangen wird. Das wird immer schlimmer. Nur weil sie Kopftuch trägt.«

Lotte seufzte. »Wer sich immer gefragt hat, wie es damals 1938 so weit kommen konnte – heute habt ihr die Antwort. Ihr müsst klüger sein als wir damals! Ich hab auch nicht gedacht, dass das alles so weit kommen würde, damals. Ich hab mich nicht einmal sehr darum gekümmert, was los war.«

»Ich hoffe sehr, dass es nicht wieder so weit kommt«, meinte Hanna mit verzagter Stimme und blickte hinüber zu der Demo.

»Ihr schafft das, Hanna. Wenn ihr zusammenhaltet. Ihr dürft die Rechten nie so groß werden lassen wie die Nazis damals.«

Sie gingen ein paar Schritte weiter. Ein Auto hielt, ließ sie die Nebenfahrbahn überqueren.

»Jedenfalls«, setzte Lotte auf der anderen Straßenseite fort, »nicht mal zehn Jahre nach der Umbenennung des Cafés ist Erich gestorben.«

»Da muss er noch jung gewesen sein, oder?«

»Sechsundvierzig.« Lotte nickte traurig.

»Das ist ja kein Alter.«

»Heute nicht, nein. Aber andere sind im Krieg geblieben, noch viel jünger. Viel zu jung. Vierzehnjährige haben sie zum Schluss noch eingezogen!«

»Es ist so schrecklich.« Hanna drückte Lottes Arm fest.

»Ein Kriegsleiden vermutlich, Erich hat sich von seinen Magenproblemen nie wirklich erholt. Es war zu traurig. Erich war vor dem Krieg so ein Genießer, von ihm hab ich das Rezept für die Schokoladentorte. Aber nach seiner späten Rückkehr war nichts von diesem Genießer übrig. Und weißt du, was? Nachdem Erich gestorben war, habe ich ein Foto gefunden. Von ihm und einer Frau.«

»Was?!«

»Ich weiß nicht, wer sie ist. Vielleicht hat sie ihm geholfen auf dem Weg nach Hause. Heute glaube ich, er konnte sich wirklich nicht daran erinnern, wie er es zurück nach Wien geschafft hat.«

»Ach, du meine Güte. Mir schwirrt der Kopf.«

»Das glaub ich dir.« Lotte seufzte, und darin lagen nicht nur die Jahre. Die Schwere dieser Jahre. Sondern auch der Kummer, den sie nie losgeworden war.

»Du hättest mit Richard gehen sollen. Erich hat dich nicht verdient.«

»Richard hat mir keine Wahl gelassen. Entweder ich gehe mit ihm – oder nichts. Wie konnte er bestimmen, dass ich alles zurücklassen sollte, meine Heimat, das Café, meine erste Liebe – und er gar nichts aufgibt?«

»Dann war er auch ein Depp.« Hanna schlug sich die Hand vor den Mund. Diesen hübschen Mund, den noch keine Falten umgaben. Weil die Kinder heute in Frieden aufwachsen konnten. »Entschuldige, Urli.«

»Du hast schon recht. So ging das auch nicht, wie Richard es gemacht hat.« Sie seufzte schwer und blickte zum Burgtheater. Eine schwarze Fahne wehte davor. War wieder eine Schauspielerin verstorben?

»Niemals wieder habe ich so eine Freiheit gelebt wie mit Richard. Und so eine Ekstase.«

»Das tut mir leid für dich.« Hanna umarmte sie. »Hast du nach Erichs Tod niemand Interessanten mehr kennengelernt?«

»Nein. Nach Erichs Tod habe ich nach Richard gesucht.«

»Hast du ihn gefunden?«

Lotte schüttelte den Kopf. »Nein. Er war wie vom Erdboden verschluckt. Warum auch immer.«

»Es gab halt kein Internet.«

»Nein«, Lotte musste trotz allem lachen, »noch lange nicht. Wenn ich dir eines raten kann – halt deinen Raffael fest. So fest du nur kannst, so wie der dich liebt! Wenn du ihn liebst, dann lass ihn nicht los. Lass ihn nicht allein gehen.«

»Er hat mir immerhin kein Ultimatum gestellt«, meinte Hanna.

»Siehst du. Und das mit Kindern, Familie, Sesshaftwerden – das könnt ihr immer noch entscheiden. Wenn ihr beide bereit seid.«

»Du hast recht, Urli.«

»Ihr seid euch ähnlich und einig. Niemand steht zwischen euch. Aber man kann eben nur eine Entscheidung leben, nicht beide. So ist das. War es ein Fehler, Richard zurückzuweisen und hierzubleiben? Ich weiß es bis heute nicht. Manchmal habe ich gedacht, ich wäre besser mit ihm gegangen.«

»Aber du weißt nicht, wie es mit Richard in Amerika geworden wäre. Er war auch im Krieg, wie Erich. Vielleicht wäre er irgendwann ausgetickt.«

»Das glaub ich zwar nicht …«

»Aber er hätte dich vielleicht wieder vor eine unmögliche Wahl gestellt. Oder dich gezwungen, an seiner Seite zu bleiben. Weil du fremd in seinem Land gewesen wärst.«

»Das kann leicht sein.«

»So wie er dich unter Druck gesetzt hat, kann ich mir das gut vorstellen.«

»Kluges Kind, Hanna. Du magst recht haben.«

Wie jung Hanna noch war. Und trotzdem so weise. Waren die Dinge anders einzuordnen? War ihr Leben mit Erich die richtige Entscheidung gewesen?

»Der Krieg. Er hat alles kaputt gemacht. Erich, Richard, Gisi, mich und so viele andere. Hanna, lass es nie zu, dass heute wieder Leute mit dem Feuer spielen. Ihr seid die Ersten, die ohne Krieg und ohne Erzählungen vom Krieg groß geworden sind. Macht was draus!«

»Das werde ich. Mit ganzem Herzen und aller Kraft. Und ich weiß jetzt, was ich Raffael sage.« Hanna strahlte.

»Das ist schön, Kind.« Lotte drückte das Mädchen an sich, das ihr so nahestand. Nahe wie kaum jemand. Trotz der Jahrzehnte, die zwischen ihnen lagen. Wann war das passiert, dass sie in Jahrzehnten rechnete, rechnen musste?

Sie betraten das Lokal und gingen zurück in den festlichen Raum, in dem die anderen plauderten und jetzt aufsahen.

»Wo wart ihr?« Marianne stürmte auf sie zu. »Du siehst blass aus, Lotte.«

»Marianne! Ich bin hundert, schon vergessen? Da darf man aussehen, wie man will. Du kommst auch einmal in dieses Alter – vielleicht.« Lotte zwinkerte ihr zu. »Wenn du dich nicht zu viel ärgerst.«

»Hanna.« Nicole wirbelte heran.

»Mama, warte. Ich muss jemandem etwas sagen.« Sie trat auf Raffael zu.

Der kam ihr entgegen, strahlend, wartend, sein Kornett in der Hand – mit einer kleinen Angst in seinem Blick. Schon wieder eine Reminiszenz an Richard.

»Raffael, ich freu mich drauf, mit dir nach Irland zu gehen!«

Wenn das möglich gewesen wäre, strahlte Raffael noch mehr. Gelöst sah er Hanna an, legte sein Instrument weg, hob Hanna hoch und wirbelte sie herum. Sie küssten sich, alle jubelten und klatschten. Irgendwer machte ein Foto, der Blitz blendete. Dann stellte er sie ab, Hanna wollte sich lösen, alle begannen durcheinanderzureden.

»Warte, bitte.« Raffael sprach laut, deutlich und sehr bestimmt. Er bückte sich, griff nach seinem Instrument und spielte kniend ein paar Töne, fremde, entzückende Töne, während er Hanna nicht aus den Augen ließ. Lotte wischte sich die Augen. Sie hatte doch schon so lange nicht mehr geweint!

Das Instrument kam wieder zum Schweigen, Raffael legte es weg und die nun freie Hand auf seine Brust. »Geliebte Hanna, du machst mir die größte Freude – willst du meine Frau werden?«

Oha. Ob das nicht etwas zu plötzlich kam? Lotte suchte nach Hannas Blick, aber die hatte nur Augen für ihren Raffael. Irgendwo weinte jemand verhalten in ein Taschentuch.

Und bevor jemand zum Nachdenken oder auch nur Durchatmen kam, antwortete Hanna: »Willst du mein Mann werden?« Dabei ließ sie sich vor ihm zu Boden sinken.

Gelächter. Die beiden umarmten sich.

Lotte zwinkerte Hanna zu. »Geht ja.«